KB061280

나를 운디드니에 묻어주오

Bury My Heart at Wounded Knee

나를 운디드니에 묻어주오

미국 인디언 멸망사

An Indian History of the American West

디 브라운 지음 · 최준석 옮김

한겨레출판

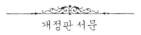

지금까지 일반적으로 부모의 출생부터 그들의 첫 자식이 세상에 나오기까지의 기간은 대략 30년이었다. 우리는 그 기간을 한 세대라고 부른다. 30여 년 전인 1971년 초에 세상에 나온 이 책은 지금 두 번째 시대를 맞이하고 있는 셈이다.

첫 세대가 끝나는 지금, 거대한 변화가 이루어졌다고 하는 말은 이제 상투적인 것이 되었다. 그러나 이 책갈피 속 주인공들인 옛 인디언 예언자들의 후손들에게는 그야말로 엄청난 변화가 있었다. 지난 세대에 몇몇 주거지역 부족은 번창했고 그렇지 않은 곳도 있다. 그들 부족이 나아갈 방향에 대해 부족 내에서도 이견이 있었고 앞으로도 그럴 것이다. 지식을 추구하는 젊은이들이 겪는 좌절과 난관에도 불구하고 법률가와 의사, 대학교수, 컴퓨터 전문가, 예술가, 작가, 그밖에 거의 모든 직업이나 분야에서 인디언을 만나는 것은 이제 더 이상 특별한 일이 아니다. 그럼에도 몇몇 인디언 부족은 여전히 살아갈 적합한 장소가 부족하다. 미국에서 가장 궁핍한 곳은 인디언 주거지역이다.

내가 그동안 받은 편지를 보면 이 책에 삶을 불어넣은 독자들은 미국이라는 이 특이하고 경외스러운 장소에 속한 100여 인종 거의 모든 집단에 두루 걸쳐 있다.

미국 인디언들은 비교적 적은 수이지만, 다른 미국인들은 대부분 인디언의 역사와 예술, 문학 그리고 자연을 대하는 태도 및 인간 존재에 대한 철학에 진심으로 매혹되어 있는 듯하다.

이러한 광범위한 관심사는 미 국경을 넘어 다른 민족과 문화를 가진 나라에도 존재한다. 불의와 압제의 과거를 지닌 어느 작은 나라를 하나 거명해보면 이 책은 그곳에서도 발간될 수 있을 것이다.

여기에 씌어진 말들이 세월에 무디어지지 않고 본래 나의 의도대로 미래 세대에게도 진실되게 직접적으로 계속 전달되기를 바란다.

2000년
디 브라운

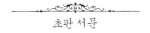

19세기 초 루이스와 클라크가 태평양 연안을 탐험한 이래 미국 서부의 개막을 서술한 책은 수천 권에 이른다. 서부에서의 체험과 관찰을 기록한 책들은—이 책도 마찬가지지만—대개 1860년에서 1890년까지의 30년간에 집중되어 있다. 그 30년간은 믿기 어려울 정도의 폭력, 탐욕, 호기豪氣, 감상感傷, 어디에 쏟아야 할지 모를 정력 등이 뒤엉켜 난무했고, 이미 자유를 누리던 사람들은 '개인의 자유'라는 이상理想을 신줏단지 모시듯 하던 시기였다.

이 시기에 미국 인디언의 문화와 문명이 파괴되었다. 또한 모피 교역 상인이나 산사나이, 증기선 수로 안내인, 노다지꾼, 도박꾼, 총잡이, 기병대, 카우보이, 매춘부, 선교사, 여선생과 개척농에 관한 이야기 같은 서부의 위대한 신화들도 대개 이 시기에 쏟아져나왔다. 인디언의 목소리는 거의 들리지 않았고, 들렸다 해도 대부분 백인의 손으로 기록된 것이었다. 인디언은 이러한 신화에 불길한 위협이 되는 존재였다. 인디언이 영어를 알았다고 해도 그들의 글을 내줄 인쇄업자나 출판업자가 있었겠는가.

그러나 과거 인디언의 목소리가 모두 사라진 것은 아니다. 서부 역사를 기술한 인디언들의 믿을 만한 이야기가 그림문자나 영어로 번역되어 기록으로 남아 있으며 그중 일부는 이름 없는 신문, 잡지에 실렸고 팸플릿이나 단행본으로도 발간되었다.

인디언 전쟁이 끝난 19세기 말, 살아남은 인디언들에 대한 백인들의 호기심이 높아지자 일부 의욕적인 기자들은 전사들이나 추장들과 자주 인터뷰를 갖고 그들에게 의견을 발표할 기회를 주었다. 인터뷰 내용은 통역자의 능력이나, 인디언 자신이 이야기하고 싶어하느냐 아니냐에 따라 상당한 차이가 난다. 질책당할까 봐 두려워 솔직한 답변을 꺼린 인디언도 있었고 허풍이나 맥 빠진 이야기로 기자들을 속이는 데 재미를 붙인 인디언도 있었다. 그러므로 인디언들의 진술은 조심스럽게 읽을 필요가 있다. 개중에는 반어적反語的인 글로 걸작이라 할 만한 것도 있고, 시적詩的인 열정이 복받쳐오르는 것도 없지는 않지만.

인디언들의 일인칭 진술이 풍부하게 들어 있는 자료로는 조약 회담 기록과 공식적인 회의 기록이 남아 있다. 아이작 피트먼이 고안한 속기술이 19세기 후반에 이미 널리 보급되어 있었고 인디언들이 회의석상에서 발언할 때면 서기가 통역 옆에 앉게 되어 있었다.

서부 끝에서 열리는 회담이라도 기록할 사람은 언제나 있었으며, 통역이 워낙 느려서 속기를 빌리지 않고도 기록이 가능했다. 통역자들은 영어로 말은 할 수 있어도 글은 모르는 혼혈인이 대부분이었다. 말만 아는 사람들이 대개 그렇듯이 통역자와 인디언들은 그들의 생각을 표현하기 위해 이미지를 많이 썼고, 그 결과 영어로 번역된 글은 자연계의 생생한 직유와 은유로 가득 차 있다. 유창한 인디언의 말을 서툰 통역자가 옮기면 평범하고 진부한 산문으로 떨어지게 마련이었고 통역을 잘만 하면 보잘것없는 발언도 시적으로 들렸다.

회의석상에서 인디언 추장들은 대부분 자유롭고 솔직하게 얘기했으며, 1870~1880년대에 이르자 이런 회의에 노련해진 추장들이 직접 통역자와 서기를 고를 권한을 요구했다. 이 시기에 모든 부족들은 자유롭게 얘기할 수 있었으며, 개중 나이 든 인디언들은 과거에 직접 본 사건들을 상술하거나 자기 부족의 역사를 요약해 구술하기도 했다. 이 시기에 살던 인디언들은 지구상에서 사라진 지 오래지만 이들이 진술한 수백만 마디의 말은 공식적인 기록으로 남아 있다. 그중 비교적 중요한 기록들은 정부 문서와 보고서로 발간되기까지 했다.

거의 관심권에서 사라졌던 구전□傳 자료를 가지고, 나는 될 수 있는 한 희생자인 인디언 자신의 말을 인용해 서부 정복에 관한 이야기를 서술하고자 했다. 이 시기에 관한 다른 책을 읽을 때 언제나 서쪽을 바라보던 미국인들은 이 책을 읽을 때는 동쪽을 바라보아야 한다.

이 책은 썩 기분 좋은 책은 아니다. 그러나 역사란 언제나 현재로 스며들어오게 마련이다. 이 책을 읽는 사람들은 과거의 인디언이 어떠했는지 앎으로써 현재의 인디언을 보다 명확히 알게 될 것이다. 미국의 신화에서 무자비한 야만인으로 낙인찍혀 있는 인디언들의 입에서 부드럽고 논리정연한 말이 흘러나오는 걸 보고 놀라는 사람도 있을 것이다. 또한 진정한 자연보호주의자였던 이 사람들로부터 대지와 인간의 관계에 대한 이야기를 듣고 무언가 배울 수도 있을 것이다.

이들은 대지와 대지의 자원은 생명과 맞먹으며, 아메리카는 천국이라는 것을 알고 있었다. 그래서 이들은 왜 동부의 침입자들이 아메리카 자체는 물론 인디언적인 모든 것을 파괴하려고만 드는지 이해할 수 없었던 것이다.

이 책의 독자들이 현재 인디언 주거지역의 빈곤, 절망, 누추함을 볼 기회가 있다면 이들이 왜 이렇게 되었는지 진정으로 이해할 수 있게 될 것이다.

1970년 4월

디 브라운

차례

나는 그곳에 있지 않으리. 일어나 지나가리라.
나를 운디드니에 묻어주오.
- 스티븐 빈센트 베넷 -

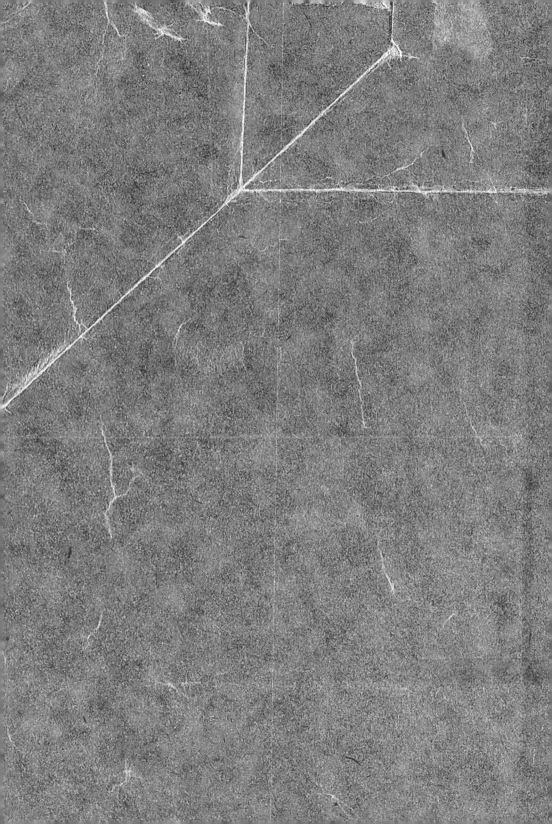

그들의 태도는 예절 바르고 훌륭하다

"Their Manners Are Decorous and Praiseworthy"

오늘날 피쿼트족은 어디에 있는가? 내러갠싯족, 모히칸족, 포카노켓족, 그밖에 수많았던 강대한 부족들은 모두 어디로 갔는가? 여름의 태양을 만난 눈처럼 그들은 모두 백인의 억압과 탐욕 앞에서 사라져갔다.

그러면 이번엔 우리 차례인가? 위대한 정령The Great Sprit이 주신 정든 땅과 집 그리고 조상의 무덤을 그냥 포기해야 할 것인가? 싸워보지도 않고 소중하고 성스러운 것들을 포기하고 몰살당해야 하겠는가? 여러분도 나와 똑같이 외치리라. "절대로, 절대로 안 된다!"

———

쇼니족의 테쿰세

비극의 역사는 신세계 사람들에게 인디오라는 이름을 붙여주었던 크리스토퍼 콜럼버스로부터 시작된다. 유럽의 백인들은 그 이름을 조금씩 다르게 인디엔, 인디애너, 인디언 등으로 발음했다. 홍인종은 나중에 붙여진 이름이다. 산살바도르 섬의 타이노족은 손님을 대접하는 풍습대로 콜럼버스와 그의 부하들에게 선물을 주고 예의를 갖추어 대접했다. 콜럼버스는 스페인 왕에게 다음과 같은 서한을 보냈다.

"이들은 아주 평화롭고 유순해서, 전하께 맹세하오니 세상에서 이보다 더 나은 백성은 없을 것입니다. 이들은 이웃을 제 몸과 같이 사랑하며, 말은 부드럽고 상냥할 뿐 아니라 언제나 미소를 짓고 있습니다. 벌거벗고 있기는 하지만 이들의 태도는 예절 바르고 훌륭합니다." 그러나 고지식한 유럽인이었던 콜럼버스는 이들의 평화롭고 유순한 태도를 나

약함이나 미개함에서 나온 것으로 보고 이들도 일하고 씨 뿌리고 그밖에 필요한 일들을 해야 하며 우월한 유럽의 생활방식을 따라야 한다고 생각했다. 그로부터 약 4세기(1492~1890)에 걸쳐 수백만 유럽인들은 신세계 사람들에게 백인의 생활양식을 강요했다.

콜럼버스는 백인의 생활방식을 가르치겠다며, 친절히 대해주었던 타이노족 인디언 열 명을 스페인으로 데려갔다. 인디언들은 스페인에 도착해서 기독교 세례를 받았는데 그 직후 한 명이 죽었다. 스페인 사람들은 인디언을 처음으로 천당에 들어가게 했다고 즐거워했으며, 서둘러 그 기쁜(?) 소식을 서인도제도에 퍼뜨렸다.

타이노족과 아라와크족은 백인의 종교로 개종하는 데 반대하진 않았으나 수염 난 이방인 무리가 금과 보석에 눈이 뻘게져서 자기네 땅을 휩쓸고 돌아다니자 거세게 저항하기 시작했다. 스페인 사람들은 마을을 약탈하고 불태웠다. 그리고 남자와 여자아이들 수백 명을 납치해 노예로 팔기 위해 배에 태워 유럽으로 실어갔다. 아라와크족의 저항은 총과 사브르(軍刀)를 불러왔고, 1492년 10월 12일 콜럼버스가 산살바도르 해안에 발을 들여놓은 지 10년이 못 되어서 부족 수십만 명이 몰살당했다.

신세계 부족 간의 연락은 너무 느려서 외부인들의 야만적인 행위에 대한 소식은 정복과 이주의 빠른 팽창 속도를 앞지르지 못했다. 그러나 버지니아에 살던 파우해튼족은 1607년 영국 사람들이 상륙하기 훨씬 전부터 스페인 사람들의 야만성을 들어서 알고 있었다.

영국 사람들은 스페인 사람들보다 더 교묘한 방법을 썼다. 제임스타운에 정착지를 건설할 때까지는 평화가 필요했으므로 그들은 추장 와훈소나쿡의 머리에 금관을 씌워 파우해튼 왕으로 봉하고 그를 뒤에서 조종하여 백인 정착민들에게 식량을 공급해주도록 만들었다. 와훈소나쿡은 백인들에게 적대감을 가지고 있는 자기 부족민들에 대한 의리와 영국에 대한 충성이라는 두 갈래 길에서 망설였지만, 존 롤프라는 백인이 자기 딸 포카혼타스와 결혼하자 영국 쪽으로 기울어졌다.

와훈소나쿡이 죽자 파우해튼족은 백인들을 그들이 왔던 바다로 몰아내려고 들고일어났다. 그러나 백인들이 갖고 있는 무기의 힘을 과소평가했다는 사실이 곧 드러났다. 8천 명이던 파우해튼족은 얼마 안 가 1천 명 미만으로 줄어들었다.

매사추세츠에서도 이야기는 다르게 시작되지만 그 끝은 버지니아와 거의 동일하다. 1620년 플리머스에 상륙한 영국인들은 원주민들의 따뜻한 도움이 없었더라면 거의 굶어죽었을 것이다. 사모셋이라는 페마쿼드족과 마사소이트, 스콴토 그리고 호보마라는 왐파노아그족 세 사람은 자진해서 이들 필그림의 선교사가 되었다. 그들은 모두 전에 해변에 상륙했던 탐험가들에게 배워 영어를 할 줄 알았다. 스콴토는 영국 선원에게 납치되어 스페인에 노예로 팔려갔지만 또 다른 영국인의 도움으로 도망쳐 가까스로 고국으로 돌아왔다. 그와 몇몇 인디언들은 플리머스에 상륙한 백인 정착민들을 의지할 데 없는 어린애로 알고 측은히 여겨 곳간의 옥수수를 나누어주고 물고기 잡는 법을 가르쳐 첫 겨울을 날 수 있도록 도와주었다. 이듬해 봄엔 옥수수 씨앗을 나누어주며 심고 가꾸는 법도 가르쳐주었다.

몇 해 동안 영국 사람들과 인디언들은 평화롭게 이웃해 살았다. 그러나 백인들은 배를 타고 계속 몰려왔다. 도끼 소리와 나무 넘어가는 굉음이 지금 백인들이 뉴잉글랜드라고 부르는 해변가 여기저기에 메아리쳤다. 정착지는 붐비기 시작했다. 1625년 백인 몇 명이 페마쿼드족 추장 사모셋에게 1만 2000에이커를 더 떼어달라고 요구했다. 사모셋은 대지야말로 위대한 정령이 내려주신 것이며 하늘과 같이 무한한 것이어서 어느 한 사람의 소유가 아님을 알고 있었지만, 이상한 관습을 가진 백인들의 기분을 맞추기 위해서 땅을 넘겨주는 의식을 거행하고 백인들이 만든 문서에다 서명했다. 이것이 영국 식민지인에게 인디언이 땅을 넘겨주면서 최초로 만들어준 증서다.

이제 수천 명씩 몰려드는 백인 이주민들은 구태여 그런 의식을 거치려 들지 않았다. 1662년 왐파노아그족의 대추장 마사소이트가 죽었을 무렵 그의 부족은 이미 백인들의 등쌀에 광야로 밀려나고 있었다. 새로 대추장이 된 마사소이트의 아들 메타콤은 인디언들이 힘을 합쳐 침입자들에 대항해 싸우지 않는다면 모든 인디언 부족이 멸망하리라는 것을 내다보았다.

뉴잉글랜드 정착민들은 메타콤의 비위를 맞추려고 그를 필립 왕으로 봉했다. 그러나 메타콤은 생애의 대부분을 내러갠싯족을 비롯한 다른 인디언 부족과 동맹을 맺는 데 보냈다.

백인들이 저지른 여러 가지 오만무례한 행동에 분노한 필립 왕은 1675년 드디어 인디언 연합부대를 이끌고 인디언들을 멸족에서 구하기 위한 전쟁을 일으켰다.

인디언들은 백인 정착촌 52개소를 공격해 12개 마을을 완전히 파괴했지만 여러 달에 걸쳐 전투가 계속되는 동안 백인들의 무서운 화력에 왐파노아그족과 내러갠싯족은 거의 멸족당했다. 필립 왕은 사살되어 그의 두개골은 20년 동안 플리머스의 네거리에 전시되었으며 그의 아내와 어린아들을 비롯한 아녀자들은 서인도제도에 노예로 팔려갔다.

맨해튼에 간 네덜란드인들 중 피터 미뉴이트는 단돈 60길드에 해당하는 유리구슬과 낚싯바늘을 주고 그 섬을 사들였다. 그들은 인디언들을 내쫓는 대신 그대로 살게 한 다음 유리구슬 같은 하잘것없는 장신구를 주고 인디언들이 들고 오는 값비싼 모피를 사들였다.

1641년 빌렘 키에프트는 모히칸족에게 조공을 거두고, 백인 정착민들이 저지른 범행을 엉뚱하게 라리탄족에게 뒤집어씌워 스태튼 섬에 군대를 파견했다. 라리탄족이 이런 부당한 처사에 반발하자 군인들은 본보기로 라리탄족 네 명을 처형했다. 인디언들이 네덜란드 사람 넷을 죽여 보복하자 키에프트는 모두가 잠든 야밤에 두 마을을 습격해서 부락민들 전부를 죽이라는 명령을 내렸다. 네덜란드 군인들은 남녀노소 가릴 것 없이 총검으로 찌르고 시체를 난도질했으며 마을을 잿더미로 만들었다.

이런 만행이 200년 이상 계속되었다. 앨러게니 산맥을 넘어 서쪽으로 흐르는 강을 지나 거대한 물(미시시피 강)과 북쪽의 거대한 진흙(미주리 강)에 이르기까지, 백인들이 내륙으로 이동할 때마다 이런 만행은 끝없이 되풀이되었다.

동부 인디언 가운데 가장 강대하고 일찍 깨었던 이로쿼이 다섯 부족은 평화를 원했지만, 그 바람이 수포로 돌아가자 정치적 독립을 지키기 위해 결국 무기를 들었다. 여러 해 동안 피비린내 나는 싸움 끝에 다섯 부족은 패배했다. 일부는 캐나다와 서부로 도망가고 나머지는 주거지역의 담 안에서 치욕적인 삶을 꾸려나가야 했다.

1760년경 오타와족 추장 폰티악은 영국인들을 앨러게니 산맥 너머로 몰아내기 위해 오대호 부근의 부족들을 한데 모았다. 그의 큰 실수는 불어를 사용하는 백인들을 믿고 동맹을 맺은 것이었다. 프랑스 사람들은 디트로이트를 공격하는 결정적인 공방전 중 홍인종(인디언)에 대한 도움을 철회했다.

한 세대 뒤에 쇼니족의 테쿰세는 침략자로부터 땅을 지키기 위해 중서부와 남부의 부족들을 합친 대규모 부대를 편성했다. 그러나 그 꿈도 1812년의 미영전쟁에서 테쿰세가 전사하는 바람에 물거품이 되고 말았다.

1795년부터 1840년 사이에 마이애미족도 백인들과 수많은 전투를 벌이고 수많은 조약에 서명한 뒤에 기름진 오하이오 계곡의 땅을 다 내주었다.

1812년 전쟁이 끝나자 백인 이주자들은 일리노이로 물결처럼 흘러들어왔다. 소크족과 폭스족은 미시시피 강을 건너 도망갔지만 검은매 Black Hawk라는 부추장은 물러나기를 거절했다. 그는 위네바고족, 포타워타미족, 키커푸족과 동맹을 맺고 새로 온 백인 정착민에 대한 전쟁을 선포했다. 그러나 위네바고족 일파가 백인 대장이 준 말 20마리와 100달러의 뇌물을 받고 배신하는 바람에 검은매는 1832년 생포되었다. 그는 동부로 이송되어 동물원 원숭이처럼 백인들에게 전시되었다. 1838년 검은매가 죽자 갓 준주準州가 된 아이오와 주지사가 해골을 가져다 자기 집무실에 진열했다.

1829년 인디언들이 비수ヒ首라고 부르던 앤드루 잭슨이 미국 대통령이 되었다. 변경에서 이력을 쌓아가던 시절부터 비수와 그 부하들은 수천 명의 체로키족, 치커소족, 촉토족, 크리크족, 세미놀족을 살해했다. 그래도 남부 인디언의 수는 여전히 많았고 백인들이 조약으로 영구 배당해준 그들 부족의 땅만큼은 완강히 고수했다. 이들을 몰아내려고 비수는 의회에 보낸 첫 교서에서 모든 인디언들을 미시시피 강 서쪽으로 옮길 것을 권했다.

"인디언들이 미시시피 강 서쪽의 풍요한 땅에 살고 있는 이상 그들에게 그 지역을 차지할 권리를 보장해줄 것을 제안하는 바입니다."

그러나 이번 조치도 동부 인디언들에게 행해진 수많은 약속 위반에 목록 하나를 더 보태는 것에 불과했다. 어쨌든 비수는 인디언과 백인은 같은 땅에서 살 수 없으며 이번 약속만은 틀림없이 지켜질 것이므로 미시시피 강이 '영구적인 인디언 경계선'이 될 것이라고 큰소리쳤다. 비수의 이러한 제안은 1830년 5월 28일 입법화되었다.

2년 뒤에 비수는 국방부 내에 인디언 문제 담당관을 두었으며, 1834년 6월 30일 의회는 '인디언과의 교역과 접촉 규제 및 변경 평화 유지 조례'를 통과시켰다.

이 법에 따르면 미주리 주, 루이지애나 주, 아칸소 준주를 제외한 미시시피 강 서쪽 전역이 인디언 주거지역이 될 것이었다. 또 백인 교역자는 허가 없이 인디언 지역에서 교역하지 못하며, 허가받은 교역자라 해도 인디언 지역에선 거주할 수 없으며 이 법을 위반할 때는 미국 군대가 제재를 가하도록 되어 있었다.

그러나 법이 시행되기도 전에 이미 새로운 백인 이주자의 물결이 서쪽으로 몰려가 위스콘신 준주와 아이오와 준주를 점령해버렸다. 할 수 없이 워싱턴의 정책 입안자들은 '영구적인 인디언 경계선'을 미시시피 강에서 서경 95도로 변경해야 했다(서경 95도는 미네소타와 캐나다 국경의 삼림호로부터 지금의 미네소타 주와 아이오와 주를 지나 미주리와 아칸소, 루이지애나 서쪽 경계를 따라 텍사스 갤버스턴 만에 이르는 선이다). 인디언들은 이 경계선을 넘어 동부로 오지 못하도록 막고, 백인 이주자들을 서부로 넘어가지 못하게 군 병력이 서경 95도를 따라 배치되었다. 서경 95도상의 주요 요새를 보면 남쪽에서부터 미시시피 강의 스넬링 요새, 미주리 강의 애트킨슨 요새와 레번워스 요새, 아칸소 강의 깁슨 요새와 스미스 요새, 레드 강의 타우슨 요새 그리고 루이지애나 지방의 제섭 요새 등이었다.

콜럼버스가 산살바도르에 상륙한 지 3세기 이상이 지났고 영국 사람들이 버지니아와 뉴잉글랜드에 첫발을 디딘 지 2세기 이상이 지나갔다. 콜럼버스를 환영했던 타이노족은 멸족된 지 이미 오래였다. 최후의 타이노족이 죽기 오래전에 이미 단순 소박한 농경수공農耕手工 문화는 파괴되었고 그들의 땅은 노예들이 일하는 목화 농장으로 바뀌었다. 백인들은 땅을 넓힌다고 열대 삼림을 갈아엎었다.

목화로 인해 땅이 황폐해졌고, 방풍림을 베어버리자 비옥했던 들판이 거친 바람에 의해 모래밭으로 변했다. 콜럼버스가 그 섬을 처음 보았을 때는 섬 전체가 아주 크고 평탄하며 나무는 온통 초록색이어서 바라보기에 아름다운 경관이었다고 기술했다. 그를 뒤따라온 유럽인들은 그 섬의 모든 생명체—원주민과 짐승, 새와 물고기와 나무—를 절멸시켰고 섬은 결국 쓸모없는 땅, 버림받은 황무지가 되고 말았다.

그러면 영국 사람들이 상륙한 지금의 미국 땅은 어떻게 되었는가? 마사소이트와 그 아들 필립 왕이 이끌던 왐파노아그족은 체사피크족, 치카호미니족, 파우해튼족의 지파인 포토맥족과 함께 사라져갔다(포카혼타스만이 사람들의 입에 오르내릴 뿐이다). 피퀴트족, 몬타욱족, 난티콕족, 마차풍가족, 카토바족, 체로족, 마이애미족, 휴런족, 에리족, 모호크족, 세네카족 그리고 모히칸족은 뿔뿔이 흩어져 겨우 명맥을 유지해나갔다(웅카스만이 사람들의 기억 속에 남아 있을 뿐이다). 그들 종족의 아름다운 이름은 미국 땅의 지명으로 지금까지도 남아 있지만 그들의 뼈는 불타버린 수천 개의 마을과, 2천만 침략자의 도끼 앞에 급속히 사라져간 숲속에 파묻혔다. 대부분 인디언 이름을 달고 있는, 맑은 물이 흘렀던 시냇물은 사람들이 버린 쓰레기와 오물로 더럽혀졌고 땅도 헐벗은 황무지가 되어버렸다. 인디언들에게는 백인들이 자연 안에 있는 모든 것, 숲과 새, 짐승, 풀이 우거진 늪과 물, 흙 그리고 대기까지 미워하는 듯 보였다.

'영구적인 인디언 경계선'이 그어진 후 10년간은 동부 부족에게 모진 시련의 시기였다. 대국인 체로키족은 100년 이상 치러진 백인과의 전쟁, 질병과 위스키의 유혹으로부터 살아남았지만 점차 스러져갔다. 그래도 생존자가 수천 명에 이르렀기에 당연히 단계적으로 서부로의 이주가 이루어져야 했지만 그들의 거주지역인 애팔래치아에서 금이 발견되자 한꺼번에 이주시키라는 백인들의 독촉이 빗발치게 되었다.

1838년 가을, 윈필드 스콧 장군의 부대가 체로키족을 몇 군데의 수용소에 몰아넣었다(이삼백 명은 스모키 산맥으로 피해 있다가 많은 세월이 지난 뒤에 노스캐롤라이나에 조그만 주거지역을 할당받았다). 겨울이 되자 그들은 수용소를 떠나 서쪽 인디언령領(준주)으로 향했다. 멀고도 긴 여행 동안 체로키족은 추위와 기아와 질병으로 네 명에 한 명꼴로 죽어갔다. 그들은 이 행군을 '눈물의 행렬'이라고 불렀다. 남부에서는 촉토족과 치커소족, 크리크족과 세미놀족이 정든 고향을 포기했다. 북부에서도 쇼니족, 마이애미족, 오타와족, 휴런족, 델라웨어족, 그밖에 한때 강대했던 부족들 가운데 숨이 붙어 있는 사람들이 말이나 달구지를 타거나 혹은 걸어서 녹슨 농기구와 옥수수 씨앗 망태를 들고 초라한 모습으로 미시시피강을 건너갔다. 그들은 처량한 피난민 신세가 되어 자유롭고 긍지가 센 평원 인디언들의 땅에 도착했다.

피난민들이 '영구적인 인디언 경계선' 서쪽에 정착하자마자 군인들이 인디언 지역을 가로질러 서쪽으로 행군하기 시작했다. 평화에 대해 그렇게 많은 말을 남발하면서도 실행하는 일은 거의 없어 보이는 이 백인들은 멕시코 인디언들을 정복했던 백인들(스페인 사람들)과 전쟁을 하기 위해 행군하고 있었던 것이다. 바로 멕시코(미국-멕시코) 전쟁이다. 1847년에 전쟁이 끝나자 미국은 텍사스에서 캘리포니아에 이르는 광대한 지역을 차지하게 되었다. 그 모든 땅은 분명 '영구적인 인디언 경계선' 서쪽이었다.

1848년 캘리포니아에서 금이 발견되자 두세 달도 안 돼 벼락부자를 꿈꾸는 백인들이 수천 명씩 떼를 지어 인디언 지역을 가로질렀다. 샌타페이 도로와 오리건 도로 근처에 살거나 사냥을 하던 인디언들이 이따금씩 지나가는 장사꾼이나 덫사냥꾼이나 선교사들의 역마차를 본 적은 있었다. 그렇지만 이렇게 수많은 역마차가 밀어닥친 것은 처음이었다. 대부분 금을 찾아 캘리포니아로 가는 역마차였지만 일부는 남서쪽으로 방향을 꺾어 뉴멕시코나 북서쪽의 오리건으로 가서 땅을 차지하기도 했다.

영구적인 인디언 경계선에 대한 침범을 정당화하기 위해, 워싱턴의 정책 입안자들은 '명백한 운명Manifest Destiny'이라는, 땅에 대한 탐욕을 고상한 차원으로 승화시키는 용어를 만들어냈다. '명백한 운명'이란 유럽인과 그 후손들이 신대륙을 다스리도록 운명 지어져 있으며, 지배 민족으로서 당연히 인디언의 땅과 삼림과 광산을 모두 책임져야 한다는 것이었다.

1850년 캘리포니아는 태평양 연안에 살던 모도크족, 모하베족, 파이우트족, 샤스타족, 유마족을 비롯한 수백의 부족과 일언반구의 상의도 없이, 미합중국의 서른한 번째 주가 되었다. 몇 년 후 콜로라도 산맥에서 금이 발견되자 새로운 투기꾼들이 벌 떼같이 평원을 가로질러갔다.

평원 인디언 지역을 거의 망라하는 두 개의 광대한 영역이 준주로 조성되었다. 캔자스와 네브래스카령이었다. 1858년 미네소타가 주로 승격되었는데 주 경계선은 이미 영구적인 인디언 경계선인 서경 95도에서 100마일이나 먹어 들어간 위치였다.

비수 앤드루 잭슨이 '인디언과의 교역과 접촉 규제 및 변경 평화 유지 조례'를 공포한 지 사반세기도 지나지 않아서 북부와 남부의 백인 이주자들이 서경 95도로 몰려들었고, 그 전위대인 백인 광부와 장사꾼들이 인디언 지역의 한가운데를 꿰뚫고 들어갔던 것이다.

1860년대 초 미국 백인들이 푸른 외투(북군)와 회색 외투(남군)로 갈라져 싸우게 되었다. 이 남북전쟁이 일어나기 직전인 1860년 당시 미국 인디언의 인구는 30만 명 정도로 추산된다. 이들은 대부분 미시시피강 서쪽에 살고 있었다. 여러 자료에 의하면 1860년 인디언 인구는 백인들이 버지니아와 뉴잉글랜드에 상륙할 당시에 비해 2분의 1에서 3분의 1 정도로 준 상태였다. 그렇지만 이때는 살아남은 인디언들조차 늘어만 가는 동부와 태평양 연안의 백인들 사이에 끼어 눌리게 되었다. 그 당시 백인 인구는 3천만 명이 넘었다. 얼마 남지 않았던 자유로운 인디언 부족들은 백인들 간의 내전이 영토에 대한 압박에서 자신들이 숨쉴 구석을 만들어줄 것으로 믿었지만 얼마 가지 않아 그런 환상에서 깨어난다.

1860년 당시 서부 인디언들의 분포를 보자. 서부 인디언 가운데 가장 수가 많고 강대했던 부족은 수우족(또는 다코타족)이었다. 수우족에는 여러 지파가 있었다. 샌티 수우족은 미네소타 삼림에서 살았지만 밀려오는 백인들의 파도에 차츰 서쪽으로 밀려나고 있었다. 므듀칸톤 샌티족의 작은까마귀Little Crow는 백인들이 사는 동부의 여러 도시를 둘러보고는 백인들을 당해낼 수 없다는 것을 깨닫고 마지못해 부족들에게 백인들의 생활방식을 받아들이게 하려고 애썼다. 또 한 사람의 샌티족 추장 와바샤도 부득이한 현실을 인정하지 않을 수 없었지만 작은까마귀처럼 더 이상 그들의 땅을 포기할 생각은 없었다.

대평원 맨 서쪽에는 기마족騎馬族으로 완전한 자유를 누리며 살아가던 테톤 수우족이 있었다. 테톤 수우족은 백인들에게 어느 정도 굴복한 그들의 사촌뻘인 샌티 수우족을 경멸했다. 테톤 수우족 가운데 가장 수가 많고 땅을 지키겠다는 결의가 굳건한 부족은 오글라라 테톤족이었다. 오글라라족의 가장 뛰어난 전사이자 추장은 서른여덟 살의 붉은구름 Red Cloud이었다. 백인 간의 내전이 시작되었을 때 영리하고 겁이 없는 미친말Crazy Horse은 십대 소년이었다.

역시 테톤 수우족의 지파인 홍크파파족에서는 이십대 중반의 한 젊은이가 이미 사냥꾼이자 전사로서 명성을 얻고 있었다. 그는 앉은소Sitting Bull 타탕카 요탕카였다. 부족 회의에서 앉은소는 백인과 끝까지 싸워야 한다고 주장했다. 또 앉은소는 쓸개Gall라는 고아를 데려다 기르고 있었다. 앉은소는 16년 후인 1876년, 오글라라족의 미친말과 함께 역사의 한 페이지를 장식하게 된다.

테톤 수우족 가운데 가장 서쪽에 살던 브룰레족에는 점박이꼬리 Spotted Tail라는 추장이 있었다. 마흔 살이 채 안 된 이 추장은 흥겨운 잔치와 부드러운 여인을 사랑하며, 언제나 미소를 잃지 않는 멋쟁이 인디언이었다. 점박이꼬리는 부족 고유의 생활방식과 땅을 소중히 여겼지만 전쟁을 피하기 위하여 백인과 기꺼이 타협하게 된다.

테톤 수우족과 밀접한 관계를 유지했던 부족으로는 샤이엔족이 있다. 샤이엔족의 원래 고향은 샌티 수우족이 살던 미네소타 지방이었으나 점차 서쪽으로 이주해와 수우족 가까이 파우더 강과 빅혼 지방에서 말을 기르며 살았다. 이들이 북부 샤이엔족이다. 북부 샤이엔족의 뛰어난 지도자로는 사십대의 무딘칼Dull Knife을 꼽을 수 있다(부족민들은 그를 아침별Morning Star이라고 불렀지만 수우족은 무딘칼이라고 불렀고 대부분의 현대 기록에도 무딘칼로 되어 있다).

남부 샤이엔족은 플래트 강의 지류 아래쪽 콜로라도와 캔자스 평원에 살고 있었다. 검은주전자Black Kettle는 젊은 시절 위대한 전사였고 당시 이미 자타가 공인하는 추장이었지만 젊은이들과 호타미타네오, 개병대Dog Soldier(전투시 최선봉에 서는 샤이엔족의 결사대. 어깨에 긴 띠를 둘러 다른 전사들과 구별했다)라고 불렸던 가장 용감한 전사들은 오히려 키큰소Tall Bull와 매부리코Roman Nose 같은 혈기왕성한 젊은 지도자들을 더 따랐다.

아라파호족은 샤이엔족의 오랜 친구로서 같은 지역에 살았다. 일부는 남부 샤이엔족이 이주할 때 따라갔지만 일부는 북부 샤이엔족과 함께 남았다. 사십대의 작은갈까마귀Little Raven가 가장 이름난 추장이었다.

카이오와족은 캔자스와 네브래스카의 중간쯤에 위치한 검은언덕 Black Hills이라는 들소 서식지에서 살았다. 그러다 수우족과 샤이엔족, 아라파호족의 연합전선에 밀려 남쪽으로 내려갔다. 1860년경에는 북부 평원족과 화친을 맺고 남쪽 평원에 눌러앉아 코만치족의 동맹자가 되었다. 카이오와족 중에는 나이 든 추장 사탕크, 삼십대로서 한창 힘을 뽐내는 두 전사 사탄타와 외로운늑대Lone Wolf 그리고 영민한 정치가 차는새Kicking Bird 같은 위대한 지도자가 여럿 있었다.

언제나 떠돌아다니며 여러 지파로 분열되어 있던 코만치족은 다른 부족들과 달리 위대한 지도자를 갖지 못했다. 아주 늙은 추장 열마리곰 Ten Bears은 전사들의 우두머리라기보다는 시인詩人에 가까웠다. 부족의 젖줄인 들소 서식지를 지키기 위한 최후의 결전에서 코만치족을 이끌었던 혼혈아 콰나 파커는 당시 스무 살도 안 된 소년이었다.

건조한 남서부에는 스페인 사람들에 대항해 250년 동안이나 게릴라전을 펴온 아파치족이 살고 있었다. 스페인 사람들은 고문과 사지절단 같은 극형으로 아파치족을 누르려 했지만 오히려 그들에게 그런 잔혹한 기술을 가르쳐준 결과만 초래했다. 아파치족은 여러 지파로 갈라져 있었고 6천 명도 안 되는 소수 부족이었지만 거칠고 가혹한데다 자기 땅을 악착같이 수호하는 용맹한 부족으로서 명성이 자자했다. 육십대 후반이던 망가스 콜로라도는 미국인들과의 우호조약에 서명했지만 군인과 광부들이 계속 밀려들어오자 평화라는 환상에서 깨어났다. 반면에 그의 사위였던 코치스는 백인들과 사이좋게 지낼 수 있다는 환상을 여전히 버리지 못하고 있었다. 그러나 빅토리오와 델샤이는 백인을 믿지 않았고 경계를 늦추지 않았다. 오십대였지만 소의 등가죽처럼 단단한 몸을 갖고 있던 나나는 영어를 사용하는 백인들이 그가 일생 동안 싸워왔던, 스페인어를 사용하는 백인들과 조금도 다를 바 없다고 생각했다. 이십대였던 그 유명한 제로니모는 아직 두각을 나타내기 전이었다.

나바호족은 아파치족과 인척 관계에 있었지만 대부분 스페인 사람들의 생활방식을 받아들여 양과 염소를 기르고 곡식과 과일을 가꾸었다. 그래서 몇몇 지파는 목축업과 직조업織造業으로 상당히 풍족한 생활을 했다. 그러나 다른 지파는 오래전부터 원수인 푸에블로족이나 백인

이주자 그리고 동족 중에서도 부유한 자들을 습격하며 유목생활을 계속했다. 턱수염을 기른 건장한 목축업자였던 마누엘리토는 1855년 선거를 통해 나바호족의 대추장이 되었다. 1859년 거친 나바호 젊은이 몇 명이 그 지역 내의 백인을 공격하자 미군은 범인을 수색하는 대신 나바호족의 토담집을 부수고 가축을 죽이는 식으로 보복했다. 1860년 마누엘리토가 이끄는 나바호족은 뉴멕시코 북쪽과 애리조나에서 백인들에 대항해 선전포고 없는 전쟁에 들어갔다.

아파치 지역과 나바호 지역의 북쪽에 위치한 로키 산맥에 사는 호전적인 산악 부족인 유트족은 곧잘 남쪽의 평화로운 이웃 부족을 공격했다. 유트족 중에서 가장 잘 알려진 추장은 우레이였는데, 그는 백인의 용병으로 앞장서서 인디언 부족들을 공격하기도 했다. 백인들과의 평화에 너무 집착하다 보니 이런 배신을 하게 된 것이다.

태평양 연안의 인디언 부족들은 수도 적은데다 흩어져 있어서 별다른 저항을 할 수 없었다. 1천 명도 안 되는 모도크족은 캘리포니아와 오리건 사이에 위치한 그들의 땅을 지키기 위해 게릴라식으로 싸웠다. 캘리포니아의 백인들에게 캡틴 잭이라고 불리던 킨트푸애시는 당시 어린아이였다. 추장으로서의 시련은 12년 뒤에 닥친다.

모도크족의 북서부에 사는 네즈페르세족은 1805년 루이스와 클라크가 태평양 연안 탐험을 위해 그들의 영토를 통과한 이래 백인들과 평화롭게 살고 있었다. 1855년에 한 지파는 네즈페르세 땅을 백인 거주지로 양도하고 인디언 주거지역 안에 들어가 사는 데 동의했다. 그러나 다른 지파들은 오리건의 블루 산맥과 아이다호의 비터루트 사이에서 유랑생활을 계속했다. 북서부에 광대한 땅이 있었기 때문에 네즈페르세족은 백인들과 공존해 살아갈 수 있을 것이라고 순진하게 생각하고 있었다. 뒤에 조셉 추장으로 알려진 헤인모트 투얄라케트는 1877년에 화평과 전쟁의 갈림길에서 운명적인 결정을 내리게 된다. 추장의 아들이었던 그는 당시 꽃다운 스무 살이었다.

파이우트족이 살던 네바다에는 후에 서부 인디언들에게 짧지만 심대한 영향을 줄 워보카라는 메시아가 네 살짜리 어린애로 자라고 있었다.

앞으로 30년 동안 이 추장들과 더 많은 사람들이 역사와 전설 속에 등장하게 된다. 그들의 이름은 그들을 멸망시키려 했던 백인들의 이름과 함께 계속 우리 입에 오르내리게 될 것이다. 젊었건 늙었건 그들 대부분은 1890년 12월 운디드니에서 인디언들에게 자유의 종말이 닥치기 훨씬 전에 땅속에 묻힌다. 한 세기가 지난 지금 영웅이 없는 시대에 그들은 아마 모든 미국인들 중에서 가장 영웅적인 인물들로 기억될 것이다.

chapter

2

나바호족의 긴 행군

The Long Walk of the Navahos

1860년—3월 12일, 미 의회, 서부 지역의 주민에게 무상으로 땅을 제공하는 선점권 법
　　　　안 통과. 4월 3일, 첫 포니 익스프레스(작은 말을 사용하는 속달우편)가 미주리
　　　　세인트 조셉을 떠나서 4월 13일에 캘리포니아의 새크라멘토에 편지를 배달.
　　　　4월 23일, 사우스캐롤라이나 찰스턴 민주당 전당대회에서 노예 제도 문제를
　　　　놓고 분열이 일어남. 5월 16~18일, 시카고의 공화당 전당대회에서 에이브러
　　　　햄 링컨을 대통령 후보로 지명. 6월, 미국 인구가 3144만 3321명에 달함. 7월,
　　　　스펜서, 연발총 발명. 11월 6일, 에이브러햄 링컨, 총 투표 수의 40퍼센트의 투
　　　　표율밖에 못 얻었지만 대통령직 획득. 12월 20일, 사우스캐롤라이나, 미 연
　　　　방 탈퇴.

1861년—2월 4일, 앨라배마 몽고메리에서 남부 의회 결성. 2월 9일, 제퍼슨 데이비스,
　　　　남부연합 대통령으로 선출됨. 3월 11일, 에이브러햄 링컨, 일리노이 스프링필
　　　　드에서 친구와 이웃들에게 작별을 고하고 기차로 워싱턴을 향해 출발. 3월, 데이
　　　　비스 대통령, 남부연합을 방어하기 위해 10만 명의 군대를 요청함. 4월 12일, 남
　　　　부연합군, 섬터 요새 포격. 4월 14일, 섬터 요새 함락. 4월 15일, 링컨 대통령, 7만
　　　　5000명의 지원병 요청. 7월 21일, 불런에서 첫 전투; 연방군, 워싱턴으로 후
　　　　퇴. 10월 6일, 폭동을 일으킨 러시아 대학생들, 상트페테르부르크 대학 폐쇄.
　　　　10월 25일, 세인트루이스와 샌프란시스코 간 전신선電信線 완성. 12월 5일, 개
　　　　틀링 기관총 특허 획득. 12월 14일, 영국인들, 빅토리아 여왕의 부군인 앨버트
　　　　의 죽음 애도. 12월 30일, 미국 은행, 금 지불 정지.

우리 아버지들이 사시던 무렵부터 백인들이 큰 강을 건너 서쪽으로 몰려온다는 얘기가 들려왔다. 총과 화약과 총알에 관한 이야기도……. 처음에는 화승총, 다음에는 뇌관이 달린 총, 그리고 지금은 연발총. 백인들을 처음 본 것은 코튼우드 워시에서였다.

우리는 멕시코인이나 푸에블로족으로부터 많은 노새를 빼앗아 남부럽지 않게 살고 있었다. 백인들은 장사하러 왔다. 그들이 처음 왔을 때 우리는 성대한 무도회를 열어주었다. 그들은 우리 부족의 여자들과 춤을 추었으며 물물교환도 했다.

나바호족의 마누엘리토

　　　　나바호족은 남서부의 건조한 바위투성이 땅에 사는 부족으로 대추장은 마누엘리토였다. 마누엘리토는 미국인들과 조약 맺을 당시를 이렇게 회상했다.

"군인들이 이곳에 요새를 세우고는 처신을 잘하도록 우리를 지도해준다며 주재관 한 명을 두었다. 주재관은 백인과 평화롭게 살며 약속을 지켜야 한다고 말했다. 그러고는 약속을 기억할 수 있도록 종이에다 적어놓았다."

마누엘리토는 조약대로 약속을 지키려고 했다. 그러나 나바호족의 거친 젊은이 두세 명이 일을 좀 저질렀다고 군인들이 몰려와 그의 토담집을 불태우고 가축을 도살했기 때문에 그는 미국인들에 대해 부아가 났다. 그의 지파는 풍족하게 살아왔는데 군인들 때문에 가난해졌다. 부자가 되려면 남쪽의 멕시코인들을 습격해야 한다. 그 때문에 멕시코인들은 그들을 라드론느, 도적이라고 불렀다. 사람들이 기억하기로는 멕시코인들이 나바호족의 어린아이들을 훔쳐 노예로 부려먹기 위해 나바호족을 습격했고, 그 보복으로 나바호족은 멕시코인들을 습격했던 것이다.

미국인들은 샌타페이를 접수하고 그 지역에 뉴멕시코라는 이름을 붙였다. 그곳 멕시코인들이 미국 시민이 되었기 때문에 미국인들은 멕시코인들을 보호해주었다. 하지만 나바호족은 인디언이지 시민이 아니었다. 그들이 멕시코인들을 습격하자 미군은 범법자로 여기고 그들을 징벌하기 위해 나바호 지역으로 달려들어갔다. 이 모든 짓에 마누엘리토와 그 부족민들은 화가 나고 이해할 수 없었다. 왜냐면 상당히 많은 멕시코인들이 인디언 핏줄이었고 나바호족 아이들을 훔쳐갔다고 미군들이 멕시코인들 뒤를 쫓아 들어간 적은 없었기 때문이다.

미군들이 나바호 지역에 세운 첫 요새는 보니토 협곡 어귀의 풀이 울창한 계곡이었다. 그들은 그곳을 디파이언스 요새라 명명하고 오랫동안 말들을 마누엘리토 지파가 아끼던 목초지에서 풀을 뜯도록 풀어놓았다. 미군 대장은 그 목초지가 요새의 소유라고 우기며 나바호족의 말을 들이지 못하게 했다. 울타리가 없었기 때문에 나바호족은 금지된 목초지에서 가축들이 나돌아다니는 것을 막을 수 없었다. 어느 날 아침 기병대 중대가 요새에서 말을 타고 달려나가 나바호족 가축을 모두 사살했다.

말과 노새를 되찾기 위해서 나바호족은 미군들의 말 떼와 보급차량을 습격했다. 군인들은 다시 나바호족을 공격했다. 1860년 2월 마누엘리토는 전사 500명을 이끌고 디파이언스 요새 북쪽 이삼 마일 떨어진 곳에서 풀을 뜯고 있던 군마를 공격했다. 투창과 화살을 든 나바호족은 무장한 군인들의 적수가 되지 못했다. 그들은 두세 마리의 말밖에 생포하지 못했고 30명 이상의 사상자를 냈다. 그 뒤 마누엘리토와 동맹군인 바본시토는 1천 명이 넘는 병력을 모았다. 4월 30일 자정을 넘어 디파이언스 요새를 포위했다. 동트기 두 시간 전에 나바호족은 세 방향으로 나누어 요새를 공격했다. 이 세상에서 요새를 완전히 쓸어버릴 작정이었다.

몇 자루 안 되는 낡은 스페인 총을 쏘며 나바호족은 보초들을 몰아넣고 막사를 둘러쌌다. 놀란 병사들이 뛰어나가면서 화살 세례를 받았지만 몇 분 뒤 우왕좌왕하던 그들은 대오를 갖춰 기총 소사를 퍼부었다. 해가 떠오르자 나바호족은 미군들에게 따끔한 맛을 보여준 데 대해 흡족해하며 다시 산으로 퇴각했다.

미군은 이 공격을 디파이언스 요새 위에서 휘날리는 국기에 대한 도전이며 전쟁 행위로 간주했다. 에드워드 캔비 대령이 이끄는 6개 기병 중대와 9개 보병 중대가 붉은 바위투성이의 추스카 산을 샅샅이 뒤지며 돌아다녔다. 말은 지칠 대로 지치고 병사들도 기갈에 나가떨어질 정도로 산속을 헤매고 다녔지만 인디언은 찾을 수 없었다. 나바호족은 정면 승부를 피하고 측면 공격을 하면서 계속 숨어다녔다.

그해가 저물 무렵이 되자 미군과 인디언 모두 이 어리석은 숨바꼭질에 싫증을 내기 시작했다. 미군은 인디언들에게 속 시원히 보복할 수 없었고 인디언들도 싸움 때문에 가축과 곡식을 기르는 일에 전념할 수 없었다.

1861년 정월에 마누엘리토, 바본시토, 에레로 그란데, 아르미호, 델가디토 등 여러 부자 추장들과 캔비 대령 사이에 디파이언스 요새 남동쪽 35마일 지점에 세워지고 있는 폰틀로이라는 새 요새에서 회담이 열렸다. 추장들은 에레로 그란데를 대추장으로 선출하고, 도둑질한 인디언을 추방하고 백인과 평화롭게 살겠다고 약속했다. 마누엘리토는 이러한 약속이 지켜지리라고 보지는 않았지만 캔비의 서류에 서명을 했다. 다시 부유한 목축업자가 된 그는 화평과 정직의 미덕을 믿었다.

겨울 회담이 끝난 후 몇 달 동안 미군과 나바호족은 우호적으로 지냈다. 동쪽 멀리 어디에선가 북부와 남부 백인들 간에 큰 전쟁이 벌어졌다는 소문이 인디언들에게 닿았다. 캔비의 부대에도 푸른 외투(북군)를 회색 외투(남군)로 갈아입고 북군과 싸우기 위해 동부로 가는 병사들이 있었다. 폰틀로이 대령도 그중 한 사람이었다. 그의 이름은 지워지고 그곳은 대신 윈게이트 요새가 되었다.

이 친교의 시절에 인디언들은 자주 그 요새로 가서 미군들과 물물교환을 하고 주재관에게 식량 배급을 받았다. 미군들도 대체로 우호적이었으며 서로 경마 내기를 할 정도로 가까이 지냈다. 인디언들은 손꼽아 기다리던 경마 날이 오면 어른, 아이 할 것 없이 가장 좋은 나들이옷을 차려 입고 아끼는 말을 골라 타고 요새로 몰려들었다.

그해 9월 어느 날, 상쾌한 가을 햇살이 환하게 비치는 가운데 경마가 여러 차례 벌어졌다. 그날 최대의 경마는 정오에 벌어졌다. 나바호족 대표로 야생마를탄권총알Pistol Bullet(미군들은 마누엘리토를 그렇게 불렀다)이 나갔고 미군 쪽에서는 군마를 탄 중위가 출전했다. 이 경마에는 많은 내기가 걸려 있었다. 돈, 모포, 가축, 유리구슬, 그밖에 내기를 걸 만한 물건은 죄다 걸었을 정도였다. 말 두 마리는 동시에 뛰어나갔다. 그러나 이삼 초도 안 되어 권총알이 탄 말이 미처 날뛰기 시작했다. 권총알이 고삐를 놓치자 야생마는 경주로에서 벗어나 엉뚱한 방향으로 내달았다. 고삐가 날카로운 칼로 잘려 있었다는 것을 모두가 눈치챘다.

인디언들은 심판에게 달려가 경기를 다시 하라고 항의했다. 그러나 모두 백인인 심판들은 이를 묵살하고 중위의 말이 승리라고 선언했다. 군인들은 서둘러 내기에 걸었던 물건들을 거두어 가지고 요새로 들어갔다.

속임수에 격노한 인디언들이 미군 뒤를 추격했지만 바로 코앞에서 요새의 문은 굳게 닫혔다. 전사 하나가 문을 떠밀고 들어가려 하자 보초가 총을 쏘아 즉사시켰다. 요새에 근무했던 백인 장교 니콜라스 호트 대위는 그 직후의 상황을 생생하게 적고 있다.

미군들은 사방으로 도망치기 바쁜 인디언들을 뒤쫓아가서 아낙네와 아이들까지 총으로 쏘고 총검으로 찔러댔다. 나는 병사 20명을 이끌고 요새 동쪽으로 달려갔다.

그곳에서는 끔찍한 광경이 벌어지고 있었다. 한 병사가 어린아이 둘과 여자 하나를 찔러 죽이려 하고 있었다. 나는 즉시 죽이지 말라고 고함을 질렀으나 그자는 힐끗 올려다보기만 하고 내 말을 듣지 않았다. 있는 힘을 다해 달려갔지만 이미 때는 늦었다. 어린아이들은 죽고 그 여자는 중상을 입었다. 나는 그자의 총을 빼앗고 영창에 집어넣으라고 지시했다…….

한편 요새에서는 캔비 대령이 당직 사관에게 대포를 쏘라고 야단이었다. 대포의 발사 책임자인 상사는 그 명령이 부당하다고 생각했기 때문에 모르는 척 시치미를 뗐다. 그러나 당직 사관으로부터 갖은 욕지거리와 협박을 듣고 명령을 수행해야 하는 곤란한 지경에 빠졌다. 인디언들은 요새 아래쪽 계곡으로 흩어져 내려가 거기서 풀을 뜯고 있던 미군의 말떼를 공격하고 멕시코 목동에게 부상을 입혔다.

그러나 말을 탈취하지는 못했다. 또 요새에서 약 10마일쯤 떨어진 지점에서 우편배달부를 습격해 말과 우편 행낭을 빼앗고 팔에 부상을 입혔다. 학살이 끝나자 장교들의 애인이었던 여자 두세 명을 빼놓고는 인디언들이라곤 아무도 보이지 않았다. 지휘관은 함께 지내던 나바호 여자들을 보내 인디언들과 화해의 대화를 시도했지만 여자들은 매만 흠씬 맞고 돌아왔다.

그날이 1861년 9월 22일이었다. 그날 이후 백인과 나바호족 사이에 다시 우호가 이루어지기까지는 오랜 시일이 걸렸다.

1861년 뉴멕시코로 쳐들어온 남군이 리오그란데 강에서 북군과 큰 싸움을 벌였다. 올가미던지기명수Rope Thrower인 킷 카슨이 북군의 지휘관이었다. 인디언들은 대부분 킷 카슨이 한 입으로 두 말을 하지 않는 사람임을 알고 있었으므로 그를 철석같이 믿었다. 그래서 올가미가 회색 외투들과 싸움을 끝내면 평화롭게 지낼 수 있으리라는 희망에 부풀었다.

그러나 1862년 봄 서쪽에서 뉴멕시코로 더 많은 북군이 행군해왔다. 캘리포니아 부대라고 불리는 군대였다. 별을 달고 있는 제임스 칼턴은 올가미 카슨보다 훨씬 더 강력한 권한을 갖고 있었다. 칼턴의 부대는 리오그란데 강의 계곡에 진을 쳤지만 남군이 다 텍사스로 도망가버려 싸울 상대가 없었다.

나바호족은 얼마 안 가서 칼턴이 땅과 그 속에 숨어 있는 금속이 가져다줄 부富에 대한 욕심이 대단한 사람이라는 것을 알게 되었다. 그는 나바호족의 땅을 가리켜 "황금의 땅이며 장엄한 전원, 그리고 풍부한 광석이 묻혀 있는 보고"라고 불렀다. 칼턴은 부하들이 소총을 떨걱거리며

마누엘리토. 나바호족 추장.
1891년 줄리언 스콧 그림.

서 있는 사열대 앞을 행군하는 것 외에는 할 일이 없었으므로 인디언들을 싸울 상대로 정했다. 나바호족은 산속을 달리는 늑대이므로 없애버려야 한다는 것이었다.

칼턴은 제일 먼저 메스칼레로 아파치족을 노렸다. 1천 명도 못 되는 그들은 리오그란데 강과 페코스 강 사이에 흩어져 살고 있었다. 칼턴의 계획은 메스칼레로족 모두를 죽이거나 사로잡고 생존자들은 한 푼의 값어치도 없는 페코스 강 쪽 주거지역에 몰아넣는 것이었다. 이렇게 되면 백인들은 비옥한 리오그란데 골짜기 땅의 소유권을 주장하고 그곳에 정착할 수 있을 것이다. 1862년 9월 그는 다음과 같은 명령을 내렸다.

> 인디언들과는 어떤 회의나 회담도 갖지 않을 것이다. 남자들은 장소나 시간을 막론하고 어느 때 어느 곳에서 발견되든 즉시 사살해야 한다. 아녀자들은 죽이지 말고 포로로 잡아라.

킷 카슨이 인디언을 대했던 방식과는 전혀 달랐다. 킷 카슨은 교역하던 시절 많은 인디언들을 친구로 삼았다. 그는 병사들을 산으로 진군시키기는 했지만 통화선은 열어놓았다. 늦가을에는 추장 다섯 명이 샌타페이를 방문해 칼턴 장군과 협상을 가지도록 주선했다. 샌타페이로 가는 도중에 추장 두 사람과 호위대는 전에 술집 주인이었던 제임스 (패디) 그레이던 대위가 지휘하는 분견대를 만났다. 그레이던은 그들에게 먼 길을 가는 동안 먹을 수 있게 밀가루와 쇠고기를 주면서 대단한 우의를 보이는 척했다. 잠시 후 갤리너 스프링스 근처에서 그레이던의 척후대와 그들은 다시 만났다. 그들 중 아무도 살아난 사람이 없기 때문

후아니타. 마누엘리토의 부인.
1874년 나바호족 워싱턴 대표 일원으로 찍은 사진.

에 무슨 일이 일어났는지는 확실하지 않다. 백인 지휘관인 아서 모리슨 소령은 짤막한 보고를 했다.

"아주 기이한 일이긴 하지만 그레이던 대위가 자행한 짓이었다. …… 내가 확인한 바로는, 그는 이 인디언들을 완전히 속였다. 인디언 마을로 가서 술을 준 직후에 그들을 사살해버렸다. 물론 인디언들은 그가 우호적인 의도로 왔다고 생각했다. 그가 밀가루, 쇠고기 같은 식량을 주었기 때문이다."

남은 세 명의 추장 카데트와 차토, 에스트렐라는 샌타페이에 도착하자 칼턴 장군에게 그들 부족민이 백인과 화평하게 지내며 다만 산속에 머물 수 있기를 원한다고 말했다. 그리고 카데트는 "당신들은 우리보다 강하다"라며 다음과 같이 말을 이었다.

"총과 화약만 있으면 우리는 당신들과 싸워왔다. 그러나 당신들의 무기는 우리 것보다 우수하다. 똑같은 무기를 주고 우리를 풀어준다면 우리는 다시 당신들과 싸울 것이다. 하지만 우리는 지쳤고 더 이상 싸울 마음이 없다. 식량도 없고 살아갈 방도도 없다. 당신의 부대는 사방에 있다. 샘이나 물웅덩이는 당신네 젊은 병사들이 차지하고 있다. 당신은 우리를 마지막 최대의 요새에서 몰아냈다. 당신의 뜻에 따라 우리를 처리해도 좋지만 우리가 사내이고 용사라는 사실을 잊지 말기 바란다."

칼턴은 거만하게 메스칼레로족이 화평을 유지할 수 있는 방법은 단 한 가지, 그들의 땅을 떠나 페코스 강 연안에 마련해둔 주거지역인 보스크 레돈도로 가는 것이라고 말했다. 그곳에 가면 섬너 요새라는 새로운 요새의 군인들에 의해 유폐 상태에 놓이게 될 것이다. 사람 수도 모자라고 아녀자들을 보호할 수도 없는 처지여서 그들은 올가미 카슨의 선의를 믿고 칼턴의 요구에 굴복하여 부족민을 보스크 레돈도의 감옥과 다름없는 주거지역으로 이끌고 들어갔다.

나바호족은 칼턴이 그들의 사촌인 메스칼레로 아파치족을 신속하고 무자비하게 정벌하는 것을 불안한 마음으로 지켜보고 있었다. 12월에 마누엘리토는 빼고, 델가디토와 바본시토 등 열여덟 명의 부자 지도자들이 샌타페이로 칼턴 장군을 만나러 갔다. 그들은 장군에게 자신들은 전쟁을 원하지 않는 평화로운 나바호 목축업자와 농부들을 대표한다고 말했다. 그들이 별대장인 칼턴을 본 것은 그때가 처음이었다. 칼턴은 얼굴에 수염이 가득 나고 눈은 사나웠으며 입은 유머라고는 모르는 사람처럼 보였다. 그는 델가디토를 비롯한 추장들에게 말하면서도 웃지 않았다.

"화평을 지키겠다는 말 말고 다른 보장을 하지 않는다면 화평을 이룰 수 없다. 돌아가 부족민들에게 그렇게 전하라. 나는 당신들의 약속 같은 것은 믿지 않는다."

1863년 봄까지, 대부분의 메스칼레로족은 멕시코로 도망가거나 보스크 레돈도로 끌려갔다. 4월에 칼턴은 "가축들을 먹일 만큼 무성하게 풀이 자라면 나바호족과 전투를 벌이기 위해 정보를 얻으러" 윈게이트 요새를 방문했다. 그는 쿠베로 근처에서 델가디토와 바본시토를 만나 그들이 화평의 의도를 입증할 수 있는 단 한 가지 방법은 부족민을 나바호 지역에서 끌고 나와 보스크 레돈도에 "만족하는" 메스칼레로족과 합류하는 것뿐이라고 퉁명스럽게 통고했다. 이 말에 바본시토는 대답했다.

"보스크 레돈도로 가지 않겠다. 나는 내 땅을 결코 떠나지 않을 것이다. 그것이 내 죽음을 의미한다 할지라도."

6월 23일에 칼턴은 나바호족이 보스크 레돈도로 이주할 최종 시한을 정했다. 그리고 "델가디토와 바본시토를 다시 불러오라"고 윈게이트 요새의 지휘관에게 지시했다.

"내가 전에 그들에게 했던 말을 다시 전하고 그자들이 들어오지 않겠다면 내가 아주 유감스럽게 여긴다고 알려라. 오는 7월 20일이 최종 시한이라고 통고하라. 그날 이후로 눈에 띄는 인디언은 모두 적대적인 인물들로 간주하고 그에 맞게 취급할 것이다. 그날 이후로 지금 열려 있는 문은 닫힐 것이다." 7월 20일이 지나갔지만 자원해서 투항한 인디언은 단 한 명도 없었다.

칼턴은 킷 카슨에게 부대를 메스칼레로 지역에서 윈게이트 요새로 이동시켜 나바호족과의 전투를 준비하라고 명령했다. 카슨은 내키지 않았다. 자기는 인디언이 아니라 남부군과 싸우기 위해 지원한 것이라고 불평하며 칼턴에게 사직서를 보냈다.

킷 카슨은 인디언을 좋아했다. 여러 달 동안 백인은 한 명도 보이지 않는 곳에서 인디언들과 지낸 적도 있었다. 아라파호 여자와의 사이에서 낳은 아이도 있었고 한동안 샤이엔 여인과 산 적도 있었다. 그러나 타오스족의 돈 프란시스코 화라미요의 딸 호세파와 결혼한 뒤 카슨은 새로운 길을 택해 부유해졌고 농장을 소유하게 되었다. 그는 뉴멕시코에서는 거칠고 미신적이며 글자를 모르는 산사람도 꼭대기에 오를 가능성이 있다는 것을 알았다. 그리고 몇 마디 말을 읽고 쓰는 것을 배웠다. 키가 5피트 6인치(165센티미터)밖에 되지 않았지만 그의 이름은 하늘에 닿았다. 그러나 올가미는 유명해지기는 했지만, 옷 잘 입고 부드러운 말씨를 쓰는 상류층 사람들에 대한 경외감을 결코 극복하지 못했다.

1863년 여름, 킷 카슨은 뉴멕시코 최상층부의 인물인 별대장 칼턴에게 보냈던 사직서를 철회하고 나바호족과 싸우기 위해 윈게이트 요새로 갔다. 전투가 끝나기 전에 그가 칼턴에게 보낸 보고서는 그 거만한 상관의 '명백한 운명'에 대한 주장을 그대로 담고 있다.

인디언들은 올가미를 전사로서 존경했지만 뉴멕시코 지원병들인 그의 부하들과는 아무 상관이 없었다. 그들 대부분이 멕시코인들이었고, 그들을 추격해 자신들의 땅에서 몰아낸 적은 있었다. 나바호족은 메스칼레로족보다 수가 열 배나 많았고 깊은 협곡과 가파른 골짜기, 그리고 절벽으로 둘러싸인 메사mesa(꼭대기가 편평하고 주위가 낭떠러지로 된 탁상처럼 생긴 지형. 미국 남서부의 건조 지대에 많음)로 된 거칠고 광대한 지역이 있는 이상 백인들이 공격해와도 안전하리라고 생각했던 것이다. 그들의 요새는 첼리 협곡이었다. 추스카 산맥에서 서쪽으로 30마일에 걸쳐 있는 이 협곡은 좁은 곳은 폭이 50야드에 높이는 무려 1천 피트가 넘으며, 튀어나온 바위가 뛰어난 방어 진지가 되는 붉은 절벽으로 둘러싸여 있었다. 나바호족은 폭이 수백 야드 되는 협곡 안의 널따란 목초지에 양과 염소를 방목하며 옥수수와 밀, 멜론 등을 가꾸었다. 나바호족은 특히 스페인 사람들이 침략해올 무렵부터 소중하게 가꾸어온 복숭아밭에 대한 자긍심이 컸다. 물은 연중 어느 때나 계곡 사이로 풍족히 흘러내리고 장작으로 쓸 버드나무와 단풍나무가 울창하게 들어찬 곳이었다.

카슨이 1천 명이나 되는 군인들을 푸에블로 콜로라도로 몰아오고, 오랜 친구 사이인 유트족을 수색대로 삼았다는 것을 알았지만 그들은 대수롭게 여기지 않았다. 추장들은 예전에 스페인 사람들을 몰아냈던 일을 상기시키며 "미국 놈들이 잡으러 오면 죽음을 선사할 것"이라며 부락민들을 격려했다. 그들은 특히 아녀자들의 보호에 신경 썼다. 용병인 유트족이 그들을 사로잡아 멕시코 부자들에게 팔아넘기려고 하는 것을 알고 있었기 때문이다.

7월 말 디파이언스 요새로 이동해온 올가미는 요새 이름을 인디언들의 옛 원수인 캔비 대령의 이름을 따서 캔비 요새로 고치고 토벌전을 개시했다. 올가미는 나바호족이 은밀하고 깊숙한 곳에 숨어 있어서 쉽게 찾아낼 수 없다는 사실을 잘 알고 있었다. 그래서 모든 곡식과 가축을 없애버리고 근거지를 불태워버리는 초토화 작전을 쓰기로 했다. 7월 25일 그는 조셉 커밍스 소령을 파견해 눈에 띄는 모든 가축을 몰아오고 보니토 강 유역의 모든 옥수수와 밀을 거두어오거나 불에 태우도록 지시했다. 커밍스 소령이 자신들의 겨울 양식을 없애버리는 모습을 본 나바호족 사수 한 사람이 그를 안장에서 떨어뜨려 즉사시켰다. 동시에 나바호족은 캔비 요새 근처 카슨의 축사를 습격해 양과 염소를 일부 되찾고 올가미가 애지중지하는 말 한 마리를 훔쳐왔다.

카슨은 인디언들과 오래 살아서 이런 대담한 보복을 이해할 수 있었지만 칼턴 장군은 아주 격노했다. 8월 18일 장군은 병사들의 열의를 북돋우려고 잡아오는 가축에 현상금을 내걸었다. 온전한 말이나 노새 한 마리는 20달러를 주었고 양 한 마리는 1달러였다.

병사들의 월급이 20달러도 안 될 정도로 형편없었기 때문에 봉급보다 많은 보상금은 굉장히 구미가 당기는 조건이었다. 어떤 병사들은 그 일을 몇몇 나바호족 인디언에게도 적용했다. 그들은 용맹성을 내보이기 위해 나바호족이 머리에 달고 다니는 붉은 실 매듭을 자르기 시작했다. 인디언들은 그런 사실을 믿을 수 없었다. 그런 야만적인 짓은 스페인 사람들이나 하는 것으로 알았는데 올가미가 사람 머리가죽 벗기는 짓을 묵과한다는 사실을 믿을 수가 없었다(머리가죽을 벗기는 악습을 유럽인들이 신세계에 들여왔다는 증거는 분명치 않지만 스페인, 프랑스, 네덜란드, 그리고 영국 식민지인들이 적의 머리가죽을 벗겨오면 보상금을 주었으므로 이런 악습이 널리 퍼지게 되었다).

올가미가 옥수수밭은 물론 콩과 호박밭까지 파헤쳤지만 그의 행동이 너무 느려 칼턴 장군의 성미에 맞지 않았다. 9월에 칼턴은 지금부터 눈에 띄는 나바호족은 모두 사살하거나 포로로 잡으라고 명령했다. 그는 생포한 인디언에게 다음과 같은 말을 어김없이 전하도록 올가미에게 지시문을 써 보냈다.

"그자들에게 말하라. '보스크 레돈도로 가라. 그렇지 않으면 당신들을 추적해 사살할 것이다. 우리는 어떤 조건으로도 당신들과 화평을 유지하지 않을 것이다. ……당신들이 이 세상에 존재하지 않거나 다른 세상으로 옮겨가기 전까지 이미 시작된 이 전투는 몇 년이 걸려도 계속될 것이다. 이 문제에 대해 더 이상의 대화는 없다.'"

동시에 장군은 워싱턴의 국방부 본부에 편지를 써서 추가 기병대 병력을 요구했다. "나바호 지역 서쪽 멀지 않은 곳에서 새로운 금광이 발견되어, 인디언들을 제압하고 금광을 오가는 백인들을 보호하기 위해서는 더 많은 병력이 필요하다. ……신은 진정 우리에게 축복을 내렸다. 황금은 여기 우리의 발치에 널려 있어 그저 주워 담기만 하면 된다."

칼턴의 집요한 닦달에 올가미는 더욱 서둘러 경작지와 목초지를 불태웠다. 가을까지 캔비 요새와 첼리 협곡 사이에 있던 가축을 모조리 사로잡았고 곡식을 남김없이 불살랐다. 10월 17일 전사 두 명이 백기를 들고 윈게이트 요새에 나타났다. 그중 한 명은 델가디토의 동생인 엘솔도였다. 부족민 500명을 데리고 석 달 동안 숨어 있던 델가디토가 굶주리다 못해 사자使者를 보낸 것이었다. 엘솔도는 저장해두었던 식량은 떨어진 지 오래며 먹을 것이라고는 피뇬(북미 서부에 있는 소나무의 일종) 열매밖에 없다고 털어놓았다. 옷이나 모포가 없어 거의 벌거벗고 지내며, 미군의 척후대가 두려워 불을 피울 수 없어 떨며 지낸다는 것이었다. 그는 보스크 레돈도까지 멀리는 가고 싶지 않으니 윈게이트 요새 근처에 토담집을 짓고 군인들의 통제하에 평화롭게 살겠다고 애원했다. 델가디토와 바본시토를 비롯해 모든 사람들이 곧 들어올 것이고 추장들은 샌타페이로 가서 별대장에게 화평을 탄원할 의향이 있다는 것이었다.

윈게이트 지휘자 라파엘 샤콘 대위는 칼턴 대장에게 그와 같은 타협안을 보냈지만 칼턴은 즉각 "나바호족은 이 일에 아무 선택권도 없다. 그들은 무조건 투항하고 보스크 레돈도로 가거나 그 지역에 남아 전투를 계속해야 한다"고 답변했다.

선택의 여지가 없었다. 아녀자들이 추위와 굶주림으로 고통당하는 모습을 보다 못한 델가디토가 투항했다. 바본시토와 엘솔도를 비롯한 전사들은 그들이 어떤 대우를 받는지 지켜보기 위해 산중에서 기다렸다.

투항한 사람들은 보스크 레돈도로 보내졌다. 칼턴은 첫 포로들에게는 보스크 레돈도로 가는 도중이나 도착했을 때 최상의 레이션과 최상의 주거 등 특별 대우를 해주게 했다. 풀도 자라지 않는 페코스 강 유역은 정나미가 떨어졌지만 델가디토는 백인 정복자의 친절에 마음이 풀렸다. 별대장이 델가디토에게 보스크 레돈도에서의 생활이 굶주리고 얼어 죽는 것보다는 낫다고 나바호 추장들을 설득할 수 있다면 가족과 함께 윈게이트 요새로 돌아갈 수 있다고 알리자, 그는 그렇게 하기로 동의했다. 동시에 장군은 올가미에게 첼리 협곡을 공격해 식량과 가축을 모두 없애고 마지막 요새에 남아 있는 나바호족을 죽이거나 사로잡으라고 명령을 내렸다.

올가미는 첼리의 공격에 대비해 보급품을 실어 나를 노새를 끌어모았으나 12월 13일 바본시토가 이끄는 전사들이 노새 떼를 습격해 모조리 협곡으로 끌고 가버렸다. 그 노새들은 인디언들이 겨울을 나는 데 귀중한 식량이 될 것이다. 카슨이 두 분견대를 보내 추격했지만 인디언들은 인원을 소규모로 나누고 심한 눈보라를 엄호 삼아 추적자들을 피했다. 도중에 작은 마을을 발견한 도나시아노 몬토야 중위의 기병대는 그곳에 돌격해 들어가 마을 사람들을 삼나무숲으로 몰아넣고 아녀자 열세 명을 사로잡았다.

그리고 중위는 다음과 같이 보고했다.

"한 인디언이 오른쪽 옆구리를 관통당했지만 뒤엉킨 덤불 사이로 도망갔다. 그 직후 인디언치고는 아주 똑똑한 열 살짜리 소년이 잡혔는데 자기 아버지가 옆 골짜기의 바위틈에서 죽었다고 말했다."

보급품을 실어 나를 노새가 없어지자 올가미는 공격을 연기하자고 건의했다. 그러나 칼턴은 듣지 않았다.

"운송수단이 부족하다고 공격을 늦추어선 안 된다. 병사들은 모포를 휴대하고 요령껏 배낭에 사나흘치 비상식량을 넣고 출발하라."

1864년 1월 6일 드디어 올가미가 이끄는 미군이 캔비 요새를 출발했다. 앨버트 파이퍼 대위가 첼리 협곡 동쪽에서 공격할 부대를 지휘하고, 서쪽에서 공격할 부대는 올가미가 지휘했다. 눈이 15센티미터나 쌓인 영하의 날씨 때문에 행군 속도는 느렸다. 일주일 만에 파이퍼의 선발대는 협곡의 동쪽에 도달했다. 바위틈에서, 산봉우리에서 굶주린 전사 수백 명이 나타나 돌과 나무둥치를 던지며 스페인 말로 욕설을 퍼부었다. 그러나 미군의 침입을 막을 수는 없었다. 파이퍼의 부하들은 토담집과 식량 창고를 부수고 가축을 없애버렸다. 그들은 사정거리 안에 들어온 세 명의 인디언을 사살하고 열아홉 명의 아녀자를 사로잡았다. 두 명의 나이 든 인디언은 얼어 죽어 있었다.

한편 카슨은 서쪽에 진을 치고 바위 모서리에서 협곡을 정찰하고 있었다. 1월 12일, 그의 순찰대 중 일부가 인디언 열한 명을 사살했다. 이틀 뒤 선발대는 본대와 합류했다. 백인들은 큰 전투를 벌이지 않고 첼리 협곡을 완전히 관통해 들어갔다.

그날 저녁 인디언 세 명이 백기를 들고 나타났다. 그들은 남아 있는 사람들이 추위와 굶주림에 시달려 죽어가고 있다고 얘기했다. 그래서 죽기보다는 항복하기로 했다는 것이었다. 올가미는 잘라 말했다. "시한은 내일 아침까지다. 그다음에는 내 부하들이 너희들을 이 잡듯 잡아 죽일 것이다." 다음 날 아침 추위와 굶주림에 쇠약해질 대로 쇠약해진 인디언 60명이 누더기를 걸친 채 나와서 항복했다.

캔비 요새로 철수하기 전에 카슨은 협곡 안에 있는 나바호족의 소유물을 모두 파괴하고 나바호족이 애지중지하던 5천 그루가 넘는 복숭아나무를 모두 베어버리라고 지시했다. 인디언들은 올가미가 군인으로서 그들과 싸운 일이나, 그들을 포로로 잡고 식량을 없앤 건 이해할 수 있었다. 하지만 그들이 아끼던 복숭아나무까지 베어버린 것은 도저히 용서할 수 없었다.

첼리 협곡이 함락되었다는 소식이 전해지자 숨어 있던 나바호족은 모두 낙심천만했다. 마누엘리토는 뒤에 이렇게 얘기했다.

"우리는 땅을 잃고 싶지 않아서 싸웠지만 이제 거의 모든 것을 잃어버렸다. ……미국인들은 우리가 대적해 싸우기에는 너무 힘이 센 종족이다. 우리는 며칠 동안은 싸울 힘이 솟았지만 얼마 못 가 힘이 빠졌다. 더구나 미군이 식량을 모조리 불태워버려 어쩔 도리가 없었다."

1월 31일 델가디토는 보스크 레돈도에 대해 안심할 수 있게 설득시켜 680명을 윈게이트 요새로 데려왔다. 혹한과 굶주림 때문에 캔비 요새에도 투항자들이 속속 들어왔다. 2월 중순엔 1200명에 이르렀다. 요새 안의 사정도 별로 나을 것이 없었다. 식량 배급량이 적어서 노인과 어린아이들이 죽어가기 시작했다. 2월 21일에는 에레로 그란데가 지파를 끌고 들어왔다. 인원수는 1500명으로 불어났다. 3월 초까지 두 요새에 총 3천 명이 투항해 들어왔다. 북쪽으로 난 작은 길에는 얼어붙은 눈 위를 밟고 지나는, 겁에 질린 인디언들로 가득 찼다. 그러나 부자 추장인 마누엘리토와 바본시토, 아르미호는 떠나기를 거절했다. 그들은 지파들과 함께 항복하지 않겠다는 결의를 굳히고 산중에 남았다.

3월에 섬너 요새와 보스크 레돈도 주거지역으로 가는 나바호족의 긴 행군이 시작되었다. 제1대인 1430명이 3월 13일 섬너 요새에 도착했다. 도중에 열 명이 죽고 세 아이가 납치되었다. 아마도 호송대에 있던 멕시코인들의 짓이었을 것이다. 제2대 2400명이 캔비 요새를 떠났는데 요새에서 이미 126명이 죽었다. 이 긴 행렬에는 30대의 마차와 양 3천 마리, 말 473마리도 끼어 있었다. 인디언들은 살을 에는 찬바람과 배고픔, 이질, 그리고 미군들의 조롱과 300마일이나 되는 험한 길은 버틸 기력이 있었지만, 고향에 대한 그리움과 땅을 잃은 쓰라림은 견딜 수 없었다. 그들은 눈물을 흘리며 걸었다. 무정한 목적지에 도달하기 전에 197명이 죽어갔다.

3월 20일, 800명의 인디언이 캔비 요새를 떠났다. 대부분 부녀자와 어린아이와 노인들이었다. 미군은 겨우 23대의 마차만 제공했다. 인솔을 맡았던 장교는 이렇게 기술하고 있다.

"행군 이틀째에 전례 없이 혹심한 눈보라가 치기 시작해 4일 동안 계속되었다. 벌거벗은 것이나 다름없는 인디언들에게는 견딜 수 없는 고통이었을 것이다."

그들이 앨버커키 밑의 로스 피노스에 닿았을 때 군인들이 마차를 다른 용도로 징발하는 바람에 인디언들은 공터에 캠프를 쳐야 했다. 다시 행군이 시작되었을 때는 어린아이 대여섯 명이 사라졌다.

"이 지점에서는 인솔 장교가 신경을 곤두세워야 했다. 그렇지 않으면 아이들을 도적맞기 일쑤였다. 팔아먹기 위해서 훔치는 것이다."

제2, 3대는 1864년 5월 11일 보스크 레돈도에 도착했다.

"나는 캔비 요새에서 800명을 데리고 떠났는데 섬너 요새로 가는 도중에 146명을 더 받아 도합 946명이었다. 이들 가운데 약 110명이 죽었다."

4월 말 은거지에 있던 추장 중 한 사람인 아르미호가 캔비 요새에 나타나 요새 지휘관(아서 캐리)에게 멀리 북쪽 콜로라도 강 지류와 산 후안에서 겨울을 난 마누엘리토가 지파를 거느리고 며칠 후 도착할 것이라고 말했다. 400여 명의 아르미호 지파는 이삼 일 뒤에 투항해 들어왔지만 마누엘리토는 이삼 마일 떨어진 퀼리타스라는 곳에 멈추어 회담 갖기를 청했다. 마누엘리토는 요새 근처에 살면서 그들이 늘 그랬던 대로 곡식을 심고 양을 기르고 싶다고 말했다.

캐리 중위는 "당신이 갈 장소는 오직 한 곳, 보스크 레돈도뿐이오"라고 대답했다.

"꼭 보스크 레돈도로 가야 하겠소? 우리는 절대 남의 물건을 훔치거나 무고한 사람을 해친 적이 없고 캔비 장군과 약속했던 조항을 어김없이 지켜왔소. 우리 부족민들은 주거지역으로 들어가게 되면 몇 년 전 폰틀로이 요새의 경마시합 때처럼 당신네들한테 살해당할 거라고 두려워하고 있소."

캐리는 그런 일이 없을 것이라고 보장했지만 마누엘리토는 보스크 레돈도에 있던 친구인 에레로 그란데나 몇몇 나바호 지도자들과 이야기를 나눠보기 전엔 투항하지 않겠다고 말했다.

칼턴 장군은 투항할 의사가 있다는 말을 듣고 미심쩍어하는 그 추장에게 영향력을 미치도록 보스크 레돈도 주거지역의 인디언 네 명을 신중하게 선택해 보냈다. 그들은 마누엘리토를 설득하지 못했다. 그들이 이야기를 나눈 뒤 6월 어느 날 밤, 마누엘리토 지파는 퀼리타스에서 사라져 콜로라도 강 지류 연안의 은거지로 되돌아갔다.

9월에 그는 오랜 동맹자였던 바본시토가 첼리 협곡에서 사로잡혔다는 소식을 들었다. 이제 마누엘리토는 은거지의 마지막 남은 추장이었다. 그는 미군들이 도처에서 그를 찾아다니리라는 것을 알고 있었다.

그런데 가을에 보스크 레돈도에서 탈주한 사람들이 기막힌 소식을 갖고 돌아왔다.

"거긴 사람이 살 수 있는 땅이 아닙니다. 도착해서 군인들이 총검으로 찔러 흙벽돌로 된 울 안에 몰아넣었는데 백인 대장들(장교)이 우리 머릿수를 세어보고 그 숫자를 조그만 책에다 적어넣었습니다. 그들은 옷과 모포와 양식을 주겠다고 해놓고선 지키지 않았습니다. 나무란 나무는 몽땅 베어버려서 나무뿌리를 캐다 불을 피우는 형편이지요. 비와 햇볕을 가려보려고 모래 웅덩이를 파고 그 안에서 지내는데 이불이 없어서 풀을 얼기설기 엮어서 덮고 잔답니다. 꼭 밭고랑의 마멋(들쥐의 일종) 같은 신세지요. 군인들이 농사를 지으라고 연장 몇 개를 내주기에 페코스 강 늪지대를 파고 씨를 뿌려보았는데 홍수와 가뭄이 겹친데다 메뚜기 떼까지 달려들어 곡식은 절단 나고 말았습니다. 그저 쥐꼬리만큼 나오는 보급 식량으로 목숨을 이어가는 형편입니다. 더군다나 좁은 곳에서 복작거리며 살다 보니 전염병이 퍼져서 노인들과 어린아이들이 하나둘 쓰러져가고 있습니다. 도저히 살 수가 없어서 미군들의 삼엄한 경계의 눈초리를 피해 목숨 걸고 도망쳐나온 것입니다."

한편 칼턴은 샌타페이의 비카리오 성가대에 군이 나바호족을 성공적으로 보스크 레돈도 주거지역으로 이주시킨 것을 축하하는 축송가를 부르게 했다. 그는 또 워싱턴의 상급자에게 보스크 레돈도를 훌륭한 주거지역이라고 설명했다.

"나바호족이야말로 인디언 부족 가운데 가장 행복하고 번창하고 호강하는 인디언이 될 것입니다. ……어쨌든 이들과 전투를 하는 것보다 이들을 먹여살리는 편이 훨씬 경비가 싸게 먹힙니다."

어깨에 별을 단 장군에게 인디언 포로는 입과 몸뚱이로밖에 보이지 않았다.

"이 6천 개의 입들을 먹이고, 이 6천 개의 몸뚱이들을 입혀야 합니다. 하지만 이들이 우리에게 바친, 황금이 묻혀 있는 목가적이면서도 장대한 땅을 생각해보십시오. 그 가치는 비교할 수가 없습니다. 그들이 목숨을 부지할 수 있도록 우리가 경비 몇 푼을 들이는 것은 사실이지만, 그들이 하늘이 내려주신 유산을 우리에게 바친 것에 비하면 아무것도 아니지요."

'명백한 운명'을 주장하는 사람들 중에서도 그들의 철학을 이처럼 매끄럽게 표현한 사람은 또 없을 것이다.

"이들 부족민 모두가 대대로 살아온 선조의 땅을 벗어나 출애굽을 하는 모습은 흥미로울 뿐만 아니라 감동적이었습니다. 나바호족은 여러 대에 걸쳐 우리와 용감하게 싸웠습니다. 어떤 민족이라도 자랑스럽게 거루고자 할 영웅적인 행동으로 높이 솟은 산록과 깎아지른 협곡을 지켜온 부족이지요. 그러나 이들은 자기 형제의 운명, 해 떠오르는 먼 동부의 인디언 부족들의 운명이 그러했듯이, 우리 종족의 만족할 줄 모르는 전진의 물결에 고개 숙이고 물러나야 하는 것이 자기들의 운명이라는 것을 깨닫고 무기를 내던졌습니다. 그리고 우리의 찬탄과 존경을 받을 자격이 있는 용사들처럼 우리의 너그러움을 확신했고, 아주 강대하고 공명정대한 우리 종족이 그런 믿음을 천박하게 대하거나 홀대하지 않을 것임을 알고 무릎을 꿇었던 것입니다. 또 아름다운 땅과 가정과 재산 그리고 유서 깊은 산천을 우리에게 바쳤으니, 그들이나 우리나 모두 왕의 영역이라고 여기는 것을 바쳤으니 우리가 수전노같이 인색하게 대하지 않을 것임을 알고 우리에게 왔던 것입니다."

그러나 마누엘리토는 무기를 내던지지 않았다. 교정될 줄 모르고 오만하게 버티는 그는 칼턴이 모른 체하고 넘기기에는 너무 거물급 추장이었다. 1865년 2월, 윈게이트 요새에서 나바호의 사자使者가 마누엘리토에게 "봄이 오기 전에 투항하지 않으면 모두 추적해 몰살하겠다"는 별대장의 통고를 전달했다.

마누엘리토는 이렇게 대답했다. "나는 아무한테도 해를 끼치지 않았다. 그러니 나의 땅을 떠나지 않겠다. 여기서 죽을 작정이다."

그랬던 그도 결국 보스크 레돈도에서 온 추장들과 이야기를 나눠보는 데 동의했다.

2월 말, 투항했던 에레로 그란데를 비롯한 나바호족 추장 다섯 사람과 마누엘리토가 주니Zuni 교역소 근처에서 만났다. 날씨는 추웠고 대지는 겹겹이 쌓인 눈으로 덮여 있었다. 마누엘리토는 옛 친구들을 포옹한 뒤 부족민들이 숨어 있는 산속으로 인도했다. 마누엘리토를 따르는 사람은 100명 정도의 남자와 아녀자밖에 남지 않았고, 말 두세 마리와 양 몇 마리가 고작이었다.

"보게나. 이게 우리가 가진 것 전부야. 얼마나 보잘것없나. 보다시피 이렇게 가난하다네. 어린아이들은 나무뿌리를 캐먹고 있으니……. 보스크 레돈도까지 가려 해도 말이 너무 쇠약해져서 타고갈 수가 없네."

에레로 그란데가 자기는 아무 권한이 없어서 투항 시간을 늦출 수 없다며 그가 투항하지 않으면 그를 따르는 추종자들의 목숨을 위태롭게 하는 것이라고 설득하자 마누엘리토의 마음은 잠시 흔들렸다. 그는 아녀자들을 위해 투항하겠다고 하다가 가축을 돌보는 데 3개월이 필요하다고 하더니 마지막에 가서는 그의 땅을 떠나지 않겠다고 결연히 말했다.

"내 하느님과 어머님은 서부에 살고 있네. 나는 그들 곁을 떠나지 않을 작정이야. 세 갈래 강, 곧 그란데 강과 산 후안 강과 콜로라도 강은 결코 건너서는 안 된다는 것이 우리 부족의 전통일세. 나는 추스카 산을 떠날 수 없네. 나는 여기서 태어났고 여기서 살다가 죽을 것이야. 내 목숨말고는 잃을 게 없어. 그들이 쳐들어와서 무엇을 가져가든 나는 이 자리에서 꿈쩍도 않을 테니까. 나는 미국 사람이나 멕시코 사람에게 나쁜 짓을 한 적이 없고 물건도 빼앗은 적이 없어. 그들이 날 죽인다면 애꿎은 피를 흘리는 꼴밖에 안 돼."

에레로 그란데는 도저히 설득할 수 없었다.

"저는 추장님을 위해 최선을 다했습니다. 다만 추장님의 무덤을 파놓은 듯한 느낌을 가지고 떠나는 게 안타까울 따름입니다."

이삼 일 뒤 샌타페이에서 에레로 그란데는 칼턴 장군에게 마누엘리토의 완강한 태도에 대해 보고했다. 보고를 들은 칼턴은 윈게이트 요새의 지휘관에게 가혹한 명령을 내렸다.

"마누엘리토만 잡으면 그의 수하는 그대로 투항할 것이다. 그가 자주 교역을 하는 주니 마을의 인디언들과 교섭하면 그를 포박하는 데 협조할 것이다. ……마누엘리토를 잡는 데 전력을 다해라. 그자를 잡으면 단단히 수갑을 채우고 엄중히 경계해라. 지금 당장 그자를 생포하거나 사살하는 것은 그자의 수하들에게 자비를 베푸는 일이다. 그자를 생포하는 편이 낫다. 그러나 도망하려 한다면 사살하라."

그러나 머리가 좋은 마누엘리토는 주니에 쳐놓은 칼턴의 덫에 걸리지 않았다. 그는 1865년 봄과 여름에 걸쳐 끈질긴 백인들의 포위망을 빠져나갔다.

늦여름 바본시토와 전사 몇 명이 보스크 레돈도에서 탈출했다. 그들이 시에라 델 에스카델로의 아파치 지역에 가 있다는 소문이 들려왔다. 나바호족의 탈주가 끊임없이 이어지자 칼턴은 섬너 요새 주변 40마일 지점에 초소들을 세우고 주거지역 밖에서 발견되는 나바호족은 무조건 사살하라는 명령을 내렸다.

그해 가을 보스크 레돈도 주거지역의 추수가 실패로 돌아가자 식량 사정은 더욱 나빠졌다. 인디언들에게 배급된 것은 군인들이 먹을 수 없어 폐기처분한 밀과 베이컨 정도였다. 사망자가 다시 불어나기 시작하면서 탈주를 시도하는 사람들도 늘어났다. 보스크 레돈도의 상황에 대해 뉴멕시코 백인들도 공개적으로 칼턴을 비판했지만 그는 나바호족 색출을 계속해나갔다.

1866년 9월 1일 드디어 칼턴이 바라던 대어大漁가 제 발로 굴러들어왔다. 대추장 마누엘리토가 기진맥진한 전사 23명을 데리고 윈게이트 요새로 절룩거리며 들어온 것이다. 몸은 바짝 말라서 뼈가 앙상했고 누더기만 걸친 초라한 모습이었다. 손목에는 활 줄의 마찰을 피하기 위해 가죽 띠를 둘렀지만 이미 활도 화살도 없었다. 더군다나 부상한 팔 한쪽은 옆구리에 힘없이 늘어져 있었다. 얼마 후 바본시토가 전사 21명을 데리고 두 번째로 투항했다. 이제 전투추장은 더 이상 남지 않았다.

공교롭게도 마누엘리토가 투항한 지 18일 만에 칼턴 장군은 뉴멕시코 사령관직에서 해임되었다. 별대장 칼턴을 권력의 자리에 오르게 했던 남북전쟁이 끝난 지 1년 이상 지난 데다, 뉴멕시코 사람들도 거만한 칼턴 장군에게 신물이 난 상태였다.

마누엘리토가 보스크 레돈도에 도착했을 때는 이미 신임 감독관 노턴이 와 있었다. 노턴은 보스크 레돈도 주거지역의 토질을 조사해보고 알칼리 성분 때문에 곡식이 자랄 수 없는 땅이라는 결론을 내렸다.

"물은 검고 소금기가 있어 마실 수 없고 수용된 인디언의 4분의 1이 질병으로 죽어갔을 정도로 비위생적이다. 이 주거지역에 정부가 들인 돈만 수백만 달러에 이르지만 헛된 낭비였을 뿐이다. 이곳을 빨리 폐쇄하고 인디언들을 소개疏開하는 편이 나을 것이다. 조치는 빠를수록 좋다. 이번 일의 배경에 투기적인 행위가 있었다는 것을 암시하는 소문을 들었다. ……백인도 식량이 부족하고 일용품이 떨어지면 아우성치며 들고 일어나지 않는가. 인디언이라고 다를 게 없다. 물은 마실 수 없고, 땅은 차고 척박하며, 땔감으로 쓸 나무뿌리를 찾기 위해 12마일은 걸어야 하는 곳을, 지각 있는 사람이라면 대체 누가 8천 명 인디언의 주거지역으로 선택하겠는가. 이들을 이곳에 머물게 하려면 강제 억류해야 한다. 이들을 되돌려 보내거나 아니면 신선한 물과 얼어 죽지 않도록 땔

1860년대의 나바호족 전사.
존 고밈 사진.

감을 구할 수 있고 곡식을 키울 수 있는 땅으로 보내야 한다…….”

2년에 걸쳐 워싱턴의 관리들이 주거지역의 실태를 조사한다고 줄지어 내려왔다. 그들 가운데는 진정으로 인디언들의 처지를 동정하는 사람도 있었고 비용을 줄이는 데만 관심이 있는 사람도 있었다. 마누엘리토는 그 당시를 이렇게 회상하고 있다.

“우리는 그곳에 이삼 년 정도 있었다. 기후 풍토가 맞지 않아 부족민이 수없이 죽어갔다. ……워싱턴에서 온 사람들은 우리와 회담을 가졌다. 백인들은 법에 복종하지 않는 사람은 벌을 준다고 그들 중 한 사람이 설명했다. 우리는 고향으로 돌아가도록 허락해준다면 법에 복종하겠다고 약속했다. 우리는 조약을 지키겠다고 약속했다. 그렇게 하겠다고 네 번이나 약속했다. 우리 모두는 그 조약에 ‘좋다’고 말했다. 그는 우리에게 훌륭한 충고를 해주었다. 그는 서면 장군이었다.”

나바호 지도자들이 대전사 셔먼을 처음 보았을 때, 얼굴은 사납고 잔인한 입 주위에 털이 잔뜩 난 모습이 별대장 칼턴과 똑같았기 때문에 그를 두려워했다. 그러나 그의 눈은 달랐다. 자신이 고통을 겪어봤기에 다른 사람의 고통을 알고 있는 사람의 눈이었다.

“우리는 그가 한 말을 잊지 않겠다고 그에게 약속했다.” 마누엘리토의 회상이다. “그는 ‘여러분은 나를 쳐다보기 바란다’라고 말했다. 우리가 그를 볼 수 있도록 그가 일어섰다. 그는 우리가 옳은 일을 한다면 사람들의 얼굴을 똑바로 볼 수 있다고 말했다. 그러고 나서 그는 ‘나의 아이들이여, 나는 여러분을 고향으로 돌아가게 해주겠다’고 말했다.”

고향으로 떠나기 직전 각 지파의 추장들은 다음과 같이 시작되는 문서(1868. 6. 1)에 서명했다. ‘이 합의서에 서명한 이날부터 쌍방 간의 전쟁은 영원히 종식될 것이다.’

바본시토가 먼저 서명하고 이어서 아르미호, 델가디토, 마누엘리토, 에레로 그란데와 다른 일곱 명의 추장이 서명했다.

나바호족은 떠날 날을 고대했다. 마누엘리토의 회고담이다.

"고향으로 떠날 날을 손꼽아 기다리는데 왜 그리 낮과 밤이 길던지. 떠나기 전날 우리는 참다못해 고향 쪽으로 한참 걸어가다가 돌아왔다. 떠나는 날 미국인들이 가축을 몇 마리 주기에 감사를 표했다. 어찌나 마음이 조급했던지 마부에게 노새에 채찍질을 해달라고 부탁까지 했다. 앨버커키에서 산봉우리가 보였을 때 그게 우리의 산인지 미심쩍었다. 땅에 대고 말이라도 하고 싶은 심정이었다. 우리는 그 정도로 고향 땅을 사랑하고 있었던 것이다. 고향에 닿자 노인들과 여자들은 기쁨의 눈물을 흘렸다."

그렇게 해서 나바호족은 고향에 돌아왔다. 그러나 새로운 주거지역의 경계를 정할 때 좋은 목초지는 대부분 백인 이주자들 몫으로 제외되었다. 삶은 쉽지 않을 테지만 어쨌든 그들은 살아남기 위한 투쟁을 계속해나갈 것이다.

그들은 서부 인디언 가운데 가장 운이 좋은 부족이라는 것을 곧 알게 될 것이다. 다른 인디언 부족의 시련은 아직 시작되지도 않았다. 훨씬 더 고통스럽고 잔인한 시련이.

성스럽게 나는 사네

Wa - kan - kan yan wa - on we wa - kan - kan yan wa -
on we ma - ḣpi - ya ta wa - ki - ta ye wa - kan -
kan yan wa - on we mi - ta - šun - ke o - ta ye - lo he

출처: 미 인종학 소장국

성스럽게

나는 사네

하늘을

응시하며

성스럽게 나는 사네

내 말은

수많아

chapter

3

작은까마귀 전쟁

Little Crow's War

1862년—4월 6일, 그랜트 장군, 샤일로 전투에서 남부군 패퇴시킴. 5월 6일, 헨리 데
이비드 소로, 45세의 나이로 사망. 5월 20일, 미 의회, 이주민들에게 1에이커
에 1.25달러로 서부 160에이커의 땅을 할양하는 자작농 법안 통과시킴. 7월
2일, 미 의회, 정부의 원조를 받는 대학 설립 위한 모릴 법안 통과. 7월 10일,
태평양 중앙철도 건설 시작. 8월 30일, 북부군, 불런의 두 번째 전투에서 패
배. 9월 17일, 남부군, 안티탬에서 패배. 9월 22일, 링컨, 1863년 1월 1일부터
노예 해방 선언. 10월 13일, 독일의 비스마르크, '철혈' 연설. 12월 13일, 북부
군, 프레데릭스버그에서 심각한 손실과 패배를 겪음; 나라 전체가 암흑에 빠
짐; 겨울 숙영지로 가면서 일부 군대 반란 상태에 들어감. 12월 29일, 셔먼 장
군, 치커소 바유에서 패배. 빅토르 위고 《레미제라블》 발간. 투르게네프 《아버
지와 아들》 발간.

1863년—4월 2일, 버지니아 리치먼드에서 빵 폭동. 5월 2~4일, 남부군, 챈설러즈빌에
서 승리. 7월 1~3일, 북부군, 게티즈버그에서 남부군 패퇴시킴. 7월 4일, 빅스
버그, 그랜트군에 합락. 7월 11일, 북부군 모병 시작. 7월 13~17일, 뉴욕 시의
모병 폭동으로 수백 명 목숨 잃음; 많은 도시에서 폭동이 일어남. 7월 15일, 데
이비스 대통령, 남부군 첫 징병 명령. 9월 5일, 모빌에서 빵 폭동. 남부연합 달
러 가치 8센트로 하락. 10월 1일, 다섯 척의 러시아 전함, 뉴욕에 입항해 따뜻
한 영접을 받음. 11월 24~25일, 남부군, 채타누가에서 패배. 12월 8일, 링컨
대통령, 연방에 충성할 남부군 사면 제의.

백인들은 걸핏하면 우리 고유의 생활을 버리고 자기네처럼 살게 만들려고 한다. 농사를 지으라느니, 열심히 일하라느니. 인디언들은 그런 걸 어떻게 하는지도 몰랐고 알고 싶지도 않았다. ……우리가 백인들에게 인디언처럼 살라고 했더라면 그들도 반발했을 것이다. 왜 바꿔 생각하지 못하는가.

샌티 수우족의 완디탕카(큰독수리)

백인들이 엄청난 내전에 휩싸여 있을 때, 나바호 지역 북쪽으로 거의 1천 마일 떨어진 곳에서 샌티 수우족은 고향 땅을 영원히 잃어버리는 과정을 겪고 있었다. 샌티족은 므듀칸톤 파, 와페톤 파, 와페쿠트 파, 시세톤 파의 네 지파로 구성되어 있었다. 그들은 삼림 수우족이었지만 평원의 육친 형제인 양크톤 파, 테톤 파와 밀접한 유대를 나누고 종족에 대한 강한 긍지를 공유했다. 샌티족은 가장 먼 변경의 부족으로 수우족 국경의 수비대였다.

남북전쟁 전 10년 동안 15만 명이 넘는 백인 이주자들이 '영구적인 인디언 경계선'의 왼쪽 옆구리를 무너뜨리고 샌티족 땅으로 밀고 들어왔다. 기만적인 두 번의 조약 때문에 삼림 수우족은 그들의 땅을 90퍼센트 이상 양도하고 미네소타 강 연안의 좁은 터에 몰려 살았다. 주재소 관리와 상인들은 도살된 들소의 시체 주위를 맴도는 독수리처럼 샌티족 주위로 몰려들어 그들이 땅을 포기한 대가로 지급받던 연금을 사기쳐서 빼앗았다.

큰독수리는 말했다. "많은 백인들이 인디언들에게 욕설을 퍼붓고 거칠게 대했다. 핑계야 있겠지만 인디언들 생각은 달랐다. 백인들은 인디언들을 보면 '나는 너보다 낫다'라는 태도를 보였다. 인디언들은 이런 태도를 좋아하지 않았다. 이유야 있겠지만 다코타 수우족은 그들보다 나은 사람이 있다고 생각지 않았다. 몇몇 백인 남자들은 인디언 여자들에게 욕을 퍼붓고 수모를 주었다. 그런 행위는 분명히 변명의 여지가 없다. 그 때문에 많은 인디언이 백인을 싫어하게 되었다."

1862년 여름에 샌티족과 백인 사이에 모든 일이 안 좋게 돌아갔다. 대부분의 야생 조수가 주거지역에서 사라졌다. 지금은 백인 이주자들의 소유가 된 옛 사냥터로 인디언들이 들어가면서 자주 말썽이 일어났다. 이태째 곡식 수확이 형편없어서 인디언들은 주재소 상인들에게 외상으로 식량을 사 먹어야 했다. 부기를 다룰 줄 모르는 샌티족은 외상 제도를 싫어했다. 워싱턴에서 연금이 오면 상인들이 먼저 떼어갔고 상인들이 얼마를 요구하든 주재관들은 즉시 지불해주었다. 그래서 몇몇 사람들은 부기를 배웠지만 상인들이 기입한 액수보다 훨씬 적을 때에도 주재관들은 샌티족의 부기를 인정하려 하지 않았다.

타 오야 테 두타(작은까마귀Little Crow)는 1862년 여름 교역소 상인 때문에 부아가 나 있었다. 작은까마귀는 그의 아버지, 할아버지와 마찬가지로 므듀칸톤 지파의 추장이었다. 이 예순 살의 노추장은 젊은 시절 전투에서 입은 부상으로 팔과 손목이 오그라붙어서 항상 긴 옷을 입고 다녔다. 작은까마귀는 부족민을 속여 땅을 빼앗고 거기다 땅 대신 약속한 돈까지 거둬간 두 조약에 서명을 했고 워싱턴에 가서 뷰캐넌 대통령을 만나보기도 했다. 그 후 허리에 두르는 천자락과 모포를 벗어던지고 양복과 구리 단추가 달린 재킷으로 바꿔 입었으며 성공회 신자가 되어 백인들처럼 집을 짓고 농사를 지었다. 그러나 그해 여름 작은까마귀의 환멸은 분노로 바뀌어갔다.

7월 샌티족 수천 명이 연금을 받으려고 옐로 메디신 강 상류 주재소에 모였다. 그 돈은 조약에 약속된 것으로 식량과 바꾸기 위해 필요했다. 그러나 연금은 오지 않았다. 워싱턴 대회의(의회)가 모든 돈을 내전을 치르는 데 사용해서 인디언들에게는 전혀 돈을 보낼 수 없다는 소문이 떠돌았다. 굶주린 부족민들을 보다 못한 추장들이 주재관 토머스 갤브레이스에게 주재소 창고에 식량이 가득 쌓여 있는데 왜 내주지 않느냐고 따졌다. 그러자 갤브레이스는 연금이 오지 않으면 식량을 내줄 수 없다고 대꾸하고는 미군 100명을 시켜 창고를 지키게 했다.

8월 4일 샌티족은 실력 행사에 들어갔다. 전사 500명이 미군 경비병들을 포위한 사이 나머지 인디언들이 창고를 부수고 들어가 밀가루 포대를 꺼내기 시작했다. 인디언들을 동정하고 있던 경비 장교 티모시 시한은 인디언들에게 발포하는 대신 주재관을 설득해 밀가루와 돼지고기를 내주고 돈이 오기를 기다리라고 했다. 작은까마귀는 30마일 정도 떨어져 있는 레드우드 강 하류 주재소 인디언들에게도 똑같은 양의 식량을 내줄 것을 약속받고 자리를 떴다.

작은까마귀의 마을이 하류 주재소 근처에 있었지만 갤브레이스는 여러 날을 기다리게 했다. 8월 15일 아침 일찍 굶주린 므듀칸톤족 수백 명이 하류 주재소에 모였다. 그러나 갤브레이스와 하류 주재소의 교역 상인들은 연금이 오지 않으면 식량을 내줄 수 없다고 버텼다. 약속을 지키지 않자 작은까마귀가 일어나 주재관을 닦달했다.

"우리는 오랫동안 기다렸소. 마땅히 받아야 할 돈도 받지 못하고 있소. 우리는 양식이 한 톨도 없는데 창고에는 식량이 그득합니다. 적절한 조치를 취해주시오. 그렇지 않으면 굶어죽지 않기 위해서 우리 마음대로 하겠소. 배가 고플 때는 알아서 하는 법이오!"

갤브레이스는 이 말에 대꾸도 않고 고개를 돌리더니 교역 상인들에게 어찌할 것인지 물었다. 상인 중 한 명인 앤드루 머릭이 경멸하듯 내뱉었다.

"나요? 배가 고프면 풀이나 자신이 싸놓은 똥을 먹으라고 하시오!"

한동안 숨소리도 들리지 않았다. 그러다가 갑자기 성난 외침이 터져 나왔고 샌티족은 일시에 모두 자리를 박차고 회담장을 떠났다.

머릭의 말이 모든 샌티족의 분노를 자아냈지만, 특히 작은까마귀에게는 부글부글 끓는 가슴에 불을 지른 셈이었다. 그는 여러 해 동안 조약을 지켜왔고 백인들의 권고에 따라 부족민들이 백인처럼 살게 하려고 애썼다. 그런데 이젠 추장의 권위고 뭐고 모든 것을 잃게 된 것이다. 부족민들이 모든 불운을 그의 탓으로 돌리는 바람에 그는 신임을 잃었고 이제는 주재관과 상인들도 그에게 등을 돌렸다. 초여름에 하류 주재소의 므듀칸톤 지파는 작은까마귀가 조약에 서명해 그들을 배반하고 그들의 땅을 넘겨주었다고 비난을 해대고는 작은까마귀 대신 떠도는우박 Traveling Hail을 대표자로 선출했다. 작은까마귀가 주재관 갤브레이스와 상인들을 설득해 그들에게 식량을 나눠주었다면 그들은 다시 그를 존경하게 되었을 것이다. 하지만 그는 그러지 못했다.

옛날 같았으면 전투에 나감으로써 지도력을 회복할 수 있었지만 조약에 서약을 해서 백인이나 다른 부족과 적대적인 싸움에 나설 수도 없었다. 미국인들이 자신들과 인디언, 그리고 인디언과 인디언들 사이의 화평을 수없이 이야기하면서도 그들 자신은 회색 외투(남군)와 그렇게 잔인한 전쟁을 벌여서 샌티족에게 지불할 돈도 없다니, 어떻게 된 일인가? 그는 자기 지파의 몇몇 젊은이들이 백인들과의 전쟁, 미네소타 계곡에서 그들을 몰아낼 전쟁에 대해 공공연히 떠벌리고 다닌다는 것을 알고 있었다.

그들은 멀리서 푸른 외투(북군)가 회색 외투와 싸우고 있기 때문에 백인과 싸울 좋은 기회라고 주장했다. 작은까마귀는 그런 주장을 어리석다고 여겼다. 그는 동쪽으로 가서 미국인들의 힘을 눈으로 직접 보고 왔다. 그들은 메뚜기처럼 어디에나 있었고, 우레와 같은 대포로 적들을 몰살시켰다. 백인과의 전쟁은 생각도 할 수 없는 일이었다.

8월 17일 일요일에 작은까마귀는 하류 주재소의 감독 교회에 참석해 새뮤얼 힌먼 목사의 설교를 들었다. 예배가 끝난 뒤 다른 교인들과 악수를 나누고 주재소에서 상류로 2마일 정도 떨어져 있는 자신의 집으로 돌아갔다.

그날 밤늦게 작은까마귀는 수많은 사람들의 아우성과 샌티족 여러 명이 그의 침실로 들어오는 시끄러운 소리에 잠이 깼다. 무언가 심상치 않은 일이 일어난 것이다. 샤코페, 만카토, 마술병Medicine Bottle 그리고 큰독수리 등이 들어와서 와바샤가 곧 올 거라고 알렸다.

샤코페가 거느리고 있는 배고픈 젊은이 넷이 그날 오후 빅 우즈에서 사냥을 해볼까 하고 강을 건너갔다. 거기서 아주 안 좋은 일이 벌어졌다. 큰독수리가 자초지종을 얘기했다.

"그애들이 정착민의 울타리를 끼고 지나가다가 달걀이 들어 있는 암탉 둥지를 발견했답니다. 한 녀석이 달걀을 집어 들자 다른 녀석이 '거기 놔둬. 백인들 거야. 말썽이 생길걸' 하고 말렸답니다. 그러자 배가 고파 달걀이 먹고 싶었던 녀석이 화를 내며 달걀을 땅바닥에 내던지고 따졌다는 거요. '간이 콩알만 한 자식. 백인이 그렇게 겁나냐? 거의 굶어죽을 지경인데 달걀 한 개 먹는 것에 겁을 내다니! 알고 보니 순 겁쟁이야. 온 동네에 겁쟁이라고 소문을 내줘야겠군.' 겁쟁이라는 말을 듣고 가만있을 리 없지요. '뭐? 내가 간이 작다구? 백인 같은 건 하나도 두렵지 않아! 증거를 보여주지. 집 안에 뛰어들어가 백인이 있으면 죽여버리겠다. 함께 갈 자신 있냐?' 그러자 겁쟁이라고 창피를 주었던 녀석이 대꾸했소. '좋지. 얼마든지! 누가 더 용감한가 보자!' 그때 두 명의 친구가 함께 가겠다고 해서 네 명이 전부 집 안으로 들어가자 백인이 놀라 옆집으로 도망쳤소. 그애들은 옆집까지 쫓아가 남자 셋과 여자 둘을 죽인 뒤 다른 사람의 마차를 몰고 마을로 달려왔소. ……그리고 저지른 짓을 털어놓았소."

백인들을 살해한 이야기를 듣고 작은까마귀는 젊은이들을 꾸짖었다. 그러고는 떠도는우박을 대표로 뽑아놓고 왜 자신에게 충고를 구하느냐며 빈정댔다. 추장들은 그가 여전히 그들의 전투추장이라는 것을 인정했다. 이런 짓을 저지르고 샌티족의 목숨이 안전할 수 없을 것이라고 그들은 말했다. 한 명이나 두세 명이 저지른 죄 때문에 인디언 모두에게 복수하는 것이 백인들의 방식이다. 그러니 미군들이 달려들어 모두를 죽일 때까지 잠자코 기다리는 것보다 먼저 공격을 하는 것이 어떤가. 백인들이 멀리 남쪽에서 서로 싸우고 있으니 그 틈을 이용하는 것이 좋겠다.

작은까마귀는 그들의 논쟁을 일축했다. 백인들은 너무 강하다며, 그는 고개를 저었다. 여자들이 살해되었기 때문에 정착민들이 가혹한 복수를 요구하리라는 사실도 분명했다. 그 자리에 있던 작은까마귀의 아들은 그때 아버지의 얼굴이 파래졌으며 이마에서 구슬 같은 땀방울이 솟아났다고 전하고 있다.

드디어 한 젊은 용사가 소리쳤다.

"타 오야 테 두타는 겁쟁이다."

'겁쟁이'란, 굶으면서도 백인의 달걀 하나 손대지 못한 소년의 마음을 휘저어 살인까지 하게 만들었던 비상 같은 말이 아닌가. 아무리 백인의 길을 가고 있는 수우족 추장이라도 대수로이 넘길 말이 아니었다.

그의 어린 아들이 기억하고 있는 작은까마귀의 말이다.

"타 오야 테 두타는 겁쟁이가 아니다. 그는 바보가 아니다. 그가 언제 적에게서 도망친 적 있는가? 전투에서 그의 용사들을 남겨두고 등을 돌려 티피(인디언의 천막집)로 들어간 적 있었나? 부득이 후퇴할 때도 오지브 웨이즈 강을 바라보며 맨 뒤에 처져 암곰이 새끼들을 품고 보호하듯 너희들을 막아주었다. 타 오야 테 두타가 머리가죽 없이 돌아온 적 있는가? 그의 전투 깃을 보아라! 거기 깃대에 걸린 적의 머리가죽 털을 보아라. 그런데도 겁쟁이라고 부르는가! 타 오야 테 두타는 겁쟁이도 아니고 바보도 아니다. 용사들아, 너희들은 어린아이들 같다. 지금 무슨 짓을 하고 있는지 모른다.

너희는 백인의 사악한 물로 가득 차 있다. 너희는 돌아서서 자기 그림자를 물어뜯는 한여름 복중의 개들과 같다. 우리는 단지 여기저기 흩어져 있는 한 줌의 들소 떼와 같다. 더 이상 한때 평원을 뒤덮던 거대한 무리가 아니다. 보라! 백인들은 메뚜기 떼 같아서 하늘을 날 때면 온통 까마득해 온 하늘에 눈보라가 날리는 것 같다. 하나나 둘, 열 명은 죽일 수 있다. 그래, 저 숲속의 나뭇잎처럼 많은 사람들을 죽일 수도 있다. 그래도 그 형제들은 눈도 깜짝하지 않을 것이다. 한 명, 두 명, 열 명을 죽이면 열 명의 열 배가 몰려와 너희를 죽일 것이다. 너희가 하루 종일 손가락으로 세어도 백인들은 손에 총을 들고 너희들이 세는 것보다 더 빨리 달려온다.

맞다. 백인들은 여기서 멀리 떨어져 서로 싸우고 있다. 벼락 같은 대포 소리가 들리나? 안 들리지. 그들이 싸우는 곳까지 달려간다면 두 달이 걸릴 것이다. 가는 동안 백인 병사들이 오지브 웨이즈 강 늪에 서 있는 낙엽송처럼 **빽빽**할 것이다. 백인들이 서로 싸우는 것은 맞다. 그러나 너희가 그들을 친다면 그들은 제철 메뚜기가 나무에 달려들어 하루 만에 모든 잎을 갉아먹듯 모두 달려들어 너희들을 삼켜버릴 것이다.

너희들은 바보다. 추장의 얼굴도 제대로 보지 못한다. 눈은 연기로 가득 차 있다. 그의 목소리도 알아듣지 못한다. 귀는 소란스런 물로 가득 차 있다. 용사들이여, 너희는 철부지다. 바보다. 너희들은 혹심한 추위가 몰아치는 1월에 굶주린 늑대에 잡아먹히는 토끼처럼 죽게 될 것이다. 타 오야 테 두타는 겁쟁이가 아니다. 그는 여러분과 목숨을 함께할 것이다."

그때 큰독수리가 일어나 화평을 주장했지만 그 소리는 성난 전사들의 고함 소리에 묻혀버렸다. 10년간 백인들에게 받아온 수모, 파기된 조약들, 잃어버린 사냥터, 지켜지지 않은 약속, 오지 않는 연금, 창고에 가득 찬 식량을 보고도 굶주려야 하는 쓰라림, 가까이는 앤드루 머릭의 모욕적인 말들까지 그동안 맺혔던 억울함이 한데 뒤엉켰다.

작은까마귀는 상류에 사람을 보내 와페톤 지파와 시세톤 지파를 전쟁에 참여하도록 소집했다. 여자들은 잠에서 깨어나 탄약을 날랐고 전사들은 총기를 손질했다.

"작은까마귀는 다음 날 아침 일찍 주재소를 습격하고 교역 상인들을 죽이라는 명령을 내렸다"라고 큰독수리는 회상했다. "다음 날 아침 전사들이 주재소로 몰려갈 때 나도 같이 갔다. 나는 내 수하를 데리고 가지 않았고 살인에 가담하지도 않았다. 나는 친하게 지내던 백인 두 명의 목숨을 구하러 간 것이었다. 다른 몇몇 사람들도 그 때문에 갔을 텐데, 거의 모든 인디언들에겐 백인 친구가 있어서 그들이 살해당하는 것을 원치 않았다. 물론 다른 사람들의 친구야 죽든 말든 상관없었다. 그러나 주재소에 도착했을 때는 이미 살상이 거의 끝나가고 있었다. 작은까마귀는 말에서 내려 작전을 지시하고 있었다. ……아내가 인디언 여자인 교역 상인 앤드루 머릭 씨는 불과 며칠 전 양식을 애걸하는 굶주린 인디언들에게 외상을 거절하고 '배가 고프면 풀이나 먹어라'라고 했다. 그는 입에 풀이 잔뜩 쑤셔 넣어진 채로 죽어 땅에 누워 있었다. 인디언들은 머릭의 시체를 보고 '흥, 자기가 풀을 먹고 있군' 하고 조롱했다."

전사들은 남자 스무 명을 죽이고 아녀자 열 명을 사로잡았으며 창고에 쌓여 있던 식량을 끌어내고 다른 건물에는 불을 질렀다. 샌티 친구들 덕분에 요행히 살아남은 백인 몇몇은 강을 건너 13마일 아래에 있는 릿질리 요새로 도망쳤다.

그들은 릿질리 요새로 가는 도중에 주재소를 구하러 달려가는 45명의 기병 중대를 만났다. 작은까마귀가 그 전날 설교를 들었던 힌먼 목사가 병사들에게 돌아가라고 주의시켰지만 지휘자 존 마시는 경고를 무시하고 샌티족이 매복한 곳으로 달려갔다가 24명만 살아 요새로 돌아왔다.

첫 번째 성공에 힘을 얻은 작은까마귀는 군인의 집인 릿질리 요새를 직접 공격하기로 결정했다. 와바샤가 그의 지파를 이끌고 왔고 만카토 부대도 전사를 더 보강하여 합류했다. 상류 주재소에서 새 동맹군이 온다는 소식이 왔다. 큰독수리도 부족민이 전쟁에 휩쓸려가는 마당에 더 이상 중립으로 남아 있을 수 없었다.

밤을 틈타 추장들과 수백 명의 전사들은 미네소타 계곡을 따라 이동해서 다음 날인 8월 19일 아침 일찍 요새의 서쪽 평원에 모여들었다. 전투에 참여한 번개담요Lightning Blanket는 "젊은 사람들은 모두 이 싸움에 열성적으로 참가했다"고 당시의 모습을 전하고 있다.

"우리는 전투 분장을 하고 음식과 탄약을 넣어두는 넓은 허리천을 두르고 각반을 차서 전투 복장을 갖췄다."

몇몇 풋내기 젊은이들은 군인의 집(요새)의 단단한 돌 건물과 거기서 그들을 기다리고 있는 푸른 외투를 보고 그곳을 공격할 생각을 바꿨다. 안 그래도 하류 주재소에서 오는 도중에 그들은 코튼우드 강 연안의 한 마을인 뉴울름을 습격하는 것이 훨씬 쉽다는 말을 나누던 참이었다. 강 건너 그 마을은 약탈할 물건이 많고 군인도 없다. 뉴울름에서 싸우지 못할 게 뭔가? 작은까마귀는 샌티족이 전쟁을 수행하고 있으며 승리하기 위해서는 미군을 물리쳐야 한다고 말했다. 미군을 계곡에서 몰아낸다면 백인 이주자들은 저절로 물러가버릴 것이다. 하지만 뉴울름에 있는 백인 몇 명을 죽여봤자 아무런 이득이 없다.

그러나 작은까마귀의 꾸중과 당부에도 불구하고 젊은이들은 강 쪽으로 빠져나갔다. 작은까마귀는 다른 추장들과 상의해 다음 날까지 릿질리 요새에 대한 공격을 연기하기로 결정했다.

그날 저녁 젊은이들이 뉴울름에서 돌아왔다. 그곳 주민들이 겁을 먹기는 했지만 마을 사람들의 저항은 완강했다고 그들은 전했다. 거기다 오후에는 번개를 동반한 심한 폭풍이 불어왔다. 큰독수리는 추장도 없는 그들 인디언을 약탈자라고 매도했다. 그들은 다음 날 아침에 릿질리 요새를 공격하기로 했다.

"우리는 해 뜰 녘에 출발해서 나루에 있는 주재소에서 강을 건넜다.

길을 따라 걷다가 파리볼트 크리크 하류의 언덕 꼭대기에서 잠시 멈춰 휴식을 취했다. 거기서 작은까마귀는 요새를 공격할 계획을 설명했다." 번개담요의 말이다.

"요새에 도착하면 공격 신호로 마술병의 부하들이 세 번의 일제 사격을 가할 것이다. 그러면 미군들이 응사할 텐데 그때 동쪽 부대(큰독수리 부대)와 남서쪽 부대(작은까마귀와 샤코페 부대)가 돌진해 들어가 요새를 탈취한다.

우리는 정오가 되기 전에 스리 마일 크리크에 닿았다. 점심을 해먹고 두 패로 나뉘었다. 나는 말이 없는 전사들과 한패가 되어 요새 북쪽으로 나아갔다. 우리는 작은까마귀의 지휘를 벗어나자 추장의 지시 같은 건 무시하고 제멋대로 행동했다. 두 부대는 거의 동시에 요새에 닿았다. 우리는 작은까마귀가 검은 말을 타고 서쪽으로 지나가는 것을 보았다. 이윽고 우리 쪽 마술병 부대에서 신호탄 세 발이 울렸다. 우리는 북쪽을 제때 공격했지만 동·서·남쪽을 공격하기로 했던 전사들은 뒤처져 나타나지 않았다. 우리 북쪽 패들은 총을 쏘면서 큰 돌집 옆 건물로 달려들어갔는데 한 백인이 대포를 겨누며 기다리고 있었다. 잘 아는 백인이었다. 우리만 눈에 보이는 표적이었기 때문에 우리 쪽에서 쏜 신호탄 소리를 듣고 미리 조준하고 있었던 듯 그는 우리에게 대포를 쏘았다. 신호가 울린 즉시 작은까마귀의 부하들이 같이 돌격했더라면 대포를 쏜 군인들은 죽었을 것이다. 우리 중 둘이 죽고 셋이 크게 다쳤다. 좀 있다가 둘이 더 죽었다. 우리는 다시 강가로 도망쳤다. 그제야 작은까마귀의 부하들이 돌격해 들어간 모양인데 우리는 그걸 모르고 있었다. 그들이 접근해온 줄 알았더라면 넓은 공터에 나와 있던 미군들을 동시에 쏘아 죽일 수 있었을 것이다. 작은까마귀도 대포에 밀려났다. 우리는 한 지휘자의 명령에 따르는 백인들처럼 싸우지 못하고 제멋대로 사격을 했다. 건물 안으로 돌입하려던 계획은 포기해야 했다. 우리는 많은 군인들이 있으리라고 생각되는 커다란 돌집 창문에 무턱대고 총을 쏘았다.

눈으로 볼 수 없어 얼마나 죽였는지는 알 수 없었다. 불화살로 불을 지르려 했지만 돌집이라 불이 붙지 않았다. 더 많은 화약과 탄약이 필요했다. 어두워지려면 두 시간은 더 기다려야 할 정도로 해는 높이 떠 있었지만 우리는 요새 서쪽에 있는 작은까마귀의 마을로 돌아갔다가 내일 다시 전투를 하러 오기로 결정했다. 이 공격에는 400명 정도가 참가했다. 여자들은 모두 작은까마귀 마을에 남아 있었고 음식 준비는 아직 싸울 수 없는 열 살에서 열다섯 살 정도의 소년들이 했다."

그날 저녁 마을로 돌아온 작은까마귀와 큰독수리는 군인들의 집을 빼앗지 못해 의기소침해 있었다. 큰독수리는 다시 공격을 하는 데 반대했다. 샌티족에겐 미군들의 대포에 대항해 엄습해 들어갈 만한 병력이 없다고 그는 말했다. 이대로 공격한다면 수많은 사람의 목숨만 잃게 될 것이다. 그래서 작은까마귀는 좀더 상황을 보기로 하고 그동안 가능한 한 많은 탄약을 만들라고 지시했다. 주재소의 창고에는 화약이 많이 남아 있었다.

그날 저녁 늦게 상황이 바뀌었다. 400명가량의 와페톤 지파와 시세톤 지파의 전사들이 달려와 작은까마귀는 다시 기운을 얻었다. 강한 샌티 수우족 전사 800명이 힘을 합친다면 충분히 요새를 탈취할 수 있을 것이다. 그는 전투 회의를 소집하고 다음 날 전투에 대한 엄중한 지시를 내렸다. 이번에는 실패해서는 안 된다.

번개담요의 전언이다. "8월 22일 일찍 출발했다. 풀숲은 이슬에 젖어 있었다. 태양은 얼마 가지 않아 높이 떠올랐다. 정오 직전에야 우리는 요새에 도착했다. ……이번에는 음식을 먹기 위해 멈춰 서지 않고 각자 허리춤에 먹을 것을 넣고 싸우면서 먹었다."

큰독수리는 이 두 번째 싸움이야말로 대단한 한판이었다고 말하고 있다. "우리는 요새를 탈취할 각오를 단단히 하고 전투에 임했다. 이 일이 아주 중요하다는 것은 우리 모두 알고 있었다. 요새를 정복하면 미네소타 계곡 전체가 우리 차지가 되는 것이다."

앞의 정면공격 때와 달리, 이번에는 초원의 풀과 꽃으로 위장하고 골짜기와 덤불 사이를 기어서 아주 가까운 거리까지 접근했다. 불화살을 무수히 쏘자 지붕에 불이 활활 붙었다. 그리고 전사들은 축사로 돌입했다. 와콩크 다야만네의 말을 들어보자.

"이 싸움에서 나는 남쪽의 마구간으로 기어가 말 한 마리를 끌어내려 했다. 그때 포탄이 바로 내 옆에서 터졌다. 말이 갑자기 뛰어올라 나를 쓰러뜨리고 뛰어나갔다. 몸을 일으켰을 때 노새 한 마리가 달려나가는 것이 보였다. 거의 정신이 나간 상태에서 나는 그 노새를 쏘아 쓰러뜨렸다."

몇 분간 마구간 주위에서 육박전이 벌어졌다. 결국 인디언들은 미군들의 거센 포격에 밀려 물러날 수밖에 없었다.

작은까마귀는 부상을 당했다. 심하지는 않았지만 피를 많이 흘려 기력이 빠졌다. 그는 원기를 회복하기 위해 뒤로 물러나고 만카토가 또 한 번의 공격을 지휘했다. 그러나 돌진하던 전사들이 산탄포에 쓰러졌고 공격은 실패로 돌아갔다.

큰독수리는 "대포만 아니었다면 요새를 탈취했을 것이다"라고 설명하고 있다. "미군들은 아주 용감하게 싸워 실제보다 더 많은 병력이 있는 것처럼 생각되었다." (실제 요새 안에는 군인 150명과 민간인 25명이 있었다.) 큰독수리는 이날 전투에서 가장 많은 부하를 잃었다.

오후 늦게 샌티족 추장들은 공격을 중단했다.

번개담요의 설명이다. "해가 뉘엿뉘엿 지고 있었다. 남쪽과 서쪽에 있던 부대가 대포에 밀리고 작은까마귀 부대가 북서쪽으로 가는 것을 보고 우리는 그들과 합류했다. 작은까마귀의 마을로 가면 전사들을 보충할 수 있을 거라 생각했지만 그럴 만한 남자는 없었다. 대책을 논하는데 다음 날 다시 요새를 공격하고 뉴울름으로 가자는 사람들도 있었고 새벽에 뉴울름을 공격하고 돌아와 요새를 탈취하자는 사람도 있었다. 우리는 미군들이 뉴울름에 먼저 들어가는 것을 우려했다."

번개담요가 말한 군인들은 세인트폴에서 접근해오는 미네소타 제6연대 병력 1400명이다. 그 부대는 샌티족이 아주 잘 아는 군인 대장의 지휘를 받고 있었다. 꺽다리장사꾼Long Trader 헨리 시블리 대령이었다. 꺽다리장사꾼 시블리는 첫 번째 조약에서 샌티족 땅에 대한 지불금으로 약속된 47만 5000달러 가운데 샌티족에게 과다 지급된 14만 5000달러는 그의 모피 회사에 지불해달라고 요구했다. 샌티족은 모피 회사가 그들에게 줄 돈을 제대로 주지 않았다고 생각하고 있었지만 주재관인 알렉산더 램지는 다른 상인의 주장은 물론 시블리의 주장까지 받아들였고, 인디언들은 땅에 대해 실질적으로 아무 대가도 받지 못했다(램지는 미네소타 주지사가 되었는데 시블리는 그의 지명으로 미네소타 연대장으로 벼락출세했다).

8월 23일 중참 때, 샌티의 전사들은 뉴울름을 공격했다. 숲을 지나 밝은 햇빛 속으로 나오자 그들은 반원형을 그리며 초원을 가로질러 그 마을을 향해 달려갔다. 뉴울름의 마을 사람들도 그들의 공격에 대비하고 있었다. 8월 19일 무위로 돌아간 젊은 용사들의 공격 뒤에 뉴울름 사람들은 바리케이드를 치고 무기를 확보해두었으며 계곡 연안의 마을들로부터 민병을 불러 모았다. 백인들의 방어선 105마일 전방에 들어서자 전사들은 부챗살같이 퍼져 전진 속도를 높이고 인디언 특유의 고함을 지르며 백인들의 간담을 서늘하게 했다. 이날의 전투 지휘자는 만카토였다(작은까마귀는 부상당해 누워 있었다). 그의 계획은 이 마을을 포위 공격하는 것이었다.

쌍방의 사격은 격렬하고 신속했지만, 각 건물마다 총구멍을 설치해놓고 저항하는 마을 사람들이 인디언의 돌진을 지체시켰다. 오후가 되자 샌티족은 바람 부는 방향에 있는 여러 채의 건물에 불을 지르고 연막을 방패 삼아 마을 중심부로 돌격해 들어갔다. 기병과 보병 전사 60명이 바리케이드로 돌격해 들어갔으나 비 오듯 쏟아지는 사격 때문에 저지되었다. 거리에서, 주거지에서, 상점에서 치열하고 긴 육박전이 벌어졌다. 이윽고 어둠이 내렸고, 샌티족은 승리를 거두지 못하고 물러났다. 이 전투에서 건물 190채가 불탔고 뉴울름 사람 100여 명이 죽거나 부상을 입었다.

3일 후 시블리 연대의 전위 부대가 릿질리 요새에 당도하자 샌티족은 일단 미네소타 계곡 상류로 철수했다. 그들에겐 200여 명의 포로가 있었는데 대부분 백인 여자와 아이들 그리고 백인들 쪽이라고 알려진 혼혈인이었다. 작은까마귀는 상류 주재소 너머 40마일쯤에 임시 마을을 세우고 그 지역 수우족의 지원을 얻기 위해 추장들과 협상을 벌였지만 별 성과가 없었다. 그들이 열성을 보이지 않는 이유 중 하나는 작은까마귀가 릿질리 요새에서 군인들을 몰아내지 못했기 때문이다. 또 다른 이유는 작은까마귀가 요새를 포위 공격하고 있을 때 군기 빠진 젊은 약

작은까마귀(체톤 와카와 마니).
1858년 제노 신들러 사진.

큰독수리.
아이오와 데이븐포트 매클랜 기지에서 시몬스와 셰퍼드가 찍은 사진.

탈대가 미네소타 강 북쪽의 백인 이주자들에 대해 무분별한 살육을 자행했기 때문이다. 수백 명의 이주자들이 아무런 경고 없이 오두막집 안에서 오도 가도 못한 채 꼼짝없이 당했다. 살아남은 사람들은 도망을 갔고 그중 일부는 작은까마귀가 그의 명분에 가담하기를 원하는 수우족 지파의 마을에 피신해 있었다.

작은까마귀는 이주민을 습격한 자들을 경멸했지만 그가 내린 전쟁 결정 때문에 그자들의 방종한 기운이 풀어헤쳐졌다는 것을 알고 있었다. 이제 너무 늦어 되돌아갈 길은 없다. 미군과의 전쟁은 싸울 전사가 있는 한 계속하는 수밖에 없는 것이다.

9월 1일 그는 강 하류로 척후를 보내어 시블리 부대의 위세를 시험해 보기로 했다. 그들은 두 부대로 나누어 작은까마귀는 미네소타 강 북쪽으로 110명의 전사들을 이동시키고, 큰독수리와 만카토는 더 많은 수를 데리고 남쪽 강둑 쪽으로 정찰을 나갔다.

작은까마귀의 계획은 미군과의 정면충돌을 피하고 시블리의 후방으로 몰래 돌아나가서 보급 차량을 탈취하는 것이었다. 그의 부대는 멀리 북쪽으로 돌아서 그동안 약탈자들의 공격을 버텨냈던 정착촌에 가까이 접근했다. 몇몇 작은 마을을 습격하려는 유혹 때문에 그의 추종자들 간에 분열이 생겼다. 정찰을 나간 둘째 날 부추장 하나가 전시 회의를 소집하고 정착촌에 대한 공격과 약탈을 제안했다. 작은까마귀는 반대했다. 그들의 적은 군인들이라고 그는 언명했다. 그들은 군인과 싸워야 한다. 회의 끝에 75명의 전사들이 약탈을 제안한 부추장 쪽에 가담하고, 충직한 35명의 전사만 작은까마귀 편에 남았다.

다음 날 아침 작은까마귀의 소부대는 전혀 예기치 않게 75명의 미군들을 만났다. 뒤이어 벌어진 쫓고 쫓기는 전투가 계속되는 동안 총소리를 듣고 전날 갈라섰던 전사들이 작은까마귀를 구하기 위해 달려왔다. 피를 뿌리는 육박전 가운데 샌티족은 미군 6명을 사살하고 15명에게 부상을 입혔다. 미군은 허친슨으로 급히 퇴각했다.

다음 이틀 동안 샌티족은 허친슨과 퍼리스트 시 주변을 정찰했지만 미군들은 방책 가운데서 움직이려 하지 않았다. 9월 5일 남서쪽 이삼 마일 지점에서 전투가 벌어졌다는 소식이 들려왔다. 큰독수리와 만카토가 꺽다리 부대를 버치 쿨리(협곡)에서 독 안에 밀어넣었다는 것이다.

버치 쿨리 전투 전날 밤 큰독수리와 만카토는 도피할 구멍이 없도록 미군 진영을 소리 없이 둘러쌌다. "새벽에 전투가 시작되었다"고 큰독수리는 말했다. "하루 종일 그리고 밤을 지나 다음 날 정오까지 계속되었다. 양쪽 모두 훌륭히 싸웠다. 백인들은 그들의 전투 방식 때문에 많은 병사를 잃었다. 우리 쪽은 손실이 거의 없었다. 오후 중반을 넘어가면서 우리 쪽은 지지부진한 전투와 미군의 완강한 저항에 불만을 갖게 되었다. 드디어 돌격 준비 명령이 내려졌다. 용감한 만카토가 첫 공방을 치르고 나서 돌격할 마음을 먹었던 것이다. ……우리가 돌격하려는 순간 동쪽에서 대규모 기병대 병력이 릿질리 요새로 이동해오고 있다는 소식이 전해졌다. 이 때문에 돌격은 중단되고 약간의 소요가 일었다. 만카토는 얼마간의 전사들을 뽑아 그들에게 맞서도록 내보냈다. ……그는 병력이 많아 보이도록 이리저리 오가게 했고 계곡에 있던 전사들은 모두 소리를 계속 질러댔다. 드디어 백인들은 2마일 정도 물러나 흉벽을 팠다. 만카토는 뒤에서 그들을 경계하도록 30명 정도의 전사를 배치해놓고 돌아왔다. 인디언들은 백인들이 돌진해오지 못하게 그들을 속인 것에 즐거워했다.

다음 날 아침 시블리 대령이 대규모 병력을 이끌고 왔다. 우리는 틈을 노려 도망쳤다. 몇 사람은 그대로 남아서 그들이 진지에 있던 병사들과 악수를 하고 있을 때 사격을 가하기도 했다고 떠벌렸다. 평원에 있던 전사들은 다시 서쪽으로 계곡을 따라 퇴각했다. ……추격은 없었다. 미군들은 우리가 전투장을 떠날 때 대포를 쏘아댔지만 차라리 큰북을 두드리는 편이 더 나았을 것이다. 그것들은 소리만 냈다. 우리는 다시 강 건너 우리 마을로 가서 거기서 강을 따라 옐로 메디신 강과 치페와 강 어귀까지 갔다. 작은까마귀는 그곳에서 우리와 합류했다. 시블리가 우리 쪽으로 오고 있다는 소식이 들려왔다. ……그는 버치 쿨리 전투장의 막대 조각에 작은까마귀가 보라고 쪽지를 써놓았는데 우리 전사가 그것을 발견하고 가져왔다…….”

꺽다리가 남긴 쪽지는 군말 없이 간단했다.

작은까마귀가 제안할 것이 있다면 내게 혼혈인을 보내도록 해라. 그 자는 군영 내에서나 밖에서나 안전을 보장받을 것이다.

- 연대장 시블리

작은까마귀는 물론 샌티족의 조약금을 상당 부분 갈취할 정도로 약삭빠른 이 사람을 믿지 않았다. 그러나 그는 답변을 보내기로 했다. 그는 샌티족이 전투에 나서게 된 까닭을 화이트 록(세인트폴)에 있었던 꺽다리장사꾼이 모르지는 않을 것이라고 생각했다. 그는 램지 주지사도 전쟁이 일어난 이유를 알아야 한다고 생각했다. 샌티족 가운데 중립적인 많은 사람들이 램지가 미네소타 백인들에게 했다는 말에 두려움을 금치 못했다.

“수우족 인디언은 뿌리를 뽑아버리거나 주 경계선 너머로 영구히 몰아내야 한다."

시블리 장군에게 보낸 작은까마귀의 9월 7일자 답변이다.

> 무슨 까닭으로 이 전쟁을 시작했는지 당신에게 이야기하겠소. 그것
> 은 갤브레이스 소령 때문이오. 우리는 정부와 조약을 맺고 우리가
> 받을 것을 요청했지만 아이들이 굶어죽을 때까지 아무것도 받지 못
> 했소. 전쟁을 시작한 것은 상인들이오. 머릭 씨는 인디언들에게 풀
> 이나 흙덩이를 먹으라고 말했소. 포브스 씨는 하류에 사는 수우족에
> 게 사람이 아니라고 욕을 했소. 로버츠는 친구들과 공모해서 우리의
> 돈을 횡령했소. 젊은 용사들이 백인들을 공격했다면 그것은 바로 나
> 자신이 한 것이오. 그러므로 나는 당신이 램지 지사에게 이것을 알
> 려주기 바라오. 내게는 여자와 아이들 등 많은 포로가 있소. ……이
> 편지를 가져간 사람에게 답변을 해주기 바라오.

시블리 장군의 답변이다.

> 작은까마귀—당신은 아무런 명분 없이 많은 우리 주민을 살해했다.
> 백기를 들려 포로들을 내게 돌려보내라. 그러면 나는 당신과 사내답
> 게 대화를 나눌 것이다.

작은까마귀는 샌티족을 절멸시키거나 유형을 보내야 한다는 램지 주
지사의 언명을 꺽다리장사꾼이 그대로 수행할 의지가 있는지 어떤지
확실해지기 전에는 포로를 돌려줄 의사가 없었다. 대신 포로들을 협상
에 이용할 생각이었다. 그러나 여러 지파가 모인 회의에서 시블리 부대

가 옐로 메디신에 당도하기 전에 샌티족이 어떤 입장을 취해야 할지에 대한 추장들의 의견은 가지각색이었다. 상류 주재소 시세톤 지파의 추장 폴 마자쿠테마네는 작은까마귀가 전쟁을 일으켰다고 비난했다.

"백인 포로들을 나한테 넘기시오. 그들의 친구들에게 데려다주겠소. 이제 전투는 그만합시다. 백인과 싸우는 사람은 부자가 될 수 없고 한 장소에 이틀도 못 있고 언제나 도망 다니다가 굶어죽는 신세요."

릿질리 요새와 뉴울름 전투에 참가했던 와바샤도 포로들을 우선 풀어주고 화친의 길을 열어놓자는 쪽이었지만 그의 사위인 르다 인 양 카는 작은까마귀와 대다수 전사들의 감정을 대변했다.

"나는 전쟁을 계속하자는 쪽이오. 포로들을 내주다니 말도 안 됩니다. 그런다고 백인들이 어떤 합의든 지킬 것 같소? 주재관과 교역 상인들은 우리 돈을 빼앗아갔고 속임수를 써왔소. 우리 중에는 총살당한 사람도 있고 교수형을 당한 사람도 있어요. 심지어 백인들은 우리 부족민을 떠다니는 얼음 위에 떠다밀기도 하고 물에 빠뜨려 죽이기도 했소. 감옥에서 굶어죽은 사람도 많소. 젊은이 넷이 악턴에서 일을 저지르고 와서 털어놓기 전까지만 해도 우리는 백인들을 죽이지 않았습니다. 젊은이들은 모두 흥분해서 그 짓을 한 겁니다. 나이 든 어른들이 그 일을 막았어야 했지만 조약을 맺은 뒤로는 모두 영향력을 잃어버렸소. 지난 일이 유감스럽더라도 이젠 되돌릴 수 없게 되었습니다. 어차피 우리는 죽어야 합니다. 이왕 죽을 바에야 백인들을 한 명이라도 더 죽여야 합니다. 포로도 마찬가지요."

9월 12일, 더 이상의 살육을 피하기 위해 작은까마귀는 시블리에게 편지를 보냈다. 포로들은 친절한 대우를 받고 있다는 말 뒤에 "친구로서 어떤 식으로 화친을 맺을 수 있는지 알려주길 바라오"라고 덧붙였다.

한편 바로 그날 와바샤도 작은까마귀 모르게 시블리에게 밀서를 보내, 작은까마귀가 전쟁을 일으켰다고 비난하며 자기는 "좋은 백인의 친구"라고 주장했다. 그는 이삼 주 전에 릿질리 요새와 뉴울름에서 그들과 싸운 사실은 말하지 않았다.

"나는 백인을 도우면 죽여버린다고 위협해서 꼼짝없이 눌려 지내고 있소. 그러나 당신이 만날 장소를 지정해주면 나와 친구들 두세 명이 백인 포로들을 데리고 나가겠소."

시블리는 즉각 답신을 보냈다. 그는 작은까마귀가 포로를 인도하지 않는 것은 화친을 맺는 길이 아니라고 꾸짖었지만 전투를 끝낼 방법을 알려달라는 추장의 간청에는 아무 대답도 하지 않았다. 그 대신 작은까마귀를 배반한 와바샤에게 장문의 편지를 보내 백기를 써서 포로들을 인도할 방법을 자세하게 지시했다.

"포로들을 많이 데려오는 백인의 진정한 친구들은 기꺼이 영접해줄 것"이라고 시블리는 약속했다. "내게는 나의 앞길을 저지하려는 자들을 모두 무찌르고 무고한 피로 손을 적신 자들을 벌할 막강한 능력이 있다."

작은까마귀는 꺽다리장사꾼의 차가운 답서를 보고 초라한 투항 외에는 아무런 희망이 없다는 것을 깨달았다. 미군들을 쳐부수지 않는다면 샌티 수우족에게는 죽음 아니면 유형이 있을 뿐이었다.

9월 22일 시블리 연대가 우드 호에서 숙영 중이라는 정찰 보고가 들어왔다. 작은까마귀는 그들이 옐로 메디신 강에 도착하기 전에 최후의 일전을 벌이기로 작정했다.

"전투추장과 뛰어난 전사들이 모두 참가했다. 결정적인 전투가 될 것임을 모두 알고 있었다"라고 큰독수리는 말했다. 샌티족은 버치 쿨리에서처럼 몰래 매복해 미군들이 오기를 기다렸다. "우리는 그들이 웃고 노래하는 소리를 들을 수 있었다. 모든 대비를 한 뒤에 작은까마귀와 몇몇 추장들은 전투가 시작되면 잘 지켜볼 수 있도록 언덕에 올라가 있었다. 그런데 아침에 우연한 사고가 일어나 계획이 빗나갔다. 무슨 이유인지 시블리는 우리가 예상했던 것과 달리 일찍 이동하지 않았다. 그러나 전사들은 계속 숨어 참을성 있게 기다렸다. 몇 명은 계곡의 숙영지에 아주 근접해 있었지만 미군 한 사람도 발견하지 못했다. 해가 떠오른 지 한참 후에 많은 군인들을 태운 마차 네댓 대가 이전의 옐로 메디신 주재소 쪽으로 갔다. 나중에 안 사실이지만 그들은 지휘관에게 보고하지 않고 5마일 떨어진 주재소로 감자를 캐러 가는 길이었다. 마차는 길을 따라 오지 않고 곧장 우리 전사들이 매복해 있는 들판 쪽으로 다가왔다. 마차가 계속 다가오면 치여 죽을 판이었다. 드디어 아주 가까이 접근하자 전사들은 일어나서 사격을 가하지 않을 수 없었다. 이렇게 되자 당연히 전투가 시작되었다. 작은까마귀는 크게 실망했다.

전투에 참가한 인디언들의 활약상은 훌륭했지만, 수백 명의 전사들이 그곳에 없었기 때문에 단 한 발도 쏘지 못했다. 그들은 너무 먼 곳에 있었다. 계곡과 도로에 있던 전사들이 싸움을 도맡아야 했다. 언덕 쪽에 있던 전사들도 최선을 다했지만 우리는 곧 뒤로 밀렸다. 아주 뛰어나고 용감한 전투추장 만카토가 그곳에서 전사했다. 그는 대포알에 맞았는데, 거의 다 터져 별 걱정을 안 하고 있을 때 포탄 파편이 엎드려 있던 그의 등을 때려 숨겼다. 미군이 돌격해 들어와 골짜기에 있던 전사들을 몰아냈다. 그것으로 전투는 끝이었다. 우리는 좀 어지럽게 뒤섞여 후퇴했다. 넓은 벌판을 가로질렀지만 기병대는 뒤쫓지 않았다. 열댓 명이 사망하고 적지 않은 사람이 부상을 당했다. 부상당한 사람들이 죽어갔지만 그 수가 얼마였는지는 생각나지 않는다. 죽은 시체는 놔두고 부상자들은 모두 데려갔다. 백인들이 사망한 인디언의 머리가죽을 모두 벗겼다는 말을 들었다. 미군들이 죽은 샌티족의 몸을 절단한 뒤에야 시블리는 그런 행동을 금하는 지시를 내렸다. '야만적인 적의 시체라 할지라도 문명한 기독교인들이 품위 없는 행동을 해서는 안 된다.'"

그날 저녁 추장들은 옐로 메디신 강 상류 12마일 지점의 샌티족 진영에서 마지막 회의를 열었다. 그들이 맞서기에는 꺽다리장사꾼이 너무 강하다는 사실을 받아들일 수밖에 없었다. 이제 삼림 수우족은 투항을 하거나, 아니면 도망쳐서 다코타 지역의 평원 수우족과 합류해야 한다. 전투에 참여하지 않은 사람들은 남아서 투항하기로 했다. 백인 포로를 넘겨주면 꺽다리장사꾼의 호의를 살 수 있을 것이다. 그들은 사위 르다인 양 카를 설득한 와바샤와 함께 남기로 했다. 마지막 순간에 큰독수리도 남기로 결심했다. 그가 투항하면 잠시만 포로로 억류될 뿐이라고 혼혈인들이 보증을 해주었다. 하지만 그는 죽을 때까지 자신이 내린 결정을 후회하게 될 터였다.

다음 날 아침 패배로 쓰라린 가슴을 부여안고 60년이라는 세월의 무게를 느끼며 노추장 작은까마귀는 그를 따르던 사람들에게 마지막 연설을 했다.

"나 자신 수우족이라고 부르기도 부끄럽다. 가장 뛰어난 전사 700명이 백인들에게 지다니. 이제 우리는 도망 다니며 들소나 늑대처럼 평원에 흩어져 살아야 하는 신세가 되었다. 백인들이 대포와 성능 좋은 무기를 가졌고 우리보다 병력이 많았던 것도 사실이다. 그러나 그것 때문에 진 것은 아니다. 왜냐하면 우리는 용감한 수우족이고 백인들은 겁

많은 아녀자들이기 때문이다. 나는 이 치욕스러운 패배를 받아들일 수 없다. 우리가 진 것은 우리 안에 있는 배반자들의 책동 때문이다."

작은까마귀와 샤코페 그리고 마술병은 지파 사람들에게 천막을 걷으라고 지시했다. 그들은 주재소에서 탈취한 몇 대의 마차에 가재도구와 식량, 그리고 아녀자들을 싣고 서쪽으로 떠났다. 들벼의 달(9월)이 끝나고 추운 달이 다가오고 있었다.

9월 26일 백기를 내건 와바샤와 폴 마자쿠테마네의 도움으로 시블리는 힘 하나 안 들이고 마을을 점령했다. 그는 즉각 포로를 인도하도록 요구했다. 107명의 백인과 162명의 혼혈인이 석방되었다. 시블리는 뒤이은 회의에서, 모든 샌티족은 그들 가운데 죄인을 색출해 목을 매달 때까지 전쟁포로로 간주한다고 선언했다. 화친을 청했던 추장들은 우정을 내세우면서 공손한 태도로 이의를 제기했다. 폴 마자쿠테마네의 말이다.

"나는 당신 자식처럼 자랐습니다. 나는 당신이 내준 물건으로 자랐습니다. 이제 나는 아버지의 손을 잡는 아이처럼 당신의 손을 잡습니다. 나는 모든 백인들을 친구로 여겨왔습니다. 나는 이 축복이 그들로부터 내려온 거라고 생각합니다."

시블리는 마을 주위에 대포를 설치함으로써 그 말에 대한 대답을 대신했다. 그는 혼혈인들을 보내 미네소타 계곡의 모든 샌티족에게 릴리스 기지Release Camp로 들어오라고 경고했다(아이러니하게도 그곳을 '해방기지'라고 불렀다). 자발적으로 들어오지 않으면 색출해서 사로잡거나 사살해버릴 것이다. 미군들은 샌티족을 한곳에 몰아 무장해제를 시키는 한편 통나무를 잘라 커다란 건물을 지었다. 그 용도는 곧 분명해졌다. 기지에 있던 2천 명의 인디언 가운데 대부분이 남자인 600여 명은 한

쌍씩 쇠사슬로 묶여 그곳에 감금되었다.

한편 시블리는 장교 다섯 명을 뽑아 폭동에 참가한 모든 샌티족 용의자를 재판하기 위해 군법회의를 소집했다. 인디언은 아무 법적 권리가 없기 때문에 변호인단을 지명할 이유가 없었다.

첫 번째 용의자는 갓프레이라는 혼혈인이었다. 그는 와바샤 지파의 인디언 여자와 결혼해 4년 동안 하류 주재소에서 살았다. 증인은 포로였던 세 명의 백인 여자였다. 아무도 그가 강간했다고 하지 않았고 살인을 저지른 것을 보지도 못했다. 이 여자들은 다만 갓프레이가 뉴울름에서 백인 일곱 명을 살해했다고 자랑했다는 소문을 들었다고만 말했다. 이 증거를 가지고 군법회의는 갓프레이에게 살인죄로 교수형을 선고했다.

갓프레이는 공격에 가담한 샌티족을 찍어주면 군법회의가 사형을 면하게 해준다는 말을 듣고 자진해서 밀고자가 되었다. 재판은 순조롭게 진행되어 하루에 마흔 명이나 되는 인디언이 사형이나 징역형을 선고받았다. 11월 5일 재판이 끝났을 때는 303명이 사형선고를 받고 열여섯 명이 무기징역을 받았다.

아무리 '인간의 얼굴을 한 악마'라고 해도 시블리 혼자서 그 많은 사람의 명줄을 끊는다는 것은 감당하기 어려운 일이었다. 그는 북서부 사령관인 존 포프 장군에게 짐을 떠넘겼고 포프 장군은 다시 링컨 대통령에게 최종 결정을 넘겼다. "수우족 포로들은 대통령이 금지하지 않는 한 처형될 것입니다. 대통령이 그렇게 하지 않으리라고 확신합니다"라고 포프 장군은 램지 주지사에게 말했다.

그러나 링컨은 양심적인 사람이었기 때문에 판결에 대한 충분하고 완전한 기록을 요구했다.

"죄인들 가운데 죄질이 더 분명하고 영향력이 큰 것을 기록으로 충분히 입증하지 못한다면 이에 관한 신중한 진술을 확보해 내게 보내주기 바라오."

재판 기록을 받고 대통령은 두 명의 변호사를 배당해 살인자와 전투에만 참가한 사람들을 구분하도록 했다.

링컨이 샌티족 303명의 즉각적인 교수형 인가를 거절하자 포프 장군과 램지 주지사는 분기탱천했다. 포프는 "선고된 죄수들은 예외 없이 즉각 처형하는 것이 당연하다. 인류애로 보자면 이 사건은 즉각 처리되어야 한다"고 항의했다. 램지는 대통령의 권한으로 303명의 죄수들에게 신속한 처형을 명하도록 요구하면서, 링컨이 재빨리 행동을 취하지 않는다면 미네소타 주민들이 죄수들에 대해 '사적인 보복'을 가할 것이라고 경고했다.

링컨이 재판 기록을 검토하는 동안 시블리는 죄수들을 미네소타 강에 있는 사우스 벤드의 군 형무소로 이송시켰다. 이들이 뉴울름을 통과할 때 많은 여자들까지 섞인 백인 폭도단이 끓는 물과 갈퀴를 들고 나와 린치를 가하고 돌을 던졌다. 그 바람에 열다섯 명이 부상을 당했고 한 명은 턱뼈가 부서졌다. 12월 4일 또다시 백인 폭도들이 인디언 감옥을 습격했다. 군인들이 폭도를 저지했고 다음 날 죄수들을 만카토 읍 근처의 더 튼튼한 방책으로 옮겼다.

시블리는 아녀자들만 대부분 남아 있는 1700명을 포로로 잡아두기로 결정했다. 태어났다는 것 말고는 아무 죄도 짓지 않은 사람들이었다. 그는 이들을 스넬링 요새로 이송하도록 명했다. 이들 역시 이송 도중에 성난 백인 주민들의 공격을 당했다. 많은 사람들이 돌팔매질과 곤봉질을 당했고 어린아이 한 명은 엄마 품에서 잡아채여 맞아 죽었다. 4마일이나 되는 긴 행렬이 습기 찬 늪지에 울타리를 둘러친 스넬링 요새 담 안에 자리를 잡았다. 한때 높은 긍지를 지녔던 삼림 수우족 생존자들은 보초병들의 감시 아래 부족한 배급 식량으로 끼니를 때우며 운명의 날을 기다렸다.

12월 6일 링컨 대통령은 시블리에게 303명의 사형수 가운데 39명을 처형하라고 통고했다.

"도피하거나 불법적인 폭력을 당하지 않도록 주의를 기울이고, 다른 죄수들은 앞으로 내릴 지시에 따라 처리하도록 하시오."

사슴이 뿔을 가는 달인 12월 26일이 처형의 날이었다.

그날 아침 만카토 읍은 가슴속에 인디언에 대한 앙심과 병적인 호기심이 뒤엉킨 백인 구경꾼들로 들끓었다. 질서 유지를 위해 미군들이 들어섰다. 마지막 순간 한 명이 집행유예를 받았다. 10시에 38명이 사형대로 끌려갔다. 군인들이 머리에 흰 보자기를 씌우고 목에 올가미를 걸 때까지 사형수들은 수우족의 죽음의 노래를 불렀다. 장교의 신호가 떨어지자 줄이 잘리고 38명의 샌티 수우족은 허공에 대롱대롱 매달렸다. 링컨이 개입하지 않았다면 이곳에 300명의 목이 더 걸렸을 것이다. 한 구경꾼이 자랑했듯이 "미국 역사상 최대의 처형"이었다.

몇 시간 뒤 관리들은 교수형당한 죄수들 가운데 두 명의 이름이 명단에 없다는 사실을 발견했다. 그러나 9년 뒤까지 이 일에 대해 어떤 것도 공공연히 말해지지 않았다. "유감스러운 일이었다"고 책임자 중 한 사람이 고백했다. "고의적인 실수는 아니라고 확신한다." 죄 없이 교수당한 두 사람 중 한 명은 습격 때 백인 여자의 목숨을 구해준 사람이었다.

그날 처형당한 몇몇은 끝까지 무죄를 주장했다. 그중 한 사람은 르다인 양 카였다. 그는 전쟁이 일어나는 것을 막으려고 노력하다가 나중에야 작은까마귀에 가담했다. 작은까마귀와 그의 추종자들이 다코타를 향해 떠났을 때 와바샤는 르다 인 양 카에게 떠나지 말라고 설득했다.

처형 직전에 르다 인 양 카는 장인에게 작별 편지를 구술했다.

> 와바샤—당신은 나를 속였소. 당신은 내게 시블리 장군의 말대로 백인에게 항복하면 모든 일이 잘될 거라고, 무고한 사람은 해치지 않을 거라고 말했소. 백인 한 명 죽이거나 상처준 일 없고 백인 재산에 손댄 일도 없건만 처형을 당해야 하는 죄수들 틈에 끼어 내일모레면 죽습니다. 정작 죄지은 사람은 감옥에 남아 있는데. 내 아내는 당신의 딸이고 내 자식은 당신의 손자요. 아이들을 당신에게 맡기니 고생스럽지 않도록 돌봐주시오. 자식들이 장성하면 이 아버지는 추장의 충고를 따랐기 때문에 죽었다고, 위대한 정령에게 백인의 피를 바치지도 못하고 죽었다고 알려주오.
>
> 아내와 자식들은 내게 소중한 사람들이오. 그들이 나 때문에 슬퍼 말도록 해주시오. 자식들에게 용사는 언제라도 죽을 준비를 하고 있어야 한다는 것을 일러주오. 나는 수우족으로서 부끄럽지 않게 죽을 것이오.
>
> - 당신의 사위 르다 인 양 카

처형을 면한 사람들은 징역형을 받았다. 큰독수리도 그중 한 사람이었다. 그는 순순히 전투에 참가한 것을 인정했다.

"형무소로 보낼 줄 알았다면 투항하지 않았을 것이다. 3년간을 그곳에서 보낸 후 그들이 나를 내보내려 했을 때 1년 더 잡아두지 그러느냐고 말했다. 내 말은 진심이었다. 내가 받은 대우는 그럴 수 없는 것이었다. 나와 안면이 있던 많은 백인들은 내가 살인자가 아니며, 살인이 벌어졌을 때 그 자리에 내가 없었고, 누구를 죽이거나 부상을 입혔다면 오로지 정당하고 공개적인 전투에서였다는 것을 다 안다."

많은 사람들이 전사들과 함께 미네소타에서 도망가지 않은 것을 후회했다.

처형이 행해지던 때 작은까마귀와 그의 추종자들은 여러 수우족의 겨울철 숙영지인 데블스 레이크Devil's Lake에 진을 쳤다. 겨울을 나는 동안 그는 전투에 대비하지 않으면 침입해 들어오는 백인들 앞에 쓰러질 거라고 경고하면서 추장들과 군사동맹을 맺으려고 노력했다. 그의 말에 공감하기는 했지만 평원 인디언족들 가운데 그들이 위험에 처해 있다고 생각하는 사람은 거의 없었다. 백인들이 다코타 지역으로 이주해 온다면 서쪽으로 옮기면 될 거라고 단순하게 생각하고 있었다. 땅이 그만큼 컸던 것이다.

봄이 되자 작은까마귀와 샤코페, 그리고 마술병은 캐나다로 넘어갔다. 개리 요새(위니페그)에서 작은까마귀는 영국 당국자들에게 도움을 청했다. 그들과의 첫 대면에서 그는 벨벳 칼라의 검은 외투와 푸른색 허리띠, 사슴 가죽 각반으로 성장을 하고 나갔다. 작은까마귀는 미국 독립전쟁 당시 자신의 할아버지가 영국군의 동맹군이었으며 1812년의 전쟁(미영전쟁) 때도 미국인들에게 대포를 빼앗아 영국인에게 넘겨준 일이 있음을 상기시켰다. 그때 영국인들은 샌티족이 곤경에 처해 도움이 필요하면 대포를 돌려주겠다고 약속했었다. 샌티족은 어려운 지경에 처해 있었으므로 그 대포를 돌려주길 원했다.

그러나 작은까마귀가 영국계 캐나다인들에게 얻을 수 있는 것은 식량 배급뿐이었다. 그들은 샌티족에게 내줄 대포도 탄약도 없었다.

1863년 산딸기가 익는 달인 6월에 작은까마귀는 자신이 해야 할 일을 결정했다. 그와 가족들이 평원 인디언으로 살려면 말이 있어야 한다. 그를 그의 땅에서 몰아낸 백인들에겐 말이 있었다. 땅 대신 그들의 말을 탈취해올 것이다. 그는 말을 잡아오기 위해 소수의 전사들을 이끌고 미네소타로 되돌아가기로 결정했다. 열여섯 살이던 작은까마귀의 아들 워위나파는 그때의 이야기를 이렇게 전한다.

"아버지는 이제 백인들과 싸울 수는 없지만 내려가서 말을 훔쳐다 자식들에게 주겠다고 하셨다. 우리가 편히 지내게 되면 세상을 떠나도 되겠다고 하셨다. 아버지는 이제 늙었으니 나더러 함께 가서 짐을 들어달라고 하셨다. 아버지는 여러 부인과 자식들은 뒤에 남겨두었다. 함께한 일행 중에는 16명의 남자와 한 명의 여자가 끼어 있었다. 말이 없어서 모두 정착촌까지 계속 걸어갔다."

붉은 백합이 피는 달 7월에 그들은 빅 우즈에 도착했다. 불과 이삼 년 전만 해도 그들의 땅이었던 그곳에 백인들의 농장과 정착촌이 가득 들어차 있었다. 숨어 지내던 그들은 7월 3일 오후 허친슨 정착촌 근처로 나무딸기를 따러 나갔다가 해질녘에 사슴 사냥을 마치고 돌아오던 백인 둘의 눈에 띄었다. 미네소타 주는 당시 수우족의 머리가죽당 25달러의 포상금이 걸려 있었기 때문에 사냥꾼들은 즉각 방아쇠를 당겼다. 작은까마귀는 엉덩이 바로 위쪽 옆구리를 맞았다.

"아버지의 총과 내 총이 땅에 놓여 있었다. 아버지는 내 총을 잡고 발사하고는 그다음에 자신의 총을 당겼다. 사냥꾼이 쏜 총알은 아버지의 총 개머리판을 때리고 어깨 근처 옆구리에 박혔다. 이 탄알이 아버지를 죽인 총알이었다. 아버지가 총알에 맞았다면서 물을 달라고 해서 내가 물을 드렸다. 그 직후 아버지는 죽었다. 첫 번째 총알이 발사되는 소리를 듣고 내가 몸을 낮추고 있어서 정착민들은 아버지가 죽기 전까지 나를 보지 못했다."

워위나파는 망령의 나라로 여행을 떠나는 아버지의 발에 급히 새 모카신(인디언들이 신는 뒤축이 없는 가죽신)을 신겨주었다. 그는 아버지의 주검 위에 외투를 덮고 야영지로 도망쳤다. 모두 흩어지라고 경고한 후에 그는 데블스 레이크를 향해 걸어갔다. "나는 밤에만 걸었다. 먹을 만한 것을 잡을 총알도 없어서 빨리 갈 힘이 없었다."

빅 스톤 호수 근처 버려진 마을에서 그는 탄창 하나를 발견하고 간신히 늑대 한 마리를 쏘아 잡았다. "늑대를 뜯어먹자 기운이 났다. 나는 잡히는 날까지 호수를 따라 줄곧 걸었다."

워위나파는 그해 여름 수우족을 잡아 죽이기 위해 이미 다코타 지역까지 들어와 있던 시블리의 부하들에게 잡혔다. 그들은 열여섯 살짜리 소년을 미네소타로 돌려보냈다. 그곳에서 그는 군사재판에 회부되어 교수형 선고를 받았다. 그때 그는 아버지의 머리가죽과 두개골이 세인트폴의 전시장에 걸려 있는 것을 알게 되었다. 미네소타 주는 작은까마귀를 사살한 이주민들에게 머리가죽 현상금 외에 500달러의 상여금을 더 주었다.

워위나파의 재판기록이 워싱턴에 넘어갔을 때 군 당국은 선고를 인정치 않고 대신 유기징역으로 감형했다. 몇 년 뒤 출감한 워위나파는 이름을 토머스 웨이크먼으로 바꾸고 교회 집사가 되어 수우족 인디언 가운데 처음으로 기독청년연합회(YMCA)를 창설했다.

한편 샤코페와 마술병은 복수심에 불타는 미네소타 주민들의 손아귀에서 벗어났다고 믿고 캐나다에서 눌러 살았다. 그러나 시블리가 그들을 내버려둘 리 없었다. 1863년 12월 시블리의 부하인 에드윈 해치 소령이 미네소타 기병대대를 이끌고 캐나다 국경 바로 밑 펨비나에 진을 쳤다.

해치는 중위 하나를 국경 너머 개리 요새로 보내 비밀리에 미국 시민인 존 매켄지를 만나게 했다. 중위는 매켄지와 두 캐나다인의 도움을 받아 샤코페와 마술병을 사로잡을 음모를 꾸몄다. 두 샌티족 전투추장과 우호적인 대담을 나누는 동안 음모자들은 그들에게 아편 섞인 술을 먹였다. 추장들이 곯아떨어지자 다시 클로로포름으로 마취시키고 손과 발을 묶어 개썰매에 잡아맸다. 중위는 국제법을 완전히 무시하고 포로들을 국경 너머로 끌고 가 펨비나에 있는 해치 소령에게 넘겼다. 두세 달 뒤에 시블리는 또 하나의 거대한 장관을 이룬 재판을 연출해 샤코페와 마술병에게 교수형을 내렸다. 이 판결에 대해 세인트폴의 〈파이오니아pioneer〉는 다음과 같이 논평했다. "내일의 처형이 심각한 불의라고는 생각하지 않지만 그들의 유죄를 입증할 확실한 증거가 있었더라면 훨씬 더 떳떳한 것이 되었을 것이다. 백인이라면 동료들이 배심원석에 앉아 있는 재판정에서 이 정도 증언으로 처형당하는 사람은 없을 것이다."

처형 뒤 미네소타 주의회는 존 매켄지에게 캐나다에서의 공로에 대한 감사의 표시로 1천 달러를 수여했다.

이제 미네소타에서 샌티 수우족의 날은 끝났다. 대부분의 전투추장과 전사들은 죽거나 감옥에 있거나 주 경계선 너머 멀리 있었고, 백인들은 폭동을 빌미 삼아 대가를 지불한다는 구실을 댈 것도 없이 남아 있는 샌티 수우족의 땅을 손아귀에 넣었다. 전에 맺었던 조약은 파기되었고 그나마 살아 있는 인디언들은 다코타령의 주거지역으로 이주하라는 통고를 받았다. 백인들에게 협조했던 추장들도 예외가 없었다. "뿌리를 뽑거나 추방시키라”는 것이 땅에 굶주린 이주민들의 외침이었다.
1863년 5월 4일 샌티족 770명을 실은 첫 번째 기선이 세인트폴을 떠났
다. 미네소타 백인 주민들은 강어귀에 줄지어 서서 경멸의 욕설과 소나
기 같은 돌 세례를 퍼부으며 그들을 전송했다.

샌티족 주거지역으로 정해진 곳은 미주리 강의 크로우 크리크 연안이
었다. 땅에는 풀이 자라지 않았고 비도 거의 오지 않았으며 눈에 띄는
들짐승이나 날짐승도 거의 없었고 물은 알칼리성이라 마실 수 없었다.
주거지역을 둘러싸고 있던 언덕은 곧 무덤으로 뒤덮였다. 1300명의 샌
티족 가운데 첫 겨울을 난 사람은 1천 명도 안 됐다.

그해 크로우 샛강을 찾아온 젊은 평원 수우족이 있었다. 그는 친척
인 샌티족을 연민의 눈으로 바라보며 땅을 빼앗고 그들을 몰아낸 미국
인들에 대한 이야기를 들었다. 정말 백인이라는 종족은 둑을 무너뜨리
고 모든 것을 앗아가버리는 봄 홍수와 같다고 그는 생각했다. 인디언들
의 심장이 땅을 지킬 만큼 강하지 못하다면 백인들은 틀림없이 들소가
뛰어다니는 땅을 빼앗으려 들 것이다. 그는 땅을 지키기 위해 백인들과
싸울 결심을 굳혔다. 그의 이름은 타탕카 요탕카(앉은소Sitting Bull)였다.

chapter
4

샤이엔족아! 싸움이 임박했다
War Comes to the Cheyennes

1864년—1월 13일, 민요 작곡가 스티븐 포스터, 38세의 나이로 사망. 4월 10일, 프랑스군의 지원받은 막시밀리안 대공, 멕시코 황제 즉위. 4월 17일, 조지아 사반나에서 빵 폭동. 5월 19일, 너새니얼 호손, 예순 살의 나이로 사망. 6월 30일, 체이스 재무장관 사임; 투기꾼들이 금전적 이득을 얻기 위해 전쟁을 연장하도록 획책하고 있다고 비난. 입법가이며 역사가인 로버트 윈스롭은 애국심을 공언하는 것이야말로 많은 죄를 은폐하기 위한 것일 수 있다고 말함. 9월 2일, 조지아 애틀랜타, 연방군에 탈취당함. 11월 8일, 링컨, 대통령에 재선. 12월 8일, 로마에서 피우스 9세, 자유주의·사회주의·합리주의를 비난하는《실수의 연혁Syllabus Errorum》발간. 12월 21일, 서먼군에 의해 사반나 함락당함. 12월, 에드윈 부스, 뉴욕 윈터 가든 시어터에서 햄릿 연기.

부당한 일을 수없이 당했지만 그래도 나는 희망만은 버리지 않고 있다. 나에게는 두 마음이 없다. 우리는 다시 화친을 맺으려 하고 있다. 나는 친구들의 충고를 따르기는 하겠지만 치욕스러운 심정은 이 땅을 덮고도 남는다. 한때 나는 끝까지 백인의 친구로 남은 유일한 인디언이라고 자부했지만 백인들이 몰려와 우리 처소를 뒤엎고 말과 모든 재산을 빼앗아갔으니 이제는 더 이상 백인을 믿기 어렵게 되었다.

남부 샤이엔족의 모타바토(검은주전자)

1851년 샤이엔족, 아라파호족, 수우족, 크로우족과 그밖에 여러 부족 추장들은 라라미 요새에서 백인 대표와 회담하고, 백인들이 인디언 지역 내에 도로를 내고 초소를 세우는 데 동의를 해주었다. 쌍방은 "상호 접촉에 있어 신의와 우정을 유지하고 효과적이고 지속적인 화평을 이룰 것"을 서약했다. 조약에 서명한 지 첫 10년 동안 백인들은 플래트 강 계곡의 인디언 지역에 구멍을 뚫었다. 그 길 위로 먼저 짐마차가 오고 요새가 세워졌으며 역마차와 전선에 이어 역마 속달우편부들이 오갔다.

1851년의 조약에서 평원 인디언들은 땅에 대한 소유권뿐만 아니라 어떤 권리도 포기하지 않았고, "여기에 기술된 지역 어느 곳에서든 사냥하고 물고기를 잡고 돌아다닐 특권을 양도"하지 않았다. 1858년 파이크스 피크라는 곳에서 황금이 발견되자 백인 광부들은 그 노란 금붙이를 캐내 한밑천 잡아보려고 수천 명씩 떼를 지어 인디언 지역으로 몰려들었다. 광부들은 여기저기 자그마한 목조 건물들을 세워 마을을 이루었고 1859년에는 덴버라는 큰 도시까지 생겨났다. 백인들의 활동에 흥미를 느낀 아라파호 추장 작은갈까마귀Little Raven가 덴버를 방문했다. 그는 여송연을 피우고 나이프와 포크로 고기 먹는 법을 배웠다. 그는 광부들에게 금을 캐가는 것은 좋지만 그 땅은 인디언 소유라는 것을 상기시키고 노란 금붙이를 다 캐고 나면 더 이상 눌러 있지 않기를 바란다는 희망을 피력했다.

하지만 수천 명의 광부들이 더 밀려들었다. 한때 들소 떼가 들끓던 플래트 강 유역은 백인 이주자들로 붐비기 시작했다. 백인들은 라라미 조약에 의해 남부 샤이엔족과 아라파호족에게 할당된 지역에 농장을 만들고 말뚝을 박아 땅에 대한 소유권을 주장했다. 조약을 맺고 나서 10년 뒤에 워싱턴의 대회의(의회)는 콜로라도령을 인가했다. 큰아버지 링컨은 주지사를 파견했고 정치가들은 인디언들에게 땅을 양도받기 위해 책략을 쓰기 시작했다.

이런 일이 일어나고 있는 동안 샤이엔족과 아라파호족은 화평을 지켰다. 미 관리들이 아칸소 강에 있는 와이즈 요새에서 새 조약을 논의하기 위해 추장들을 초청하자 여러 추장이 그에 응했다. 두 부족의 추장들이 나중에 한 진술을 보면, 조약에 있다고 들은 내용과 조약에 실제로 씌어진 것은 전혀 달랐다. 추장들이 이해했던 바로는 샤이엔족과 아라파호족은 땅에 대한 권리와 들소 사냥을 위한 이동의 자유를 가지며, 샌드 크리크와 아칸소 강 사이의 삼각지역 내에서 산다는 것이었다. 이동의 자유는 특히 사활이 걸린 문제였다. 두 부족에게 할당된 주거지역은 야생동물이 거의 없었고 관개시설을 갖추지 않는 한 농사를 지을 수 없었기 때문이다.

와이즈 요새에서 맺은 조약 내용은 백인들로서는 환영할 만했다. 그 사실을 감안해 인디언 문제 담당관인 그린우드 대령은 메달과 담요, 설탕, 담배를 나눠주는 선심을 썼다. 샤이엔족 여자와 결혼한 꼬마백인(윌리엄 벤트)은 그곳에서 인디언들의 관심사를 돌보았다. 샤이엔족의 추장 마흔네 명 가운데 여섯 명만 참석했다는 사실을 지적하자 미 관리들은 다른 추장들도 나중에 서명할 것이라고 말했다. 그러나 아무도 서명하지 않았다. 그 결과 조약의 합법성은 의문으로 남아 있었다. 검은주전자Black Kettle와 흰영양White Antelope과 여윈곰Lean Bear이 샤이엔족의 서명자들이었고 작은갈까마귀, 폭풍Storm 그리고 큰입Big Mouth은 아라파호족의 서명자들이었다. 서명의 증인은 두 명의 기병대 장교 존 세즈윅과 스튜어트였다(두세 달 뒤에 인디언들에게 평화로운 생업을 갖도록 권유한 세즈윅과 스튜어트는 내전에서 서로 반대편에서 싸우게 되었는데 역사의 아이러니처럼 두 사람은 윌더니스 전투에서 두세 시간 차이로 뒤를 따르듯 죽어갔다).

백인끼리의 내전이 벌어진 전쟁 초기에 샤이엔족과 아라파호족 사냥대들은 회색 외투 부대를 수색하기 위해 남쪽으로 정찰을 나가는 푸른 외투 군인들의 눈길을 벗어나기가 점점 어려워졌다. 그들은 이미 나바호족의 곤경에 대한 소문을 들었고, 미네소타에서 미군의 권능에 도전하려 했던 샌티족의 처참한 운명에 대해서도 수우족 친구들에게 들어서 알고 있었다. 추장들은 젊은이들에게 백인들이 지나는 길을 피해 들소 사냥을 하라고 타일렀다. 그러나 여름이 될 때마다 푸른 외투군은 병력이 늘면서 오만함도 더해갔다. 1864년 봄이 되면서 북군은 스모키 힐 강과 리퍼블리컨 강 사이의 먼 사냥터까지 뚫고 들어와 활보하고 다녔다.

그해 풀이 무성하게 자랐을 때 매부리코Roman Nose와 그를 따르는 많은 남부 샤이엔족의 개병대 전사들은 사촌 간인 북부 샤이엔족과 함께 더 좋은 사냥터를 찾아 북파우더 강 유역으로 올라갔다. 검은주전자, 흰영양, 여윈곰 등 늙은 추장들과 아라파호족의 작은갈까마귀는 남아 있는 부족민들을 플래트 강 하류에 머물게 하고 될 수 있으면 미군의 요새와 도로 그리고 백인 정착촌에서 멀리 떨어져 미군과 백인 들소 사냥꾼들을 피하도록 주의를 주었다.

검은주전자와 여윈곰은 그해 봄 교역을 하러 라니드 요새(캔자스)로 내려갔다. 바로 그 전해에 두 추장은 초청을 받아 워싱턴에 있는 큰아버지 에이브러햄 링컨을 방문했다. 그래서 라니드 요새에 있는 큰아버지의 군인들이 자신들을 정중하게 대해줄 것이라고 확신했다. 링컨 대통령은 그들의 가슴에 달도록 훈장을 주었다. 또 그린우드 대령은 검은주전자에게 맑은 밤하늘에 빛나는 별보다 더 큰 34개 주를 표시하는 흰 별이 박혀 있는 미국 국기, 즉 성조기를 선물로 주면서 그 깃발이 머리 위에서 휘날리는 한 어떤 군인도 총을 쏘지 않을 것이라고 장담했다. 검은주전자는 그 깃발을 무척 자랑스럽게 여기며 언제나 천막의 깃봉에 꽂아놓고 지냈다.

5월 중순에 검은주전자와 여윈곰은 백인 기병대가 플래트 강 남부의 샤이엔족 몇 명을 습격했다는 소식을 듣고는 마을을 강 북쪽으로 옮기기로 작정했다. 강 북쪽에 있는 부족들과 힘을 합치면 백인들을 막아낼 수 있으리라. 검은주전자는 부족민들을 이끌고 북쪽으로 하루 종일 걸어가 애시 강 근처에 천막을 쳤다. 다음 날 아침 그들은 늘 하듯이 일찍 사냥을 나섰다가 곧 서둘러 되돌아왔다. 미군들이 대포를 끌고 그들의 숙영지로 다가오는 모습을 본 것이다.

여윈곰은 흥미진진한 일을 좋아했다. 그는 검은주전자에게 미군들을 만나서 무슨 이유로 왔는지 알아봐야겠다며 말에 올라탔다. 그는 링컨이 준 훈장을 가슴에 달고 자신이 미국의 좋은 친구라는 것을 증명하는, 워싱턴에서 받은 증서까지 품에 여미고는 전사들의 호위를 받으며 말을 달려나갔다. 여윈곰은 근처 언덕으로 올라가 4개 분대로 나누어 다가오는 기병대를 지켜보았다. 두 문의 대포를 한가운데 놓고 여러 대의 마차가 뒤에 줄지어 오고 있었다.

여윈곰을 호위했던 젊은 전사, 늑대추장Wolf Chief은 미군들이 자신들을 보자마자 전투 대형을 취했다고 얘기했다.

"여윈곰은 미군들이 놀라지 않도록 그 자리에서 움직이지 말라고 전사들에게 이르고는 미군 장교에게 증서를 보여주려고 말을 타고 나갔다. 추장이 미군 전열 이삼십 야드 안에 들어서자 장교가 큰소리로 명령을 내렸고, 병사들이 우리에게 집중사격을 가했다. 순간 총에 맞은 여윈곰과 옆에 있던 별Star이라는 전사가 말에서 떨어졌다. 곧이어 미군들이 달려와 속수무책으로 쓰러져 있는 여윈곰과 별에게 마구 총질을 해댔다. 나는 한패의 젊은이들과 함께 한쪽에 떨어져 있었다. 우리 앞에는 미군 중대 병력이 있었지만 그들은 여윈곰과 그 곁에 있는 전사들에게만 사격을 해댔다. 우리가 그들을 향해 화살과 총을 쏘기 시작했을 때 비로소 그들은 우리를 처다보았다. 아주 가까운 거리여서 몇 사람이 우리의 화살에 맞았다. 기병대원 둘이 말에서 굴러떨어졌다. 그러자 아주 혼잡스러워졌다. 샤이엔족이 몇 명씩 계속 몰려왔다. 미군들은 한데 뭉쳐 있었는데 아주 겁먹은 모습이었다. 그들은 대포를 쏘아대기 시작했다. 포탄이 근처의 땅을 때렸지만 조준이 어긋났다."

전투 중에 검은주전자가 말을 타고 나타나 전사들 사이를 오가며 소리쳤다.

"전투 중지! 전투를 그만둬."

한참 뒤에야 전사들이 그의 말을 들었다. "우리는 정말이지 정신이 나갔다"고 늑대추장은 회상했다. "어쨌든 검은주전자가 전투를 중지시켰고 미군들은 도망가버렸다. 우리는 안장과 고삐 그리고 안장 포대를 매달고 있는 기병대 말 열다섯 마리를 포획했다. 미군 대여섯 명이 사망했고 여윈곰과 별, 샤이엔 전사 한 명이 죽었으며 많은 사람들이 부상을 당했다."

샤이엔족은 미군들을 모조리 사살하고 곡사포를 노획할 수 있었을 것이라고 자신했다. 미군은 100명이었고, 마을엔 500명의 샤이엔 전사들이 있었기 때문이다. 실제로 여윈곰을 그렇게 무자비하게 살해한 것에 격노한 많은 젊은이들이 후퇴하는 미군들을 뒤쫓아 라니드 요새로 들어가기 전까지 추격전을 벌였다.

검은주전자는 백인들의 갑작스런 공격에 당황했다. 그는 여윈곰의 죽음을 무척 슬퍼했다. 여윈곰이야말로 거의 50년 동안이나 가까이 지내던 친구였다. 그는 여윈곰이 호기심 때문에 종종 곤란한 일을 당했던 것을 알고 있었다. 얼마 전에 추장들이 아칸소 강의 애트킨슨 요새로 친선 방문을 갔을 때도 그런 일이 있었다. 한 장교 부인이 반짝이는 반지를 끼고 있었는데, 여윈곰은 충동적으로 그 반지를 보려고 여인의 손을 잡았다. 그 여자의 남편이 달려와 여윈곰을 큰 채찍으로 내리쳤다. 여윈곰은 홱 돌아서서 말에 올라타고 쏜살같이 샤이엔 진영으로 돌아왔다. 그는 얼굴에 분장을 하고 마을을 돌아다니며 샤이엔 추장이 모욕을 당했다고 소리치면서 모두 가서 백인 요새를 쳐부수자고 전사들을 선동했다. 검은주전자를 비롯한 추장들은 그날 그를 진정시키느라고 애를 먹었다. 그러던 여윈곰도 이젠 죽었고 그의 죽음은 애트킨슨 요새의 모욕보다 훨씬 더한 분노를 불러일으켰다.

검은주전자는 왜 미군이 아무런 경고도 없이 평화로운 자기네 마을을 공격했는지 도무지 알 길이 없었다. 그런 사정을 알 만한 사람은 샤이엔족의 오랜 친구인 꼬마백인 윌리엄 벤트밖에 없을 것이다. 꼬마백인과 형제들은 벤트 요새를 세우고 30년 넘게 아칸소 강가에서 살아왔다. 윌리엄 벤트는 샤이엔 여자인 올빼미부인Owl Woman과 결혼해 살다가 부인이 죽자 부인의 여동생인 노랑부인Yellow Woman과 다시 결혼했다. 오랫동안 벤트 형제와 샤이엔족은 아주 친밀하게 지냈다. 꼬마백인은 아들 셋에 딸 둘을 두었는데 자식들은 대부분 외가 쪽인 샤이엔족과 함께 살았다. 그해 여름 혼혈 아들 가운데 조지와 찰리는 스모키 힐 강 유역에서 샤이엔족과 함께 들소 사냥을 하고 있었다.

검은주전자는 사람을 보내 꼬마백인을 찾아보게 했다.

"싸움이 나서 미군 대여섯 명을 죽였다고 알려라. 무슨 영문으로 싸움이 일어났는지 모르겠으니 만나서 그 일에 대해 이야기하고 싶다고 전해라."

심부름꾼은 라니드 요새와 리욘 요새 사이의 길에서 우연히 윌리엄 벤트를 만났다. 벤트는 쿤 강에서 만나자는 전갈을 보냈다. 일주일 뒤에 두 오랜 친구가 만나 샤이엔족의 장래에 대해 근심을 나눴다. 특히 자식들을 걱정하던 벤트는 아들들이 스모키 힐 강 유역에 사냥을 나가 있다는 말을 듣고 안심했다. 그곳에서는 말썽이 일어났다는 소식이 없었지만 다른 곳에서 벌어진 두 건의 전투는 알고 있었다. 덴버 북쪽 프리몬트의 과수원에서는 개병대 분대가 훔쳐간 말을 찾아다니던 존 시빙턴 대령이 이끄는 콜로라도 지원병 순찰대의 공격을 받았다. 개병대는 떠돌아다니는 말과 노새를 한 마리씩 잡아서 몰고 가는 중이었는데,

시빙턴의 부하들은 그 짐승들을 어디서 잡았는지 설명도 듣기 전에 사격을 가해왔다. 이 교전 뒤 시빙턴은 더 많은 병력을 보내서 시더 블럽스 근처의 샤이엔 마을을 습격해 여자 두 명과 어린아이 두 명을 사살했다. 5월 16일에 검은주전자 마을을 공격한 포병대원들도 캔자스에서는 작전을 벌일 권한이 없는, 덴버의 시빙턴 부대원들이었다. 지휘관 조지 이어George S. Eayre 중위는 시빙턴 대령에게 "언제 어디서든 눈에 띄는 샤이엔은 가리지 말고 모두 죽이라"는 명령을 받은 상태였다.

그런 사건이 계속된다면 평원 전체에서 전면전이 벌어지게 될 것이라는 사실에 윌리엄 벤트와 검은주전자는 의견을 같이했다. "백인과 전쟁을 하는 것은 내가 의도하는 것도, 바라는 바도 아니다. 나는 우호적이고 평화롭게 지내고 싶고 나의 부족민들도 그렇게 살게 하고 싶다. 백인과 싸울 수도 없다. 나는 평화롭게 살고 싶다"고 검은주전자는 털어놓았다.

벤트는 검은주전자에게 젊은 인디언들이 보복 공격을 하지 못하게 하라 이르고 콜로라도에 돌아가 군 당국자에게 그들이 선택한 위험스러운 길을 포기하도록 설득해보겠다고 약속했다. 그리고 리온 요새로 떠났다.

그는 뒷날 서약을 하고 증언하는 석상에서 이렇게 털어놓았다.

"나는 그곳에 도착하자마자 시빙턴 대령을 만나 인디언과 나누었던 대화를 들려주고, 추장들이 우호적으로 지내기를 원한다고 알렸다. 그는 자기에겐 화친을 맺을 권한이 없고 이미 전쟁의 길에 나섰다—이것이 그가 사용한 단어였던 것 같다—고 대답했다. 그래서 나는 다시 전쟁을 계속하려면 커다란 위험을 무릅써야 하며 지금 수많은 정부 열차가 뉴멕시코와 다른 지점을 오가고 시민들도 많아서 통행로를 보호하는 데만 적지 않은 병력이 필요하니 이 지역 시민과 이주자들이 고통을 당하게 될 것이라고 누누이 설명했다. 내 말에 그는 시민들이 자위 수단을 강구해야 할 것이라고 해서 나는 더 이상 말하지 않았다."

6월 말에 콜로라도령 주지사 존 에번스는 '평원의 우호적인 인디언들에게'라는 회람을 돌렸다. 부족민들 중 일부가 백인과 싸움을 벌이고 "몇몇 경우에는 미군을 공격하고 사살했다"고 주지사는 단언했다. 샤이엔족과 벌어진 세 번의 전투는 미군의 공격 때문이었지만 그 일은 언급하지 않았다. "이 일로 큰아버지가 노여워하셔서 그들을 색출해 벌을 내릴 것이다"라고 그는 계속 말을 이었다. "그러나 큰아버지는 백인에게 우호적인 인디언에게까지 해가 미치기를 바라지 않는다. 큰아버지는 그런 인디언은 보호하고 돌보고자 하신다. 그러므로 나는 모든 우호적인 인디언은 전투를 벌이는 인디언들과 떨어져 안전한 장소로 갈 것을 지시한다." 에번스는 우호적인 샤이엔족과 아라파호족에게 그들 주거지역에 있는 리욘 요새로 출두하라고 지시했다. 그곳에서는 주재관 새뮤얼 콜리가 식량을 배급해주고 안전한 장소로 안내해줄 것이다. "이는 우호적인 인디언들이 실수로 살해당하는 것을 막기 위해서이다. ……적대적인 인디언에 대한 전투는 그들 모두가 진압될 때까지 계속될 것이다."

에번스 주지사의 포고령을 듣자마자 윌리엄 벤트는 즉각 샤이엔과 아라파호족에게 리욘 요새로 들어오라고 파발을 띄웠다. 여러 지파가 흩어져서 캔자스 서쪽으로 여름 사냥을 나가 있었기 때문에 모두에게 그 소식이 전해지는 데 몇 주가 걸렸다. 그동안 미군과 인디언들 사이의 충돌은 점점 잦아졌다. 1863년과 1864년 연이어 앨프리드 설리 장군의 다코타 토벌대 때문에 분기탱천해 있던 수우족 전사들은 북쪽에서 벌 떼처럼 내려와 플래트 강 연안의 이주민과 마차, 역마차 역 등을 습격했다. 그 때문에 빌미를 잡힌 남부 샤이엔족과 아라파호족은 콜로라도 군의 경계어린 시선을 받게 되었다. 7월 윌리엄 벤트의 혼혈 아들인 조지는 솔로몬 강 유역의 대규모 샤이엔족과 함께 있었다. 그는, 자신들이 아는 유일한 방법—역마차역을 불태우거나 역마차를 추격하거나 가축을 달아나게 하거나 화물주가 그들의 차량으로 진을 치고 대항하도록 하는—으로 보복 공격을 하게 되었다고 설명하고 있다.

검은주전자와 나이 든 추장들은 습격을 멈추라고 했지만, 그들의 영향력은 매부리코 같은 젊은 추장이나 개병대원들의 부상으로 예전만 못했다. 검은주전자는 습격자들이 백인 포로 일곱 명—두 명의 여자와 아이들 다섯 명—을 스모키 힐 거주지로 끌고 온 것을 보고 포로 네 명의 보석금으로 자신의 말들을 내주었다. 그들의 친척에게 돌려보낼 요량이었다. 이즈음에 그는 리온 요새로 출두하라는 에번스 주지사의 지시 사항을 알리는 윌리엄 벤트의 전언을 받았다.

8월 말이 되자 에번스는 두 번째 포고령을 내렸다. "콜로라도 시민이라면 누구나 지정된 지점의 소집 명령에 따른 인디언들을 제외한 평원의 모든 적대적인 인디언들을 추적하고, 어디서든 국가의 적으로서 그들을 살해할 수 있는 권한을 인가한다"는 내용이었다. 지정된 주거지역 밖에 있는 모든 인디언에 대한 사냥이 이미 진행되고 있었던 것이다.

검은주전자는 즉시 회의를 열었다. 진영에 있던 추장들은 모두 주지사의 요구사항에 응하기로 결정했다. 세인트루이스의 웹스터 대학에서 교육을 받은 조지 벤트가 리온 요새의 주재관 새뮤얼 콜리에게 화친을 원한다는 편지를 썼다.

"우리는 당신이 덴버에 포로 몇 명을 억류하고 있다고 들었소. 우리에게도 일곱 명의 포로가 있소. 당신이 포로들을 내준다면 우리도 기꺼이 풀어줄 것이오. ……진지한 답변을 기다리는 바요."

검은주전자는 샤이엔족이 미군이나 에번스 주지사가 사주한 시민 무장 유격대의 공격을 받지 않고 무사히 콜로라도 지역을 통과할 수 있는 방법을 콜리가 알려주기를 희망했다. 그렇다고 콜리를 전적으로 믿은 것은 아니었다. 그는 주재관이 자신의 이득을 위해 인디언들에게 할당된 물건들 일부를 팔아 넘겼다는 의혹을 품고 있었다(검은주전자는 그때까지 평원 인디언을 콜로라도에서 몰아내려는 콜리의 계획에 에번스 주지사나 시빙턴 대령이 얼마나 깊이 연루됐는지 모르고 있었다). 7월 26일 주재관은 에번스에게 화친을 지키겠다는 인디언들의 말은 전혀 믿을 수 없다는 편지를 써 보냈다. 그리고 "화약과 납덩어리가 이들에게는 가장 좋은 식량이 될 겁니다"라고 끝을 맺었다.

콜리를 믿을 수 없어서 검은주전자는 똑같은 편지를 하나 더 써서 윌리엄 벤트에게 보냈다. 그리고 오치니Ochinee, 애꾸눈One Eye, 독수리 대가리Eagle Head에게 각각 편지를 들려주어 리욘 요새로 말을 달리게 했다. 엿새가 지나 그들이 요새 가까이 다가가는데 갑자기 세 명의 군인이 앞을 가로막았다. 군인들이 사격 자세를 취하자 애꾸눈은 재빨리 화친의 신호를 보이며 검은주전자의 편지를 들어올렸다. 한순간에 인디언들은 포로로 리욘 요새로 호송되어 지휘관인 에드워드 윈쿱 소령에게 넘겨졌다.

키다리대장 윈쿱은 인디언들의 저의를 의심하지 않을 수 없었다. 그는 검은주전자가 스모키 힐 야영지로 나와서 인디언들을 다시 주거지역으로 인도해주기 바란다는 애꾸눈의 전언을 듣고는, 거기에 나가 있는 인디언의 수가 얼마나 되느냐고 물었다. 샤이엔족과 아라파호족 합해서 2천 명과 미군의 추격에 신물이 난, 북에서 내려온 200명 정도의 수우족 친구들이 있다고 애꾸눈은 대답했다. 윈쿱은 이 말을 듣고 아무 대답도 하지 않았다. 리온 요새의 병력은 기병 100명이 넘지 않았고, 인디언들이 병력 규모를 알고 있다는 것을 그는 모르지 않았다. 기병 100명으로 어떻게 2천 명이나 되는 인디언들을 호송할 수 있단 말인가. 함정일지 모른다고 의심한 윈쿱은 샤이엔족 사자를 감금하고 장교들을 불러 회의를 열었다. 키다리대장은 이십대 중반의 젊은 나이였고 군대 경력이라야 뉴멕시코의 텍사스 남부군과 싸운 단 한 번의 전투뿐이었다. 처음으로 그는 지휘관으로서의 모든 이력에 재앙이 될지도 모르는 결정에 직면했다.

하루를 지체한 뒤 윈쿱은 드디어 스모키 힐까지 가기로 최종 결정을 내렸다. 인디언들을 위해서가 아니라 백인 포로들을 구출하기 위해서였다. 검은주전자가 편지에서 포로들을 언급한 것도 이런 이유 때문이라는 것은 의심할 나위가 없었다. 백인 여자와 아이들이 인디언들과 함께 지내고 있다는 사실을 백인들이 견딜 수 없을 것이라는 것쯤은 모를 사람이 없었다.

9월 6일 127명의 윈쿱 기병대가 인디언 주거지를 향해 출발했다. 독수리대가리와 애꾸눈은 기병대의 볼모 겸 안내인이 되었다. 그래도 윈쿱은 안심이 안 되어 두 인디언에게 미리 다짐을 받아두었다.

"너희 부족이 조금이라도 배반할 기미가 보이면 너희 두 놈부터 쏴 죽일 테다."

애꾸눈은 자신 있게 대꾸했다.

"샤이엔족은 절대 자기가 한 말을 어기지 않습니다. 만약 내 동족이 그렇게 행동한다면 나는 지금 당장 죽어도 좋습니다."

윈쿱은 행군 도중 두 인디언과 이야기를 나누면서 자신이 오랫동안 지녀왔던 인디언에 대한 편견을 버리게 되었다고 뒷날 실토했다. "나보다 훨씬 우월한 사람 앞에 있는 듯한 느낌이 들었다. 이들은 내가 지금까지 예외 없이 친구나 친척에 대한 정도 없고, 잔인하고 반항적이며 피에 굶주린 자들이라고 여겼던 종족의 대표들이었다."

닷새 뒤 스모키 힐 강 상류로 올라가던 윈쿱의 전위대는 전사 몇 백 명이 전투태세로 모여 있는 것을 보았다. 검은주전자와 같이 있었던 조지 벤트는 "윈쿱의 부대가 나타나자 개병대는 전투 준비를 하고 활과 화살을 손에 든 채 말을 타고 달려나갔다. 검은주전자와 추장들이 그 사이로 들어서서 윈쿱 소령에게 부대를 조금 떨어진 곳으로 이동시켜 달라고 요청해 싸움을 막았다"고 말했다.

다음 날 아침 검은주전자와 여러 추장들은 윈쿱과 장교들을 만나 회담을 가졌다. 검은주전자는 다른 추장들이 먼저 발언하도록 했다. 개병대장 수곰Bull Bear은 형인 여윈곰과 함께 백인과 평화롭게 살려고 했지만 군인들이 아무 이유 없이 쳐들어와서 형을 죽여버렸다고 얘기했다.

"그 싸움은 인디언들 탓이 아니오. 백인들은 여우요. 그들과는 화평을 지킬 수 없소. 인디언들이 할 수 있는 일은 싸우는 것뿐이오."

아라파호의 작은갈까마귀도 수곰의 생각과 같았다.

"나는 백인들의 손을 잡고 싶지만 백인들은 화평을 원하는 것 같지 않소."

그러자 애꾸눈이 발언을 하겠다고 나서서 그런 말을 들으니 부끄럽다고 말했다. 그는 목숨을 걸고 리온 요새까지 가서 윈쿱에게 샤이엔과 아라파호족이 순순히 주거지역으로 들어가겠다고 서약했다고 말했다.

"나는 키다리대장에게 내 말과 목숨을 걸고 서약했소. 만약 우리 부족이 신의를 지키지 않는다면 나는 백인과 함께 가서 그들 편에서 싸우겠소. 내 뒤를 따를 친구들도 많소."

윈쿱은 미군이 인디언과 싸우지 않도록 할 수 있는 일을 다 하겠다고 약속했다. 그는 자신이 높은 대장이 아니어서 모든 미군들에 대해 보장할 수는 없지만 백인 포로들을 인도해준다면 인디언 추장들과 덴버로 가서 더 높은 미군 대장과 화약을 맺도록 주선해보겠다고 말했다.

가만히 귀 기울여 듣고 있던 검은주전자는 ("얼굴에 희미한 미소를 띠고 바위처럼 굳건한 자세로"라고 윈쿱은 묘사했다) 그제야 일어나서, 키다리대장 윈쿱이 그렇게 말해주니 기쁘다고 인사했다.

"못된 백인이 있는가 하면 못된 인디언이 있소. 양쪽의 못된 자들이 이런 분란을 일으켰소. 우리 편 젊은이 몇도 그들에게 가담했소. 나는 싸우는 것에 반대해 싸움을 막으려고 있는 힘을 다했소. 이번 일의 빌미는 백인에게 있다고 믿소. 백인들이 전쟁을 시작해서 인디언들이 대항할 수밖에 없게 만들었소."

그러고 나서 그는 자신이 보석금을 주고 데리고 있는 네 명의 백인 포로를 인도하겠다고 약속했다. 나머지 세 사람은 북쪽의 한 야영지에 있으므로 그들을 데려오려면 시간이 걸릴 것이라고 사정을 말했다.

모두 어린아이인 포로 네 명은 다친 곳이 없어 보였다. 실제로 한 군인이 여덟 살 난 앰브로즈 아처에게 인디언들이 어떻게 대해주었냐고 묻자 아이는 인디언들과 지내고 싶다고 대답했다.

회담이 끝난 뒤 일곱 명의 추장은 에번스 주지사와 시빙턴 대령과 화친을 맺기 위해 윈쿱과 함께 덴버로 가기로 했다. 나머지 인디언은 스모키 힐 강 유역에 머물렀다. 검은주전자와 흰영양, 수곰, 애꾸눈이 샤이엔족 대표였고 네바, 보시, 들소떼Heaps of Buffalo와 노타니는 아라파호족 대표였다. 에번스와 시빙턴의 약속에 회의적인 작은갈까마귀와 왼뼈Left Hand는 아라파호 청년들이 말썽을 부리지 않도록 뒤에 남았다. 전투모War Bonnet는 샤이엔족을 보살피기로 했다.

키다리 윈쿱의 기병대와 네 명의 백인 어린이, 그리고 일곱 명의 인디언 추장들은 9월 28일 덴버에 도착했다. 인디언들은 노새가 끄는 마차를 타고 판자 바닥에 앉아서 갔다. 검은주전자는 링컨이 준 깃발을 마차 위에 매달았다. 그들이 먼지 날리는 덴버의 길거리에 들어서자 성조기가 그들을 보호하듯 머리 위로 휘날렸다. 덴버 사람들이 모두 그 광경을 보기 위해 뛰쳐나왔다.

회담이 시작되기 전에 윈쿱은 에번스 주지사를 만나 이야기를 나눴다. 주지사는 인디언과는 상대를 않으려 했다. 그는 샤이엔족과 아라파호족은 먼저 벌을 받아야 한다고 주장했다. 국방부 장관인 새뮤얼 커티스 장군의 견해도 같았다. 그는 바로 그날 레번워스 요새에서 시빙턴 대령에게 전보를 보냈다.

"화친은 필요 없다. 인디언은 더 고통을 당해야 한다."

할 수 없이 윈쿱은 주지사에게 인디언들을 만나달라고 애걸했다.

"내가 화친을 맺는다면 콜로라도 제3연대는 어쩌란 말이오? 이 부대는 인디언을 토벌하기 위해 만든 부대요. 이들은 인디언을 죽여야 합니다."

그는 윈쿱에게 자신이 적대적 인디언들에 대한 방비가 필요하다고 증언해서 워싱턴 관리들이 새 연대를 창설하도록 허락해주었는데, 화약을 맺는다면 워싱턴의 정치인들은 그가 허위 진술을 했다고 비난할 것이라며 자신의 처지를 설명했다. 또한 멀리 동쪽에서 남부군과 싸우기보다는 수도 적고 무장도 보잘것없는 인디언과 싸우는 부대에 복무해

1864년의 징병법을 피하려 한 콜로라도인들이 에번스 주지사에게 가해올 정치적인 압력도 무시할 수 없었다. 에번스는 마지못해 윈쿱 소령의 간원을 받아들였다. 결국 인디언들은 그가 발한 포고령에 응해 그를 만나기 위해 400마일을 오지 않았던가.

회담은 덴버 근처 웰드 기지에서 열렸다. 추장들, 에번스와 시빙턴, 윈쿱, 장교 몇 명과 정부의 지시로 참석자들의 말을 빼놓지 않고 기록하기로 되어 있는 시메온 휘틀리가 회담장에 참석했다. 회담이 시작되자 에번스는 퉁명스럽게 추장들이 말하려는 것이 뭐냐고 물었다. 먼저 말문을 연 것은 검은주전자였다. 샤이엔족의 오랜 장사꾼 친구 존 스미스가 통역했다.

"당신의 1864년 6월 27일자 회람을 봤소. 나는 그 문제를 곰곰이 생각해보고 서로 상의하려고 왔소. 윈쿱 소령도 당신을 만나볼 것을 권했소. 우리는 얼마 안 되는 기병대 뒤를 따라 눈을 감고 불속을 지나오듯 예까지 온 거요. 그건 오로지 백인과의 평화를 바라서요. 당신의 손을 잡고 싶소. 당신은 우리의 아버지요. 우리는 구름 낀 길을 걸어왔소. 전쟁이 시작된 이래 하늘엔 항상 어두운 구름이 끼어 있었소. 여기 나와 함께 있는 용사들은 모두 내 말을 따를 사람들이오. 우리는 부족민이 기뻐할 좋은 소식을 가져가고 싶소. 부족민들이 잠이라도 편안히 잘 수 있게 말이오. 우리 인디언들은 무엇보다도 평화를 바라고 또 지켜왔으므로 당신이 여기 있는 군인 추장(장교)들에게 우리를 적으로 여기지 않도록 일러주길 바라오. 나는 당신과 모든 것을 터놓고 이야기하러 이곳에 왔지, 늑대 가죽을 쓰고 오지 않았소. 인디언들은 들소가 있는 곳에서 살아야지 그렇지 않으면 모두 굶어죽소. 우리가 이곳으로 올 때는 아무 두려움 없이 자유롭게 당신을 만나러 왔소. 내가 돌아가 부족

1864년 9월 28일 윌드 기지 회담장의 샤이엔과 아라파호 추장들.
서 있는 사람들 왼쪽에서 세 번째가 통역자 존 스미스. 그 오른쪽으로 흰날개White Wing와 보시.
앉은 사람들 왼쪽에서 오른쪽으로 네바, 수곰, 검은주전자, 애꾸눈,
무릎 꿇고 있는 사람들 왼쪽에서 오른쪽으로 에드워드 윈쿱 소령, 사일러스 솔 대위.

민들에게 당신과 여기 덴버에 있는 모든 군인 추장의 손을 잡고 왔다고 말하면 그들은 물론 평원의 모든 인디언족도 함께 먹고 마시고 난 뒤에 흡족한 마음을 가지게 될 거요."

에번스는 다른 말을 끄집어냈다.

"내 요청에 즉각 응하지 않은 것은 유감이오. 당신들은 우리가 전쟁을 벌이고 있는 수우족과 동맹 관계요."

검은주전자가 놀라서 말했다.

"그런 말을 한 사람이 누구인지 모를 일이오."

"누가 말했든 간에 당신들의 행동을 보면 그렇다는 것을 알 수 있소."

여러 추장들의 입에서 "그것은 오해요"라는 말이 일시에 터져나왔다. "우리는 수우족이건 그 누구건 아무하고도 동맹을 맺은 적이 없습니다."

그러자 에번스는 화제를 바꿔 화친 조약을 맺을 기분이 아니라고 말했다.

"당신들은 백인들끼리 서로 전쟁을 하고 있으니 우리를 이 지역에서 몰아낼 수 있다고 생각한다는 것을 알지만 그건 잘못된 생각이오. 워싱턴의 큰아버지는 평원에서 인디언들을 송두리째 몰아내고 동시에 반란군도 쓸어버릴 수 있는 막강한 병력이 있습니다. ……충고하건대, 정부 편으로 돌아서서 당신들이 내게 말한 우호적인 마음을 행동으로 보여주시오. 우리의 적과 친구로 지내면서 우리와 화친을 맺고자 한다는 것은 전혀 가당치 않소."

추장 가운데 가장 나이 많은 흰영양이 나서서 말했다.

"당신이 하는 말은 다 알아듣겠소. 당신 말대로 하겠소. ……샤이엔족도 모두 눈을 뜨고 이쪽을 쳐다보고 있소. 모두 당신이 하는 말을 들고 있을 겁니다. 흰영양은 이 지역 모든 백인 추장들을 보게 되어 자랑스럽소. 부족민들에게도 그렇게 말할 겁니다. 워싱턴에 가서 이 훈장을 받고 나서 나는 모든 백인을 내 형제라고 불렀소. 다른 인디언들도 워싱턴에 가서 훈장을 받고 왔지만 군인들은 악수를 하려고 하지 않고 우리를 죽이려고만 합니다. 내가 여기 있는 동안에도 군인들이 부족민을 죽일까 봐 두렵소."

에번스는 단호하게 말했다. "그럴 위험이 큽니다."

"우리가 윈쿱 소령에게 편지를 보냈을 때 윈쿱 소령 부하들이 우리 진영으로 오는 것은 거센 불이나 강풍 속을 뚫고 오는 것과 같았소. 우리가 당신을 보러 온 것도 그와 같았소"라고 흰영양은 덧붙여 말했다.

에번스 주지사는 플래트 강 유역에서 벌어진 사달에 대해 하나하나 끄집어내어 따지기 시작했다. 그렇게 덫에 끌어들여 그들 중 누군가가 그 습격에 가담했다는 사실을 인정하도록 할 심산이었다.

"올 봄에 프리몬트의 과수원에서 가축을 끌어내 북쪽에서 군인들과 처음 싸움을 벌인 자가 누구요?"

"그것에 대답하기 전에"라고 흰영양이 대담하게 말을 가로막고 나섰다. "나는 먼저 당신이 이 일 때문에 처음 전쟁이 시작되었다는 사실을 알았으면 좋겠소. 무엇 때문이었는지도 말이오. 미군이 먼저 총을 쏘았소."

"인디언들이 말 40마리를 훔쳤소"라고 에번스가 몰아세웠다. "군인들은 말을 찾으러 간 건데 인디언들이 일제 사격을 한 것이오."

흰영양이 에번스의 말을 부인했다. "인디언들은 비주 강을 따라 내려오다가 말 한 마리와 노새 한 마리를 잡았소. 말은 게리 요새에 가기 전에 돌려주고 노새도 임자가 나타나면 돌려주려고 했소. 그때 미군과 인디언이 플래트 강 쪽에서 싸우고 있다는 소리를 들었소. 그래서 그 친구들은 놀라서 모두 도망쳐버렸소."

"그러면 코튼우드에서 약탈한 자는 누구요?" 에번스가 들이댔다.

"수우족이오. 어떤 지파인지는 모르오."

"수우족이 다음에는 무슨 짓을 저지를 것 같소?"

수곰이 나서서 대답했다. "수우족은 이 지역을 송두리째 쓸어버릴 작정이오. 그들은 화가 나서 백인들에게 해를 끼치는 일이라면 뭐든 하려들고 있소. 나는 당신과 미군의 편에서 당신의 말을 따르지 않는 사람들과 싸우겠소. ……나는 백인에게 손가락도 댄 적이 없소. 나는 선한 일을 따르오. 언제나 백인들과 친구가 되겠소. 내 형 여원곰은 백인과의 화약을 지키려다 죽었소. 나도 그렇게 하려 하오."

에번스는 억지만 쓰다가 추장들의 조리 있는 반론에 답변이 궁색해지자 시빙턴에게 할 말이 없는지 물었다.

시빙턴은 목이 굵고 가슴이 술통마냥 빵빵한 체격의 전직 감리교 전도사였다. 왕년에 광산촌에서 주일학교를 만드는 데 상당 기간 헌신한 적도 있었다. 그는 수염이 덥수룩하고 광적인 눈을 번쩍이는 커다란 수컷 들소 같았다. "나는 높은 추장이 아니오"라고 그는 입을 열었다.

"그러나 이 지역 병사들은 모두 내 지휘를 받고 있소. 내 신조는 백인이건 인디언이건 무기를 내려놓고 군의 권위에 복종할 때까지 끝까지 싸운다는 것이오. 이 인디언들은 윈쿱 소령의 관할하에 있으니 그럴 맘이 있으면 그 사람에게 가면 됩니다."

이렇게 해서 회담은 끝났지만 추장들은 화친을 맺은 것인지 아닌지 갈피를 잡을 수 없었다. 한 가지 분명한 것은 윈쿱이야말로 미군들 가운데 그들이 의지할 수 있는 단 한 명의 진정한 친구라는 사실이었다.

눈이 번뜩이는 독수리대장 시빙턴은 리욘 요새의 윈쿱에게 가라는 것 인데, 그들 역시 다른 길은 없다고 생각했다.

"그래서 우리는 스모키 힐의 숙영지를 거두고 리욘 요새에서 북동쪽 으로 40마일 정도 떨어져 있는 샌드 크리크로 이동했다"라고 조지 벤트 는 말했다. "인디언들은 요새로 들어가 윈쿱 소령을 만나보기도 했다. 요새에 있는 사람들이 아주 친절하게 대해줘 얼마 뒤에 아라파호족은 우리를 떠나 요새로 아주 들어가 마을을 이루고 정기적으로 식량 배급 을 받았다."

작은갈까마귀와 왼뼈가 주거지역에는 들소나 다른 야생 조류가 전 혀 없고 캔자스로 사냥대를 보내기는 겁난다고 말하자, 윈쿱은 정기적 으로 식량을 배급했다. 아마도 그는 시빙턴이 그의 부하들에게 최근 내 린 명령에 대한 소문을 들었는지 모른다. "만나는 족족 인디언들을 모 두 사살하라."

윈쿱이 인디언들에게 인정 있게 대해주자 그는 곧 콜로라도와 캔자스 의 상급 지휘관의 눈 밖에 나게 되었다. 그는 허락 없이 인디언들을 덴 버 시로 데려왔다는 이유로 견책을 받고 "리욘 요새의 모든 일을 인디 언들 마음대로 다루게 한다"는 비난을 받았다. 결국 11월 5일 시빙턴의 콜로라도 지원병 부대의 장교인 스콧 앤터니 소령이 리욘 요새의 새 지 휘관으로 부임했다.

앤터니 소령이 부임 후 내린 첫 번째 조치는 아라파호족의 식량 배급 을 줄이고 무기를 압수하는 것이었다. 아라파호족은 앤터니 소령에게 소총 세 자루와 권총 한 자루 그리고 화살과 활 60개를 내주었다.

이삼 일 뒤에 아무 무기도 들지 않은 아라파호족이 들소 가죽을 식량 과 교환하려고 요새로 가자 앤터니는 병사들에게 사격 명령을 내렸다.

인디언들이 뒤돌아 도망가자 앤터니는 소리 내어 웃었다.

"이자들이 내 부아를 돋울 만큼 돋웠으니 이런 식으로 처치하는 수밖에 없어"라고 그는 한 병사에게 내뱉었다.

샌드 크리크에 자리를 잡고 있던 샤이엔족은 아라파호족으로부터 키가 작고 눈동자가 붉으며 비우호적인 군인 추장이 그들의 친구 윈쿱의 자리를 대신 차지했다는 소식을 들었다. 사슴이 발정하는 달인 11월 중순에 검은주전자와 샤이엔 일파는 새로 온 군인 추장을 만나보러 요새로 갔다. 그의 눈은 정말 붉었다(그는 괴혈병이 있었다). 그러나 그는 우호적인 태도로 그들을 대했다. 검은주전자와 앤터니 사이의 회합에 함께 있었던 장교들은 앤터니가 샤이엔족에게 샌드 크리크에 있는 숙영지로 돌아가 있으면 리온 요새의 보호를 받을 수 있을 거라고 확답했다고 나중에 증언했다. 그는 또 젊은 인디언들에게 겨울철 식량 배급 허락을 얻을 때까지 동쪽 스모키 힐에서 들소 사냥을 해도 좋다고 선심까지 썼다.

검은주전자는 원래는 미군들로부터 안전하다고 느낄 만큼 멀리 아칸소 남쪽으로 이주할 생각이었는데 앤터니 소령의 말을 듣고 보니 샌드 크리크가 안전하다고 여기게 되었다고 털어놓았다. 그들은 겨울 동안 그곳에 눌러앉기로 했다.

샤이엔족 대표들이 떠나자 앤터니는 왼뼈와 작은갈까마귀에게 리온 요새 근처에 있는 아라파호 마을을 철거하라고 명령했다. 그리고 "가서 들소나 잡아먹고 살게"라고 그들에게 말했다. 앤터니의 퉁명스러운 말에 놀라 아라파호족은 천막을 접어 짐을 싸 들고 나섰다. 요새에서 벗어나자 두 지파는 서로 갈라섰다. 왼뼈는 샤이엔족과 합류하기 위해 샌드 크리크로 갔고 작은갈까마귀는 지파를 이끌고 아칸소 강을 건너 남쪽으로 향했다. 그는 눈동자가 붉은 미군 추장을 믿지 않았다.

과연 앤터니는 상관에게 이렇게 보고했다. "초소에서 40마일 떨어진 곳에 인디언 일파가 머물러 있습니다. 증원군이 도착할 때까지 이들을 구슬러서 조용히 지내게 하겠습니다."

11월 26일 교역 상인인 회색담요 존 스미스가 교역을 하러 샌드 크리크로 나갈 수 있게 해달라고 요청하자 앤터니 소령은 전례 없이 협조했다. 그는 스미스가 물건을 실어갈 수 있도록 군의 구급차량을 내주고 콜로라도 기병대 대원인 데이비드 라우더백을 마부로 쓰게 했다. 인디언들의 마음을 달래 그 자리에 머물도록 안정감을 주는 데는 요새 상인이나 군의 화친 회담 대표야말로 안성맞춤일 것이다.

24시간 뒤 앤터니가 인디언들을 치기 위해 요청한 증원군이 리욘 요새에 도착했다. 시빙턴 대령 휘하의 콜로라도 연대와 인디언과 싸우기 위해 에번스가 특별히 창설한 제3대대까지 합쳐 600명 정도의 병력이었다. 요새에 도착한 전위대는 요새를 둘러싸고 누구도 그곳을 떠나지 못하게 했다. 동시에 20명의 기병 분견대가 동쪽 이삼 마일 지점 윌리엄 벤트의 농장에 가서 벤트의 집을 둘러싸고 모든 사람의 출입을 엄금했다. 그때 벤트의 혼혈 아들인 조지와 찰리, 그의 혼혈인 사위 에드먼드 게리에는 샤이엔족과 함께 샌드 크리크에 있었다.

시빙턴이 말에서 내리자 앤터니 소령이 그를 따뜻이 맞았다. 시빙턴은 "인디언의 머리가죽을 모으고, 마을을 피바다로 만들" 계획을 말하고 앤터니는 "그자들을 공격할 좋은 기회를 엿보고 있었으며 리욘 요새의 모든 사람들이 시빙턴의 인디언 토벌대에 가담하기를 고대한다"고 맞장구를 쳤다.

그러나 앤터니의 장교들 모두 시빙턴의 치밀한 학살 계획에 기꺼이

작은갈까마귀, 아라파호족 추장.
1877년 이전 사진.

합류한 것은 아니었다. 사일러스 솔 대위, 조셉 크레이머 중위, 제임스 코너 중위는 검은주전자의 평화로운 마을을 공격하는 것은 윈쿱과 앤터니가 인디언들에게 해주었던 안전 보장에 대한 서약을 어기는 것이며 "그것은 말 그대로 살인이므로" 그 일에 참가하는 장교라면 누구를 막론하고 미군의 군복을 더럽히게 될 것이라고 항의했다.

시빙턴은 격노해서 크레이머 중위의 얼굴에 주먹을 들이대며 "인디언 편을 드는 자는 망할 놈이야. 나는 인디언을 죽이러 왔어. 인디언을 죽이는 일이라면 하느님 나라에 있는 어떤 수단을 써도 옳아"라고 소리쳤다.

솔과 크레이머와 코너는 원정대에 가담하거나 군법회의에 회부되거나, 둘 중 하나를 택해야 했다. 어쩔 수 없이 가담해도 그들은 정당방위 이외에는 부하들에게 인디언에 대한 발포 명령을 내리지 않을 작정이었다.

11월 28일 저녁 8시 시빙턴 원정대는 앤터니 부대를 합쳐 700명이 넘는 병력을 4개 부대로 나누어 출발했다. 12파운드짜리 곡사포 4문도 대동했다. 맑은 하늘에는 별이 반짝이고 밤공기는 차디찬 서리 기운을 몰아왔다.

시빙턴은 인디언들과 50년을 함께 산 예순아홉 살의 혼혈인 제임스 벡워스를 안내자로 징모했다. 마술송아지Medicine Calf 벡워스는 빼달라고 애원했지만 시빙턴은 샤이엔과 아라파호 숙영지로 안내하지 않으면 목을 매달겠다고 노인네를 위협했다. 그러나 행군이 시작되자, 눈이 침침하고 관절염이 있는 벡워스는 되레 장애가 되었다. 스프링 바텀 근처 농장에 이르자 시빙턴은 행군을 멈추게 하고 농장 주인을 침대에서 끌어내 벡워스 대신 안내자로 삼았다. 이 농장 주인은 다름 아닌 윌리엄 벤트의 큰아들 로버트 벤트였다. 윌리엄 벤트의 두 혼혈 아들 조지와 찰리는 그때 샤이엔족과 함께 샌드 크리크에 있었다. 벤트의 아들 3형제는 얼마 후면 그 저주받은 샌드 크리크에서 만나게 될 기구한 운명이었다.

샤이엔 마을은 거의 메마른 샛강 바닥 북쪽 샌드 크리크의 말굽같이 생긴 만灣에 자리 잡고 있었다. 검은주전자의 천막은 마을 중앙에 있었고 흰영양과 전투모의 부하들은 서쪽에, 조금 떨어진 동쪽에는 왼뼈의 아라파호 마을이 있었다. 그 만에는 약 600명의 인디언이 있었는데 그 중 3분의 2는 부녀자와 아이들이었다. 대부분의 전사는 앤터니 소령의 허락을 받고 몇 마일 떨어진 동쪽으로 들소 사냥을 나가 있었다.

인디언들은 무슨 일이 있으리라고는 꿈도 꾸지 않아서 강 하류의 우리에 있는 말 떼 이외에는 밤 보초도 세워놓지 않았다. 미군 공격의 첫 번째 신호는 새벽 무렵에 들려왔다. 평평한 모래바닥 위를 내딛는 말발굽 소리!

"나는 한 천막에서 잠을 자고 있었다"고 에드먼드 게리에는 말했다. "처음에는 밖에 나가 있던 몇몇 아낙네들이 수많은 들소 떼들이 마을로 들어오고 있다고 말하는 것이 들렸다. 다른 여자들은 미군들이라고 말했다."

게리에는 곧 밖으로 나가서 회색담요 스미스의 텐트로 뛰어갔다. 그곳에서 잠들어 있던 조지 벤트는 마을 주위를 달리는 사람들의 소란스런 소리가 들릴 때까지도 담요 속에 있었다고 말했다.

"냇가를 따라 미군의 대부대가 우리 마을을 향해 달려오고 있었다. 더 많은 군인들이 말들이 있는 남쪽의 축사로 몰려가는 게 보였다. 마을이 온통 아수라장이었다. 남녀노소 할 것 없이 옷도 제대로 입지 못하고 뛰쳐나왔다. 여자들과 어린애들은 미군들이 들이닥치는 것을 보고 비명을 질러댔고 남자들은 무기를 가지러 천막 안으로 다시 뛰어들어갔다. ……추장의 천막 쪽을 쳐다보니 검은주전자가 커다란 미국기를 긴 천막 기둥 끝에 붙들어매고 천막 앞에 서서 겨울철 새벽 어스름 가운데 펄럭이는 깃발 기둥을 붙들고 있었다. 나는 추장이 사람들을 부르면서 두려워하지 말라고, 미군들이 해치지 않을 거라고 말하는 소리를 들었다. 그때 군인들이 마을 양쪽에서 사격을 개시했다."

어린 게리에는 회색담요 스미스의 천막에서 사병private 라우더백과 같이 있었다.

"라우더백은 같이 나가서 군인들을 만나보자고 제의했다. 우리가 천막 한 귀퉁이로 나가기 전에 기병대가 말에서 내렸다. 나는 그들이 포병대원으로 마을에 포격을 가하려 한다고 생각했다. 내가 그 말을 입 밖에 내기도 전에 그들은 소총과 권총으로 사격을 개시했다. 그들에게 다가갈 수 없다는 것을 알고 나는 두 사람에게서 떠났다."

라우더백은 순간적으로 발을 멈췄지만 스미스는 기병대 쪽으로 계속 움직였다.

"저 늙은 망할 놈의 개자식을 쏴버려." 한 병사가 소리쳤다. "저자는 인디언과 다를 바 없어."

총알이 어지러이 날아오자 스미스와 라우더백은 발을 돌려 천막으로 뛰어들어갔다. 스미스의 혼혈 아들 잭과 찰리 벤트는 벌써 총알을 피해 그곳에 와 있었다.

수백 명의 샤이엔 여자들과 아이들이 검은주전자의 깃발 주위에 모여들었다. 마른 샛강 바닥을 따라서 더 많은 사람들이 흰영양의 마을에서

에드먼드 게리에. 통역자.
1877년 이전 사진.

오고 있었다. 그린우드 대령은 검은주전자에게 성조기가 그들 머리 위에서 휘날리는 한 어떤 군인도 그들에게 사격을 가하지 못할 것이라고 장담하지 않았던가. 일흔다섯 살의 횐영양은 무기도 들지 않은 채 미군을 향해 뚜벅뚜벅 걸어갔다. 태양과 세월의 풍파를 이겨낸 횐영양의 검은 얼굴엔 주름이 깊게 패어 있었다. 그는 성조기와 검은주전자가 막 내건 백기를 보면 미군이 사격을 중지할 것이라고 믿었다.

시빙턴 대령 옆에 있던 벡워스는 횐영양이 다가오는 것을 보았다. "그는 손을 올리더니 '멈추시오. 멈춰!'라고 소리지르며 지휘관을 만나기 위해 달려왔다. 그는 나만큼이나 분명한 영어로 멈추라고 말했다. 그는 무기를 지니지 않았음을 보이려고 걸음을 멈추고 팔짱을 꼈다. 그때 총탄에 맞아 쓰러졌다."

횐영양은 죽기 전에 죽음의 노래를 불렀다.

오래 살아남는 것은 없다.
이 땅과 산뿐

아라파호 마을 쪽에서도 왼뼈와 그의 부족민들이 검은주전자의 깃발 아래에 닿으려고 안간힘을 썼다. 왼뼈는 미군과 맞닥뜨리자 적의가 없다는 표시로 팔짱을 끼고 백인은 친구이기 때문에 싸우지 않겠다고 말했다. 하지만 그 순간 총에 맞아 쓰러졌다.

마지못해 미군과 함께 행동했던 로버트 벤트는 다음과 같이 당시의 상황을 묘사하고 있다.

"나는 검은주전자가 인디언들에게 나부끼는 미국기 주위로 모이라고 외치는 소리를 들었다. 남자, 여자, 아이들 할 것 없이 그곳으로 모여들어 웅크리고 있었다. 우리는 50야드 정도 떨어져 있었다. 나는 또 백기가 올라가는 것을 보았다. 두 깃발은 툭 튀어나온 위치에 있어서 누구나 볼 수 있었다. 군인들이 사격을 하자 인디언들은 도망갔다. 남자 몇은 천막으로 뛰어들어갔다. 무기를 가지러 갔을 것이다. 모두 600명 정도의 인디언이 있었다. 서른다섯 명의 용사들과 몇몇 노인들을 합해서 60명 정도가 남자였다. 나머지 남자들은 사냥을 나가 있었다. ……
사격이 끝나자 전사들은 부녀자와 어린아이들을 한자리에 모아 그들을 둘러싸고 보호하려 했다. 한 둑 밑에는 부녀자 다섯이 웅크리고 있었다. 미군들이 다가가자 그들은 여자라는 것을 알리기 위해 몸을 드러내고 살려달라고 애걸했다. 그러나 미군은 그 여자들을 모조리 쏘아 죽였다. 또 한 여인이 포탄에 다리가 박살이 난 채 둑 위에 누워 신음하고 있었는데 미군 하나가 군도를 빼들고 그 여자에게 다가섰다. 그녀는 팔을 올려 몸을 보호하려 했지만 그자는 칼을 내리쳐 팔을 부러뜨렸다. 그 여자의 몸은 한 바퀴 곤두박질쳤고 다시 하나 남은 팔을 휘저으며 애걸했다. 그자는 그 팔마저 잘라버렸다. 그리고는 여자를 내버려두고 자리를 떴다. 남자, 여자, 어린아이 할 것 없이 무차별 살육이 눈앞에서 벌어지고 있었다. 한 구덩이에는 삼사십 명의 여자들이 모여 있었다. 그들은 여섯 살 정도 되어 보이는 어린 소녀에게 막대기에 묶은 백기를 들려 보냈다. 그 소녀는 몇 발짝도 가지 못하고 총에 맞아 죽었다. 결국 여자들도 구덩이 속에서 몰살당했고 밖에서 몸을 숨기고 있던 네댓 명의 남자들도 죽음을 당했다. 내가 본 죽은 사람은 모두 머리가죽이 벗겨져 있었으며 한 임신한 여자는 배가 갈라져 있었는데 내가 생각하기에 태아가 옆구리에 놓여 있었다. 솔 대위는 나중에 태아가 맞다고 말했다. 흰영양의 시체는 성기가 잘려 있었다. 나는 한 미군이 그걸 가지고 담배쌈지를 만들겠다고 말하는 것을 들었다. 성기가 잘려 있는 여자도 있었다. ……다섯 살쯤 되어 보이는 여자아이가 모래더미 속에 숨어 있었는데 미군 둘이 그 아이를 찾아내어 권총으로 쏘고는 팔을 잡고 모래더미 속에서 끄집어냈다. 수많은 아이들이 엄마 팔에 매달린 채 죽어 나자빠져 있었다."

학살이 있기 얼마 전에 덴버에서 행한 대중 연설에서 시빙턴은 모든 인디언들, 애들까지 모두 죽이고 머리가죽을 벗길 것을 공공연히 주창했다. "서캐가 이가 되는 법이다!"라고 그는 단언했다.

로버트 벤트가 미군 병사들의 잔학 행위에 대해 기술한 사실은 제임스 코너 중위에 의해 뒷받침되고 있다.

"다음 날 그곳에 가 보니 어느 누구라 할 것 없이 모두 머리가죽이 벗겨진 채 사지는 끔찍하게 절단되어 있었다. 남자, 여자, 아이의 성기까지 잘려 있었다. 나는 한 녀석이 여자의 성기를 잘라 그것을 막대기에 걸어 전시하겠다고 떠벌리는 것을 들었다. 또 한 녀석은 인디언이 손가락에 끼고 있던 반지를 빼내기 위해 손가락을 잘라냈다는 말도 했다. 이런 잔학 행위가 시빙턴이 모르는 가운데 범해졌다곤 생각할 수 없다. 그가 잔학 행위를 막기 위해 취한 조처는 전혀 없었다. 생후 두세 달 된 갓난아이가 마차 위에 있는 사료 상자에 던져져 실려가다 땅에 떨어져 목숨을 잃었고 많은 병사들이 여자의 성기를 잘라 말 안장에 걸치고 다니거나 모자 위에 꽂고 돌아다녔다는 말도 들었다."

규율이 엄격하고 훈련된 부대 같았으면 이처럼 무방비 상태의 인디언들을 거의 몰살시킬 수 있었을 것이다. 그러나 군기가 엉망인데다 야간 행군시 심하게 마신 술, 콜로라도 지원병의 형편없는 사격술 덕분에 많은 인디언들이 도망칠 수 있었다. 많은 사람들이 마른 강바닥의 높은 둑 밑에 구덩이를 파고 어둠이 내릴 때까지 버텼다. 혼자서 혹은 몇 명씩 평원 너머로 도망치기도 했다. 105명의 인디언 부녀자와 어린애 그리고 28명의 남자가 죽고 아수라의 살육은 끝났다. 공식 보고서에서 시빙턴은 사오백 명의 전사를 죽였다고 주장했다. 시빙턴 부대는 아홉 명이 죽고 38명이 부상을 당했는데 병사들이 부주의하게 서로에게 사격해서 생긴 사상자들이었다. 추장 가운데는 흰영양과 애꾸눈 그리고 전투모가 죽었다. 검은주전자는 계곡을 타고 위쪽으로 빠져나가 구사일생으로 도망쳤지만 그의 아내는 중상이었다. 총알을 맞은 왼뼈도 간신히 목숨을 구했다.

포로는 모두 일곱 명이었다. 존 스미스의 샤이엔족 아내, 요새에 있던 백인 문관의 아내와 세 아이들 그리고 두 명의 혼혈 소년 잭 스미스와 찰리 벤트였다.

미군은 인디언 옷을 입고 있다는 이유로 혼혈 소년들을 죽이려 했다. 마술송아지 벡워스가 찰리 벤트를 부상당한 장교가 타고 있는 마차에 숨겨 구출한 뒤에 그의 형 로버트에게 데려다주었다. 그러나 잭 스미스의 목숨은 구할 수 없었다. 아이가 포로로 잡혀 있는 천막 구멍 사이로 한 병사가 총을 쏘아 죽여버렸다.

벤트의 둘째 아들 조지는 전투가 시작될 때 찰리와 떨어져 샤이엔족과 함께 구덩이 속에 있었다. "우리 일행이 이곳에 왔을 때 나는 엉덩이에 총알을 맞고 쓰러졌다. 나는 간신히 구덩이 하나에 굴러들어가 전사들과 아녀자들 사이에 누워 있었다."

밤이 되자 생존자들은 구덩이에서 기어나왔다. 혹한의 날씨에 상처에서 흘러내린 피가 얼어붙었지만 불을 피울 수도 없는 형편이었다. 단하나의 희망은 한시바삐 스모키 힐로 도망가 젊은 전사들과 합류하는 것뿐이었다. 조지 벤트는 그때의 처절했던 상황을 이렇게 묘사하고 있다.

"말할 수 없이 비참한 행군이었다. 말이 없어서 대부분 걸어갔으며 몇 끼를 굶은 데다가 옷을 제대로 입은 사람도 없었다. 여자와 어린애들은 짐이 될 뿐이었다."

살을 에는 강풍과 굶주림, 상처의 고통 때문에 50마일의 행군은 더욱 견디기 힘들었다.

"우리가 스모키 힐 사냥터에 도착하자 차마 눈뜨고 볼 수 없는 광경이 벌어졌다. 전사들까지 눈물을 흘렸고 여자와 어린애들은 소리를 지르며 흐느껴 울었다. 이번 학살에서 전사들 대부분이 가족이나 친척을 잃었다. 슬픔에 북받친 사람들이 칼로 자기 몸을 마구 찌르며 몸에서 흘러내린 피가 냇물을 이룰 때까지 통곡했다."

상처가 아물자 조지 벤트는 다시 아버지의 농장으로 갔다. 그곳엔 학살 때 죽은 줄로만 알았던 동생 찰리 벤트가 살아 돌아와 있었다. 조지는 찰리로부터 백인들의 만행을 더 자세히 들을 수 있었다. 처참하게 머리가죽을 벗기고 사지를 절단했으며 어린애와 젖먹이들까지 도륙했다는 이야기를. 이삼 일 뒤 형제는 얘기 끝에 혼혈인으로서 백인 문명을 조금도 받아들이지 않기로 결의했고, 아버지의 피를 버리고 말없이 농장을 떠났다. 찰리의 어머니 노랑부인도 따라나섰다. 그녀는 두 번 다시 백인과 살지 않겠다고 맹세했다. 그들은 북쪽 샤이엔족에게 향했다.

혹한의 달인 1월이 닥쳐왔다. 예년 같으면 평원 인디언들은 천막 안에 불을 피워놓고 밤새 이야기를 나누거나 아침 늦게까지 잠을 잘 수 있는 때였다. 그러나 그해는 한가로이 지낼 수 없었다. 샌드 크리크 학살 사건이 전해지자 평원 인디언인 샤이엔족과 아라파호족, 수우족은 여기저기 파발꾼을 보내 살인마 백인에 대한 보복 전쟁을 소리 높여 외쳤고 평원에는 바야흐로 복수의 기운이 넘쳐흘렀다.

노랑부인과 어린 벤트 형제가 리퍼블리컨 강 유역에 있는 친척을 찾아갔을 때 샤이엔족은 수천 명이나 되는 동맹군을 얻었다. 점박이꼬리 Spotted Tail의 브룰레 수우족, 포니족살해자Pawnee Killer의 오글라라 수우족과 대규모의 북부 아라파호족이 그들이었다. 샌드 크리크로 가기를 거부했던, 지금은 키큰소Tall Bull가 이끄는 샤이엔의 개병대도 그곳에 있었고 매부리코를 따르는 젊은 전사들도 있었다. 샤이엔족이 죽은 사람들을 조상하는 동안 추장들은 전투 담배를 피우며 전략을 세웠다.

샌드 크리크에서 몇 시간의 광란이 벌어진 가운데 시빙턴은 백인과의 화친을 내세웠던 샤이엔과 아라파호 추장들의 목숨과 권위를 깡그리 부숴버렸다. 죽음의 목구멍에서 살아나온 뒤 인디언들은 검은주전자와 왼뼈를 버리고 그들을 절멸에서 구해줄 전투추장에게 돌아섰다.

미국 관리들은 에번스 주지사와 시빙턴 대령에 대한 조사를 요구했다. 더 이상 인디언과의 전면전을 피할 길이 없다는 것을 알고 있었을 테지만 화친의 가능성을 엿보기 위해 검은주전자에게 백워스를 사절로 보냈다.

백워스는 샤이엔족을 만났지만 검은주전자는 얼마 안 되는 친척과 노인들을 데리고 어디론가 떠돌아다니고 있었다. 지금의 지도자는 물속의다리Leg in the Water였다.

"물속의다리가 있는 천막으로 가자 그는 '마술송아지, 무엇 때문에 왔는가? 이제는 우리 가족의 명줄을 아주 끊어버리려고 백인들을 데려왔

조지 벤트와 그의 아내 까치Magpie.
1867년 사진.

는가?'라고 힐난했다. 나는 대화를 하기 위해 왔다면서 회의를 소집해 달라고 했다. 잠시 후 추장들이 모이자 백인들과 화친을 맺어보라고 권고하기 위해 왔다고 말했다. 백인들은 나뭇잎처럼 무수히 많으나 인디언들은 그들과 싸울 만한 병력이 없다. '우리도 안다'라는 게 그들의 대답이었다. '지금 우리가 살기 위해 할 수 있는 일이 뭐가 있소. 백인들은 우리 땅을 빼앗고 사냥감도 죽이고 그것도 모자라 마누라와 아이들까지 죽였소. 이제 화친은 없소. 우리는 망령의 나라에 가서 가족들을 만나겠소. 우리는 백인들을 좋아했으나 그들은 우리에게 거짓말하고 우리 것을 다 강탈해갔소. 우리는 이미 목숨을 내놓고 전투의 도끼를 높이 들어올렸소.'

그들은 내게 왜 샌드 크리크까지 와서 군인들에게 길을 안내해주었느냐고 물었다. 안 그랬다면 백인 추장이 내 목을 매달았을 것이라고 하자, '그만 가서 당신의 백인 동료들과 사시오. 우리는 죽을 때까지 싸우겠소.' 나는 그 말을 듣고 되돌아왔다."

1865년 정월에 샤이엔, 아라파호, 수우족의 연합부대는 여러 차례 남부 플래트 강 유역을 습격했다. 마차와 역마차 역, 군인 초소를 공격하고 줄스버그 마을을 불태웠으며 샌드 크리크에서 당했던 보복으로 백인의 머리가죽을 벗겼다. 또 전선을 절단하고 플래트 도로를 오가며 습격과 약탈을 감행해 통신과 보급의 줄을 끊어버렸다. 그 결과 덴버 시에는 식량 부족이 심각해졌고 잇달아 공황이 일어났다.

보복 공격이 끝나자 각 부족의 전사들은 리퍼블리컨 강가 빅 팀버스의 겨울철 숙영지로 돌아가 첫 보복 공격을 축하하는 큰 무도회를 열었다. 눈이 평원을 모포처럼 덮고 있었지만, 곧 산지사방에서 백인들이 벼락 치는 소리를 내는 대포를 몰고 쳐들어올 것이었다. 무도회가 열리고 있는 동안 추장들은 추격해올 군인들을 피해 어디로 갈지 결정하기 위해 회의를 열었다. 검은주전자는 여름이 길고 들소가 많이 서식하는 아칸소 남부 지방으로 가자고 주장했다.

그러나 대부분의 추장들은 북쪽에 있는 파우더 강 지역으로 가서 그들의 친척과 합류하기로 마음을 굳혔다. 미군도 감히 테톤 수우족과 북부 샤이엔족이 굳건히 지키고 있는 웅대한 요새지로는 쳐들어오지 못할 것이다.

주로 노인과 여자들 그리고 중상을 입은 몇몇 전사들이 검은주전자를 따라나섰다. 대략 400명 정도였다. 그들이 떠나기 전날 조지 벤트는 자신의 외가인, 마지막 남은 남부 샤이엔족에게 작별 인사를 했다.

"나는 천막 사이를 돌아다니며 검은주전자와 내 모든 친구들과 악수를 나눴다. 그들은 아칸소 강 남부로 이동해 남부 아라파호족, 카이오와족, 그리고 코만치족과 합류했다."

3천 명가량의 수우족, 아라파호족과 함께 샤이엔족은 한 번도 가보지 못한 북쪽 땅으로 피난길에 올랐다. 도중에 그들은 라라미 요새에서 파견된 미군과 전투를 벌였지만 동맹군의 힘이 압도적이어서 막강한 들소 떼를 물어뜯는 이리 떼를 해치우듯 미군들을 쓸어버렸다.

파우더 강에 도착하자 북부 샤이엔족이 그들을 반갑게 맞이했다. 백인들과 교역해서 얻은 천으로 된 모포를 두르고 각반을 차고 있는 남부족의 눈엔 들소 가죽 옷을 입고 사슴 가죽 각반을 찬 북부족이 아주 거칠게 보였다. 북부 샤이엔족은 붉은 칠을 한 사슴 가죽으로 편발한 머리를 감싸고 머리에 까마귀 깃을 꽂았다. 수우족 말을 많이 섞어 써서 남부 샤이엔족으로선 알아듣기 힘들었다. 수우족에 얼마나 동화가 잘되었던지 북부 샤이엔족의 대추장 아침별Morning Star은 수우족의 이름인 무딘칼Dull Knife로 더 잘 통할 정도였다.

남부 샤이엔족이 처음 이주해왔을 때는 북부 샤이엔족과 반 마일 정도 거리를 두고 천막을 쳤다. 그러다 서로 내왕이 잦아지자 한군데에 천막을 치게 되었고 그때부터 북부 샤이엔족과 남부 샤이엔족의 구별이 거의 없어졌다.

1865년 봄 샤이엔족은 말 먹일 풀이 충분한 텅 강으로 이동해 붉은구름Red Cloud이 이끄는 오글라라 수우족 가까이에 천막을 쳤다. 남부 샤이엔족은 지금까지 8천 명 넘는 인디언들이 한자리에 천막을 친 것을 본 적이 없었다. 낮과 밤은 사냥과 의식, 축제와 무도로 이어졌다. 조지 벤트는 수우족인 말을두려워하는젊은이Young Man Afraid of His Horse를 자신의 샤이엔 지파인 구부러진창The Crooked Lances의 일원이 되게 했던 일을 회상했다. 수우족과 샤이엔족이 그 당시 얼마나 가까웠는지를 보여주는 예이다.

인디언들은 부족 나름의 고유한 법과 풍속을 지켰지만, 그들의 능력에 자신감을 갖고 자신의 뜻에 따라 살 수 있는 권리를 확신하며 모두 같은 종족이라는 생각을 하게 되었다. 백인 침략자들이 다코타 동쪽과 플래트 강 남쪽에서 호시탐탐 쳐들어올 기회를 노리는 동안 그들은 백인들에 맞서 싸울 태세를 갖추어나갔다.

"위대한 정령은 백인과 인디언 둘 다 길렀다"고 붉은구름은 말했다. "인디언 먼저 길렀다고 생각한다. 위대한 정령은 이 땅에서 나를 길렀으니 이곳은 내 땅이다. 백인은 저 커다란 물 건너에서 컸으니 그의 땅은 저 너머에 있다. 그들이 바다를 건너왔을 때 나는 그들이 살 곳을 주었다. 지금 내 주위에는 백인 천지다. 내게는 조그만 땅뙈기밖에 남은 것이 없다. 위대한 정령은 나보고 이것을 지키라고 하셨다."

봄이 오자 추장들은 척후대를 보내 플래트 강 유역의 도로와 전선을 경비 중인 미군의 동태를 감시하게 했다. 미군 병력이 늘어나고 있으며 일부는 파우더 강 유역 사이의 보즈먼 도로를 따라 이미 북쪽으로 오고 있다는 척후대의 보고가 들어왔다. 붉은구름을 비롯한 추장들은 미군에게 버릇을 가르쳐줄 기회라는 데 뜻을 같이했다. 그들은 백인들이 플래트 브리지 역이라고 부르는 최북단 지점을 치기로 했다.

남부 샤이엔 전사들은 샌드 크리크에서 학살당한 가족과 친척들의 원수를 갚는다는 일념으로 대부분이 지원하고 나섰다. 남부 샤이엔족의 지휘자는 구부러진창 지파의 개병대 전사 매부리코였다. 매부리코는 붉은구름, 무딘칼, 말을두려워하는늙은이와 함께 3천 명의 대군을 이끌고 진격했다. 전사 중에는 얼굴에 칠을 하고 전투복을 차려입은 벤트 형제도 끼어 있었다.

7월 24일 인디언 연합부대는 북플래트 강의 다리가 내려다보이는 언덕에 이르렀다. 다리 건너편에는 군사 초소가 있었다. 100명가량의 미군이 주둔하고 있는 방책이 있었고 그 안에 역마차 역과 전신소가 설치되어 있었다. 쌍안경으로 그곳을 살펴본 뒤에 추장들은 다리를 불태우고 물이 얕은 하류의 여울목을 건너 방책을 포위 공격하기로 작전을 세웠다. 먼저 미군을 방책 밖으로 유인해내서 가능한 한 많은 미군을 죽이기로 했다.

그날 오후에 열 명의 전사들이 언덕 아래로 내려갔지만 미군들은 방책에서 나오려 하지 않았다. 다음 날 아침에도 똑같은 일이 되풀이되었다. 셋째 날 아침 놀랍게도 기병대 1개 소대가 요새에서 나와 다리를 건너와서는 서쪽을 향해 질주하기 시작했다. 순간 수백 명의 샤이엔과 수우족이 말에 올라타고 언덕 아래로 내려갔다. "우리가 뛰어들었을 때 나는 밤색 말을 탄 장교 하나가 자욱한 먼지와 연기 구름 사이로 내 곁을 질주해 지나가는 것을 보았다. 말은 그를 내던지고 달려나갔다. ……그 중위는 이마에 화살이 꽂혀 있었고 얼굴에선 피가 줄줄 흘러내렸다."(이렇게 치명상을 입은 장교는 캐스퍼 콜린스 중위였다.)

두세 명의 기병대원이 자신들을 구하기 위해 나온 다리 위의 보병 소대로 몸을 피했다. 요새의 대포가 터지면서 인디언의 추격을 저지했다.

전투가 진행되는 동안 언덕에 남아 있던 인디언 몇 명이 요새에서 기병대가 나온 까닭을 알게 되었다. 그들은 서쪽에서 오고 있는 차량 행렬을 맞으러 달려가던 중이었다. 순식간에 인디언 전사들이 벌 떼같이 뒤쫓아가 차량 행렬을 둘러쌌다. 기병대는 모두 말에서 내려 마차 밑에 호를 파고 완강히 저항했다. 전투가 벌어진 지 몇 분 안 되어 매부리코의 동생이 쓰러졌다. 동생을 잃은 매부리코는 격분해서 전사들에게 돌진하라고 명령했다.

"백인 놈들이 총알을 다 써버리게 만들어라!"

매부리코는 마법의 전투모를 쓰고 방패를 들고 있었다. 총알은 결코 그를 맞히지 못할 것이다. 샤이엔 전사들이 포위망을 좁혀 채찍을 내리치며 역마차 둘레를 질주하자 미군은 정신없이 총을 쏘아댔다. 미군의 탄약은 곧 바닥이 났다. 샤이엔족은 역마차로 돌격해 들어가 미군을 모두 죽였다. 그러나 실망스럽게도 역마차에 실려 있는 것은 침구와 식기류뿐이었다.

그날 밤 붉은구름을 비롯한 추장들은 이만하면 백인들이 두려워할 만큼 본때를 보여주었다고 흡족해했다. 이제부터는 백인들이 감히 라라미 조약을 어기고 플래트 강 북부를 넘보지 못할 것이다. 인디언들은 파우더 강 유역으로 돌아갔다.

한편 검은주전자가 이끄는 남부 샤이엔족은 아칸소 강 남쪽으로 내려 갔다. 그들은 거기서 미리 내려와 있던 작은갈까마귀가 이끄는 아라파 호족과 합류했다.

아라파호족은 샌드 크리크 학살 소식을 듣고 그곳에서 목숨을 잃은 친척과 친구들을 애도하고 있었다. 아칸소 남부 지방도 사정은 별로 좋 지 않았다. 그해 여름 사냥꾼들은 두세 마리의 들소밖에 볼 수 없었지 만 미군이 두려워 거대한 들소 떼가 풀을 뜯는 북쪽의 스모키 힐과 리 퍼블리컨 강 사이로 되돌아갈 수도 없었다.

여름이 다 갈 무렵 백인들은 사방에 사람을 보내 검은주전자와 작은 갈까마귀를 찾기 시작했다. 두 사람은 어느새 매우 중요한 인물이 되 어 있었다. 워싱턴에서 파견한 백인 관리들이 아칸소 남부로 샤이엔족 과 아라파호족을 찾아와 큰아버지와 대회의가 그들에게 심심한 연민의 정을 표했다고 얘기했다. 미국 정부는 새로운 조약을 맺을 속셈이었다.

샤이엔족과 아라파호족은 고향 콜로라도에서 완전히 쫓겨나고 백인 이주자들이 그 땅을 차지했지만 소유권은 아직 불분명했다. 이전 조약 에 의하면 덴버 시 자체가 샤이엔족과 아라파호족의 영토 위에 세워진 불법 도시였다. 미국 정부는 '합법적으로' 콜로라도에서 인디언이 땅 소 유권을 포기하도록 함으로써 백인 이주자들에게 넘겨줄 속셈이었던 것 이다.

검은주전자와 작은갈까마귀는 꼬마백인 윌리엄 벤트의 말을 듣기 전 에는 회담에 응하려 하지 않았다. 윌리엄 벤트는 인디언들에게 스모키 힐과 리퍼블리컨 강 사이의 들소 지역에 대한 영구권을 부여하도록 설 득했지만, 미국 정부는 처음에는 역마차 길이, 그다음에는 철도가 그 지 역을 통과하면 더 많은 백인 이주자들을 끌어올 것이기 때문에 말을 듣지 않았다고 그들에게 전했다. 그래서 샤이엔족과 아라파호족은 아칸소 남부에서 살아야 했다.

풀이 마르는 달에 검은주전자와 작은갈까마귀는 리틀 아칸소 강어귀에서 정부 담당관들을 만났다. 그들은 검은구레나룻 샌번과 흰구레나룻 하니, 두 사람을 전에 만난 적이 있었다. 샌번은 친구였고 하니는 1855년 네브래스카 블루워터에서 브룰레 수우족을 학살한 자였다. 주재관인 머피와 레번워스도 참석했고 바른 말을 하는 제임스 스틸도 자리를 같이했다. 나바호족의 땅을 빼앗은 올가미 카슨도 있었고 그들과 같이 샌드 크리크의 시련을 겪은 회색담요 스미스도 통역을 위해 왔으며 윌리엄 벤트는 인디언을 위해 할 수 있는 일을 다 하기 위해 그 자리에 있었다.

먼저 검은주전자가 얘기했다.

"우리 아라파호족과 샤이엔족은 모두 여기 와 있소. 수는 적지만 우리는 한 종족이오. ……나의 친구들, 뒤에 있는 인디언들은 여기 들어오기를 두려워하고 있소. 내가 당했던 것처럼 배신당할까 두려운 거요."

이어서 작은갈까마귀가 말했다.

"하느님이 주신 땅을 떠난다는 것은 무척 어려운 일이오. 친구들이 묻혀 있는 땅을 떠나고 싶진 않소. ……우리 천막을 쓸어버리고 아녀자들을 죽인 그 멍청한 병사들 때문에 우리는 마음이 몹시 상했소. 이건 너무 심한 처사요. 거기 샌드 크리크에 흰영양과 다른 많은 추장들이 묻혀 있고 처자식들이 잠들어 있소. 우리의 보금자리는 파괴되었고 타고 다니던 말은 빼앗겼소. 나는 이들을 놔두고 낯선 땅으로 가고 싶지 않소."

제임스 스틸이 그 말에 대답했다.

"어느 종족이라도 고향과 선조의 무덤을 떠난다는 것이 얼마나 어려운 일인지 우리 모두 잘 알고 있습니다. 하지만 불행히도 당신네 땅에서 금이 발견되는 바람에 백인들이 떼거리로 몰려가는 형편이오. 그 사람들은 인디언 최악의 적입니다. 부자가 될 수 있다면 어떤 범죄라도 저지를 수 있는 백인들이 지금 당신들의 땅 곳곳에 들어와 있습니다. 이들과 접촉하지 않고 지낼 수 있는 곳은 아무데도 없소. 사정이 이러하니 인디언들은 끊임없이 압박을 받게 되고 자위의 수단으로 무기를 들고 나설 수밖에 없는 겁니다. 지금 형편으로는 전에 살던 땅에 가서 평화롭게 지낼 수 있는 곳을 찾기란 바늘구멍에 들어가는 것보다 어렵소."

검은주전자가 말을 받았다.

"우리 선조들은 이 지역 어느 곳에서나 살았소. 그분들은 나쁜 짓이 뭔지도 몰랐소. 그분들은 돌아가셨고 어디로 갔는지 모르오. 우리는 갈 길을 잃었소. 큰아버지가 당신들을 보내 전한 말을 우리는 곰곰이 생각해보고 있소. 미군이 우리를 내리쳤지만 우리는 그 모든 것을 뒷전에 밀어놓고 당신들을 화목과 우정으로 기쁘게 맞이합니다. 큰아버지가 당신을 보낸 일을 반대하지 않고 받아들이겠소. 백인들은 아무 데나 내키는 대로 갈 수 있을 거요. 우리 때문에 방해받지는 않을 겁니다. 이것을 백인들에게 알려주시오. 민족은 다르지만 우리는 한 국민이오. 백인과 모든 종족이……. 나는 다시 당신의 손을 잡게 돼서 다행이라고 여기오. 여기 있는 인디언들은 다시 한 번 평화롭게 살고 편안히 잘 수 있게 된 것을 기쁘게 생각할 것이오."

그렇게 남부 샤이엔과 아라파호족의 생존자들은 아칸소 강 남쪽으로 이주해 카이오와족과 더불어 사는 데 동의했다. 1865년 10월 14일, 두 부족의 추장과 원로들은 '영구한 평화'에 동의하는 새로운 조약에 서명했다. 조약의 2조에는 이렇게 씌어 있다. "덧붙여 이 문제에 관해 인디언들은 다음과 같이 동의한다. ……이후로부터 다음 경계 지역과 그 지역 안에 있는 모든 소유권과 권리를 포기한다. 즉 플래트 강 남북 분기점에서부터 로키 산맥 중심부 혹은 레드 뷰트 산의 북부 분기점, 그곳에서 남쪽으로 로키 산맥 정상을 따라 아칸소 강 상류 지점까지, 그곳에서 아칸소 강을 따라 시마론의 교차지까지, 거기에서 처음 시작된 지점까지, 인디언들이 본래 소유해왔다고 주장하며 소유권을 전혀 포기하지 않았던 전 지역이다."

이와 같이 샤이엔족과 아라파호족은 콜로라도령에 대한 모든 권리를 포기했다. 물론 이것이야말로 샌드 크리크 학살의 진정한 목적이었다.

말들이 흥흥거리며 온다

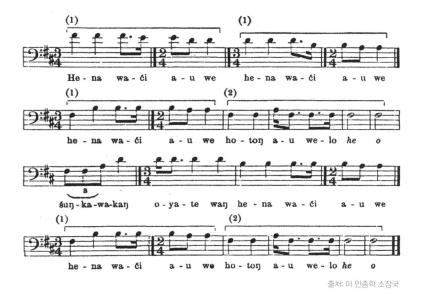

출처: 미 인종학 소장국

말들이 고개 높이 들고
오는 것을 봐라.
말들이 흥흥거리며 온다.
말들이 온다.
말의 민족
고개 높이 들고
말들이 오는 것을 보아라.
말들이 흥흥거리며 온다.
말들이 온다.

chapter
5

파우더 강 침입
Powder River Invasion

1865년—4월 2일, 남부군, 리치먼드 포기. 4월 9일, 리Lee 장군, 애퍼매톡스에서 그랜
트 장군에게 항복; 남북전쟁 종결. 4월 14일, 존 부스, 링컨 대통령 암살; 앤드
루 존슨, 대통령에 취임. 6월 13일, 존슨 대통령, 남부 주의 재건 포고령 발표.
10월, 미국, 프랑스에 멕시코에서 군대 철수 요청. 12월 18일, 수정헌법
제13조에 의해 노예제도 폐지. 루이스 캐럴의 《이상한 나라의 앨리스》와 톨
스토이의 《전쟁과 평화》 발간.

이 땅에 먼저 울린 것은 누구의 목소리였던가? 활과 화살밖에 가진 게 없는 홍인종의 목소리가 아니던가! ……내가 바라지도, 요구하지도 않은 일들이 이 땅에서 수없이 벌어졌다. 백인들은 우리 땅을 가로질러 갔다. ……백인들이 휩쓸고 지나간 뒤에는 핏자국밖에 남은 게 없다. ……우리 땅에는 큰 산이 두 개 있다. 검은언덕과 빅혼 산. 나는 큰아버지가 이 산 사이로 길을 내지 않기를 바란다. 나는 이 얘기를 벌써 세 번이나 했다. 지금 내가 여기에 온 것은 그 얘기를 한 번 더 하기 위해서다.

오글라라 수우족의 붉은구름

　　　　플래트 브리지 전투를 끝내고 파우더 강으로 돌아온 평원 인디언들은 연례행사인 여름철 마법 의식을 치를 준비로 바빴다. 각 부족은 파우더의 크레이지 우먼 지류 어귀에 저마다 자리를 잡았다. 다코타에 주둔하고 있는 설리 장군 부대를 피하기 위해 그해 서쪽으로 이주한 테톤 수우족 일부가 파우더 강과 리틀 미주리 강 북단에 거주하고 있었다. 앉은소Sitting Bull와 훙크파파 지파가 그들이었는데, 오글라라족의 사촌인 이들은 다른 부족을 초대해 테톤족의 연례 종교 부흥회인 태양 무도회를 성대히 열었다. 태양 무도회가 진행되는 동안 샤이엔족은 나흘간 마법 화살 의식을 거행했다. 화살지기가 코요테(북미산 이리) 가죽 부대에서 부적 화살 네 개를 꺼내 들면 샤이엔족의 모든 남자들이 차례로 부적 화살 앞을 지나면서 제물을 바치고 정성껏 기도를 드리는 것이었다.

한편 북부 아라파호족의 추장 검은곰Black Bear은 자기 부족을 서쪽 텅 강으로 이주시키기로 결정했다. 검은곰은 샌드 크리크 학살 이후 북쪽으로 옮겨온 남부 아라파호족에게 같이 가서 살자고 권유했다. 그는 겨울철이 오기 전에 텅 강에 마을을 세우고 사냥을 많이 해서 성대한 무도회를 열 생각이었다.

1865년 8월 말에는 파우더 강 지역의 부족들이 서쪽의 빅혼 강에서 동쪽 검은언덕Black Hills에 이르는 곳에 나뉘어 살고 있었다. 워낙 험난한 지형이라 백인이 쳐들어오지 못할 것이라고 자신하고 있었기 때문에 처음에 백인들이 네 방향에서 파우더 강을 향해 쳐들어오고 있다는 소문을 듣고도 대부분 반신반의했다.

3개 부대의 대장은 패트릭 코너 장군이었다. 코너는 지난 5월에 플래트 도로의 인디언 소탕 명령을 받고 유타 주에서 전속되어왔다. 그는 2년 전인 1863년 베어 강가의 파이우트족 마을을 포위하여 인디언 278명을 무참히 학살한 전력이 있었다. 이 끔찍한 학살로 그는 백인들에게 '붉은 적'을 물리친 변경의 용감무쌍한 수호자로 칭송을 받았다.

바로 이런 자가 "플래트 강 북쪽의 인디언들을 늑대 사냥하듯 쓸어버리겠다"고 호언장담하며 3개 부대를 이끌고 파우더 강 지역으로 쳐들어오는 중이었다. 제1부대는 넬슨 콜 대령의 지휘하에 네브래스카에서 다코타의 검은언덕으로 진격하고, 제2부대는 새뮤얼 워커 대령의 지휘하에 라라미 요새에서 곧장 북쪽으로 이동하여 검은언덕에서 콜 부대와 합동작전을 펴기로 되어 있었다. 코너 자신이 지휘하는 제3부대는 보즈먼 도로를 따라 몬태나를 통해 북서쪽으로 들어갈 계획이었다. 코너는 자신의 부대와, 콜과 워커의 연합부대 사이에 인디언을 옭아맬 작정이었다. 코너는 부하 장교들에게 인디언들의 그 어떤 강화 요청도 받아들여선 안 되며 "열두 살 이상 남자 인디언은 무조건 사살하라"는 명령을 내렸다.

8월 초 세 부대는 이동을 시작했다. 계획대로라면 그들은 9월 1일에 적대적인 인디언 지역의 심장부인 로즈버드 강에서 합류하기로 되어 있었다.

한편 코너 장군의 원정대와 상관없는 제4부대가 동쪽에서 파우더 강 지역으로 접근해오고 있었다. 이 부대는 몬태나 금광으로 가는 새 길을 개척하기 위해 민간인 제임스 소이어즈가 조직한 부대였다. 소이어즈는 조약상 엄연히 인디언 영토로 되어 있는 지역에 침입하면 저항이 있을 것을 예견하고 73명의 금광꾼과 공급품을 실은 80대의 차량을 엄호하기 위해 보병 2개 중대의 지원을 얻어놓았다.

파우더 강 지역에 자리 잡고 있던 수우와 샤이엔족이 소이어즈의 차량 부대가 코앞에 왔다는 것을 알게 된 것은 8월 14일이나 15일경이었다.

조지 벤트는 당시 상황을 이렇게 술회했다.

"매우 흥분한 사냥꾼들이 마을로 달려와 미군이 강 상류 쪽에 와 있다고 알렸다. 이 소식을 들은 마을의 파수꾼 수곰Bull Bear은 말에 올라탄 채 군인들이 쳐들어온다고 소리치며 온 동네를 뛰어다녔다. 붉은구름도 수우족 마을로 달려가 전투 준비를 하라고 외쳤다. 인디언 전사들은 모두 마구간으로 뛰었다. 이럴 때는 아무 말이나 잡아타는 게 임자였다. 말이 죽더라도 말을 탔던 사람이 주인에게 말 값을 물 필요는 없다. 대신 불문율에 따라 전투 중에 노획한 물건은 모두 말 임자에게 주어야 한다. 우리는 모두 말에 올라타고 15마일쯤 떨어진 파우더 강 상류로 달렸다. 그곳에서 소이어즈의 '도로 건설대'와 부딪쳤다. 양쪽에서 군인들의 엄호를 받는 기나긴 이주자 행렬이었다."

플래트 브리지 전투에서 인디언들은 미군 군복과 나팔도 전리품으로 챙겼다. 마을을 떠날 때 조지 벤트는 급히 장교 상의를 입었고 동생 찰리는 나팔을 집어들었다. 이 모습을 보면 미군들이 흥분해서 부들부들 떨지 모른다. 전투대는 수우족과 샤이엔족을 합해 500명 정도로 붉은 구름과 무딘칼도 함께 갔다. 추장들은 아무런 허락도 청하지 않고 자기네 땅에 침입한 미군에 대한 분노로 어금니를 악물었다.

그들이 그 행렬을 처음 보았을 때 마차는 뒤에 300마리 정도의 가축 떼를 끌고 언덕 사이를 지나고 있었다. 인디언은 즉시 두 패로 나뉘어 양쪽 산마루에 자리를 잡고 신호에 맞추어 미군 호송대에 총과 활을 쏘기 시작했다. 미군들은 기습에 당황하면서도 이내 방어 태세를 갖추어 소 떼를 가운데로 몰아넣고 마차 바퀴를 엮어 둥그렇게 진을 쳤다.

두세 시간 동안 전사들은 협곡을 따라 기어 내려간 뒤 가까이 접근해 갑자기 사격을 했다. 더 대담한 전사들은 말을 타고 질주해 들어가 마차대를 한 바퀴 휩쓸고 돌아나오기도 했다. 미군들이 두 문의 곡사포를 발사하자 전사들은 언덕 뒤에 숨어 고함을 지르고 욕설을 퍼부었다. 찰리 벤트는 나팔을 계속 불고 아버지의 교역소 근처에서 백인들이 내뱉던 앵글로색슨족의 욕설을 떠오르는 대로 해댔다. 포위당한 한 금광꾼은 "그자들은 아주 심하게 우리를 조롱했는데 그중에는 못된 욕을 있는 대로 할 정도로 영어를 잘하는 자도 있었다"며 고개를 내저었다.

마차는 오도 가도 못했고, 인디언들도 접근하지 못했다.

정오가 되자 교착 상태를 끝내기 위해 추장들은 백기를 올리도록 했다. 잠시 후 사슴 가죽 옷을 입은 남자가 마차 울에서 말을 타고 나왔

붉은구름(마피우아 루타). 오글라라 다코타족 추장.
1880년 워싱턴 D.C.에서 찰스 M. 벨이 찍은 사진.

다. 그는 싹싹한 멕시코인 후안 수세였다. 그는 조지의 푸른 군복만큼이나 벤트 형제의 영어에 놀라워했지만 자기가 영어를 몰랐기 때문에 몸짓으로 마차대의 지휘관이 인디언 추장과 회담을 갖고자 한다고 알렸다.

벤트 형제가 붉은구름과 무딘칼의 통역관이 되어 곧 회담이 열렸다. 소이어즈 대령과 조지 윌리포드 대위가 몇 명의 호송원을 이끌고 나왔다. 소이어즈는 계급이 명예직이었지만 마차대의 대장으로 행세했다. 그에 반해 윌리포드 대위는 실제 군대 계급이었다. 그의 2개 중대 병력은 남부군 전쟁포로로 구성된 양키군이었다. 윌리포드의 신경은 날카로웠다. 그는 부하들도 믿지 못했고 원정대에서 자신의 입지도 어느 정도인지 확신하지 못했다. 그는 혼혈인인 샤이엔의 통역자 조지 벤트가 입은 푸른 군복을 노려보았다.

왜 미군이 인디언 지역에 무단 침입했냐고 붉은구름이 따지자 윌리포드 대위는 왜 인디언들이 평화로운 백인을 공격했느냐고 역공했다. 아직도 샌드 크리크의 기억으로 가슴이 미어지는 찰리 벤트가 샤이엔족은 미국 정부가 시빙턴 대령의 목을 매달 때까지 모든 백인들과 싸울 것이라고 외쳤다. 소이어즈는 자신은 인디언과 싸우러 온 것이 아니라고 항의했다. 몬태나의 금광으로 가는 지름길을 찾고 있으니 이 지역을 통과하기만 하면 될 것이다…….

"추장들에게 그렇게 통역했더니 붉은구름은 백인들이 그 지역에서 티끌 하나 없이 다 나가고 길을 내지 않는다면 그만이라고 대답했다. 무딘칼도 같은 생각이었다. 두 추장은 장교에게 일행을 이끌고 서쪽으로 가다가 북쪽으로 꺾어서 빅혼 산을 지나면 이곳을 빠져나가게 될 거라고 일러줬다"고 조지 벤트는 뒤에 회상했다.

소이어즈는 이의를 제기했다. 그 길로 가면 너무 많이 돌아가야 한다면서 파우더 강 계곡을 따라 북쪽으로 가서 코너 장군이 세우고 있는 요새를 찾아보고 싶다고 말했다.

붉은구름과 무딘칼이 코너 장군 이야기나, 그가 침입해왔다는 말을 들은 것은 이때가 처음이었다. 미군이 감히 자신들의 사냥터 한가운데에 요새를 세우려 하다니! 그들은 경악과 분노를 금할 수 없었다. 추장들이 격노한 것을 눈치 챈 소이어즈가 재빨리 밀가루와 설탕, 커피, 담배를 한 마차 주겠다고 제의했다. 붉은구름은 탄약과 총알 그리고 딱총알도 더 달라고 했지만 윌리포드 대위가 단호하게 반대했다. 사실상 이 장교는 인디언에게 그 무엇을 주는 것도 반대였다.

결국 추장들은 한 마차 가득 그들이 내주는 것을 받고 파우더 강으로 가는 길을 터주었다. "그 장교는 내게 마차에서 인디언들을 물러서 있게 하면 물건을 내려놓겠다고 했다"고 조지 벤트는 말했다.

"정오에 강가에서 숙영을 하려고 진을 치고 있는데 다른 수우족 한 패가 마을에서 나타났다. 새로 온 인디언들이 물건을 내달라고 했지만 이미 한 마차 분량의 물건을 나누어준 뒤여서 장교가 거절하자 그들은 마차 울에 사격을 가했다."

이 두 번째 수우족 패거리는 여러 날 동안 소이어즈와 윌리포드를 괴롭혔다. 붉은구름과 무딘칼은 그들을 내버려두고 계곡을 따라 올라가 미군이 파우더 강 상류에 세우고 있다는 요새를 계속 정탐했다.

한편 별대장 코너는 파우더 강의 분기점인 크레이지 우먼 남쪽 60마일 지점에 방책을 세우고 자기 이름을 따서 코너 요새로 명명했다. 코너 부대에는 프랭크 노스 대위가 지휘하는 포니족 정찰대가 있었다. 포니족은 수우족, 샤이엔족, 아라파호족의 오랜 적이었다. 그들은 정규 기병대원의 봉급을 받고 전투에 참가했다. 미군이 코너의 방책에 쓸 통나무를 자르고 있을 때 포니족은 적들을 색출하기 위해 그 지역을 정찰했다. 8월 16일 그들은 남쪽에서 다가오는 소규모 샤이엔족을 발견했다. 그들 가운데 찰리 벤트의 어머니인 노랑부인도 있었다.

그녀는 본대에 조금 앞서서 네 명의 남자와 말을 타고 왔다. 처음 낮은 언덕 위에서 포니족을 보았을 때 그녀는 샤이엔족이거나 수우족이거니 했다. 포니족은 담요로 친구라는 신호를 보냈다. 샤이엔족은 전혀 의심하지 않고 계속 다가갔다. 샤이엔족이 언덕 가까이 접근하자 포니족은 돌연 공격을 해왔다. 백인의 일원이었기 때문에 남편인 윌리엄 벤트를 떠났던 노랑부인은 그렇게 자기 종족인 용병의 손에 목숨을 잃었다. 그날 그녀의 아들 찰리는 소이어즈의 마차대에 대한 포위 공격을 끝내고 돌아오는 무딘칼의 전사들과 함께 그곳에서 동쪽으로 불과 이삼 마일도 안 되는 지점에 있었다.

코너 장군은 파우더 강의 요새가 1개 기병 중대로도 버틸 만큼 튼튼하다고 여겼다. 8월 22일 대부분의 보급품을 그곳에 쌓아두고 그의 부대는 인디언의 대규모 집결지를 찾아 텅 강 계곡으로 강행군을 했다. 파우더 강 북쪽으로 이동했다면 그는 전투를 고대하는 수천 명의 인디언들을 만날 수 있었을 것이다. 붉은구름과 무딘칼이 전사들을 이끌고 코너 부대를 수색하던 참이었다.

코너 부대가 파우더 강을 떠난 지 일주일쯤 뒤에 작은말Little Horse이라는 샤이엔 전사가 아내와 어린 아들을 데리고 바로 그 지역을 지나가고 있었다. 작은말의 아내가 아라파호 여자여서 그들은 텅 강 유역에 있는 검은곰의 아라파호 마을로 친척들을 만나러 가는 중이었다. 작은말 아내의 말 위에 묶어 실은 짐이 풀렸다. 말에서 내려 짐을 고쳐 묶다가 그녀는 무심코 뒤편 산등성이를 쳐다보게 되었다. 멀리 기병대들이 줄을 지어 좁은 길을 따라 내려오고 있었다.

"저기 봐요." 그녀가 작은말을 불렀다.

작은말이 소리쳤다. "군인들이다. 서둘러!"

다음 언덕을 넘어가 미군들이 보이지 않자 그들은 곧 길에서 비켜섰다. 작은말은 아들이 타고 있던 트래보이(두 개의 막대 위에 테를 얽어매어 말이 끌도록 하는 일종의 썰매) 줄을 끊어버리고 아이를 자기 말에 태우고는 길을 가로질러 검은곰의 마을로 달려갔다. 그들은 강 위쪽 언덕에 250개의 천막이 늘어서 있는 고요한 마을의 정적을 깨뜨리며 질주해 들어갔다. 그해는 말 농사가 잘되어 말이 3천 필이나 됐다. 시냇가를 따라 길게 뻗어 있는 목장에서 말들이 한가로이 풀을 뜯고 있었다.

아라파호족은 미군이 수백 마일 안에 들어와 있다는 말을 믿으려 하지 않았다. 작은말의 아내가 사람들에게 경고를 하라고 경고꾼에게 제안하자 그는 "작은말이 잘못 봤을 거다. 인디언이겠지?"라며 말을 듣지 않았다.

그들은 급히 처남인 표범Panther에게 가서 서둘러 떠나는 것이 좋겠다고 말했다. "들고 가고 싶은 짐이 있으면 다 싸놔. 오늘 밤이라도 떠나야 해"라며 작은말이 채근했다. 그러나 표범은 "매형은 항상 아무것도 아닌 걸 가지고 야단을 떤단 말이야. 매형이 본 건 필시 들소 떼일 거요"라고 면박을 주었다. 작은말의 아내는 간신히 다른 친척 몇 명을 설득해 짐을 꾸리게 했다. 그들은 땅거미가 지기 전에 서둘러 강 하류 쪽으로 내려갔다.

다음 날 아침 일찍 코너 장군의 부대는 아라파호 마을을 공격했다. 경주마를 타려고 꺼내던 전사 하나가 마침 군대가 산마루 뒤에 집결해 있는 것을 보았다. 그는 말에 채찍질을 가해 마을로 돌아왔다. 그의 말을 들은 마을 사람 몇은 재빨리 강 하류로 도망쳤다.

잠시 후 코너 장군이 이끄는 250명의 기병대와 80명의 포니족 정찰대가 나팔소리를 신호로 일제히 대포를 쏘아대며 양쪽에서 마을로 돌격해 들어갔다. 포니족은 목축장으로 뛰어들었다. 인디언들은 말 3천 마리를 모두 골짜기로 흩어놓아 말을 살리려고 필사적으로 노력했다. 조금 전까지만 해도 평화롭고 고요하던 마을은 갑자기 걷잡을 수 없는 혼란에 휩싸였다. 말은 앞발을 들고 히힝 울고, 개는 여기저기서 짖어대고, 여자와 어린애들은 비명을 지르며 울부짖고, 전사들과 군인들은 고함과 욕설을 퍼부었다.

전사들은 아녀자와 노인이 도망갈 수 있도록 있는 힘을 다해 방어선을 구축하려 했지만 전투가 시작되는 순간에 여자와 어린애들이 전사들과 기병대 틈에 끼게 되었다.

코너 부대의 한 장교는 그때의 정경을 이렇게 기록하고 있다.

"한 인디언 전사를 쏘아죽였는데 그가 말에서 쓰러지자 그 품에서 어린애 둘이 땅에 떨어졌다. 인디언과 미군이 대치하고 있는 가운데 쓰러져 있어 어느 쪽도 접근할 수 없었다. 할 수 없이 인디언들이 후퇴하자 결국 두 어린애는 총에 맞아 죽었다."

또 다른 장교의 얘기다.

"나는 인디언 여자들까지 남편들을 도와 악을 쓰고 대들며 육박전을 벌이는 현장에 있었다. 인디언 여자들은 사나운 자기 남편들처럼 용감하게 싸웠다. 여자와 어린애들에게는 안된 일이었지만 내 부하들은 조준할 시간이 없었다. 전투가 끝난 뒤에 보니 전사는 물론 여자와 어린애들도 많이 쓰러져 있었다."

아라파호족은 닥치는 대로 말을 잡아타고 울프 크리크로 도망치기 시작했다. 기병대는 그들 뒤를 추격하며 총을 쏘아댔다. 군인들 가운데에는 사슴 가죽 옷을 입은 정찰병 한 명이 있었다. 그는 여러 해 전에 텅강과 파우더 강가에서 덫을 놓고, 그들 부족의 여자와 결혼해 살면서 그들과 친구처럼 지냈다. 그들은 그를 담요Blanket, 짐 브리저라고 불렀다. 이제 그는 포니족처럼 용병이 되어 그들을 공격하고 있었다.

그날 아라파호족은 10마일 후퇴했다. 달아나기만 하던 인디언 전사들은 미군의 말이 지친 기색을 보이자 일제히 말 머리를 돌려 죽을힘을 다해 반격했다. 정오가 지나서 검은곰과 전사들이 코너의 기병대를 다시 아라파호 마을까지 밀어붙였지만 기병대가 대포 2문을 설치해 마구 포탄을 쏘아대는 통에 인디언들은 더 이상 접근하지 못했다.

마을 사람들이 언덕에서 지켜보고 있는 동안 미군은 집을 모조리 뜯어내고, 천막 기둥과 포장, 들소 가죽 옷, 모포, 모피, 그리고 30톤가량의 페미컨(쇠고기를 말린 후 과실이나 지방을 섞어 빵처럼 굳힌 휴대용 식량)을 까맣게 쌓아놓고 불을 질렀다. 집과 옷가지 그리고 겨울 식량이 눈 깜짝할 사이에 연기로 변해 하늘 높이 사라졌다. 미군과 포니족은 거기에 말 1천 필까지 약탈해 마을을 떠났다.

작은말은 오후 내내 쿵쿵거리는 대포 소리를 들으며 강 하류에 숨어 있었다. 미군이 떠나고 나서 작은말은 그들의 경고를 들었던 처가 식구 몇 사람과 잿더미로 변한 마을로 돌아왔다. 50명 이상이 죽고, 검은곰의 아들까지 포함해 중상을 입고 죽어가는 사람도 헤아릴 수 없을 정도였다. 작은말의 처남인 표범은 자신의 천막이 서 있던 누렇게 시든 풀밭에 죽어 넘어져 있었다. 아라파호족에게 남은 것이라고는 그들이 걸치고 있는 옷과 구식 총 몇 자루, 활과 화살, 미군들이 훔쳐가고 남은 말

뿐이었다. 이것이 기러기가 깃털을 흩날리는 달(8월)에 있었던 텅 강 전투이다.

　다음 날 아침 몇몇 전사가 북쪽 로즈버드로 이동 중인 코너의 기병대를 뒤쫓았다. 2주 전에 수우족과 샤이엔족과 부딪쳤던 소이어즈의 마차 부대는 그날 아라파호 지역을 통과하고 있었다. 침입자의 수가 많은 것에 분개한 전사들은 차량 앞의 정찰대를 매복 공격해 뒤에 끌고 오던 말들이 놀라 도망가게 하거나 마부들을 포로로 잡거나 했다. 코너의 부대와 싸우느라 탄약을 다 소비해 제대로 싸울 수 없었지만 인디언들은 그들이 빅혼 지역을 지나 몬태나로 갈 때까지 끈질기게 따라붙어 괴롭혔다.

　아라파호 마을을 쑥대밭으로 만든 코너 장군은 굶주린 늑대처럼 더 많은 인디언 마을을 색출하면서 로즈버드로 행군했다. 그는 로즈버드의 집결지로 다가가면서 정찰병을 보내어 콜과 워커의 두 부대를 찾아보게 했다. 그러나 일주일이나 늦었기 때문에 두 부대의 종적을 찾을 수가 없었다.

　코너 장군은 9월 9일 두 부대를 가로질러 만날 수 있을까 하는 희망으로 노스 대위가 이끄는 포니족에게 파우더 강으로 강행군하도록 지시했다. 다음 날 노스 대위 일행은 앞이 안 보이는 진눈깨비를 만났다. 이틀 뒤에 그들은 콜 부대와 워커 부대가 전에 야영했던 흔적을 발견했다. 그곳에는 900마리가량의 말 시체가 산을 이루고 있었다. 그들은 그 모습에 경악과 의아함을 금할 길 없었다. 어떻게 죽었는지 알 수 없었기 때문이다. 많은 말들이 머리에 총을 맞고 쓰러져 있었다. 주위에는 쇠 혁대와 등자, 반지, 불에 탄 마구와 안장이 어지럽게 흩어져 있었다.

과연 그 두 부대는 어떻게 되었는가? 8월 18일 콜과 워커가 지휘하던 두 부대는 예정대로 검은언덕의 벨 포셰 강에서 만났다. 2천 명이나 되는 두 부대 병사들의 사기는 그야말로 형편없었다.

4월에 남북전쟁이 끝났기 때문에 지원병이었던 병사들은 제대해서 고향으로 돌아가고 싶어했다. 라라미 요새를 출발하기 전 워커의 캔자스 1개 연대 병사들이 폭동을 일으켰다. 그들은 대포를 들이댈 때까지 행군에 나서려 하지 않았다. 8월 말 식량 부족으로 배를 곯은 병사들은 고기를 먹으려고 노새를 도살했다. 설상가상으로 괴혈병까지 퍼졌고 물과 풀이 부족해 말들도 점점 쇠약해졌다. 이런 상태에서 지휘관은 인디언과 싸울 엄두조차 내지 못했다. 다만 로즈버드까지 무사히 가서 코너 장군의 본대와 합류하기만 바랄 뿐이었다.

때는 여름으로 인디언들이 위대한 정령과 접신해 자비를 구하고 영감을 얻는 시기였다. 수천 명의 인디언이 파하사파Paha Sapa라 불리는 검은언덕에 모여 있었다. 신앙심 깊은 순례자들이 혼자 혹은 몇 명씩 무리를 지어 종교 의식에 참례하기 위해 세계의 중심부인 이곳으로 몰려왔다. 그들은 2천 명이나 되는 미군들의 먼지 덮인 깃발과 말, 마차들이 뛰어들어 세계의 테가 사방으로 구부러지는 성지聖地 파하사파를 더럽히는 것을 안타까운 심정으로 지켜보았다. 그러나 전투는 일어나지 않았고 인디언들은 그 먼지투성이의 소란스러운 부대를 멀찌감치 떨어져서 지켜보기만 했다.

8월 28일 드디어 콜과 워커의 두 부대가 파우더 강에 도착했다. 그들은 미리 텅 강과 로즈버드로 척후병을 보내 코너 장군을 찾아보게 했다. 그러나 그날 코너 장군은 아직도 남쪽 멀리 떨어진 아라파호 마을 근처에서 마을을 쑥대밭으로 만들 일에 온 정신을 쏟고 있었다. 결국 코너 장군의 행방을 찾는 데 실패한 지휘관들은 굶주림으로 재난이 닥치기 전에 병사들의 식량을 반으로 줄이고 남쪽으로 이동하기로 결정을 내렸다. 기병대가 북쪽 옐로스톤 쪽으로 꺾이는 파우더 강 골짜기에서 이삼 일 머무는 동안 훙크파파족과 미네콘주 수우족이 검은언덕에서 나와 기병대의 뒤를 밟았다. 400명쯤 되는 인디언 전사 중에는 2년 전에 미네소타에서 피난한 샌티 수우족의 크로우 크리크 마을에서 땅에 굶주린 백인들로부터 들소 지역을 지켜내기 위해서는 싸움도 불사하겠다고 맹세했던 훙크파파족의 추장 앉은소도 있었다.

파우더 강 삼림에서 야영하는 동안 몇몇 젊은 패는 휴전기를 들고 가 미군들에게 화평의 공물로 담배와 설탕을 얻고 싶어했다. 백인을 절대 믿지 않는 앉은소는 그따위 구걸 행위에 내심 구역질이 났지만 그저 못 본 체했다.

미군은 백기를 들고 접근해오는 젊은 수우족 패들을 기다리고 있다가 사정거리에 들어오자 사격을 가해 여러 명을 죽이고 부상을 입혔다. 간신히 살아남은 전사들은 도망쳐 돌아오는 길에 미군의 말을 몇 마리 탈취했다.

앉은소는 미군이 평화로운 인디언 내방자들을 그런 식으로 대접하는 데 별로 놀라지도 않았다. 그는 젊은 패들이 빼앗아온 미군의 말라비틀어진 말을 자세히 살펴본 후, 발이 빠른 야생마를 탄 수우족 전사 400명이면 아사 직전의 군마를 탄 백인 기병대 2천 명쯤은 너끈히 제압할 수 있을 거라고 판단했다. 검은달Black Moon과 날쌘곰Swift Bear, 붉은잎Red Leaf, 뒤돌아보기Stands Looking Back 등도 생각이 같았다. 뒤돌아보기는 다코타의 설리 장군 부하에게 빼앗은 군도를 써보려고 벼르고 있었다.

앉은소가 훗날 자서전에 쓰기 위해 그린 석판화를 보면 그는 그날 구슬로 펜 각반과 귀덮개가 달린 모피 모자를 쓰고, 단발총과 활과 화살통, 그리고 천둥새가 그려져 있는 방패로 무장했다.

수우족 전사들은 일렬로 말을 달려 미군 기지로 돌격해 들어갔다. 인디언들이 말 떼를 방어하는 미군들을 둘러싸고 한 사람씩 겨누어 사격을 하자 잠시 후 기병대가 강둑을 따라 돌격해왔다. 날쌘 야생마를 탄 인디언 전사들은 재빨리 사정거리 밖으로 물러나 뼈만 남은 미군의 말이 지칠 때를 기다렸다. 계속 후퇴하던 인디언 전사들이 갑자기 뒤돌아서더니 기병대를 향해 돌진했다. 뒤돌아보기는 선두에 서서 미군도를 휘두르며 곧장 달려들어 미군 한 명을 쳐서 말에서 떨어뜨렸다. 그는 환호성을 지르며 재빨리 말을 돌려 빠져나왔다.

잠시 후 미군도 전열을 재정비해 나팔 소리에 맞춰 수우족의 뒤를 치려고 했다. 인디언들이 재빨리 빠져나와 널리 흩어져버리자 공격 목표를 잃은 군인들은 멈춰 설 수밖에 없었다. 그러자 이번에는 사방에서 몰려든 인디언들이 전열을 뚫고 들어가 미군들을 쳐서 말에서 떨어뜨렸다. 앉은소도 검은 종마 한 마리를 탈취했다.

인디언들의 계속되는 변칙 공격에 질린 미군 지휘관은 파우더 강을 따라 남쪽으로 강행군을 했다. 며칠 동안 인디언들은 돌연 산봉우리에 모습을 드러낸다든지, 후위 공격을 한다든지 하는 특유의 기습작전으로 미군의 혼쭐을 빼놓으며 추격했다. 겁이 나서 서로 떨어지지도 못하고 한데 뭉쳐 어깨 너머로 헐레벌떡 도망가는 백인 기병대를 바라보며 앉은소를 비롯한 여러 추장들은 통쾌한 웃음을 터뜨렸다.

심한 눈보라 때문에 인디언 전사들은 이틀 동안 휴식을 취했다. 이틀째 되는 날 아침 그들은 미군이 도망간 쪽에서 산발적으로 들려오는 총성을 듣고 의아하게 생각했다.

다음 날 인디언 전사들은 미군이 떠나버린 진지에서 얼어붙은 비를 모포처럼 덮은 채 죽어 있는 말 900마리를 발견했다. 말을 더 이상 끌고 갈 수 없게 되자 그대로 사살해버린 것이다.

이제 미군들은 걸어서 비참한 후퇴를 해야 했다. 인디언들은 이번 기회에 백인을 계속 추격해 공포에 질린 그들이 다시는 검은언덕에 얼씬거리지 못하게 만들 작정이었다. 이 작전 중 훙크파파족과 미네콘주족은 우연히 별대장 코너 부대를 수색하고 있던 오글라라족과 샤이엔족 척후대를 만나 기쁨을 나누었다. 이삼 마일쯤 남쪽에는 커다란 샤이엔 마을이 있었다. 각 파의 추장들은 그곳에 한데 모여 미군에 대한 대규모 매복 공격을 계획했다.

그해 여름 매부리코는 적의 총알을 피하기 위해 여러 번 마법의 단식을 했다. 매부리코는 붉은구름이나 앉은소같이 용맹스런 추장이 되어 부족을 위해 피를 흘리고 싸울 것이며, 반드시 이기겠다는 결의를 굳혔다. 샤이엔족의 늙은 마술사 흰소White Bull는 매부리코에게 가까운 마법의 호수로 가서 물의 정령과 함께 지내라고 일렀다. 매부리코는 식음을 전폐하고 나흘 동안 뜨거운 땡볕과 천둥 치는 밤을 견디며 호수 위의 뗏목에 누워 위대한 마술사와 물의 정령에게 기도했다. 매부리코가 기도를 마치고 마을로 돌아오자 흰소는 그 젊은 전사에게 말을 타고 있어도 땅에 끌릴 만큼 많은 독수리 깃털로 만든 전투모를 만들어주었다.

9월쯤 미군이 파우더 강 남쪽으로 도주하고 있다는 소식을 들은 매부리코는 그들을 쳐부수는 데 앞장서겠다며 팔을 걷고 나섰다. 매부리코가 출정한 지 하루 이틀 후에 미군은 양쪽으로 높은 벼랑과 무성한 나무들이 병풍처럼 둘러쳐진 강가 으슥한 곳에서 숙영하게 되었다. 공격하기에 적절한 장소라고 판단한 샤이엔 추장들은 전사 수백 명을 미군 진지 주위에 배치했다. 그들은 유인대를 보내어 미군을 차량 진지에서 끌어내려 했지만 미군들은 움직이려 하지 않았다.

매부리코는 얼굴에 전투 분장을 하고 전투모를 등 뒤에 늘어뜨린 채 백마에 올라탔다. 그는 전사들에게 강과 벼랑 사이의 공터에 일렬로 서라고 명령했다. 그들이 늘상 해왔던 대로 홀로 싸우기보다는 미군들처럼 뭉쳐서 전투해보자는 전략이었다. 전사들은 마차 앞에 늘어서서 버티고 있는 미군의 진열에 맞서 말을 타고 일렬로 늘어섰다. 백마를 타고 전사들 앞에 나선 매부리코는 미군이 총알을 다 비울 때까지 움직이지 말라고 지시했다. 그러고 나서 젊은 추장은 말에 채찍을 가하며 단신으로 미군의 대열 쪽으로 쏜살같이 달려나갔다. 미군들의 얼굴이 또렷이 보일 정도로 가까이 달려간 순간 매부리코는 재빨리 말고삐를 낚아채는가 싶더니 미군들이 총을 겨누고 늘어선 대열 바로 앞을 질풍같이 달렸다. 그리고 빗발같이 총을 쏘아대는 미군의 전열 맨 오른쪽 끝까지 달려갔다가 번개처럼 말을 돌리더니 다시 미군들의 앞을 가로질러 왼쪽 끝까지 달려갔다. 미군들은 엄청나게 총을 쏘아댔다.

조지 벤트는 그 순간을 이렇게 묘사하고 있다.

"매부리코가 미군들 앞을 한쪽 끝에서 다른 쪽 끝까지 서너 번 오가며 달리는 사이 말이 총에 맞고 쓰러졌다. 이 모습을 본 전사들은 함성을 지르며 일제히 돌격해 들어갔다. 그러나 워낙 미군의 방어가 철통같아서 아무 데도 뚫을 수가 없었다."

매부리코는 이 전투에서 말을 잃었다. 그러나 그를 둘러싼 마력이 목숨을 구해주었다. 매부리코는 그날 미군과 싸울 때 몇 가지 중요한 점을 깨닫게 되었다. 붉은구름, 앉은소, 무딘칼 등 추장들도 그랬지만, 활과 창 그리고 모피 사냥꾼 시대의 구식 총 따위로는 아무리 많은 사람들이 용감하게 돌격한다 하더라도 미군의 막강한 화력을 당해낼 수 없다는 사실을 깨달은 것이다. 반면에 미군은 내전 때의 최신식 소총으로 무장하고 곡사포의 지원을 받았다. "우리는 앞, 뒤, 옆 등 사방에서 공격을 받았다. 그러나 인디언들이 가진 화기는 별거 없었다"고 워커 대령은 보고했다.

인디언들이 '매부리코 전투'라고 부르는 이 전투 이후에도 샤이엔족과 수우족은 계속 미군을 추격하며 괴롭혔다. 인디언에게 시달리며 패주하는 미군들의 신세는 비참하기 짝이 없었다. 신발은 다 떨어져 맨발이었고 걸친 옷도 누더기가 되었으며 먹을 거라고는 뼈만 남은 앙상한 말뿐이었다. 미군들은 인디언이 겁이 나서 불도 피우지 못한 채 자기들이 타던 말을 날것으로 잡아 게걸스레 먹었다. 드디어 풀이 마르는 달(9월) 하순이 되어서야 코너 장군의 부대가 달려와 콜과 워커 부대의 패잔병들을 구해주었다. 병사들은 파우더 강의 코너 요새에 계속 머무르며 라라미 요새로부터 철수하라는 소식이 오기만을 기다렸다.

겨울 동안 코너 요새에 주둔을 명령받은 2개 중대는 금광으로 가는 소이어즈 마차대를 호송했던 남부군 출신 양키 부대였다. 코너는 이전의 남부군들에게 요새를 방어하도록 대포 6문을 남겼다.

붉은구름은 멀리 떨어져 초소를 세밀히 지켜보았다. 이 정도의 방책이나 병력이 있는 요새라면 얼마든지 휩쓸어버릴 수 있었지만 대포를 가진 적을 무찌르기 위해서는 인디언 전사도 많은 희생을 당할 터였다. 그들은 요새의 동태를 계속 살피며 라라미 요새에서 오는 보급로를 차단하기로 결정했다. 그러면 저절로 겨울 내내 미군은 독 안에 든 쥐 꼴이 될 것이다. 운 나쁜 병사들은 겨울을 넘기지 못하고 괴혈병과 폐렴 그리고 영양 부족으로 죽어갔다. 살아남은 병사들은 꼼짝 못하게 감금된 지루한 생활을 견디다 못해 목숨을 걸고 죽을 둥 살 둥 도망갔다.

인디언들은 요새를 감시할 일부 병력만 남겨놓고 수많은 영양과 들소 떼가 그들을 배부르게 할 검은언덕의 따뜻한 처소로 돌아갔다. 긴 겨울 밤에 추장들은 둘러앉아 이번 전투의 공과에 대해 얘기했다. 아라파호족이 마을과 수많은 인명 피해를 입고 그 많던 말까지 잃어버린 것은 지나친 자만과 부주의 때문이라는 데 의견이 일치했다. 다른 부족들은 사소한 인명 피해가 있었지만 말이나 집은 온전했다.

인디언들은 이번 전투에서 소총과 말안장 등의 장비와 U.S.라는 낙인이 찍힌 말과 노새를 많이 획득했다. 무엇보다 큰 성과는 미군을 몰아낼 수 있다는 새로운 자신감을 얻은 것이었다.

붉은구름은 분연히 외쳤다. "만일 백인이 또다시 내 땅을 밟는다면 그들은 뼈아픈 응징을 당할 것이다."

그러나 붉은구름도 자신들의 치명적인 약점을 잘 알고 있었다. 백인이 사용하는 신식 총과 탄약을 얻지 못한다면 끝까지 버텨내지 못하리라는 것을.

붉은구름, 승리하다

Red Cloud's War

1866년—3월 27일, 존슨 대통령, 민권 법안 거부권 행사. 4월 1일, 미 의회, 대통령이 거
부한 민권 법안을 재가결시키고 미국에서 출생한 모든 시민들에게 평등권 부
여(인디언 제외). 대통령은 그 법을 시행하기 위해 군대 사용권을 부여받음.
6월 13일, 흑인에게 시민권을 부여한 수정헌법 제14조에 대한 각 주의 비준을
받기 위해 송부. 7월 21일, 런던에서 콜레라로 수백 명 사망. 7월 30일, 뉴올리언
스에서 인종 폭동. 베르너 폰지멘스, 발전기 발명. 도스토예프스키의 《죄와 벌》
과 휘티어의 《눈 속에 갇혀Snowbound》 출간.

1867년—2월 9일, 네브래스카, 미 연방의 37번째 주로 승격. 2월 17일, 첫 배가 수에
즈 운하 통과. 3월 12일, 프랑스 마지막 군대, 멕시코 떠남. 3월 30일, 미국이
러시아로부터 알래스카를 720만 달러에 구입. 5월 20일, 런던에서 존 스튜어
트 밀의 여성 투표권 허용 법안 의회에서 부결됨. 6월 19일, 멕시코 막시밀리
안 황제 처형. 7월 1일, 캐나다 자치령 창설. 10월 27일, 가리발디 장군, 로마
로 진군. 11월 25일, 의회위원회, '고등 범죄와 비행의 죄목으로 존슨 대통령
탄핵' 결의. 알프레드 노벨, 다이너마이트 발명. 크리스토퍼 숄즈, 첫 실용 타
자기 만듦. 요한 슈트라우스, 〈푸른 다뉴브〉 작곡. 카를 마르크스, 《자본론》
첫 부분 발간.

이 전쟁은 우리 쪽에서 일으킨 것이 아니다. 우리 땅을 아무런 대가도 치르지 않고 거저 뺏으려 쳐들어온 자들, 이 땅에서 수없이 못된 짓을 저지른 큰아버지의 자식들이 일으킨 전쟁이다. ……우리가 바란 것은 다만 내 땅에서 평화롭게 살며 우리 부족의 행복과 안정을 지키는 것뿐이었지만 큰아버지는 우리를 죽이는 것에만 눈이 벌게진 군인들로 이 땅을 가득 채웠다. 생활을 바꿔보거나 사냥을 하려고 북쪽으로 이동했던 사람들은 미군들의 공격을 받았고 돌아오려 해도 그들이 가로막고 있어서 고향으로 돌아오지 못한다. 좋은 방법이 있지 않은가. 말썽이 생겼을 때는 쌍방이 무기 없이 한자리에 앉아 이야기를 나누고 평화로운 방법을 찾으면 된다.

브룰레 수우족의 신테 갈레슈카(점박이꼬리)

1865년 늦여름과 가을에 걸쳐 파우더 강 지역 인디언들이 무력시위를 벌이는 동안 미국 정부에서 파견한 대표단은 미주리 강 상류를 오르내리며 강 주변의 수우 마을 곳곳에 들러 추장들과 회담을 가졌다. 최근에 다코타령의 지사로 임명된 뉴턴 에드먼즈가 대표단의 중심인물이었다. 또 다른 인물은 3년 전 미네소타 주에서 샌티 수우족을 몰아냈던 꺽다리장사꾼 헨리 시블리였다. 백인 대표들은 담요와 당밀, 폭죽 등의 선물을 뿌리고 별 어려움 없이 새 조약에 서명을 받아냈다. 이들은 또 검은언덕과 파우더 강 유역의 수우족에게도 들어와 서명을 하도록 전갈을 보냈지만 코너 장군의 침입자들을 막는 데 바쁜 추장들은 아무런 반응도 보이지 않았다.

그해 봄에 이미 백인들의 내전이 끝났기에, 가느다란 물줄기처럼 얼마 되지 않던 서부 이주민의 행렬은 머지않아 홍수처럼 불어날 전망이었다. 미국 정부가 노리는 것은 소로와 도로의 통행권 그리고 결국엔 인디언 지역을 관통하는 철도의 부설권이었다.

가을이 가기 전에 그들은 브룰레족, 훙크파파족, 오글랄라족, 미네콘주족 등 수우족의 여러 지파와 9개 조약을 맺었지만 대부분의 전투추장들은 미주리 강 유역의 그 마을에 없었다. 워싱턴의 중앙정부는 이렇게 맺은 조약들로 인디언들의 적대적 행동이 끝난 것으로 받아들였고, 드디어 평원 인디언들을 유화의 길로 이끌었다고 믿었다. 인디언들을 박멸하기 위해 "100만 달러 이상의 비용을 치르고 수백 명의 병사들이 목숨을 잃고 많은 이주자들이 살육당하고 엄청난 재산을 잃은" 코너의 파우더 강 토벌대처럼 값비싼 전쟁을 치를 일도 없을 것이다.

그러나 단 한 사람의 전투추장의 서명도 받아내지 못했기 때문에 이 조약이 의미가 없다는 것을 그들도 잘 알고 있었다. 그래서 의회의 비준을 받기 위해 조약 사본을 보내는 한편 붉은구름을 비롯한 다른 추장들의 서명을 받기 위해 아무 곳이나 편리한 데서 그들을 만나려는 노력을 계속했다. 보즈먼 도로는 라라미 요새에서 몬태나로 가는 가장 중요한 길이어서 요새의 군 관리들은 가능한 한 빠른 시간 내에 이 도로의 통제를 뚫고 전투추장들이 라라미 요새로 와서 서명하게 하라는 심한 압박을 받고 있었다.

라라미 요새의 남부군 출신 부대의 지휘관이었던 헨리 메이네이디어 대령은 담요 짐 브리저나 마술송아지 벡워스같이 믿을 만한 사람을 붉은구름의 중재자로 보내려 했지만 코너 부대의 침입으로 인디언들의 분노를 자아낸 뒤라 아무도 파우더 강 지역으로 들어가려 하지 않았다. 할 수 없이 메이네이디어는 요새 주변에서 오래 일을 보던 다섯 명의 수우족 인디언, 큰입Big Mouth, 왕갈비뼈Big Rib, 독수리발Eagle Foot, 회오리바람Whirlwind과 작은까마귀Little Crow를 대신 보냈다.

'라라미의 건달들'이라는 경멸조의 별명으로 불리던 인디언 교역 상인들은 사실은 약삭빠른 사업가들이었다. 백인이 최상품 들소 가죽을 구해달라거나, 텅 강 유역에 사는 인디언들이 요새에 나도는 백인의 물건을 갖고 싶어하면 라라미 건달들이 나서서 거래를 성사시켰다. 인디언 장사꾼이야말로 장차 벌어질 붉은구름 전쟁에서 인디언에게 군수품을 공급하는 데 중요한 역할을 할 사람들이었다.

이들은 두 달 동안 파우더 강 지역을 돌아다니며 라라미 요새에 들어와서 새 조약에 서명하는 전투추장들에게는 모두 값비싼 선물을 줄 것이라는 소문을 퍼뜨리고 다녔다. 과연 효과가 있었다. 1866년 1월 16일 이들은 선사슴Standing Elk과 날쌘곰Swift Bear이 이끄는 브룰레 수우족의 두 지파를 라라미 요새로 데리고 들어왔다. 심각한 물자 부족에 허덕이던 이 두 지파는 백인들이 약속한 옷과 식량을 고대하고 있었다.

선사슴은 자기네 부족이 눈보라 속에서 말을 많이 잃어버린데다 리퍼블리컨 강 유역에는 사냥감마저 거의 없어졌다고 털어놓았다. 또 브룰레족의 대추장 점박이꼬리Spotted Tail는 딸이 천식으로 앓아누워 있어서 못 왔는데 딸이 여행할 수 있을 정도가 되면 곧 오게 될 것이라고 얘기했다.

"그런데 붉은구름은?" 메이네이디어 대령은 궁금했다. "코너의 부하들과 싸웠던 붉은구름과 말을두려워하는사나이 그리고 무딘칼은 어디 있소?"

라라미의 건달은 그 추장들도 얼마 후면 요새로 들어올 것이라고 말했다. 그들이 서두를 이유는 없을 것이다. 특히 혹한이 계속되는 달에

점박이꼬리(신테 갈레시카). 브룰레 수우족 추장.

는.

몇 주일이 지나 3월 초순께 브룰레족의 대추장 점박이꼬리가 조약에 대해 논의하기 위해 오고 있다는 소식이 들어왔다. 점박이꼬리는 중태에 빠진 딸 빠른발Fleet Foot을 미군 군의관이 치료해주기를 바랐다. 그러나 이삼 일 뒤 그 딸이 요새로 오는 도중 죽었다는 소식을 듣고 메이네이디어는 구급 마차를 가지고 브룰레족의 장례 행렬을 맞으러 나갔다. 차가운 날씨에 진눈깨비가 흩날리는 와이오밍의 풍경은 황량했다. 시냇물은 얼음 밑에 잠겨 있고 갈색 언덕에는 여기저기 눈이 쌓여 있었다.

죽은 여자아이는 사슴 가죽에 싸서 가죽끈으로 단단히 묶은 다음 썩지 않도록 연기에 그을린 상태였다. 아이가 아끼던 흰 야생마 두 마리가 이 엉성한 관을 가운데 걸치고 끌고 오는 중이었다.

점박이꼬리의 딸은 미군 구급 마차에 옮겨져서 다시 요새로 향했다. 말도 마차 뒤에 비끄러맸다. 구급 마차가 도착하자 대령의 지시에 따라 라라미 요새에 있던 미군들이 모두 밖으로 나와 슬픔에 잠긴 인디언들에게 조의를 표했다.

메이네이디어는 점박이꼬리를 사령부로 안내하고 정식으로 애도를 표했다. 노추장은 그 옛날 백인과 인디언이 사이좋게 지낼 때는 딸을 데리고 여러 번 요새에 왔었다며, 요새를 좋아했던 딸을 위해 요새 묘역에 관을 놓을 단을 설치하게 해달라고 말했다. 대령은 즉석에서 허락해주었다. 그 순간 대령은 점박이꼬리의 눈에서 눈물이 솟아나는 것을 보고 깜짝 놀랐다. 그는 인디언이 울 수 있다고 생각해본 적이 없었다.

잠시 후 메이네이디어가 본건을 끄집어냈다. 워싱턴의 큰아버지는 봄에 새 화친조약 대표단을 파견할 것이다. 그래서 그는 점박이꼬리가 대표단이 도착할 때까지 요새 근처에 머물러주기를 바랐다. 보즈먼 도로의 안전 통행은 아주 시급한 일이었다. "내년 봄 아이다호와 몬태나의 광산으로 가는 이주자가 엄청날 것이라는 소식을 들었소"라고 그는 설명했다.

"인디언들은 너무 무도한 일을 당해온 것 같소"라고 점박이꼬리는 대꾸했다. "우리 땅에 수없이 도로를 내고 들소와 짐승들을 몰아내거나 쏘아죽였으니 그로 인해 우리가 입은 피해와 궁핍을 어찌 말로 다할 수 있겠소. 지금 내 가슴은 아주 추연해서 이런 말할 기분이 아니오. 큰아버지가 보낸다는 사람들을 기다려보리다."

다음 날 메이네이디어는 점박이꼬리 딸의 장례식을 거행했다. 해가 기울기 직전에 장의 행렬이 대포함 위에 안치된, 붉은 모포로 감싼 관 뒤를 따라 요새 묘소로 갔다. 브룰레족의 관습에 따라 단 위에 관을 올려놓고 새 들소 가죽으로 덮은 뒤 가죽 끈으로 묶었다. 하늘은 납빛처럼 어두워 폭풍이 불 듯 험악해지더니 땅거미와 더불어 진눈깨비가 내리기 시작했다. 구호에 맞추어 병사들은 앞을 보고 연달아 세 발의 조포를 쏘았다. 모든 사람들이 초소로 간 뒤 포병 1개 분대가 밤새 그곳에 남아 소나무로 불을 환히 밝히고 동이 틀 때까지 30분마다 대포를 발사했다.

나흘 뒤 붉은구름이 이끄는 오글라라 수우족이 갑자기 요새 밖에 나타났다. 그들은 먼저 점박이꼬리의 천막촌 앞에 멈추었다. 두 테톤족 지도자는 다시 만나게 된 것을 기뻐했다. 대령은 몸소 요새 밖까지 나와 그들을 영접했다. 군악대의 장엄한 연주가 울려 퍼지는 가운데 두 추장은 사령부로 안내되었다.

대령이 붉은구름에게 새 대표단이 몇 주 더 있어야 도착할 거라고 말하자 붉은구름은 화가 치밀어 올랐다. 라라미의 건달은 요새에 와서 조약에 서명하면 선물을 받게 될 것이라고 말하지 않았는가! 그에게는 총과 화약 그리고 식량이 필요했다. 메이네이디어는 식량은 줄 수 있지만 총과 화약은 내줄 권한이 없다고 사정 얘기를 했다. 붉은구름은 그러면 조약으로 부족들이 얻는 게 뭐냐고 따졌다. 전에 수많은 조약을 맺었지만 인디언들은 언제나 백인에게 주기만 했다. 그러니 이번에는 백인들이 무언가 내놓아야 한다.

새 대표단장인 테일러가 오마하에 머물고 있다는 것을 알고 메이네이디어는 붉은구름에게 전보를 쳐보라고 권유했다. 붉은구름은 말하는 줄(전선)의 마력을 믿을 수 없었지만 조금 뒤에 통역을 데리고 요새의 전신소에 가서 오마하에 있는 큰아버지의 보좌관에게 전보를 쳤다.

테일러 단장의 대답이 딸각거리며 전신기에 찍혔다.

"워싱턴의 큰아버지는 여러분 모두가 자신과 백인의 친구가 되기를 원하십니다. 화친조약을 맺는다면 큰아버지는 친선의 표시로 여러분에게 선물을 주실 것이오. 선물과 보급품을 실은 차량이 미주리 강에서 라라미 요새에 도착하려면 6월 1일 정도는 되어야 합니다. 큰아버지는 화친조약을 맺기 위해 그날 전후에 대표단이 당신을 만나기를 바라고 계십니다."

붉은구름은 흡족한 기분이 되었다. 메이네이디어 대령의 단순 솔직한 태도도 마음에 들었다. 조약을 맺으려면 초록 잎이 움트는 달이 올 때까지 기다려야 할 것이다. 그동안 파우더 강 유역으로 돌아가 여기저기 흩어져 있는 수우족과 샤이엔족과 아라파호족을 불러모으고, 라라미 요새로 다시 올 때까지 교역할 들소 가죽과 비버 가죽을 충분히 모을 수 있을 것이다.

메이네이디어 대령은 선의의 표시로 떠나는 오글랄라족에게 얼마간의 화약과 납을 주었고 그들은 마음이 풀어져 요새를 떠났다. 메이네이디어는 보즈먼 도로 개통에 대해서는 아무런 언급도 하지 않았다. 붉은구름도 여전히 포위되어 있는 파우더 강의 리노 요새에 관해 말을 꺼내지 않았다. 그런 문제는 회담이 열린 후에 거론해도 상관없었던 것이다.

　붉은구름은 풀이 돋을 때까지 기다리지 않고 말이 털을 가는 달에 벌써 라라미 요새에 나타났다. 부관인 말을두려워하는사나이를 비롯한 1천 명 이상의 오글랄라족을 거느리고 돌아온 것이다. 무딘칼 역시 샤이엔족을 이끌고 왔고, 붉은잎Red Leaf도 그의 브룰레 지파를 이끌고 왔다. 그들은 점박이꼬리의 부족, 그리고 다른 브룰레족과 함께 플래트 강 연안에 커다란 천막촌을 이루었다. 교역소와 요새 안의 매점은 사람들로 북새통을 이루었다. 라라미의 건달들도 더 이상 바쁠 수 없을 정도로 뛰어다녔다.

　이삼 일 뒤 회담 대표단이 도착했다. 6월 5일 양측의 인사와 함께 공식적인 회담이 시작되고 양측의 긴 발언이 이어졌다. 그때 예기치 않게 붉은구름이 다른 테톤족 지파가 도착할 때까지 회담을 이삼 일 연기해 달라고 요청했다. 테일러 단장은 6월 13일까지 연기하는 데 동의했다.

　회담이 시작된 6월 13일, 공교롭게도 헨리 캐링턴 대령이 지휘하는 미군 700명이 라라미 요새 가까이 도착했다. 네브래스카 커니 요새에서 행군해온 제18보병 연대였다. 그 부대는 그해 여름 몬태나로 향하는 백인 수가 크게 늘어날 것에 대비해 보즈먼 도로를 따라 초소를 설치하라는 명령을 받은 상태였다. 그 계획이 여러 주일 진행되었지만 이 자리에 있던 인디언들은 파우더 강 지역을 점령하려는 미군의 이런 계획을 알 리 없었다.

캐링턴은 라라미 요새 주위에 천막을 친 2천 명가량의 인디언들과 충돌을 피하기 위해 요새 동쪽 4마일 지점에서 행군을 멈췄다. 브룰레 추장 중 한 사람인 선사슴이 미군이 마차로 둥그렇게 진을 치고 있는 곳으로 즉시 말을 타고 달려가 지휘관과 면담을 요청했다. 파이프 담배를 피우는 공식적인 절차가 끝나자 선사슴은 거두절미하고 물었다.

"당신네는 어디로 가는 거요?"

캐링턴은 몬태나로 가는 길을 보호하기 위해 파우더 강 지역으로 병력을 이동시키고 있다고 솔직하게 대답했다.

선사슴은 어이가 없었다. "지금 요새에서는 당신이 향하는 지역에 사는 수우족과 조약을 맺으려 하고 있소. 만일 당신이 그곳에 간다면 수우족 전사들이 가만있지 않을 거요."

캐링턴은 수우족과 싸우러 가는 것이 아니라 단지 길을 보호하러 가는 것이라고 대답했다.

"수우족은 백인이 도로를 내라고 사냥터를 내주지 않을 거요. 힘으로 누르지 않는 한 길을 내버려두지는 않을 겁니다"라고 선사슴은 확신했다. 그는 재빨리 자신은 브룰레족이고 그와 점박이꼬리는 백인들과 친구 사이지만 붉은구름의 오글라라족과 미네콘주족은 플래트 강 북쪽을 침범하는 백인이라면 누구와든 싸울 거라고 덧붙여 말했다.

회담이 시작되기 전에 캐링턴의 연대가 왔다는 사실을 모르는 인디언은 이제 하나도 없었다. 다음 날 캐링턴이 요새로 말을 타고 들어오자 테일러는 캐링턴을 추장들에게 소개하고 그들이 이미 알고 있는 일, 즉미국 정부가 조약에 관계없이 파우더 강 지역 한가운데 도로를 낼 계획을 그들에게 알리기로 작정했다.

캐링턴이 입을 열었으나 그의 목소리는 인디언들이 내지르는 불만과 반대의 아우성에 묻혀버렸다. 그가 다시 말을 했지만 인디언들은 웅성거리며 사열대 위 송판 벤치에서 일어나 안절부절못하고 서성댔다. 캐링턴의 통역이 귓속말로 추장들에게 먼저 말을 걸라고 일렀다.

말을 두려워하는 사나이가 연단에 섰다. 그는 미군이 격류와 같은 말떼를 몰고 수우 땅으로 행군해온다면 모든 부족이 대항해 싸울 것임을 분명히 밝혔다. "두 달 안으로 말발굽 하나 남아나지 못할 거요."

이번에는 붉은구름이 말할 차례였다. 가벼운 모포를 두르고 모카신을 신은 날렵한 몸매의 추장이 연단 중앙에 섰다. 머리 한가운데 반듯하게 가르마를 탄 검은 머리카락을 허리까지 길게 늘어뜨리고, 매부리코 밑의 큰 입은 한일자로 굳게 닫혀 있었다. 백인 대표가 인디언을 어린애 취급한다고 꾸짖는 순간 추장의 눈은 열기로 빛났다. 붉은구름은 백인들이 땅을 빼앗으려 하면서 협상하는 척한다고 비난했다.

"백인은 해마다 인디언을 뒤로 뒤로 밀어붙여 결국 우리는 플래트 강 북쪽의 손바닥만 한 땅까지 쫓겨났소. 그런데도 백인들은 우리의 마지막 사냥터이자 고향인 이 땅마저 빼앗으려 하고 있소. 부녀자와 어린애들은 굶어죽을 것이오. 나는 굶어죽느니 차라리 싸우다 죽는 길을 택하겠소. ……큰아버지는 우리에게 선물을 보내주고 새 길을 내고 싶어하고 있소. 그런데도 백인 추장은 자기 부하들을 끌고 와서 우리가 가타부타 말하기도 전에 길을 도둑질하려 들고 있소."

백인 대표 테일러는 통역이 수우족의 말을 영어로 옮기는 동안 인디언들이 소란스러워지는 모습을 보고 서둘러 그날 회의를 종결시켰다. 붉은구름은 캐링턴은 안중에도 없다는 듯 그 앞을 유유히 지나 오글라라 진영으로 가버렸다. 다음 날 새벽이 되기도 전에 오글라라족은 라라미 요새에서 사라졌다.

다음 이삼 주 동안 캐링턴의 마차 부대가 보즈먼 도로를 따라 북쪽으로 이동하는 모습을 보고 인디언들은 그 부대의 규모와 장비를 가늠해볼 수 있었다. 200여 대의 마차에는 탄약과 화약, 다른 군용품은 물론 풀 베는 기계, 판자, 벽돌 찍는 기계, 문짝, 창틀, 못, 자물쇠, 흔들의자, 버터 만드는 큰 양철통, 25인조 군악대의 악기, 통조림과 채소 씨앗까지 싣고 있었으니, 이로써 그들이 파우더 강 지역에 주둔하려고 한다는 것이 분명해졌다. 더군다나 많은 병사가 처자식과 하인에 애완동물까지 데려왔다.

그들은 구식 총(앞으로 재는 총)과 스펜서 카빈총(뒤로 탄약을 넣는 총)으로 무장하고 4문의 대포를 지원받고 있었다. 안내인은 짐 브리저와 백워스였는데 그들은 인디언들이 파우더 강 지역의 도로를 지나는 차량 통행을 매일 지켜보고 있다는 것을 알고 있었다.

6월 28일 캐링턴의 연대는 리노 요새로 이름이 바뀐 코너 요새에 닿아 그곳에서 겨울과 봄 내내 사실상 포로 상태로 지내던 미군을 구출해냈다. 캐링턴은 요새를 수비하도록 병력을 4분의 1가량 남겨놓고 사령부 자리를 찾아보기 위해 북쪽으로 행군했다.

7월 13일 캐링턴 부대는 리틀 파이니 강과 빅 파이니 강 갈래 지점에 멈췄다. 미군은 평원 인디언들의 가장 훌륭한 사냥터인 빅혼 산의 소나무로 뒤덮인 기슭 아래 비옥한 목초지 한가운데에 텐트를 치고 필 커니 요새를 세우기 시작했다.

사흘 뒤 샤이엔족 대부대가 미군 진영에 다가갔다. 지도자는 두달과 검은말, 무딘칼이었고, 그중 무딘칼은 뒷전에 물러서 있었다. 무딘칼은 라라미 요새에 머무르면서 미군들이 요새를 세우고 파우더 강 지역에 도로를 내도록 허용하는 서류에 서명했다는 이유로 다른 추장들에게 심한 책망을 받았다. 무딘칼은 담요와 탄약 선물을 받기 위해 펜에 손을 댄 것이지 서류에 무엇이 씌어 있는지는 몰랐다고 변명했다. 그래도 추장들은 이미 붉은구름이 백인들의 선물 같은 것은 박차버리고 오히려 전사들을 모아 일전을 벌이려 했던 것을 몰랐느냐며 그의 말을 받아들이지 않았다.

샤이엔족은 휴전기를 앞에 놓고 작은 백인 대장인 캐링턴과 대화를 가졌다. 40명의 추장과 전사들이 미군 진영을 방문해도 좋다는 허락을 받았다. 캐링턴은 커니 요새에서부터 동반한 군악대의 기운찬 군악으로 영접했다. 그들은 담요 짐 브리저는 그럴 수 없었지만, 백인 대장은 화친회담 때문에 왔다고 속여넘겼다. 파이프 담배를 피우며 예비적인 인사를 나누는 동안 추장들은 미군의 장비를 살펴보았다.

그들이 떠나기 전에 백인 대장은 대포 1문을 언덕에 조준하고 둥근 포탄을 발사했다.

"이 대포는 두 번 발사된다"고 옆에서 지켜보던 검은말Black Horse은 짐짓 엄숙한 태도로 말했다. "백인 대장이 한 번 발사하고 그다음에는 백인 대장의 위대한 정령이 그의 백인 자식들을 위해 한 번 더 발사한다."

캐링턴이 바랐던 대로 대포의 위력은 인디언들에게 위압감을 주었지만, 위대한 정령이 백인 자식들을 위해 한 번 더 대포를 발사한다는 온건한 말로 검은말이 자신을 조롱하고 있다는 생각은 하지 못했다. 샤이엔족이 떠나려 하자 백인 대장은 그들에게 "도로를 지나는 백인이나 모든 통행인들과 지속적인 화친을 맺는다"는 데 동의했다는 내용이 들어 있는 서류를 주었다. 얼마 안 있어 텅 강과 파우더 강 연안의 마을 사람들은 새 요새가 너무 강해서 함락시키려면 커다란 손실을 감수해야 한다는 것을 알게 되었다. 그렇다면 미군을 더 쉽게 공격할 수 있는 공터로 끌어내야 할 것이다.

7월 17일 새벽 붉은구름의 오글라라족은 175마리의 말과 노새를 요새의 축사에서 몰아냈다. 미군이 말을 타고 추격해오자 인디언들은 그들을 유인하며 15마일 정도 도망치다 갑자기 돌아서서 파우더 강 지역의 침략자에게 첫 번째 일격을 가했다.

캐링턴은 그날부터 1866년 여름 내내 무자비한 게릴라전에 말려들었다. 민간인의 마차든 군용 마차든 보즈먼 도로를 지나는 수많은 마차는 인디언의 기습공격을 피할 수 없었다. 기병 호송대는 대열을 옆으로 벌려 치명적인 매복에도 대비해야 했다. 필 커니 요새에서 이삼 마일 떨어진 곳에서 통나무를 베던 군인들도 쉴 새 없이 공격을 당했다.

인디언들은 파우더 강 상류에 보급품 기지를 만들었다. 그들의 전략은 도로의 통행을 힘들고 위험스럽게 만들어 캐링턴 부대의 보급품을 차단하고 그들을 고립시킨 후에 공격하는 것이었다.

붉은구름은 어디에서나 나타났고 그의 동맹군은 나날이 불어났다. 그 전해 여름 코너 장군에 의해 마을이 쑥대밭이 되었던 아라파호 추장 검은곰도 전사들을 이끌고 전투에 참가했다. 같은 아라파호족 밤색말 Sorrel Horse도 달려왔다. 여전히 화친이 옳다고 믿고 있는 점박이꼬리는 리퍼블리컨 강 연안으로 들소 사냥을 가버렸지만 많은 브룰레 전사들이 붉은구름과 합류하기 위해 북으로 달려왔다. 여름 내내 앉은소도 거기에 있었다. 훗날 그는 파우더 강 도로의 백인 통행인들에게 빼앗은, 한쪽 귀가 찢어진 말 그림을 그렸다. 앉은소보다 아래인 쓸개Gall도 같이 있었다. 앉은소는 혹Hump이라는 미네콘주족과 미친말Crazy Horse이라는 젊은 오글라라 전사를 데리고 미군과 통행인들을 조롱하고 격노케 하는 유인 전술을 써서 교묘하게 쳐놓은 함정에 빠뜨렸다.

8월 초 캐링턴은 필 커니 요새가 부대를 둘로 나눠도 될 만큼 견고하다고 믿고 국방부의 지시에 따라 150명의 분견대를 90마일 북쪽으로 파견해 보즈먼 도로상에 제3의 요새인 스미스 요새를 세우도록 했다. 또 그는 붉은구름과 대화를 나눠보도록 브리저와 벡워스를 보냈다. 어려운 임무였지만 이제 늙어버린 변경 태생의 두 정탐꾼은 가까운 중개자들을 찾아 나섰다.

빅혼 북쪽의 한 크로우족 마을에서 브리저는 놀라운 소식을 들었다. 수우족은 원래 크로우족과 숙적으로 그들을 사냥감이 풍족한 사냥터에서 몰아냈다. 그런데 최근에 붉은구름이 크로우족을 방문해 화해를 하고 인디언 동맹에 가담하도록 설득했다는 것이다.

"백인을 전멸시키는 데 당신들도 도와주길 바라오"라고 붉은구름이 말했다는 소문이었다.

이 수우족의 대추장은 눈이 오면 백인들의 보급품을 차단하고 미군들을 요새에서 몰아내어 굶어죽게 하겠다고 장담했다. 몇몇 크로우족이 붉은구름의 전사들 편에 끼겠다고 했다는 소문도 있었다. 그러나 그들이 다른 마을에서 다시 만났을 때, 벡워스는 크로우족 가운데 캐링턴 부대원이 되어 수우족과 싸우겠다는 이들을 모집하고 있다고 주장했다. (마술송아지 벡워스는 필 커니 요새로 다시는 돌아가지 못했다. 그는 크로우 마을에서 갑작스레 죽었는데 어떤 질투심 많은 여자의 남편에게 독살당했다는 소문도 있지만 자연사였을 것이다.)

늦여름에 붉은구름은 전사 3천 명을 거느리게 되었다. '라라미의 건달들'을 통해 얼마간의 소총과 탄약을 구할 수는 있었지만 대다수 전사들은 활과 화살만으로 무장한 상태였다. 초가을에 붉은구름을 비롯한 추장들은 증오의 표적이 된 캐링턴과 파이니 강의 증오 어린 요새에 전력을 집중 투입하기로 결정했다. 인디언들은 혹한의 달이 오기 전에 빅혼 산으로 이동을 시작해 텅 강 상류에 진을 쳤다. 그곳은 필 커니 요새를 공격하기에 알맞은 거리였다.

여름의 기습공격 때 오글라라 전사인 등뼈High Back Bone와 노란독수리Yellow Eagle는 세심하게 짠 전략으로 미군들을 끌어들이고 덫에 걸린 미군들과 과감하게 육박전을 벌이거나 담대한 마상술로 이름을 날렸다. 두 사람은 이따금 어린 미친말과 정교한 전략도 함께 짰다. 나무껍질이 튀는 달 초에 그들은 필 커니 요새로 재목을 실어 나르는 마차 경비군들과 소나무숲의 벌목꾼들을 구슬리기 시작했다.

12월 6일 차가운 바람이 빅혼 강기슭을 쓸어내리는 날에, 등뼈와 노란독수리는 100명 정도의 전사들을 소나무숲 도로 곳곳에 배치했다. 붉은구름은 연봉에 자리 잡은 전사들과 함께 있었다. 그들은 등뼈의 유인대에 거울을 비추고 깃발을 흔들어 미군의 이동 상황을 알려주었다. 날이 지기 전에 미군들은 인디언들의 전술에 걸려들었고, 인디언들은 사방에서 달려들었다. 한 번은 캐링턴도 몸소 추격해왔다. 적당한 때를 골라 미친말은 말에서 내려 다혈질의 젊은 기병대 장교 앞에 버티고 섰다. 그 장교는 즉각 병사들을 끌고 말을 달려 추격해왔다. 병사들이 좁다란 길에 늘어서자 숨어 있던 노란독수리가 이끄는 전사들이 뒤에서 튀어나왔다. 순식간에 인디언들은 미군들을 벌 떼처럼 에워쌌다(이 전투에서 호레이쇼 빙엄 중위와 바우어즈 상사가 살해되고 대여섯 명의 병사가 중상을 입었다).

추장과 전사들은 미군들의 어리숙한 행동을 보면서, 요새에서 끌어내기만 한다면 활과 화살밖에 없는 인디언들이라도 그들을 몰살시킬 수 있다는 자신감을 갖게 되었다. 그들은 다음 보름달이 뜬 뒤 캐링턴 부대에 대규모 공세를 가하기로 결정했다.

12월 셋째 주가 되어 인디언들은 공격 준비를 완료했다. 2천 명의 전사들이 텅 강을 따라 남쪽으로 이동했다. 날씨가 몹시 추워 전사들은 들소 가죽 옷을 둘러쓰고 검은 양모 각반을 차고 들소 모피로 된 모카신을 신었다. 붉은 허드슨 베이 모포는 안장에 가죽 끈으로 매달았다. 대부분은 발빠른 전마戰馬는 아끼느라 끌고 갔고, 대신 짐말을 타고 행군했다. 몇 사람은 소총이 있었지만 대부분의 전사들은 활과 화살, 칼과 투창을 들고 있었다. 인디언 전사들은 여러 날 견딜 수 있는 충분한 페미컨을 휴대했지만 기회가 있을 때마다 몇 명씩 숲속으로 흩어져 들어가 활로 사슴을 잡아 식량을 보충했다.

수우, 샤이엔, 아라파호 세 부족은 필 커니 요새 북쪽 10마일쯤에 각 부족의 천막을 쳤다. 이 임시 처소와 요새 사이에는 매복을 위해 선택한 피노 크리크의 작은 계곡이 있었다.

12월 21일 아침, 추장들과 마술사가 함께 모여 바로 이날을 승리의 날로 잡았다. 동녘에 희뿌연 햇살이 비치자 일단의 전사들이 벌목 차량 도로 쪽으로 빙 둘러 돌아갔다. 그곳에서 그들은 마차를 위장 공격하기로 되어 있었다. 미군을 유인하는 위험한 임무를 수행하기 위해 샤이엔족과 아라파호족에서 두 명씩, 그리고 수우족의 세 지파인 오글라라, 미네콘주, 브룰레족에서 두 명씩 해서 열 명의 젊은 전사가 뽑혔다. 미친말과 혹, 작은늑대가 대장이었다. 유인대가 롯지 트레일 릿지로 떠나자 전사들의 주력 부대는 보즈먼 도로를 따라 이동했다. 눈과 얼음더미가 산봉우리 그늘진 곳에 쌓여 있었지만 날은 밝았고 대기는 차고 건조했다. 그들은 좁다란 봉우리 쪽으로 나아가다 피노 크리크로 내려가는, 요새에서 3마일쯤 떨어진 도로에 매복했다. 샤이엔족과 아라파호족은 서쪽에 자리 잡았다. 수우족 일부는 건너편 풀이 무성한 평지를 엄폐하고 나머지는 말에 탄 채 바위 봉우리 뒤에 숨었다. 점심 때까지 2천 명의 전사들이 그곳에 자리를 잡고 유인대가 미군을 덫으로 끌어들이기를 기다렸다. 전투대가 벌목 차량에 위장 공격을 하는 동안 미친말이 이끄는 전사들은 말에서 내려 요새가 마주 보이는 기슭에 숨어 있었다. 총소리가 울리자 중대 병력의 미군이 벌목꾼들을 구출하기 위해 요새에서 몰려나와 말을 달렸다. 미군들이 시야에서 사라지자 유인대는 기슭 위로 모습을 드러내며 요새 가까이 접근했다. 미친말은 붉은 모포를 흔들면서 얼어붙은 파이니 강가의 관목 숲을 들락거렸다. 요새의 미군 대장이 곧바로 연발총을 발사했다. 그들은 놀라서 달아나는 척 미군들을 속이며 갈지자로 뛰어다니고 소리를 질러대면서 비탈 쪽으로 흩어졌다. 이때 전투대는 벌목 차량에서 후퇴해 롯지 트레일 릿지로 되돌아갔다. 미군들은 말을 타거나 걷거나 하면서 뒤를 추격했다. 윌리엄 페터먼 대위가 이끄는 부대였는데 롯지 트레일 릿지 너머까지는 추격하지 말라는 엄중한 명령을 받고 있었다.

미친말의 유인대는 말에 올라탄 채 롯지 트레일 릿지 기슭을 오가며 미군들을 조롱했고, 격노한 미군들은 마구 총을 쏘았다. 총알이 바위에 튕겨 날아갔다. 유인대는 천천히 뒤로 물러섰다. 미군들이 추격을 늦추거나 멈출 때마다 미친말은 말에서 내려 고삐를 고쳐 매거나 말굽을 살펴보는 척했다. 총이 주위에서 불을 뿜었다. 드디어 미군들은 산등성이 위로 올라와 피노 크리크로 내려가는 유인대를 추격했다. 눈에 띄는 인디언은 그들 열 명뿐이었다. 미군은 그들을 사로잡기 위해 말채찍을 휘둘렀다.

유인대가 피노 크리크 냇물을 건넜을 때는 이미 81명의 기병대원과 보병 모두 함정에 걸려들었다. 유인대는 두 패로 갈라져 재빨리 상대편의 길을 가로질렀다. 이것이 바로 공격 신호였다. 1년 전 코너 부대의 침입을 아라파호족에게 경고해주었던 샤이엔족 작은말이 서쪽 계곡에 매복해 있던 그의 부족들에게 공격 신호를 내리는 영예를 안았다. 그가 창을 들어 올리자 샤이엔족과 아라파호족의 기마대가 벼락 같은 말발굽 소리를 내며 쏟아져나왔고 건너편 봉우리에 있던 수우족 전사들도 공격해 들어왔다. 인디언과 미군 보병 부대가 뒤범벅이 되어 육박전을 벌인 지 이삼 분도 안 되어 보병은 몰살당했다. 기병대는 능선 끝쪽 바위 꼭대기로 퇴각해 말을 풀어놓고 얼음 덮인 바위 사이에 숨어 몸을 피했다.

그날 작은말은 바위를 무수히 뛰어넘고 여러 개의 골짜기를 건너뛰어 포위된 기병대에 40피트 거리까지 근접해 들어가 활을 쏘는 용맹을 떨쳤다. 붉은 망토를 입은 미네콘주 전사 흰소는 활과 창만을 든 채 자기를 향해 총을 쏘아대는 말 잃은 기병대원에게 돌진해 활로 그자의 가슴을 꿰뚫고 투창으로 머리를 내리 찔러 박살냈다.

전투가 막바지에 이르자 샤이엔, 아라파호족과 다른 쪽의 수우족 간에 포위망이 너무 좁혀져 있어서 빗발 같은 화살에 인디언들이 서로 다치는 불상사까지 일어났다. 그러나 그것으로 모든 게 끝이었다. 미군은 한 명도 살아남지 못했다. 개 한 마리가 죽은 사람 가운데서 빠져나오자 수우족 전사 하나가 그 개를 잡으려고 다가갔다. 그때 샤이엔 전사 불량배Big Rascal가 "그놈을 놓아주지 마라!" 하고 소리치자 누군가가 즉시 화살로 쏘아 죽였다.

이것이 백인들이 '페터먼 학살'이라고 부르는 전투다.

인디언들은 이 싸움을 '100명을 죽인 전투'라고 부른다.

손실은 인디언 쪽도 심각했다. 거의 200명이 죽거나 부상당했다. 추위가 심해서 인디언들은 부상자들이 얼지 않도록 임시 진지로 후송했다. 다음 날 귀가 먹먹할 정도의 눈보라에 발이 묶였지만, 날씨가 개자 텅 강에 있는 마을로 돌아갔다.

이제는 혹한의 달(1월)이었다. 당분간 전투는 없을 것이다. 요새에 살아남아 있는 미군은 패배의 쓰라린 맛을 곱씹어야 했다. 만일 미군이 이 전투에서 교훈을 얻지 못하고 봄에 풀이 돋아날 때까지 여전히 그곳에 머물러 있기를 고집한다면 전쟁은 최악의 상황을 면할 수 없게 될 것이다.

페터먼 학살은 캐링턴 대령에게 깊은 영향을 주었다.

그는 처참한 학살에 충격을 받았다. 갈라진 배 속에서 튀어나온 창자, 난도질당한 팔다리, 잘라내어 시체 위에 내던져진 성기 등등, 캐링턴은 그의 뇌리에서 영원히 지워지지 않을 이 야만적인 행위를 저지른 까닭을 곰곰이 생각해보고 인디언들이 어떤 이교도적인 광신에 사로잡혀 그렇게 끔찍한 행위를 저질렀을 것이라는 글까지 썼다. 그러나 만약 캐링턴 대령이 2년 전의 샌드 크리크 학살 현장에 있었더라면 시빙턴 대령의 부하들이 인디언에게 저질렀던, 페터먼 학살 못지않은 잔혹한 광경을 보았을 것이다. 페터먼을 매복 공격한 인디언들은 다만 그들의 적인 백인들의 행위를 그대로 따라했을 뿐이었다.

페터먼 학살은 미국 정부에도 심각한 타격을 주었다. 그것은 인디언과의 전쟁에서 미군이 당한 최악의 패배였으며 미국 역사상 생존자가 돌아오지 못한 두 번째 전쟁이었다. 캐링턴은 직위 해제되었고, 증원군이 파우더 강 지역의 요새로 파견되었으며, 새로운 화평조약 대표단이 라라미 요새에 급파되었다.

새 대표단의 단장은 검은구레나룻 샌번이었다. 그는 1865년에 검은주전자의 남부 샤이엔족을 구슬러 캔자스의 사냥터를 포기하고 아칸소 강 아래 지역으로 이주하게 했던 사람이다. 샌번과 앨프리드 설리 장군은 1867년 4월에 라라미 요새에 도착했다. 그들의 임무는 붉은구름과 수우족이 파우더 강 지역의 사냥터를 포기하고 주거지역에 들어가 살도록 설득하는 일이었다. 그 전해와 같이 브룰레족의 점박이꼬리, 날쌘곰, 선사슴, 탄피Iron Shell가 제일 먼저 투항했다.

들소를 찾아 오글라라 지파를 데리고 플래트 강까지 내려갔던 생채기Little Wound와 포니족살해자Pawnee Killer는 대표단이 무슨 선물을 내줄까 보려고 투항했다. 말을두려워하는사나이는 붉은구름 대신 대표로 나갔다. 회담을 위해 붉은구름이 들어올 것인지 대표단이 묻자, 그는 미군이 한 사람도 남김없이 파우더 강 지역에서 물러나지 않는 한 오글라라 대추장이 화친을 입밖에 내지는 않을 것이라고 대답했다.

회담 도중에 샌번은 점박이꼬리에게 그곳에 모인 인디언들을 설득해달라고 부탁했다. 점박이꼬리는 그들에게 백인과의 전쟁을 포기하고 평화롭고 행복하게 살라고 권유했다. 그 대가로 그와 브룰레족은 리퍼블리컨 강으로 가서 들소 사냥을 하기에 충분한 화약과 탄약을 받았다. 적대적인 오글라라족은 아무것도 받지 못했다. 말을두려워하는사나이는 붉은구름에게 되돌아갔다. 붉은구름은 이미 보즈먼 도로 공격을 개시하고 있었다. 생채기와 포니족살해자는 브룰레족을 따라 들소 서식지까지 가서 옛 친구인 샤이엔족 칠면조다리Turkey Leg와 합류했다. 샌번의 대표단은 얻은 것이 없었다.

여름이 가기 전에 포니족살해자와 칠면조다리는 질긴등가죽Hard Backsides이라는 백인 대장과 인연을 맺게 되었다. 그 별명은 그가 먼 거리를 몇 시간 동안 안장에서 떨어지지 않고 그들을 추격해왔기 때문에 붙은 것이었다. 그 뒤 그들은 그 대장을 장발 커스터라고 불렀다. 커스터 장군이 회담을 갖자고 맥퍼슨 요새로 그들을 초대했을 때 그들은 요새로 가서 설탕과 커피를 받았다. 그들은 질긴등가죽에게 자신들은 백인의 친구이긴 하지만 철로를 달리는 철마Iron Horse는 싫다고 말했다. 철마는 기적 소리를 내고 연기를 뿜어내며 플래트 계곡의 모든 들짐승을 놀라게 했다. 태평양 횡단 철도는 1867년에 네브래스카 서부 지방을 가로질러 건설 중이었다.

오글라라족과 샤이엔족은 그해 여름 들소와 영양을 찾아 여러 번 그 철도를 횡단했다. 인디언들은 가끔 철마가 대단한 속력으로 바퀴 달린 나무집(貨車)을 끌고 지나가는 것을 보게 되었다. 인디언들은 도대체 그 집 안에 무엇이 들어 있는지 궁금해 견딜 수 없었다. 어느 날 한 샤이엔 전사가 철마에 밧줄을 던져 철로에서 끌어내려 했다. 그러나 철마는 딸려오기는커녕 그를 말에서 잡아채 미처 밧줄을 놓을 새도 없이 무자비하게 끌고 가버렸다.

철마를 잡기 위해 다른 방법을 써보자고 꾀를 낸 사냥꾼은 잠자는토끼Sleeping Rabbit였다.

"철로를 구부려 끌어내면 별수 없이 철마도 굴러 떨어질 거야. 그러면 바퀴 단 나무집에 들어 있는 것을 볼 수 있을 거야."

인디언들은 철로를 구부려놓고 철마가 오기를 기다렸다. 과연 철마는 옆으로 굴러 떨어졌다. 많은 연기가 철마 속에서 새어나오고 사람들이 그 안에서 뛰쳐나왔다. 인디언들은 그들을 거의 다 사살해버렸다. 살아 돌아간 백인은 둘밖에 없었다. 그런 다음 인디언들은 바퀴 달린 집을 부수어 밀가루와 설탕, 커피, 구두와 위스키 통을 찾아냈다. 인디언들은 위스키를 마시고 말꼬리에 붙잡아 맨 긴 천자락을 휘날리면서 초원을 달렸다. 잠시 후 인디언들은 부서진 기관 속에서 뜨거운 석탄을 꺼내 바퀴 달린 나무집에 불을 질렀다. 그리고 미군이 들이닥치기 전에 자리를 떴다.

이러한 일들은 파우더 강 지역에서 일반인의 통행을 불가능하게 만든 붉은구름의 끈질긴 기습공격과 함께 미국 정부와 군부의 큰 골칫거리가 되었다. 정부는 유니온 퍼시픽 철도를 보호할 것을 결의했지만 서면 장군같이 전쟁 경험이 풍부한 군인들은 플래트 계곡 연안의 평화를 위해 파우더 강 지역을 인디언에게 남겨주는 것이 낫지 않을까 하는 생각도 하게 되었다.

7월 말 수우족과 샤이엔족은 태양 무도회와 마법 화살 의식을 거행한 뒤 보즈먼 도로의 한 요새를 쓸어 없애기로 결정했다. 그러나 어느 요새부터 공격할 것인가에 대해서는 의견의 일치를 보지 못했다. 그래서 붉은구름은 필 커니 요새로, 무딘칼과 두달은 미군들의 말을 미리 죽이거나 빼앗아놓아서 공격이 쉬울 것으로 판단되는 북쪽 스미스 요새로 갔다.

8월 1일 샤이엔 전사 오륙백 명은 스미스 요새에서 2마일 떨어진 건초밭에서 미군과 민간인 30명을 사로잡았다. 샤이엔 전사들이 미군의 통나무 진지를 공격하자 총알이 빗발치듯 날아왔다. 전사 한 명이 간신히 요새를 뚫고 들어갔지만 그도 즉시 사살당했다. 미군은 샤이엔족이 모르는 사이에 신형 스프링필드 연발총으로 무장하고 있었던 것이다.

샤이엔족은 높이 자란 마른풀에 불을 질렀다. "불은 파도처럼 굴러왔다"고 한 병사는 회상하고 있다.

"바리케이드 20피트 안으로 들어오면서 신기하게 멈췄다. 불꽃은 적어도 40피트쯤 수직으로 솟구쳤다가 심한 강풍에 무거운 화폭이 휘날리듯 한두 번 넘실대며 넘어오다가 풀썩 꺼져버렸다. 뒤이어 연기가 바람을 타고 인디언들 쪽으로 밀려갔다. 그들은 연기를 방패 삼아 사상자를 후송했다."

이날은 이것으로 족했다. 많은 전사가 속사총에 중상을 입었고 사망자도 20명 정도였다. 그들은 필 커니 요새를 공격하고 있는 수우족의 상황을 알아보기 위해 남쪽으로 방향을 돌렸다.

수우족도 더 나을 게 없었다. 붉은구름은 여러 번 요새 주위에 위장 공격을 가한 뒤 페터먼 대위에게 그렇게 잘 들어맞았던 유인전술을 펴기로 작전을 세웠다. 미친말의 유인 부대가 벌목꾼을 습격해 미군을 끌어내는 임무를 완벽하게 수행했지만 무슨 까닭인지 매복하고 있던 등뼈의 전사 수백 명이 너무 성급하게 달려나와서 요새 옆에 있는 우리의 말들이 놀라 도망치는 바람에 모든 것이 실패로 돌아갔다.

이 전투에서 뭐라도 건져보려고 붉은구름은 열네 대의 마차와 통나무로 진을 친 벌목꾼들을 공격했다. 그러나 스미스 요새에서와 같이 그들은 강력한 스프링필드 연발총으로 무장하고 있었다. 수우족 전사들은 백인들의 연속 사격에 견디다 못해 급히 사정거리 밖으로 물러났다. 불벼락Fire Thunder이라는 전사는 그날의 전투를 이렇게 기록했다.

"우리는 말을 계곡에 매어두고 걸어서 돌격했다. 그러나 흡사 불에 그을려 시들어버리는 푸른 풀과 같은 꼴이었다. 우리는 부상자를 들쳐 업고 후퇴해야 했다. 얼마나 많은 인디언이 살해됐는지 알 수 없지만 어쟀든 많은 사람이 죽었다.”

이 두 번의 작은 전투를 백인들은 ‘건초밭 전투’와 ‘짐마차 전투’라고 불렀다. 백인들은 이 싸움에 대해 숱한 전설을 만들어냈다. 상상력이 풍부한 어느 연대기 작가는 마차 주위로 인디언의 시체가 산처럼 쌓여 있었다고 묘사했다. 또 실제 전투에 참가한 인디언은 1천 명 미만이었지만 사상자는 1137명으로 보고되었다.

이 전투를 승리로 생각한 군인도 있었지만 미국 정부는 그렇게 생각하지 않았다. 이삼 주 뒤에 윌리엄 셔먼 장군이 새로운 평화 회담을 갖기 위해 서쪽으로 향했다. 군부는 투항이 아니더라도 어떻게 해서든지 붉은구름과의 전쟁을 끝맺기로 마음먹고 있었다.

1867년 늦여름 점박이꼬리는 새 인디언 담당관인 너새니얼 테일러에게 전언을 받았다. 브룰레족은 플래트 강 아래 지역에서 평화롭게 유목 생활을 하고 있었다. 담당관은 가능한 한 많은 평원 인디언 추장들에게 풀이 마르는 달에 우호적인 인디언들한테는 탄약을 내줄 것이라고 알리도록 점박이꼬리에게 요청했다. 그들은 당시 네브래스카 서부 지방까지 와 있던 유니온 퍼시픽 철도의 종착역에 모이기로 되어 있었다. 대전사 셔먼과 여섯 명의 새 화평 대표단은 붉은구름과의 전쟁을 끝내기 위한 회담을 갖기 위해 그곳에 철마를 타고 올 것이다.

점박이꼬리는 붉은구름에게도 사람을 보냈지만 그는 대신 말을두려워하는사나이를 보냈다. 포니족살해자와 칠면조다리도 왔고 큰입과 라라미 건달도 참석했다. 날쌘곰과 선사슴 그리고 여러 브룰레 추장도 초청에 응했다.

9월 19일 빛나는 열차 차량 한 대가 플래트 시의 역에 도착했다. 대전사 셔먼과 인디언 담당관 테일러, 흰구레나룻 하니, 검은구레나룻 샌번, 존 헨더슨, 새뮤얼 태펀 그리고 앨프리드 테리 장군이 기차에서 내렸다. 이중 단 한 사람, 장다리에다 눈이 구슬퍼 보이는 테리 장군만 빼고 인디언들이 잘 아는 사람들이었다. 추장 몇 사람은 9년 뒤 리틀 빅혼의 전혀 다른 상황에서 별하나 테리의 부대와 대적하게 될 것이다.

테일러 담당관이 회담을 주재했다.

"우리는 무슨 일인지 알아보기 위해 이곳에 왔소. 우리는 여러분들 입으로 원망과 불만을 직접 듣고 싶소. 친구들이여, 모든 사실을 가리지 말고 맘껏 말하기 바라오. 전쟁은 나쁘고 평화는 좋은 것이오. 우리는 나쁜 건 버리고 좋은 것을 택해야 합니다. 여러분의 말을 듣겠소."

점박이꼬리가 제일 먼저 얘기했다.

"큰아버지는 동쪽과 서쪽으로 뻗는 길을 많이 뚫었소. 이 도로가 모든 말썽의 원인이오. 우리 땅은 백인들로 들끓고 있고 사냥감도 전부 없어졌소. 이게 불화의 근원이오. 나는 백인의 친구였고 지금도 마찬가지요. 당신들이 도로를 폐쇄한다면 우리는 사냥을 할 수 있게 되오. 저 파우더 강 지역은 수우족의 것이오. 친구들이여, 도와주시오. 우리에게 자비를 베풀어주시오."

첫날 회의에서 다른 추장들도 점박이꼬리가 했던 말을 되풀이했다. 파우더 강 지역을 고향으로 생각하는 인디언들은 적었지만(그들은 네브래스카와 캔자스 평원을 더 많이 꼽았다) 그들 모두 이 마지막 사냥터를 지키려는 붉은구름의 결의를 지지하고 있었다. "도로가 사냥감을 놀라게 해다 쫓아버렸다"고 말하는 사람도 있고 "사냥감을 내버려두면 당신들 목숨은 붙어 있을 것"이라고 큰소리치는 사람도 있었다. 포니족살해자는 "우리 큰아버지라는 사람이 누구요"라며 정말로 알 수 없다는 듯 고개를 흔들었다. "그가 뭐 하는 사람이오? 우리의 말썽거리를 해결해주도록 그 사람이 당신들을 보냈다는 게 사실이오? 말썽거리의 원인은 파우더 강 도로요. ……큰아버지가 파우더 강 도로를 없애면 당신들은 괴롭힘 당하는 일 없이 이 쇠도로로 다닐 수 있어요."

다음 날 셔먼은 온화한 태도로 추장들의 말을 밤새 숙고해보고 답변을 준비했다며 말을 꺼냈다.

"파우더 강 도로는 백인들에게 식량을 공급하기 위해 낸 것이오. 큰아버지는 당신들이 지난 봄 라라미에서 그 도로를 내도록 허락했다고 생각하고 계시는데 일부 인디언은 그 회담에 참석하지 않고 전쟁을 하러 간 것 같소."

그 말을 들은 추장들 사이에서 숨죽인 웃음이 터져나왔다. 놀란 듯했지만 그는 거친 어조로 말을 계속했다.

"인디언들이 보즈먼 도로에서 전쟁을 계속하는 한 우리 미군은 절대 이 지역을 떠나지 않을 것이오. 그러나 11월 라라미에서 사정을 조사해보고 이 길 때문에 손해를 입었다면 우리는 그 길을 포기하거나 적절한 보상을 해줄 것이오. 요구할 것이 있다면 다음번 라라미 요새에서 만날 때 내놓도록 하시오." 셔먼은 인디언들도 자기 땅을 가질 필요가 있다고 역설하고 들짐승에만 의존하는 생활을 버리라고 권고했다.

그러고선 날벼락 같은 말을 했다.

"그러므로 우리는 모든 수우족이 백인들처럼 영원히 자신의 땅을 소유할 수 있도록 화이트 어스와 샤이엔 강을 포함하는 미주리 강 상류 지역을 수우족의 영토로 삼을 것을 제의하는 바입니다. 우리는 당신들이 선택하는 주재관이나 상인들 외에 다른 백인들은 접근하지 못하게 할 것이오."

이 말이 통역되자 인디언들은 웅성대며 놀라움을 표시했다. 결국 이것이 새 백인 대표단이 원하는 것이란 말인가! 짐을 싸 들고 멀리 미주리 강으로 가버리라니! 여러 해에 걸쳐 테톤 수우족은 들짐승을 따라 미주리 강에서 서쪽으로 옮겨왔다. 그런데 이제 미주리로 돌아가 굶어 죽어야 한단 말인가! 아직 사냥감을 찾을 수 있는 곳에서 평화롭게 살아선 안 될 이유라도 있는가? 백인의 탐욕스러운 눈이 이 풍요로운 땅을 벌써 자기들 것으로 삼아버렸단 말인가.

남은 회담 동안 인디언들은 불안을 떨쳐버릴 수 없었다. 날쌘곰과 포니족살해자는 화약과 탄약을 달라는 우호적인 발언을 했지만 서먼이 브룰레족만 탄약을 받게 될 거라고 하자 회담은 고함소리로 끝나버렸다. 테일러와 흰구레나룻 하니가 나서서 사냥 탄약을 주기로 하고 추장들을 초대했다고 하자, 서먼은 마지못해 자기 주장을 철회하고 소량의 탄약을 나눠주었다.

말을두려워하는사나이는 지체 없이 돌아가 파우더 강 유역에 있는 붉은구름에게 이 소식을 전했다. 붉은구름은 낙엽 떨어지는 달에 라라미에서 백인 대표들과 만날 의향이 조금은 있었지만, 서먼의 고압적인 태도와 수우족을 미주리 강으로 이주시키려 한다는 얘기를 듣고 마음을 바꿨다.

11월 9일 백인 대표단이 라라미 요새에 도착했을 때는 크로우족 추장 두세 명만이 그들을 기다리고 있었다. 크로우족은 백인에게 우호적이었지만, 그중 곰이빨Bear Tooth이 기습적으로 백인이 야생 생물과 자연 환경을 함부로 파괴했다고 비난했다.

"어르신네, 어르신네들, 내 말을 잘 들으시오. 당신네 젊은이들을 산양이 뛰노는 산에서 데리고 나가시오. 그들이 우리 땅을 다 헤집고 다니며 자라는 나무를 꺾고 푸른 풀들을 짓밟고 우리 땅에 불을 질러버렸소. 당신네 젊은이들은 이 땅을 황폐하게 하고 사슴과 영양과 들소를 죽였소. 먹기 위해 죽이는 게 아니오. 총에 맞고 쓰러진 자리에 썩도록 내버려두고 있는 거요. 어르신네, 내가 어르신네 땅에 들어가 짐승을 잡아 죽인다면 뭐라고 말하겠소? 내가 잘못을 저질렀는데도 당신들은 나하고 싸우지 않으려고 하겠소?"

조약 체결자들이 크로우족과 만나고 며칠 뒤 붉은구름의 전령이 도착했다. 미군이 보즈먼 도로상의 요새에서 철수하면 즉시 회담에 응하겠다는 것이었다.

전쟁의 목적은 단 하나, 그의 부족에게 남은 마지막 사냥터인 파우더 계곡을 백인의 침입으로부터 구해내기 위해서라고 그는 단언했다. "큰아버지는 군인들을 여기로 보내 피를 흘리도록 했소. 내가 먼저 피를 흘리도록 하지 않았소. 큰아버지가 이 땅에서 백인을 철수시킨다면 평화는 영원히 지속될 것이지만 백인들이 훼방을 놓는다면 평화는 없을 것이오. 위대한 정령은 이 땅에서 나를 길렀고 당신들은 다른 땅에서 길렀소. 내가 한 말은 진정이오. 나는 이 땅을 지킬 것이오."

이렇게 해서 2년 동안 세 번이나 되풀이된 화평회담은 실패로 돌아갔다. 백인 대표단은 워싱턴으로 돌아가기 전 붉은구름에게 눈 녹는 봄이 오면 라라미 요새에서 회담을 열자는 간청을 곁들여 담배를 선물로 보냈다. 붉은구름은 화평의 담배는 잘 피우겠노라고, 미군이 자신의 땅에서 떠나면 즉시 라라미 요새로 가겠노라는 정중한 답변을 보냈다.

1868년 봄, 셔먼을 비롯한 백인 대표단이 라라미 요새로 다시 왔다. 그들은 조급해진 정부로부터 보즈먼 도로상의 요새를 포기하고 붉은구름과 화평조약을 성사시키라는 훈령을 단단히 받고 있었다. 미국 정부는 오글라라 추장이 회담에 나오도록 하기 위해 개인 특사까지 보냈다. 붉은구름은 동맹 부족과 협의할 시간이 필요하다면서 말이 털갈이하는 달인 5월에 라라미에 가게 될 것이라고 말했다.

그러나 정부의 특사가 라라미 요새로 돌아간 지 이삼 일 후에 붉은구름으로부터 짤막한 메시지가 도착했다.

"우리는 산 위에서 당신네 군대와 요새를 지켜보고 있소. 미군이 물러가고 요새를 폐쇄하는 것을 확인해야만 내려가서 회담에 임하겠소!"

이런 태도는 서면과 대표단들에게 아주 모욕적이고 곤혹스러운 것이었다. 선물을 받으러 온 소추장 두세 명의 서명을 받기는 했지만 시간이 지나면서 실망한 대표단들이 하나둘 말없이 동부로 떠나갔다. 늦봄이 되자 검은구레나룻 샌번과 흰구레나룻 하니만 남게 되었지만 붉은구름과 동맹군은 봄과 여름 내내 요새와 몬태나로 통하는 도로를 예의 주시하며 파우더 강 지역에 머물렀다.

결국 미 국방부는 마지못해 파우더 강 지역을 포기하라는 명령을 내렸다. 7월 29일 스미스 요새의 부대가 장비를 챙겨 남쪽으로 철수를 개시했다. 다음 날 아침 일찍 붉은구름은 승리의 노래를 부르는 전사들을 이끌고 요새로 들어가 모든 건물에 불을 질렀다. 한 달 뒤에는 필 커니 요새가 폐쇄되었고 그 요새를 불태우는 영예는 작은늑대Little Wolf가 지휘하는 샤이엔족에게 주어졌다. 이삼 일 뒤에 마지막 병사가 리노 요새를 떠남으로써 파우더 강의 보즈먼 도로는 공식적으로 폐쇄되었다.

붉은구름은 2년간의 저항 끝에 전쟁에서 승리를 거두었다. 붉은구름은 이삼 주 동안 백인 대표단을 기다리게 한 다음 11월 6일 승리의 기쁨에 벅찬 전사들에 둘러싸여 라라미 요새로 말을 타고 들어갔다. 붉은구름은 이제 정복의 영웅으로 조약에 서명하는 것이다.

'이날부터 이 협정으로 쌍방간의 전쟁은 영원히 종식될 것이다. 미국 정부는 평화를 원하며 명예를 걸고 이 조약을 지킬 것을 서약하는 바이다. 인디언들은 평화를 원하며 명예를 걸고 이 조약을 지킬 것을 서약하는 바이다.'

그러나 그 후 20년 동안 1868년 조약의 16개 조항은 인디언과 미국 정부 사이에 논쟁의 불씨로 남게 되었다. 인디언이 조약 내용에 들어 있다고 믿는 것과 의회가 비준한 조약의 내용은 색깔이 다른 두 마리의 말처럼 서로 달랐다.

(9년 뒤 점박이꼬리의 말이다: 이러한 약속은 결국 지켜지지 않았다. 모든 말이 거짓임이 드러났다. 셔먼 장군, 샌번 장군, 하니 장군과 맺은 조약이 있었다. 당시 그들은 우리가 그 조약으로 35년간 연금과 물품을 받을 거라고 말했다. 그는 분명 그렇게 말했지만 사실이 아니었다.)

태양 무도회 노래

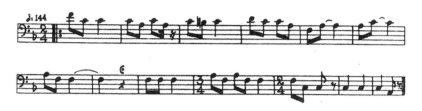

출차: 미 인종학 소장국

저 젊은이 좀 봐

기분이 황홀해

애인이

지켜보고 있으니.

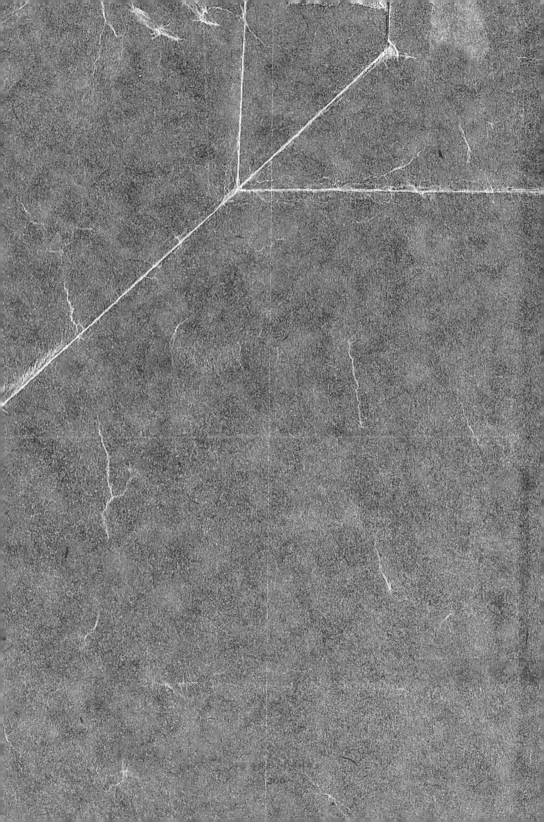

좋은 인디언은 죽은 인디언이다

"The Only Good Indian Is a Dead Indian"

1868년—2월 24일, 미 하원, 존슨 대통령 탄핵 결의. 3월 5일, 상원, 탄핵 재판 소집. 존슨 대통령 법정 소환. 5월 22일, 세계 최초의 열차 강도, 인디애나에서 발생. 5월 26일 상원, 존슨 대통령 탄핵 실패. 7월 28일, 수정헌법 제14조(인디언을 제외한 만민 평등권) 통과. 8월 25일, 의회, 다코타, 유타와 아이다호의 일부를 합쳐 와이오밍령 설립. 10월 11일, 토머스 에디슨, 그의 첫 번째 발명품인 전기 투표 기록기 특허 출원. 11월 3일, 율리시스 그랜트, 대통령 선출. 12월 1일, 존 D. 록펠러, 석유업 경쟁자들에 대한 무자비한 전쟁 시작.

우리는 백인에게 아무런 해를 끼치지 않았고 또 그럴 마음도 없소. 다만 백인의 친구가 되고 싶을 따름이오. ……들소는 급격히 줄어들고 있고 이삼 년 전만 해도 여기저기 들판에 흔하던 영양 떼도 요즘은 보기 어렵소. 들짐승이 사라지면 자연히 굶주림에 못 이겨 먹을 것이 있어야 하니 당신네 요새로 들어갈 수밖에 없을 것이오. 당신네 젊은이들에게 제발 총 좀 쏘지 말라고 해주시오. 우리를 볼 때마다 총질을 해대니 우리라고 안 쏘고 배기겠소?

———

톤카하스카(키큰소)가 핸콕 장군에게

여자와 어린애가 남자보다 더 겁이 많은 게 사실 아닌가? 샤이엔 전사는 절대 겁을 먹지 않는다. 그러나 당신은 샌드 크리크 학살 사건에 대해 들어본 적 없는가? 당신 부하들은 샌드 크리크에서 여자와 어린애들까지 도살했던 자들과 다를 게 없어 보인다.

———

워퀴니(매부리코)가 핸콕 장군에게

우리는 한때 백인들과 친구 사이였지만 당신이 술책을 써서 우리를 밀어냈다. 우리가 회담을 하면 당신들은 서로에게 떠밀어버린다. 왜 곧이곧대로 말해 일이 잘되도록 하지 않는가?

———

모타바토(검은주전자)가 메디신 크리크 롯지의 인디언들에게

1866년 봄, 붉은구름이 파우더 강 지역 전투를 준비하고 있을 때 함께 지내던 많은 샤이엔족은 향수에 못 이겨 남쪽 고향으로 가서 여름을 지내기로 했다. 그들은 항상 그리워했던 스모키 힐에서 마

음껏 들소 사냥을 하고 싶었고 또 검은주전자를 따라 아칸소 남부 지방으로 내려간 옛 친구와 친척들을 만나보고 싶었다. 남쪽으로 내려가는 남부 샤이엔족 일행 중에는 키큰소, 흰말, 회색수염, 수곰과 개병대 추장들도 있었다. 위대한 전사인 매부리코와 벤트 형제도 함께 갔다.

스모키 힐 계곡에서 그들은 아칸소 남쪽 검은주전자와 작은갈까마귀의 마을에서 빠져나온 샤이엔족과 아라파호 젊은이들을 만났다. 그들은 1865년 샌드 크리크 학살 이후 맺어진 조약에서 부족의 오랜 사냥터를 백인들에게 넘겨준 늙은 추장들의 뜻을 어기고 캔자스에 사냥을 나와 있었다. 원래 매부리코와 개병대 추장들은 그 조약을 인정하지 않았다. 파우더 강 유역에서 자유와 독립을 맛본 그들로서는 자기들 멋대로 조약에 서명해서 소중한 땅을 백인에게 넘겨준 추장 따위에겐 볼일이 없었다.

돌아온 샤이엔족 가운데 검은주전자를 보러 간 사람은 소수였다. 조지 벤트는 특별히 검은주전자의 조카딸인 까치Magpie가 보고 싶어 찾아갔다. 그는 재회한 지 얼마 후 그녀를 아내로 맞았다. 그리고 검은주전자를 통해 남부 샤이엔족의 오랜 친구인 에드워드 윈쿱이 부족의 주재관이 되었다는 사실을 알게 되었다. "그때가 우리로서는 행복한 나날이었다"고 벤트는 회상했다. "검은주전자는 좋은 사람이어서 그를 아는 모든 사람들로부터 많은 존경을 받았다."

개병대 전사들이 스모키 힐에서 다시 사냥을 시작하자 주재관 윈쿱이 달려와 조약에 서명하고, 검은주전자가 있는 아칸소로 돌아가라고 설득했다. 그러나 젊은 추장들은 다시는 고향을 떠나지 않겠다며 단호히 거절했다. 윈쿱은 그들이 캔자스에 머물러 있게 된다면 미군이 공격해올 것이라고 경고했지만 그들은 "살든 죽든 이곳에 있겠다"고 대꾸했다. 다만 젊은이들이 행동을 조심하게 하겠다고 약속했다.

늦여름 스모키 힐에 머물던 인디언들에게 기쁜 소식이 날아들었다. 붉은구름이 미군과 싸워 이겼다는 승전보였다. 수우족과 북부 샤이엔족이 자기 땅을 지키기 위해 용감히 싸웠다는데 남부 샤이엔족이나 아라파호족이라고 고향을 지키기 위해 싸우지 못할 이유가 없지 않은가! 스모키 힐과 리퍼블리컨 사이의 땅이 그 지역이었다.

이리하여 매부리코를 중심으로 많은 지파의 전사들이 한데 모였고, 추장들은 스모키 힐 도로의 통행을 차단할 계획을 세웠다. 샤이엔족이 북부에 가 있는 동안 새로운 역마차 노선이 바로 그들의 최대 들소 서식지의 심장부를 뚫고 개설되었다. 역마차 역들이 스모키 힐 도로를 따라 줄줄이 솟아나고 있었다. 인디언들은 역마차와 차량들을 차단하려면 이 역들을 쓸어 없애야 한다는 데 의견을 같이했다.

조지와 찰리 벤트 형제가 마지막으로 결별하게 된 것도 이 시기였다. 조지는 검은주전자를 따를 생각이었고 찰리는 매부리코의 열렬한 추종자였다. 10월에 자라Zarah 요새에서 백인 아버지를 만났을 때 찰리는 샤이엔족을 배반했다며 형과 아버지에게 격렬히 화를 냈다. 두 사람 다 죽이겠다고 난동을 부리다가 결국 휘두르던 흉기를 빼앗겼다(찰리는 개병대에 다시 들어가 여러 차례 역마차 역의 습격을 지휘했다. 1868년에 부상을 당하고 말라리아에 걸려 샤이엔의 한 마을에서 죽었다).

1866년 늦가을 매부리코는 전사들을 데리고 윌리스 요새를 방문해 역마차 회사 지배인에게 15일 내에 자신들의 지역을 지나는 역마차의 운행을 중단하지 않으면 공격을 개시하겠다고 통고했다. 그러나 그해는 너무 일찍 눈보라가 몰려오는 바람에 공격을 하기도 전에 통행이 중

매부리코. 남부 샤이엔족 전투추장.
1868년 워싱턴 D.C.에서 제노 신들러가 찍은 사진.

단되었다. 개병대는 역의 가축 떼를 한두 번 습격하는 것으로 만족해야 했다. 긴 겨울을 나기 위해 그들은 리퍼블리컨 강의 빅 팀버스에 마을을 세우고 봄이 오기를 기다렸다.

그해 겨울, 돈을 모으기 위해 조지 벤트는 카이오와족과 몇 주 동안 들소 가죽 옷 교역을 하며 보냈다. 봄에 검은주전자 마을로 돌아갔을 때 마을 사람들은 대규모의 미군 병력이 캔자스 평원을 가로질러 라니드 요새로 행군해오고 있다는 소식에 흥분했다. 검은주전자는 회의를 소집해 미군이라면 말썽밖에 일어날 게 없다고 말하고는 짐을 싸 남쪽 캐너디언 강 쪽으로 이동하라고 지시했다. 이것이 주재관 윈쿱이 보낸 심부름꾼이 검은주전자가 아주 정확히 예견했던 말썽이 일어난 뒤까지 그를 찾지 못한 이유였다.

윈쿱의 심부름꾼은 대신 개병대 추장들을 만났고 그중 열네 명에게 라니드 요새로 들어가 윈필드 스콧 핸콕 장군이 말하는 것을 들어보게 했다. 키큰소, 흰말, 회색수염, 수곰은 라니드 요새 35마일 지점 포니 크리크에 500채의 천막을 세워 거대한 마을을 이루었다. 그들은 눈보라로 이삼 일 지체한 뒤 요새로 말을 타고 들어갔다. 그중 몇 명은 북쪽에 있을 때 노획한 푸른 군복을 입고 있었는데 핸콕 장군이 마뜩잖아하는 것을 알 수 있었다. 그 역시 똑같은 군복을 입었는데 어깨와 가슴에 견장과 빛나는 훈장을 가득 달고 있었다.

핸콕은 거만한 태도로 그들을 맞이하고 새로 편성한 제7기병대를 포함한 휘하 부대 1400명의 위용을 보여주며 거들먹거렸다. 제7기병대 대장은 질긴등가죽 커스터였다. 핸콕 장군은 포병대에게 대포를 발사하게 했다. 인디언들은 그에게 벼락치는노인Old Man of Thunder이라는 이름을 붙여주었다.

친구 키다리 윈쿱이 같이 있어줘서 든든하긴 했지만 추장들은 처음부터 핸콕을 의심했다. 다음 날까지 기다리지 않고 핸콕은 그날 밤으로 당장 회의를 소집했다. 추장들은 밤에 회의를 여는 것을 좋지 않은 조짐으로 여겼다.

회의가 시작되자마자 핸콕은 추장들에게 불평부터 털어놓았다.

"추장들이 왜 이거밖에 안 돼. 이유가 무엇인가? 인디언들에게 할 말이 많은데 모두 모인 데서 얘기해야겠어. 내일 당장 당신네 마을로 직접 가겠다."

핸콕의 말에 샤이엔 추장들은 가슴이 섬뜩했다. 마을에 남아 있는 처자식들은 3년 전 샌드 크리크의 악몽을 겪은 생존자들이었다. 핸콕이 1400명의 병사와 천둥 소리 나는 대포를 끌고 다시 오겠다니! 추장들은 심각한 얼굴로 너울거리는 모닥불 빛을 받으며 말없이 앉아 핸콕의 다음 말을 기다렸다.

"당신네 인디언들이 다들 싸우고 싶어 안달한다는 것쯤은 풍문으로 들어 알고 있어. 그래서 여기에 온 거야, 전투 준비를 단단히 하고. 평화를 원한다면 어떻게 해야 하는지는 당신네들이 더 잘 알고 있을걸. 전쟁을 하겠다면 결과는 알아서 책임져야 될 거고."

핸콕은 철도에 대해서도 얘기했다. 추장들은 철도가 릴리 요새를 지나 스모키 힐로 곧장 들어오고 있다는 소문을 들은 적이 있었다.

"백인들이 동부와 서부에서 거센 바람에 불붙은 초원의 불처럼 급속히 달려와 그 기세를 막을 길이 없어. 백인들은 무수히 많고, 널리 퍼져 나가는 민족이야. 때문에 그들이 있을 땅이 필요하지. 그건 어쩔 수 없는 일이야. 도로와 철도, 전선을 건설하는 것은 서쪽 바다에 있는 백인과 동쪽 바다에 있는 백인들이 서로 연락하고 만나려고 하는 일이니 당신네 젊은 애들이 가로막게 해서는 안 돼. 도로에서 멀찍이 떨어져 있게 하시오. 이게 다요. 화평을 원하는지 전쟁을 원하는지 지켜보겠소."

핸콕은 자리에 앉아 자신의 말이 통역되는 것을 기대하고 지켜보았지만 샤이엔 추장들은 말없이 앉아 모닥불에 비치는 장군과 장교들을 건너다보았다. 드디어 키큰소가 파이프 담배에 불을 붙여 연기를 들이마시고 좌중에게 돌렸다. 그런 다음 일어나 검붉은 모포를 젖히고 오른팔을 빼내 벼락치는노인에게 내밀었다.

"우리는 당신이 불러서 여기에 왔소. 우리는 백인에게 해를 끼친 것도 없고 그럴 마음도 없소. 주재관 윈쿱 대령이 당신을 여기서 만나보라고 일렀소. 당신이 스모키 힐에 가고 싶으면 언제든 가도 됩니다. 어떤 길로든 갈 수 있소. 그러나 우리가 도로에 있을 때 당신네 젊은 병사들이 우리에게 사격을 하면 안 됩니다. 우리는 백인과 친구가 될 의향이 있소. ……당신은 내일 우리 마을로 가겠다고 말했소. 만약 그렇다면 나는 여기서나 거기서나 더 이상 할 말이 없소. 하고 싶은 말은 이게 다요."

핸콕이 일어나 다시 거만스러운 표정을 지었다. "매부리코라는 자는 무슨 배짱으로 이 자리에 나오지 않았나?" 추장들이 매부리코는 대단한 전사지만 추장이 아니므로 참석하지 않은 것이라고 해명했으나 핸콕은 막무가내였다.

"매부리코가 내게 안 오겠다면 내가 직접 그자를 보러 가지. 내일 당신네 마을로 부대를 출동시키겠소."

회담이 끝나자마자 키큰소는 윈쿱에게 달려가 핸콕이 병사들을 샤이엔 마을로 몰고 가지 않게 해달라고 부탁했다. 키큰소는 미군이 마을 가까이 다가오면 그들과 격렬한 개병대 사이에 말썽이 생길 것을 우려

했다.

윈쿱도 같은 생각이었다.

"기병대가 출동하기 전에 핸콕에게 무슨 일이 벌어질지 모르니 그런 도발적인 출동을 중지해달라고 부탁했다. 그럼에도 핸콕은 끝내 고집을 부렸다. 핸콕의 부대는 기병대와 보병 그리고 포병대까지 갖춘 정예 부대로 어떤 부대 못지않은 가공할 위세를 보였다."

포니 포크로 행군해오는 동안 추장 몇이 미리 가서 샤이엔 전사들에게 미군이 오고 있다는 것을 알렸다. 윈쿱의 회상을 들어보면, 윈쿱과 같이 가던 나머지 추장들도 "자신들의 목숨이나 자유보다 군대가 당도했을 때 처자식들에게 일어날 공황 상태를 가장 두려워"하고 있었다.

샤이엔족 마을에서도 군인들이 출동해오는 것을 알고 있었다. 핸콕이 매부리코가 그를 보러 가지 않아 부아를 냈다는 소식을 들은 것이다. 매부리코는 우쭐한 기분이었지만, 핸콕이 무방비 상태의 마을에 접근하도록 할 마음은 없었다. 그들은 300명의 전사를 데리고 정찰을 나가 미군들이 근처에서 야영할 수 없게 마을 주위의 초원에 불을 놓았다.

그날 낮에 포니족살해자는 미리 나가서 핸콕과 담판을 벌였다. 그는 장군에게 부대를 마을로 진격시키지 않는다면 다음 날 아침 매부리코와 같이 와서 회담을 갖겠다고 약속했다. 해 질 녘에 부대는 야영을 하기 위해 멈춰 섰다. 포니 포크 마을에서 몇 마일 떨어진 지점이었다. 이날은 붉은 풀이 자라나는 달, 4월 13일이었다.

그날 밤 포니족살해자와 대여섯 명의 샤이엔 추장은 미군 진지를 떠나 마을로 갔다. 그들은 어떻게 해야 할지 논의했지만 의견이 다 달라서 결정을 내리지 못했다. 매부리코는 천막을 걷고 북쪽 방향으로 흩어지면 미군이 그들을 따라잡지 못할 거라고 주장했지만, 핸콕 부대의 위용을 직접 본 추장들은 쓸데없이 빌미를 주어 무자비한 추격을 당하고 싶어하지 않았다.

다음 날 아침 추장들은 매부리코를 설득해 핸콕과의 회담에 나가게 했지만 매부리코는 함정에 빠지는 게 아닐까 의심했다. 핸콕은 자신만을 겨냥하지 않았던가. 매부리코만을 찾아 평원으로 대군을 몰고 오지 않았는가. 해가 중천에 떠오르자 몸이 단 수곰이 핸콕을 만나보려고 미군 진영으로 갔다. 핸콕이 거만한 태도로 매부리코는 어디 갔느냐고 묻자, 수곰은 매부리코가 들소 사냥을 갔기 때문에 늦어지고 있다고 둘러댔다. 그러나 이런 궁한 대답은 핸콕의 화만 돋우었다. 그는 매부리코가 오지 않으면 자기 부하들을 인디언 마을에 몰아넣겠다고 협박했다. 수곰은 슬그머니 물러나 전속력으로 말을 달려 마을로 돌아왔다.

인디언들은 핸콕의 부대가 마을로 쳐들어온다는 소식을 듣자 즉시 맞서 싸울 태세를 갖췄다. 매부리코는 "혼자라도 달려나가서 핸콕이라는 자를 죽여버리겠다"고 외쳤다. 인디언들에게는 천막을 뜯고 짐을 챙길 시간이 없었다. 우선 부녀자와 아이들을 말에 태워 북쪽으로 피신시키고 전사들은 활과 투창, 구식 총과 칼, 그것도 없는 사람은 몽둥이로 무장했다. 추장들은 매부리코를 전투추장으로 지명하는 한편 혹시 매부리코가 화가 나서 과격한 행동을 저지를까 봐 노련한 수곰을 옆에 붙였다.

매부리코는 핸콕과 같이 빛나는 황금 견장이 달린 장교복을 입었다. 카빈을 용기병의 칼집에 넣고 두 자루의 권총을 혁대에 찼다. 탄약이 얼마 안 돼 활과 화살도 들었다. 마지막에 휴전기도 집어들었다. 매부리코는 전사 300명을 너른 들에 1마일 정도 일렬횡대로 배치했다. 그는 전사들에게 깃발 단 투창을 높이 치켜들고 횟줄을 팽팽하게 잡아당기고 소총과 권총을 뽑아 들게 하고는 1400명의 대군과 대포 앞으로 나아갔다.

"핸콕이라는 장교가 싸움에 안달이 났군." 매부리코가 수곰에게 말했다. "부하들이 보는 앞에서 그자의 숨통을 끊어 싸움거리를 만들어줘야겠어."

수곰은 미군의 수가 그들보다 다섯 배나 많고 속사총과 대포로 중무장하고 있다고 주의를 주었다. 미군 군마는 여물을 많이 먹어 살찌고 윤택한 데 비해 아녀자들이 타고 도망 중인 인디언 말은 겨울에 건초도 제대로 못 먹어 비루한 상태라 전투가 벌어지면 미군들이 그들 모두를 사로잡아 죽여버릴 것이다.

그들은 곧 대군이 몰려오는 것을 보았다. 미군도 그들을 보고 전투 대형으로 늘어섰다. 질긴등가죽 커스터가 기병대를 전투 대형으로 도열시킨 후 군도를 빼 들고 질주해왔다.

매부리코는 침착한 태도로 일단 전사들을 멈추게 하고 백기를 올렸다. 그것을 본 핸콕의 부대도 진군 속도를 늦췄다. 때마침 강풍이 몰아쳐서 양쪽 진영의 깃발이 세차게 펄럭였다. 그 순간 백인 진영에서 윈쿱이 홀로 말을 타고 달려나왔다. 윈쿱은 그때 일을 이렇게 회고하고 있다.

"인디언들이 내 말을 둘러싸더니 나를 보고 반가워하며 이제 모든 일이 잘될 거라고 기대했다. 나는 추장들을 인도해 양 진영의 중간 지점에서 핸콕 장군과 장교들을 만나게 했다."

잠시 후 매부리코는 앞으로 나갔다. 그는 말 위에 앉은 채 핸콕과 마주하고 그의 눈을 똑바로 쳐다봤다.

"그대가 바라는 것은 평화인가 전쟁인가?" 핸콕이 날카롭게 물었다.

매부리코의 태도는 늠름했다. "우리는 싸움을 바라지 않는다. 싸울 의사가 있다면 뭐하러 이렇게 큰 총(대포) 앞까지 왔겠는가?"

"그럼 그대가 라니드 요새의 회담에 안 나온 이유는 무엇인가?"

"내 말이 쇠약하기도 했지만 그보다는 당신의 속셈을 알 수 없었기 때문이다."

함께 있던 키큰소, 회색수염 그리고 수곰은 매부리코가 너무 침착하게 행동했기 때문에 걱정이 되었다. 수곰이 기병대를 인디언 마을에 더 이상 접근시키지 말아달라고 부탁했다. "우리는 여자와 아이들을 붙잡아둘 수가 없었소. 아녀자들은 놀라서 도망갔소. 그들은 돌아오지 않을 거요. 미군을 두려워하기 때문이오."

핸콕은 거칠게 내뱉었다.

"무조건 데리고 돌아와야 해. 어떻게 하는지 두고보겠다."

수곰은 어쩔 수 없다는 몸짓으로 돌아섰다. 매부리코는 그에게 추장들을 인디언 진영으로 데려가라고 가만히 말하며 "핸콕을 죽여버리겠다"고 했다. 기겁한 수곰이 재빨리 매부리코의 말고삐를 잡아 옆으로 끌어당기며, 그런 행동은 부족을 몰살시키는 결과만 초래할 것이라고 말렸다.

그 순간 바람이 세차게 불어왔다. 모래가 너무 날려서 더 이상 대화를 계속하기 어려워지자 핸콕은 추장들에게 즉시 부녀자들과 애들을 데려오라고 명령한 뒤 이것으로 회담은 끝났다고 선언했다.

추장과 인디언 전사들은 핸콕이 하라는 대로 아녀자들이 갔던 쪽으로 달려갔지만 그들을 데리고 오지는 않았다. 그들 자신도 오지 않았다. 핸콕은 화를 삭이며 하루 이틀을 기다렸다. 그리고 나서 커스터를 시켜 인디언을 추격하게 한 뒤 보병 부대를 인디언이 버리고 간 마을로 진입시켰다. 핸콕의 부하들은 천막과 가재도구를 빠짐없이 파악해 목록을 만들고 전부 불태워버렸다—천막 251채, 들소 가죽 옷 962벌, 안장 436개, 수백 장의 생가죽 원피, 밧줄, 매트, 취사도구와 식기 등등.

마을이 온통 불타고 쑥대밭이 되었다는 소식을 듣자 인디언들은 땅이 꺼질 듯한 좌절감을 느꼈고, 분노는 복수심으로 변해 평원을 뒤흔들었다. 그들은 역마차 역을 습격하고 전선을 잘라내고 철도 노동자들의 숙소를 공격하고 스모키 힐로 통하는 모든 도로를 차단했다.

운송 회사는 주재원들에게 "사정거리에 들어오는 인디언들은 무조건 사살해라. 인디언들이 무자비한 공격을 가해올 테니 자비심 같은 것은 가질 필요 없다. 핸콕 장군이 우리의 신변과 재산을 보호해줄 것이다"라고 지시를 내렸다. 핸콕은 분쟁을 저지하러 왔다가 어리석게도 더 촉진시킨 꼴이 되었다.

커스터는 제7기병대를 풀어 평원을 이 잡듯 뒤졌지만 한 명의 인디언도 발견할 수 없었다. 인디언국에서 파견한 관리 토머스 머피는 이 사건을 이렇게 보고했다.

"유감스럽게도 핸콕 장군의 원정은 좋은 결과는커녕 수많은 분쟁만 낳았다."

인디언과의 조약에 여러 번 참여한 바 있는 샌번도 내무장관에게 다음과 같은 보고서를 냈다.

"핸콕 장군의 작전은 일반 공공 이익에 배치되는 비인간적인 것으로 이 문제를 장관께 전하는 것이 적절하다고 사료됩니다. 우리같이 강대한 국가가 정처 없이 떠도는 몇몇 유목민을 상대로 전쟁을 벌인다는 것은 아주 치욕스러운 일이며 유례없는 불의이고 혐오할 만한 국가적인 죄악으로, 조만간 우리 자신이나 후손들에게 하늘의 심판이 있을 것입니다."

대전사 셔먼은 국방장관 스탠턴에게 보내는 보고서에서 다른 견해를 피력했다.

"제 의견으로는 50명의 인디언만 아칸소와 플래트 강 지역에 남겨놓아도 역마차 역과 기차, 철도 건설대 등 모든 것을 경비하지 않을 도리가 없습니다. 한마디로 적대적인 인디언 50명이 3천 명의 병사들을 궁지에 몰아넣을 수 있습니다. 그러므로 이자들을 가능한 한 빨리 몰아내야 합니다. 인디언 문제 담당관을 시켜 타일러 내보내든지 몰살시키든지, 별 차이는 없습니다."

정부 당국은 강경한 입장의 셔먼을 설득해 인디언을 구슬릴 새 대표단을 구성하라고 했다. 그의 부대는 소로의 여러 요새에 분산 배치되었다. 1867년 여름 셔먼은 테일러, 헨더슨, 태편, 샌번, 하니와 테리를 대표로 위임했다. 앞에서 보았듯이 이들은 조금 뒤에 라라미에서 붉은구름과 화평회담을 하게 될 바로 그 대표단이었다.

남부 평원에 대한 새 화평 계획의 대상은 샤이엔족과 아라파호족 외에도 카이오와족, 코만치족 그리고 평원 아파치족까지 포함되었다. 다섯 부족 모두를 아칸소 강 남부에 있는 커다란 주거지역으로 이주시켜 가축을 주고 농작물 재배법을 가르쳐준다는 게 그 골자였다.

라니드 요새 남쪽 60마일 지점인 메디신 롯지가 회담 장소로 선정되었고 회담은 10월 초에 열기로 했다. 인디언 담당국은 영향력 있는 추장들이 모두 참석하도록 라니드 요새에 선물을 쌓아놓고 신중하게 추장들에게 보낼 사람들을 뽑았다. 윈쿱의 통역을 맡게 된 조지 벤트도 끼어 있었다. 검은주전자는 선선히 응낙했고 아라파호의 작은갈까마귀와 코만치의 열마리곰도 회담 제의를 받아들였다. 그러나 개병대 추장들은 그의 말에 귀를 기울이려 하지 않았다. 매부리코는 서먼이 참석할 거라면 절대 메디신 롯지로 가지 않겠다고 잘라 말했다.

벤트나 백인 대표들은 매부리코가 샤이엔 화평회담의 핵심인물이라는 것을 잘 알고 있었다. 이 전투추장은 샤이엔의 모든 지파 전사 수백 명의 절대적인 신임을 받고 있었다. 매부리코가 서명하지 않는 한 캔자스에서의 그 어떤 화평조약도 휴지조각에 불과할 터였다. 벤트의 부탁인데, 가서 말은 들어봐야 할 것 아니냐고, 에드먼드 게리에가 매부리코를 설득했다. 샌드 크리크에서 간신히 목숨을 보전한 게리에는 벤트의 누이와 결혼했다. 또 매부리코는 게리에의 사촌과 결혼했다. 그런 가족적 유대로 매부리코의 태도는 누그러졌다.

9월 27일 게리에는 매부리코, 회색수염과 함께 메디신 롯지에 갔다. 매부리코는 그의 대변자로 회색수염을 대동할 것을 주장했다. 회색수염은 영어를 몇 마디 알아들으니 백인 통역자들에게 터무니없이 속아넘어가지는 않을 것이다. 회담 준비를 맡고 있는 감독관 토머스 머피는 그들을 환대하고 이번 회의가 인디언들에게 아주 중요하다고 말하고는 백인 대표단이 식량을 보장해줄 것이며 손을 잡고 화평의 길을 열어놓을 거라고 다독거렸다.

"개라면 음식을 먹으러 달려올 것이오"라고 회색수염이 비꼬았다. "당신이 내준다는 식량은 이제 말만 들어도 지겹소. 들소만 있으면 먹을 건 충분해요. 우리가 필요한 물건은 눈을 씻고 봐도 없어요. 화약과 납, 딱총알 같은 걸 준다면 당신 말을 진실로 보겠소."

머피는 탄약 선물은 우호적인 인디언들에게만 내준다면서, 왜 샤이엔 족 일부는 습격을 그치지 않고 적대적인 행동을 하는지 영문을 모르겠다고 말했다.

"핸콕이 우리 마을을 온통 불 질렀소." 매부리코와 회색수염이 한목소리로 말했다. "우리는 그 일에 앙갚음을 하고 있을 뿐이오."

그러자 머피가 큰아버지는 마을에 불 지르는 권한을 그에게 주지 않았다고 해명했다. 큰아버지는 벌써 이런 못된 일을 저지른 핸콕을 해직시켰다. 매부리코가 반대하는 서면도 큰아버지가 워싱턴으로 소환했다.

그 말을 듣고 마지막에 매부리코는 타협안에 동의했다. 매부리코 부대는 60마일 떨어진 시마론에서 회담을 지켜보다가 경과가 좋다면 들어와 참여할 것이다.

환절기의 달인 10월 16일, 메디신 롯지 크리크의 아름답고 무성한 숲에서 회담이 시작되었다.

아라파호, 코만치, 카이오와와 평원 아파치족은 회담장 옆 숲 쪽의 둑에 진을 쳤다. 검은주전자는 냇가 건너편에 자리를 잡았다. 분쟁이 일어나도 대표단을 경비하고 있는 200명의 기병대와 그들 사이에는 시냇물이 가로놓여 있을 것이다. 매부리코와 개병대 추장들은 검은주전자 진영에 사람을 보내 화평회담의 진행 상황을 계속 보고하게 했다. 그들은 백인 대표단은 물론 검은주전자에 대해서도 주의를 게을리하지 않았다. 검은주전자가 샤이엔족의 이름으로 형편없는 조약에 서명하는 것을 좌시하지 않을 작정이었다.

4천 명 이상의 인디언이 메디신 롯지에 모였지만 샤이엔족은 거의 참석하지 않아 회담은 카이오와—코만치—아라파호족의 일이 되어버렸다. 상황이 이렇게 되자 자연히 백인 대표들의 마음은 불안해졌다. 그들의 의도는 적대적인 개병대 전사들에게 아칸소 남부 지방의 주거지역으로 이주하는 편이 그들에게 더 이로울 것이라는 점을 납득시켜 어떻게 해서라도 화평조약을 성사시키는 것이었다. 검은주전자와 작은옷 Little Robe과 조지 벤트는 망설이는 추장들 몇을 끌어들였지만 나머지 추장들은 검은주전자가 회담에서 철수하지 않으면 그의 말을 모조리 사살해버리겠다고 위협했다.

10월 21일 카이오와족과 코만치족은 샤이엔족과 아라파호족과 주거지역을 함께 쓰고 들소 사냥도 아칸소 강 남부 지역에 한정하며 스모키힐 도로에 건설되는 철도에 대한 반대를 모두 철회하는 내용의 조약에 서명했다. 그러나 검은주전자와 작은갈까마귀는 대다수의 샤이엔족 추장, 특히 개병대 전사들이 회의에 나오지 않는다면 서명하지 않겠다고 버텼다. 대표단은 하는 수 없이 검은주전자와 작은옷이 개병대 전사들을 설득하도록 일주일을 기다리기로 했다.

5일 뒤인 10월 26일 오후 늦게 개병대 진지로 설득하러 갔던 작은옷이 돌아왔다. 그는 500여 명의 샤이엔족이 들어올 것이라고 알렸다. 그들은 무장을 하고 들소 사냥에 필요한 탄약을 바란다는 것을 보이기 위해 총을 쏠 것이다. 아무에게도 해를 끼치지는 않을 것이고 탄약을 받으면 조약에 서명할 것이다.

드디어 다음 날인 10월 27일 정오, 가을의 따사로운 태양 볕을 받으며 샤이엔 전사들이 말을 타고 왔다. 회담장 남쪽 산마루에 오르자 그들은 질긴등가죽의 기병대처럼 4열 종대로 늘어섰다. 높이 치켜든 투창과 은빛 장식이 햇빛에 번쩍거렸다. 그들은 회담장 건너편까지 와서 시내를 사이에 두고 백인 대표들과 마주하고 섰다. 누군가 나팔을 불자 말들이 일제히 앞으로 내달았다. 500여 명의 전사들은 '히야 히이야' 하고 함성을 지르며 창을 휘두르고 홧줄을 힘껏 당겨 높이 올리고 공중에

다 총을 쏘아대며 시냇물로 뛰어들어 물보라를 튀겼다. 맨 앞줄의 말들이 둑 위로 올라 흰구레나룻 하니에게 바싹 접근하자 그는 그 자리에 못박힌 채 서 있었다. 다른 백인들도 허둥지둥 숨을 곳을 찾아 달렸다. 인디언들은 고삐를 잡아채어 재빨리 말을 멈추고 말에서 뛰어내려 놀란 백인 대표들에게 웃으며 악수를 청했다. 그들은 이렇게 샤이엔족 전사들의 용감무쌍함을 과시했다.

아무런 절차도 없이 곧바로 회담이 시작되었다.

키큰소, 흰말, 수곰, 들소추장Buffalo Chief까지 모든 이들이 발언했다. 전쟁을 원하지 않는다고 그들은 말했다. 그러나 명예로운 화평을 이루지 못한다면 어쩔 수 없다.

들소추장이 마지막으로 스모키 힐 연변의 사냥터를 사용하게 해달라고 간곡히 부탁했다. 샤이엔족은 철로를 건드리지 않을 것을 약속하며 "이 땅을 함께 갖도록 해주시오. 샤이엔족은 그곳에서 계속 사냥을 해야 합니다"라고 말했다. 그러나 백인 회담 대표자들로서는 아칸소 북부 지역을 인디언과 공유한다는 것은 생각할 수도 없는 일이었다.

다음 날 아침 샤이엔과 아라파호족 추장들은, 평원 인디언족이 아칸소 남부 지방으로 이주해야 한다는 조약의 내용을 들었다. 처음에는 수곰과 흰말도 그 조약에 서명하기를 거부했다. 그러나 조지 벤트가 그들을 한쪽으로 데리고 가 조약에 서명하는 것만이 추장의 권위를 유지하고 부족과 함께 사는 길이라고 설득하자 그제야 서명했다. 서명을 마치자 백인들은 사냥하는 데 필요한 탄약 따위를 선물로 주었다.

메디신 롯지 회의는 이로써 막을 내렸다. 조약의 약정에 따라 샤이엔족과 아라파호족은 남쪽으로 이동해야 했다. 그러나 남쪽으로 가지 않는 인디언들도 있었으니, 삼사백 명의 전사들은 백인에게 굴복하지 않는 한 전사에게 자신들의 운명을 맡기고 시마론에서 북부로 향했다. 조약 서명자 란에 매부리코의 이름은 들어 있지 않았다.

1867년 말부터 1868년 초까지 겨울 동안 대부분의 샤이엔족과 아라파호족은 라니드 요새 근처의 아칸소 남부 지방에 마을을 이루고 지냈다. 가을철에 사냥이 잘되어 그해 겨울은 그럭저럭 날 수 있었지만 봄이 되자 식량 부족이 심각해졌다. 윈쿱은 인디언국에서 얻을 수 있는 얼마 안 되는 식량을 부족하나마 나누어주었다.

인디언의 딱한 사정을 누구보다 잘 알고 있는 그는 추장들에게 워싱턴 대회의(의회)가 아직도 조약에 대한 논란을 벌이고 있어서 약속했던 옷과 식량을 살 비용에 대한 인가가 나지 않고 있다고 알려주는 도리밖에 없었다. 추장들은 윈쿱에게 무기와 탄약만 있으면 레드 강으로 내려가 들소를 사냥해서 식량 문제를 해결할 수 있다고 얘기했다. 그러나 윈쿱에게는 인디언들에게 내줄 무기와 탄약이 전혀 없었다.

봄날이 길어지자 굶주린 젊은이들은 우왕좌왕하며 불평을 털어놓았고 백인들이 메디신 롯지에서 한 약속을 깨뜨렸다고 욕설을 퍼부었다. 젊은이들이 여러 명씩 떼를 지어 북쪽 스모키 힐에 있는 옛 사냥터로 떠나기 시작했다. 자존심 센 개병대 전사들의 요구에 굴복해 키큰소와 흰말과 수곰은 아칸소 강을 건넜다. 행군 중에 몇몇 거친 젊은이들이 식량과 총을 구하려고 외딴 정착촌을 습격하는 일이 일어났다.

주재관 윈쿱은 급히 검은주전자의 마을로 달려가 추장들에게 큰아버지가 비록 약속은 어겼지만 참을성을 가지고 기다려달라고, 또 젊은이들이 그렇게 나오면 전쟁이 벌어질 테니 제발 제지시켜달라고 부탁했다. 검은주전자의 심정은 착잡했다.

"백인 형제들은 메디신 롯지에서 우리와 잡았던 손을 뒤로 빼고 있소. 그러나 우리는 한 번 잡았던 손을 결코 빼지 않을 것이오. 우리는 큰아 버지가 자비를 베풀어 가족들이 굶주리지 않게 사냥할 수 있도록 총과 탄약을 내주기를 바라고 있소."

원쿱은 큰아버지가 캔자스 사령관으로 별대장인 필립 셰리던 장군을 파견했으니 이제 무기와 탄약을 받게 될 것이라고 설명했다. 그는 검은 주전자와 돌송아지Stone Calf를 위시한 여러 추장이 라니드 요새에서 셰 리던과 만나도록 주선했다.

짧은 다리와 굵은 목덜미, 흔들거리는 긴팔을 지닌 셰리던은 성질 나 쁜 곰처럼 보였다. 회의를 하면서 원쿱이 인디언들에게 무기를 배급해 줄 것인지 타진하자, 장군은 "좋아, 무기를 내주시오. 그래서 쌈질을 하 게 되면 내 부하들이 사내답게 몰살시켜버릴 테니까"라고 호통을 쳤다.

돌송아지가 되받아쳤다.

"당신 부하들에게 머리를 길게 기르라고 하시오. 그러면 우리가 그자 들을 죽일 때 명예를 얻게 될 테니까."

이러니 우호적인 회담이 될 수 없었다. 원쿱이 이들에게 두세 자루의 구식 소총을 구해줄 수는 있었지만 사냥하기 위해 아칸소 강 하류 지역 에 남아 있던 인디언들은 불안했다. 많은 젊은이들과 다수의 개병대 전 사들은 여전히 강 북쪽에 머무르며 그들 중 일부는 백인을 보는 족족 습격하고 살해했다.

8월 말경에 북쪽으로 올라간 샤이엔족은 리퍼블리컨 강의 지류인 아 리카리 강에 모여들었다. 키큰소와 흰말 그리고 매부리코는 300명가량 의 전사와 그 가족을 이끌고 그곳에 정착했으며, 포니족살해자가 이끄 는 수우족 일파도 근처에 정착했다. 솔로몬에 자리를 잡고 있던 수곰으로부터 셰리던 장군이 인디언 마을을 수색하기 위해 인디언 정찰대를 만들었다는 말을 들었지만 이들은 겨울을 날 식량을 비축하는 데 바빠서 정찰대나 미군들에게 신경 쓸 겨를이 없었다.

사슴이 땅을 파는 달의 어느 날, 정확히 말해서 9월 16일에 50명가량의 백인들이 인디언 마을에서 20마일 정도 떨어진 아리카리 강에서 야영하고 있는 것을 포니족살해자 마을의 수우족 사냥대가 발견했다. 서너 명만이 푸른 군복차림이었고 나머지는 허름한 개척민 옷을 입고 있었다. 이들은 셰리던 장군이 인디언 마을을 수색하기 위해 조직한 특수부대로 퍼시스 수색대로 불렸다.

사냥꾼들이 마을로 달려와 위급을 알리자 포니족살해자는 샤이엔 마을에 사람을 보내 사냥터를 침범한 백인 수색대를 같이 쳐부수자고 전했다. 키큰소와 흰말은 즉시 전사들에게 전투 준비를 시키고 분장을 하라고 이르고는 매부리코를 찾아갔다.

매부리코는 천막 안에서 정화 의식을 치르고 있었다. 이삼 일 전 샤이엔족은 수우족의 축제에 초대받아 간 적이 있었다. 그때 수우족의 한 여인이 구운 빵을 요리하느라 쇠젓가락을 사용했는데 매부리코는 그 빵을 먹고 나서야 그 사실을 알았던 것이다. 쇠붙이가 닿으면 그의 마력이 깨진다. 백인의 총알을 피할 수 있는 마력을 지니고 있던 매부리코는 정화 의식을 마쳐야만 다시 마력을 소생시킬 수 있을 터였다.

샤이엔족 추장들에게 이러한 믿음은 당연한 것이었지만, 키큰소는 매부리코에게 서둘러 의식을 끝내라고 부탁했다. 50명의 수색대는 충분히 감당할 수 있었지만 근처에 미군 부대가 있을지도 몰랐기 때문이다. 그렇다면 돌격전에서 그들을 지휘해줄 매부리코가 필요하다. 매부리코는 준비되면 곧 뒤따라가겠다고 말하고 그들에게 먼저 떠나라고 일렀다.

정찰대가 있는 곳까지는 거리가 멀어서 추장들은 다음 날 아침에 공격을 하기로 했다. 날쌘 말을 골라 타고 훌륭한 창과 활 그리고 소총으로 무장한 오류백 명의 인디언 전사들이 아리카리 계곡을 따라 나아갔다. 수우족은 전투모에 독수리 깃을 꽂았고 샤이엔 전사들은 까마귀 깃을 꽂았다. 추장들은 수색대가 있는 곳에서 그리 멀지 않은 곳에 일단 전사들을 멈추게 하고 절대로 몇 사람이 분산해서 적을 공격해서는 안 된다는 엄명을 내렸다. 이제부터는 매부리코가 가르쳐준 대로 일제히 공격할 참이었다.

그런 명령에도 불구하고 나이 어린 여섯 명의 수우족과 두 명의 샤이엔족 젊은이들이 몰래 빠져나가 정찰대의 말 떼를 끌어내는 모험을 감행했다. 그들은 동트기 직전 말 떼가 놀라 뛰어나오도록 고함을 지르고 모포를 휘두르며 우리로 뛰어들었다. 두세 마리의 말을 잡아오기는 했지만 결과적으로 퍼시스의 수색대에게 인디언의 종적을 알려준 셈이 되었다. 주력 부대가 노출된 진지를 공격하기 전에 그들은 아리카리 강의 마른 강바닥에 있는 조그마한 섬으로 옮겨 버들가지와 키가 높이 자란 풀을 엄폐 삼아 방어 진지를 구축했다.

옅은 안개가 낀 계곡을 지나 인디언들은 넓게 퍼져 돌진했다. 정찰대가 덤불이 우거진 섬으로 급히 달려가는 게 보일 만큼 접근하자 한 전사가 나팔을 불었다. 그 진지를 유린해버릴 작정으로 그들이 마른 강바닥으로 방향을 틀자 정찰대의 스펜서 연발총이 불을 뿜어 갈퀴짓하듯 최전열을 쓸어버려 인디언들은 좌우로 흩어졌다.

인디언들은 작전을 바꿔 무성히 자란 풀 속에 있는 백인들의 말을 공격했다. 전사들이 말을 쏘아 넘어뜨리자 백인들은 쓰러진 말을 방패막이로 이용해 대항했다. 두세 명의 전사들이 말에서 내려 덤불 사이로 백인들의 진지로 뚫고 들어가려 했지만 연발총의 속사速射를 당해낼 수 없었다. 늑대배Wolf Belly라는 샤이엔 전사는 말을 타고 두 번이나 정찰대의 방어선을 뚫고 돌진했다. 그가 입고 있는 마술 표범 가죽 옷의 마력 때문에 단 한 발의 총탄도 그를 꿰뚫지 못했다.

오후가 되어서야 매부리코가 싸움터에 도착했다. 그는 한눈에 내려다볼 수 있는 높은 언덕에 자리 잡고 싸움을 지켜보았다. 대부분의 전사들이 전투를 중지하고 매부리코의 지시가 떨어지기만을 기다렸다. 키큰소와 흰말은 그와 이야기를 나눴지만 그에게 전투에 나서 달라고 말하지는 않았다. 이때 하얀옹고집White Contrary이라는 노인이 매부리코에게 다가와 조바심을 쳤다.

"매부리코가 여기 있군. 우리 모두가 자네 목에 매달려 있는데, 언덕 뒤에나 앉아서."

매부리코는 소리 높여 웃음을 터뜨렸다. 그는 이미 그날 무엇을 해야 할지 결심이 서 있었던 것이다. 자기가 그날 죽으리라는 것까지 알고 있었다.

"자네를 믿는 전사들은 저 아래에서 죽자사자 싸우고 있네. 자네 입만 떨어지면 모두 불같이 행동에 옮길 걸세. 그런데 이러고 있다니"라고 옹고집은 말을 이었다.

매부리코는 한쪽으로 가서 전투 준비를 했다. 이마는 노랗게, 코는 붉게, 턱은 검게 칠하고, 뿔이 하나 솟아 있고 40개의 깃털이 달린 전투모를 썼다. 그리고 바로 전사들이 대열을 이루어 돌격을 지휘해주기를 기다리고 있는 마른 강바닥으로 말을 달려 내려갔다.

인디언 전사들은 처음에는 느리게, 그러다가 점점 속력을 가하며 질주해 나아갔다. 어느 정도 거리가 좁혀지자 말에 사정없이 채찍질을 가하며 돌격해 들어갔다. 그러나 또다시 백인들의 화기가 앞장선 전사들을 거꾸러뜨려 필사적 돌진을 저지했다. 매부리코가 버드나무숲이 있는 지점까지 돌진했을 때 상반신이 완전히 드러난 그에게 집중 사격이 쏟아졌다. 총탄 한 발이 척추를 꿰뚫고 지나갔다. 그는 덤불 속으로 쓰러졌다. 내내 그렇게 쓰러져 있던 매부리코는 어둠이 내리자 옆의 둑까지 가까스로 기어갔다. 매부리코를 찾고 있던 젊은 전사들이 그를 등에 업고 고지로 날랐다. 여자들이 돌보았지만 매부리코는 그날 밤 끝내 숨을 거두었다.

매부리코의 죽음은 젊은 샤이엔 전사들에게 하늘에서 큰 별 하나가 떨어지는 것과 같은 절망감을 안겨주었다. 매부리코는 붉은구름이 그랬던 것처럼 그들 부족이 땅을 지키기 위해 싸운다면 언젠가는 승리한다는 신념을 가지고 있었고 또 부족민에게 그런 신념을 불어넣어준 인물이었다.

샤이엔족이나 수우족은 이제 더 이상 싸울 기력이 없었지만 퍼시스 수색대를 덤불과 모래 사이에 가둬놓고 여드레 동안 포위망을 풀어주지 않았다. 미군들은 죽은 말을 잡아먹고 모래 구덩이를 파서 목을 축여야 했다.

8일째 되던 날 미군 구조대가 도착하자 인디언들은 악취 나는 땅을 떠날 준비를 했다.

후에 백인들은 이 전투를 대단하게 생각해 그곳에서 죽은 젊은 프레드릭 비처 중위의 이름을 따 '비처 섬 전투'라고 불렀다. 미군 생존자들은 수백 명의 홍인종을 살해했다고 큰소리쳤지만 실상 그 전투에서 죽은 인디언은 30명도 안 되었다. 그러나 매부리코를 잃은 인디언의 타격은 말로 할 수 없는 것이었다. 인디언들은 이 전투를 '매부리코가 죽은 전투'라고 불렀다.

얼마 동안 휴식을 취한 뒤 샤이엔족은 남쪽으로 이동하기 시작했다. 사방에 인디언을 잡아죽이려는 미군들로 들끓고 있어 그들이 살아남기 위해서는 친척들이 살고 있는 아칸소 남부 지방으로 가는 수밖에 없었다. 그들은 검은주전자를 패배한 늙은이로 여기고 있었지만 그는 여전히 살아 있었고 엄연히 남부 샤이엔족의 추장이었다.

물론 인디언들은 성난 곰 같은 미군 대장 셰리던이 아칸소 남부 지방에 대한 겨울철 원정을 계획하고 있다는 사실을 전혀 알 리 없었다. 셰리던은 추위가 닥쳐와 눈이 내리기만 하면 커스터 장군의 제7기병대를 보내 대부분 조약을 충실히 이행하고 있는 '야만적인' 인디언들의 마을을 쑥밭으로 만들 계획을 꾸미고 있었다. 셰리던에게는 발포할 때 저항하는 인디언은 무조건 '야만인'이었다.

그해 가을 검은주전자는 앤털롭 언덕 동쪽 40마일의 와시타 강가에 마을을 이루었다. 캔자스로 갔던 젊은이들이 하나둘 다시 돌아오기 시작했다. 검은주전자는 떠돌아다니는 그들의 습성을 꾸짖었지만 언제나 너그러운 아버지처럼 다시 받아들였다.

11월 검은주전자는 미군이 쳐들어온다는 소문을 듣고 부랴부랴 작은옷 등 세 명의 추장과 함께 와시타 강 계곡을 따라 새 인디언 주재소 본부가 있는 콥 요새까지 거의 100마일이나 되는 거리를 달려갔다. 윌리엄 헤이즌 장군이 요새의 지휘관이었다. 여름마다 그곳을 방문했을 때 그는 인디언들에게 우호적이고 동정적이었다.

그러나 이 긴급한 순간에 헤이즌의 태도는 전혀 정겹지 않았다. 검은주전자는 180채의 천막 마을을 콥 요새로 옮길 테니 보호해달라고 사정했다. 헤이즌은 그 요청을 거절했다. 게다가 그는 샤이엔과 아라파호족이 카이오와족과 코만치족의 마을에 가서 지내도록 허락하지도 않았다. 대신 그는 젊은이들이 마을에서 벗어나지 않도록 한다면 공격받지 않도록 해주겠다고 약속했다. 헤이즌은 검은주전자 일행이 떠나갈 때 얼마간의 설탕과 커피 그리고 담배를 주었다. 헤이즌은 그들을 떠나보내면서 다시는 그들 중 어느 누구도 보지 못하리라는 것을 예상했다. 그는 셰리던 장군의 토벌 계획을 미리 알고 있었던 것이다.

실망에 찬 추장들은 눈보라로 변한 거친 북풍을 맞받으면서 11월 26일 밤 마을로 돌아왔다. 긴 행보로 지쳐 있었지만 검은주전자는 즉시 추장 회의를 소집했다. 재난을 미리 막아볼 작정이었다. 조지 벤트는 그 자리에 없었다. 그는 검은주전자의 조카딸인 아내를 데리고 콜로라도에 있는 윌리엄 벤트의 집에 가 있었다.

이번만은 샌드 크리크 사건 때와 같이 기습을 당해서는 안 된다. 미군이 올 때를 앉아서 기다리지 말고 먼저 대표를 보내 우리가 화평을 지키고 있다는 사실을 알려주어야 한다고 검은주전자는 부족민에게 일렀다. 눈은 깊게 쌓이고 여전히 내리고 있었다. 구름이 지나가면 곧 미군을 만나러 떠날 것이다.

검은주전자는 그날 밤늦게 잠자리에 들었지만 언제나처럼 새벽이 되기 전에 일어났다. 그는 천막 밖으로 나와 하늘이 차차 개는 것을 보고 기뻐했다. 짙은 안개가 와시타 강 계곡을 휘감고 있었지만 강 건너 산봉우리에 쌓인 눈은 잘 보였다.

그때 돌연 한 여인이 다급히 외치는 소리가 들려왔다. 그녀의 목소리는 가까이 다가올수록 또렷해졌다.

"미군! 미군이 쳐들어온다!"

검은주전자는 즉시 천막으로 달려가서 소총을 집어들었다. 한순간 그는 마을 사람들을 깨워 도피시켜야겠다고 마음먹었다. 또다시 샌드 크리크 사건의 재판이 되어서는 안 된다. 자신이 단독으로 와시타 강에 가서 미군들과 회담을 할 것이다. 그가 하늘에 대고 방아쇠를 당기자 온 마을 사람들이 놀라 일어났다. 검은주전자가 마을 사람들에게 말을 타고 도망가라고 고함치고 있을 때 그의 아내도 말을 끌고 나왔다.

그가 서둘러 와시타 강 여울목으로 가려 할 때 안개 속에서 나팔 소리가 들리고 돌진해 들어오는 장교들이 명령을 내리는 고함소리와 병사들이 내지르는 소리가 잇달아 들렸다. 눈 때문에 말발굽 소리는 잘 들리지 않고 덜거덕거리는 배낭과 금속으로 된 마구가 떨렁거리는 소리, 거친 고함소리, 사방에서 불어대는 나팔 소리가 어지러이 들렸다(커스터는 군악대를 대동해 눈 속에서 병사들의 돌격에 맞춰 〈개리 오언Garry Owen〉이라는 노래를 연주하게 했다).

검은주전자는 미군이 강의 여울목을 건너 공격해올 줄 알았는데 그들은 예상을 뒤엎고 네 군데 방향에서 안개를 뚫고 돌진해 들어왔다. 검은주전자 혼자 어떻게 사방에서 쳐들어오는 미군을 맞아 화친을 맺자는 이야기를 할 수 있단 말인가? 또다시 샌드 크리크 사건이 재연되고 있었다. 늙은 추장은 어쩔 수 없이 아내를 말에 태우고 채찍을 휘둘렀다. 그들은 샌드 크리크에서도 살아남은 사람이었다. 그런데 지금 똑같은 악몽을 되풀이하며 비명 소리 같은 탄환 사이를 뚫고 도망치고 있는 것이다.

검은주전자 부부가 강 여울목에 다다랐을 때 두터운 푸른 외투와 모피 모자를 쓴 기병대가 달려나왔다. 검은주전자는 말고삐를 늦추고 적의가 없음을 보이기 위해 손을 들었다. 그때 탄환 한 발이 검은주전자의 가슴을 불처럼 파고들었다. 말이 방향을 틀자 다시 한 발이 그의 등을 꿰뚫었다. 늙은 추장은 강가에 쌓인 눈더미에 미끄러지듯 쓰러졌다. 다시 탄환이 날아와 뒤에 타고 있던 그의 아내를 쓰러뜨렸다. 말은 어디론가 도망쳤다. 기병대는 검은주전자 부부의 시체 위로 진흙을 튀기며 말을 달려 강을 건너갔다.

커스터가 셰리던 장군으로부터 받은 명령은 간단명료했다. 남쪽으로 앤틸롭 언덕을 거쳐 적대적인 인디언의 겨울철 거류지로 추정되는 와시타 강 쪽으로 나아가 마을을 불태우고 말들을 없애고, 전사들은 모두 죽이거나 목을 매달고 부녀자와 아이들은 생포하라는 것이었다.

커스터의 부대가 검은주전자의 마을을 짓밟는 데는 불과 몇 분도 걸리지 않았다. 커스터의 기병대는 마구간에 있는 말 몇 백 마리까지 남김없이 쏘아 죽였다. 인디언 전사들만 골라 쏜다는 것은 번거롭고 위험스러운 일이었다. 어느 세월에 노인과 부녀자와 어린애들을 가려내고 전사들만 쏘아 죽인단 말인가? 그건 너무 비능률적이고 시간 낭비였다. 그래서 커스터는 능률적이고 시간을 절약할 수 있는 방법으로 무차별 사살을 선택했다. 그날 제7기병대가 학살한 샤이엔족은 모두 103명이었는데 그중 전사는 11명밖에 안 되었다. 사로잡은 부녀자와 어린애들만 해도 53명이었다.

계곡에 메아리치는 총소리를 듣고 이웃 마을에서 아라파호족이 달려와 샤이엔족들의 후퇴 작전에 가담했다. 조엘 엘리엇 소령이 이끄는 열아홉 명의 보병 추격대가 일단의 아라파호족에게 포위되어 한 사람도 빠짐없이 죽음을 당했다. 정오가 되자 카이오와족과 코만치족도 멀리 강 하류에서 올라왔다. 가까운 언덕에 전사들의 수가 불어나는 것을 보고 커스터는 포로들을 한데 모아 실종된 엘리엇 소령을 버려두고 캐너디언 강의 서플라이 기지에 있는 임시 진지로 돌아갔다.

서플라이 기지에 있던 셰리던 장군은 승리의 소식을 고대하고 있었다. 기병대가 돌아온다는 보고를 듣고 공식적인 열병식을 지시했다. 군악대가 승리의 행진곡을 연주하는 가운데 승리자들이 검은주전자를 비롯한 '야만인'들의 머리가죽을 흔들며 행군해 들어가자 셰리던은 "능률적이고 용감한 작전을 수행한" 커스터를 공개적으로 치하했다.

"야만스러운 도살자와 잔인한 약탈자"에 대한 공식적인 전승 보고서에서 셰리던 장군은 "하잘 데 없이 늙어빠진 검은주전자라는 자"를 "쓸어 없앤 데" 대해 아주 흔쾌해했다. 그는 군사 작전이 시작되기 전에 검은주전자가 요새로 들어온다면 안전한 처소를 제공하겠다고 약속했지만 "그자는 거절했다. 그리고 전투를 하다가 사살되었다"고 거짓말했다.

셰리던 장군의 정책에 대한 항의의 표시로 사직했던 윈쿱은 검은주전자가 피살되었다는 소식을 멀리 필라델피아에서 들었다. 윈쿱은 그의 오랜 인디언 친구가 배신당했으며 "그가 너무 치명적일 정도로 신뢰했던, 그의 머리가죽을 지니고 있다는 사실을 의기양양하게 보고하던 백인들의 손에 죽음을 당했다"고 비난했다. 그를 알고 좋아했던 다른 백인들도 셰리던의 무자비한 정책을 비난했지만, 셰리던은 그들을 "선량하고 신앙심 깊은 선교사들"이라고 비웃고는, "남녀노소를 가리지 않고 무자비하게 학살하는 야만적인 인디언들을 부추기고 돕는 자들"이라며 일소에 부쳤다.

대전사 셔먼도 셰리던을 비호하면서 계속 적대적인 인디언과 그들의 말을 죽여 없애라고 북돋웠다. 그러면서 우호적인 인디언은 굶주리지 않고 백인의 개화된 문화를 접할 수 있는 곳에 정착시키도록 지시했다.

이러한 지시에 응해 셰리던과 커스터는 콥 요새로 이동했다. 그리고 그 지역의 네 인디언 부족들에게 투항해서 화평을 맺든지, 색출당해 죽음을 당하든지 택일하라고 요구했다. 커스터는 몸소 우호적인 인디언을 찾아 나섰다. 이 야전 작전에서 그는 샤이엔 포로 가운데 아주 매력적인 젊은 여자를 징발해 데리고 갔다. 이 인디언 여자는 영어를 한 마디도 몰랐지만 통역으로 기재되었다.

12월 말 검은주전자 지파의 생존자들이 콥 요새로 들어왔다. 커스터가 말을 모조리 사살했기 때문에 그들은 먼 거리를 걸어와야 했다. 이제 작은옷이 그들의 명목상의 지도자가 되었다. 셰리던 앞에 선 작은옷은 그 곰 같은 군인 대장에게 부족민이 굶어죽고 있다고 호소했다. 커스터가 겨울철 양식인 들소 고기를 모두 태워버렸고 와시타 강 연안에서는 들소가 자취를 감춘 지 오래여서 샤이엔족은 기르던 새까지 모두 잡아먹은 터였다.

셰리던은 무조건 요새로 들어와 투항해야만 식량을 주겠다고 대답했다. "지금 화평을 맺고 봄에 다시 백인들을 살해하는 일은 더 이상 있을 수 없다. 완전한 화평을 맺을 마음이 없으면 돌아가도 좋다. 전쟁으로 끝장을 보면 되는 일이니"라고 그는 냉정하게 말했다.

작은옷이 할 수 있는 말은 한마디밖에 없었다. "우리야 당신이 하라는 대로 따를 뿐이오."

아라파호족의 노란곰Yellow Bear도 부족을 콥 요새로 데리고 오기로 동의했다. 며칠 뒤 토사위라는 코만치 추장이 부족을 이끌고 투항해왔다. 토사위는 셰리던 앞에 나와서 눈을 빛내며 자기 이름을 말하고는 떠듬떠듬한 영어로 두 마디를 보탰다.

"토사위, 좋은 인디언."

셰리던 장군이 지금도 사람들의 입에 오르내리는 불멸의 말을 내뱉은 것은 바로 이때였다.

"내가 본 좋은 인디언은 다 죽었어."

이 말은 그 자리에 있던 찰스 노드스트롬 중위에 의해 옮겨져서 미국 사람들의 유행어가 되었다. "좋은 인디언은 죽은 인디언뿐이다." (이 말은 좋은 인디언은 다 죽고 없다는 명목상의 말이 아니라 인디언은 죽어야 좋은 인디언이 된다는 뜻으로. 살아 있는 인디언은 나쁜 인디언이니 모조리 죽어야 한다는 반어적인 말이다. 적어도 백인들은 그렇게 받아들였다.—옮긴이)

샤이엔과 아라파호족 그리고 일부 카이오와와 코만치족은 그해 겨울을 콥 요새의 백인들이 먹다 남긴 음식을 먹고 살았다. 1869년 봄 미국 정부는 코만치와 카이오와족을 요새 주변에 수용하고, 샤이엔과 아라파호족에게는 서플라이 기지 근처에 주거지역을 배당해주었다. 개병대 전사 일부는 북쪽 리퍼블리컨 강가에 남고 나머지는 식량도 얻고 미군의 공격 위험도 피할 겸 키큰소의 지휘하에 다시 남쪽으로 이동해와서 작은옷이 이끄는 남부 샤이엔족과 합류했다.

샤이엔족이 콥 요새에서 서플라이 기지로 이동해갈 때 작은옷과 키큰소 사이에 논쟁이 벌어졌다. 작은옷은 과격한 개병대 전사들의 행동을 못마땅하게 여겼다.

"당신네 젊은 패가 자꾸 미군과 말썽을 일으키니까 내 입장만 곤란해지지 않소?"

"당신도 검은주전자같이 나약한 인간이군. 백인들한테 머리를 조아리고 사는. 나는 아칸소 남쪽의 보잘것없는 주거지역 안에 갇혀 지낼

토사위(은칼). 코만치족 추장.
1872년 워싱턴 D.C.에서 알렉산더 가드너가 찍은 사진.

생각이 없소. 샤이엔족은 언제나 자유로운 종족이었어! 백인들이 무슨 권리로 살 곳을 지정한단 말인가. 우리 부족은 자유롭게 살지 못하면 차라리 죽음을 택하겠소."

"그런 배짱이라면 지금 당장 떠나시오! 떠나지 않으면 미군과 손을 잡고 몰아낼 테니까."

"알겠소. 나는 북부 샤이엔족한테 가겠소. 파우더 강에서 붉은구름과 함께 백인을 물리친 우리 형제에게."

이렇게 해서 샌드 크리크 사건 뒤에도 그랬듯이 남부 샤이엔족은 다시 갈라졌다. 키큰소는 개병대 전사들과 그 가족 200명을 이끌고 북부 샤이엔족이 사는 곳으로 떠났다. 말이 털을 가는 달 5월에 그들이 리퍼블리컨 강에 남아서 겨울을 난 부족민과 합류했다. 그들이 파우더 강으로 멀고 위험한 행군을 떠날 채비를 하고 있을 때 셰리던은 유진 카 장군을 파견해 그들을 추격했다. 카의 부대는 개병대 진지를 발견하고 커스터가 검은주전자를 덮치듯 거세게 달려들었다. 개병대 전사들은 몸을 던져 지연 작전을 펴면서 처자식들이 잡히지 않고 도망치도록 했다. 그들은 몇 명씩 흩어져 기병대의 추격을 따돌렸다.

이삼 일 뒤 키큰소는 전사들을 다시 끌어 모아 스모키 힐에 보복 공격을 감행했다. 그들은 철도를 2마일 정도 걷어냈고 백인 정착촌을 습격해 미군이 그들 형제를 살해한 것처럼 무자비하게 살육했다. 커스터가 샤이엔 여자들을 포로로 삼은 것을 보고 키큰소도 농가에서 백인 여자 두 명을 끌고 왔다. 마리아 바이헬과 수잔나 알러디체라는 독일 이민자였는데 아무도 그들의 말을 알아들을 수 없었다. 그들은 아무짝에도 쓸모없는 말썽거리였지만 키큰소는 포로로 데리고 가서 샤이엔 여자들이 미군한테 당한 것처럼 당하게 해야 한다고 주장했다.

사방을 쑤시고 다니는 미군의 눈을 피하기 위해 개병대 전사들은 여기저기 거처를 옮기며 이동해야 했다. 그들은 우여곡절 끝에 서쪽으로 네브래스카를 지나 콜로라도로 들어섰고 7월 무렵에는 플래트 강을 건너는 서미트 스프링스에 이르렀다. 그때 마침 장마로 물이 불어서 그곳에 임시로 머물게 되었다. 키큰소는 젊은이 몇을 보내 나무막대로 도강 표시를 해두었다. 버찌가 익는 달이라 날씨는 아주 무더웠다. 전사들은 천막 그늘에서 쉬고 있었다.

우연히 그날 프랭크 노스 소령의 포니족 정찰대가 개병대의 흔적을 발견했다. 달려온 미군 기병대와 포니족 용병 부대가 별 방비도 없는 숙영지를 덮쳤다. 포니족은 4년 전 코너 장군과 파우더 강 지역에 침입해 들어갔다가 붉은구름의 전사들에게 쫓겼던 바로 그 용병들이었다. 동쪽과 서쪽에서 치고 들어와 도망갈 길은 남쪽밖에 없었다. 남자들은 사방으로 내달리는 말을 잡으려 애썼고, 여자들과 아이들은 맨발로 도망갔다.

갑자기 습격당한 인디언들은 도망갈 시간도 없었다. 키큰소와 20명 가량의 전사들은 협곡 뒤로 몸을 숨겼다. 키큰소의 아내와 아이 그리고 포로인 두 명의 독일 여자도 그 가운데 끼어 있었다. 십여 명의 전사들이 협곡 입구에서 그들을 저지하려 했으나 중과부적이라 죽음만 당했다. 키큰소는 가지고 있던 작은 손도끼로 협곡의 바위 벽을 찍으며 꼭대기로 올라갔다. 협곡 꼭대기에서 키큰소는 미군에게 총을 쏘았다. 한 발을 쏘고 고개를 숙여 몸을 피한 뒤 다시 쏘려고 고개를 들었을 때 총탄이 그의 머리를 꿰뚫었다.

순식간에 포니족과 미군들은 키큰소의 아내와 아이를 제외한 모든 샤이엔족을 죽였다. 백인 여자들도 총에 맞았으나 한 명은 살았다. 미군들은 키큰소가 백인 포로에게 총을 쏘았다고 주장했지만 인디언들은 그가 그렇게 쓸데없이 총알을 허비했으리라고는 생각하지 않았다.

　매부리코는 죽었다. 검은주전자도 죽고 이제 키큰소도 죽었다. 이제 그들은 모두 좋은 인디언들이 되었다. 긍지 높은 샤이엔족은 영양 떼나 들소 떼처럼 점점 줄어들어 멸족을 눈앞에 두고 있었다.

chapter

8

작은아버지 도네호가와

The Rise and Fall of Donehogawa

1869년—3월 4일, 율리시스 그랜트, 대통령에 취임. 5월 10일, 유니온 퍼시픽 철도와
센트럴 퍼시픽 철도, 프로몬토리 포인트에서 연결되어 첫 대륙 횡단 철도 노
선 완성. 9월 13일, 제이 굴드와 제임스 피스크, 금시장 매점 시도. 9월 24일,
미국 정부, 금값 안정을 위해 금 대량 매도; '검은 금요일'로 소액 투자자들 치
명적 손실을 입음. 11월 24일, 전미 여성참정권협회 창설. 12월 10일, 와이오
밍 주, 여성에게 투표권과 공직 임용권 부여법 시행. 12월 30일, 필라델피아
에서 노동기사단 창립. 마크 트웨인의《외국의 순진한 사람들》발간.

1870년—1월 10일, 록펠러, 석유 산업 독점을 위한 스탠더드 석유 회사 창립. 2월 15
일, 미네소타에서 노던 퍼시픽 철도 건설 기공식. 6월, 미국 인구 3855만
8371명에 달함. 7월 18일, 로마의 바티칸 공의회, 교황 무오류론을 가톨릭 교
리로 선포. 7월 19일, 프랑스, 프로이센에 선전포고. 9월 2일, 나폴레옹 3세,
프로이센에 항복. 9월 19일, 파리 포위 공격 개시. 9월 20일, 태머니 보스인
윌리엄 트위드, 뉴욕 시 금고 강탈 혐의로 기소. 11월 29일, 영국 의무교육 도
입. 뉴잉글랜드, 펄프재로 종이 생산 개시.

이 땅은 전에 인디언들만 살던 땅이었다. 한때는 상당히 세력이 강대하여 미시시피 강 동쪽 지역을 완전히 점거하고 있던 이 종족은 백인 문명이 서부로 밀려들어오는 것을 막으려다가 하나하나 뿌리가 뽑혔다. ……

천부의 권리와 조약에 의한 권리가 침해당한 것에 항의하는 부족은 죽거나 개 취급을 당했다. ……

백인은 서부 인디언을 고향 땅에서 몰아내고 주거지역에 수용하는 것이 그들을 멸족의 위협에서 구하기 위한 것이라고 말하고 있다. 그러나 오늘날 미국 인구의 거대한 증가와 로키 산맥 동서부를 포함해 서부 전역에서 백인의 주거지 확장으로 인디언은 그 어느 때보다도 급속하고 심각한 멸족의 위기에 놓여 있다.

도네호가와(엘리 파커), 인디언 출신 첫 인디언 문제 담당관

마침내 파우더 강 지역에 도착한 서미트 스프링스의 샤이엔족 생존자들은 그들이 남쪽에서 겨울을 세 번 나는 동안 많은 것이 변했다는 사실을 알게 되었다. 붉은구름은 승리했고 요새는 폐쇄되었으며 미군들은 더 이상 플래트 강 북부로 들어오지 않았다. 그러나 수우족과 북부 샤이엔족 마을에는 워싱턴의 큰아버지가 들짐승이 거의 없는 동쪽 미주리 강으로 그들을 이주시키려 한다는 소문이 끊임없이 이어졌다. 그들의 친구인 백인 장사꾼들은 1868년 조약에는 테톤 수우족의 주재소를 미주리 강 지역에 세운다는 말이 씌어 있다고 말했다. 붉은구름은 그 말을 우습게 여겼다. 라라미로 조약을 맺으러 갔을 때 그가 펜을 잡은 것을 눈으로 본 미군 장교들에게 그는 라라미 요새가 테톤 수우족의 교역소가 되지 않으면 서명하지 않겠다고 언명했고 그

들은 동의했다.

1869년 봄 붉은구름은 교역을 하고 조약에서 약속한 식량을 받으러 1천 명의 오글라라족을 데리고 라라미로 갔다. 요새 지휘관이 수우족의 교역소는 미주리 강의 랜들 요새에 있으니 교역을 하고 보급품을 받으려면 그곳으로 가라고 말했다.

랜들 요새는 300마일이나 떨어져 있었기 때문에 붉은구름은 지휘관을 보고 웃으면서 라라미에서 교역하게 해달라고 요구했다. 1천 명의 전사가 위협적으로 요새 밖에서 진을 치고 있었기 때문에 주재관은 그 요구를 받아들였지만 다음 교역 시기가 되기 전에 랜들 요새 근처로 이동하는 것이 좋을 거라고 충고했다.

라라미 요새 지휘관의 말이 사실이라는 것이 곧 드러났다. 유화적인 점박이꼬리의 브룰레족은 라라미 요새 근처에서 숙영할 수도 없게 되었다. 식량 공급을 받으려면 랜들 요새로 가라는 이야기를 듣고 점박이꼬리는 부족을 이끌고 랜들 요새로 옮겨가 정착했다. 라라미 건달들의 좋은 세월도 끝나게 되었다. 그들도 짐을 싸들고 랜들 요새로 갔다. 낯선 환경에서 새잡이로 사업을 시작해야 할 판이었다.

그러나 붉은구름은 요지부동이었다. 파우더 강 지역은 격심한 전투 끝에 얻어낸 땅이었다. 라라미 요새는 가장 가까운 교역소였고 보급품을 받기 위해 미주리 강으로 이주하거나 그곳까지 갔다 올 생각은 전혀 없었다.

1869년 가을 내내 평원 인디언들은 평화롭게 지내고 있었다. 그런데 커다란 변화가 있으리라는 소문이 떠돌았다.

워싱턴에서는 그랜트가 새 큰아버지로 선출되었으며 그가 인디언 한 사람을 인디언의 작은아버지(인디언 문제 담당관)로 임명했다는 말이 들려왔다. 인디언들로서는 이 사실을 좀처럼 믿기 어려웠다. 지금까지 작은아버지는 언제나 글을 읽고 쓸 줄 아는 백인이었다. 드디어 위대한 정령은 홍인종이 작은아버지가 될 수 있도록 읽고 쓰는 법을 가르쳐주었단 말인가?

눈이 천막 안으로 휘몰아치는 달(1870년 1월)에 블랙피트족 지역에서 불길한 소문이 흘러나왔다. 몬태나의 마리아스 강 어디에선가 미군이 피건 블랙피트족 마을을 포위하고 굴 안에 갇힌 토끼를 죽이듯 인디언을 학살했다는 것이다.

이 산악 부족은 평원 인디언의 오랜 적이었다. 하지만 지금은 모든 상황이 변했고 도처에서 미군이 인디언을 학살하고 있었으므로 그런 소문은 모든 부족을 불안으로 몰아넣었다. 군부는 유진 베이커 소령이 몬태나 엘리스 요새의 기병대를 이끌고 나가 블랙피트족의 말 도둑을 징벌했다고만 발표하고 학살 사건을 비밀에 부치려 했지만 워싱턴의 인디언국에 닿기도 전에 평원 인디언들은 이미 모든 사실을 알아버렸다.

학살의 소문이 나돈 뒤 여러 주일에 걸쳐 상부 평원 지역에서 몇 가지 의심쩍은 일들이 일어났다. 여러 주재소에서 인디언들은 회의를 열어 미군을 비난하고 큰아버지를 "귀도 머리도 없는 바보며 개"라고 부르며 분노를 감추지 못했다. 주재소 두 곳에서는 감정이 격해진 나머지 건물에 불을 지르고 주재관을 감금하기도 했다. 일부 백인 일꾼들은 주거지역에서 쫓겨났다.

1월 23일의 학살을 비밀로 했기 때문에 인디언 문제 담당관은 석 달이 지날 때까지 그 사실을 몰랐다. 블랙피트족의 대리 주재관인 윌리엄 피스라는 젊은 중위가 출세가 막힐 위험을 무릅쓰고 그 사실을 담당관에게 알렸다. 문제의 베이커 소령은 화물 마차에서 몇 마리의 노새를 훔쳤다는 구실로 겨울 원정대를 조직해 행군해가다가 첫 번째 마을을 공격했다. 마을은 완전히 무방비 상태였다. 노인과 아녀자들이 대부분이었는데 아이들 몇 명은 천연두에 걸려 있었다. 219명의 피건족 가운데 46명만 도피했다. 33명의 남자와 90명의 여자 그리고 어린아이 50명은 처소에서 도망가다가 사살되었다.

보고를 받자마자 담당관은 정부 당국의 즉각적인 조사를 요구했다.

담당관의 영어식 이름은 엘리 새뮤얼 파커였지만 본명은 이로쿼이족 긴집(공회당)의 서쪽 문지기라는 뜻의 도네호가와였다. 뉴욕 토너완다 주거지역에서 살 때 그는 세네카 이로쿼이족의 하사노안다라는 인디언 이름은 백인 사회에서 통용되지 않는다는 사실을 알고 파커로 바꿨다. 그는 야심이 있었고 인간으로서 진지한 대우를 받고 싶었던 것이다.

거의 반세기에 걸쳐 파커는 인종적 편견에 맞서 싸워왔다. 그는 열 살이 되기도 전에 미군 초소의 마부로 일했다. 빈약한 영어 때문에 장교가 그를 놀리자 그는 자존심에 상처를 입었다. 자부심 강한 어린 세네카인은 즉각 선교 학교에 들어갔다. 누구라도 백인들이 다시는 그를 비웃지 못하도록 영어를 아주 잘 읽고 말하고 쓰는 법을 배우기로 결심했다.

학교를 졸업한 뒤에 그는 자신의 부족민을 가장 잘 도울 수 있는 길을 찾다가 변호사가 되기로 했다. 그 당시 젊은 사람이 변호사가 되는 길은 법률사무소에서 일하다가 국가 사법고시를 보는 것이었다. 엘리 파커는 뉴욕 엘리커트빌의 한 회사에서 3년간 근무한 뒤 사법관이 되려고 응모했지만 뉴욕에서는 백인 남성만이 법에 종사할 수 있다는 말을 들어야 했다. 인디언은 신청할 필요도 없었다. 영어 이름을 갖는다고 해서 그의 구릿빛 피부가 바뀌는 것은 아니었다.

그러나 파커는 단념하지 않았다. 백인의 전문직이나 업무 가운데 인디언을 받아들이는 직종이 없는지 세심하게 살펴본 뒤 렌셀레르 공예학교에 들어가 토목공학의 모든 과정을 이수했다. 그는 곧 에리 운하에서 일자리를 얻었다. 서른 살이 되기 전에 미국 정부는 그에게 제방과 건물의 감독을 맡겼다. 1860년에 임무를 수행하려고 일리노이 갈레나로 갔다가 거기서 마구점의 점원을 만나 친구가 되었다. 그 점원은 율리시스 그랜트라는 퇴역 대위였다.

내전이 시작되자 파커는 연방군 쪽에서 싸울 이로쿼이연대를 만들 계획을 가지고 뉴욕으로 돌아갔다. 하지만 그의 계획은 뉴욕 지원병 부대에 인디언이 들어올 자리는 없다고 무뚝뚝하게 대답한 주지사에 의해 꺾여버렸다. 파커는 좌절을 털어버리고 워싱턴으로 가서 국방부 기사로 복무하겠다고 제의했다. 연방군은 훈련된 기사가 절실하게 필요하기는 했지만 '인디언' 기사는 아니었다. 파커는 "내전은 백인들의 전쟁이오"라는 말만 들었다. "집으로 돌아가 당신 농장이나 가꾸시오. 우리 문제는 인디언의 도움 없이도 우리가 해결할 겁니다."

파커는 토너완다 주거지역으로 돌아온 후 친구인 율리시스 그랜트에게 연방군에 입대하기 어렵다는 사정을 알렸다. 그랜트는 기사가 필요했다. 여러 달 군 관료조직과 투쟁한 뒤에 그는 간신히 인디언 친구에게 입대명령서를 보내줄 수 있었다. 파커는 빅스버그에서 그의 부대에 합류했고 그들은 빅스버그에서 리치먼드까지 함께 전투했다. 리가 애퍼매톡스에서 항복했을 때 엘리 파커 중령도 그곳에 있었다. 그의 뛰어난 펜글씨 때문에 그랜트는 그에게 항복 문서를 쓰도록 요청했다.

내전이 끝난 뒤 4년 동안 파커 여단장은 인디언 부족과의 이견을 해결하기 위한 다양한 임무를 수행했다. 필 커니 요새 전투 후 1867년에 그는 북부 평원 인디언들 사이에서 벌어진 소요의 원인을 조사하기 위해 미주리 강으로 갔다. 그는 미국의 인디언 정책을 개혁하기 위한 여러 가지 제안을 가지고 워싱턴으로 돌아갔지만 그런 제안을 실행에 옮기는 데는 1년을 더 기다려야 했다. 대통령으로 선출된 그랜트는 파커가 어떤 백인보다 인디언을 더 현명하게 다룰 거라 생각하고 새 인디언 문제 담당관으로 임명했다.

파커는 열정적으로 새로 맡은 일을 시작했지만 인디언국은 예상했던 것보다 훨씬 더 부패해 있었다. 오랫동안 뿌리박고 있던 관료들을 일소해버리는 것이 선결 과제였다. 그랜트의 도움으로 여러 종교단체의 추천을 받아 주재관을 임명하는 제도를 정착시켰다. 퀘이커교도들이 많이 지원했기 때문에 이 계획은 그랜트의 '퀘이커 정책'이라든가 인디언을 위한 '유화정책'으로 알려졌다.

여기에 인디언 문제 담당국의 운영을 감시하기 위한, 공공 정신을 지닌 시민들로 구성된 인디언 담당관 위원회가 설립되었다. 파커는 백인과 인디언의 공동 구성을 권장했지만 정치권의 간섭이 있었다. 정치적인 영향력을 가진 인디언을 찾을 수 없었기 때문에 인디언은 단 한 명도 임명되지 못했다.

1869년에서 1870년에 이르는 겨울에 서부 변경 지역은 아무 일 없이 평화로웠지만 봄이 되자 평원 지역의 인디언 주재소에서 반란 보고가 올라오기 시작했다. 파커가 보기에 소요의 원인은 피스 중위의 피건족 학살에 대한 충격적인 보고서였다. 인디언들에게 정부의 선의를 보여주기 위해서 무언가를 하지 않는 한 여름이면 전면전이 터질 수도 있는 분위기였다.

파커는 붉은구름의 불만, 조약에 의해 획득한 땅을 지키려는 굳은 결

엘리 파커(도네호가와). 세네카족 추장. 그랜트의 군 부관 및 인디언 문제 담당관.
1867년 전후 사진.

의, 그리고 가까운 곳에 교역소를 갖고자 하는 소망을 잘 알고 있었다. 더군다나 랜들 요새로 이주한 브룰레족도 이미 그 주거지역에 사는 어떤 부족보다 거세게 반발하고 있었다.

그 당시 모든 평원 인디언족 가운데 가장 많은 추종자를 거느린 붉은구름과 점박이꼬리야말로 화평의 열쇠를 쥐고 있는 인물로 보였다. 과연 이로쿼이 추장이 수우족 추장의 신뢰를 얻을 수 있을 것인가? 도네호가와는 확신할 수 없었지만 노력해볼 생각이었다.

담당관은 점박이꼬리에게 정중한 초대장을 보냈다. 그러나 그는 빈틈없는 인디언이었다. 붉은구름에게는 직접 전갈을 보내지 않았다. 붉은구름은 그런 초대장을 오만하게 일축해버려야 할 소환장 같은 것으로 여길 터였다. 대신 붉은구름에겐 워싱턴의 큰아버지 집을 방문하고자 한다면 환영받을 거라는 소리를 간접적으로 전했다.

워싱턴 방문이란 말에 붉은구름은 솔깃했다. 그로서는 미주리의 주거지역에는 절대 가지 않겠다는 수우족의 결의를 큰아버지에게 얘기할 수 있는 기회였다. 또 인디언의 작은아버지인 파커라는 담당관이 정말로 인디언인지, 그리고 백인처럼 글을 쓸 수 있는지 자신의 눈으로 직접 볼 수 있을 것이다.

붉은구름이 워싱턴에 오겠다는 말을 듣자 파커는 호위대로 존 스미스 대령을 라라미 요새에 파견했다. 5월 26일 붉은구름을 비롯한 오글라라 대표 15명이 유니온 퍼시픽 철도의 특별 객차에 올라 동부로 긴 여행을 떠났다.

그들의 적이었던 철마를 타고 간다는 것은 인디언들로선 대단한 모험이었다. 오마하('강 상류에 사는 사람들'이란 뜻의 인디언 말)는 백인들의 벌집이었고 시카고(또 다른 인디언 말)는 시끄러운 소리와 혼란이 극에 달한 것처럼 보였으며 하늘까지 닿을 듯한 건물들이 즐비한 무시무시한 도시였다. 백인들은 메뚜기처럼 무성하고 수가 많았으며, 항상 허둥지둥 움직이지만 결코 어디에도 도달하지 못하는, 지향이 없는 사람들처럼 보였다.

닷새 동안 덜컹대며 달려온 철마는 추장들을 워싱턴에 내려주었다. 붉은구름 말고는 모두 눈이 어질어질하고 불안스러웠다. 진짜 인디언인 파커 담당관이 오글라라족 대표들을 따뜻하게 맞이했다.

"오늘 이 자리에서 여러분을 만나게 되어 반갑습니다. 여러분은 미국 대통령인 큰아버지를 보러 멀리서 왔소. 사고 없이 무사히 도착해 기쁩니다"라면서 파커는 붉은구름에게 부족민을 위해 한마디 해줄 것을 부탁했다.

"그럼 한마디 합시다. 큰아버지가 보러 오라고 허락해주었다는 소식을 듣고 나는 기뻐서 곧바로 떠나왔소. 내 부족민들에게 전보를 쳐서 내가 무사하다고 알려주시오. 이것이 오늘 내가 할 말이오."

펜실베이니아 가街의 워싱턴 하우스에 도착했을 때 붉은구름 일행은 깜짝 놀랐다. 점박이꼬리를 비롯한 브룰레족 대표들이 미리 와서 기다리고 있었던 것이다.

파커 담당관은 미국 정부의 명령에 따라 미주리 강으로 이주한 점박이꼬리와 붉은구름 사이에 말썽이 일어나지 않을까 염려했으나 두 추장은 악수를 나누었고, 더군다나 점박이꼬리가 브룰레족은 다코타 주거지역을 싫어하며 고향인 네브래스카 사냥터로 돌아가고 싶어한다고 말하자 오글라라족은 브룰레족을 돌아온 동맹자로 받아들였다.

다음 날 이로쿼이족의 도네호가와는 추장들을 안내해 회기 중인 상원과 해군 공창, 병기창 등 워싱턴 곳곳을 구경시켰다. 수우족은 관광을 위해 백인 옷을 입었다. 인디언들에게는 꽉 끼는 검은 외투와 단추 달린 구두가 불편하기 짝이 없었다. 매슈 브래디가 사진을 찍기 위해 그의 사진관으로 초대했다고 도네호가와가 전하자 붉은구름은 단호히 거절했다.

"나는 백인이 아니라 수우족이오. 나는 사진을 찍기 위해 옷을 입은 것이 아니오."

이 말뜻을 즉시 알아차린 도네호가와는 대통령과의 백악관 만찬에선 사슴 가죽 옷을 입고 모카신을 신어도 좋다고 얘기했다.

수우족은 백악관 만찬에서 만난 큰아버지나 워싱턴 한복판에 나타난 야생 인간들을 보러 온 정부 요인들과 각국 외교관, 의원들보다 샹들리에에서 반짝이는 수백 개의 촛불에 더욱 감명을 받았다. 성찬에서 특히 딸기와 아이스크림을 즐겨 먹었던 식도락가 점박이꼬리는 이렇게 중얼거렸다.

"확실히 백인에겐 인디언들에게 보내주는 것보다 더 좋은 음식이 많군."

그 후 며칠 동안 도네호가와는 두 추장을 상대로 협상에 들어갔다. 그는 영원한 화평을 이루기 위해 인디언이 원하는 바와 인디언 땅을 빼앗으려는 백인들의 정치적 압력을 중재해야 하는 입장에서 먼저 그들이 원하는 것이 무엇인지 정확히 알아야 했다. 인디언에 동정적인 사람이 앉아 있기엔 편한 자리가 아니었다. 그는 정부 각처의 대표와 수우족 추장들을 내무부에서 만나도록 주선했다.

내무장관 제이콥 콕스는 인디언들이 수없이 들었던 일장 연설로 회의를 시작했다. 콕스는 미국 정부가 사냥하는 데 필요한 무기와 탄약을 제공해주려 하지만 모든 인디언이 평화를 지키고 있다고 확신할 때까지는 그렇게 할 수 없다고 말했다. "평화를 지키시오. 그러면 정부는 적절한 조치를 취할 것이오." 그러나 미주리 강의 수우족 주거지역에 관해서는 아무 말도 하지 않았다.

붉은구름은 콕스 장관과 다른 관리들과 악수를 나누고 답사를 했다.

"나를 보시오. 나는 해가 떠오르는 여기 이 땅에서 자랐소. 지금 나는 해가 지는 곳에서 왔소. 이 땅에 먼저 울린 것은 누구의 목소리였소? 그건 활과 화살밖에 가진 게 없는 홍인종의 목소리였소? 큰아버지는 우리들에게 친절하게 잘 대해준다고 말하지만 나는 그렇게 생각하지 않소. 나는 백인들을 잘 대해줬소. 나에게 전해온 말을 듣고 나는 그 먼 길을 지나 이곳에 왔소. 내 얼굴은 붉고 당신들 얼굴은 하얗소. 위대한 정령은 당신들이 글을 읽고 쓰도록 해줬지만 내게는 그러지 않았소. 나는 배움이 없소. 나는 내 땅에서 일어나는, 내가 좋아하지 않는 일에 대해 큰아버지에게 말하러 왔소. 여러분은 모두 큰아버지와 가까이 있고 대추장들이오. 하지만 큰아버지가 우리에게 보내는 사람들은 아무런 양식도 심장도 없는 사람들이오." 그러고 나서 자신의 입장을 분명히 밝혔다.

"나는 미주리의 인디언 주거지역을 원치 않소. 이렇게 말하는 것이 벌써 네 번째요."

그는 잠시 동안 말을 멈추고 점박이꼬리와 브룰레족을 가리켰다.

"그곳에서 온 사람들이 저기 있소. 브룰레족의 어린아이들은 양처럼 죽어가고 있소. 그곳은 저 사람들에게 맞는 땅이 아니오. 나는 플래트 강의 지류에서 태어났고 그 땅의 동서남북 모두가 내 땅이라고 들어왔소. ……여러분이 나에게 물건을 보내면 도중에 도둑을 맞아 내 손에 들어오는 것이라고는 한 줌밖에 안 되오. 백인들은 나한테 서명하라고 서류를 내밀었소. 그것이 내가 내 땅의 대가로 받은 전부요. 나는 당신네가 보낸 사람들을 전부 거짓말쟁이로 알고 있소. 나를 보시오. 나는 가난하고 헐벗었소. 나는 정부와 싸우는 것을 원치 않소. ……이 모든 것을 큰아버지에게 전해주기 바라오."

담당관인 이로쿼이의 도네호가와가 답변했다.

"우리는 붉은구름이 말한 것을 대통령에게 말씀드리겠소. 대통령도 곧 붉은구름과 이야기를 나누고 싶다고 하셨습니다."

붉은구름은 읽고 쓰는 법을 배워 인디언의 작은아버지가 된 홍인종을 바라보았다.

"우리가 요구하는 화약을 내주기 바라오. 우리는 한 줌밖에 안 되고 당신은 크고 강대한 부족이오. 당신은 온갖 탄약을 다 만드는데 내가 원하는 것은 부족민이 사냥감을 잡을 만큼이면 됩니다. 위대한 정령은 내 땅에 있는 것을 모두 들짐승으로 만들었소. 나는 그 짐승들을 사냥해야 합니다. 밖에 나가서 원하는 것을 얻는 여러분과는 다릅니다. 나도 두 눈이 있소. 나는 여러분과 여러분이 하는 일, 가축을 기르는 일 등 모든 것을 내 눈으로 봅니다. 나도 이삼 년 안에 그렇게 해야 되리라는 것을 압니다."

다른 인디언들도 작은아버지와 말을 해보려고 그 주위에 몰려들었다.

6월 9일 백악관 집무실에서 그랜트 대통령을 만난 붉은구름은 미주리 강의 주거지역에 살기를 원치 않는다고, 전날 내무부에서 한 말을 되풀이했다. 그러고선 1868년에 맺은 조약에 의해 라라미 요새에서 교역하고 플래트 강에 주재소를 가질 권리를 부여받았다고 덧붙였다. 그랜트는 직접적인 답변은 하지 않았지만 수우족을 위해 모든 것이 공정하게 처리되었는지 확인해보겠다고 약속했다. 대통령은 그 조약이 의회에서 비준될 때 라라미 요새나 플래트 강에 대한 조항은 없었다는 사실을 알고 있었다. 조약에는 수우족의 주재소는 "미주리 강의 어느 곳에" 설치될 것이라고 명백히 적혀 있었다. 그랜트는 은밀히 콕스 장관과 파커 담당관을 불러 다음 날 인디언들에게 조약의 실제 내용을 설명해주라고 지시했다.

파커는 그날 밤 편히 잘 수 없었다. 그는 수우족이 백인들한테 속았다는 것을 알고 있었다. 조약을 읽고 내용을 설명해주면 인디언들은 격노할 것이 분명했다.

다음 날 아침 내무부에서 콕스 장관이 조약을 조목조목 설명해나갔고 붉은구름은 영어 문안이 천천히 통역되는 것을 참을성 있게 들었다. 모든 조항의 통역이 끝나자 붉은구름이 벌떡 일어섰다. "이런 조약은 처음 듣는 것이오. 나는 이런 내용을 들어본 적도 없고 이따위 조약을 지킬 마음도 없소"라고 결연히 선언했다.

콕스 장관은 백인 대표가 거짓말을 했으리라고는 믿을 수 없다고 말했다. 붉은구름이 콕스의 말을 받았다.

"백인 대표가 거짓말을 했다는 것이 아니오. 이건 통역한 놈들의 짓이오. 미군이 라라미 요새를 떠날 때 내가 조약에 서명한 것은 분명하지만 이건 그때 그 조약이 아니오. 잘못된 점을 바로잡아주기 바라오."

붉은구름이 일어나 회의실을 나가려 하자 콕스는 그에게 조약 사본을 건네주고 통역에게 조약 내용을 설명받은 뒤 다시 논의하자고 제안했다. 그러나 붉은구름은 한마디로 거절했다.

"나는 이따위 종이쪽지를 가져가지 않겠소. 이건 온통 속임수요."

그날 밤 호텔로 돌아온 수우족 대표들은 다음 날 바로 고향으로 돌아가자고 말했다. 어떤 추장은 백인들의 거짓말에 속아 1868년의 조약에 서명하게 된 경위를 부족민에게 알려주는 것은 정말 수치스러운 일이라며 차라리 워싱턴에서 죽어버리는 게 나을 거라고 분개했다. 그러나 파커는 한 번 더 회의장에 나오라고 추장들을 설득했으며 그 조약이 인디언들에게 더 나은 방향으로 해석되도록 돕겠다고 약속했다. 그는 또한 대통령을 만나 이 곤란한 문제에 대한 해결책이 있어야 할 것이라고 건의했다.

다음 날 회의가 재개되었다. 도네호가와는 콕스 장관이 조약에 대한 설명을 다시 할 것이라고 말했다. 콕스는 추장들이 오해해서 유감이라고 말하고 파우더 강 지역은 영구 주거지역 '밖에' 있지만 사냥터로 유보된 지역 '안'에는 포함되어 있다고 설명했다. 그러므로 수우족이 주거지역 대신 그들의 사냥터에서 살고자 한다면 그렇게 해도 좋으며 또한 교역을 하거나 필수품을 받기 위해 주거지역까지 갈 필요도 없다고 말했다.

이렇게 해서 붉은구름은 2년 동안 두 번째로 미국 정부를 상대로 승리를 거두었다. 이번에는 한 이로쿼이인의 도움이 컸다. 붉은구름은 앞으로 걸어나와 그 담당관의 손을 잡고 흔들었다.

"어제 나는 그 조약에 씌어 있는 허황된 거짓말을 보고 화를 억누를 수 없었소. 당신도 그랬을 것이라고 생각하오. 지금 내 마음은 기쁘오. ……우리는 당신네와 같이 서른두 개의 지파가 있고 이처럼 부족 회의소도 있소. 이곳에 오기 전에 우리는 부족 회의를 열었소. 내가 요구한 사항은 우리가 그곳에 남겨두고 온 추장들의 뜻이오. 우리는 모두 한마음이오."

회의는 우호적인 분위기로 끝났다. 붉은구름은 이제 더 이상 일이 없으니 철마를 타고 돌아가겠다고 큰아버지에게 전해달라고 말했다. 만면에 웃음을 띤 콕스 장관은 붉은구름에게 귀향하는 길에 뉴욕을 방문하도록 일정이 짜여 있다고 말했다. 붉은구름은 "나는 곧바로 가고 싶소. 도시는 볼 만큼 보았소. ……뉴욕에서는 볼일이 없소. 왔던 길로 돌아가고 싶소. 백인들은 어디에서나 똑같고 나는 매일 봅니다"라고 거절했다.

그러나 그 뒤에 뉴욕 시민들로부터 연설을 해달라는 초청을 받았다는 사실을 알고는 마음을 돌려 뉴욕으로 갔다. 그는 쿠퍼 연구소의 청중들이 그에게 보여준 열광적인 환영에 놀랐다. 그는 처음으로 정부 관리가 아닌 일반 시민들에게 이야기할 기회를 갖게 되었다.

"우리는 평화를 원하오. 여러분은 우리를 도와주시겠소? 1868년에 백인들은 우리에게 서류를 가지고 왔습니다. 우리는 그 서류에 적힌 것을 읽을 수 없었고 또 그들은 종이에 무엇이 적혀 있는지 사실대로 얘기해주지도 않았어요. 우리는 조약 내용이 요새를 철거하고 우리가 싸움을 끝내면 되는 것이라고만 생각했던 거지요. 그러나 백인들은 우리를 미주리로 보내려 했소. 우리는 미주리로 가고 싶지 않았고 우리가 있는 곳에서 살며 교역을 하고자 했습니다. 내가 워싱턴에 갔을 때 큰아버지는 조약의 내용을 설명해주고 통역이 나를 속였다는 것을 보여주었소. 내가 원하는 것은 옳고 바른 것이오. 나는 큰아버지에게 그것을 얻으려고 했지만 전적으로 내 뜻을 이룬 것 같지는 않소."

붉은구름은 동부에 많은 친구들이 있다는 흐뭇한 감정을 갖고 라라미 요새로 돌아왔다. 그러나 서부에는 많은 적들이 그를 기다리고 있었다. 땅을 탐내는 백인들, 농장주, 운송업자, 이주민들은 풍요로운 플래트 계곡 가까운 곳에 수우족 주재소를 설치하는 데 반대했으며 워싱턴에 정치적 압력을 넣고 있었다.

1870년 여름과 가을에 걸쳐 붉은구름과 그의 부관인 말을두려워하는 사나이는 화평을 위해 열심히 노력했다. 그들은 작은아버지의 요구를 받아들여 십여 명의 역량 있는 추장들을 소집한 뒤 주재소의 위치를 결정할 회의에 참석하기 위해 라라미 요새로 왔다.

백인들을 못 미더워하는 북부 샤이엔족의 무딘칼, 작은늑대Little Wolf, 북부 아라파호족의 많은곰Plenty Bear, 블랙푸트 수우족의 추장풀Chief Grass, 그리고 언제나 백인들을 의심해왔던 미네콘주족의 큰발Big Foot 등이 붉은구름의 설득으로 라라미 요새에 나왔다. 그러나 홍크파파족의 앉은소는 조약이나 주거지역 같은 문제에 조금도 상관하려 하지 않았다.

"백인들이 붉은구름의 눈에 사악한 마술을 걸어 모든 것을 그자들이 원하는 대로 보이게 만들었다."

그러나 붉은구름은 앉은소가 생각한 것처럼 호락호락하지 않았다. 그는 빈틈이 없고 집요했다. 붉은구름은 미국 정부가 플래트 강에서 40마일이나 떨어진 북쪽 로 하이드 뷰츠에 수우족 주재소를 설치하고자 한다는 것을 알고는 그 안을 받아들이려 하지 않았다. 그는 백인 대표에게 말했다.

"큰아버지에게 돌아가면 붉은구름은 로 하이드 뷰츠로 갈 마음이 없다고 전해주시오."

그는 워싱턴에 있는 작은아버지가 그 문제를 잘 처리해줄 것으로 믿고 겨울을 나기 위해 파우더 강 지역으로 돌아갔다.

그러나 파커 담당관의 힘은 점차 약해지고 있었다. 워싱턴에서는 백인 정적政敵들이 그를 몰아세웠다.

붉은구름의 결단으로 수우족은 플래트 강 지역 라라미 요새에서 동쪽 32마일 지점에 임시 주재소를 확보할 수 있었지만 이용할 수 있는 기간은 2년이 채 안 되었다. 그때쯤 파커는 워싱턴에서 물러났다.

1873년 수우족 주재소는 홍수처럼 밀려오는 백인 이주자들의 발길을 피해 네브래스카 북서부 화이트 강 상류로 옮겨졌다. 점박이꼬리의 브룰레족도 다코타에서 이 지역으로 이동해왔다. 1년이 채 못 되어 로빈슨 요새가 근처에 들어섰다. 미군들은 앞으로 전개될 수많은 분쟁의 시대에 붉은구름과 점박이꼬리가 이끄는 두 부족을 통제하고 지배하게 될 것이다.

붉은구름이 1870년에 워싱턴을 방문하고 돌아온 지 이삼 주 후부터 도네호가와의 곤경은 본격적으로 시작되었다. 그의 개혁은 오랫동안 인디언국을 엽관제의 호재로 이용해온 소위 인디언 링이라는 정치적 두목들의 적대감을 샀다. 또한 수우족 땅을 차지하려는 백인 이주자들의 빅혼 광산 원정대를 해산시킨 일로 서부에도 적이 생겼다.

(빅혼 협회가 샤이엔에서 창설되었는데, 회원들은 '명백한 운명'을 신봉하는 사람들이었다. 와이오밍의 풍요롭고 아름다운 계곡은 앵글로색슨족이 차지하고 보유하도록 운명 지어져 있다. 아득한 세월부터 눈 덮인 산봉우리 밑에 숨어 있는 부富는 문명의 전위가 될 운명을 타고난, 용감한 정신을 지닌 사람에게 신이 보답으로 내려주서서 그곳에 묻혀 있는 것이다. 쉼 없이 전진하는 거대한 이주의 물결 앞에서 인디언들은 물러서지 않으면 흔적도 없이 짓밟히게 될 것이다. 원주민의 운명은 명확한 글자로 씌어져 있다. 로마의 멸망을 명했던 불가해한 중재자께서는 미국 홍인종에게 멸족의 선고를 내

리셨다.)

1870년 여름 미 의회 내에 도사리고 있던 도네호가와의 적들은 주거 지역 인디언들에게 줄 보급품 구입 예산 지출을 연기시킴으로써 그를 곤경에 빠뜨렸다. 한여름이 되자 굶주린 인디언들이 들짐승을 찾아 박차고 뛰어나갈까 봐 두려워한 주재관들에게서 식량 배급을 요청하는 전보가 그의 사무실에 쇄도했다. 식량이 즉시 공급되지 않으면 폭력 사태가 발생할 우려가 다분했다.

도네호가와는 구매 공고를 내지 않고 신용으로 계약보다 조금 비싼 가격에 구매한 공급품을 급히 실어 보냈다. 이렇게 해서 인디언들은 간신히 아사 직전에 식량 배급을 받을 수 있었다. 그러나 그 과정에서 한두 가지 사소한 규정을 어기게 되었는데 이것이 그의 적들에게 빌미를 제공했다.

전혀 예기치 못하게 맨 먼저 상인이자 인디언들의 선교사였던 윌리엄 웰시라는 사람이 공격해왔다. 웰시는 인디언 담당관 감독위원회의 제1기 위원이었는데 임명을 수락한 직후 곧 사임했다. 그는 사직한 이유를 1870년 12월 워싱턴의 여러 일간지에 편지로 써 보냈다. 웰시는 인디언 담당관이 "낭비를 일삼고 횡령을 저지르고 있다"고 비난하고 그랜트 대통령이 "야만적인 행태를 보이는 자"를 공직에 앉혔다고 공격했다. 웰시는 인디언들이 기독교인이 아니기 때문에 전투를 일삼고 있다고 생각하고 있었으므로, 그에게 인디언 문제를 해결하는 일은 곧 인디언들을 기독교로 개종시키는 일이었다. 엘리 파커가 인디언들의 원시 종교를 용인하고 있다는 것을 알게 되자 그는 '이교도' 담당관에 대해 극력한 증오심을 느끼고 사직했던 것이다.

웰시의 편지가 신문에 실리자마자 도네호가와의 정적들은 그를 공직에서 밀어낼 절호의 기회로 삼았다. 일주일도 안 돼 하원 세출위원회는 인디언 문제 담당관의 혐의를 조사하는 결의안을 채택하고 그를 소환해 여러 날 동안 엄격한 심리를 했다. 웰시는 열세 가지 직권 남용 행위를 제출했다. 도네호가와는 그것들이 전혀 근거 없다는 점을 입증해야 했다.

결국 심리 끝에 담당관은 모든 혐의에서 벗어나 오히려 "정부가 성실한 태도로 그들의 문제에 임하고 있다"는 확신을 인디언들에게 심어주고 평원 인디언들과의 전쟁을 피함으로써 수백만 달러의 국고를 절약했다고 치하받았다. 도네호가와와 가까운 친구들은 심리 기간 동안 그가 얼마나 고통스러웠는지 알고 있었다. 그는 웰시의 공격을 배신으로 여겼고, 특히 "야만인과 종이 한 장 차이도 안 나는 인디언"이라는 웰시의 말에 큰 충격을 받았다.

도네호가와가 원한 것은 인디언의 지위 향상이었지만 그 자신이 인디언이기 때문에 호시탐탐 그를 노리는 정적들이 있는 한 그의 지위는 인디언들에게 득보다는 해가 될 것이었다. 또한 계속 그 지위에 붙어 있는 것이 오랜 친구인 그랜트 대통령에게 정치적인 곤경을 안겨줄 수도 있었다.

몇 달 동안 숙고한 끝에 1871년 늦여름 그는 사직서를 제출했다. 친구들에겐 자신이 '걸림돌a rock of offence'(이사야 8장 14절)이 되기 때문에 그만둔다고 실토했지만 공적으로는 가족을 부양하기 위해 사업을 한다는 구실을 내세웠다. 예견했던 대로 언론은 도네호가와야말로 자기 민족을 배신한 유다이자 '인디언 링'의 일원이었음이 틀림없다는 말을 넌지시 흘리면서 그를 공격했다.

도네호가와는 그 모든 것을 일소에 부쳤다. 반세기의 세월 동안 그는 백인들의 편견에 익숙할 대로 익숙해 있었다. 그는 뉴욕에서 그 노다지의 시대에 한 재산을 모으고도 남았을 생을 '이로쿼이족 긴집의 서쪽 문지기' 도네호가와로 살았다.

코치스와 아파치 게릴라

Cochise and the Apache Guerrillas

1871년—1월 28일, 파리, 독일군에 항복. 3월 18일, 파리에서 공산주의자 봉기. 5월 10일, 불독 강화조약 서명. 프랑스, 알자스-로렌을 독일에 양도. 5월 28일, 파리 봉기 진압. 10월 8일, 시카고 대화재. 10월 12일, 그랜트 대통령, 쿠 클럭스 클란(KKK) 금지 포고령 발표. 11월 10일, 아프리카에서 헨리 스탠리, 리빙스턴 박사 발견. 인상주의 화가들, 파리에서 첫 번째 전시회 개최. 다윈의《인간의 유래》발간.

1872년—3월 1일, 옐로스톤 국립공원 지정. 제임스 피스크와 제이 굴드의 부패한 에리 링 붕괴. 6월, 미 의회, 연방 소득세 철폐. 10월, 공화당 지도자들, 유니온 퍼시픽 철도의 이익을 위한 정치적 영향력의 대가로 크레디트 모빌리에 주식을 수령한 죄로 기소당함. 11월 5일, 뉴욕 주 로체스터 시에서 수전 앤서니와 다른 여성권 주창자들 투표 시도로 체포. 11월 6일, 그랜트 대통령 재선.

젊었을 때 나는 이 땅을 마음껏 활보하고 다녔다. 그때는 아파치족 말고 다른 종족은 눈에 띄지도 않았다. 그런데 여름이 여러 번 지나간 뒤 다시 둘러보니 다른 인종이 이 땅을 차지하고 있었다. 이게 어찌된 일인가? 아파치족이 죽기를 기다리며 실낱같이 아슬아슬한 삶을 이어가다니. 이제 아파치족은 언덕과 들판을 떠돌아다니며 하늘이 무너져 내리기만을 바라고 있다. 아파치족은 한때 강대한 부족이었다. 그러나 이제는 수도 보잘것없이 줄어들었고 바로 이런 이유 때문에 죽기를 바라며 목숨을 내걸고 살아가는 것이다.

치리카우아 아파치족의 코치스

나는 더 이상 산속으로 쫓겨 다니고 싶지 않다. 다만 확실한 조약을 맺고 싶을 따름이다. 나는 바위가 녹아내릴 때까지라도 약속을 지킬 것이다. ……하느님은 백인을 이 세상에 보냈고 또한 아파치족을 있게 했다. 아파치족은 백인과 마찬가지로 이 땅에 대해 똑같은 권리를 갖고 있다. 나는 모두가 아무 말썽 없이 이 땅 위를 지나다니게 될 영원한 조약을 맺기를 원한다.

톤토 아파치족의 델샤이

대학살이 아니었더라면 지금 이곳에는 훨씬 더 많은 사람이 살고 있을 것이다. 그러나 그런 일을 당하고 나서 누가 견뎌낼 수 있었겠는가? 휘트먼 중위와 화친을 맺었을 때만 해도 내 마음은 행복에 부풀어 있었다. 투산 시와 산 사비에르 사람들은 미쳤음에 틀림없다. 그들은 머리도 가슴도 없는 듯이 행동했다. ……그들은 피에 굶주린 인간들이다. ……투산 사람들은 신문에다 자기들에게 유리한 얘기를 써대지만 아파치족은 입장을 대변해줄 사람이 아무도 없다.

아라바이파 아파치족의 에스키민진

1871년 여름, 붉은구름이 워싱턴에서 돌아간 뒤 인디언 담당관 엘리 파커와 정부 관리들은 아파치 대추장인 코치스를 워싱턴에 초청하는 문제를 논의했다. 별대장 칼턴이 떠난 뒤 아파치 지역에서 전투는 없었지만 주거지 없이 떠도는 인디언들과 그들의 땅을 계속 파고들어오는 백인 이주자와 광부, 화물업자들 사이에 빈번한 충돌이 일어났다. 미국 정부는 뉴멕시코와 애리조나에 아파치의 여러 지파들을 위해 네 개의 주거지역을 할당해놓았지만 살려고 들어오는 아파치는 거의 없었다. 아파치 지역에 영구적인 평화를 정착시키는 데 코치스가 도움이 되었으면 하는 것이 파커 담당관의 바람이었다.

1871년 봄까지는 아무도 코치스의 종적을 찾을 수 없었지만 정작 의사가 전달되자 추장은 정부의 초청을 거절했다. 그는 거두절미하고 군인이건 민간인이건 미국의 대표는 아무도 믿을 수 없다고 말했다.

코치스는 치리카우아 아파치족이었다. 그는 자기 부족민들보다 훨씬 키가 크고 어깨가 넓었으며 가슴은 두툼하고 지적인 얼굴과 검은 눈에 쭉 뻗은 큰 코, 시원한 이마에 머리숱이 많고 피부색이 검었다. 코치스를 만나본 백인들은 그의 태도가 부드러우며 용모는 맑고 단정하다고 말하곤 했다.

백인들이 처음 애리조나에 왔을 때 코치스는 그들을 환영했다. 1856년 그는 제1용기병 연대 이눅 스틴 소령과의 회담에서 캘리포니아 남부로 가는 백인들이 치리카우아 지역을 통과해도 좋다고 허락했다. 버터필드 대륙횡단 우체국이 아파치 요새에 역마차 역을 설치할 때도 코치스는 반대하지 않았다. 근방에 살던 치리카우아족은 역에 필요한 재목을 잘라 보급품과 물물교환을 했다.

1861년 2월 어느 날 코치스는 아파치 패스의 한 장교로부터 역으로 나와 회담을 갖자는 제안을 받았다. 늘 있는 일이므로 코치스는 부인과 아들 그리고 동생과 조카 둘까지 일가족 다섯 명을 데리고 갔다. 그를 보자고 한 장교는 제7보병 부대의 조지 바스콤 중위였다. 그는 존 워드의 농장에서 도둑맞은 가축과 혼혈아 한 명을 찾기 위해 1개 중대 병력을 이끌고 왔다. 존 워드는 코치스의 치리카우아족이 가축과 아이를 훔쳐갔다고 신고했다.

코치스와 그 가족이 바스콤의 텐트로 들어서자마자 미군 열두 명이 텐트를 둘러쌌다. 바스콤은 치리카우아족이 근처의 백인 농장에서 훔쳐간 가축과 혼혈아를 돌려달라고 단호히 요구했다.

코치스도 그 아이에 대한 소문을 들었다. 그는 힐러 강 유역의 코요테로 지파가 워드 농장을 습격했던 것이며 지금쯤 블랙 마운틴에 있을 거라고 알려주었다. 코치스는 보석금을 내도록 주선해볼 생각이었다. 그러나 바스콤 중위는 치리카우아족이 강탈했다고 끝내 우겨댔다. 처음에 코치스는 이 젊은 중위가 농담을 하고 있다고 생각했다. 그러나 코치스가 그의 말을 가벼이 받아들이자 성질 급한 바스콤 중위는 소년과 가축을 돌려받을 때까지 코치스 일가를 볼모로 잡아두겠다며 코치스 가족을 체포하라고 지시했다.

미군이 달려들어 체포하려는 순간 코치스는 텐트를 칼로 찢고 쏟아지는 총탄 사이를 빠져나왔다. 비록 부상은 당했지만 날쌘 추장은 미군의 추격을 벗어날 수 있었다. 가족이 붙잡혀 있었으므로 코치스는 버터필드 트레일에서 백인 세 명을 잡아 교환 조건으로 삼았다. 그러나 바스콤은 훔쳐간 가축과 소년을 돌려보내지 않는 한 가족들을 내줄 수 없다고 거절했다.

바스콤 중위가 치리카우아족의 결백을 믿지 않는 것에 격노한 코치스

코치스.

는 아파치 요새로 넘어가는 도로를 차단하고 역마차 역의 보병 중대를 포위했다. 그리고 바스콤에게 한 번 더 기회를 준 뒤 스페인 사람들에게 배운 잔인한 관습대로 창으로 백인 포로들의 사지를 절단하여 처형했다. 이삼 일 뒤에 바스콤 중위는 그에 대한 보복으로 코치스의 가족 중 아들과 동생, 조카애까지 남자 셋을 교수형에 처했다.

이때부터 스페인 사람에게 품고 있던 치리카우아족의 증오심은 미국인에게 향했다. 앞으로 4반세기에 걸쳐 치리카우아족을 비롯한 아파치족은 지금까지 벌어졌던 어떤 인디언 전쟁보다 많은 생명과 재산을 희생시킬 간헐적인 게릴라전을 벌이게 된다.

그 당시(1861년) 아파치족의 대추장은 우뚝 솟은 탑처럼 보이는 코치스보다 키가 더 큰 일흔 살의 망가스 콜로라도(붉은소매Red Sleeves)였다. 그는 밈브레뇨 아파치족이었다.

애리조나 동남부와 뉴멕시코 남서부에 사는 여러 지파 중엔 망가스를 추종하는 인디언들이 많았다. 코치스는 망가스의 사위였다. 코치스의 가족이 살해된 후 두 사람은 백인을 몰아내기 위해 힘을 합했다. 인디언들은 백인의 마차 수송대를 습격하고 포장마차와 우편마차의 통행을 차단했으며 치리카우아 산에서 모골론 산에 이르기까지 그 지역에서 일하던 광부 수백 명을 쫓아냈다. 남북전쟁이 일어나자 망가스와 코치스는 남군이 동부로 물러날 때까지 싸웠다.

1862년 칼턴 장군은 캘리포니아에서 북군 수천 명을 이끌고 옛 길을 따라 치리카우아 지역의 심장부를 뚫고 들어왔다. 처음에 소규모 부대로 나누어 행군해온 칼턴의 부하들은 식수를 보충하려고 아파치 패스의 폐기된 역마차 역 근처 우물가에 멈추곤 했다. 말의 달인 7월 15일 망가스와 코치스는 그 고개와 우물이 내려다보이는 바위 언덕 뒤편에 전사 500명을 배치했다.

300명가량의 미군 3개 보병 중대가 수레 두 대와 기병대의 호위를 받으며 서쪽에서 고개로 들어서자 아파치 전사들은 일제히 총과 화살을 쏘아대며 기습공격을 감행했다. 미군은 잠시 응사를 하다가 황급히 퇴각했다. 미군이 다시 몰려올 것을 알고 아파치족은 뒤쫓지 않았다. 미군은 전투 대형을 갖춘 뒤 문제의 수레 두 대를 굴리며 진군해왔다. 우물 가까이 다가왔지만 그들을 가려줄 엄폐물은 하나도 없었고 언덕 위에서는 인디언들이 둘러싸고 있었다. 그들은 몇 분 동안 그 자리에 그대로 서 있었다. 그러다가 수레가 굴러오면서 갑자기 커다란 불꽃이 터져나왔다.

순간 구름 같은 검은 연기가 일어나고 벼락 치는 소리가 높이 솟은 바위에 메아리치며 쇠붙이 파편이 공중에 치솟았다. 아파치족은 스페인 사람의 조그만 대포 소리는 들은 적이 있지만 수레 위에서 이렇게 천둥소리가 나는 큰 대포 소리는 처음 들었다. 그 대포는 아파치들에게 죽음의 공포를 불러일으켰다. 전사들이 퇴각하자 우물은 백인의 차지가 되었다.

그러나 망가스와 코치스는 맑은 물이 흐르는 우물과 고개를 포기할 마음이 없었다. 미군들을 대포와 분리시키기만 한다면 기회는 아직 있을 것이다. 다음 날 아침 기병 소대가 서쪽으로 돌아가는 것이 보였다. 아마 후속 부대에게 아파치 공격에 대비하라고 알리려는 것이었으리라. 망가스는 말 탄 전사 50명을 이끌고 그들을 차단하기 위해 기병대를 습격했다. 뒤이은 추격전에서 망가스는 가슴에 부상을 입고 의식불명인 채 말에서 떨어졌다. 추장의 부상에 사기를 잃은 인디언들은 전투를 중지하고 피 흘리는 망가스를 산으로 옮겼다.

코치스는 무슨 수를 써서라도 망가스의 생명을 구하기로 결심했다. 그는 마술사를 부르거나 주술적인 노래를 불러 치료하는 대신 장인을 들것에 실어 하노스라는 멕시코 마을까지 100마일을 달려갔다. 그 마을에 사는 외과의에게 장인을 맡기며 코치스는 짤막한 말을 던졌다.

"이 사람을 살려내라. 만약 이 사람이 죽으면 이 마을도 없어질 것이다."

몇 달 후 망가스는 솜브레로(챙 넓은 모자)와 세라피(스페인계 중남미 여러 나라에서 쓰는 화려한 어깨걸이)를 두르고 각반을 차고 멕시코에서 얻은 중국 샌들을 신고 밈브르 산으로 돌아왔다. 전보다 수척해지고 주름살도 많이 늘었지만 여전히 한창 나이의 장정보다 말을 잘 타고 활을 잘 쏘았다.

망가스가 산속에서 쉬고 있을 때 칼턴 장군이 메스칼레로 아파치족을 보스크 레돈도에 몰아넣었다는 소식이 들려왔다. 미군은 도처에서 아파치족을 색출해 아파치 패스에서 그와 코치스의 전사들 63명을 살해했듯이 엄청난 대포로 무참히 몰살시키고 있었다.

날아다니는 개미의 달(1863년 1월)에 망가스는 밈브르 강가에 진을 쳤다. 그리고 자기가 죽기 전에 모든 아파치족에게 평화를 가져다줄 수 있는 방법을 모색해보았다. 그는 1852년 샌타페이에서 백인들과의 조약에 서명한 일이 있었다. 그때 아파치족과 미국 국민들은 영구적인 평화와 친선을 나누기로 합의했고 그 후 몇 해 동안 평화가 지속되었다. 그러나 지금은 적의와 죽음뿐이었다. 그는 부족들이 다시 평화롭게 사는 것을 보고 싶었다. 망가스는 빅토리오나 제로니모 같은 용감하고 재간 있는 젊은 전사들도 거대한 힘을 가진 미국을 패배시키지 못할 것이라는 사실을 잘 알고 있었다. 지금이야말로 날아다니는 개미처럼 무수히 많은 미국인들과 다시 한 번 조약을 맺어야 할 때가 아닌가.

그러던 어느 날 한 멕시코인이 백기를 들고 망가스의 진영으로 찾아왔다. 그는 미군들이 평화회담을 갖고자 가까이 와 있다고 전했다. 망가스에게 그 전갈은 신의 섭리와 같았다. 그는 별대장과 담판을 벌이고 싶었지만 대신 캘리포니아 지원병 부대의 작은 대장인 에드먼드 셜랜드를 만나러 갔다.

밈브레뇨 전사들은 코치스가 아파치 패스에 미군을 만나러 갔다가 배신당한 사실을 일깨워주며 가지 말라고 극구 만류했다. 그러나 노추장은 전사들의 우려를 일축했다. 자신은 기껏해야 노인에 지나지 않는다. 비록 아귀 같은 미군들이라 해도 화친을 맺으러 간 노인에게 무슨 해코지를 하겠는가? 전사들이 그를 호위하겠다고 고집을 부렸기 때문에 그는 전사 열다섯 명을 데리고 산길을 올라갔다.

망가스 일행은 미군 진지에 다가가 대장이 나오기를 기다렸다. 스페인 말을 할 줄 아는 광부가 나와서 망가스를 데리고 들어가려 했다. 그러나 아파치 호위병들은 셜랜드 대위가 백기를 올리기 전에는 추장을 보내려 하지 않았다. 잠시 후 흰 깃발이 오르자 망가스는 혼자 들어가겠다며 전사들에게 돌아가라고 지시했다. 망가스는 이제 휴전협정에 의해 보호받는 안전한 상태였다. 망가스는 미군 진지를 향해 말을 달렸다.

그러나 아파치 전사들이 시야에서 사라지기도 전에 십여 명의 병사들이 소총을 겨누고 등 뒤의 덤불 속에서 뛰어나왔다. 망가스는 포로가 된 것이다.

캘리포니아 지원병 부대와 함께 다니던 광부들 중 한 사람인 대니얼 코너는 "망가스는 옛 매클린 요새로 급히 이송되었다. 때마침 웨스트 장군이 부대를 거느리고 나왔다"고 말했다. "웨스트 장군은 망가스가 감금되어 있는 곳으로 갔다. 웨스트 장군은 주위의 어느 누구보다 체구가 큰 늙은 추장에 비하면 난쟁이 같았다. 추장의 얼굴은 수심에 가득 차 있었으며 아무한테도 말을 하려 하지 않았다. 얼굴이 창백한 자들을 믿은 걸 크게 후회하고 있는 것이 분명했다."

두 명의 보초가 망가스를 감시했다. 밤이 되자 혹독하게 추워지기 시작했고 보초들은 몸이 얼지 않도록 모닥불을 피워놓았다. 캘리포니아 출신 지원병 클라크 스타킹 일병은 조셉 웨스트 장군이 망가스를 감시하던 보초에게 내린 명령을 분명히 들었다고 기록하고 있다.

"나는 그 녀석을 내일 아침에 죽이든가 살리든가 할 거야. 알겠는가. 나는 그자가 죽었으면 해."

어둠이 내리자 주변에 있는 아파치족을 의식하여 보초병을 늘렸고 대니얼 코너도 보초를 서야 했다. 자정이 되기 직전 코너가 담당 초소로 걸어가고 있을 때 망가스가 계속 불안스럽게 모포 밑에서 다리를 끌어당기는 것을 보았다. 코너는 불빛에서 좀 떨어진 곳에서 망가스를 감시하고 있던 병사들이 무엇을 하는지 지켜보았다. 그들은 대검을 불에 달궈 망가스의 팔과 다리를 건드리고 있었다.

"계속되는 이런 고문을 더 이상 견딜 수 없어서 망가스는 일어나서 보초들에게 스페인 말로 '나는 데리고 놀 어린애가 아니다!'라고 간곡히 타일렀다. 그 소리가 채 끝나기도 전에 보초들은 기다렸다는 듯이 총을 들이댔고 총알은 거의 동시에 그의 몸을 관통했다."

망가스가 쓰러졌는데도 보초들은 다시 권총을 꺼내 계속 쏘아댔다. 보초 한 녀석이 죽어 넘어진 망가스의 머리가죽을 벗겨냈고 다른 녀석은 망가스의 해골을 골상학자에게 판다며 목을 잘라 물에 넣고 끓였다.

코치스와 아파치 게릴라

그리고 머리 없는 망가스의 시체를 도랑에 던져버렸다. 군의 공식 보고서에는 망가스 추장이 탈출을 시도하다 살해되었다고 진술되어 있다.

그 뒤로 코너의 말처럼 "아파치들은 결사적으로 싸움에 임했다. ……그들은 전력을 다해 망가스의 죽음에 보복하려는 듯 보였다."

애리조나의 치리카우아부터 뉴멕시코의 밈브르 산에 이르기까지 코치스와 아파치 전사 300명은 배신을 밥 먹듯 하는 백인들과 싸우다 죽어도 좋다는 각오로 처절한 전투를 벌였다. 빅토리오는 보스크 레돈도에서 탈출해온 메스칼레로족을 포함해 또 다른 지파를 모아 호르나도 델 무에르토에서 엘파소에 이르는 리오그란데 강 연안의 정착민촌과 소로를 습격했다. 2년 동안 이 소규모 아파치족은 떼를 지어 다니며 남서부 지역을 소요 속으로 몰아넣었다.

아파치족은 대부분 활과 화살만으로 무장한 상태였다. 화살대는 길이 3피트의 연약한 갈대를 썼고 깃털 세 개를 달았으며 살촉은 세모꼴 석영을 날카롭게 갈아서 끼운 것이었다. 화살촉이 가죽 끈이나 덮개 대신 들쭉날쭉한 V자 모양의 새김눈으로 화살대에 부착한 것이어서 무척 조심히 다루어야 했지만, 화살의 관통력은 웬만한 총과 맞먹을 정도였다. 이 정도의 무기로 아파치족은 잘 싸웠지만 백 대 일의 적은 숫자로는 죽거나 포로가 되는 것 외에 앞날을 기대할 수 없었다.

내전이 끝나고 칼턴 장군이 물러난 뒤 미국 정부는 아파치족에 대한 화친을 시도했다. 넓은 잎사귀의 달(1865년 4월 21일)에 빅토리오와 나나는 샌타 리타에서 미국 대표를 만났다.

빅토리오는 말했다. "나와 부족민은 화평을 원합니다. 우리는 전쟁에 지쳤소. 가족들이 먹고 입을 것도 거의 없소. 우리는 지속적인 평화를 바랍니다. 나는 손과 입을 차가운 샘물로 씻었소. 내가 말한 것은 진실이오."

"우리를 믿어도 됩니다"라고 나나도 덧붙였다.

그러나 주재관의 답변은 간단했다. "나는 당신들과 화친을 맺자고 온 것이 아니라 보스크 레돈도의 주거지역으로 들어가야 평화롭게 살 수 있다는 것을 알려주러 온 것이오."

그들은 이미 보스크 레돈도에 대해 많은 말을 들었으나 모두 안 좋은 소식이었다.

"나는 당신의 말을 담을 호주머니는 없지만 그 말은 내 가슴에 깊이 가라앉았으니 잊어버리지 않을 것이오"라고 나나는 메마른 목소리로 언급했다. 빅토리오는 주거지역으로 떠나기 전에 이틀의 시간을 요청했다. 부족과 말을 모을 시간이 필요했다. 그는 4월 23일에 주재관과 피노스 알토스에서 다시 만나기로 약속했다.

주재관은 나흘 동안 피노스 알토스에서 기다렸지만 단 한 명의 아파치도 나타나지 않았다. 증오스런 보스크 레돈도로 가기보다는 차라리 굶주림과 궁핍, 죽음을 맞는 것이 나았다. 일부는 남쪽 멕시코로 흘러들어갔고 다른 사람들은 드러군 산의 코치스와 합류했다. 아파치 패스에서의 경험과 망가스의 죽음을 겪고 난 뒤 코치스는 화친 제의에 응하지 않았다.

다음 5년 동안 아파치 전사들은 군 요새와 정착촌에서 멀리 벗어나 살았다. 농장주나 광부가 경계를 게을리한 틈을 습격해 말이나 가축을 끌어오는 게릴라전을 벌였다. 1870년까지 습격은 더 빈번해졌고 백인에게 가장 잘 알려진 인물이 코치스였기 때문에 그런 일이 어디서 벌어지든 그는 모든 덤터기를 쓰게 되었다.

1871년 봄 인디언 문제 담당관이 코치스에게 워싱턴을 방문하도록 간곡히 청한 이유도 바로 그 때문이었다. 그러나 코치스는 변한 게 아무것도 없다는 것을 알고 있었다. 그는 어떤 미국 정부 대표도 믿을 수 없었다. 이삼 주 뒤에 그랜트 기지에서 에스키민진과 아라바이파족에게 일어난 사달을 본 코치스는, 아파치 가운데 누구도 다시는 자신의 목숨을 모반적인 미국인의 손에 맡겨서는 안 된다는 생각을 철석같이 굳혔다.

에스키민진이 이끄는 150명의 소규모 아라바이파 아파치족은 원래 아라바이파 강 유역에서 살았다. 아라바이파족이란 이름도 강 이름을 딴 것이었다. 이곳은 산 페드로 강과 갈리우로 산 사이에 있는 코치스의 요새 북쪽에 있었다. 에스키민진은 땅딸막한 안짱다리가 불도그를 닮았지만 얼굴이 잘생긴 아파치였다. 태평한 성격이었지만 사나울 때도 있었다. 1871년 2월 에스키민진은 아라바이파 강과 산 페드로 강 합류 지점의 작은 초소인 그랜트 기지로 들어섰다. 대장인 로열 휘트먼 중위가 우호적이라는 소문을 듣고 그를 만나러 간 것이다.

에스키민진은 휘트먼 중위에게 자기들은 아파치족이라는 이유 말고는 아무런 잘못이 없는데도 미군들이 그악스럽게 쫓아다니며 총질을 해대기 때문에 집도 가정도 꾸릴 수 없다고 얘기하고는 아라바이파 강 유역에 정착해 곡식을 키우며 살 수 있게 해달라고 부탁했다.

휘트먼은 그에게 왜 미국 정부가 주거지역으로 정해준 화이트 산으로 들어가지 않는지 물었다.

"그곳은 우리 땅이 아니오"라고 추장은 대답했다.

"또 그 사람들은 우리 부족이 아닙니다. 우리는 코요테로족과 사이가 좋기는 하지만 그들과 어울려 산 적은 없소. 우리 아버지와 그 이전의

에스키민진. 아라바이파족 대추장.
1876년 워싱턴 D.C.에서 찰스 M. 벨이 찍은 사진으로 추정됨.

선조들은 이 산에서 살았고 이 계곡에서 옥수수를 길러 먹었소. 우리는 우리의 주식인 메스칼(용설란 잎을 질그릇에 볶아 요리한 달고 영양분이 많은 음식. 메스칼레로 아파치족은 이 메스칼에서 이름을 딴 것이다) 만드는 법을 배워 여름과 겨울에도 풍부한 양식을 쌓아두고 있소. 화이트 산에는 그런 것이 전혀 없어요. 때문에 우리는 굶주리고 병들기 십상입니다. 우리 부족민 몇 명이 화이트 산에서 잠시 거주한 적이 있지만 결국 '아라바이파로 가서 화친을 맺고 다시는 어기지 말자'고 말하고 있소."

휘트먼 중위는 자기한테는 그의 지파와 화친을 맺을 권한이 없지만 인디언들이 무기를 넘겨준다면 상관의 지시를 받을 때까지 기술적인 전쟁포로로 취급해서 요새 근처에서 살게 해주겠다고 말했다. 에스키민진은 이 말을 받아들였고, 인디언들이 몇 명씩 들어와 총을 내주었다. 몇몇 인디언은 활과 화살까지도 처분해버렸다. 그들은 강 상류 쪽 이삼 마일 되는 곳에 마을을 세우고 옥수수를 심고 메스칼을 만들었다. 휘트먼은 인디언들이 열심히 일하는 것에 감명받아 기병대 말을 먹일 건초를 베는 일에 인디언들을 고용해 보급품을 살 돈을 벌 수 있게 해주었다. 근처에 있는 백인 농장주들도 인디언 몇 사람을 노동자로 썼다. 실험은 아주 성공적이어서 3월 중순까지 피날족 일부를 포함해 100명 이상의 아파치족이 에스키민진 부족에 합류했고 다른 아파치족도 거의 매일 찾아왔다.

휘트먼은 자신의 상관에게 이곳 상황을 설명하면서 지시를 요청하는 보고서를 보냈다. 그러나 4월 말 그의 요청은 공식적 형식을 갖춰 제출하도록 반려되었다. 휘트먼 중위는 아라바이파족에 대한 모든 책임을 자기가 져야 한다는 것을 알고 있었기 때문에 인디언들의 행동에 매우 신경을 썼다.

4월 10일 아파치는 투산 남쪽의 산 사비에르를 습격해 가축과 말을 탈취해갔다. 4월 13일에는 투산 시 동쪽의 산 페드로 강 근처를 습격해 백인 네 명을 사살했다.

1871년 투산 시에는 도박꾼, 술집 주인, 교역 상인, 광부, 운송업자, 청부업자 등이 3천 명이나 득시글거렸는데 도시는 그런 시정잡배들에겐 더할 나위 없는 오아시스였다.

그들은 남북전쟁 동안 한몫 잡은 자들로 인디언 전쟁으로 계속 이득을 얻기를 바라고 있었다. 그들은 아파치족의 습격에 대비하기 위해 공공안전위원회를 만들었다. 그러나 인디언들이 투산 시 너머로는 접근하지 않았기 때문에 회원들은 외곽 마을로 말을 타고 나가 습격자들을 추격했다. 4월에 있었던 두 번의 습격 사건 뒤, 그들은 습격자들이 그랜트 기지의 아라바이파 마을에서 왔다는 말을 퍼뜨렸다. 그랜트 기지는 55마일이나 떨어진 곳에 있어서 아라바이파족이 그렇게 멀리까지 오지 않았으리라는 것은 분명했지만 대부분의 투산 시민들은 그 말을 그대로 믿었다. 그들은 아파치족이 한데 모여 평화롭게 일하는 것이 달갑지 않았다. 그렇게 되면 주둔 군인들이 줄어들고 전쟁으로 벌어들이는 그들의 몫도 줄어든다.

4월 말 인디언과의 싸움이라면 이골이 난 투산 시의 윌리엄 우리라는 자가 무기를 들지 않은 아라바이파족을 몰살시키려고 습격대를 조직했다. 그는 미국인 여섯 명과 멕시코인 42명을 원정대로 끌어들였다. 그러나 그 인원으로 기습을 성공시키기가 곤란하다고 판단한 우리는 몇 년 전에 스페인 군대가 굴복시키고 스페인 신부들이 기독교로 개종시킨 파파고 인디언 92명을 용병으로 고용했다. 4월 28일 중무장을 한 140명의 가공할 습격대가 출발 준비를 마쳤다.

그랜트 기지의 휘트먼 중위가 이 소식을 맨 처음 들은 것은 4월 30일 아침 7시 반이었다. 투산의 작은 수비대가 그에게 4월 28일 대규모 부대가 그랜트 기지 근방의 인디언을 몰살시키겠다고 공언하고 떠났다는 보고를 해왔다.

그는 뒤에 다음과 같이 보고서에 썼다. "나는 통역 두 명을 말에 태워 아라바이파족 마을로 보냈다. 추장들에게 정확한 사태를 알리고 급히 인디언들을 모아 기지 안으로 들어오라고 지시했다. ……한 시간쯤 뒤에 돌아온 통역은 마을에 도착해보니 살아 있는 인디언은 하나도 없었다고 보고했다."

이미 세 시간 전에 투산 원정대는 강의 절벽과 아라바이파 마을에 인접한 모래바닥에 접근했다. 밑에 있던 대원들이 인디언들의 오두막에 사격을 개시했다. 아파치족이 공터로 뛰어나오자 절벽 위에서 일제 사격을 해 그들을 쓰러뜨렸다. 반 시간도 안 되어 마을에 있던 인디언들은 모두 도망가거나 죽거나 포로가 되었다. 포로가 된 27명은 모두 어린아이들로 기독교도가 된 파파고족이 멕시코로 팔아넘기기 위해 사로잡은 것이었다.

휘트먼 중위가 달려갔을 때도 마을은 불타고 있었고 주위엔 사지가 찢긴 여자와 아이들의 시체가 즐비했다. 휘트먼 중위는 학살 후의 현장을 이렇게 증언하고 있다.

"많은 부녀자들이 그날 아침 모아놓았던 건초더미 곁에서 잠자다가 사살된 것을 알 수 있었다. 도망가지 못한 부상자들은 곤봉이나 돌에 머리를 맞아 박살이 났고 어떤 사람은 총을 맞은 뒤 온몸에 화살이 꽂힌 채 죽어 있었다. 시체는 모두 하나같이 발가벗겨져 있었다."

휘트먼을 따라갔던 군의관 브리슬리도 이런 충격적인 기록을 남겼다. "두 여인은 난행당한 흔적이 역력했는데 누워 있는 자세나 성기나 상처의 모습으로 보아 먼저 겁탈을 당하고 사살된 것이 틀림없었다. ……생후 열 달 정도 되어 보이는 갓난아이는 총을 두 방이나 맞았고 한쪽 다리는 난자되어 거의 떨어져나가다시피 했다."

휘트먼은 산으로 도피한 생존자들이 그들을 보호해주지 못한 것에 원망을 품을 것을 우려했다. "죽은 시체라도 건사해주면 적어도 그들에 대해 동정심을 갖고 있다는 것을 보여줄 수 있으리란 생각이 들었다. 그 생각은 옳았다. 수습하는 동안 여러 사람이 내려와 형언할 수 없는 끔찍한 비탄을 토로했다. ……100구 정도 되는 시체 가운데 노인 하나와 나이가 좀 들어 보이는 소년 하나 이외에는 모두 부녀자와 아이들이었다."

상처로 죽어갔거나 실종된 시체를 찾아낸 결과, 살해된 사람은 모두 144명에 이르렀다. 에스키민진은 돌아오지 않았다. 몇몇 아파치는 그가 학살에 대한 보복으로 전쟁을 벌일 거라고 믿었다.

한 인디언이 휘트먼 중위에게 하소연했다. "처자식들이 내 눈앞에서 죽어갔소. 그런데도 나는 손가락 하나 까딱할 수 없었소. 다른 인디언들이 내 처지였다면 칼로 목을 찌르고 자살했을 거요."

휘트먼이 학살자들에 대한 징벌을 끝까지 관철시키겠다고 약속하자 슬픔에 가득 찬 인디언들은 마을을 복구하고 다시 삶을 꾸려나가기로 했다.

휘트먼 중위의 끈질긴 노력으로 투산 시의 살인자들은 재판에 회부되었다. 그들의 변호사는 투산 시민들이 살인을 일삼는 아파치의 뒤를 쫓아 아라바이파 마을로 추격해 들어갔을 뿐이라고 주장했다. 그러나 그랜트 기지의 안내인 오스카 허튼은 "이 초소의 인디언들이 어떤 습격대도 조직한 사실이 없다는 것을 나는 신중한 판단으로 제시한다"고 증언했다. 교역상인 오스틴, 쇠고기 납품업자 우드, 그랜트 기지와 투산 간 우편물을 배달하던 우체부 윌리엄 네스 등도 같은 진술을 했다. 재판은 닷새 동안 이어졌다. 마지막 날 배심원들은 19분 동안 심사숙고했다. 판결은 살인자의 석방이었다.

휘트먼 중위는 아파치족을 변호했다고 해서 군 생활을 그르치게 되었다. 그는 터무니없는 이유로 기소되어 세 번이나 군법회의를 받아야 했고 승진도 못 하고 몇 년 동안 복무한 뒤 군복을 벗었다.

하지만 그랜트 기지 학살 사건으로 아파치족은 워싱턴 당국의 시선을 끌게 됐다. 그랜트 대통령은 그 습격을 가리켜 "더할 나위 없는 살인"이라고 규정하면서 남서부에 화평을 가져올 조속한 조치를 취하라고 군부와 인디언국에 지시했다.

1871년 6월 조지 크룩 장군이 애리조나 사령관으로 투산 시에 부임했고 몇 주 뒤에는 인디언국 특사 빈센트 콜리어가 그랜트 기지에 도착했다. 두 사람 모두 지도적인 아파치 추장들, 특히 코치스와의 회담이 주된 관심사였다.

콜리어는 먼저 에스키민진을 설득하기로 했다. 그때까지 숨어 지내던 에스키민진은 산에서 내려와 콜리어 대표와 회담을 갖게 되어 기쁘다고 말했다. 에스키민진은 그때를 이렇게 회상하고 있다.

"콜리어는 분명 대단한 우두머리라도 만날 것이라고 생각했을 것이다. 그러나 그는 궁핍하고 별볼일없는 인디언 추장을 보았을 뿐이다. 그가 석 달 전에 나를 만났더라면 나는 당당한 추장으로 보였을 것이다. 그때는 부족민이 많았지만 많은 사람들이 학살당했다. 이곳을 떠난 뒤에도 나는 이 근방에 있었다. 내 친구들이 여기 있었지만 돌아오는 것이 두려웠다. 할 말이 없지만 이것만은 말할 수 있다. 나는 이 터를 좋아한다. 나는 대신 말해줄 사람이 없기 때문에 해야 할 말을 했다. 학살이 아니었다면 지금 이곳에는 훨씬 더 많은 사람이 살고 있을 것이다. 하지만 그런 일을 당하고 누가 견딜 수 있었겠는가. 휘트먼 중위와 화친을 맺었을 때만 해도 내 마음은 행복에 부풀어 있었다. 투산 시와 산 사비에르 사람들은 미쳤음에 틀림없다. 그들은 머리도 가슴도 없는 듯 행동했다. 그들은 피에 굶주린 인간들이었다. 투산 사람들은 신문에 자기들 얘기를 써대지만 아파치족은 입장을 대변해줄 사람도 없다."

콜리어 특사는 큰아버지와 그런 사실을 전혀 모르는 백인들에게 아파치족의 이야기를 전해주겠다고 약속했다.

"일부러 우리를 만나러 온 것을 보니 그런 선량한 마음을 갖게 된 것은 하느님이나 착한 부모를 둬서 그런가 봅니다."

"하느님이 그랬소"라고 콜리어가 대답했다.

"그렇군요"라고 에스키민진이 말했다. 그곳에 있던 백인들은 통역된 그 말이 긍정인지 의문을 나타낸 것인지 알 수 없었다.

콜리어가 만나볼 두 번째 추장은 톤토 아파치족의 델샤이였다. 델샤이는 땅딸막하고 어깨가 널찍한 서른다섯 살쯤 된 남자였다. 한쪽 귀에 은귀걸이를 달고 다녔는데 얼굴 표정이 사납고 언제나 바쁜 것처럼 반은 뛰어다녔다. 1868년 초에 델샤이는 톤토족이 싸움을 그만두고 리오 베르데 강 서쪽 연안에 있는 맥도웰 기지를 주재소로 삼는 것에 동의했다. 그러나 델샤이는 미군들이 전혀 믿을 수 없는 자들이라는 것을 알게 되었다. 한번은 한 장교가 까닭 없이 델샤이의 등에 산탄총을 쏘았다. 그는 또 초소의 군의관이 그를 독살하려 했다는 확신을 갖고 있었다. 이런 일이 있고 나서 델샤이는 맥도웰 기지를 멀리하고 있었다.

콜리어 특사는 델샤이와 연락 창구를 열기 위해 군대를 동원할 권한을 가지고 9월 말에 맥도웰 기지에 도착했다. 휴전기와 연막, 그리고 야간의 모닥불 등을 동원해 기병과 보병대가 여러 차례 신호를 보냈지만 델샤이는 미군의 속셈을 철저히 캐낼 때까지는 응하지 않을 태세였다. 1871년 10월 31일 델샤이가 네터빌 대위와 선플라워 계곡에서 만나기로 동의했을 때 콜리어는 워싱턴으로 돌아간 뒤였다. 델샤이의 발언이 콜리어에게 전달되었다.

델샤이는 "나는 더 이상 산속을 헤매고 싶지 않소. 나는 분명한 조약을 맺고 싶소. 나는 영구적인 조약을 원하오. 돌이 녹을 때까지라도 내 말을 지킬 것이오"라고 말했다.

그러나 그는 톤토족을 맥도웰 기지로 다시 데려가려고 하지 않았다. 그곳은 좋은 장소가 아니었다(그가 총을 맞고 독살당할 뻔한 곳이 아닌가). 톤토족은 산 가까이 있는 선플라워 계곡에서 과일 열매를 따고 들짐승을 잡으며 살기를 원했다.

"맥도웰 기지의 대장이 내가 말하는 곳에 초소를 세우지 못하게 한다면 나는 더 이상 할 것이 없소. 하느님이 백인을 만들고 아파치도 만들었으니 아파치도 백인과 똑같이 이 땅에 대한 권리가 있소. 둘이 함께 이 땅을 돌아다녀도 말썽이 없을 조약을 맺고 싶소. 조약이 맺어지면 백인처럼 이 땅을 돌아다닐 수 있는 증서를 만들어주기 바랍니다. 나는 바위가 녹아버리면 조약이 깨졌다는 것을 보이기 위해 이 바위를 내려놓겠소. ……조약을 맺고 난 뒤 내가 백인 대장을 부르면 나를 보러 오길 바라오. 나도 그렇게 하겠소. 대장이 약속을 지키지 않으면 나는 그의 말을 구덩이 속에 집어넣고 진흙으로 덮어버리겠소. 조약을 맺은 후 백인이나 군인들이 말과 노새를 다 풀어놓고 아무도 지키지 않아도 아파치족이 한 마리라도 훔쳐간다면 내 목을 자르겠소. 나는 확실한 조약을 맺고 싶소. 미국인들이 조약을 깨뜨린다면 나는 더 이상 말썽을 부릴 것이 없소. 백인은 한쪽 길을 가고 나는 다른 길을 가면 됩니다. ……맥도웰 기지의 대장에게 내가 12일 내로 만나러 가겠다고 전하시오."

콜리어가 코치스에게 가장 가까이 간 곳은 뉴멕시코 크레이그 요새 남서쪽 42마일 지점에 인디언국이 세운 주재소인 카냐다(협곡) 앨라모사였다. 그곳에서 그는 코치스 지파 두 명과 대화를 나눴다. 그들은 치리카우아족이 멕시코에 머물렀는데 멕시코 정부가 아파치 머리가죽에 300달러의 현상금을 내걸어 정찰대들이 소노라 산에서 그들을 습격해 왔다고 그간의 사정을 말해주었다. 그들은 흩어져 애리조나의 옛 본거지로 돌아오는 중이었다. 코치스는 드러군 산중 어딘가에 있었다.

코치스를 찾기 위해 전령이 파견되었다. 애리조나령으로 들어갔을 때 그는 뜻밖에 크룩 장군을 만났다. 크룩은 전령이 코치스 진영으로 가는 것을 막고 즉시 뉴멕시코로 돌아가라고 명령했다.

크룩 장군 자신이 직접 코치스를 만날 생각이었다. 크룩은 코치스를 찾으려고 기병 5개 중대를 풀어 치리카우아 산을 샅샅이 뒤졌다. 아파치족은 크룩을 회색늑대Gray Wolf라고 불렀다. 그러나 코치스는 뉴멕시코로 빠져나감으로써 회색늑대의 손길을 피했다. 코치스는 샌타페이에 있는 고든 그레인저 장군에게 앨라모사에서 회담을 갖자고 전갈을 보냈다.

그레인저와 소수의 호위대가 노새 여섯 마리가 끄는 구급 마차를 타고 도착해보니 코치스는 미리 와서 기다리고 있었다. 두 사람 모두 문제가 원만히 해결되기를 열망하고 있었다. 그레인저로서는 유명한 아파치 추장의 투항을 받아내 명성을 떨칠 절호의 기회였고, 코치스에게도 이 회담은 그가 다다른 막다른 길이었다. 코치스는 거의 예순 살이었고 무척 지쳐 있었다. 은발의 머리카락이 어깨까지 내려왔다.

그레인저는 치리카우아족이 주거지역에 머물러 있어야만 평화롭게 지낼 수 있다고 말했다. "아파치족은 누구든 주재관이 내준 통행증 없이는 주거지역을 떠나면 안 될 것이오. 더욱이 국경을 넘어 멕시코를 마음대로 넘나들도록 허락한다는 것은 결코 있을 수 없는 일이오."

코치스는 조용한 목소리로 대답했다.

"태양이 머리 위에서 뜨겁게 내리쬐어 나는 마치 불속에 있는 것 같았소. 내 피는 불타듯 끓어올랐지만 이 골짜기로 들어와 물을 마시고 몸을 적시니 이제 진정되는구려. 지금 나는 열이 식어 서늘한 마음으로 당신에게 내 손을 열어 보이고 당신들과 평화롭게 지내고자 하오. 나는 곧이곧대로 말하고 있으며 속거나 속이기를 원치 않소. 내가 바라는 것은 오직 굳건하고 영구적인 평화요. 하느님이 세상을 만들었을 때 그는 한쪽은 백인에게 다른 쪽은 아파치에게 주었소. 왜 그랬나요? 왜 그 둘은 이 세상에 함께 오게 되었나요? 내가 지금 말을 하니 태양과 달, 지구, 대기, 물, 새와 짐승, 아직 태어나지 않은 어린이까지도 내 말에 기뻐할 겁니다.

백인들은 나를 오래 찾았소. 나는 지금 여기 있소. 무엇을 원하는 거요? 어째서 내가 그만한 값어치가 있다는 거요? 그만한 가치가 있으면 왜 내가 발을 디디는 곳에 표시를 하지 않고, 내가 침을 뱉을 때 처다보지 않는 거요? 이리들은 밤에 나다니며 강탈하고 죽입니다. 나는 그 짐승들을 볼 수 없습니다. 나는 하느님이 아닙니다. 나는 더 이상 모든 아파치족의 추장도 아니오. 나는 더 이상 부자도 아니고 가난한 사람일 뿐이오. 세상이 언제나 이와 같지는 않았소. 하느님은 우리를 당신네와 같게 만들어주지 않았소. 우리는 당신들처럼 침대에서 태어난 것이 아니라, 마른풀 가운데 짐승처럼 태어났소. 이것이 우리가 짐승처럼 밤에 돌아다니며 강탈하고 도둑질하는 이유요. 당신이 가진 것을 내가 가졌다면 나는 이런 짓을 하지 않을 것이오. 그렇게 할 필요가 없으니까.

나다니며 살인을 하고 강탈하는 인디언들이 있습니다. 나는 그자들을 거느리고 있지 않습니다. 내 밑에 있다면 그렇게 하지 않을 것이오. 나의 전사들은 소노라에서 살해당했소. 하느님이 명해서서 나는 이곳에 왔소. 하느님은 평화롭게 지내는 것이 좋다고 말했습니다. 그래서 나는 왔습니다. 내가 구름과 대기와 함께 이 세상을 떠돌아다닐 때 이곳에 와서 모든 사람과 평화롭게 지내라고 하느님이 내 머릿속에서 말씀하셨소. 세상은 우리 모두를 위한 것이라고 하느님은 말씀하셨습니다. 이 모든 일은 어떻게 된 것인가요?

젊었을 때 나는 이 땅을 동서로 마음껏 활보하고 다녔소. 그때는 아파치족 말고 다른 종족이라곤 눈에 띄지도 않았소. 그런데 수많은 여름이 지나간 뒤 다시 둘러보니 다른 인종이 이 땅을 차지하고 있었소. 이게 어찌된 일인가? 아파치족이 죽기를 기다리며 실낱같이 아슬아슬한 삶을 이어가다니. 이제 아파치족은 언덕과 들판을 떠돌아다니며 하늘이 무너져 내리기만을 바라고 있소. 아파치족은 한때 강성한 부족이었습니다. 그러나 이제는 그 수도 보잘것없이 줄어들었고, 다만 죽기를 바라며 목숨을 내걸고 살아갑니다. 많은 사람들이 전투에서 살해되었습니다. 마치 햇볕이 우리 가슴에 내리듯 당신은 곧이곧대로 말해야 합니다. 내게 이야기해주시오. 성처녀 마리아가 이 세상 모든 곳을 다녔다면 아파치의 오두막집에 들어오지 않은 것은 무슨 까닭이오? 왜 우리는 마리아를 보지도 못하고 듣지도 못했소?

나는 아버지도 어머니도 없소. 세상에 나 혼자요. 아무도 코치스에 대해 아랑곳하지 않소. 이것이 내가 살고 싶지도 않고 바위가 내 위에 굴러 떨어져 나를 통째로 덮어버리기를 바라는 이유요. 내게 당신처럼 부모님이 계시다면 나도 그분들과 같이 있을 것이고 그분들도 나와 함께 지낼 것이오. 내가 세상을 떠돌아다닐 때 모두 코치스를 찾아다녔소. 코치스는 지금 여기에 있소. 당신은 그 사람을 보고, 그가 하는 말을 듣고 있소. 당신의 마음이 기쁩니까? 그렇다면 그렇다고 말하시오. 미국인이나 멕시코 사람이나 다 말하시오. 나는 당신에게 어떤 것도 숨기고 싶지 않고 당신이 내게 숨기도록 하고 싶지도 않소. 나는 거짓말을 하지 않을 것이니 내게 거짓말을 마시오."

토의 내용이 주거지역의 위치 문제로 넘어가자 그레인저는 미국 정부가 주재소를 앨라모사에서 모골론 산의 툴라로사로 바꾸기를 원한다고 말했다(그 당시 앨라모사에는 멕시코인 300명이 정착해 땅의 소유권을 주장하고 있었다). 코치스는 강력히 항의했다.

"나는 이 산에서 살고 싶소. 툴라로사엔 가고 싶지 않소. 그곳은 여기서 먼 곳이오. 툴라로사의 산에서 날아다니는 모기는 말의 눈깔을 파먹는데다 그 산에는 악령이 살고 있소. 이 우물물을 마시고 내 마음이 서늘해졌소. 결코 이곳을 떠나고 싶지 않소."

코치스의 말에 공감한 그레인저 장군은 치리카우아족이 맑고 시원한 냇물이 흐르는 앨라모사에서 그냥 살 수 있도록 최선을 다해 정부를 설득해보겠다고 약속했다. 코치스도 이곳의 멕시코인들과 우호적으로 지내겠다고 한 약속을 지켰다. 그러나 이삼 개월 뒤에 모든 아파치족을 앨라모사에서 툴라로사 요새로 이주시키라는 지시가 갑자기 내려왔다. 이 소문을 들은 코치스는 적은 수로 갈라져 다시 애리조나 남동쪽에 있는 건조하고 바위투성이인 산으로 들어갔다. 코치스는 그곳에 머물기로 굳게 결심했다. 회색늑대 크룩, 추격해올 테면 와라! 바위를 굴려서라도 그자와 싸우리라! 바위가 굴러 떨어져 코치스를 덮친다면 그것도 하느님의 뜻일 것이다.

옥수수를 거두어들이는 달(1872년 9월)이 되었을 때 코치스는 백인 몇 명이 산으로 올라오고 있다는 보초의 보고를 받았다. 그들은 부상병을 수송하는 작은 마차를 타고 있었다. 일행 중에는 인디언들이 태글리토 Taglito, 붉은수염이라고 부르는 톰 제퍼즈가 끼어 있었다. 코치스는 오랫동안 붉은수염을 만나지 못했다.

오래전 코치스와 망가스가 북군 편에서 한창 싸우고 있을 때 제퍼즈는 보위 요새와 투산 지역을 오가며 우편물을 날랐다. 아파치족이 매복해 있다가 제퍼즈와 그의 마부들을 자주 기습했기 때문에 우체부 노릇을 그만둬야 할 지경에 이르렀다. 어느 날 그 붉은수염의 백인이 동행도 없이 혼자서 코치스의 본거지로 찾아왔다. 말에서 내린 그 사나이는 권총집을 풀어 치리카우아 여인에게 내주고 조금도 두려워하는 기색 없이 코치스가 앉아 있는 곳으로 뚜벅뚜벅 걸어와서 옆에 앉았다.

잠시 침묵이 흐른 뒤 붉은수염은 코치스에게 우편물을 날라 생계를 유지할 수 있도록 개인적인 조약을 맺고 싶다고 얘기했다. 코치스는 멈칫했다. 그는 지금까지 이런 백인을 본 적이 없었다. 아파치 추장은 붉은수염의 용기를 높이 사서 통행로를 보장해주었다. 붉은수염은 그때부터 아파치의 기습에서 해방되었다. 그 후 붉은수염 사나이는 자주 코치스의 진지로 찾아와 이야기를 나누며 티스윈 주酒를 마시다 가곤 했다.

그 붉은수염이 백인들과 같이 산으로 오고 있다면 그건 틀림없이 코치스를 찾아오는 것이다. 코치스는 동생 후안을 보내 그 백인을 만나보게 하고 아무 문제없다는 것이 확실해질 때까지 숨어 있다가 아들 나이치를 데리고 붉은수염 일행을 맞으러 내려갔다. 코치스는 말에서 내려 붉은수염과 포옹했다. 붉은수염은 먼지 낀 옷을 입고 있는 흰수염 사나이에게 영어로 "이 사람이 코치스입니다"라고 소개했다. 그는 늙은 퇴역군인처럼 보였고 외투의 오른쪽 소매는 축 늘어져 있었다. 태글리토가 장군이라고 불렀을 때 코치스는 놀라지 않았다. 그가 바로 올리버 오티스 하워드 장군이었다.

"부에노스 디아스, 세뇨르(안녕하십니까)?" 하고 코치스가 스페인 말로 인사를 건넸고 두 사람은 손을 내밀어 악수했다. 코치스의 호위대가 외팔이 흰수염과의 회담을 위해 한 사람씩 들어와 반원형으로 모포 위에 앉았다.

"장군의 방문 목적이 무엇인지 설명해주시겠소?" 코치스가 아파치 말로 물었다. 태글리토가 통역했다.

"큰아버지인 그랜트 대통령이 아파치족과 화친을 맺으라고 나를 보냈소." 하워드 장군이 말했다. 코치스도 자기 의사를 분명히 밝혔다.

"나보다 더 화평을 원하는 사람은 없을 거요."

"그러면 우리는 화친을 맺을 수 있소."

코치스가 치리카우아족은 카냐다 앨라모사에서 탈주한 뒤에 백인을 공격한 적이 없다고 대답했다.

"내 말은 모두 비루먹고 몇 마리 되지도 않소. 투산 도로를 습격한다면 많이 끌어올 수 있었지만 그렇게 하지 않았소."

하워드는 코치스에게 리오그란데 강의 큰 주거지역으로 옮긴다면 더 잘 살 수 있을 거라고 제의했다.

"나는 그곳에 머문 적이 있고 그곳을 좋아합니다. 화약을 맺지 않는 것보다는 부족민을 다 그곳으로 데려갈 의향이 있소. 그러나 그쪽으로 가면 부족민이 갈라지게 됩니다. 내게 아파치 패스를 주시오. 그러면 그곳을 지나는 도로도 다 보호해주겠소. 어느 누구의 물건도 인디언들이 빼앗지 않도록 보장하겠소."

하워드는 이 말에 놀라 "그럴 수도 있지요"라면서도 계속 리오그란데 강에서 사는 이점을 열거했다.

코치스는 더 이상 리오그란데 강 지역에는 관심이 없었다.

"왜 나를 주거지역에 가두어두려고 하는 거요? 우리는 조약을 맺으면 충실이 이행하겠소. 그렇지만 우리 아파치족도 당신네 미국 사람처럼 자유롭게 돌아다니도록 해주시오."

하워드는 치리카우아 지역은 인디언들에게 속한 땅이 아니고 모든 미국인들이 그곳에 관심을 기울이고 있다고 설명했다.

"화평을 유지하려면 경계를 정해야 합니다."

코치스는 왜 경계선이 리오그란데 강은 물론 드러군 산 주변에 처져야 하는지 이해할 수 없었다.

"장군은 얼마나 더 머물 것이오? 대장들이 와서 이야기를 나눌 수 있도록 기다려주시겠소?" 코치스가 물었다.

"나는 당신 부족들을 만나 화친을 맺기 위해서 왔소. 그러니 필요한 만큼 계속 머물 것이오"라고 하워드는 대답했다.

뉴잉글랜드 출신인 하워드 장군은 웨스트포인트를 나온 게티즈버그의 영웅으로 버지니아 페어오크스 전투에서 한쪽 팔을 잃었다. 하워드 장군은 아파치 요새에서 열하루 동안 머무르면서 코치스의 예의 바른 태도와 솔직담백한 단순성에 완전히 매료되었다. 인디언 여인과 아이들한테도 반해버렸다. 그는 후에 이렇게 털어놓은 적이 있다.

"나는 앨라모사 계획을 백지화하고 코치스가 제의한 대로 치리카우아 산 일부와 그 서쪽에 인접한 빅 설퍼스프링, 로저스 농장을 포함한 골짜기를 주거지역으로 내줄 수밖에 없었다."

그러나 해결해야 할 문제가 하나 더 남아 있었다. 백인들의 법에 따라 백인을 새로운 주거지역의 주재관으로 임명해야 하는 것이다. 코치스에게 이런 건 조금도 문제가 되지 않았다. 모든 치리카우아족의 신임을 받는 백인이 한 사람 있었으니, 붉은수염 톰 제퍼즈 말고 누구겠는가! 처음에 붉은수염은 주재관 자리를 극구 사양했다. 경험도 없을 뿐더러 봉급도 보잘것없었다. 그러나 결국 코치스의 고집에 굴복했다. 그는 치리카우아족에게 자신의 목숨과 장래를 내맡긴 것이다.

델샤이의 톤토 아파치와 에스키민진의 아라바이파는 그보다 운이 없었다. 델샤이는 선플라워 계곡에 톤토 주재소가 설치된다면 조약을 맺겠다고 맥도웰 기지의 대장에게 제의한 것에 대해 아무런 답변도 받지 못했다. 그는 이것을 거절로 받아들였다. "하느님이 백인을 만들고 아파치도 만들었다"고 그는 전에 주장했다. "아파치도 백인처럼 이 땅에 대한 권리가 있다."

조약을 맺지 않고 백인처럼 그 지역을 돌아다닐 증서도 받지 못했으므로 그는 아파치로서 그 지역을 돌아다녔다. 백인들은 이 일을 눈꼴시게 생각했다. 1872년 말에 회색늑대는 델샤이와 그의 전사들을 색출하기 위해 톤토 베이신으로 병사들을 보냈다. 잎이 퍼지는 달, 1873년 4

월이 되어서야 델샤이와 톤토족을 덫에 몰아넣을 병력이 도착했다. 부녀자와 아이들 위로 총알이 핑핑 날아다니는 가운데 포위된 그들은 백기를 들 수밖에 없었다.

검은수염 조지 랜들 소령은 톤토족을 화이트 산 주거지역의 아파치 요새로 데려갔다. 그 당시 회색늑대는 민간인 대신 부대장들을 주거지역 주재관으로 썼다. 그들은 아파치족에게 개처럼 금속 쪽지를 달게 했는데 쪽지에 숫자가 적혀 있어서 어느 누구든 단 며칠이라도 슬쩍 톤토 베이신으로 나갔다 올 수 없었다. 델샤이 부족은 삼림이 우거지고 눈 덮인 자신들의 산에 가고 싶어 향수병을 앓았다. 주거지역에는 식량이든, 일할 도구든 충분한 게 하나도 없었다. 그들을 자기 주거지역의 침입자로 보는 코요테로족과도 잘 지낼 수 없었다. 그러나 무엇보다 톤토족을 비참하게 한 것은 그 땅을 돌아다닐 자유가 없다는 것이었다.

1873년 곡식이 익는 달인 7월 어느 날 밤 드디어 델샤이는 화이트 산에 갇혀 있는 것을 더 이상 참지 못해 부족민을 이끌고 탈출했다. 그리고 미군이 다시 그들을 색출하지 못하도록 리오 베르데 주거지역으로 갔다. 그곳의 책임자는 민간 주재관이었다. 그는 델샤이에게 말썽만 일으키지 않는다면 리오 베르데에서 살게 해주겠다고 약속했다. 또다시 도망가는 일이 생기면 색출당해 죽음을 면치 못할 것이다. 그래서 델샤이 부족은 베르데 기지 근방의 강 유역에 농가를 세웠다.

그해 여름 산 카를로스 주재소에서 폭동이 일어나 장교 한 명(제이콥 알미 중위)이 살해당했다. 도망친 아파치 지도자들 중 일부가 리오 베르데 강 델샤이의 농가 근처에 자리를 잡았다. 이 사실을 안 회색늑대는 델샤이가 도망자들을 도와주었다고 비난하고 베르데 기지에 명령을 내려 톤토 추장을 체포했다. 미리 귀띔을 받은 델샤이는 다시 도망쳐야 했다. 자신에게 얼마 안 남은 자유를 잃고 쇠사슬에 묶인 채 인디언 포로들을 몰아넣기 위해 협곡 옆에 파놓은 16피트의 구멍에 갇히고 싶지 않았다. 그는 두세 명의 추종자들을 데리고 톤토 베이신으로 도망갔다.

그는 곧 추적이 시작될 것을 알고 있었다. 회색늑대는 델샤이를 색출해 데려올 때까지는 잠을 자지 않을 것이다. 그래도 델샤이와 그의 부하는 몇 달 동안이나 추적자들을 피해 다녔다. 드디어 크룩 장군도 언제까지나 군대를 풀어놓을 수는 없다고 생각했다. 다른 아파치족이라면 델샤이를 찾아낼 수 있을 것이다. 그래서 그는 델샤이의 머리에 포상금을 걸었다. 1874년 7월 아파치 용병 두 명이 따로따로 크룩의 사령부에 출두했다. 두 사람 다 델샤이의 것이라며, 목이 잘린 머리를 내밀었다.

"두 사람 다 자신이 옳다고 굳게 믿고 있었고, 머리 하나를 더 가져온 것도 잘못은 아니어서 나는 두 사람 모두에게 포상금을 지불했다."

그 머리들은 살해된 다른 아파치들의 머리와 함께 리오 베르데와 산 카를로스의 사열대에 전시되었다.

에스키민진과 아라바이파족도 평화롭게 살기 쉽지 않았다. 1871년 콜리어 특사가 방문한 뒤 에스키민진 지파는 그랜트 기지에서 새로운 삶을 시작했다. 그들은 오두막집을 다시 짓고 곡식을 심었다. 그러나 모든 것이 순조롭게 되어가는 듯할 때 정부는 그랜트 기지를 60마일 남동쪽으로 옮기기로 결정했다. 미군은 이번 이주를 산 페드로 계곡에서 인디언들을 일소시킬 기회로 삼아 아라바이파족을 힐러 강의 새 주재소인 산 카를로스로 옮겼다.

이주는 1873년 2월에 이루어졌다. 그들이 새 농장을 세우고 밭을 일

구기 시작할 무렵 공교롭게도 폭동이 일어나 알미 중위가 살해되었다. 사실 에스키민진이나 다른 아라바이파족 누구도 그 사건과 관련이 없었다. 그러나 회색늑대는 에스키민진이 추장이라는 이유 하나만으로 그를 체포해 '군사적인 예비 검속'으로 감금했다.

감옥에 갇혀 있던 에스키민진은 1874년 1월 4일 밤 탈출하여 부족을 이끌고 주거지역을 벗어났다. 아라바이파족은 추위가 심한 넉 달 동안 식량과 피난처를 찾아 낯선 산중을 헤맸다. 4월이 되자 대부분의 부족민들은 굶주리고 병이 들었다. 부족민들이 굶어죽는 것을 보다 못한 에스키민진은 산 카를로스로 돌아와 주재관을 찾았다.

그는 말했다. "우리는 아무것도 잘못된 일을 하지 않았소. 우리는 겁이 났어요. 그래서 도망간 거요. 이제 돌아왔소. 산에 있어도 굶주림과 추위로 병들어 죽었을 거요. 미군이 여기서 우리를 죽인다 해도 마찬가지일 거요. 다시는 도망가지 않을 것이오."

주재관이 아라바이파족이 돌아왔다고 보고하자 군 당국은 에스키민진과 부추장들을 체포하고 도망가지 못하도록 쇠사슬로 묶어 그랜트 기지로 압송하라는 지시를 내렸다.

"내가 무슨 짓을 했단 말이오?" 에스키민진은 그를 체포하러 온 부대장에게 물었다. 그는 그 이유를 알 수 없었다. 그것은 '예비 검속'이었다.

새 그랜트 기지에서 그들은 쇠사슬에 묶인 채 초소 건물을 짓기 위한 흙벽돌 찍는 일을 했다. 밤에도 쇠사슬에 묶인 채 땅에서 잠을 잤고 군인들이 버린 찌꺼기 음식을 먹었다.

그해 여름 어느 날 한 젊은 백인이 에스키민진을 만나러 왔다. 산 카를로스의 신임 주재관 존 클럼이었다. 그는 산 카를로스의 아라바이파족에게는 그들을 이끌어줄 추장이 필요하다고 얘기하면서 "당신은 어떻게 포로가 되었소?"라고 물었다.

"나는 아무 일도 하지 않았소. 백인들은 나에 관해 거짓말을 하고 있소. 나는 언제나 옳은 일을 하려고 애쓰는 사람이오."

클럼은 에스키민진이 산 카를로스의 사태를 개선하는 데 도움을 주겠다고 약속한다면 석방을 주선해보겠다고 말했다. 두 달 뒤에 에스키민진은 그의 부족민과 다시 만났다. 다시 미래가 밝아지는 듯했지만 이 아라바이파 추장은 이제 백인에게 무언가를 기대할 만큼 어리석지 않았다. 백인이 오고 나서 마음 놓고 잠자리를 펼 만한 곳은 아무 데도 없었다. 어느 아파치족에게나 앞날은 불안하기만 했다.

1874년 봄 노추장 코치스는 중병이 들었다. 치리카우아족 주재관 붉은수염이 그의 오랜 친구를 진찰하기 위해 보위 요새에서 군의관을 데려왔지만 의사는 병명을 알아내지도 못했고 처방도 신통하지 않았다. 위대한 아파치 추장의 군건했던 몸은 점점 쇠약해졌다.

이즈음 미국 정부는 치리카우아 주재소를 뉴멕시코 핫스프링스의 새 주재소와 합병해 경비를 절약하기로 결정했다. 정부 관리가 그 문제를 상의하려고 찾아왔을 때 자기는 그 전에 죽을 몸이니 아무 상관없다고 코치스는 말했다. 그러나 부추장들과 코치스의 아들들은 강력히 반대하며 완강히 버텼다. 미군이 강제로 이주시킨다 해도 움직이지 않을 것이며 핫스프링스에서 사느니 차라리 치리카우아 산속에서 죽겠다고 강조했다.

정부 관리가 떠나고 난 뒤 코치스는 극도로 쇠약해져서 심한 고통에 시달렸다. 붉은수염이 다시 군의관을 부르러 떠날 준비를 하는데 코치스가 물었다.

"자네는 내가 살아 있는 것을 다시 볼 것 같나?"

붉은수염은 동생답게 솔직히 대답했다.

"아니요. 그럴 것 같지 않소."

"나는 내일 아침 10시쯤 죽을 것이네. 우리가 다시 만날 수 있을까?"

붉은수염은 잠시 말이 없었다.

"모르지요, 형님 생각은 어떠세요?"

"모르겠네. 분명치는 않지만 저 위 어디에선가 다시 만날 수 있겠지."

붉은수염이 군의관을 데리고 돌아왔을 때 노추장은 이미 숨이 다해 있었다. 이삼 일 뒤 붉은수염은 이제 자신이 떠날 때가 왔다고 알렸다. 인디언들은 붉은수염을 놓아주려 하지 않았다. 특히 코치스의 아들 타자와 나이치는 붉은수염에게 머물러 있어달라고 간곡히 부탁했다. 붉은수염이 그들을 버린다면 코치스와 정부 사이의 협약은 아무 가치가 없게 될 것이라고 그들은 말했다. 결국 붉은수염은 떠나지 않겠다고 약속했다.

1875년 봄까지 대부분의 아파치족은 인디언 주거지역에 갇혀 지내거나 멕시코로 도망쳤다. 3월에 크룩 장군은 애리조나에서 플래트 사령관으로 자리를 옮겼다. 아파치족보다 더 오래 인디언 주거지역의 삶을 감내해왔던 샤이엔족과 수우족이 반란의 낌새를 보이고 있었다.

아파치 지역의 사막과 산봉우리 그리고 언덕 위에는 강요된 평화가 내려앉아 있었다. 역설적이게도 이러한 평화는 그들을 피에 굶주린 야만인이 아닌 인간으로 받아들임으로써 아파치의 신뢰를 얻은 두 백인의 끈질긴 노력에 의해 유지되고 있었다. 불가지론자인 톰 제퍼즈와 네덜란드 개혁교회의 존 클럼은 낙관주의자였지만 그들도 너무 많은 것을 기대할 만큼 어리석지는 않았다. 아파치의 권리를 보호해준 남서부 백인들의 눈에도 미래는 불안정하기 그지없었다.

chapter
10

캡틴 잭의 시련

The Ordeal of Captain Jack

1873년—1월 6일, 미 의회, 크레디트 모빌리에 추문에 대한 조사 시작. 3월 3일, '세비 증가 결의Salary Grab' 조항으로 소급해서 의원과 정부 관리의 세비 인상. 5월 7일, 미 해병대, 미국인의 생명과 재산을 보호하기 위해 파나마 상륙. 9월 15일, 독일군 마지막 부대, 프랑스 철수. 9월 19일, 제이 쿡의 은행 파산, 금융 공황 촉진. 9월 20일, 뉴욕 주식시장, 10일간 휴장; 혹심한 경제위기가 미국과 전 세계로 확산. 쥘 베른의 《80일간의 세계 일주》와 마크 트웨인의 《도금 시대》 발간.

나도 하나의 사람일 뿐이다. 나는 부족의 목소리이다. 그들의 마음을 나는 말한다. 나는 더 이상 전쟁을 원하지 않는다. 나는 사람이 되고 싶다. 당신들은 나에게 백인의 권리를 거부한다. 내 피부는 붉지만 심장은 백인과 똑같다. 나는 그저 모도크족일 뿐이다. 나는 죽는 게 두렵지 않다. 그러나 적을 하나라도 죽인 뒤 죽지, 허망하게 쓰러지지는 않을 것이다. 내가 로스트 강가에서 잠들어 있을 때 갑자기 미군이 덮쳤다. 그들은 우리를 상처 입은 사슴인 양 바위틈으로 몰아넣었다. …… 나는 언제나 백인에게 내 땅에 와서 자리 잡고 살라고 말했다. 그 땅은 오의 땅이며 캡틴 잭의 땅이라고, 이곳에 와서 나와 함께 살아도 조금도 화를 내지 않는다고. 나는 누구에게 아무것도 받은 것이 없다. 내가 돈을 주고 산 것만 가졌다. 나는 백인처럼 살아왔고 그렇게 살고 싶었다. 나는 언제나 우애 있게 살려고 해왔고 누구에게 무엇을 달라고 요구한 적도 없다. 나는 지금까지 내 총으로 쏘고 내 덫으로 잡은 것을 먹고 살았다.

모도크족의 킨트푸애시(캡틴 잭)

캘리포니아 인디언들은 그들이 살고 있는 지역의 기후처럼 온순했다. 스페인 사람들은 그들에게 이름을 붙여주고 선교관을 세워 그들을 개종시키는 동시에 타락시켰다. 부족 간의 연계는 활발하지 않았다. 마을마다 지도자가 있었지만 이 비전투적인 부족 가운데 위대한 전투추장은 없었다. 1848년 금이 발견된 뒤 전 세계에서 백인들이 수천 명씩 캘리포니아로 쏟아져 들어와 인디언들에게서 자신들이 원하는 것을 빼앗고, 그들의 인격을 모독하고 지금은 잊혀진 지 오래인 부족들을 조직적으로 절멸시켰다. 칠룰라족, 치마리코족, 우레부레족, 니페와이족, 알로나족 등 그 뼈가 지금 미국의 100만 마일 거리의 고속도로와 주차장, 슬래브집 밑에 깔려 있는, 100여 개 부족의 이름을 기억하는 사람은 아무도 없다.

이 비저항적인 캘리포니아 인디언들 가운데 단 하나의 예외가 오리건주 경계에 있는 튤 호수의 거친 기후에서 살던 모도크족이었다. 1850년대까지 모도크족은 백인들을 거의 몰랐다. 백인들은 떼로 몰려와 가장 좋은 땅을 차지하고 모도크족이 온순하게 복종하기를 바랐다. 그런데 모도크족이 용감하게 맞서 싸우자 백인들은 그들을 뿌리째 뽑으려 했다. 모도크족은 매복 공격으로 보복했다.

그 당시 미성년이었던 킨트푸애시는 왜 백인들과 서로 죽이지 않고 사이좋게 살 수 없는지 이해할 수 없었다. 튤 호수 지역엔 모든 사람이 함께 먹고살기에 충분할 만큼 사슴, 영양, 들오리, 기러기, 물고기와 캐머스 뿌리(북미산 구근식물)가 풍부했고 땅은 하늘만큼이나 광활했다. 킨트푸애시는 아버지에게 왜 백인들과 화목하게 지내지 못하는 건지 따져 물었다. 추장이었던 아버지는 백인들은 말을 밥 먹듯 뒤집는 자들이라 몰아내야 한다고 얘기해주었다. 얼마 후 아버지가 백인 정착민과의 전투에서 죽자 킨트푸애시는 모도크족의 추장이 되었다.

킨트푸애시는 백인과 평화롭게 지낼 수 있도록 믿고 터놓을 수 있는 백인들을 찾아보러 직접 백인 정착촌을 돌아다녔다. 이레카에서 그는 좋은 사람을 몇 명 만났고, 모도크족은 곧 그곳에 가서 교역을 했다.

"백인들이 우리 지역에 올 때면 나는 언제나 여기에 집을 짓고 살고 싶으면 그렇게 하라고 이야기하곤 했다"고 킨트푸애시는 말했다.

"나는 백인들이 여기 와서 산다고 돈을 내라고 하지는 않았다. 여기에 와 살도록 하고 싶었다. 그저 백인들과 함께 지내고 싶었을 따름이다."

이 젊은 추장은 백인들이 입는 옷이나 집, 마차와 가축 같은 것을 좋아했다. 이레카 주변의 친하게 지내는 백인들은 그들을 찾아오는 인디언들에게 새로운 이름을 붙여주었다. 모도크족은 재미있어하면서 서로 그 이름으로 부르기도 했다. 킨트푸애시는 캡틴 잭이었다. 다른 몇 사람의 이름은 후커 짐, 스팀보트 프랭크, 스카페이스드 찰리, 보스턴 찰리, 컬리 헤디드 닥터, 샤크나스티 짐, 숀친 존, 엘렌스 맨 등이었다.

백인들의 내전이 벌어질 무렵 모도크족과 정착민들 사이에 분쟁이 일어났다. 모도크족은 사냥할 사슴이 없으면 이따금 백인 농장의 암소를 죽였고 말이 필요하면 정착민의 목초지에서 말을 빌려가곤 했다. 모도크족의 백인 친구들은 정착민들이 그들의 땅을 사용하는 것에 인디언들이 받는 일종의 '세금'이라고 변호했지만 정착민들은 대부분 이런 일을 달가워하지 않았다. 그들은 정치인들을 통해 모도크족을 튤 호수 지역에서 이주시킬 조약을 맺도록 일을 꾸몄다.

백인 대표단은 캡틴 잭과 여러 추장들에게 북쪽 오리건의 주거지역으로 이주하면 가구마다 자기 소유의 땅을 받을 수 있고, 마차와 말, 농기구, 옷과 식량들을 모두 정부가 내줄 것이라고 약속했다. 캡틴 잭은 튤 호수 근처의 땅을 바랐지만 그 요청은 거절됐다. 조금 꺼려지기는 했지만 잭은 그 조약을 받아들여 모도크족을 북쪽 클래머스 주거지역으로 이주시켰다. 처음부터 말썽이 일어날 수밖에 없었는데 그 주거지역은 원래 클래머스 인디언의 터였다. 클래머스 인디언은 모도크족을 침입자로 대했다. 모도크족이 그들에게 배당된 농장에 울타리를 치기 위해 선로를 끊어오면 클래머스족이 와서 훔쳐갔다. 정부가 약속했던 보급품도 전혀 오지 않았다. 주거지역 주재관은 클래머스족에게 식량과 옷을 내주었지만 모도크족한테까지 차례가 가지 않았다(워싱턴의 대회의는 모도크족의 일용품을 구매할 예산을 배정하지도 않았다).

부족민이 굶주리게 되자 캡틴 잭은 주거지역을 떠나 사냥감과 물고기, 캐머스 뿌리를 찾아 전에 살던 로스트 강 계곡으로 이동해갔다. 그곳에 살던 백인 농장주들은 모도크족에 대해 정부 당국에 자주 불평을 해댔다. 캡틴 잭은 부족민들에게 백인들과 떨어져 지내도록 주의를 주었지만 300명이나 되는 인디언이 전혀 그들의 눈에 띄지 않게 하기는 쉬운 일이 아니었다. 1872년 여름 인디언국은 캡틴 잭에게 클래머스 주거지역으로 돌아가라고 주의를 주었다. 잭은 다시 클래머스족과 같이 지낼 수 없다고 항의했다. 그는 아득한 옛날부터 모도크족의 고향이었던 로스트 강 유역에 주거지역을 달라고 요청했다. 인디언국은 그러한 요구가 일리가 있다고 생각했지만 농장주들은 가축들이 뜯어먹을 수 있는 풀이 무성하게 자라는 그 땅을 한 뙈기도 내주려 하지 않았다. 1872년 가을 미국 정부는 모도크족에게 다시 클래머스 주거지역으로 돌아가라는 지시를 내렸다. 잭은 거절했다. 군대가 힘으로 모도크족을 이주시킬 임무를 떠맡았다. 1872년 11월 28일, 진눈깨비가 내리는 때 제임스 잭슨 소령이 제1기병대 38명을 지휘하여 클래머스 요새에서 남쪽 로스트 강으로 행군해갔다.

그날 새벽 잭슨 소령의 기병대는 말에서 내려 카빈총을 장전하고 모도크족 마을을 포위했다. 흉터투성이찰리Scarfaced Charley가 몇 사람과 무기를 들고 밖으로 나왔다. 잭슨 소령은 추장 잭을 불러내 큰아버지의 명으로 모도크족을 클래머스 주거지역으로 돌려보내려 왔다고 알렸다.

캡틴 잭은 승복했다. "가겠소. 부족민 모두를 데려갈 것이오. 그러나 당신네 백인들이 하는 말은 콩으로 메주를 쑨다고 해도 못 믿겠소. 이 깜깜한 새벽에 마을로 쳐들어오다니, 나나 마을 사람들이 놀란다는 걸

몰라서 이러는 거요. 나는 도망갈 사람이 아니오. 나를 만나거나 대화하고 싶으면 사내답게 오시오."

잭슨 소령은 소동을 일으키려고 온 것이 아니라고 해명했다. 그리고 잭에게 부하들을 모두 군인들 앞에 소집시키라고 했다. 모두 모이자 소령은 대열 끝의 덤불을 가리키며, "당신 총을 저기다 갖다놓으시오"라고 명령했다.

"무엇 때문이오?"

"추장인 당신이 총을 갖다놓으면 부하들도 모두 따를 거요. 그러면 아무 말썽이 없을 거요."

캡틴 잭은 잠시 망설였다. 부하들은 총을 내주고 싶지 않을 것이다.

"나는 지금까지 백인과 싸운 적도 없고 싸우고 싶은 생각도 없소."

그러나 잭슨은 계속 무기를 내놓으라고 요구하며 "누구도 당신들에게 손대지 못하게 하겠소"라고 보장했다.

결국 캡틴 잭은 총을 덤불 위에 놓고 부하들에게도 그대로 하라고 손짓했다. 인디언들은 차례차례 무기를 던졌다. 마지막으로 흉터투성이의 차례가 되었다. 그는 소총을 내려놓았지만 권총은 혁대에서 풀어놓지 않았다. 소령은 그에게 권총도 내놓으라고 다그쳤다. 그러나 흉터투성이는 "소총을 내줬잖소" 하고 버텼다. 소령은 부텔 중위에게 "저 녀석의 무기를 압수해!"라고 소리쳤다. 중위가 바짝 다가서서 "권총을 내놔, 제기랄, 빨리!" 하고 말했다.

흉터투성이는 씩 웃으며 자기는 윽박질러도 되는 강아지가 아니라고 말했다. 중위가 권총을 뽑아들었다.

"이 개자식, 말대답을 어떻게 하는 건지 보여주지!"

흉터투성이는 그가 한 말을 되풀이하면서 권총을 가지고 있겠다고 버

텄다.

중위가 권총의 안전장치를 푸는 순간 그도 재빨리 권총을 뽑아들었다. 권총 두 개가 동시에 불을 뿜었다. 흉터투성이의 탄환은 중위의 외투 자락을 스쳐 지나갔지만 중위의 탄환은 빗나갔다. 흉터투성이가 재빨리 소총이 쌓여 있는 덤불로 몸을 틀어 자기 총을 집어들자 전사들도 우르르 몰려들어 총을 들었다. 잠시 동안 치열한 총격전이 벌어졌다. 미군은 전사자 한 명과 부상자 일곱 명을 버려두고 패주했다.

이때쯤에는 모도크족의 부녀자들과 아이들이 통나무배를 타고 튤 호수 남쪽으로 노를 저어가고 있었다. 캡틴 잭은 전사들을 이끌고 강변의 무성한 갈대숲에 몸을 숨기며 그들 뒤를 따랐다. 그들은 튤 호수 남쪽에 있는 전설적인 도피처 캘리포니아 라바 베즈로 향했다.

라바 베즈는 바위와 동굴 그리고 절벽투성이의 화산 지대였다. 어떤 협곡은 깊이가 100피트나 되는 곳도 있었다. 캡틴 잭이 근거지로 삼은 동굴은 수많은 천연의 참호와 용암의 흉벽에 둘러싸인 분화구 같은 바닥이었다. 캡틴 잭은 한 줌도 안 되는 전사들이라도 어떤 군대든 맞서 싸우리라는 것을 알고 있었지만 그래도 미군들이 자신들을 그대로 놔두었으면 했다. 백인들이 이 쓸모없는 바위들까지 차지하려고 하지는 않을 것 아니겠는가.

잭슨 소령이 캡틴 잭의 마을에 갔을 때 후커 짐이 이끄는 모도크족 일부는 로스트 강 건너편에 자리 잡고 있었다. 이른 아침에 라바 베즈로 도망가면서 캡틴 잭은 후커 짐의 마을 쪽에서 총소리가 나는 것을 들었다. 후에 캡틴 잭은 "나는 싸우고 싶지 않아 그냥 도망쳤다"고 말했다. "미군들은 여자들에게도 총을 쏘았지만 어찌된 영문인가 물어보지도 않고 그냥 떠나왔다. 내게는 싸울 사람도 별로 없었고 싸우고 싶지도 않았다."

하루 이틀 뒤에야 그는 후커 짐 마을에 무슨 일이 일어났는지 알게 되었다. 돌연 후커 짐이 캡틴 잭이 있는 은거지에 나타났던 것이다. 곱슬머리의사Curly Headed Doctor, 보스턴 찰리와 열한 명의 모도크족이 그를 따라왔다. 그들은 미군이 잭의 마을로 갔을 때 몇몇 백인 정착민이 마을로 쳐들어와 사격을 가했다고 이야기했다. 백인들은 엄마 품에 안겨 있는 젖먹이에게 총질을 하고, 늙은 여자를 쏘아 죽였으며, 남자 몇에게도 부상을 입혔다. 그래서 후커 짐과 그의 부하들은 라바 베즈로 오는 도중에 죽은 사람들의 복수를 하려고 외딴 농가에 들어가 백인 열두 명을 죽여버렸다는 것이다. 처음에는 후커 짐이 그냥 떠벌리는 것이라고 생각했지만 다른 사람들이 사실이라고 뒷받침해주었다. 죽은 백인들의 이름을 듣자 잭은 입을 다물 수가 없었다. 그중 몇몇은 잭과 터놓고 친하게 지내던 사람들이었다. 잭은 펄쩍 뛰었다.

"어쩌자고 그 사람들을 죽였나? 나는 내 친구를 죽이라고 한 적이 없어! 이 일은 어디까지나 너희들이 책임져야 해!"

미군이 쳐들어오리라는 것은 불을 보듯 뻔했다. 라바 베즈가 아무리 넓다고 해도 그들은 반드시 보복하러 올 것이다. 잭이 모도크족의 추장이니 후커 짐이 저지른 죄과에 대해 책임을 져야 할 것이다.

얼음이 어는 달까지 미군은 움직이지 않았다. 1873년 1월 13일 외곽 경계를 서고 있던 보초가 라바 베즈가 내려다보이는 절벽으로 미군 정찰대가 다가오는 것을 보고, 몇 발의 위협 사격으로 그들을 물리쳤다.

사흘 뒤에 104명의 오리건과 캘리포니아 지원병으로 구성된 정규군 255명이 겨울날 오후의 안개 사이로 유령처럼 말을 타고 몰려왔다. 그

캡틴 잭(킨트푸애시).
1873년 L. 헬러 사진.

들은 캡틴 잭의 요새 맞은편 봉우리에 진을 쳤고, 어둠이 내리자 쑥덤불을 끌어다 불을 지폈다. 미군 지휘관은 늘어서 있는 미군들의 위세에 눌려 모도크족이 항복해오기를 기다렸다.

캡틴 잭은 투항할 마음이었다. 그는 미군이 원하는 것은 백인 정착민을 살해한 후커 짐 일당이라는 것을 알고 있었다. 모든 부족민을 피비린내 나는 전투에 몰아넣어 떼죽음을 당하게 하느니 후커 짐 일당의 목숨과 함께 자신의 생명도 기꺼이 바칠 생각이었다.

그러나 후커 짐과 곱슬머리의사 등 정착민 살해에 가담했던 인디언들은 투항에 반대했다. 그들은 추장에게 부족이 어떤 행동을 취할지 투표로 결정짓도록 회의를 열라고 요구했다. 요새에 있는 51명의 모도크족 전사 가운데 14명만이 투항을 원했고 나머지 37명은 죽음을 무릅쓰고라도 미군과 싸우는 쪽을 택했다.

17일 새벽, 안개로 뒤덮인 라바 베즈에 미군의 나팔소리가 들려왔다. 쾅쾅 울리는 대포 소리와 함께 미군의 공격이 시작되었다. 모도크 전사들은 머리에 풀을 꽂아 위장하고 바위틈에서 신속히 응사했다. 미군은 좌우로 길게 1마일 이상 늘어서서 공격해왔는데 험난한 지형과 안개 때문에 서로 연락이 잘되지 않았다. 인디언들은 계속 엄폐를 하며 급히 앞으로 나갔다 뒤로 빠졌다, 하면서 미군보다 병력이 많은 것처럼 가장했다. 요새 가까이 접근해온 미군 1개 중대가 집중사격을 받았다. 여자들까지도 총을 쏘며 용감히 싸웠다. 그날 늦게 잭은 전사들을 이끌고 나가 돌격전을 감행해 미군을 패주시켰다. 미군은 사상자도 그대로 버려둔 채 도망쳤다.

해가 떨어지기 전에 안개가 걷혔다. 미군은 산마루에 있는 진지로 퇴각하고 있었다. 시체가 널브러져 있는 곳에는 소총 아홉 자루와 탄피

여섯 개가 뒹굴었고, 버리고 간 탄약과 군용식량도 상당했다.

어둠이 내리자 모도크족은 불을 환히 피우고 서로를 격려했다. 전사자는커녕 심한 부상을 당한 사람도 없었다. 거기다 하루 더 싸울 수 있는 소총과 탄약도 충분히 노획해왔다. 다음 날 아침 미군의 공격에 대비하고 있는데 미군 두세 명이 백기를 들고 와서 전사자들을 수습해갔다. 날이 지기 전에 미군은 모두 산마루의 진지에서 철수했다.

캡틴 잭은 미군의 공격에 대비해 멀리까지 보초를 세웠지만 여러 날이 지나도 미군은 멀찍이 떨어져 움직이려 하지 않았다. "우리는 라바베즈를 뚫고 들어가 인디언들과 전투를 벌였습니다"라고 지휘관은 보고했다. "그들의 요새는 여러 마일이나 되는 바위 틈새와 동굴과 골짜기, 협곡 등이 띠처럼 둘러쳐진 지형 한가운데 자리 잡고 있습니다. 그 난공불락의 험지를 공략하기 위해서는 적어도 1천 명의 병력과 박격포가 필요합니다. ……최대한 빠른 시일 내에 보병 300명을 파견해주기 바랍니다."

2월 28일 잭의 사촌 여동생 위네마가 백인 남편인 프랭크 리들과 세 명의 다른 백인들을 데리고 라바 베즈로 찾아왔다. 그들은 모도크족이 이레카를 자유로이 방문하던 시절 친절하게 대해주었던 사람들이었다. 둥그스름한 얼굴에 명랑하고 활달한 젊은 여자 위네마는 토비 리들이라고 이름을 바꿨다. 백인 남편의 생활방식을 따랐지만, 잭은 그녀를 아꼈다. 위네마는 그와 대화를 갖도록 백인들을 데려왔다며 그들의 우정을 보여주기 위해 요새에서 밤을 새울 작정이라고 말했다. 잭은 아무런 해도 가하지 않을 거라면서 그들을 기꺼이 영접했다.

백인들은 워싱턴의 큰아버지가 모도크족과의 전쟁을 피하고 화친의 길을 찾아보도록 사절단을 파견했다고 설명했다. 대표단은 라바 베즈에서 얼마 떨어지지 않은 페어차일드의 농장에서 기다리고 있었다.

인디언들이 백인 대표단에게 오리건 정착민을 살해한 후커 짐 일당을 어떻게 다룰 것인지 묻자, 백인 방문객들은 후커 짐 일당이 전쟁포로로 투항한다면 오리건 법의 재판을 받지 않아도 될 것이라고 대답했다. 대신 멀리 따스한 지역의 인디언령(인디언 부족을 집단 수용하기 위해 만든 준주準州로 지금의 오클라호마 동부에 해당한다)이나 애리조나로 보내버릴 것이라고 말했다. 잭은 "돌아가서 대표단에게 회담에서 기꺼이 그들의 말을 듣고 나서 우리 부족민이 제의할 것을 알아보겠다고 전하시오"라고 대답했다. "나를 보러 오거나 나를 부르도록 하시오. 회담 기간 동안 적들로부터 나를 보호해준다면 직접 그들을 만나러 가겠소."

다음 날 아침 위네마가 회담 장소와 시간을 잭에게 알려주기로 하고 방문객들은 떠났다. 그런데 바로 그날 후커 짐 일당이 라바 베즈를 빠져나가 페어차일드 농장으로 백인 대표단을 찾아가서 전쟁포로로 투항하겠다고 선언하는 사건이 벌어졌다.

백인 대표는 모도크족의 주재관이었던 앨프리드 미첨, 목사인 앨리저 토머스, 클래머스 주거지역의 부주재관인 다이어였고, 그곳의 작전 부대 사령관 에드워드 캔비 장군이 모든 활동을 주도했다. 12년 전 뉴멕시코에서 독수리대장으로 마누엘리토의 나바호족과 전쟁을 하고 조약을 맺었던 바로 그 캔비 장군이었다.

후커 짐 일당이 제 발로 걸어 들어와 항복 선언을 하자 캔비 장군은 내심 쾌재를 불렀다. 그는 즉시 워싱턴의 셔먼에게 긴급 전보를 쳐 모도크족과의 전쟁이 끝났다고 알리고 포로를 언제 어디로 호송할지 지시해달라고 요청했다.

캔비는 너무 흥분한 나머지 후커 짐과 여덟 명의 추종자를 가둬놓지 않는 실수를 저질렀다.

인디언들은 오리건 시민들에게서 자신들을 보호해줄 미군들을 보려고 병영을 돌아다니다 마침 자신들을 알아본 한 오리건 주민을 만나게 되었다. 그 백인은 로스트 강의 정착민 살해죄로 그들이 체포될 것이고, 오리건 주지사가 그들의 피를 요구하고 있으며, 그들을 손에 넣기만 하면 즉각 교수형에 처할 것이라고 마음을 흔들어놓았다.

기겁한 후커 짐 일당은 말에 올라탄 뒤 재빨리 라바 베즈로 돌아가 잭에게 대표단을 만나러 가서는 안 된다고 법석을 떨었다. 회담은 모도크족을 사로잡아 교수형에 처하려는 함정이라는 것이었다.

다음 며칠 동안 위네마 부부가 오가면서 그런 의혹은 후커 짐 일당에 관한 한 사실임이 드러났다. 캔비를 비롯한 대표단은 오리건의 정치적 압력 때문에 후커 짐 일당에 대한 사면 제의를 철회해야 했다. 다만 잭과 나머지 모도크족의 투항의 길은 그들의 안전보장과 함께 열어놓았다.

캡틴 잭은 고전적인 난관에 빠졌다. 만약 후커 짐 일당을 포기한다면 자신의 생명을 구할 수 있을 것이다. 하지만 후커 짐은 모도크족 추장의 보호를 받으려고 찾아오지 않았는가!

3월 6일 잭은 누이동생 메리의 도움으로 백인 대표단에게 편지를 써서 그녀에게 페어차일드 농장에 전달해달라고 했다. "모든 것을 쓸어엎고 씻어버려서 더 이상 피 흘리는 일이 없도록 합시다. 나는 이 살인자들 때문에 마음이 언짢소. 내가 데리고 있는 부족민은 얼마 되지 않소. 그들을 버릴 수 있겠소? 당신네 백인도 곤히 잠들어 있는 우리 부족민을 죽였지만 그들을 내줄 수 있겠소? 나는 내 부족을 살해한 자를 내놓으라고 요구한 적이 없소. ……내 말을 목매달아 죽이라고 내줄 수는 있지만 어떻게 눈을 뻔히 뜨고 부족민의 목숨을 내줄 수 있겠소. 말이야 목을 매달라고 내주고도 울지 않겠지만 내 부족민을 내주고 어찌 울지 않을 수 있겠소."

캔비 대표단은 그래도 캡틴 잭을 만나 살인자들을 투항시키는 것이 전쟁을 하는 것보다 부족민에게 더 나을 거라고 설득하려 했다. 대전사 셔먼은 캔비에게 "라바 베즈 한가운데 파놓은, 스스로 선택한 무덤 외에는 그자들에게 어떤 주거지역도 필요 없도록" 병력을 동원해 쓸어버리라고 권고했지만 캔비 장군은 인내를 지켰다.

3월 21일 잭과 흉터투성이찰리는 맞은편 산등성이에서 캔비 장군이 호위병 몇 명을 데리고 말을 달려 내려오는 것을 발견했다. 그는 대담하게 접근해오는 이 상황을 어떻게 받아들여야 할지 몰랐다. 그는 전사들을 바위 가운데 도열시키고, 호송대 중 한 사람이 앞으로 말을 달려 나오는 것을 지켜보았다. 그 사람은 군의관이었다. 그는 캡틴 잭과 캔비 장군의 비공식 회담을 제의했다.

캔비는 라바 베즈에서 나온다면 제대로 대우해줄 것이고, 식량과 옷 그리고 많은 선물을 주겠다고 말했다. 그 말을 듣고 잭은 그렇게 줄 게 많다면 왜 조금이라도 가져오지 않았느냐고 반문했다. 잭은 또 왜 군인들은 물러나지 않는가 묻고는 모도크족이 원하는 것은 다만 이대로 지내게 해달라는 것이라고 얘기했다.

이 짧은 회담 동안 잭과 캔비는 후커 짐 일당과 정착민의 살해에 대해서는 아무런 언급도 하지 않았다. 잭은 아무것도 약속하지 않았다. 그는 계속 기다리며 캔비가 이후에 어떻게 나올지 지켜볼 작정이었다.

캔비가 한 일은 병력을 증강시켜 모도크족 은거지 건너편에 배치시킨 것이었다. 제4포병대의 지원을 받은 제1기병대와 21보병중대가 인디언들을 더 쉽게 칠 수 있는 거리에 자리를 잡았다.

4월 2일 잭은 중간 지점에서 만나자고 사람을 보냈다. 바로 그날 캔비와 미첨, 토머스, 다이어가 위네마 부부와 함께 절벽 위의 미군 진지 밑에 있는 바위로 된 분지로 말을 타고 나왔다. 잭과 후커 짐 등 몇 명이 그들을 기다리고 있었다. 그들은 유화적인 의도를 내보이기 위해 부인들도 데려갔다. 잭은 오랜 친구인 미첨과는 인사를 나누었지만, 캔비에게는 다소 거칠게 그들의 근거지에 부대를 바싹 접근시킨 이유를 따져 물었다. 캔비는 회담하기 수월하도록 사령부를 더 가까이 옮겼으며 안전의 문제도 있다고 가볍게 넘기려 했지만 잭은 그의 설명을 받아들이지 않고 군대를 라바 베즈에서 철수시키고 모든 사람이 돌아가도록 요구했다. 그러고 나서 후커 짐 일당의 문제를 꺼냈다. 잭은 후커 짐 일당이 동료 모도크족과 똑같은 대우를 받지 못하면 투항은 더 이상 의제가 될 수 없다고 말했다. 캔비는 그들을 어떻게 다루고 어디로 보내느냐 하는 문제는 군부가 결정할 일이어서 그로서는 정착민 살해자들에게 사면을 약속할 수 없다고 대답했다.

회담을 하는 동안 검은 구름이 라바 베즈를 뒤덮더니 찬 비가 내리기 시작했다. 캔비가 비 때문에 더 이상 회담을 계속할 수 없다고 얘기하자 잭이 비웃듯이 대꾸했다.

"당신은 나보다 더 옷을 잘 입고 있소. 그렇지만 나는 눈처럼 녹아버리지는 않을 거요."

캔비는 그 말에는 대꾸하지 않고 다음번 회의 때는 천막을 준비시키겠다고 말했다.

다음 날 아침 캔비는 병사들을 보내 회담 천막을 세우게 했다. 그들은 분지 대신 미군의 진지와 가공스러운 대포들을 훤히 볼 수 있는 쑥덤불이 무성한 평지에 천막을 세웠다.

이틀 뒤 잭은 미첨에게 사람을 보내 근처에 농장이 있는 옛 친구 존 페어차일드를 만나고 싶다고 전했다. 미첨과 페어차일드는 캔비 장군이나 토머스 목사를 끼우지 말라는 잭의 요구에 당황했지만 위네마 부부와 함께 천막 회의장에 갔다. 잭은 백인들을 따뜻하게 맞아들이고, 캔비는 인디언이 증오하는 푸른 군복을 입은 데다 인디언에 대한 우정을 너무 자주 들먹거려 믿을 수 없다고 그들에게 말했다. 더군다나 미군을 라바 베즈로 자꾸 접근시키기 때문에 말에 진실성이 없다고 털어놓았다. 토머스 목사에 대해서는 그가 '주일 의사'이고 그의 성스런 마법은 모도크족의 신앙과 반대된다고 말했다.

"그러나 우리끼리는 이야기를 나눌 수 있소. 나는 당신과 페어차일드의 마음을 압니다."

그는 계속해서 미군들 때문에 로스트 강에서 도망쳐 라바 베즈로 몸을 피해야 했다고 설명했다. 잭의 목소리는 호소로 바뀌었다.

"로스트 강가에 집을 갖게 해주시오. 나는 내 부족을 돌볼 수 있소. 어느 누구에게도 도와달라고 안 해요. 우리는 스스로 살아나갈 수 있어요. 다른 사람과 똑같은 기회를 갖게 해주시오."

로스트 강은 모도크족이 백인 정착민의 피를 흘리게 한 오리건 주에 속한다고 미첨이 지적했다. "그 살육의 문제가 언제나 당신네와 백인 사이에 떠오르게 될 거요."

잭은 잠시 침묵을 지켰다.

"잘 알겠소. 그렇다면 라바 베즈를 주시오. 우리는 여기서도 살 수 있소. 미군이 철수하면 모든 게 해결될 거요. 이 바위투성이 땅을 원하는 사람은 아무도 없을 테니까 이곳에 집을 짓게 해주시오."

미첨은 살인범들을 내놓지 않으면 라바 베즈에 평화롭게 머물 수 없을 것이라고 얘기하고 그들은 법정에서 정당한 재판을 받게 될 것이라고 덧붙였다. 잭은 반문했다.

"누가 그들을 재판하오? 백인이오, 인디언이오?"

"물론 백인이오."

"그렇다면 로스트 강에서 인디언 여자와 어린애들을 살해한 백인들을 우리에게 내줄 수 있겠소? 우리가 그자들을 재판할 테니."

미첨은 고개를 내저었다. "모도크 법은 죽었소. 지금은 백인의 법이 이 나라를 지배합니다. 법은 하나만 살아남는 거요."

"그러면 당신들은 우리 부족민에게 총을 쏜 백인들도 재판받게 할 거요? 당신네 법으로." 잭이 다시 말했다. 미첨이나 캡틴 잭도 그럴 수 없다는 것을 알고 있었다.

"백인의 법이 이 나라를 지배합니다. 인디언 법은 죽었소." 미첨이 되풀이했다.

"백인의 법은 백인에게만 유리하고, 인디언은 제외하도록 만들어져 있소. 잘 들으시오, 친구여. 젊은이들을 교수대로 보낼 수는 없소. 나는 그들이 잘못했다는 것을 잘 알고 있소. 그들의 몸에는 나쁜 피가 흐르고 있소. ……그러나 그 일은 그들이 시작한 게 아니오. 백인들이 먼저 시작한 거지. ……젊은이들을 내줄 수는 없소. 군인들이 물러가면 말썽은 끝날 거요."

"당신들이 라바 베즈에 있는 동안은 군인들을 이동시킬 수 없소." 미첨이 대답했다.

미첨의 손을 잡고 잭이 애원하듯 물었다. "친구여, 내가 어떻게 해야 할지 말해주시오. 나는 싸우는 것을 바라지 않소."

미첩은 무뚝뚝하게 말을 던졌다. "지금 화평을 얻는 유일한 길은 이 바위틈에서 나오는 것이오."

"당신은 나더러 나와서 당신들의 지배를 받으라고 요구하고 있소." 잭이 말했다. "나는 그럴 수 없소. 나는 두렵소. 아니, 나는 두렵지 않지만 내 부족민은…… 나는 부족의 목소리요. 나는 모도크족이오. 나는 죽는 것이 두렵지 않소. 나는 그(캔비)에게 모도크 전사가 어떻게 죽는가를 보여주겠소."

두 사람 사이에 더 이상 할 말은 없었다. 미첩은 캔비 대표단과 이야기를 더 나눠보자고 했지만 잭은 거절했다. 그는 부족민과 협의한 뒤 회담을 가질 것인지 아닌지 알려주겠다고 말하고 일어섰다.

미첩은 캔비 장군에게 캡틴 잭이 후커 짐 일당을 결코 내주지 않을 것이며, 그러므로 전투를 벌이지 않고는 라바 베즈 요새를 포기시킬 수 없을 것이라고 보고했다. 장군은 그곳을 떠나려고 하는 모도크족에게 한 번 더 기회를 주기로 결정했다. 다음 날 그는 위네마를 보내 잭에게 투항하고자 하는 부족민은 그녀를 따라 나오면 된다는 사실을 알리도록 했다.

위네마가 기다리는 동안 잭은 회의를 열었다. 단지 11명만이 캔비의 제의를 받아들였다. 후커 짐, 숀친 존과 곱슬머리의사는 모두 캔비 대표단이 책략을 꾸미고 있다면서 투항에 결단코 반대했다. 그날 회의는 투항하려는 사람은 모두 죽여버리겠다는 후커 짐 일당의 위협으로 끝났다.

그날 저녁 위네마가 캔비의 사령부로 말을 타고 달려가는데 위네마의 친척인 웨우임이라는 젊은 모도크족이 그녀의 발길을 멈춰 세우고는 다시는 그들의 근거지로 오지 말라면서 그녀의 백인 친구들에게도 부족민과의 회담에 나오지 말게 하라고 일렀다. 그리고 후커 짐 일당이 그들에게 반대하는 사람들을 모두 죽일 계획을 꾸미고 있다고 알려주었다. 위네마는 두려워서 그 말을 남편에게만 털어놓았다. 남편 프랭크 리들은 곧장 사령부로 가서 대표단에게 내막을 알렸다. 그렇지만 그들은 그 말을 화나서 내뱉은 말쯤으로 생각했다.

그러나 라바 베즈에서는 백인 대표단에 대한 분노의 목소리가 점점 커져가고 있었다. 4월 7일 밤 후커 짐 일당은 추장과 결판을 내기로 작정했다. 그중 몇 명은 추장이 자신들을 배반하려 한다고 의심하고 있었다. 숀친 존이 쓰라린 심정으로 입을 열었다.

"나는 수십 번이나 백인들의 꾀에 속고 덫에 걸렸소. 나는 다시는 속임수에 넘어가지 않겠소." 그는 병력과 무기를 증강할 시간을 벌기 위해 백인 대표들이 술책을 부리고 있다고 비난했다. "병력이 갖추어졌다고 판단되면 우리를 덮쳐 한 사람도 남김없이 죽일 거요."

블랙 짐은 더 과격했다. "나는 미군의 꾐에 말려들어 개같이 죽진 않겠소. 미군이 손대기 전에 내 스스로 목숨을 끊지." 그러고는 아예 다음 회의 때 백인 대표들을 죽여버리자고 말했다.

이야기가 지나치게 돌아가고 있다고 생각한 잭은 그들의 생각이 잘못되었다고 타일렀다. 그리고 시간을 주면 대표단에게 얘기해 주거지역이 될 만한 좋은 땅을 얻어보겠으며 후커 짐 일당의 목숨도 구하겠다고 다짐했다. "너희에게 바라는 것은 다만 행동을 조심하고 기다리라는 것이다."

블랙 짐은 추장이 눈이 멀었다고 비난했다. "추장은 이삼 일마다 미군들이 도착하는 것을 못 본단 말이오? 지난번에 온 군인들이 당신의 머리통만 한 총알을 쏘는 큰 총을 가져온 것을 몰라서 하는 소리요? 백인 대표들은 그 큰 총으로 당신의 머리를 날려버리려는 거요." 다른 사람들도 블랙 짐의 말을 지지했다.

잭이 이치 있게 따지려 했지만 그들은 고함쳐 말을 막았다.

"당신 말은 소용없소! 우리는 망했소. 싸워서 빨리 죽는 것이 낫소. 어쨌거나 죽을 수밖에 없는 거요."

더 이상 말해봤자 소용없다는 걸 알고 잭이 자리를 뜨려 하자 블랙 짐이 앞을 가로막았다. "당신이 추장이라면 다음번 만날 때 캔비를 죽이겠다고 약속해주시오."

잭은 단호하게 거절했다. "그럴 수도 없거니와 그렇게 하지도 않겠다."

말없이 지켜보던 후커 짐이 추장에게 다가섰다.

"캔비를 죽이시오. 아니면 당신이 죽거나, 당신 부하 손에 죽거나 둘 중 하나를 택하시오."

이것은 추장의 권위에 대한 정면 도전이었다. 그러나 잭은 분노를 참았다. "왜 자네는 비겁자의 행위를 강요하는가?"

"비겁자의 행위가 아니오. 수많은 미군 앞에서 캔비를 죽이는 것은 용감한 일이오."

잭은 그들에게 어떤 약속도 하지 않고 회의장을 걸어나갔다. 후커 짐의 추종자들은 잭의 어깨에다 여자의 숄과 머리 장식을 던지며 조롱했다.

"당신은 계집애요. 물고기 가슴을 가진 여자요. 당신은 모도크족이 아니오. 우리는 당신과 의절하겠소."

전사들이 이렇게까지 나오자 잭은 추장의 권위를 되찾고 시간을 벌기 위해 살인을 약속할 수밖에 없었다.

"캔비를 죽이겠다!"

그러고는 둘러싸고 있던 사람들을 제치고 혼자 동굴로 걸어갔다.

인디언들은 위네마가 오지 않자 영어를 하는 보스턴 찰리를 캔비 장군에게 보내서 4월 11일 금요일 아침에 회담을 갖자고 제의했다. 모도크족은 무장을 하지 않고 회담에 참석할 테니 대표단도 무장하지 않고 오기를 바란다고 보스턴 찰리는 캔비에게 전했다.

4월 10일 아침 잭은 전사들을 동굴 밖으로 불러모았다. 봄의 태양은 빠르게 불같이 달아올라 밤안개를 밀쳐냈다.

"지금 나는 차라리 구름과 바람에게 이야기하고 싶은 심정이다. 나는 삶은 감미로운 것이며 사랑은 강한 것이라고 말하고 싶다. 사나이는 자기 생명을 구하기 위해 싸운다. 또한 사나이는 원하는 바를 얻기 위해 죽인다. 그것이 사랑이다. 그렇지만 죽음은 아주 나쁜 것이다. 죽음은 곧 우리에게 닥쳐올 것이다." 그는 백인과 다시 싸우게 되면 부녀자와 어린애들까지 다 죽게 될 것이라면서 정 싸워야겠다면 미군이 먼저 싸움을 걸게 하자고 타일렀다. 그리고 회담 중에는 전쟁 행위를 하지 않기로 백인 대표들에게 약속한 사실을 일깨웠다.

"이 추장이 한 말은 지키는 사람이라는 것을 보이게 해다오. 캔비를 죽이겠다고 약속했지만 홧김에 나온 말을 물고 늘어지진 마오. 그런 약속에 얽매인다면 우리 부족은 파멸할 뿐이다. 후커 짐, 그대는 이런 사실을 나 못지않게 잘 알 것이다."

"추장은 약속을 지키시오. 당신은 캔비를 죽여야 합니다. 당신의 말은 옳소. 그러나 이젠 너무 늦었소."

잭은 바위에 걸터앉아 있는 50명의 전사를 바라보았다. 그들의 검은 얼굴에 햇빛이 밝게 비쳤다.

"내가 캔비를 죽이기를 원하는 자는 일어서라."

잭의 충직한 부하 열두 명만 앉아 있었다.

"너희들은 사람 목숨이든 뭐든 아무것도 중히 여기지 않는구나."

양자택일의 기로에 선 잭의 목소리는 음울했다. 잭은 회담에서 모도크족이 원하는 바를 모두 털어놓겠다고 말했다. "나는 캔비에게 몇 번이고 요구할 것이다. 만약 캔비가 내 조건을 받아들인다면 나는 그를 죽이지 않겠다. 내 말 알아듣겠는가?"

"예."

모두 일제히 대답했다.

"이젠 됐는가?"

"그렇습니다!"

이젠 캔비의 답변만이 살인을 막을 수 있는 열쇠가 될 것이다.

1873년 성금요일, 서늘한 산들바람이 회의장의 천 자락을 펄럭이면서 새벽이 밝아왔다. 캡틴 잭, 후커 짐, 숀친 존, 엘렌스 맨, 블랙 짐, 샤크나스티 짐은 일찍 회의장에 나가 불을 지피고 대표단을 기다렸다. 이번에는 여자들을 데리고 가지 않았다. 아무도 소총을 들지 않았지만 모두 옷 속에 권총을 품고 있었다.

그날 대표단은 좀 늦게 도착했다. 위네마는 계속 그들이 가지 못하게 말렸다. 11시가 지나 캔비 장군과 토머스 목사는 걸어서 나타났고 다이어, 미첨, 위네마, 프랭크 리들은 말을 타고 뒤따랐다. 먼저 미군 진영에 가 있던 보스턴 찰리와 보거스 찰리도 백인 대표들을 따라왔다. 두 사람 다 아무렇게나 소총을 걸쳐 멨다. 대표들은 무기를 드러내지 않았지만 미첨과 다이어는 외투 주머니에 데린저 권총을 넣어두었다.

캔비는 시가 한 상자를 가져왔다. 텐트 회담장에 도착하자 그는 인디언들에게 한 사람씩 시가를 나누어주었다. 모닥불로 시가에 불을 붙이고 모닥불 주위의 돌에 둘러앉아 말없이 담배를 피웠다. 캔비가 먼저 말을 꺼냈다고 프랭크 리들은 기억하고 있다.

"그는 자신이 30년 동안 인디언을 다루어왔으며 그들과 화친을 맺고 좋은 말을 하기 위해 이곳에 왔다고, 자신이 약속한 것은 뭐든 꼭 받게 해줄 것이며, 그들이 이곳에서 나간다면 좋은 땅으로 데려가 자리를 잡고 백인들처럼 살게 해주겠다고 말했다."

미첨도 워싱턴의 큰아버지가 흘린 피를 모두 씻어버리도록 그를 보냈다면서 그들이 더 좋은 땅으로 가서 좋은 집과 많은 음식과 담요를 받기를 바란다고 말했다.

미첨의 말이 끝나자 잭은 모도크 땅을 떠나고 싶지 않다며 튤 호수 근방이나 라바 베즈를 주거지역으로 정해달라고 요구했다. 그는 또 먼저 군인들을 철수시키라는 이전의 요구를 되풀이했다. 미첨은 잭의 되풀이되는 요구에 화가 나서 "애들처럼 굴지 말고 어른답게 얘기합시다"라고 목소리를 높인 뒤 "남고 싶은 인디언들은 주거지역이 결정될 때까지 라바 베즈에 머물러도 좋습니다"라고 얘기했다.

미첨과 몇 걸음 떨어진 곳에 앉아 있던 숀친 존이 모도크 말로 "입 닥쳐!"라고 소리쳤다. 그때 후커 짐이 일어나 대표단 한쪽에 서 있는 미첨의 말이 있는 곳으로 걸어갔다. 후커 짐은 안장 위에 걸쳐놓은 미첨의 외투를 입고 단추를 채우고는 모닥불 앞에서 광대처럼 왔다 갔다 했다. 모든 사람이 말을 멈추고 그를 쳐다보았다.

"내가 미첨처럼 보이나?"

그는 서툰 영어로 거기 있는 사람들에게 물었다. 미첨은 후커 짐이 익살을 부리는 것으로 알고 자기 모자를 던져주었다.

"자, 이걸 쓰시오. 그러면 당신은 미첨이 될 거요."

후커 짐은 광대 짓을 멈췄다.

"당신이 잠시 가지고 있어. 좀 있으면 저절로 내 것이 될 테니까."

캔비는 분명히 그 말뜻을 알아차렸다. 그는 미군을 철수시킬 권한을 가진 사람은 워싱턴의 큰아버지뿐이라고 말하며 재빨리 회담을 재개했다. 그는 캡틴 잭을 바라보며 자기를 믿어달라고 부탁했다.

"캔비, 군인들이 이렇게 법석대며 우리를 몰아세우는 한 화친을 맺을 수 없소." 잭이 대답했다. "당신이 이 지역 어딘가에 우리가 머물 땅을 약속해주려면 지금 당장 해주시오. 바로 지금 이 자리에서! 캔비, 나는 다른 아무것도 원치 않소. 지금이 마지막 기회요. 나는 당신의 말을 기다리는 것도 지쳤소."

미첨은 캡틴 잭의 목소리에 절박감이 묻어 있는 것을 느끼고 캔비에게 소리쳤다. "장군, 아무려나 약속을 해주시오."

잭은 캔비가 채 말을 꺼내기도 전에 벌떡 일어나 불에서 물러났다. 손친 존이 캔비를 향해 소리쳤다. "미군들을 데려가고 우리 땅을 도로 내놔! 이제 얘기라면 신물이 난다. 더 이상 필요 없어!"

캡틴 잭이 몸을 돌려 모도크 말로 명령했다.

"오트 웨 카우 툭스 에!(모두 준비!)"

잭은 외투에서 권총을 꺼내 곧장 캔비를 겨눴다. 방아쇠가 철커덕 당겨졌지만 총알은 나가지 않았다. 캔비가 놀라서 잭을 쳐다보는 순간 다음 총알이 발사되었고 그는 뒤로 넘어져 즉사했다. 보스턴 찰리도 거의 동시에 토머스 목사를 쏘아 죽였다. 위네마는 손친 존의 권총을 쳐서 목숨을 구했다. 다이어와 리들은 혼란을 틈타 도망쳤다.

캔비의 군복을 벗겨 든 잭은 부족민을 요새로 이끌고 가 미군들의 공격을 기다렸다. 그 마지막 회의에서 정작 쟁점인 후커 짐 일당의 투항 문제는 거론조차 되지 않았다.

사흘 뒤에 전투가 시작되었다. 박격포가 라바 베즈를 두드리고 보병들이 파도처럼 바위 요새로 몰려들었다. 드디어 그들이 요새로 뛰어들었을 때 안은 텅 비어 있었다. 모도크족은 이미 동굴과 바위 사이로 모두 빠져나간 뒤였다. 기병대는 모질게 달려드는 인디언들을 수색할 마음이 나지 않아 오리건 웜스프링스 주거지역의 테니노족을 용병으로 고용했다. 웜스프링스 정찰대는 모도크족의 은거지를 알아냈지만 미군들이 달려 들어오자 캡틴 잭은 매복해 있다가 전위대를 거의 다 몰살시켰다.

드디어 모도크족은 미군의 압도적인 병력과 화력 때문에 이리저리 흩어지게 되었다. 말을 도살해서 먹고 며칠 동안 물 없이 지내기도 했다. 사상자가 늘어나자 후커 짐은 캡틴 잭의 전략에 대해 언쟁을 벌이기 시작했다. 이삼 일 동안 숨고 도망치며 전투를 벌이다가 후커 짐 일당은 그들에게 도피처를 마련해주고 캔비에게 그들을 내주기를 거부했던 추장을 버렸다. 이제 잭은 전사 37명으로 1천 명 이상의 미군과 싸워야 할 운명이었다.

얼마 후 후커 짐 일당은 사면을 조건으로 캡틴 잭을 색출하는 데 협조하겠다고 제의했다. 새 사령관 제퍼슨 데이비스 장군은 후커 짐 일당을 받아들였다. 5월 27일 후커 짐과 그의 일당 세 명은 추장을 색출하기 위해 출발했다. 그들은 잭을 클리어 호수 근처에서 찾아냈다. 후커 짐은 추장의 투항을 받기 위해 왔다면서, 투항하면 정당하게 대우해줄 것이며 먹을 것도 많이 준다고 했다고 말했다.

"너희는 계곡을 달리는 이리 떼보다도 못한 놈들이다. 백인의 말을 타고 백인이 준 총을 들고 오다니. 너희들은 나를 땅속에 밀어넣고 미군들에게 넘겨 자유를 사려고 하는 거지. 너희는 지금 삶이 감미롭다고 느낄 테지만 캔비를 죽이라고 몰아칠 때는 그렇지 않았을 것이다. 나는 언제나 생명이 고귀하다고 생각해왔다. 그래서 백인들과 싸우려 하지 않았던 것이다. 나는 싸움이 벌어지면 우리가 나란히 서서 싸우다 함께 죽을 거라고 생각했다. 지금 캔비를 죽인 것 때문에 목숨을 몰수당해야 하는 사람은 나 외에 한둘뿐이다. 목숨을 포기해야 했던 너희들이, 이젠 일없이 지내며 먹을 것을 충분히 받을 것이라고 말하는군. 아, 새가슴을 가진 자식들! 네놈들이 나를 배반하다니……."

무엇보다 모도크 추장의 마음을 쓰라리게 한 것은 이 배반자들이 이삼 주 전에 그의 머리에 아녀자의 옷을 던지며 물고기 가슴을 가진 여자라고 불러서 그로 하여금 캔비를 죽이겠다고 약속하게 만들었다는 사실이었다. 캡틴 잭뿐만 아니라 그들도 투항하기에는 너무 늦었다는 것을 알고 있었다. 캔비를 살해했으니 교수형을 당하지 않을 도리가 없을 것이다.

"나는 목에 밧줄을 대느니 차라리 총을 쥐고 죽을 것이다. 너희는 백인들 밑에 가서 잘 살거라. 다시 내 앞에 나타나면 더러운 개처럼 쏘아 죽이겠다!"

며칠 동안 추격이 계속되었다. 데이비스 장군은 이렇게 얘기했다.

"전쟁이라기보다는 야수를 추적하는 꼴이었다. 각 부대는 누가 먼저 결승점에 도달할지 서로 경쟁을 벌였다."

울퉁불퉁한 바위와 관목 숲을 뚫는 기진맥진한 경주 끝에 한 부대가 캡틴 잭과 마지막까지 남아 있던 전사 세 명을 포위했다. 항복하기 위해 걸어나오는 잭은 캔비 장군의 푸른 군복을 입고 있었다. 군복은 더러워지고 여기저기 찢겨 넝마가 되어 있었다. 잭은 장교에게 소총을 건네주었다.

"잭의 다리는 다 되었다. 나는 죽을 준비가 되어 있다."

데이비스 장군이 그를 곧장 교수형에 처하려 했지만 국방부는 재판을 명했다. 재판은 1873년 7월 클래머스 요새에서 열렸다. 캡틴 잭과 숀친존, 보스턴 찰리, 블랙 짐은 살인 혐의로 기소되었다. 물론 변호사 같은 것은 없었다. 증인에게 반대 심문을 할 자유가 주어졌지만 그들은 영어를 거의 몰랐고 말도 서툴렀다. 재판이 진행되는 동안 미군들은 죄수들의 방책 밖에 교수대를 세웠다.

판결이 어떻게 날지는 뻔했다. 미군 측 증인 가운데는 배반자 후커 짐과 그의 부하들도 있었다. 미군은 후커 짐에게 자기 부족을 배반할 자유를 준 것이다. 후커 짐이 반대 심문을 받는 동안 침묵을 지키던 잭은 최후진술에서 이렇게 얘기했다.

"후커 짐이야말로 언제나 살인을 자행하면서 싸우기를 원했던 자다. ……인생이란 다만 잠시 동안만 자기 것일 뿐이다. 당신네 백인들은 나를 정복하지 못했다. 나를 꺾은 것은 내 부족민이다."

캡틴 잭은 10월 3일 교수형을 당했다. 처형 다음 날 밤 몰래 파헤쳐진 그의 시체는 이레카로 옮겨졌다. 얼마 후 썩지 않게 향유를 뿌린 잭의 시체는 동부 여러 도시를 돌며 사육제의 인기 있는 구경거리가 되었다. 입장료는 10센트였다.

후커 짐 일당을 포함해 살아남은 모도크족 남녀 153명과 어린아이들은 인디언령으로 보내졌다. 6년 뒤에 후커 짐도 죽었고 대부분의 인디언도 1909년 이전에 죽었다. 그들 대부분이 죽은 뒤 1909년에 정부는 그때까지 살아남은 모도크족 51명이 오리건 주거지역으로 돌아가도록 허락했다.

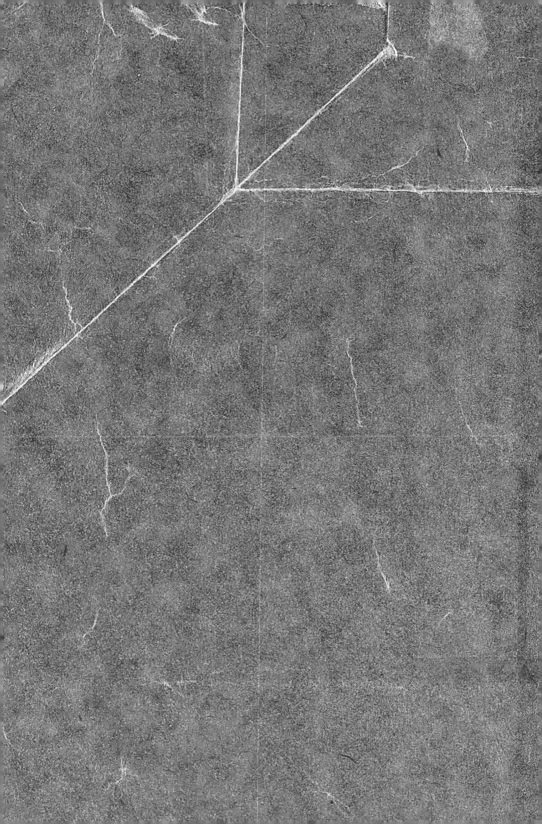

chapter
11

들소 구출 전쟁
The War to Save the Buffalo

1874년—1월 13일, 실직 노동자들, 뉴욕 시에서 경찰과 전투; 수백 명 부상. 2월 13일, 왕을 보호하기 위해 호놀룰루에 미군 상륙. 2월 21일, 벤저민 디즈레일리, 윌리엄 글래드스턴 대신 영국 수상이 됨. 3월 15일, 프랑스, 안남(베트남)에 대한 보호국 주장. 5월 29일, 독일, 사회민주당 해체. 7월, 알렉산더 그레이엄 벨, 새 발명품인 전화 전시. 7월 7일, 시어도어 틸턴, 헨리 비처 목사를 간통으로 고소. 11월 4일, 새뮤얼 틸덴, 트위드 링(도당)을 해체시킨 뒤 뉴욕 주지사로 선출됨. 12월, 주류업자와 미국 정부 관리를 포함한 위스키 링 적발.

당신들이 산과 가까운 주거지역에 우리를 정착시키려 한다는 소식을 들었다. 나는 한자리에 머물고 싶지 않다. 나는 초원을 떠돌아다니고 싶다. 그곳에 있으면 나는 자유롭고 행복하다. 그러나 한자리에 있게 되면 우리는 창백해져 죽어버린다. 나는 내 창과 활 그리고 방패를 내려놓았지만 당신들 앞에서 안전한 느낌이 든다. 나는 사실을 말했다. 나에 관해 거짓말한 게 없지만 백인 대표들은 어떤지 모르겠다. 그들도 나처럼 속이 훤히 보이는가? 오래전에 이 땅은 우리 아버지들의 땅이었다. 그러나 강에 가보면 강둑에 미군들의 진지가 보인다. 미군은 내 나무를 자르고 내 들소를 죽이고 있다. 그런 것을 볼 때마다 내 가슴은 터질 것 같다. ……백인은 먹지도 않으면서 들짐승을 부질없이 죽일 만큼 철부지가 되었나? 우리 홍인종이 들짐승을 죽일 때는 굶어죽지 않으려고 부득이 죽이는 것이다.

카이오와족의 사탄타

우리 부족은 결코 백인들에게 먼저 활을 당기거나 총을 쏘지 않았다. 경계선에 말썽이 생겨 우리 젊은이들이 전쟁의 무도를 추었다. 그러나 그것은 우리가 시작한 게 아니다. 군인들을 먼저 보낸 것은 당신들이지 우리가 아니다. 2년 전에 나는 처자식의 뺨이 통통하고 몸이 따뜻해지길 바라며 들소를 따라 이 길에 왔다. 그러나 군인들이 우리에게 사격을 해서 그 후 우레 같은 소리가 계속 났고 우리는 어느 길로 가야 할지 알 수 없었다. 캐너디언 강에서도 그랬다. 우리가 외마디 비명을 지른 것도 한두 번이 아니다. 푸른 옷을 입은 군인과 유트족이 어둡고 고요한 밤을 타고 쳐들어와 우리의 천막을 모닥불 삼아 불태웠다. 들짐승을 사냥하는 대신 그들은 우리 용사를 사살하고 전사들은 죽은 동료를 위해 머리카락을 잘랐다. 텍사스에서도 그랬다. 그들은 우리 마을에 슬픔이 엄습하도록 해서 우리는 들소 암놈이 공격당할 때 수놈이 달려나가듯 뛰쳐나갔다. 그자들을 추적해 살해하고 머리가죽을 우리 천막에 걸어놓았다. 코만치족은 생후 7일 된 강아지처럼 유약하거나 눈이 어둡지 않다. 그들은 다 큰 말처럼 강하고 선견지명이 있다. 우리는 백인들의 도로를 탈취해 그 위를 걸어다녔다. 백인 아낙네들은 울고 우리 아낙네들은 웃었다.

당신들이 하는 말 가운데 내가 싫어하는 것이 있다. 그 말은 설탕처럼 달지 않고 표주박처럼 쓰다. 당신들은 집을 지어주고 보건소를 만들어줄 테니 주거지역으로 들어가라고 말했다. 그러나 나는 그런 것들을 원치 않는다. 나는 바람이 거칠 것 없이 불어오고 햇빛을 가리는 것이라곤 아무것도 없는 평원에서 태어났다. 그곳은 울타리도 없고, 모든 것이 자유롭게 숨 쉬는 곳이다. 벽 안에 갇혀서 죽기보다는 거기서 죽고 싶다. 나는 리오그란데 강과 아칸소 강 사이의 모든 시내와 숲을 안다. 나는 그 지역에서 사냥하며 살아왔다. 나는 우리 아버지들처럼 살아왔고 그들처럼 행복했다.

내가 워싱턴에 갔을 때 백인 큰아버지는 내게 코만치족의 땅은 모두 우리 것이니 누구도 우리가 그곳에 사는 것을 방해해서는 안 된다고 말했다. 그런데 당신들이 우리더러 강과 태양, 바람을 버려두고 집 안에 들어와 살라고 하는 것은 무슨 연유인가? 우리에게 들소를 포기하고 양을 기르라고 하지 말라. 젊은이들은 이런 말을 듣고 슬퍼하고 분노했다. 이에 대해 더 이상 말하지 말아라…….

텍사스인들이 우리 땅에서 나갔다면 화평하게 지낼 수 있었을 것이다. 당신들이 우리보고 살라고 하는 그 땅은 너무 작다. 텍사스인들은 풀이 가장 무성하게 자라고 재목이 가장 튼실한 터를 빼앗아갔다. 그곳을 간직할 수 있었다면 우리는 당신들의 요구를 들어줄 수 있었을 것이다. 그러나 이제는 너무 늦었다. 백인이 우리가 사랑했던 지역을 차지했고 우리는 다만 죽을 때까지 초원을 떠돌아다니기를 원할 뿐이다.

———

얌파리카 코만치족의 파라와사멘(열마리곰)

1868년 12월 와시타 강 전투가 끝난 직후 셰리던 장군은 샤이엔족, 아라파호족, 코만치족, 카이오와족에게 콥 요새로 들어와 투항하든지 미군에 의한 색출과 몰살을 감수하든지 하라는 명령을 내렸다. 검은주전자에 이어 추장이 된 작은옷Little Robe도 샤이엔족을 이끌고 들어왔고, 노란곰도 아라파호족을 데리고 들어왔다. 몇몇 코만치 추장들, 특히 셰리던에게 죽은 인디언만이 좋은 인디언이라는 말을 들은 토사위도 투항했다. 다른 부족들도 대부분 콥 요새로 들어와 투항했지만 긍지와 독립심이 강한 카이오와족만큼은 협조할 기미가 전혀 없었다. 셰리던은 질긴등가죽 커스터를 파견해 그들을 투항시키거나 몰살하라고 했다.

카이오와족으로서는 무기를 내주고 백인들이 던져주는 찌꺼기 음식이나 받아먹으면서 콥 요새로 들어가 살 이유가 없었다. 1867년 메디신 롯지 조약에 의하면 카이오와족에겐 "사냥을 할 만큼 많은 들소가 서식하는 한" 아칸소 남부의 어느 지역에서든 거주하고 사냥할 권리가 보장되어 있었다. 아칸소 강과 레드 강 서쪽 지류 사이에 있는 평원은 전진해오는 백인들의 문명과 북쪽에서 밀려온 수천 마리의 들소 떼로 북적였다. 카이오와족은 빠른 말을 많이 갖고 있어서 총알이 부족하면 활을 쏘아 식량과 옷, 거처에 필요한 모든 것을 제공해주는 들소를 얼마든지 잡을 수 있었다.

그럼에도 긴 대열을 이룬 푸른 외투 기병대는 레이니 마운틴 크리크 유역에 있는 카이오와족의 겨울철 숙영지로 쳐들어왔다. 카이오와 추장 사탄타와 외로운늑대Lone Wolf는 싸움을 원치 않았으므로 전사 몇 명을 데리고 나가서 커스터와 마상馬上 회담을 가졌다.

사탄타는 칠흑 같은 머리카락이 넓은 어깨까지 내려오는 거인이었다. 팔다리의 근육은 무쇠 같았고 넓적한 얼굴에는 자신감이 넘쳐흘렀다. 얼굴과 몸에는 붉은 칠을 하고 투창에도 붉은 깃을 달고 다녔다. 그는 힘껏 말을 달리고, 싸움도 힘껏 하고, 마음껏 먹고 마셨다. 너털웃음을 터뜨리는 호인이었고 적에게도 웃어 보일 수 있는 사람이었다.

사탄타가 커스터에게 웃으며 손을 내밀었으나 커스터는 손을 대려 하지 않았다. 캔자스 요새 근처에 오래 살면서 백인들의 편견을 알고 있었으므로 사탄타는 성미를 억눌렀다. 그는 검은주전자 지파처럼 자기 부족이 몰살당하게 놔두지는 않을 생각이었다.

회담은 냉랭하게 시작됐다. 두 명의 통역이 자기가 영어를 아는 만큼 카이오와족 말을 모른다는 사실을 안 사탄타는 백인 마부들과 대화할 정도의 영어를 알고 있는 걷는새Walking Bird를 불렀다. 걷는새는 커스터에게 자랑스럽게 말을 걸었지만 그는 고개를 흔들었다. 걷는새의 영어 억양을 알아들을 수 없었던 것이다. 걷는새는 어떻게든 말이 통하게 하겠다고 마음먹고, 커스터에게 다가가서 미군들이 말을 쓰다듬듯 그의 팔을 쓰다듬으며 "몸집 좋고 근사한 녀석"이라고 말했다.

아무도 웃지 않았다. 통역들이 나서서 사탄타와 외로운늑대에게 카이오와족을 데리고 들어오지 않으면 몰살시킬 것이라는 말뜻을 전했다. 그런데 그 순간 휴전협정을 위반하고 커스터가 돌연 두 추장과 호위대를 체포하라고 명했다. 이들은 콥 요새로 호송되어 부족민들이 다 같이 그곳으로 걸어 들어올 때까지 포로로 억류될 것이다. 사탄타는 조용히 지시를 받아들이고, 사람을 보내 부족민들을 요새로 들어오게 하겠다고 말했다. 그는 아들을 카이오와 마을로 보냈지만 부족민을 콥 요새로 들어오게 하는 대신 서쪽 들소 지대로 도망가도록 지시했다.

커스터 부대가 콥 요새로 돌아오는 도중 체포된 카이오와족 두세 명이 밤에 기회를 틈타 도망쳤다. 사탄타와 외로운늑대는 경계가 엄중해서 도피할 수 없었다. 요새에 도착했을 때 포로로 남은 사람은 그들 둘밖에 없었다. 이 일에 격노한 셰리던 장군은 부족민 모두가 콥 요새로

외로운늑대(귀파고).
1867년에서 1874년 사이에 윌리엄 솔이 찍은 사진.

사탄타(흰곰).
1870년경에 윌리엄 솔이 찍은 사진.

들어와 투항하지 않으면 사탄타와 외로운늑대의 목을 자르겠다고 언명했다.

이러한 간계와 모반에 의해 카이오와족 대부분은 자유를 포기해야 했다. 소추장인 여자마음Woman Heart이 이끄는 작은 지파 하나가 대고원 Staked Plains으로 도망쳐 그들의 친구인 콰하디 코만치족과 합류했을 뿐이다.

미군은 카이오와족과 코만치족을 감시하고 통제하기 위해 레드 강 북쪽 이삼 마일 지점에 새로운 군인 마을을 만들고 실 요새라고 이름 붙였다. 실 요새에는 남북전쟁의 영웅인 벤저민 그리어슨 장군이 지휘하는 제10기병대가 진주해 있었다. 제10기병대의 병사들은 대부분 흑인이어서 인디언들은 이들을 들소부대라고 불렀다. 얼마 후 머리카락이 하나도 없는 주재관이 그들에게 들소 사냥 대신 농사짓는 법을 가르치기 위해 동부에서 부임했다. 그의 이름은 로리 타툼이었지만 인디언들은 대머리Bald Head라고 불렀다.

셰리던은 사탄타와 외로운늑대를 실 요새로 이송했다가 풀어주었다. 셰리던은 두 추장을 석방하면서 그동안 못된 행위를 했다고 꾸짖으며 주재관에게 절대 복종하라고 경고했다. 사탄타가 셰리던을 안심시켰다.

"당신이 무슨 말을 하든 나는 꼭 지키겠소. 그 말을 내 가슴속 깊이 간직하겠소. 내 손을 잡든 나를 잡아 교수형에 처하든 간에 내 생각은 조금도 변치 않을 것이오. 당신이 오늘 말해준 것이 내 눈을 뜨게 했으며 내 가슴도 열렸소. 우리가 다닐 길을 낼 이 땅은 모두 당신 것이오. 이제부터 나는 백인들의 길을 따라 옥수수를 심고 기르겠소. 앞으로 카이오와족이 백인을 살해했다는 소리는 듣지 못할 겁니다. ……거짓말이 아니오. 모든 것이 진실이오."

이렇게 해서 옥수수를 심는 달에 카이오와족 2천 명과 코만치족 2500명은 새 주거지역에 정착했다. 미국 정부가 코만치족에게 들소 사냥을 그만두고 농사를 지으라고 한 것은 우스꽝스러운 일이었다. 원래 코만치족은 텍사스에서 농사를 짓고 살았는데 백인들이 와서 농토를 빼앗고 몰아내는 바람에 살기 위해 할 수 없이 들소 사냥을 해왔던 것이다. 그런데 이 친절한 대머리 노인은 인디언들이 옥수수 기르는 법을 전혀 모른다는 듯이 백인을 따라 농사를 지으라고 수선을 떨었던 것이다. 먼저 옥수수를 심고 가꾸는 법을 백인들에게 가르쳐준 것은 인디언들이 아니었던가.

그러나 카이오와족은 사정이 달랐다. 전사들은 땅 파는 일은 여자들이나 하는 짓이지 말 탄 사냥꾼들이 할 일로 생각지 않았다. 옥수수가 필요하면 들소 사냥을 못하는 위치타족에게 페미컨과 들소 가죽 옷을 주고 물물교환을 하면 됐다. 위치타족은 옥수수를 길러 먹고 사는 편이 나았다. 그들은 너무 살이 찌고 게을러서 들소 사냥을 하지 못했다. 한여름이 되자 카이오와족은 타툼에게 번잡스러운 농사일에 대해 불평을 늘어놓기 시작했다. "나는 옥수수가 안 맞소"라고 사탄타는 말했다. "그걸 씹으면 이빨이 아픕니다." 그는 또 질기기만 한 긴뿔소 고기를 먹는 것에 신물이 났다. 그는 주재관에게 카이오와족이 들소 사냥을 나갈 수 있도록 총과 탄약을 배급해달라고 요청했다.

어느덧 가을이 되어 카이오와족과 코만치족은 4천 부셸(1부셸은 8갤런, 약 두 말 한 홉) 정도의 옥수수를 거두어들였다. 그러나 5500명의 인디언과 수천 필의 말이 나누어 먹기에는 턱없이 부족했다. 이듬해 봄 식량이 떨어져 굶게 되자 대머리 주재관은 들소 사냥을 나가도록 허락해주었다.

1870년 여름 카이오와족은 레드 강 북쪽 지류에서 성대한 태양 무도회를 열었다. 코만치족과 남부 샤이엔족도 의식에 초대했다. 의식이 거행되는 동안 주거지역 생활에 환멸을 느낀 전사들은 들소가 넘실대는 평원에 나가 살자고 주장했다.

코만치의 추장 열마리곰Ten Bears과 카이오와 추장 차는새Kicking Bird는 전사들의 주장에 반대했다. 그들은 백인과 손잡고 사는 것이 가장 무난한 삶이라고 생각하고 있었다.

코만치 젊은이들은 열마리곰을 비난하지 않았다. 그는 어차피 싸움이나 사냥을 하기에는 너무 늙은 사람이었다. 그러나 카이오와 젊은이들은 차는새의 충고를 경멸했다. 주거지역에 들어가기 전만 해도 그는 위대한 전사였다. 그런데 이제는 아녀자처럼 이야기하고 있었다.

무도회가 끝나자 많은 젊은이들이 텍사스로 말을 몰아 들소 사냥에 나섰고 일부 과격한 젊은이들은 자기네 땅을 빼앗은 텍사스인들을 습격했다. 그들은 특히 캔자스에서 몰려와 들소 수천 마리를 쏘아 죽인 백인 사냥꾼들에 대한 분노로 끓어올랐다. 백인 사냥꾼들은 들소를 죽여서 가죽만 벗겨갔기 때문에 피비린내 나는 들소 시체가 평원 도처에서 썩어갔다. 인디언들의 눈에는 백인들이 자연의 모든 것을 증오하는 것처럼 보였다.

사탄타는 1867년 라니드 요새에서 핸콕 장군을 만났을 때 따끔한 충고를 했다. "이곳은 유구한 땅입니다. 그런데 당신들이 나무를 베어 넘기는 바람에 지금은 아무짝에도 쓸모가 없게 되었소."

메디신 롯지 크리크에서도 그는 회담 대표들에게 그와 같은 말을 했다.

"아득한 옛날부터 이 땅은 우리 아버지들 것이었소. 그러나 강 상류로 가면 강둑에 군인들의 진지를 보게 됩니다. 군인들은 내 나무를 마구 베어 넘기고 내 들소를 총으로 쏘아 죽여버립니다. 그런 광경을 볼 때마다 내 가슴이 터집니다."

1870년 여름내 주거지역에 남아 있던 인디언들은 사냥 대신 농사일이나 내세우고 있다고 차는새를 사정없이 조롱해댔다. 드디어 차는새도 더 이상 참을 수 없게 되었다. 그는 자기를 가장 괴롭혔던 외로운능대와 흰말 그리고 늙은 사탕크와 함께 전사 100명을 이끌고 텍사스로 습격을 나갔다. 차는새는 사탄타같이 체구가 크고 근육질의 몸매는 아니었다. 그는 피부색이 옅고 호리호리하지만 단단했다. 카이오와족의 순수 혈통이 아니어서 더 민감하기도 했을 것이다. 그의 할아버지 쪽 한 사람이 크로우족이었다.

차는새는 100명의 전사를 이끌고 레드 강 경계를 넘었다. 그들은 일부러 텍사스 리처드슨 요새의 군인들을 끌어내기 위해 우편 마차 한 대를 기습했다. 예상대로 미군이 달려오자 그는 기병대의 뒤쪽과 측면을 강타하는 협공 작전을 펴서 미군을 옴짝달싹 못하게 묶어놓았다. 미군들은 찌는 듯한 태양 아래 여덟 시간 동안이나 움직이지 못하는 곤욕을 치렀다. 전투를 끝내고 차는새는 승리감에 넘쳐 돌아왔다. 그는 추장의 위신을 세웠다. 그러나 그날 이후로는 백인들과의 평화만을 위해 노력했다.

추위가 닥쳐오자 평원을 떠돌던 인디언들도 많은 수가 주거지역으로 돌아왔다. 그렇지만 젊은 전사 수백 명은 그해 겨우내 평원에 남아 있었다. 그리어슨 장군과 '대머리' 주재관은 텍사스 습격 사건으로 추장들을 질책했다. 하지만 사냥꾼들이 마른 들소 고기포와 옷을 갖고 와 부족한 배급 식량을 보충하는 형편에 더 이상 왈가왈부할 수는 없었다.

그해 겨울 모닥불 주변에 모인 카이오와족의 주된 화제는 사방에서 몰려드는 백인에 대한 이야기였다. 늙은 사탕크는 그해 텍사스인들에게 피살된 아들 때문에 슬픔에 잠겨 있었다. 사탕크는 아들의 뼈를 찾아다 특별히 만든 천막 안에 단을 세워 그 위에 올려놓고 마치 죽지 않고 잠들어 있는 것처럼 언제나 아들에 대해 말하고 그 아이가 깨어나면 기운을 차리도록 음식과 물을 차려놓았다. 저녁이면 앙상한 손가락으로 새치가 난 수염을 쓰다듬으면서 무언가를 기다리는 듯이 모닥불을 쳐다보며 앉아 있었다.

철마가 달리는 철도가 그들의 들소 지역에도 들어오리라는 소문이 파다했다. 그들은 철도가 플래트 강과 스모키 힐에서 들소를 몰아냈다는 것을 잘 알고 있었다. 철도가 들소 지역으로 들어오는 일은 어떻게 해서라도 막아야 했다. 사탄타는 안절부절못하고 이리저리 돌아다녔다. 그는 미군을 이동시키고 들소를 놀라게 하는 철도 없이 카이오와족이 살아왔던 대로 살게 해달라고 설득하기 위해 요새의 지휘관을 만나고 싶어했다.

더 단도직입적인 큰나무Big Tree는 밤에 요새로 들어가 건물에 불을 지르고 군인들이 뛰쳐나오면 모두 죽여버리자고 소리쳤다. 늙은 사탕크는 그런 주장에 반대했다. 지휘관들과 이야기해봐야 입만 아플 뿐이다. 요새의 군인들을 모두 죽인다 해도 더 많은 군인들이 와서 그 자리를 채울 것이다. 백인들은 이리 떼와 같아서 아무리 많이 죽어도 더 많은 사람이 몰려온다. 카이오와족이 백인들을 몰아내고 들소를 지키려면 풀밭에 울타리를 치고 집을 짓고 철도를 놓고 들짐승을 모두 도살해버리는 정착민부터 몰아내야 한다.

차는새. 카이오와족 추장.
1868년 캔자스 닷지 요새에서 윌리엄 솔이 찍은 사진.

이듬해 봄이 되자 그리어슨 장군은 레드 강 여울목을 경계하도록 검은 병사들로 이루어진 순찰대를 파견했다. 전사들은 다시 들소 사냥에 몸이 근질거려 경계망을 빠져나가기 시작했다. 그러나 텍사스 평원은 많이 바뀌어 있었다. 어딜 가나 못 보던 울타리가 수없이 쳐져 있었고 더 많은 농장이 들어찼으며 줄어드는 들소 떼를 장총으로 살육하는 백인 사냥꾼들이 우글거렸다.

잎이 돋는 달, 카이오와족과 코만치 추장 몇 명은 주거지역을 떠나지 않고 들소를 찾아보기 위해 대규모 사냥대를 몰고 레드 강 북쪽 지류로 떠났다. 대부분의 들소 떼가 멀리 텍사스로 나가 있었기 때문에 두세 마리의 들소밖에 눈에 띄지 않았다. 밤에 모닥불을 피워놓고 그들은 텍사스의 백인들이 모든 인디언들을 땅속으로 몰아넣고 있다고 입을 모았다. 머지않아 철마가 평원을 가로지르게 되면 들소 떼는 모두 사라지고 말 것이다. 대마술사인 하늘을걷는자Sky Walker 마만티는 텍사스로 내려가 백인을 몰아내야 한다고 주장했다.

5월 중순 마만티가 이끄는 습격대는 순찰대를 피해 레드 강을 건너 텍사스로 갔다. 사탄타와 사탕크, 큰나무 등 많은 전투추장들이 습격대에 끼어 있었지만 이번 습격은 마만티의 영감靈感에 따른 것이었으므로 마만티가 지휘자가 되었다.

5월 17일 마만티는 리처드슨 요새와 벨크냅 요새를 잇는 버터필드 도로가 내려다보이는 언덕에 전사들을 매복시켰다. 다음 날 정오까지 밤새 그곳에서 기다리고 있던 습격대는 기병대의 호위하에 군 구급차량 한 대가 동쪽으로 가는 것을 보았다. 공격하려는 전사들이 있었지만 마만티는 공격 명령을 내리지 않았다. 그는 소총과 탄약을 가득 실은 수송 차량 같은 횡재가 뒤따라올 거라고 타일렀다. 이들은 몰랐지만, 구급차량 안에 타고 있던 사람은 다름 아닌 대전사 셔먼이었다. 그는 남서부군 초소를 순시하던 중이었다.

두세 시간 뒤에 마만티가 예견했던 대로 열 대의 화물 마차가 굴러왔다. 때맞춰 마만티는 사탄타에게 신호를 보냈고 사탄타가 나팔을 불자 전사들은 언덕 아래로 내달렸다. 마차꾼들이 마차를 방패 삼아 필사적으로 저항했지만 도저히 인디언들의 적수가 되지 못했다. 인디언들은 진을 친 수레를 뚫고 들어가 마차꾼 일곱 명을 사살했다. 나머지는 그들이 마차 안에 들어 있는 물건들을 끌어내는 틈을 타 근처 수풀 속으로 도망갔다. 마차 안에는 기대했던 총이나 탄약은 없었고 옥수수뿐이었다. 그들은 마차를 끌던 노새 몇 마리를 거두어 부상자를 말에 태우고 주거지역으로 돌아왔다.

그로부터 닷새 뒤에 대전사 셔먼이 실 요새에 들렀다. 셔먼은 주재관 타툼에게 지난주에 주거지역을 벗어난 인디언들을 조사하라는 지시를 내렸다. 그 후 곧 몇몇 추장들이 식량 배급을 받으러 왔을 때 주재관은 차는새와 사탕크, 사탄타, 큰나무, 외로운늑대 등 여러 추장을 사무실로 불러 평소의 친근하지만 근엄한 목소리로 텍사스의 마차 습격 사건에 대해 들었는지 물었다. 그리고 그 일에 대해 조금이라도 아는 사람이 있다면 얘기를 듣고 싶다고 말했다.

마만티가 습격을 이끌었지만 사탄타가 즉시 일어나 자신이 주동자라고 대답했다. 이렇게 한 이유가 뽐내 보이기 위해서라든가, 중심이 되는 추장으로서 모든 책임을 떠맡는 것을 자신의 의무라고 여겼기 때문이라는 등의 추측이 나돌았다. 어쨌거나 사탄타는 이 기회에 인디언을 대하는 주재관의 태도를 질책했다.

"나는 여러 차례 무기와 탄약 공급을 요청했지만 당신은 한 번도 들어주지 않았소. 다른 요구도 마찬가지요. 당신은 한마디로 내 이야기는 듣지도 않는 사람이오. 백인들은 우리 지역을 지나는 철도를 놓으려 하고 있소. 몇 해 전에는 우리 머리카락을 잡고 텍사스에 끌어다놓는 통에 거기 사는 백인들과 싸움질을 벌여야 했소. ……이삼 년 전 커스터 장군이 이곳에 있을 때는 나를 체포해서 며칠 동안 이유 없이 가둬두었소. 인디언을 무단 체포하는 장난 같은 일은 이제 그만두고, 더 이상 되풀이되어서도 안 됩니다. 이런 불만 때문에 나는 사탕크, 독수리가슴 Eagle Heart, 큰나무, 큰활Big Bow, 빠른곰 등 추장과 전사 100명을 끌고 가서 포장마차를 습격했소. ……다른 누가 습격대를 지휘했다는 명예를 주장한다면 그건 거짓말이오. 내가 그 일을 했소."

타툼은 이 놀라운 말을 듣고도 조금도 동요의 기색을 보이지 않았다. 그는 사탄타에게 자신은 총과 탄약을 내줄 권한이 없지만 대전사 셔먼이 지금 실 요새에 와 있으니 청원을 해보라고 말했다.

추장들이 셔먼을 만날 것인가 말 것인가로 왈가왈부하고 있을 때 타툼은 그리어슨 장군에게 쪽지를 보냈다. 쪽지에는 사탄타가 습격을 지휘했다는 사실을 인정하고 같이 간 추장들 이름을 댔다는 내용이 적혀 있었다. 그리어슨이 쪽지를 셔먼에게 전해주고 얼마 후, 사탄타가 혼자 요새의 사령부로 가서 대전사를 만나보기를 요청했다. 셔먼은 현관으로 나와 사탄타와 악수를 하고 그에게 마침 지금 회담을 하기 위해 추장들을 소집하는 중이라고 말했다.

소집된 추장들은 대부분 자발적으로 갔지만 사탕크는 군인들이 강제로 참석시켰다. 큰나무는 도망가려다 붙잡혔다. 독수리가슴은 군인들이 다른 사람들을 체포하는 것을 보고 도망갔다.

추장들이 현관 앞에 모두 모이자 셔먼은 텍사스에서 마차꾼들을 살해한 죄로 사탄타와 사탕크 그리고 큰나무를 체포한다고 선언했다. 그들은 재판을 위해 텍사스로 호송될 것이다.

사탄타는 어깨에 두르고 있던 모포를 내던지고 잡혀가는 것보다는 차라리 죽어버리겠다고 외치며 권총을 빼들었다. 그때 서먼이 조용한 목소리로 명령을 내리자 현관 창문의 덧문이 활짝 열리면서 소총 열두 정이 추장들을 향해 겨누어졌다. 이미 제10기병대의 검은 병사들이 사령부 건물을 둘러싸고 있었던 것이다.

차는새가 일어나 항의했다. "당신은 추장들을 죽이려고 불렀군. 이들은 내 부족이오. 절대 넘겨줄 수 없소. 일을 벌이면 당신이나 나나 끝장이오."

일대의 기병대가 다시 들이닥쳐 현관과 마주한 말뚝 울타리에 겹겹이 늘어섰다. 그때 외로운늑대가 먼지를 일으키며 말을 달려왔다. 그는 늘어서 있는 군인들은 안중에도 없다는 듯 말을 울타리에 비끄러매고 가져온 소총 두 자루를 땅에 내려놓았다. 눈은 경계를 늦추지 않은 채 조롱하는 듯한 표정으로 잠시 동안 권총 띠를 조이며 서 있더니 재빨리 소총을 집어들고 현관 쪽으로 뚜벅뚜벅 걸어갔다. 그다음 가까이 있는 추장에게 권총을 넘겨주며 카이오와 말로 소리쳤다.

"무슨 일이 일어나면 총구멍에서 연기가 나게 해줘!"

그리고 다른 추장에게 소총 하나를 던져주고는 마루에 앉아 소총의 노리쇠를 잡아당기며 서먼을 노려보았다.

한 장교가 명령을 내리자 기병대는 안전장치를 풀고 발사 자세를 취했다. 사탄타가 손을 올리며 소리쳤다.

"안 돼! 그만둬!"

서먼이 조용히 미군들에게 총을 내리라고 명령했다.

6월 8일 세 추장은 마차에 실려 리처드슨 요새로 먼 길을 떠났다. 수갑을 차고 쇠사슬에 묶여 절룩거리는 사탄타와 큰나무는 같은 마차에, 사탕크는 다른 마차에 실렸다. 기병대가 호송하는 마차가 요새를 벗어나면서부터 늙은 사탕크는 카이오와 전사의 죽음의 노래를 부르기 시작했다.

오 태양이여 그대는 영원하리,
그러나 우리 카이첸코는 죽는구나.
오 대지여 그대는 영원하리,
그러나 우리 카이첸코는 사라지누나.

사탕크는 시냇물을 건너는 곳에 서 있는 나무를 가리키며 카이오와 말로 소리쳤다.

"결코 저 나무를 넘어서지 않으리라."

실로 눈 깜짝할 사이였다. 그는 모포를 머리 위까지 끌어올리고 모포 밑에서 손목을 틀어 수갑에서 살갗이 찢어져나간 손을 빼냈다. 그러고는 옷 속에 감춰두었던 칼을 빼들고 외마디 소리를 지르며 옆에 있던 미군을 찌르고 마차에서 떠밀었다. 놀란 호송병 한 사람에게서 소총을 뺏어든 순간 마차 밖에 있던 중위가 쏘아 죽이라고 고함을 질렀다. 미군의 일제 사격을 받은 늙은 카이오와 추장은 그 자리에서 쓰러졌다. 사탕크가 죽기를 기다리느라 마차는 한 시간이나 멈춰 있어야 했다. 미군들은 시체를 도랑에 버리고 텍사스로 여행을 계속했다.

사탄타와 큰나무의 재판은 텍사스 잭스버로의 법원에서 1871년 7월 5일에 열렸다. 혁대에 권총을 찬 목장주와 카우보이로 구성된 배심원들은 사흘 동안 증언을 듣고 유죄를 선언했으며 판사는 교수형을 선고했다. 그러나 주지사는 그들의 처형으로 카이오와족이 전쟁을 일으킬지도 모른다는 보고를 받고 무기징역으로 감형해주었다.

이로써 카이오와족은 가장 강력한 지도자 세 명을 잃었다. 가을이 되자 많은 젊은이들이 몇 명씩 주거지역을 빠져나가 대고원에서 예전의 자유로운 생활을 누리고 있는 콰하디 코만치족에 합류했다. 백인 사냥꾼과 정착민을 피해 그들은 레드 강과 캐너디언 강 사이의 들소 떼를 뒤쫓았다. 기러기가 날아가는 달이 되자 팰로 듀로 협곡에 겨울철 숙영지를 세웠다. 콰하디 코만치족은 카이오와족들로 인해 수가 점점 불어났지만 그들을 환영했다.

외로운늑대는 콰하디족과 함께 사냥을 했고 그들과 합류할 마음도 어느 정도 있었다. 1872년 초 그는 주거지역의 카이오와족이 어떤 방향으로 가야 할지 차는새와 논쟁을 벌였다. 차는새와 비틀거리는곰 Stumbling Bear은 들소 사냥을 포기하더라도 백인들의 길을 좇아야 한다고 주장했지만 외로운늑대는 들소 사냥 없는 카이오와족은 상상도 할 수 없다고 반박했다. 백인들이 주거지역 내에서 사냥하라고 고집을 피운다면 주거지역은 남쪽의 리오그란데 강과 북쪽의 미주리 강까지 확장되어야 한다고 그는 주장했다.

외로운늑대의 기백 있는 주장이 카이오와족의 마음을 잘 대변하고 있다는 것이 증명되었다. 8월 인디언국이 조약의 의무 조항을 논의하기 위해 평원의 이단적 인디언족들에게 대표를 뽑아 워싱턴으로 보내라고 지시했을 때 카이오와족은 차는새와 비틀거리는곰을 제쳐두고 외로운늑대를 대표로 뽑았던 것이다.

특사 헨리 앨보드가 카이오와 대표를 워싱턴으로 데려갈 임무를 띠고 실 요새에 도착했다. 외로운늑대는 사탄타와 큰나무와 상의 없이 워싱턴에 갈 수 없다고 버텼다. 비록 감옥에 갇혀 있긴 하지만 사탄타와 큰나무야말로 부족의 가장 중요한 지도자들이므로 그들의 말을 듣지 않고는 워싱턴에서 어떤 결정도 내릴 수 없다는 주장이었다.

앨보드로서는 어이없는 일이었지만 외로운늑대의 말이 진심이라는 것을 알고 감옥에 있는 추장과 만날 수 있도록 지루한 절차를 밟아나갔다. 텍사스 주지사는 마지못해 그 저명한 죄수들을 가석방해서 미군들에게 넘겼다. 기병대 지휘관은 1872년 9월 9일 텍사스 댈러스에서 수갑을 찬 추장들을 인계받고 신경을 곤두세우며 실 요새로 출발했다. 사탄타와 큰나무를 죽여 명성을 얻으려고 무장한 텍사스 주민들이 호송대를 쫓아갔다.

실 요새에 가까이 갔을 때 흥분한 그곳 부지휘관이 기병대 대장에게 포로들을 다른 곳으로 옮겨가라고 요구했다.

"실 요새 주거지역의 인디언들은 뚱하니 말도 잘 안 하고 성질이 포악하고 사납소. 대전투추장인 사탄타를 쇠사슬로 묶어 이곳에 데려왔다가 결사적인 전투 같은 큰 말썽 없이 형무소로 되돌려 보낸다는 것은 거의 불가능한 일이오. 그러니 지시를 받기는 했겠지만 그들을 M.K&T 철도 종착역으로 데려가기를 부탁드립니다."

앨보드 특사는 카이오와족에게 사탄타와 큰나무를 세인트루이스라는 큰 도시에서 만날 수 있도록 주선하고 있다고 설득해야 했다. 그는 그곳에 가려면 마차를 타고 철도역까지 가서 철마를 타야 한다고 설명했다. 카이오와 대표들은 미심쩍어하면서도 전사 호위대를 데리고 텍사스 철도의 캔자스 미주리 강 종착지인 인디언령 아토카까지 165마일을 여행했다.

아토카에서 이 희극은 절정에 달했다. 앨보드와 외로운늑대 일행이 그곳에 도착하자마자 기병대장은 사탄타와 큰나무를 기차역으로 이송 중이라고 전했다. 앨보드는 혼자서 감당해야 할 사태를 그려보고 경악을 금치 못했다. 기차 종착역은 인적이 드문 곳이었다. 사탄타가 갑자기 그곳에 모습을 드러낼 경우 인디언들 사이에 일어날 감정적 동요는 통제 불가능할 것이다. 그는 급히 기병대장에게 전갈을 보내 카이오와 대표들을 세인트루이스로 출발시킬 때까지 죄수들을 떡갈나무숲에 숨겨달라고 애걸했다.

이렇게 해서 9월 29일 세인트루이스 에버렛 하우스의 특별실에서 사탄타와 큰나무는 이 모든 일을 있게 한 외로운늑대와 짧은 해후를 즐겼다. 앨보드는 "아주 감명적인 순간"이었다고 묘사했지만, 그 자리에서 늙은 추장들이 외로운늑대에게 중요한 지시를 내리고 있다는 것을 눈치 채지 못했다. 추장들은 다시 감옥으로 돌아갔지만 외로운늑대는 자신이 수행할 일을 가슴속에 아로새겼다.

워싱턴에는 다른 여러 인디언족 대표들, 아파치족의 작은 지파와 아라파호족 추장들, 그리고 두세 명의 코만치족 대표가 도착해 있었다. 그러나 가장 비중이 큰 콰하디 코만치족은 아무도 없었다. 열마리곰은 얌파리카족의 대표였고 토사위는 페나테카족의 대표였다.

워싱턴 관리들은 인디언들에게 근사한 유람을 시켜주었다. 미국의 군사력을 과시해 보였으며 감리교회의 주일 설교도 통역을 붙여 들려주고 그랜트 대통령은 백악관의 이스트룸에서 만찬을 베풀었다. 인디언 문제 담당관 프랜시스 워커는 회유 섞인 유창한 인사말을 늘어놓은 뒤에 깜짝 통첩을 했다.

"먼저 카이오와족과 코만치족은 금년 12월 15일까지 추장과 지도자들, 전사들과 그 가족들을 모두 실 요새 10마일 이내로 이주시켜야 합니다. 봄까지는 아무 말썽 없이 그곳에 머물러 있고, 주재관의 동의 없이 떠나지 말아달라는 겁니다. 워싱턴에 대표를 보내지 않은 콰하디 코만치족은 미군의 공격을 받게 될 거고, 12월 15일 이후 실 요새 10마일 이내에 거주하지 않는 인디언은 미국 정부의 적으로 간주되어 발견 즉시 사살될 것입니다."

열마리곰과 토사위는 큰아버지가 하라는 대로 하겠다고 대답했지만 외로운늑대는 카이오와족이 그런 통첩을 따를 리 없다며 딴청을 부렸다. 사탄타와 큰나무야말로 카이오와족의 추장인데 텍사스인들이 감옥에 가둬두고 있으니 젊은 전사들은 그들과 전투를 계속하지 않을 리 없다는 것이었다. 따라서 그 두 사람이 자유를 얻고 주거지역에 돌아와야 화평을 유지할 수 있다고 주장했다.

이는 물론 세인트루이스 형무소에서 이루어진 추장들의 "아주 감명적인" 재회 때 짜여진 각본에 따른 것이었다. 외로운늑대의 계략은 노련한 외교관 못지않았다. 워커 담당관은 텍사스 주지사에게 그들의 석방을 지시할 권한은 없지만 결국엔 추장들을 석방시키겠다고 약속하는 수밖에 없었다. 외로운늑대는 한술 더 떠서 석방 시한을 다음 해 싹이 트고 잎이 나는 달, 즉 1873년 3월 말로 못 박았다.

워싱턴 방문의 결과는 코만치족과 열마리곰의 완전한 결별이었다. 외로운늑대는 영웅이 되어 귀환했지만 열마리곰은 코만치족으로부터 완전히 따돌림을 받았다. 평원의 늙은 시인은 병들고 쇠잔해져 1872년 11월 23일에 세상을 떠났다. 주재소 학교 교장이었던 토머스 배티는 열마리곰의 몰락을 이렇게 묘사했다.

"그의 아들 말고는 부족민 모두 그를 떠났다."

열마리곰. 코만치족 추장.
1872년 워싱턴 D.C.에서 알렉산더 가드너가 찍은 사진.

한편 워커 담당관이 경고했듯이 대고원에서 미군은 자유로운 콰하디 코만치족을 수색하기 시작했다. 리처드슨 요새에서 제4기병대는 레드 강 상류 쪽으로 파고 들어갔다. 기병대장은 둥그런 턱수염을 기르고 몸은 마르고 강인하며 화를 잘 내는 독수리대장 래널드 매켄지였다. 코만치족은 그를 망고헤우테, 세손가락이라고 불렀다. 그는 남북전쟁 때 검지손가락을 잃었다. 9월 29일 매켄지의 정찰대는 매클랜 크리크에서 콰하디족 수곰의 큰 마을을 발견했다. 인디언들은 겨울철에 대비해 바삐 들소 고기를 말리고 있었다.

미군은 마을을 습격해 23명을 죽이고 아녀자 120명을 생포했으며 1천 마리가 넘는 말 떼를 수중에 넣었다. 천막집 262채를 불태운 뒤 매켄지 부대는 하류로 이동해 야영을 했다. 습격을 벗어난 전사 수백 명은 이웃 마을로 가서 말을 빌리고 병력을 지원받아 어둠을 틈타 기병대의 야영지를 기습했다. 그들은 말을 모두 되찾고 미군도 몇 명 끌어왔지만 포로가 된 아녀자들은 끝내 구해낼 수 없었다. 매켄지가 그들을 실 요새로 끌고 가버려서 수곰을 비롯해 가족을 빼앗긴 전사들은 하는 수 없이 가족과 함께 있기 위해서 주거지역으로 들어섰다. 그러나 콰하디족은 여전히 들소와 함께 평원을 떠돌며 남서쪽의 다른 부족을 끌어들이고, 스물일곱 살의 혼혈인 콰나 파커의 지휘 아래 전보다 더 깊은 앙심을 품고 백인들에게 대항했다.

1873년 봄기운이 돌자 카이오와족은 사탄타와 큰나무의 귀환을 환영하는 큰 축제를 준비하기 시작했다. 겨우내 대머리 주재관 타툼은 추장들의 석방을 저지하기 위해 안간힘을 썼으나 인디언 문제 담당관이 그의 의견을 받아들이지 않자 사임했다.

제임스 하워스가 새 주재관이 되었다. 그러나 싹트는 달이 지나가고 잎이 자라는 달이 되어도 추장들이 돌아오지 않자 외로운늑대는 백인들과의 전쟁을 들먹거리기 시작했다. 차는새는 텍사스 주지사가 인디언을 증오하는 정착민 때문에 고심하고 있다면서 전사들에게 참을성을 가지고 기다리라고 다독거렸다. 드디어 사슴이 뿔을 가는 달(8월)에 워싱턴 관리들의 주선으로 사탄타와 큰나무는 실 요새로 돌아왔지만 여전히 포로의 몸이었다. 오래지 않아 텍사스 주지사가 직접 회담을 갖기 위해 찾아왔다.

사탄타와 큰나무도 보초의 감시하에 회담에 참석해도 된다는 허락을 받았다. 주지사는 카이오와족이 주재소 근처의 농장에 정착해야 한다는 얘기부터 꺼냈다.

"여러분이 사탄타와 큰나무를 석방시키고 싶으면 아래 사항을 준수해야 합니다. 첫째 식량을 배급받고 사흘마다 취하는 점호에 참석할 것, 둘째 젊은이들의 텍사스 습격을 엄금할 것, 셋째 무기와 말을 넘겨주고 개화된 인디언들처럼 옥수수를 기르며 살아갈 것, 이런 조건이 모두 충족될 때까지 추장들은 계속 유치장에 있게 될 것입니다."

외로운늑대가 먼저 말했다.

"추장들을 이곳에 데려다주어서 우리 마음은 흐뭇해졌습니다. 그러니 아예 오늘 석방해서 우리 마음을 더 따뜻하게 해주시오."

그러나 주지사는 들으려 하지 않았다.

"아까 말한 조건은 변경될 수 없소."

그걸로 회담은 끝났다. 외로운늑대는 크게 실망했다. 그런 조건은 너무 가혹한 것이었다. 추장들은 여전히 포로로 갇혀 있지 않은가! 외로운늑대는 교장 선생 배티를 찾아갔다.

"나는 평화를 위해 열심히 노력해왔소. 워싱턴은 나를 속였고 내 부족과의 신의를 지키지 않고 약속을 깨뜨렸소. 이제 남은 것은 전쟁밖에 없소. 나는 워싱턴과의 전쟁이 부족의 멸망을 의미한다는 것을 알고 있지만 어쩔 수 없이 그렇게 하도록 내몰리고 있소. 이렇게 살기보다는 차라리 죽고 싶소."

차는새도 정부의 요구 조건에 마음이 상했다.

"내 마음은 돌처럼 굳어져서 어디 한구석도 부드러운 곳이 없다. 나는 친구로 여기고 백인의 손을 잡았지만 알고 보니 친구도 아니다. 정부는 우리를 속였다. 워싱턴은 썩었다."

교장 배티와 새 주재관 하워스는 정부가 추장들을 석방하는 선의의 제스처를 보이지 않으면 살육, 나아가 전면전까지 벌어지리라는 것을 예감했다. 그들은 주지사를 찾아가 상황을 설명하고 아량을 보이도록 설득했다. 그날 밤늦게 주지사는 외로운늑대를 비롯한 추장들에게 다음 날 아침에 만나자는 전갈을 보냈다. 카이오와족은 만나자는 제의를 받아들였지만 더 이상 지켜지지 않을 약속 같은 건 들을 생각이 없었다.

그들은 만약의 경우에 대비해 감옥 근처에 전사들을 매복시키고 도망할 수 있게 빠른 말을 준비해두었다. 그리고 완전무장을 한 채 회의장으로 들어갔다.

이런 움직임을 눈치 챈 주지사는 얘기를 짧게 끝냈다. 카이오와족이 약속을 지키리라 확신하기에 사탄타와 큰나무를 보석으로 석방한다고 선언했다. 추장들은 자유로운 몸이 되었다. 외로운늑대는 또 한 번 피 흘리지 않고 승리를 거두었다.

잎이 떨어지는 달(10월)에 사탄타는 붉은 깃발이 휘날리는 자신의 붉은 천막으로 돌아왔다. 그는 오랜 친구인 흰찌르레기White Cowbird에게 붉은 마술 창을 넘겨주면서 추장 노릇을 그만두겠다고 말했다.

"이제 자유롭고 행복하게 평원을 거닐 수 있다면 그걸로 족하네."

사탄타는 주재소를 떠나지 않겠다는 약속을 지켜 그해 가을 사냥을 나서는 젊은이들을 따라가지 않고 주재소에서 머물렀다.

기러기가 날아가는 달(11월)에 텍사스의 백인 말 도둑들이 말 떼를 습격해 카이오와족과 코만치족의 가장 좋은 말 200마리를 훔쳐간 사건이 발생했다. 전사들이 뒤쫓았지만 몇 마리의 말만 되찾았을 뿐 텍사스인들은 레드 강을 건너가버렸다.

그 후에 9명의 카이오와족과 21명의 코만치족 젊은이들은 도둑맞은 말을 메우기 위해 남쪽으로 갔다. 그들은 텍사스 사람들의 말을 습격하면 사탄타와 큰나무에게 말썽의 빌미가 될까 염려하여 멕시코로 향했다. 백인들의 거주지를 피해 500마일을 달려 이글 패스와 라레도 사이의 리오 강을 건넜다. 멕시코의 농장을 습격해 잃어버렸던 만큼의 말을 뺏어왔지만, 그 사이 멕시코인 몇 명을 죽이고 또 돌아오는 도중에 길을 막으려는 텍사스인 둘을 죽이게 되었다. 그러자 미군 기병대가 열화같이 추격해왔고, 클라크 기지 가까운 곳에서 젊은 전사 아홉 명이 그들에게 죽음을 당했다. 그중엔 외로운늑대의 아들과 조카인 타우앙키아와 구이탄도 있었다. 생존자들이 실 요새로 돌아온 것은 한겨울이었다.

카이오와족과 코만치족은 부족의 가장 용감한 젊은이들의 죽음에 애도를 표했다. 아들을 잃은 슬픔에 외로운늑대는 머리털을 자르고 천막을 불태우고 자기 말을 죽이며 텍사스인들에 대한 복수를 맹세했다.

1874년 봄 평원에 풀이 돋아나자 외로운늑대는 아들과 조카의 유골을 찾기 위해 전사대를 조직해서 텍사스로 떠났다. 그들은 주거지역에

흰말(첸 타인테).
1870년 윌리엄 솔 사진.

서 요주의 인물이었기 때문에 원정 계획을 비밀로 할 수 없었다. 그들이 레드 강을 건너자마자 콘초, 매케베트, 클라크 요새에서 기병대가 추격해왔다. 간신히 추격을 따돌리고 매장지에 도착해 아들과 조카의 유골을 파내서 대고원 쪽으로 말머리를 돌리자마자 기병대가 들이닥쳤다. 외로운늑대는 눈물을 머금고 뼈를 다시 산기슭에 파묻고선 뿔뿔이 흩어져 대고원을 넘었다. 그들 대부분이 레드 강에 도착했을 때 때마침 엘크 크리크에서 특별 태양 무도회가 열리고 있다는 소식을 들었다.

지금까지 여러 해 동안 카이오와족은 코만치족 친구들을 태양 무도회에 초청했지만 코만치족은 구경꾼으로 왔을 뿐 그런 의식을 연 적이 없었다.

1874년 봄에 코만치족의 첫 태양 무도회가 열렸다. 코만치족은 대고원의 들소 떼를 마구 살육하는 백인 사냥꾼들에 어떻게 대처할지 상의하려고 카이오와족을 초대했다. 정부가 콰하디 코만치족을 적대적인 인디언으로 간주했기 때문에 차는새는 초대에 응하지 않았다. 그는 추종자들에게 마을에 남아 7월에 열리는 그들 자신의 태양 무도회를 기다리도록 다독거렸다. 그러나 여전히 아들의 죽음을 슬퍼하고 아들의 유골을 가져다 제대로 장례식도 치르지 못하게 하는 백인의 처사에 분노한 외로운늑대는 추종자들을 이끌고 태양 무도회에 참석했다. 사탄타도 같이 갔다. 코만치족의 의식이 주거지역 내에서 이루어졌기 때문에 참석하는 것은 죄가 되지 않았고 예의 바른 일이기도 했다.

태양 무도회 소식을 듣고 대고원 쪽에서 달려온 콰하디 전사들은 들소 떼가 다 죽어간다고 전했다. 백인 사냥꾼과 모피상이 도처에 들끓어 썩어가는 들소의 악취가 대고원에 부는 바람까지 더럽혔다. 인디언과 마찬가지로 거대한 들소 떼도 막다른 길에 몰리고 있었다.

1872년에서 1874년 사이에 죽은 370만 마리의 들소 가운데 인디언의 손에 죽은 것은 15만 마리에 불과했다. 이런 상황을 걱정하며 텍사스 백인 몇 명이 셰리던에게 백인 사냥꾼의 전면적인 도살을 막기 위해 어떤 조처를 취해야 하지 않느냐고 묻자 그는 "들소가 멸종될 때까지 죽이고 가죽을 벗기고 팔도록 놔두는 것이 항구적인 화평을 가져오고 문명을 발전시키는 유일한 방법이오"라고 대답했다.

자유로운 콰하디족은 유용한 짐승들을 절멸시켜 전진하는 문명이라면 어떤 것도 원하지 않았다. 코만치족의 태양 무도회에서 이사타이라는 콰하디 예언자는 들소 구출 전쟁을 부르짖었다. 그는 배 속에서 여러 수레분의 총알을 토해내고 날아가는 총알도 멈추게 한다는 대단한 마력을 지닌 마술사였다. 콰하디족의 젊은 전투추장 콰나 파커는 먼저 백인 사냥꾼들의 근거지인 어도비 월스Adobe Walls로 알려진 캐너디언 강 근처의 한 교역소를 치자고 제안했다.

무도회가 끝나기 전 샤이엔족과 아라파호족도 북쪽 주거지역에서 내려왔다. 가장 좋은 야생마mustang 50마리를 백인들에게 도둑맞아 화가 나 있던 그들도 습격에 가담했다. 물론 외로운늑대와 사탄타도 카이오와족 전사들을 이끌고 왔다.

인디언들에게 있어 들소를 멸종에서 구해야 한다는 절박함은 자질구레한 주거지역의 규칙을 지키는 일과 비할 바가 아니었다. 백인 사냥꾼들은 인디언들만 사용하도록 조약에 명기되어 있는 들소 서식지를 침입하지 않았는가. 미군이 밀렵꾼을 몰아내지 않겠다면 인디언 스스로 그 일을 해야 할 것이다.

모두 합해 700명의 전사가 늦여름에 엘크 크리크에서 서쪽으로 말을 달렸다. 마술사 이사타이는 "백인들은 인디언을 쏠 수 없다. 내 마력으

콰나 파커. 코만치족 추장.
1891년에서 1893년 사이 오클라호마 카이오와 주거지역에서 허친스와 래니가 찍은 사진.

로 그자들이 쏘는 총알을 다 막아버릴 것이다. 인디언이 돌격하면 그자들을 모두 쓸어버릴 것이다"라고 전사들의 기운을 북돋웠다.

6월 27일 해뜨기 전에 전사들은 백인 사냥꾼의 근거지인 흙벽돌로 쌓은 어도비 월스 요새로 갔다. 전사들은 이 보급기지의 백인 사냥꾼들을 하나도 남기지 않고 쓸어버릴 기세였다. 콰나 파커는 훗날 "우리는 하늘 높이 먼지를 날리며 말을 타고 전속력으로 돌진했다"라고 회고했다. 마멋 구멍이 곳곳에 뚫려 있어 발굽 빠진 말 몇 마리와 전투 분장을 한 전사들이 함께 굴러 넘어지기도 했다. 인디언들은 마차 안으로 피신하려는 백인 사냥꾼 둘을 쏘아 죽이고 머리가죽을 벗겼다. 총소리와 지축이 떠나갈 듯한 말발굽 소리를 들은 흙벽돌 요새 안의 백인들은 경계태세를 갖추고 총열이 긴 들소 사냥총을 쏘기 시작했다. 인디언들은 좌우로 흩어져 전래의 원형 공격을 개시했다. 전사들은 창을 던지고 창문을 향해 총알을 퍼부었다. 콰나 파커는 "나는 코만치 전사 한 명을 데리고 흙벽돌 집으로 올라가 지붕 사이에 구멍을 뚫고 총을 쐈다"고 말했다. 인디언들은 사냥꾼들이 탄약을 다 써버릴 때까지 돌격과 후퇴를 여러 번 반복했다. 그 와중에 콰나의 말이 총을 맞고 쓰러졌다. 엄폐물을 찾으려 했으나 총알 한 발이 그의 어깨를 스치면서 상처를 냈다. 그는 오얏나무숲으로 기어갔다 후에 구출되었다.

전투에 참가했던 한 코만치 전사의 얘기다.

"들소 사냥꾼들은 우리가 공격하기엔 너무 강했다. 그들은 벽 뒤에 몸을 숨기고 총에 조준경을 설치했다. ……전사 하나는 1마일쯤 떨어져 있었는데 총에 맞아 말에서 굴러 떨어졌다. 나중에 알고 보니 죽은 게 아니라 기절했던 것이다."

오후가 되자 인디언들은 화력 좋은 들소 사냥총의 사정거리 밖으로 물러났다. 전사 열다섯 명이 죽었고 중상을 입은 사람들은 그보다 더 많았다. 그들은 백인들의 총알을 막아준다며 대승을 장담했던 이사타이에게 부아를 냈다. 분노가 치민 샤이엔 전사 한 명이 말채찍으로 그를 내리치자 다른 용사들도 달려들었지만 콰나는 이사타이가 받은 치욕만으로도 충분히 벌 감당이 된다면서 그들을 말렸다. 그 뒤로 콰나는 두 번 다시 마술사의 말을 믿지 않았다.

아무런 성과도 거두지 못한 외로운늑대와 사탄타는 포위 공격을 풀고 전사들을 레드 강의 북쪽 지류로 이끌고 가서 카이오와족의 태양 무도회에 참석했다. 그들은 당연히 코만치와 샤이엔족 친구들도 초청했다. 그해 여름의 축제는 사탄타와 큰나무의 귀환을 축하하는 것이었다. 콰하디족과 샤이엔족은 백인 사냥꾼들의 손에 들소 떼가 다 죽어가는 마당에 축제가 웬 말이냐고 카이오와족을 질책했다. 그리고는 들소 구출 전쟁에 참가하라고 촉구했다.

차는새는 이 말을 귀담아듣지 않고 태양 무도회가 끝나자 급히 주거지역으로 돌아갔지만 외로운늑대와 그의 추종자들은 결의를 다진 콰하디족과 함께 남았다.

이번에는 사탄타도 외로운늑대와 같이 행동하지 않았다. 그가 요행히 얻은 행운을 지나치게 낭비해버렸다고 생각한, 사람 좋아하고 활동을 즐기는 추장은 마지못해 실 요새로 돌아갔다. 도중에 그는 가족과 친구 몇 명을 데리고 옥수수를 기르는 인디언들과 교역을 하기 위해 레이니 마운틴 크리크를 따라 위치타 주거지역을 방문했다. 나다니기 좋은 여름이었으니 점호를 받고 식량을 타기 위해 실 요새로 돌아가려고 서둘 이유가 없었다.

그해 늦여름께 평원에선 모든 상황이 악화되고 있었다. 태양은 메마른 땅을 더욱 바싹 말렸고 강과 시내에는 물 한 방울 흐르지 않았으며 메뚜기 떼가 거대한 돌개바람처럼 덮쳐와 말라비틀어진 풀을 남김없이 쓸어가버렸다. 이런 기후가 이삼 년 전에 닥쳤더라면 물을 찾아 광란하는 들소 떼의 벼락같은 발굽 소리가 초원을 뒤흔들었을 것이다. 그러나 이제 들소 떼는 사라졌고 끝없이 황량한 벌판에는 들소의 뼈다귀와 해골이 여기저기 뒹굴고 녹슨 말발굽만 널려 있을 뿐이었다. 백인 사냥꾼들도 거의 떠났다. 코만치족, 카이오와족, 샤이엔족 그리고 아라파호족은 불안한 마음으로 초원을 돌아다녔지만 들소 떼를 찾아보기 어려워지자 굶어죽지 않으려고 주거지역으로 다시 들어가는 사태가 벌어졌다.

주거지역도 엉망이었다. 미군과 인디언국은 마음이 맞지 않았고 보급품도 제대로 오지 않았다. 주재관 몇 명은 인디언들이 허락 없이 돌아다닌다고 식량 배급을 보류했다. 여기저기서 충돌이 일어나 미군과 인디언들 간에 총격이 오갔다. 사정이 악화되자 실 요새 주재소에 등록된 카이오와족과 코만치족 중 반수 이상이 실 요새에서 사라졌다. 7월 중순이었다. 신비로운 마술의 힘인 듯, 들소 곁에 살던 이 마지막 인디언 부족은 최후의 들소 서식지의 한가운데인 팰로 듀로 협곡의 차이나버리 삼림 터The Place of Chinaberry Trees로 이끌려 들어갔다. 팰로 듀로는 지평선상에 나타나지 않는, 평원을 칼로 베어낸 듯한 구불구불한 틈서리의 깊은 협곡이었다. 이 협곡은 버드나무와 푸른 풀이 무성하고 우물과 시냇물과 폭포가 어우러진 오아시스로, 들소 떼가 지나다니며 낸 두세 곳의 작은 길로만 들어갈 수 있었다. 16세기에 코로나도Coronado가 이곳을 와본 이래 그 존재를 아는 백인은 두세 명밖에 없었다.

1874년 늦여름 동안 인디언과 들소 떼는 그곳을 성소聖所로 여기고 숨어살았다. 인디언들은 겨울철을 나는 데 필요한 만큼의 들소를 죽여 고기는 햇볕에 말리고 연골과 기름은 가죽에 싸서 저장해두었다. 힘줄은 활줄과 실을 만드는 데 쓰고 뿔로 숟가락과 컵을 만들고 털을 엮어 줄과 허리띠를 만들었다. 등가죽도 천막과 옷, 모카신을 만들기 위해 절여놓았다.

잎이 노랗게 물들어가는 달이 되자 이 협곡을 따라 봄까지 견딜 만큼 식량을 충분히 저장한 카이오와, 코만치 그리고 샤이엔족의 천막이 숲을 이루었다. 거의 2천 마리나 되는 말이 들소 떼와 함께 넉넉한 풀을 뜯어먹었고 여자들도 아무 두려움 없이 일을 나갔으며 아이들은 시냇가에 나가 놀았다. 콰나 파커의 콰하디족에게 이 모습은 그들이 언제나 살아왔던 고유한 생활이었다. 외로운늑대와 다른 주재소의 도망자들에게도 새로운 삶의 시작이었다.

백인의 생활방식에 대한 이런 식의 도전은 주거지역을 관할하던 당국자들에겐 참을 수 없는 노릇이었다. 인디언이 팰로 듀로 협곡에 정착하자마자 대전사 셔먼은 작전 명령을 내렸다. 9월에 미군 5개 부대가 이동을 시작했다. 돗지 요새에선 곰외투 넬슨 마일즈가 남쪽으로 향했고, 콘초 요새에서는 세손가락 매켄지가 북쪽으로 행군했다. 뉴멕시코의 바스콤 요새에서는 윌리엄 프라이스 소령이 동쪽으로 이동했고, 실과 리처드슨 요새에서는 존 데이비슨과 조지 부엘 대령이 떠났다. 연발총과 대포로 무장한 미군 수천 명이 들소와 더불어 자유롭게 살기를 바라는 인디언 이삼백 명을 찾아 나선 것이다.

9월 26일 통카와족 용병을 써서 팰로 듀로 협곡의 작은 길을 찾아낸 매켄지의 기병대가 물밀듯이 밀고 들어왔다. 맨 먼저 외로운늑대의 카이오와족이 기습을 당했다.

그러나 전사들은 당황하지 않고 여자와 어린애들이 피할 수 있도록 시간을 끌며 버티다 구름 같은 화약 연기 사이로 후퇴했다. 매켄지 부대는 천막과 저장해놓은 겨울철 식량을 태우고, 날이 저물 무렵까지 1천 마리 이상의 말을 끌어 모았다. 매켄지의 명령으로 튤 계곡으로 끌려간 말들은 모조리 도살당했다. 하늘에는 죽은 말의 고기를 먹으려고 수많은 독수리가 맴돌았다.

인디언들은 먹을 것도 옷도 잠자리도 없이 이리저리 흩어져 걸었다. 사방에서 몰려온 수천 명의 미군이 평원 곳곳에 철통 같은 그물망을 쳐서 부상당한 인디언들부터 노인과 아녀자 순서로 차례차례 건져 올렸다.

외로운늑대가 이끄는 252명의 카이오와족은 천신만고 끝에 생포당하는 것은 면했지만 더 이상 도망갈 길이 없었다. 1875년 2월 25일 결국 실 요새로 들어와 항복했다. 석 달 후 콰나 파커도 콰하디족을 이끌고 돌아왔다.

이런 군 작전의 혼란 속에서 사탄타와 큰나무는 주거지역을 빠져나갔다. 샤이엔 주재소에 가서 자발적으로 투항했지만 쇠사슬에 묶여 감옥에 들어갔다.

실 요새로 투항해 들어오는 인디언들은 무기를 압수당하고 축사에 수용되었다. 그들의 소지품은 전부 무더기로 쌓아 불태웠고 말과 노새는 초원에 끌려나가 사살되었다. 주거지역을 떠났다고 의심되는 추장들과 전사들은 감옥에 들어가거나 지붕 없는 얼음집의 높은 벽 속에 갇혔다. 미군은 우리에 갇힌 동물을 대하듯 인디언들에게 날고기 덩어리를 던져주었다.

워싱턴의 대전사 셔먼은 포로들에게 재판과 형벌을 내리라고 지시했다. 하워스 주재관은 사탄타와 큰나무에게 관용을 베풀 것을 요청했다. 셔먼은 큰나무에겐 유감이 없었으나 옛날 사탄타가 자기한테 대들었던 것을 잊지 못해 그를 홀로 텍사스 형무소로 보냈다.

　군 당국으로서도 그 많은 죄수들 중 누구를 벌주어야 할지 모를 지경이었다. 그래서 묘안을 짠 것이 플로리다 마리온 요새의 토굴로 보낼 카이오와 죄수 26명을 차는새의 손으로 골라내게 하는 것이었다. 차는새로서는 혐오스러운 일이었지만 어쨌든 그는 명령에 복종하지 않을 수 없었다. 우선 외로운늑대는 가야 하고, 여자마음과 흰말 그리고 하늘을걷는자 마만티도 포장마차 습격 사건 때문에 가야 할 것이다. 나머지는 이름 없는 전사들과 그들 부족과 함께 살아온 두세 명의 멕시코 포로들로 채웠다.

　그렇다 하더라도 동족의 처형에 협조했다는 것은 치명적인 배신 행위였다. 이제까지 차는새를 따르던 인디언들까지 그에게 등을 돌렸다. 그는 토머스 배티에게 이렇게 하소연했다.

　"나는 돌처럼 부서져가오. 한쪽 가슴은 이리로, 다른쪽 가슴은 저리로."

　수갑을 차고 쇠사슬에 묶인 인디언들이 멀리 플로리다의 감옥으로 떠나는 마차에 짐짝처럼 실렸을 때 차는새는 말을 타고 나가 작별인사를 했다.

　"이런 지경을 당해 유감이오. 당신들의 외고집 때문에 말썽을 막을 수 없었소. 당신들은 벌을 받아야 할 것이오. 각자 부적을 갖고 가도록 하시오. 오래진 않을 거요. 나는 당신들을 사랑하며 석방을 위해 노력하겠소."

마만티가 경멸스러운 말투로 쏘아붙였다.

"차는새, 당신은 백인들 눈에 자유롭고 대단한 인물로 남는구려. 하지만 그리 오래 살지는 못할 거요. 두고보시오."

이틀 뒤 차는새는 초소 가까이 있는 그의 천막에서 커피를 마시고 나서 신비스럽게 죽었다. 석 달 후 마리온 요새에서 차는새가 죽었다는 소문을 들은 마만티 역시 갑자기 죽었다.

카이오와 사람들은 마술사가 동족의 생명을 빼앗는 데 마술을 사용했으므로 스스로 자신의 죽음을 불렀으리라고 얘기했다. 그로부터 3년 뒤 형무소 의무실에서 여위어가던 사탄타도 높은 창문에서 몸을 던져 죽음으로써 자유를 찾았다. 같은 해 말라리아에 걸려 신음하던 외로운늑대는 실 요새로 돌아오도록 허락을 받았지만 1년도 못 되어 죽었다.

위대했던 추장들은 가버렸다. 강대했던 카이오와족과 코만치족의 힘은 스러졌고, 그들이 구하려고 애쓰던 들소도 사라졌다. 이 모든 일이 10년도 안 되는 기간에 일어났다.

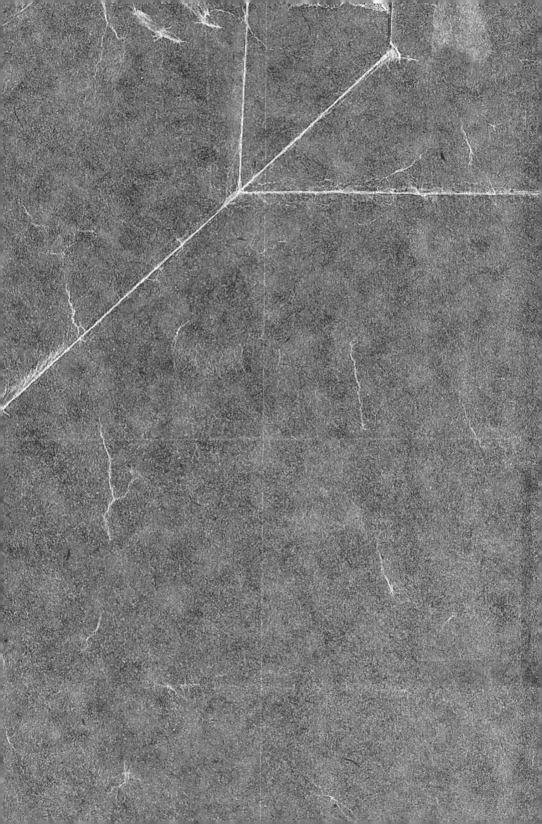

chapter
12

검은언덕 사수전

The War for the Black Hills

1875년—5월 1일, 고위 정부 관리가 연루된 위스키 링 238명, 내국세 횡령 혐의로 기소. 12월 6일, 44번째 의회 회기에서 민주당이 16년 만에 하원 장악.

1876년—2월 7일, 그랜트 대통령, 개인 비서인 어빌 배브콕Orville Babcock의 위스키 링 횡령 사건 공모 혐의에 대한 사면이 이루어졌으나 그를 직위 해제함. 3월 4일, 미 의회, 국방부 장관 벨크냅의 인디언 링 횡령 공모 혐의에 대한 탄핵 결의. 5월 10일, 100주년 기념 전시회가 필라델피아에서 개막. 6월 11일, 공화당, 러더퍼드 헤이스를 대통령 후보로 지명. 6월 27일, 민주당, 새뮤얼 틸덴 대통령 후보 지명. 7월 9일, 사우스캐롤라이나 햄버그에서 흑인 민병대 학살. 8월 1일, 콜로라도, 미 연방 38번째 주로 편입. 9월, 토머스 에디슨, 뉴저지 멘로 파크에 실험실 설립. 9월 17일, 사우스캐롤라이나에서 인종 전쟁 일어남. 11월 7일, 민주·공화 양당 대통령 선거 승리 주장. 틸덴, 전체 투표에서 승리. 12월 6일, 선거인단, 헤이스에게 185표, 틸덴에게 184표 던짐.

백인은 누구를 막론하고 이 지역의 어느 곳에도 정착할 수 없으며 어느 부분도 점유할 수 없다. 또한 인디언의 동의 없이는 이 지역을 통행할 수 없다.

———

1868년 조약에서

우리는 이곳에 백인이 머물기를 원치 않는다. 검은언덕은 내 땅이다. 백인들이 이 땅을 빼앗으려 하면 나는 싸울 것이다.

———

타탕카 요탕카(앉은소)

자기가 걸어다니는 땅을 팔아먹는 사람은 없다.

———

타슝카 위트코(미친말)

백인은 검은언덕에 들어와 구더기처럼 들끓고 있다. 될 수 있는 대로 빨리 이자들을 몰아내주기 바란다. 모든 도적들의 두목(커스터 장군)이 지난 여름 검은언덕으로 들어오는 길을 냈다. 큰아버지는 커스터가 저지른 죄과에 대해 배상해야 할 것이다.

———

뱁티스트 굿

검은언덕으로 알려진 곳은 인디언들에게는 그들 땅의 중심지로 여겨지고 있다. 수우족 열 개 부족은 그들 땅의 중심인 그곳을 경배한다.

———

타토케 인양케(달리는영양)

큰아버지의 젊은이들이 그 언덕에서 금을 캐가고 있다. 그 금으로 많은 집의 곳간을 가득 채울 것이다. 그러니 내 부족도 먹고살 것을 채워주기 바란다.

———

마토 노우파(두마리곰)

큰아버지는 대표들에게 인디언들 모두 검은언덕에 권리가 있으니 인디언들이 어떤 결론에 도달하든 그 의견은 존중되어야 한다고 말했다. ……나는 인디언인데 백인들은 나를 바보로 여긴다. 내가 백인들의 말을 따르므로 그러는 것이 틀림없다.

숭카 위트코(바보개)

큰아버지는 큰 금고가 있고 우리도 금고가 있다. 검은언덕은 우리의 금고이다. ……검은언덕을 가지려면 7천만 달러를 지불하기 바란다. 그 돈의 이자로 우리가 가축을 살 수 있도록 어딘가에 넣어놓아라. 백인들은 그렇게 한다.

마토 글레스카(점박이곰)

당신네 백인들은 우리 머리를 모두 끌어당겨 담요로 덮어버렸다. 저기 보이는 언덕은 우리의 보고인데 당신들은 우리에게 그것을 달라고 요구하고 있다. ……당신네 백인들은 우리 주거지역에 와서 우리가 가진 것을 마음대로 써버리고도 성에 차지 않아 우리의 금고를 모두 차지해버렸다.

먼눈

나는 이 땅을 떠나고 싶지 않다. 내 친척들은 모두 이 땅속에 누워 있다. 내 몸이 산산이 부서지더라도 여기서 부서질 것이다.

숭카하 나핀(늑대목걸이)

우리는 앉아서 백인들이 금을 캐기 위해 이곳을 지나가는 것을 보고도 아무 말 하지 않았다. ……내 친구들이여, 워싱턴에 갔을 때 나는 우리 젊은이들을 데리고 당신네 돈집에 갔지만 그 집에서 아무도 돈을 꺼내지 않았다. 당신들 큰아버지의 사람들은 내 땅에 오면 내 돈집(검은언덕)에 들어가 돈을 꺼내간다.

마와타니 한스카

내 친구들이여, 우리는 오랜 세월 이 땅에서 살았다. 우리는 결코 큰아버지 땅에 가서 무얼 달라고 그를 괴롭히지 않는다. 우리 땅에 와서 우리를 괴롭히고 수많은 못된 짓을 하고 우리 부족민에게 못된 짓을 가르치는 것은 그의 부족민들이다. ……당신네들이 바다를 건너 이 땅에 오기 전에, 그리고 이 땅에 와서 지금까지도 당신들은 이런 부를 가진 땅을 사겠다고 제의한 적이 단 한 번도 없다. 내 친구들이여, 당신들이 사려고 온 이 땅은 우리에게 남은 제일 좋은 땅이다. ……이 땅은 내 것이고 나는 이 땅에서 자랐다. 나의 선조들도 이 땅에서 살고 이 땅에서 죽었다. 나도 이 땅에 머무르고 싶다.

———

캉기 위야카(까마귀깃)

당신들은 이 땅에서 사냥감을 몰아내고 생계수단이 될 만한 것들을 모두 앗아갔다. 이제 당신들이 포기하라고 요구하는 이 땅말고는 쓸 만한 것이 아무것도 없다. ……이 땅은 온갖 광물이 가득 묻혀 있고 무성한 소나무숲으로 덮여 있다. 우리가 이 땅을 큰아버지에게 내준다는 것은 우리한테나 당신네한테나 소중한 마지막 보고를 망쳐버리는 결과가 될 것이다.

———

와니기 스카(흰유령)

초원이 타오를 때 당신들은 불길에 휩싸인 짐승들을 보게 될 것이다. 불에 타 죽지 않으려고 이리저리 내닫는 가련한 짐승들의 모습을. 그게 바로 여기 있는 인디언의 모습이다.

———

나진야누피(포위된자)

　　　붉은구름과 점박이꼬리가 테톤 부족을 이끌고 북서부 네브래스카에 있는 주거지역에 정착한 지 얼마 후 검은언덕Black Hills에

막대한 황금 노다지가 묻혀 있다는 소문이 백인 이주자들 사이에서 돌기 시작했다. 파하 사파, 즉 검은언덕은 세계의 중심지이자 신神과 영산靈山이 모여 있는 곳으로 전사들이 위대한 정령과 만나 영감을 얻는 성지聖地였다. 1868년에 큰아버지는 검은언덕을 쓸모없는 곳으로 여기고 그 지역을 인디언 땅으로 조약에 명기해주었다. 4년 뒤에 백인 광부들은 조약을 어기고 파하 사파에 침범해 들어와 노란 금속을 찾아 바위틈이나 맑은 시냇물을 뒤지고 돌아다녔다. 인디언들은 황금에 눈먼 백인들이 성지에 들어온 것을 볼 때마다 죽이거나 쫓아냈다. 1874년 미국인들로부터 거센 항의가 빗발치자 군부대에 검은언덕을 정찰하라는 지시가 내려왔다. 1868년 조약에서는 인디언의 허락 없이는 백인들의 출입을 금했지만 미국 정부는 군인들을 파견하기 전에 인디언들에게 동의를 얻으려고 하지 않았다.

딸기가 익는 달에 1천 명이 넘는 기병대가 에이브러햄 링컨 요새에서 평원을 지나 검은언덕으로 행군해왔다. 이 부대는 1868년에 와시타 강가에서 검은주전자의 남부 샤이엔족을 학살했던 그 악명 높은 조지 암스트롱 커스터 장군의 제7기병대였다. 수우족은 커스터를 파후스카, 즉 긴머리Long Hair라고 불렀다. 인디언들은 기병대와 보급품을 실은 포장마차의 긴 줄이 성지로 들어오는 것을 멀리서 지켜볼 수밖에 없었다.

붉은구름은 긴머리의 기병대가 침범해온다는 소식을 듣고 "검은언덕은 오글라라 수우족의 땅이기 때문에 커스터 장군 부대가 이곳으로 들어오는 것을 바라지 않는다"고 항의했다. 그곳은 또한 샤이엔과 아라파호와 다른 수우족 지파의 땅이기도 했다. 인디언의 분노가 거셌기 때문에 큰아버지인 율리시스 그랜트는 "법과 조약으로 이 땅이 인디언에게 보장되어 있는 이상 어느 누구도 이 지역에 대한 무단침입을 금한다"는 결의를 천명했다.

그러나 커스터가 검은언덕에선 "풀뿌리에도" 금이 더덕더덕 달려 나온다고 미국 정부에 보고하자 백인들은 오뉴월 메뚜기처럼 몰려들어 미친 듯이 땅을 파고 냄비로 금을 가려내기 시작했다. 결국 커스터의 보급 마차가 파하 사파의 심장부에 뚫어놓은 길은 '도둑의 길'이 되었다.

붉은구름은 그해 오글라라족에게 지급되는 식량과 보급품의 질이 형편없어 주재관 사빌과 여러 번 승강이를 벌였다. 그 일에 신경 쓰느라 커스터가 검은언덕에 침입한 사건이 수우족, 특히 봄이 되면 주거지역을 떠나 이 언덕 근처에서 야영을 하며 사냥을 하는 인디언들에게 얼마나 충격적인 일이었는지 살필 겨를이 없었다. 나이 든 다른 추장들처럼 주거지역의 사소한 일에 너무 세세히 신경 쓰다 보니 부족 젊은이들과 접촉할 여유가 거의 없었던 것이다.

커스터의 침입이 있던 그해 가을 북쪽으로 사냥을 나갔던 전사들이 주거지역으로 돌아오기 시작했다. 전사들은 성지가 침범당했다는 사실을 알고는 말벌처럼 길길이 날뛰었다. 전투대를 만들어 검은언덕으로 쏟아져 들어오는 광부들을 쫓아내자는 전사들에게, 붉은구름은 큰아버지가 이들을 몰아낼 테니 참고 기다리라고 타일렀다. 그는 큰아버지가 군인들을 보내 광부들을 쫓아버릴 것이라고 확고히 믿었다.

잎이 떨어지는 달, 젊은이들이 긴머리의 미군들에게 얼마나 격해 있는지 붉은구름이 깨닫게 되는 일이 일어났다. 10월 22일 사빌 주재관은 백인 인부들을 시켜 큰 소나무 한 그루를 베어오게 했다. 인디언들이 그 통나무를 어디에 쓸 거냐고 묻자 사빌은 국기 게양대라고 대꾸했다. 그는 방책 위에 국기를 내걸 생각이었다. 그들은 항의했다. 긴머리 커스터도 검은언덕의 주둔지에 국기를 내걸었었다. 인디언들은 그들이 사는 주거지역에서 미군을 생각나게 하는 물건은 깃발이든 뭐든 정말 보고 싶지 않았다.

사빌은 인디언들의 항의를 묵살하고 다음 날 아침 깃대를 세울 구덩이를 파라고 지시했다. 지시를 내린 지 몇 분도 안 되어 젊은 전사들이 도끼를 들고 몰려와 통나무를 박살냈다. 사빌이 그만두라고 고함을 질러댔지만 전사들이 콧방귀도 뀌지 않자 붉은구름에게 가서 전사들의 행패를 막아달라고 부탁했다. 그러나 붉은구름은 그 말을 듣지 않았다. 긴머리가 검은언덕을 침입한 것에 대한 앙심을 전사들이 그런 식으로 터뜨리고 있다는 것을 그는 알고 있었다.

격노한 사빌은 인부 한 사람을 군인 도시(로빈슨 요새)로 보내 즉시 기병대를 출동시켜달라고 했다. 시위를 벌이던 전사들은 요새로 말을 달리는 인부의 모습을 보고 천막 처소로 달려가 무장과 전투 분장을 하고 기병대를 가로막기 위해 나섰다. 기병대는 중위가 이끄는 대원 26명뿐이었다. 전사들은 하늘에 공포를 쏘며 그들을 둘러싸고 전투의 함성을 질러댔다. 에밋 크로퍼드 중위도 물러나지 않았다. 전사들이 주위를 돌며 일으키는 구름 같은 먼지더미 사이로 그는 부대를 계속 주재소로 전진시켰다. 몇몇 젊은 전사들은 전투에 불을 붙일 생각으로 바싹 붙어서 그들의 말을 기병대의 말에 부딪치기도 했다.

크로퍼드를 구하러 달려온 것은 다른 기병대가 아니라 말을두려워하는늙은이의 아들인 말을두려워하는젊은이가 이끄는 주재소의 수우족 일파였다. 주재소 인디언들은 전사들의 원진을 뚫고 들어가 기병대 주위에 보호벽을 치고 요새까지 호위해갔다. 호전적인 전사들은 여전히 화를 누르지 못하고 요새의 방책을 태워버리려 했지만 붉은개Red Dog 와 말을두려워하는늙은이가 그들을 말렸다.

이번에도 붉은구름은 나서지 않았다. 항의하던 많은 전사들이 겨울을 주거지역 밖에서 보내기 위해 짐을 싸들고 천막을 걷고 북쪽으로 떠나는 것을 보고도 그는 크게 신경 쓰지 않았다. 파하 사파의 침범을 결코 좌시하지 않는 수우족 전사들이 여전히 있다는 것을 그들은 행동으로 보여주었다. 그러나 붉은구름은 이 젊은이들이 영영 그를 떠났다는 사실을 아직 깨닫지 못했다. 젊은이들은 붉은구름을 버리고 앉은소와 미친말에게 돌아섰다. 두 추장 모두 구차하게 주거지역에서 살아본 적도 없고 백인들이 주는 찌꺼기 식량을 받아본 적도 없었다.

1875년 봄 무렵에는 검은언덕에 노다지가 묻혀 있다는 소문이 널리 퍼져 미주리 강 상류와 도둑의 길에 수백 명의 광부가 모였다. 군은 탐광꾼의 물결을 막기 위해 병사들을 파견했다. 몇 명을 내보내기는 했지만 어떤 법적인 조처도 취해지지 않아 그들은 다시 돌아왔다. 크룩 장군(평원 인디언들은 그를 회색늑대 대신 별셋으로 불렀다)은 직접 검은언덕을 시찰하고 그 지역에서 1천 명이 넘는 광부들을 보았다. 별셋은 그들이 법을 어기고 있다고 점잖게 통고하고 그곳을 떠나라는 지시를 내렸지만 자신의 명령을 시행할 노력은 기울이지 않았다.

백인들의 황금에 대한 광풍에 놀라고 군대가 자기네 영역을 지켜주지 않은 것에 실망한 붉은구름과 점박이꼬리는 워싱턴 당국에 강력히 항의했지만 큰아버지의 응답은 오히려 "검은언덕을 양도받기 위해 수우족을 다룰" 대표단을 파견하는 것이었다. 이제 인디언에게 영구히 배당된 그 마지막 한 조각 땅을 빼앗을 때가 온 것이다. 언제나 그랬듯이 대표단은 정치인과 선교사, 상인, 그리고 군 장교로 구성되었다. 아이오와 상원의원 윌리엄 앨리슨이 단장이었다. 샌티족의 종교와 문화를 기독교로 바꿔놓으려고 오랫동안 노력했던 새뮤얼 힌먼 목사가 주요한 성직자였다. 앨프리드 테리 장군은 군 대표였고, 라라미 요새의 상인 존 클린스는 장사꾼의 이해관계를 대변했다.

정부에선 주거지역 대표는 물론 주거지역에 살지 않는 인디언 대표들도 회의에 참석시키기 위해 앉은소와 미친말 그리고 다른 '거친' 추장들에게 사자를 보냈다. 혼혈인 루이스 리처드가 정부가 보낸 편지를 앉은소에게 읽어주자 앉은소는 이렇게 말했다.

"큰아버지한테 이렇게 이르게. 한 치도 팔고 싶지 않다고."

그리고 흙을 한 움큼 집어 들고 덧붙였다.

"이만큼도 안 된다고!"

미친말도 마찬가지로 수우족의 땅, 특히 검은언덕을 파는 것에 반대했다. 그는 회담에 참석하는 것조차 거절하고 작은거인Little Big Man을 자유로운 오글라라족의 입회인으로 보냈다.

고분고분한 추장 몇 사람을 은밀히 만나 헐값으로 거래를 성사시킬 줄 알았다면, 그건 백인들의 큰 착각이었다. 백인 대표단이 회담 장소로 내정된 붉은구름과 점박이꼬리 주재소 사이에 있는 화이트 강 지역에 도착해보니 인디언들의 천막과 풀을 뜯는 말 떼가 사방의 들판 몇 마일을 뒤덮고 있었다. 동쪽 미주리 강에서 서쪽 빅혼 지역까지 수우족의 모든 지파와 샤이엔과 아라파호 친구들까지 합쳐 거의 2만 명 이상 되는 인디언들이 구름같이 모여든 것이다.

그들 중 1868년 조약의 문안을 본 사람은 거의 없었다. 그러나 그 신성한 문서에 들어 있는 한 구절의 뜻은 모두가 알고 있었다.

"여기에 기술된 주거지역의 어느 일부분을 양도하기 위한 조약도 이 지역을 점유하고 있거나 이해관계에 있는 성인 인디언 남자 가운데 4분의 3이 서명하지 않는 한 합법적이거나 유효하지 않다."

설사 백인 대표들이 추장들을 위협하거나 매수한다 해도 한 움큼의 먼지나 풀잎까지도 결사적으로 지키려는 수천 명의 성난 인디언 전사들의 서명을 얼마나 받아낼 수 있을 것인가.

1875년 9월 20일 회담 대표들은 완만한 구릉의 평원에 서 있는 한 그루 사시나무 옆에 줄을 매어 걸어놓은, 타르칠한 천 자락 그늘 밑에 모였다. 그들은 멀리서 불안하게 서성거리는 수천 명의 인디언과 정면으로 마주하는 의자에 자리를 잡았다. 흰 말을 탄 120명의 기병대가 로빈슨 요새에서 행군해 들어와 천 자락 뒤편에 한 줄로 도열했다. 점박이꼬리는 주재소에서 마차를 타고 왔지만 붉은구름은 그곳에 가지 않겠다고 선언했다. 다른 두세 명의 추장이 서성거리다가 바람에 밀리듯 들어왔다.

그때 돌연 멀리 솟은 산봉우리에서 먼지구름이 피어올랐다. 인디언 1개 분대가 회담장으로 질주해오는 중이었다. 전투 복장을 한 전사들은 가까이 접근하자 방향을 돌려 백인 대표들을 둘러싸고 하늘에다 총을 쏘며 고함을 지른 뒤 말을 달려 기병대 바로 뒤에 한 줄로 늘어섰다. 또다시 두 번째 분대가 다가왔고, 이런 식으로 수우족 지파의 모든 전사들이 힘을 과시하며 들어와 수천 명의 인디언들이 커다란 원을 그리며 회담장을 둘러쌌다. 그제야 추장들도 백인들이 무시 못할 강력한 시위를 했다고 흡족해하며 회담장으로 들어왔다. 그들은 불안해하는 백인들을 마주 보며 반원형으로 앉아 그들이 검은언덕에 대해 내놓을 말을 기다렸다.

백인 대표들은 로빈슨 요새에 머물렀던 이삼 일 동안 인디언들의 분위기를 살핀 후 검은언덕을 매수하기는 어렵다고 판단하고 대신 광산권에 대해 협상하기로 방침을 바꿨다. 앨리슨 상원의원이 먼저 말을 꺼냈다.

"당신들이 우리 백인들에게 검은언덕의 채광권을 내줄 의사가 있는지 물어봐야겠소. 황금이나 값어치 있는 광물이 나온다면 정당한 금액을 제공할 것이오. 이 권리에 대해 협상을 합시다. 황금이나 다른 광물을 캐내고 나면 이 땅은 다시 당신네 소유가 되어 마음대로 처분할 수 있을 겁니다."

점박이꼬리에게 이 제안은 우스꽝스러운 농담 같은 것이었다. 검은언덕을 백인들에게 잠시 빌려주라니, 말이 되는 소리인가. 그는 앨리슨에게 같은 조건으로 당신네 마차의 노새들을 빌려줄 수 있는지 반문했다.

"정부로서는 백인들을 이 언덕에 접근하지 못하게 하는 건 어려운 일이오"라고 앨리슨은 자신의 주장을 폈다. "그렇게 하려면 당신들이나 우리 정부나 큰 부담을 안게 됩니다. 이곳에 오려는 백인들의 숫자는 한이 없으니 말이오."

이 상원의원이 평원 인디언들의 파우더 강 지역에 대한 애착이 어느 정도인지 전혀 모르고 있다는 사실이 그의 다음 제안에서 드러났다.

"해가 지는 지평선 저 멀리에 다른 지역이 한 군데 있소. 아직 아무에게도 양도되지 않은 땅으로 빅혼 산 정상까지 뻗어 있어 돌아다니며 사냥을 할 수 있을 거요. ……당신들에게는 큰 가치나 쓸모가 없어 보일지 모르지만 백인들은 모두 그 땅을 일부라도 가지고 싶어 탐낼 정도요."

이런 믿을 수 없는 요구가 통역되고 있을 때 붉은개가 붉은구름의 전갈을 가지고 달려왔다. 백인들의 탐욕을 미리 알아차리고 그 자리에 오지 않았을 오글라라 추장은 그 모든 제안을 숙고해볼 부족 회의를 열기 위해 일주일의 시간을 달라고 요청했다. 백인 대표들은 3일간의 시간을 주기로 동의했다.

그들에게 마지막 남은 큰 사냥터를 포기한다는 생각은 너무 터무니없는 것이어서 부족 회의에서는 어느 누구도 그에 대해 말도 꺼내지 않았다. 대신 어떻게 대처할 것인지 진지한 토론이 이루어졌다. 미국 정부가 조약을 이행하거나 백인 광부를 몰아낼 의도가 없다면 검은언덕에서 캐낸 노란 금붙이에 많은 돈을 지불하라고 요구해야 한다는 사람들도 있었지만 대부분은 어떤 가격에도 팔 수 없다는 굳은 결의를 다졌다. 검은언덕은 인디언들 소유다. 미군이 광부들을 몰아내지 않으려 한다면 인디언 전사들이 그렇게 해야 한다.

9월 23일 백인 대표들은 로빈슨 요새에서 군의 구급차량을 타고 다소 증강된 기병대의 호위를 받으며 회담장에 도착했다. 그곳에 일찍 나와 있던 붉은구름은 대규모의 병력에 강력히 항의했다. 그가 회담의 의제에 대한 발언을 하려고 할 때 멀리 떨어져 있던 전사들 간에 돌연 소동이 일어났다.

300명가량의 오글라라 전사들이 총을 쏘아대며 산기슭 아래로 말을 달려 내려오고 있었다. 그들은 수우족 말로 노래를 불렀다.

검은언덕은 나의 땅
나는 이 땅을 사랑하네
이 땅에 발을 들여놓는 자는 누구나
이 총소리를 들으리

회색 말을 탄 전사 하나가 회담장 주위에 모여 있던 전사들의 대열을 헤치고 한복판으로 달려왔다. 허리에 쌍권총을 차고 웃통을 벗어젖히고 얼굴에 칠을 한 이 전사는 미친말의 부관인 작은거인이었다. 그는 큰소리로 외쳤다.

"검은언덕을 팔겠다고 나서는 추장은 내 손에 죽을 줄 알라!"

그는 말을 타고 백인 대표와 추장들 사이의 공터를 춤추듯 오갔다. 말을 두려워하는 젊은이와 비공식 수우족 경찰이 곧 작은거인 주위로 몰려들어 그를 데리고 갔다. 추장들과 백인 대표들은 작은거인이 그곳에 있는 대부분 전사들의 심정을 대변했다고 느꼈을 것이다. 테리 장군의 인도로 대표들은 군용 구급차량을 타고 안전한 로빈슨 요새로 돌아갔다.

이삼 일 동안 인디언들이 진정할 시간을 준 뒤에 백인 대표들은 붉은 구름 주재소의 본부 건물에서 20명의 추장과 조용히 회담을 가졌다. 추장들은 큰아버지의 대표에게 검은언덕은 절대 헐값에 팔 수 없다는 것을 천명했다. 점박이꼬리는 백인 대표들의 태도를 더 이상 참을 수 없어 문서로 분명한 제안을 내놓도록 요구했다.

제시된 금액은 광산권이 1년에 40만 달러, 만약 수우족이 당장 검은 언덕을 판다면 15년 연불로 600만 달러였다(검은언덕 중 한 광산의 금 산출량이 5억 달러 이상인 것을 생각한다면 완전히 후려친 가격이었다).

붉은구름은 점박이꼬리에게 수우족 전체 의견을 대변하게 하고 최종 회담에는 나타나지도 않았다. 점박이꼬리는 두 제안을 일거에 거절했다. 그는 검은언덕은 팔거나 빌려줄 수 없다고 최종적으로 선언했다.

백인 대표들은 짐을 싸들고 워싱턴으로 돌아갔다. 그들은 검은언덕을 양도하도록 수우족을 설득하는 데 실패했다고 보고하고 미 의회가 인디언들의 요구를 무시하고 "검은언덕의 가치에 상당하는 공정한 액수"를 배정할 것을 건의했다.

앉은소.

이처럼 미군이 인디언과의 전쟁에서 최대의 패배를 당하고 있을 때 궁극적으로 북부 평원 인디언족도 영구히 자유를 박탈당하게 될 일련의 조치가 이루어지고 있었다.

1875년 11월 9일: 인디언국 특별 시찰관 왓킨스는 인디언 문제 담당관에게 주거지역 밖에 거주하는 평원 인디언이 잘 먹고 무장이 잘되어 있으며 태도는 거만하고 독립적이어서 주거지역 제도에 위협이 되고 있다고 보고했다. 그는 이 비문명적인 인디언들을 "겨울에 가능한 한 빨리 군대를 보내 복속시켜야 한다"고 건의했다.

1875년 11월 22일: 국방장관 벨크냅은 "귀금속이 풍부하게 매장되어 있다는 소문을 듣고 찾아간 백인 광부들이 그 지역을 소유할 수 있는 어떤 조치가 취해지지 않는 한" 검은언덕에서는 계속 분쟁이 일어날 것이라고 경고했다.

1875년 12월 3일: 인디언 문제 담당관 에드워드 스미스는 수우족과 샤이엔족 주재관들에게 주거지역을 벗어난 모든 인디언들은 1876년 1월 31일까지 자발적으로 주거지역으로 들어와 주재소에 출두해야 하며, 그렇지 않을 경우 군사력을 동원해 강제로 투항시키겠다고 통고하라고 지시했다.

1876년 2월 1일: 내무장관은 "적대적인 인디언들"이 주거지역에 들어오기로 한 시한이 다 됐으므로 그들을 군 당국에 넘기고, 군이 그 상황에서 적절하다고 판단되는 행동을 취하게 하겠다고 통고했다.

1876년 2월 7일: 국방부는 미주리 사단장인 셰리던 장군에게 앉은소와 미친말 지파를 포함해 "적대적인 수우족"에 대한 작전을 개시하도록 승인했다.

1876년 2월 8일: 셰리던 장군은 크룩과 테리 장군에게 "미친말과 그의 동맹군이 출몰하는" 파우더 강, 텅 강, 로즈버드 강과 빅혼 강의 상류 쪽에서 작전을 수행할 준비를 하도록 지시했다.

일단 정부 기구가 움직이기 시작하자 그것은 통제 불가능하고 재고의 여지 없이 가공할 만한 위력을 보였다.

12월 말 주거지역 밖의 추장들에게 모두 주거지역으로 들어오라는 미국 정부의 지시를 알리는 사자들이 파견되었다. 엄청난 눈이 북부 평원을 뒤덮었다. 눈보라와 혹심한 추위 때문에 몇몇 사자들은 1월 31일의 최종시한 몇 주일이 지나도록 돌아가지 못했다. 이런 추위에 어린애들과 여자들을 말과 트래보이로 이동시키는 것은 불가능했다. "적대적인 인디언" 이삼천 명이 천신만고 끝에 주거지역에 도착한다 해도 거기서 굶어죽었을 것이다. 늦겨울 주거지역에는 식량이 부족해서 수백 명의 인디언들이 미약한 정부의 배급식량을 보충하기 위해 3월에 사냥감을 찾아 북쪽으로 떠나기도 했다.

1월에 한 사자가 파우더 강 어귀에 진을 치고 앉은소를 찾아갔다. 그 훙크파파 추장은 주거지역으로 들어오라는 지시를 숙고해보겠지만 새싹이 움틀 때까지는 움직일 수 없다고 말했다.

미친말의 오글라라족은 북쪽에서 검은언덕으로 들어가는, 도둑의 길이 나 있는 베어 뷰트 근처의 겨울 숙영지에 거처하고 있었다. 봄이 되면 파하 사파를 침범해 들어오는 광부들을 습격하기 좋은 장소였다. 사자가 눈 속을 뚫고 미친말을 찾아가자 그는 정중하게 추위가 물러가기 전까지는 들어갈 수 없다고 말했다. 한 오글라라 젊은이는 그때의 날씨를 이렇게 묘사했다. "무척 추운 날씨였다. 길을 떠났더라면 수많은 사람과 말이 눈 속에 얼어 죽었을 것이다. 뿐만 아니라 우리는 엄연히 우리 지역에 있는 것이고 누구한테도 해를 끼치지 않았다."

1월 31일이라는 최후통첩은 자유롭게 살고 있던 인디언들에게 선전포고나 다름없었다. 그들 대부분이 최종 시한을 선전포고일로 받아들였다. 그러나 그들도 미군이 그렇게 빨리 들이닥치리라고는 생각지 못했다. 하얀 눈 빛 때문에 앞이 안 보이는 달에 별셋 크룩은 10년 전 붉은구름이 파우더 강 지역의 침입을 막기 위해 완강하게 저항했던 옛 보즈먼 도로를 따라 페터먼 요새에서 북쪽으로 행군해왔다.

거의 같은 시기에 북부 샤이엔 지파와 오글라라 수우 지파가 함께 붉은구름 주재소를 떠나 들소나 영양을 찾기 위해 파우더 강 지역으로 갔다. 3월 중순경 그들은 파우더 강 지류가 흘러드는 지점으로부터 이삼 마일 떨어진 곳에서 숙영 중인 비주재소 인디언들과 합류했다. 두달Two Moon과 작은늑대Little Wolf, 늙은곰Old Bear, 단풍나무Maple Tree, 그리고 흰소White Bull가 샤이엔족 지도자들이었고 상놈개Low Dog는 오글라라 추장이었으며, 그와 함께 온 전사 중 몇 명은 훨씬 북쪽에 있는 미친말의 마을에서 왔다.

3월 17일 미명에 크룩의 전위 부대인 조셉 레널즈 대령의 기병대가 이 평화로운 야영지를 급습했다. 제임스 에건 대위의 백마 부대가 선두에 서서 권총과 카빈총을 쏘아대며 천막 마을로 뛰어들었을 때 인디언들은 자신들의 땅에서 아무 두려움 없이 곤히 잠들어 있었다. 그 뒤를 이어 다른 기병대가 왼쪽 측면을 공격하고 또 다른 부대는 말 떼를 휩쓸어갔다.

전사들은 무엇보다 사방에서 갈겨대는 총알을 피하도록 먼저 부녀자와 어린애들을 피신시키려고 노력했다.

후에 나무다리Wooden Leg는 그때의 상황을 이렇게 말했다. "노인들은 천막으로 날아오는 총알을 피하려고 비틀거리며 몸을 움직였다. 전사들은 손에 잡히는 대로 아무 무기나 들고 나와 침입자들과 맞섰다." 비전투원들이 울퉁불퉁한 산기슭으로 기어 올라가자 전사들은 산마루나 바위 턱이나 큰 바위 뒤에 자리를 잡았다. 그곳에서 그들은 부녀자와 어린애들이 파우더 강을 건널 때까지 버텼다.

"멀리서도 마을이 불타는 것이 보였다. 안에 들어 있는 모든 것과 함께 천막이 불타버렸다. ……나는 입고 있는 옷 말고는 남은 것이 하나도 없었다."

미군은 페미컨과 안장을 못 쓰게 만들고 "1200에서 1500마리 정도 되는 말"을 빼앗아갔다. 그리고 어둠이 깔리자 인디언들은 말을 되찾으려고 대담하게 미군 진지로 접근했다. 두달은 그때의 일을 선명하게 기억하고 있다.

"그날 밤 미군들은 말을 한쪽에 놔두고 잠을 잤다. 우리는 몰래 기어 들어가서 우리가 빼앗긴 말을 끌어왔다."

크룩 장군은 레널즈 대령이 인디언들을 놓치고 말을 되찾아가도록 한 것에 화가 나서 그를 군법회의에 회부했다. 미군은 이 약탈을 "미친말 마을의 공격"이라고 불렀지만 미친말의 마을은 여러 마일 떨어진 북동쪽에 있었다.

두달과 다른 추장들은 집 잃은 부족을 이끌고 음식과 잠들 곳을 찾아 미친말의 마을로 행군했다. 밤이면 기온이 영하로 떨어졌다. 들소 가죽옷을 입은 사람은 몇 명 되지 않았다. 식량도 거의 없었다.

여행은 사흘도 더 걸렸다. 미친말은 그들을 따뜻하게 맞아들이고 음식과 옷을 주고 그들의 천막에 자리를 마련해주었다. 특히 미친말은 샤이엔 추장 두달을 다시 만나게 된 것에 기뻐했다. 두달에게 마을이 약탈당한 이야기를 듣고 미친말은 "당신이 와주어 기쁘오. 힘을 합쳐 다시 백인과 싸웁시다"라고 그를 격려했다.

"좋소. 나는 언제든지 싸울 태세가 되어 있소. 이미 싸움은 벌어졌소. 부족민이 살해되고 말을 도둑맞았소. 이제 거리낄 게 없소"라고 두달도 대답했다.

풀이 무성해지고 말이 힘 세지며 기러기가 알을 낳는 달에 미친말은 자기 부족과 샤이엔족을 앉은소의 홍크파파족이 있는 북쪽의 텅 강 어귀로 이주시켰다. 얼마 뒤에 절름발이사슴Lame Deer도 미네콘주족을 이끌고 와서 가까운 곳에 마을을 정했다. 그들은 미군들의 전 병력이 수우족 사냥터를 뚫고 행군해오고 있다는 소문을 듣고 분쟁에 대비해 앉은소가 이끄는 홍크파파족 가까이 있기를 원했다.

날씨가 따뜻해지자 연합 부족들은 들짐승과 신선한 풀을 찾아 북쪽으로 이동하기 시작했다. 도중에 브룰레족, 산 아르크족, 블랙푸트 수우족, 그리고 남은 샤이엔족이 가담했다. 이들 대부분이 조약이 인정한 사냥꾼의 권리에 따라 사냥을 하기 위해 주거지역을 떠나온 인디언들이었다. 1월 31일의 최후통첩에 대한 이야기를 들은 인디언들은 큰아버지 주재관들의 입에 발린 위협으로 치부하고 유화적인 인디언들에게는 적용되지 않는다고 생각하고 있었다. "많은 젊은 전사들은 미군과 싸우고 싶어 안달이었다"고 나무다리는 말했다. "그러나 추장과 나이든 어른들은 백인들과의 접촉을 피하라고 말렸다."

주거지역의 많은 젊은이들이 로즈버드에 자리 잡은 수천 명의 인디언들을 찾아가 그들과 합류했다. 그들은 푸른 외투의 대규모 병력이 세 방향에서 진격해온다는 소문을 전했다. 별셋 크룩은 남쪽에서, 절름발이 존 기번 대령은 서쪽에서, 별하나 테리와 긴머리 커스터는 동쪽에서 다가왔다.

살찌는 달인 6월 초 훙크파파족은 연례행사인 태양 무도회를 열었다. 태양 무도회에서 앉은소는 사흘 동안이나 춤을 추었다. 몸에 칼을 대고 피를 흘렸으며 태양을 응시하여 드디어 황홀경에 들어서게 되었다. 얼마 후 황홀경에서 빠져나오자 그는 일어나서 부족민들에게 말했다. 그는 환영 가운데서 그에게 외치는 목소리를 들었다.

"이들은 귀가 없는 자들이니 나는 이자들을 그대에게 주노라."

그가 하늘을 쳐다보자 미군들이 고개를 늘어뜨리고 모자는 흘러내린 채 하늘에서 메뚜기처럼 쏟아져 곧바로 인디언 마을로 떨어졌다. 백인들은 귀도 없고 들으려고 하지도 않기 때문에 인디언의 손에 죽음을 당하도록 위대한 정령 와칸탕카가 백인들을 내주었다는 것이다.

과연 이삼 일 뒤 한 부대가 로즈버드 계곡에서 야영하는 것을 샤이엔 사냥꾼들이 발견했다. 크룩은 크로우족과 쇼쇼네족 용병들을 부대 앞에 세워서 정찰을 돌게 했다. 사냥꾼들은 즉시 마을로 돌아가 늑대 울음으로 위험이 다가왔다는 것을 부족민들에게 알렸다.

긴급회의 결과 전사들의 반은 밤중에 길을 떠나 다음 날 아침 크룩의 부대를 공격하기로 하고, 나머지 전사들은 마을을 지키기로 했다. 1천 명가량의 수우족과 샤이엔족 전사가 공격에 참가했다. 두세 명의 여자들도 말을 돌보기 위해 같이 갔다. 지도자는 앉은소와 미친말 그리고 두달이었다. 새벽에 그들은 안장을 풀고 잠시 휴식을 취한 뒤 강을 떠나 언덕으로 올라갔다.

크로우 정찰병이 로즈버드 강 유역에 큰 수우족 마을이 있다고 보고하자, 크룩 장군은 용병족을 아침 일찍 출발시켰다. 크로우족이 언덕을 넘어 아래로 내려갔을 때 수우와 샤이엔 전사들과 부딪혔다. 수우와 샤이엔족이 크로우족을 추격해갔지만 미군들이 급히 달려와 그들은 뒤로 물러섰다.

미친말은 미군과의 전투에서 자기 능력을 시험해보려고 오랫동안 별러왔다. 필 커니 요새의 페터먼 전투 이후 그는 미군들의 전투 방식을 면밀히 살폈다. 그는 영감을 구하러 검은언덕에 갈 때마다 오글라라족을 이끌고 백인들과 싸워 이기게 지휘할 수 있도록 신통력을 달라고 와칸탕카에게 기도했다. 미친말은 젊었을 때부터 이 세상은 허상의 세계이며 다만 진상의 세계의 그림자에 불과하다고 믿었다. 진상의 세계에 들어가려면 꿈을 꾸어야 한다. 일단 진상의 세계(꿈)에 들어가기만 하면 그에게는 모든 것이 떠돌고 춤추는 것처럼 보였다. 이 진상의 세계에서 그의 말이 미친 듯이 사납게 춤을 추었기 때문에 그는 자신을 미친말이라고 불렀다. 그는 전투를 하기 전에 꿈을 꾸어, 진상의 세계에 들어갔다 나오기만 하면 어떤 난관이라도 뚫을 수 있다는 자신감을 갖게 되었다.

전투가 있던 날, 즉 1876년 6월 17일 미친말은 꿈을 꾸어 진상의 세계에 들어갔다. 그는 전에 백인들과 싸울 때 쓰지 않던 전법을 전사들에게 가르쳐주었다. 그날 아침 미친말의 지시에 따라 수우족 전사들은 기병대의 사격이 집중될 정면으로 돌격해 들어가는 대신 측면의 허술한 곳을 쳤다. 또한 말을 탄 전사들을 한곳에 머무르지 않고 이리저리 계속 움직이게 했다. 해가 중천에 떠오를 때까지 세 번의 전투로 기병대는 이리저리 뒤섞여 전열이 많이 흐트러졌고, 일렬횡대로 물샐틈없는 정면을 만들어 싸우는 데 익숙한 미군은 혼란에 빠졌다. 이때를 틈타 전사들이 밀려가는 파도처럼 파상 공격을 가하자 미군은 이리 몰리고 저리 몰리며 갈피를 못 잡았다. 미군들의 사격이 거세지면 수우족은 뒤로 물러났다가 그중 몇 명이 따라오면 다시 달려들곤 했다.

그날 샤이엔족의 활약은 특히 위험한 돌격전에서 두드러졌다. 추장 감Chief Comes In Sight이라는 전사가 가장 용감했다. 그가 미군 보병의 측면을 치고 빠져나오는 순간 말이 총에 맞아 쓰러졌다. 추장감이 미군의 집중사격을 받을 찰나 누군가 샤이엔 전열에서 정면으로 뛰어들어 몸으로 미군들의 사격을 막았다. 그 틈에 추장감은 재빨리 그 전사의 말 뒤에 올라탔다. 추장감을 구해준 인디언은 다름 아닌 그의 여동생 들소송아지길여자Buffalo Calf Road Woman였다. 그 처녀는 말 떼를 돌보려고 나왔다가 오빠를 구해낸 것이었다. 그래서 샤이엔족은 언제나 이 전투를 '처녀가 오빠를 구한 전투'로 기억하고 있다. 백인들은 이 전투를 '로즈버드 전투'라고 부른다.

해가 지고 전투는 끝났다. 인디언들은 별셋과 맞서 당당히 싸웠다고 생각했지만 다음 날 아침까지 미군에 그렇게 심각한 타격을 주었다는 것은 알지 못했다. 동이 트고 수우족 정찰대가 산봉우리에서 살펴보니 미군들은 멀리 남쪽으로 퇴각하고 있었다. 크룩은 중원군이나 기번이나 테리, 커스터의 소식을 듣기 위해 구스 크리크의 기지로 돌아갔다. 로즈버드의 인디언들은 1개 부대의 병력이 상대하기에는 너무 강했던 것이다.

로즈버드의 전투 직후 인디언들은 정찰대가 찾아낸 서쪽의 기름진풀 (리틀 빅혼) 계곡으로 이동했다. 그곳엔 영양 떼도 많았고 말이 먹을 풀도 넉넉했다. 곧 굽이도는 기름진풀의 서쪽 둑에 마을이 거의 3마일이나 되게 늘어섰다. 얼마나 많은 인디언들이 그곳에 있었는지 확실히 알 수는 없지만 전사만 해도 삼사천은 되었고 아녀자들까지 합치면 1만 명은 족히 될 인원이었다. 검은사슴Black Elk에 따르면 "천막 수를 헤아릴 수 없을 정도로 아주 커다란 마을이었다."

남쪽 상류 맨 위쪽에 훙크파파족 마을이 있었고 그 옆에 블랙푸트 수우 지파가 자리를 잡았다. 훙크파파 지파는 언제나 입구 아니면 마을의 첫머리에 있었는데 훙크파파라는 부족 이름이 거기서 나왔다. 그 아래에 산 아르크 지파, 미네콘주 지파, 오글라라 브룰레 지파가 들어서고 북쪽 끝에 샤이엔족이 있었다.

산벗나무의 열매가 익는 달 초순께, 날씨가 더워 개구쟁이들이 리틀빅혼 계곡의 눈 녹은 시냇물에 들어가 헤엄치기 알맞은 때였다. 사냥꾼들은 영양뿐 아니라 들소도 두세 마리 볼 수 있는 빅혼 쪽으로 사냥을 다녔다. 여자들은 초원의 야생 순무를 캤다. 매일 밤 어느 부족에서 춤판이 벌어졌고 추장들은 이따금씩 모여 회의를 갖곤 했다.

"여러 부족의 추장들이 구별 없이 만났다. 그중에서 다른 누구보다 윗길로 여겨지는 이가 있었다. 그 사람은 앉은소였다. 그는 추장들의 좌장으로 대접을 받았다."

앉은소는 로즈버드의 승리를 통해 미군들이 인디언 마을로 굴러 떨어지리라는 그의 환상이 그대로 이루어졌다고는 생각지 않았다. 그러나 별셋이 도망간 후 미군들은 파우더 강과 리틀 빅혼 사이에는 얼씬도 하지 않았다.

그들은 긴머리 커스터가 로즈버드로 오고 있다는 것을 6월 24일 아침까지 알지 못했다. 다음 날 아침 미군들이 로즈버드와 인디언 마을 사이에 놓여 있는 마지막 높은 봉우리를 넘어 빅혼 강 지류로 행군해오는 것을 정찰대가 발견했다. 여러 곳에서 커스터가 다가오고 있다는 보고가 들어왔다.

수우족 회의추장 중 한 사람인 붉은말Red Horse이 말했다. "나와 네 명의 아낙네가 마을 가까이서 야생 순무를 캐고 있었소. 갑자기 부인 하나가 바로 마을 근처에서 솟아오르는 구름 같은 먼지를 가리키며 보라고 했소. 나는 금방 미군들이 돌진해오고 있다는 것을 알았소. 우리는 너나할 것 없이 마을로 뛰어갔습니다. 내가 마을에 가자 한 사람이 급히 회당으로 가보라고 했습니다. 미군들이 너무 갑자기 들이닥쳐서 이야기고 뭐고 할 시간이 없었습니다. 우리는 회당에서 나와 사방에 대고 소리쳤습니다. 전사들은 총을 집어 들고 말 위에 올라 싸우러 나가고 부녀자와 어린아이들은 말을 타고 피신했습니다."

앉은소의 사촌 여동생 테 산 와스테 윈Pte San Waste Win도 그날 아침 들판에서 젊은 여자들과 야생 무를 캐고 있었다.

"칠팔 마일 떨어진 곳에서 군도軍刀가 번쩍거리는 게 보였어요. 엄청나게 많은 군인들이었어요."

그들이 본 부대는 커스터의 제7기병대였다.

그런데 블랙푸트 수우족 처소 방향에서 총성이 울릴 때까지 마커스 리노 소령이 이끄는 기병대가 달려오는 줄은 아무도 몰랐다.

"리노의 기병대는 블랙푸트족 천막부터 들이쳤다. 천막 사이로 총알이 핑핑 날아들자 여자와 어린애들은 울부짖고 전사들은 모두 말에 뛰어올라 블랙푸트 마을 쪽으로 달려갔다. 멀리 긴머리 부대가 접근해오는 것이 보였다. 전혀 생각지 못한 곳을 기습당한 전사들은 전투의 노래를 부르며 뛰어나갔다."

그때 열세 살의 오글라라족 소년이었던 검은사슴은 동무들과 리틀 빅혼 강에서 헤엄을 치고 있었다.

"적이 처들어온다! 적이다!"

해가 머리 위에서 곧장 뜨겁게 내리쬘 때 훙크파파족 마을에서 파수꾼이 되풀이해서 경보를 외치는 소리가 들렸다. 검은사슴은 이 외침 소리가 각 인디언 마을로 퍼져 멀리 샤이엔 마을에까지 전달되는 걸 들을 수 있었다.

오글라라 추장인 상놈개도 그 경보를 들었다. "나는 그것이 가짜 경보려니 생각했다. 우리는 강한 부대여서 백인들이 감히 우리를 공격해오리라고 생각지 못했다. ……믿지는 않았지만 나는 즉각 방어 태세를 갖췄다. 총을 들고 천막에서 나섰을 때는 벌써 앉은소의 훙크파파족이 있는 마을에서 공격이 시작되고 있었다."

쇠우레Iron Thunder는 미네콘주 마을에 있었다. "총알이 마을에 퍼부어지고 리노의 부하들이 코앞에 접근해왔을 때까지 나는 아무것도 몰랐다. 모든 것이 난리였다. 말들이 기겁하고 우왕좌왕 달려서 잡아들일 수 없었다."

훙크파파 마을에 있던 까마귀왕Crow King은 리노 기병대가 400야드 정도의 거리에서 총을 쏘기 시작했다고 말했다. 훙크파파족과 블랙푸트 수우족은 부녀자와 어린아이들이 안전한 장소로 피할 수 있도록 천천히 걸어서 퇴각했다. "다른 부족이 우리 말을 잡아왔다. 그때는 우리 쪽도 기병대에 대항할 수 있는 전사들이 모였다."

한편 샤이엔 추장 두달은 샤이엔 마을에서 북쪽으로 3마일 정도 떨어진 곳에서 말에게 물을 먹이고 있었다.

"말을 찬물로 씻겨주고 나도 헤엄을 쳤다. 걸어서 내 처소에 거의 다 왔을 무렵 앉은소의 마을 쪽을 보자 구름 같은 먼지가 일어났다. 흡사 돌개바람 같았다. 수우족 하나가 마을로 말을 달려 들어오며 고함을 질렀다. '군인들이 쳐들어온다! 수많은 백인 군인들이!'"

두달은 전사들에게 말을 타라고 지시하고 부녀자들에게는 마을에서 벗어나도록 일렀다. "나는 전사들을 데리고 앉은소의 마을로 내달았다. 미군은 일렬로 늘어서서 돌격해왔고 수우족은 평지에서 그들을 맞고 있었다. 삽시간에 전사들과 미군이 뒤엉켜서 혼전이 벌어졌다. 화약 연기와 먼지가 하늘을 뒤덮었다. 얼마 후 한쪽이 밀리는가 싶더니 도망치는 들소 떼처럼 미군들이 강바닥으로 달아나기 시작했다."

이 전투에서 전사들을 끌어 모아 리노의 공격에 재빠르게 대처한 전투추장은 피지 또는 쓸개Gall라는 이름의 가슴이 떡 벌어진 서른여섯의 홍크파파족 인디언이었다. 쓸개는 이 부족에서 고아로 성장했는데, 뛰어난 사냥 솜씨와 전사로서의 탁월한 능력을 드러내 앉은소가 동생으로 삼은 사람이었다. 몇 해 전 백인 대표들이 1868년 조약의 한 조항으로 수우족에게 농사를 지으라고 설득했을 때 쓸개는 홍크파파족의 대표로 라이스 요새에 갔다.

"우리는 벌거벗은 채로 태어나 들짐승을 사냥해 먹고살도록 배웠소. 당신들은 우리더러 땅을 갈고 한 집에서 살며 당신들의 길을 따라야 한다고 주장하지만 저 큰 바다 너머에 사는 사람들이 당신들더러 농사를 그만두고 가축을 죽이라며 억지를 쓰고 당신 집과 땅을 빼앗는다면 어떻겠소. 그런 자들과 싸우려 들지 않겠소?"

그 말을 한 지 10년이 지났어도 백인들이 독선적이고 오만하다는 쓸개의 생각을 바꾸게 할 일은 일어나지 않았다. 1876년 여름 그는 부족의 전투추장으로서 앉은소의 오른팔로 모든 사람에게 인정받았다.

리노의 기습으로 여러 명의 여자들과 어린아이들이 붙잡히고 쓸개의 가족은 기병대의 무차별 사격에 거의 몰살당했다.

"내 마음은 처참했다"고 쓸개는 몇 년 뒤 한 기자에게 말했다. "그 뒤

쓸개.

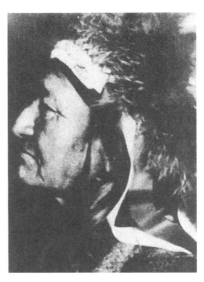

두달. 샤이엔족 추장.

혹. 1890년 사우스다코타
베넷 요새에서 찍은 사진.

까마귀왕. 수우족 추장.

로 나는 손도끼로 적들을 닥치는 대로 죽여버렸다." 그가 리노의 부대를 저지하기 위해 사용한 전략에 대한 설명도 그처럼 간결했다. "앉은소와 나는 리노가 공격해오는 지점에 같이 있었다. 앉은소는 위대한 마술사였다. 여자와 어린애들을 급히 하류로 가게 했다. ……여자와 어린애들이 말을 잡아왔다. 남자들이 말에 올라타고 리노 부대에 반격해 들어가 그들의 공세를 저지하고 숲으로 몰아넣었다."

쓸개는 리노 기병대의 측면을 강타해 맥을 못 추게 만든 것이다. 리노의 부대는 혼비백산해서 도망치기 바빴다. 리노의 부대를 신속히 무찔렀기 때문에, 미친말과 두달이 커스터 부대의 옆구리와 뒤쪽을 치는 동안, 쓸개는 수백 명의 전사를 커스터 기병대의 전면에 투입시킬 수 있었다.

한편 테 산 와스테 윈과 다른 여자들은 커스터의 기병대가 강을 건너오는 것을 계속 불안스럽게 지켜보고 있었다.

"백인 기병대가 나팔을 불며 달려오더니 왼쪽으로 꺾어 강 아래쪽으로 내려갔다. 잠시 후면 거기서 전투가 벌어질 것이다. ……곧이어 많은 샤이엔 전사들이 말을 탄 채 강을 건너왔고, 이어서 우리 지파의 젊은이들과 다른 지파의 전사 수백 명이 건너와 골짜기 위쪽으로 달려갔다. 강을 건너지 않은 전사들이 아주 많았는데, 강에서 뒤로 물러나 공격을 기다렸다. 또 내가 알기로는 수우족 전사 수백 명이 커스터의 기병대가 오고 있는 언덕 뒤쪽 계곡에 매복하고 있었다. 커스터는 양쪽에서 협공당할 운명이었다."

블랙푸트 수우족 추장 독수리사냥꾼Kill Eagle은 커스터 부대를 공격하는 인디언들의 동작이 "흡사 태풍 같았고…… 벌통에서 쏟아져나와 달려드는 벌 떼 같았다"고 묘사했다.

옛 파우더 강 시절 쓸개와 미친말의 동무였던 미네콘주족의 혹Hump은 인디언들의 첫 번째 대규모 돌격으로 긴머리 대장과 그의 부하들이 혼란에 빠졌다고 말했다. "처음 돌격 때 내 말이 총알을 맞고 쓰러지고 나는 무릎 위 엉덩이에 총알을 맞고 그대로 쓰러졌다."

홍크파파족과 함께 싸웠던 까마귀왕의 말이다. "인디언 주력 부대는 기병대에 정면으로 돌격해 들어가다가 갑자기 양쪽으로 갈라져 순식간에 기병대를 포위해버렸다."

강 건너에서 지켜보던 검은사슴은 커다란 먼지더미가 언덕 위를 휘돌고 말들이 안장만 매단 채 뛰쳐나오는 것을 보았다.

"화약 먼지와 말들의 먼지가 언덕을 뒤덮었다"고 테 산 와스테 윈은 말했다. "미군들은 무턱대고 총을 쏘아댔지만 수우족 전사들은 똑바로 조준하고 쏘아서 미군을 차례차례 거꾸러뜨렸다. 여자들은 마을 남자들 뒤를 따라 강을 건너 언덕까지 가보았다. 살아 있는 미군은 하나도 없었다. 긴머리도 병사들 가운데 죽어 넘어져 있었다. ……인디언들의 피는 뜨겁게 타올랐고 마음은 거칠어져 있었다. 그날 그들은 한 명도 포로로 놔두지 않았다."

까마귀왕은 인디언들이 둘러싸자 미군들이 모두 말에서 내렸다고 당시의 상황을 말했다. "미군들은 말을 놓지 않으려 했지만 우리가 조여 들어가자 고삐를 놓았다. 우리는 그들을 마을 한가운데로 몰아넣고 하나도 빼놓지 않고 죽였다. 그들은 흐트러지지 않고 한 사람만 남을 때까지 용감한 전사처럼 싸웠다."

붉은말은 이렇게 증언했다. "전투가 막바지에 이르렀을 때 많은 미군들이 정신이 나가서 총을 버리고 손을 들어 '수우, 한 번 봐줘. 포로로 해줘' 하고 빌었다. 그러나 전사들은 한 명도 포로로 두지 않고 모두 죽였다. 단 몇 분이나마 목숨을 연장한 백인은 없었다."

전투가 끝나고 오래 뒤에 흰소라는 미네콘주 전사는 자기가 격투 끝에 커스터로 알려진 군인을 죽이는 그림 넉 장을 그렸다. 그밖에도 자신이 커스터를 죽였다고 주장하는 인디언들 가운데는 비맞은얼굴Rain in the Face, 판판한엉덩이Flat Hip, 용감한곰Brave Bear 등이 있다. 붉은말은 이름을 알 수 없는 샌티 수우족 전사가 그를 죽였다고 말했다. 하지만 전투에 참가한 대부분의 인디언들은 커스터를 전혀 알아보지 못했으며 누가 그를 죽였는지 모른다고 얘기했다. "전투가 끝났을 때까지 그가 백인 대장이라는 것도 몰랐다"고 상놈개는 말했다.

1년 뒤 캐나다에서 가진 기자회견에서 앉은소는 커스터를 전혀 본 적이 없었으며 다른 인디언들에게 사살되기 직전에 그를 알아보았다고 말했다. "그는 긴 머리를 하지 않았다. 머리카락은 짧았고 서리가 내릴 때의 풀 색깔이었다. ……마지막 순간에 긴머리는 이삭이 다 떨어진 옥수숫단같이 서 있었다."

그러나 앉은소도 누가 커스터를 죽였는지에 대해서는 언급을 회피했다. 샤이엔 무리에 끼어 전투에 참가했던 한 아라파호 전사에 의하면 커스터는 여러 인디언의 손에 죽었다고 한다.

"그는 사슴 가죽으로 만든 외투와 바지를 입고 손과 무릎을 땅에 대고 있었다. 옆구리를 관통당했는데 입에서 피가 나왔다. 그는 자기 주위에서 움직이는 전사들을 쳐다보는 듯 보였다. 네 명의 병사가 커스터 주위에 앉아 있었으나 그들은 심한 상처를 입은 상태였다. 다른 병사들은 모두 쓰러져 있었다. 그때 인디언들이 그를 에워싸고 몰려들었다. 나도 그 이상은 보지 못했다."

어쨌든 검은언덕에 '도둑의 길'을 냈던 긴머리는 전멸당한 그의 부하들과 함께 죽었다. 그러나 프레드릭 벤틴 소령 부대와 합류한 리노 부대가 멀리 강 하류 언덕에 참호를 파고 대기하고 있었다. 인디언들은 물샐틈없이 언덕을 포위하고 밤새 지키고 있다가 다음 날 아침 싸움을 걸었다. 그때 더 많은 병력이 리틀 빅혼 방향에서 몰려오고 있다는 정찰 보고가 들어왔다.

추장들은 회의 끝에 천막을 걷고 철수하기로 결정했다. 전사들은 갖고 있던 탄약을 거의 다 써버렸다. 그렇게 많은 병력에 대항해 활과 화살만으로 싸우는 것은 어리석은 일이었다. 여자들은 짐을 쌌다. 해가 지기 전에 그들은 빅혼 산을 향해 계곡을 따라 올라갔다. 도중에 각 부족은 여러 방향으로 갈라졌다.

동부의 백인들은 커스터가 패배했다는 소식을 듣자 야만적인 학살 행위라고 아우성치며 미친 듯이 분노했다. 그들은 서부의 모든 인디언들을 징벌하기를 원했다. 앉은소를 비롯한 전투추장들을 벌할 수 없었기 때문에 워싱턴 대회의는 우선 그들의 수중에 있는, 싸움에 참가하지 않은 주거지역 인디언들에게 보복하기로 결정했다.

7월 22일 대전사 셔먼은 수우 지역의 모든 주거지역을 군의 통제하에 두고 그곳의 모든 인디언들을 전쟁포로로 취급할 권한을 부여받았다. 8월 15일 의회는 인디언들이 파우더 강 지역과 검은언덕에 대한 모든 권리를 포기할 것을 요구하는 새 법률을 만들었다. 그들은 인디언들이 미군과 전쟁을 함으로써 1868년의 조약을 위반했다고 주장했다. 주거지역의 인디언들로서는 이해하기 어려웠다. 그들은 미군을 공격하지 않았으며, 앉은소의 부하들도 커스터가 리노를 보내 먼저 마을을 습격하지 않았다면 미군을 공격하지 않았을 것이다.

9월에 큰아버지는 주거지역 인디언들이 무기를 들고 나서지 않도록 추장들을 감언이설로 속이고 위협해 검은언덕의 측량할 길 없는 부를 백인들에게 양도하는 법률 문서에 서명하게 하기 위해 새 대표단을 파견했다. 대표들 가운데 몇 사람은 인디언 땅을 훔치는 데 노련한 솜씨를 발휘했던 뉴턴 에드먼즈와 헨리 휘플 주교 그리고 새뮤얼 힌먼 목사 등이었다. 붉은구름의 주재소에서 휘플 주교의 기도에 이어 조지 매니페니 의장은 의회가 규정한 조건을 낭송했다. 입법자들이 일반적으로 쓰는 모호하고 불분명한 언어로 서술되었기 때문에 휘플 주교가 쉬운 말로 통역을 했다.

"홍인종들에 대해 나는 오랫동안 따뜻한 마음을 지녀왔습니다. 우리는 이곳에 큰아버지의 전갈을 가져왔소. 큰아버지의 말을 몇 가지 그대로 전하겠습니다. 펜이 긁힌 것까지 한 자도 바꾸지 않고 그대로 말할 것이오. ……대회의가 여러분들에게 일용품을 계속 공급해주기 위해 예산 심의를 했을 때 세 가지 조항을 조건으로 달았습니다. 이러한 조건이 충족되지 않으면 의회는 더 이상의 예산 지출을 하지 않을 것입니다. 그 조항은 먼저 검은언덕과 북쪽 지역을 포기할 것, 제2조항은 미주리 강 주거지역에서 식량배급을 받을 것, 제3조항은 미주리 강에서 주거지역을 가로질러 검은언덕에 이르는 세 군데 도로를 내도록 허용할 것 등이오. ……큰아버지는 붉은 자식들에 대한 자애의 정이 가득해서 인디언의 친구인 우리를 대표로 선택했다고 말씀하셨습니다. 큰아버지는 인디언들이 점점 줄어들어 마지막 남은 인디언이 자신의 무덤만 쳐다보게 되기 전에 백인처럼 강대한 부족이 되도록 인디언을 구할 방안을 만들어내라고 대표단에게 지시하셨소."

검은언덕과 사냥터를 빼앗고 멀리 미주리 강으로 이주시키면서 인디언을 구한다는 휘플 주교의 말은 우스꽝스럽게 들렸다. 추장들은 대부분 검은언덕을 구하기에는 이미 때가 늦었다는 것을 알았지만 주거지역을 미주리로 옮기는 데는 거세게 반발했다. 붉은구름은 이렇게 말했다.

"미주리로 이주하면 부족민 모두를 망치게 될 것이오. 그곳에는 나쁜 사람도 많이 있고 나쁜 위스키도 있소. 그래서 가고 싶지 않소."

무심No Heart은 이미 백인들이 못 쓰게 만든 미주리 강 지역에서 인디언들은 살 수 없다고 말했다. "미주리 강을 오르내려도 나무 한 그루 볼 수 없소. 당신들도 한때 나무들이 무성하게 들어서 있던 모습을 보았을 거요. 그런데 큰아버지네 사람들이 모조리 없애버렸소."

붉은개Red Dog도 항의했다. "지금 이 시냇가에 산 지 6년밖에 안 됩니다. 우리에게 약속해준 대로 된 것은 단 하나도 없소."

또 한 추장은 큰아버지가 예전에 한 번만 이주하면 다시는 다른 곳으로 보내지 않겠다고 약속하고 나서도 다섯 번이나 옮기게 했다고 들춰내면서 이렇게 빈정거렸다.

"인디언들에게 바퀴를 달면 당신들 맘대로 끌고 갈 수 있지 않겠소."

점박이꼬리는 위약과 거짓말로 인디언을 배반했다고 정부와 대표들을 비난했다.

"이 전쟁은 우리 땅에서부터 일어난 게 아니오. 아무런 대가도 없이 우리 땅을 빼앗고 수많은 못된 짓을 한 큰아버지 자식들이 우리에게 걸어온 거요. ……강도 짓과 우리 땅을 도둑질해 일어난 겁니다."

점박이꼬리는 미주리로 옮기는 데 결단코 반대했다. 그는 대표들에게 워싱턴에 가서 큰아버지와 이야기를 나눌 때까지는 검은언덕을 양도하는 데 서명하지 않겠다고 주장했다.

대표들이 그 조건에 대해 논의해보도록 일주일의 시간을 주었지만 그들이 서명하지 않으리라는 것은 분명했다. 추장들은 1868년의 조약을 한 줄이라도 고치려면 수우족 성인 남자 4분의 3의 서명이 필요한데 반수 이상의 전사들이 앉은소와 미친말을 따라 북쪽에 나가 있으므로 조약을 고칠 수 없다고 주장했다. 그러나 백인 대표들은 주거지역 밖에 있는 인디언들은 적대자들이기 때문에 우호적인 인디언들만이 그 조약의 조건에 포함된다고 억지를 썼다. 그들은 만일 이 조약을 받아들이지 않으면 즉각 모든 식량 공급을 중단하고 남쪽의 인디언령으로 이주시킬 것이며 군이 총과 말을 모두 거두어갈 거라고 협박했다.

인디언들이 빠져나갈 길은 전혀 없었다. 검은언덕과 파우더 강 지역은 도둑맞았으며 들짐승 떼는 사라져버렸다. 들짐승이나 미국 정부가 주는 식량이 없으면 그들은 굶어죽을 것이다. 게다가 남쪽 멀리 낯선 지역으로 이주한다는 것은 견딜 수 없는 노릇이었다. 더욱이 말과 총을 빼앗긴다면 더 이상 사내 노릇을 못하게 될 것이다.

붉은구름과 부추장들이 먼저 서명을 하고 점박이꼬리와 그의 부족도 서명했다. 그 뒤에 백인 대표단은 스탠딩록, 샤이엔 강, 크로우 크리크 (로어 브룰레), 샌티의 주재소를 찾아다니며 온갖 협박을 가해 서명을 받아냈다. 이렇게 해서 파하 사파, 정령과 신비, 광대한 소나무숲 그리고 수십억 달러나 되는 금광이 영원히 인디언의 손을 떠나 백인의 수중에 떨어졌다.

붉은구름과 점박이꼬리가 서명한 지 4주 후 팰로 듀로 협곡에서 카이오와족과 코만치족을 몰살시켰던 세손가락 매켄지의 지휘 아래 8개 중대의 기병대가 로빈슨 요새에서 주재소 마을로 행군해왔다. 국방부의 명령에 따라 그들은 말과 천막을 거두어들였다. 붉은구름과 점박이꼬리를 포함해 모든 남자가 체포되었고 천막은 수색 뒤에 철거되었으며 총과 말은 몰수당했다. 여자들에게는 로빈슨 요새로 물건을 끌고 갈 수 있도록 말을 내주었다. 붉은구름과 다른 추장들을 비롯해 남자들은 모두 요새까지 걸어가야 했다. 자유롭던 수우족은 이제 로빈슨 요새에 갇혀 군인들의 총부리 아래서 살아야 할 것이다. 붉은구름과 점박이꼬리는 검은언덕을 희생하면서까지 마지막 남은 그 조그만 자유를 지키려 했으나 그마저 빼앗겨버렸다.

다음 날 아침 패배한 포로들에게 더한 수모를 주기 위해 매켄지는 수우족에게 빼앗은 말을 포니족 용병에게 내주었다.

한편 미군은 복수심에 불타서 검은언덕 북부와 서부 지역을 돌아다니며 눈에 띄는 인디언들을 닥치는 대로 잡아 죽였다. 1876년 늦여름 별셋 크룩의 증원 부대는 다코타의 하트 강 지역에서 식량이 떨어져 검은언덕 광산 기지에서 보급품을 받기 위해 강행군 중이었다. 9월 9일 슬림 뷰트 근처에서 앤슨 밀스 대위가 지휘하는 전위대가 미국말American Horse의 오글라라와 미네콘주족 마을을 우연히 발견했다. 그들은 이삼 일 전 그랜드 강에 있는 미국말의 마을을 떠나 자신의 주거지역에서 겨울을 보내기 위해 남쪽으로 이동하는 중이었다. 밀스 대위가 공격했지만 수우족은 그들을 격퇴했다. 밀스가 크룩이 오기를 기다리는 동안 다른 인디언들은 다 도망가고 미국말과 전사 네 명 그리고 아녀자 열다섯 명이 조그만 협곡 끝에 있는 한 동굴에 갇혔다.

본대를 이끌고 온 크룩은 동굴 입구에 총탄을 들이부었다. 미국말과 네 명의 전사도 응사했다. 여러 시간 전투가 계속되어 미군 두 명이 죽고 아홉 명이 부상당했다. 크룩은 수우족과 함께 살았고 수우족 말을

말을두려워하는젊은이.

알고 있는 그루어드라는 병사를 보내 투항을 종용했다.

"그들은 죽이지만 않는다면 나오겠다고 말했다. 그 약속을 받고 밖으로 나왔다."

미국말과 전사 둘 그리고 여자 다섯과 몇몇 아이들이 동굴에서 기어나왔다. 다른 사람들은 죽거나 부상이 너무 심해 움직일 수조차 없었다. 미국말의 옆구리는 산탄 총알에 찢겨 구멍이 나 있었다고 그루어드는 전했다. "그는 손으로 내장을 틀어쥐고 나와서 피 묻은 손을 내밀고 나와 악수를 했다. 군의관이 달려왔지만 상처는 치명적이었다. 그 추장은 총알에 찢긴 복부를 모포로 감싸고 모닥불 앞에 앉아 있다가 의식을 잃고 죽었다."

밀스 대위는 서너 살 된 여자아이가 마을에 숨어 있는 것을 발견했다. "여자아이는 벌떡 일어나 메추라기 새끼처럼 달아났다. 병사들이 그 아이를 잡아 나에게 데려왔다."

밀스는 그 아이를 쓰다듬고 먹을 것을 주었다. 그리고 인디언 사상자들을 끌어내고 있는 동굴로 전령에게 아이를 딸려 보냈다. 사살된 사람 가운데 두 명은 온갖 상처로 피가 흥건한 여자들이었다.

"여자애가 소리를 지르며 몸부림을 쳤다. 전령이 땅에 내려놓자 달려가서 한 아낙네의 몸을 껴안았다. 그 아이의 어머니였다. 나는 부관인 렘리에게 내가 아이의 어머니를 사살했으니 아이를 양녀로 삼겠다고 말했다."

크룩은 밀스 대위에게 검은언덕으로 행군을 계속하도록 지시했다. "행군을 계속하기 전에" 하고 밀스는 말을 이었다. "렘리가 정말로 그 아이를 데려갈 작정이냐고 물었다. 그렇다고 하자 '그래요? 부인이 어떻게 생각할 것 같아요?' 하고 물었다. 그런 생각을 하게 된 것은 처음이었다. 나는 아이를 처음 본 곳에다 버려두었다."

크룩이 미국말의 마을을 짓밟는 동안 위급을 피한 수우족 몇몇이 앉은소의 마을로 달려가 소식을 알렸다. 앉은소와 쓸개가 600명 정도의 전사들을 끌고 급히 달려갔을 때는 모든 것이 끝나 있었다. 크룩의 부대를 공격해보았지만 탄약이 모자라 물러날 수밖에 없었다.

미군들이 모두 떠난 뒤 그들은 쑥대밭이 된 마을로 가서 웅크리고 있는 부상자들을 구하고 시체를 파묻는 일밖에 할 게 없었다. 앉은소는 탄식했다.

"우리가 무슨 중죄라도 졌단 말인가? 우리는 이 땅을 오갔을 뿐인데 백인들은 어딜 가나 따라다니는구나."

될 수 있는 대로 미군들과 멀리 떨어져 있기 위해 앉은소는 부족민을 이끌고 들소가 서식하고 있는 북쪽 옐로스톤으로 옮겼다. 잎이 지는 달에 쓸개는 사냥대를 데리고 나갔다가 옐로스톤 지역을 지나는 미군 보급 차량을 만나게 되었다. 미군들은 텅 강이 옐로스톤으로 흘러가는 곳에 세우고 있는 키오 요새(리틀 빅혼에서 살해된 마일스 키오 대위의 이름을 땄다)로 보급품을 실어 나르고 있었다.

쓸개는 글렌다이브 크리크 근처에 매복해 있다가 그 차량을 습격해 노새 60마리를 탈취했다. 앉은소는 미군 차량과 새로운 요새에 관한 말을 듣고 한때 그의 마을에 살았던 혼혈인 조니 브루기에르를 불러 미군 지휘관에게 그가 전할 말을 종이에 받아쓰게 했다.

나는 당신이 이 도로에서 무슨 일을 하는지 알고 싶소. 당신은 들소
를 놀라게 해서 쫓아버리고 있소. 나는 이곳에서 사냥하기를 원하니
당신은 돌아가길 바라오. 그렇게 하지 않으면 나는 다시 싸움에 나

서겠소. 당신이 여기서 손에 넣은 것을 그대로 놓고 돌아가시오. 나
는 당신의 친구요.

- 앉은소

보급 차량 부대 지휘관 엘웰 오티스 중령이 앉은소에게 미군들은 키
오 요새로 가고 있다고 답장을 보냈다. 훨씬 더 많은 병력이 합류할 것
이다. 앉은소가 싸움을 원한다면 얼마든지 응해주겠다.

앉은소가 원한 것은 싸움이 아니라 단지 들소 사냥을 하도록 내버려
달라는 것이었다. 그는 백기를 든 전사를 보내 회담을 청했다. 이때까
지는 넬슨 마일스 대령이 이끄는 부대가 차량 뒤를 따라왔다. 마일스
는 여름이 끝날 무렵부터 앉은소를 찾아다니고 있었으므로 즉각 회담
에 응했다.

10월 22일 미군과 인디언 전사들이 대치한 가운데 두 사람이 만났다.
마일스는 장교 한 명과 병사 다섯 명의 호위를 받고, 앉은소는 부추장
한 명과 전사 다섯 명을 대동했다. 날이 매우 추워 마일스는 곰 모피로
단을 댄 긴 외투를 걸치고 있었다. 그때부터 그는 인디언들에게 곰외투
로 통했다.

브루기에르가 통역을 하는 가운데 곰외투는 단도직입적으로 앉은소
가 늘 백인과 백인들의 길에 반대만 해왔다고 비난을 퍼부었다. 앉은소
도 자신이 백인에게 우호적이지 않은 것은 인정했지만 백인들이 자신
을 내버려두기만 하면 적이 된 적은 없다고 말을 받았다. 뭐하러 옐로
스톤에 와 있느냐는 곰외투의 어리석은 질문에 앉은소는 부족민이 먹
고 옷을 만들 수 있도록 들소 사냥을 하고 있다고 점잖게 대답했다. 곰
외투가 훙크파파족을 위한 주거지역에 대해 언급했지만 앉은소는 일소

에 부치고 검은언덕에서 겨울을 나겠다고 말했다. 회담은 소득 없이 끝났다.

다음 날 회담도 이견의 연속이었다. 미군과 요새를 인디언 지역에서 나가게 한다면 더 이상 싸움은 없을 것이라고 앉은소가 말하자 곰외투는 그들 모두 주거지역에 들어오지 않으면 수우족에게 화평은 있을 수 없다고 받아쳤다. 앉은소는 분개해, 위대한 정령은 그를 인디언으로 태어나게 했지 주재소 인디언으로 살도록 하지는 않았다고 말하면서 그런 인디언은 되지 않겠다고 선언했다. 그는 서둘러 회담을 끝내고 전사들에게 당장 흩어져 그곳을 떠나라고 지시했다. 곰외투의 병사들이 공격할 낌새를 느꼈던 것이다. 미군들은 사격을 개시했고 홍크파파족은 다시 여기저기 떠도는 신세가 되었다.

1877년 봄이 되자 앉은소는 도망다니는 일에 지쳤다. 큰아버지의 나라에서 더 이상 백인과 수우족이 함께 살 여지가 없다고 생각한 앉은소는 큰어머니인 빅토리아 여왕의 땅, 캐나다로 부족민을 데리고 넘어가기로 결심했다. 그는 떠나기 전에 오글라라족과 같이 가려고 미친말을 찾았으나 미친말의 부족은 미군을 피해 이리저리 돌아다니고 있어서 만날 수 없었다.

그 추운 달에 크룩 장군 역시 미친말을 찾고 있었다. 이번에는 보병, 포병, 기병의 거대한 병력을 동원했다. 168대의 마차에 식량을 가득 채우고 400마리의 노새 등에 화약과 탄약도 잔뜩 실었다. 그들은 파우더 강 지역을 회색곰 떼처럼 휩쓸며 발에 걸리는 인디언들은 모조리 짓밟아버렸다.

크룩의 부대는 미친말을 찾아다니다가 무딘칼의 샤이엔족 마을을 발견했다. 이들 샤이엔족은 대부분 리틀 빅혼 전투에 참가하지도 않았지만 미군들이 붉은구름의 주거지역을 접수하고 식량 배급을 중단하자 먹을 것을 찾아 거기서 나온 인디언들이었다. 크룩은 150채의 천막이 쳐진 이 마을을 공격하기 위해 세손가락 매켄지를 보냈다.

사슴이 발정하는 달이었고 날씨는 몹시 추웠다. 그늘진 곳에는 눈이 가득 쌓이고 공지의 눈은 얼어붙어 있었다. 군인들은 밤에 공격할 자리를 잡고 동틀 무렵 이들을 들이쳤다. 포니족 용병이 매켄지가 주거지역 수우족에게서 빼앗아준 말을 타고 앞장서서 돌격했다. 그들은 샤이엔족의 처소를 덮쳐 자다 깨어난 많은 인디언들을 사살했다. 살아남은 사람들은 살을 에는 추위 속에 벌거벗은 채 뛰쳐나왔다. 전사들은 부녀자들과 어린애들이 피할 수 있는 시간을 벌기 위해 미군과 맞섰다.

가장 뛰어난 전사 몇몇이 격렬한 첫 전투에서 목숨을 잃었다. 무딘칼의 맏아들도 그중 하나였다. 무딘칼과 작은늑대는 간신히 협곡의 봉우리에 자리를 잡고 버텨보았지만 얼마 안 되는 탄약은 곧 떨어졌다. 작은늑대는 일곱 번이나 사격을 당했다. 그들은 뒤돌아서서 여자와 아이들을 데리고 빅혼 방향으로 있는 힘을 다해 도주했다. 매켄지는 천막을 모두 불태우고, 팰로 듀로 협곡에서 코만치와 카이오와족의 말들에게 했던 것처럼 협곡의 바위벽에 사로잡은 말들을 세워두고 모조리 사살해버렸다.

무딘칼의 샤이엔족이 도주하는 모습은 3월 레널즈 부대의 기습 뒤 두달의 샤이엔족이 도주할 때와 똑같았다. 그러나 날씨는 더 혹독했다. 그들에겐 두세 마리의 말밖에 없었고 모포나 옷, 모카신도 거의 없었다. 두달의 부족처럼 그들이 알고 있는 도피처는 박스 엘더 크리크에 있는 미친말의 마을 한 곳뿐이었다.

도주하는 첫날 밤에 어린애 열둘과 노인 여럿이 얼어 죽었다. 다음 날 밤엔 애들을 얼어 죽지 않게 하려고 타고 가던 말을 죽여 배를 갈라 내장을 꺼내고 어린애들을 그 속에 집어넣었다. 노인들도 손과 발을 어린애들 곁에 집어넣었다. 사흘 동안 맨발로 빗자국을 남기며 얼어붙은 눈 위를 걸어서 간신히 미친말의 은거지에 도착했다.

미친말은 그들에게 음식과 모포를 나눠주고 언제라도 도망갈 준비를 하고 있으라고 말했다. 그들도 버티고 싸울 탄약이 없었다. 곰외투 마일스는 북쪽에서, 별셋 크룩은 남쪽에서 계속 좁혀 들어오고 있었다. 살기 위해서는 계속 도망다녀야 할 판이었다.

나무껍질이 터지는 달에 미친말은 텅 강 북쪽의 거주지를 곰외투의 부대가 겨울을 나고 있는 새 키오 요새에서 그리 멀지 않은 은거지로 옮겼다. 추위와 굶주림은 어린애들과 노인들에게는 참기 힘든 것이었다. 여자와 어린애들은 먹을 것을 달라고 울어댔으며 추위에 오들오들 떨었다. 견디다 못한 몇몇 추장들은 미친말에게 곰외투와 회담을 해서 어떻게 하면 그가 좋아할지 알아보자고 말했다. 미친말은 그들의 뜻을 받아들여 서른 명가량의 추장과 전사들을 데리고 요새에서 멀지 않은 언덕으로 갔다. 그중 여덟 명의 추장과 전사들이 창에 널따란 흰 천을 높이 단 채 말을 타고 요새로 내려갔다.

그들이 요새 가까이 갔을 때 곰외투의 용병인 크로우족이 돌격해와서 백기를 무시하고 수우족 전사들에게 곧바로 사격을 가했다. 여덟 명 가운데 세 명만이 목숨을 구해 도망쳤다. 언덕에서 지켜보던 전사들이 크로우족에게 보복공격을 하려 했지만 미친말은 서둘러 그들을 데리고 마을로 돌아왔다. 다시 짐을 싸서 도망을 가야 할 것이다. 그들이 바로 옆에 있다는 것을 알았으니 곰외투는 눈 속을 뒤져서라도 찾아내려 들 것이다.

작은거인.

1월 8일(1877년) 아침 배틀 뷰트에서 그들을 따라잡은 곰외투는 한 자나 쌓인 눈을 뚫고 부대를 진격시켰다. 작은거인Little Big Man과 두달과혹 같은 전투추장이 미군들을 협곡으로 유인하는 동안 인디언 본대는 울프 산을 가로질러 빅혼 산 쪽으로 도피했다. 그들은 네 시간 동안 미군들을 그곳에 묶어두었는데 미군 병사들은 두꺼운 겨울철 군복 때문에 넘어지거나 얼음으로 덮인 절벽에 부딪치거나 굴러 떨어졌다. 교전하는 동안 눈이 내리기 시작하더니 오후가 되자 눈보라가 심하게 몰아쳤다. 곰외투로서는 이 정도로 충분했다. 그는 병사들을 따스한 키오 요새로 귀대시켰다.

진눈깨비를 방패 삼아 미친말은 정거운 리틀 파우더 지역으로 갔다. 2월에 그들은 그 강에 터를 잡고 이따금씩 발견되는 들소 몇 마리로 허기를 채웠다. 그때 점박이꼬리가 브룰레족을 이끌고 오고 있다는 소식이 들어왔다. 몇몇 인디언들은 점박이꼬리가 주거지역 생활이 지겨워서 도망쳐오는 것이라고 생각했지만 미친말은 그 노추장의 속을 뻔히 알고 있었다.

혹한의 달에 크룩은 눈을 피해 페터먼 요새로 병력을 이동시켰다. 봄을 기다리면서 그는 점박이꼬리를 만나 그가 미친말을 설득해 투항시키면 주거지역 수우족은 미주리 강으로 이주하지 않아도 되게 해주겠다고 약속했다. 그것이 점박이꼬리가 미친말을 찾은 이유였다.

미친말은 아버지에게 당분간 마을을 떠나 있겠다고 말하고는 점박이꼬리가 오거든 좋게 맞아들이고 노약자들이 길을 나설 수 있는 날씨가되면 주거지역으로 들어가겠다고 말하도록 일렀다. 그러고 나서 그는홀로 빅혼 강으로 갔다. 미친말은 투항해야 할지 말지 정할 수 없었다. 아마도 부족민만 보내고 홀로 파우더 강에 남을 수도 있으리라. 무리에서 내던져진 늙은 수컷 들소처럼.

미친말의 마을에 당도한 점박이꼬리는 미친말이 그를 피하고 있다는 것을 알았다. 사방으로 미친말을 찾았지만 그는 깊은 눈 속으로 사라져 보이지 않았다. 대신 점박이꼬리는 큰발Big Foot을 설득하고 구름잡이 Touch the Cloud와 세 명의 추장에게서 초봄이 되면 주재소에 들어가겠다는 약속을 받아냈다.

4월 14일 구름잡이가 미친말의 마을에서 많은 미네콘주족과 산 아르크족을 데리고 점박이꼬리 주재소로 투항했다. 그보다 이삼 일 전 크룩은 붉은구름을 다시 보내 미친말이 투항하면 파우더 강 지역에 주거지역을 정해주겠다는 약속을 전하도록 했다. 4월 27일 붉은구름은 미친말을 만나 크룩의 약속을 전했다. 미친말이 데리고 있는 900명의 오글라라족은 아사 직전이었고 총알 한 발 없었으며 말은 야위어 뼈만 앙상했다. 파우더 강가에 주거지역을 만들어준다는 약속이야말로 미친말이 로빈슨 요새로 들어가는 유일한 요구조건이었다.

수우족의 마지막 전투추장은 이제 무기와 말을 압수당한 채 부족민에 대한 아무런 권한도 없이 전투에서 단 한 번도 그를 이겨본 적 없는 미군의 포로로서 주거지역 인디언이 되었다. 그럼에도 그는 여전히 젊은 이들의 영웅이었다. 미친말의 인기는 늙은 주재소 추장들의 질투를 불러일으켰다. 그러나 미친말은 별셋이 파우더 강가에 주거지역을 만들어준다는 약속을 지키기만을 기다리면서 그 모든 것에 초연했다.

늦여름 크룩은 미친말에게 워싱턴으로 가서 약속된 주거지역에 관해 큰아버지와 회담하길 바란다고 이야기했다. 그러나 미친말은 거절했다. 그는 약속받은 주거지역에 대해 회담해야 할 이유를 알 수 없었다. 그는 워싱턴의 큰아버지 집에 다녀온 추장들에게 어떤 일이 일어났는지 보아왔다. 그들은 백인들의 생활방식에 젖어 강인했던 기질은 모두 사라진 채 기름기만 끼어 돌아왔다. 그는 붉은구름과 점박이꼬리의 변모를 볼 수 있었고 그것을 눈치 챈 늙은 추장들은 그런 미친말을 달갑게 여기지 않았다.

8월에 샤이닝 산맥 너머에 살고 있는 네즈페르세족이 미군과 전쟁을 벌이고 있다는 소식이 들어왔다. 주재소에서는 네즈페르세족과 싸울 인디언 용병들을 모집하기 시작했다. 미친말은 젊은이들에게 멀리 있는 그 인디언들과 싸우러 가지 말라고 타일렀지만 몇몇 패들은 말을 듣지 않고 자원해 미군에 매수되었다. 8월 31일 예전의 수우족 전사들이 미군 군복을 입고 행군해가자 미친말은 혐오감을 누를 수 없어 부족민을 데리고 파우더 강으로 다시 떠나겠다고 내뱉었다.

끄나풀에게 이 말을 들은 별셋은 8개 기병 중대를 로빈슨 요새 밖에 있는 미친말 마을로 보내 그를 체포하라고 명령했다. 미리 친구들의 귀띔을 들은 미친말은 미군들이 달려오는 이유를 알 수 없어 부족민에게 모두 흩어져 도망하라고 지시하고 혼자 점박이꼬리 주재소의 옛 친구인 구름잡이에게 가서 피신했다.

결국 그는 그곳에서 체포되어 크룩이 있는 로빈슨 요새로 끌려갔다. 그곳에 도착하자 시간이 너무 늦어 크룩과 만날 수 없다는 전갈이 내려왔다. 날이 어두워지자 군인들은 제임스 케닝턴 대위와 한 주재소 경찰관에게 그의 신병을 인도했다. 미친말은 눈을 크게 뜨고 그 경찰을 바라보았다. 놀랍게도 그는 얼마 전에 파하 사파를 도둑질하러 온 백인 대표단에게 대들었던 인디언, 검은언덕을 팔겠다고 나서는 추장은 모두 죽여버리겠다고 위협했던 바로 그 작은거인, 울프 산의 얼음 덮인 기슭에서 곰외투 마일스에 대항해 곁에서 마지막까지 싸웠던 그 용감

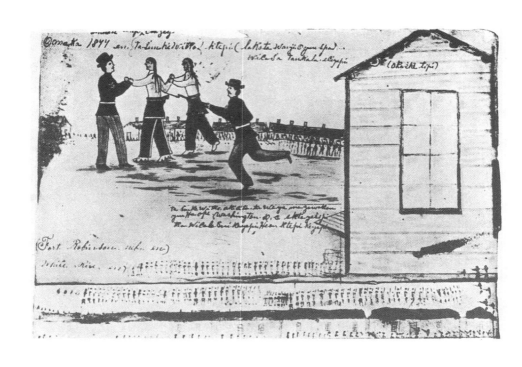

미친말의 사진은 확인된 것이 없음.
로빈슨 요새에서 그가 살해당하는 장면을 아모스 배드 하트 불이 그린 석판화.

한 작은거인이었다. 이제 백인은 작은거인을 매수해 주재소 경찰로 만들어버렸던 것이다.

미군 장교와 작은거인 사이에서 걸어가는 도중 미친말은 모든 것이 광란인 그림자 세계의 어둠을 피해 진상의 세계로 들어가는 꿈을 꾸고 있었으리라. 그들은 소총을 맨 병사 곁을 지나 건물 입구에 섰다. 쇠창살로 된 창문 뒤로 쇠사슬에 발이 묶인 사람들이 보였다. 그건 쇠사슬이 아니라 짐승을 잡는 데 쓰는 덫이었다.

미친말은 덫에 걸린 짐승처럼 자기 팔을 잡고 있는 작은거인의 몸을 밀치며 몸을 비틀었다. 그러나 격투는 이삼 초도 걸리지 않았다. 누군가 명령을 내리자 윌리엄 젠틀스라는 병사가 미친말의 배 깊숙이 대검을 찔렀다.

미친말은 그날 밤, 즉 1877년 9월 5일 밤 서른다섯 살의 나이로 죽었다. 다음 날 새벽 미군은 추장의 주검을 그의 부모에게 넘겼다. 그들은 아들의 시신을 나무상자에 넣고 말이 끄는 트래보이에 붙들어 매고 점박이꼬리 주재소로 실어가 단 위에 올려놓았다. 풀이 마르는 달이 다 가도록 그의 죽음을 슬퍼하는 조상객들은 그곳을 떠나지 않았다. 그러고 나서 잎이 떨어지는 달에 가슴 찢어지는 소식이 날아들었다.

"수우족은 네브래스카를 떠나 미주리 강의 새 주거지역으로 이주해야 한다."

1877년 건조하고 상쾌한 가을날 인디언들은 미군의 감시 아래 풀 한 포기 나지 않는 북동쪽의 불모지를 향해 귀양길에 올랐다. 도중에 몇몇 지파가 행렬에서 빠져나가 북서쪽으로 방향을 돌렸다. 그들은 캐나다로 도망가 앉은소와 합류할 작정이었다. 도망가는 사람들 중에는 아들의 심장과 유골을 간직한 미친말의 부모도 있었다. 그들만이 아는 장소, 운디드니Wounded Knee라고 불리는 조그만 샛강에, 수우족 말로 '창 크페 오피 와크팔라' 근처 어딘가에 그들은 자식의 뼈를 묻었다.

앉은소의 노래

I - ki - ɕi - ze   wa - oŋ koŋ   *he*   wa - na he - na - la ye - lo

he   i - yo - ti - ye   ki - ya wa - oŋ

출처: 미 인종학 소장국

그 옛날

이 몸은 전사였다.

그러나 이젠

모든 게 끝났다.

험한 세상이

닥쳤구나.

chapter

13

네즈페르세족의 탈주

The Flight of the Nez Percés

1877년—1월 1일, 빅토리아 여왕, 인도 여왕으로 선포됨. 1월 25일, 미 의회, 재검표를 요구하는 선거위원회 법안 통과시킴, 헤이스-틸덴의 당락 여전히 오리무중. 2월 12일, 철도 노동자들, 임금 삭감에 대한 항의로 파업 시작. 2월 26일, 남부 민주당원들, 헤이스의 공화당 대표들과 비공식으로 만나 1877년의 대타협을 종결 지음; 그 타협에서 남부 민주당은 연방군의 남부 철수와 재건 시대를 종식시키는 대가로 공화당을 지지하는 데 동의함. 2월 27일, 선거위원회 재검표에서 헤이스의 당선 선언. 3월 2일, 의회, 헤이스의 당선 인가. 3월 5일, 헤이스, 대통령 취임. 4월 10일, 헤이스 대통령, 재건 시대 종막을 알리는 연방 군대의 남부 철수 개시. 4월 15일, 보스턴과 매사추세츠의 서머빌 사이에 첫 사무 전화 설치. 7월 14일, 총파업으로 기차 불통. 7월 20일, 파업 폭동 전국으로 확산. 7월 21~27일, 군과 철도 노동자들 전투; 군대가 전국적인 파업 강제 종결. 10월 17일, 펜실베이니아 철도회사와 스탠더드 석유회사 사이의 계약으로 석유와 운송 사업 독점 강화. 12월, 에디슨, 축음기 발명. 톨스토이의 《안나 카레니나》출간.

백인들은 자기들 기분 내키는 대로 동전의 한쪽만을 이야기했다. 그 많은 말은 진실이 아니다. 자기들이 잘한 행동만을 떠벌리고 인디언들의 잘못된 행동만을 끄집어내는 게 백인들이다.

———

네즈페르세족의 노란늑대

이 대지는 태양의 힘으로 이루어졌다. 그러므로 있는 그대로 두어야 한다. ……원래 경계선 같은 것은 없었다. 사람이 땅을 갈라 이리 붙이고 저리 붙이고 해서는 안 된다. ……백인들은 부를 얻기 위해 온 땅을 뒤엎고 있으며 우리에게 쓸모없는 땅만 내주려 한다. ……대지와 나는 한마음이다. 대지의 척도와 우리 육체의 척도는 똑같다. ……창조주가 우리에게 말하라고 당신들을 보냈다고 말하고 싶으면 그렇게 해라. 당신은 자신이 맞다고 생각하는 대로 우리를 처리하도록 창조주가 당신을 이곳에 보냈다고 생각하는 듯하다. 내가 당신을 창조주가 보냈다고 생각한다면 나를 당신 마음대로 처분할 권리가 있다는 쪽으로 이끌릴지 모른다. 땅에 대한 나의 애정의 말을 오해하지 말기 바란다. 나는 땅이 내 것이니까 내가 하고 싶은 대로 하겠다고 말한 적 없다. 땅을 만든 창조주만이 땅을 처분할 권리가 있다. 내가 주장하는 것은 내 땅에는 내가 살 권리가 있고 당신네 땅에는 당신이 살 특권이 있다는 것이다.

———

네즈페르세족의 헤인모트 투얄라케트(조셉 추장)

1805년 9월 서쪽으로 가는 길에 로키 산맥에서 내려와 굶주림과 이질에 걸려 신음하던 루이스와 클라크의 탐험대를 구해준 인디언 부족이 바로 네즈페르세족이다. 네즈페르세(뚫린코)라는 이름은 이들이 코에 조개껍데기를 걸고 다니는 모습을 본 프랑스 덫사냥꾼이 붙여준 것이었다. 네즈페르세족이 마음만 먹었다면 클리어워터 강가에서 루이스와 클라크의 목숨을 끊고 그들의 말을 빼앗았겠지만 네즈페르세족은 그 얼굴 하얀 미국인들을 환대해 음식을 내주고 그들이 카누로 태평양 연안까지 탐험하는 몇 달 동안 말을 돌보아주었다.

네즈페르세족과 백인들의 오랜 우정은 이렇게 시작되었다. 70년 동안 네즈페르세족은 단 한 명의 백인도 죽인 적이 없다고 자랑했다. 그러나 땅과 황금에 대한 백인들의 탐욕이 그 우정을 깨뜨렸다.

1855년 워싱턴령의 주지사 아이작 스티븐스는 네즈페르세족과 화평 회담을 가졌다. "그는 우리 땅에 백인들이 많이 와서 살고 있고 앞으로 더 많은 백인들이 올 것이므로 인디언과 백인들을 구분할 수 있도록 땅에 표시를 하자고 제의했다. 평화롭게 살려면 인디언에게 따로 정해진 땅이 있어야 하며 그곳에 머물러야 한다고 그는 말했다."

백인들에게 늙은 조셉으로 알려진 투에카카스는 스티븐스 주지사에게 대지는 어느 누구도 소유하지 못하며 그가 소유하지도 않는 것을 팔 수는 없다고 말했다. 주지사는 그런 태도를 이해할 수 없었다. 그는 늙은 조셉에게 조약에 서명하고 모포 선물을 받으라고 권유했다.

"종이쪽지 같은 것은 치우시오. 나는 손도 안 대겠소."

백인들이 변호사Lawyer라고 부르는 알레이야와 몇몇 네즈페르세족이 서명을 했지만 늙은 조셉은 부족을 데리고 굽이도는 물과 넓은 초원, 삼림과 맑고 파란 호수가 있는 월로와 계곡의 고향으로 돌아갔다. 네즈페르세족의 늙은 조셉 지파는 좋은 말과 가축들을 기르고 튼튼한 천막에서 살면서 필요한 것이 있으면 가축을 가지고 백인과 물물교환을 했다.

첫 조약을 맺은 뒤 이삼 년도 안 되어 정부 관리들은 또 땅 때문에 네즈페르세족에게 달려들었다. 늙은 조셉은 부족민에게 담요 한 장도 선물로 받지 말라고 타일렀다.

"그리고 나면 그자들은 땅에 대한 대가를 받았다고 주장할 것이다."

1863년 네즈페르세족에게 새 조약이 제시되었는데 월로와 계곡과 남아 있는 땅의 4분의 3을 가져가고 인디언들에게는 지금의 아이다호 지역에 조그만 주거지역을 배당한다는 내용이었다. 월로와 계곡에서 살아본 적 없는 변호사와 다른 여러 추장이 서명한 조약으로 그들 부족의 땅이 정해졌다. 늙은 조셉은 그것을 '도둑 조약'이라고 불렀다. 화가 머리끝까지 치밀어오른 늙은 조셉은 백인 선교사가 그를 기독교인으로 개종시키기 위해 준 성경을 찢어버렸다. 그리고 자신이 여전히 월로와 계곡을 소유하고 있다는 사실을 백인들이 인지할 수 있도록 부족이 사는 땅의 모든 경계선에 말뚝을 박았다.

그로부터 얼마 뒤 늙은 조셉이 죽자(1871년) 당시 서른 살이었던 그의 아들이 월로와족의 새 추장이 되었다. 그의 이름은 헤인모트 투얄라케트. 백인들은 그를 젊은 조셉이라고 불렀다. 정부 관리가 와서 네즈페르세족에게 월로와 계곡을 떠나 라프와이 주거지역으로 가라고 지시했지만 젊은 조셉은 그 말을 듣지 않았다.

"변호사나 다른 어떤 추장도 이 땅을 팔 권한이 없다"고 그는 주장했다. "이 땅은 언제나 내 부족 땅이었다. 우리 선조로부터 대대로 물려받은 땅이다. 우리 부족의 가슴에 뜨겁게 흐르고 있는 인디언의 피가 단 한 방울이라도 남아 있는 한 이 땅을 지킬 것이다."

그는 큰아버지인 율리시스 그랜트에게 그의 부족이 살던 곳에서 그대로 살게 해달라고 청원했다. 1873년 6월 16일 대통령은 백인들에게 월로와 계곡에서 철수하라는 행정 명령을 내렸다.

곧 백인 대표단이 월로와 계곡에 새 인디언 주재소를 설치하기 위해 왔다. 그중 한 사람이 학교의 혜택을 언급하자 조셉은 네즈페르세족에게 백인 학교 따위는 필요 없다고 한마디로 거절했다.

"왜 당신은 학교를 마다하는 거요?"

"보나마나 교회를 세우라고 가르칠 거요."

"교회를 갖고 싶지 않소?"

"그렇소. 교회는 싫소."

"교회가 있으면 어때서?"

"하느님에 관해 왈가왈부하는 것을 가르칠 게 아니오? 우리는 그런 걸 배우고 싶지 않소. 우리는 이 땅에 있는 걸 가지고 가끔 다투기도 하지만 하느님은 건드리지 않는 법이오."

그동안에도 이주민들은 네즈페르세 땅에 눈독을 들이고 월로와 계곡을 야금야금 파먹어 들어왔다. 근처의 산에서 금이 발견되자 노다지꾼들이 몰려들었다. 그들과 목축업자들은 인디언의 말과 가축을 훔쳐 인디언들이 돌려달라고 하지 못하도록 낙인을 찍었다. 정치가들은 워싱턴으로 가서 네즈페르세족에 대해 거짓말을 늘어놓았다. 그들은 인디언들이 정착민의 가축을 훔치며 평화를 위협한다고 비난했다. 이는 사실과 정반대였지만 조셉이 말했듯이 "사법회의에서 우리를 변호해주려는 친구는 없었다."

큰아버지는 조셉 부족이 월로와 계곡을 영구히 소유한다고 말하고 나서 2년 뒤 그 계곡에 백인 이주를 허용하는 새로운 포고령을 내렸다. 네즈페르세족에게 라프와이 주거지역으로 이동할 '합당한 기간'이 주어졌다. 조셉은 조상 대대로 살아온 계곡을 포기할 의사가 전혀 없었지만 1877년 정부는 월로와 계곡에서 모든 네즈페르세족을 쫓아내도록 외팔이 대장 올리버 오티스 하워드 장군을 파견했다.

하워드는 코치스와 아파치족 문제를 공정하게 처리한 후 4년 동안 군대에서 찬밥을 먹었다. 그는 군부가 '인디언 애호가'를 용인하지 않는다는 것을 뼈저리게 느꼈다. 그래서 북서부로 부임해온 뒤 상부의 명령을 신속하고 어김없이 수행함으로써 군대에서 그의 자리를 되찾기로 결심했다. 그러나 믿을 만한 친구에게는 "조셉 지파에게 그 계곡을 빼앗는 것은 큰 잘못이다"라고 속마음을 털어놓기도 했다. 1877년 5월 하워드는 조셉을 라프와이 요새로 불러 땅을 양도할 날짜를 정하기 위한 회담을 가졌다.

조셉은 하얀새White Bird와 거울Looking Glass, 그리고 동생 올로코트와 예언자 투홀홀조테를 데리고 갔다. 이 예언자는 키가 크고 목이 굵고 얼굴이 아주 추했지만 능숙한 말솜씨로 상대방을 면박 주는 데는 따라갈 사람이 없었다. 한 백인은 그를 '지옥의 도망자'라고 불렀다. 라프와이 요새의 유치장 건너편 건물에서 열린 회담에서 조셉은 월로와 네즈페르세족 대표로 예언자를 내세웠다.

예언자는 "다른 지파 사람들 일부는 자기 땅을 포기했지만, 우리는 땅을 결코 포기한 적이 없소. 땅은 우리 몸의 일부요"라고 말했다.

하워드도 응수했다. "정부에서 주거지역을 배당해주었으니 거기서 살아야 한다는 것쯤은 당신도 잘 알고 있잖아!"

"도대체 어느 누가 땅을 갈라서 살아라 말라 하는 거요?"

"내가 그 사람이야. 나는 여기서 대통령 대신이야!"

하워드는 벌써부터 성미가 돋기 시작했다. "내 지시는 명명백백하고 그대로 수행될 것이다."

예언자는 계속해서 조상 대대로 내려온 땅인데 어찌 백인들 것일 수

조셉, 네즈페르세족 추장.

있냐면서 외팔이 대장의 부아를 돋웠다.

"우리는 이 땅에서 나왔소. 우리의 몸은 우리의 어머니인 땅으로 돌아가야 합니다."

하워드는 신경이 날카로워져서 언성을 높였다. "나는 당신의 종교를 비난하고 싶지는 않아. 그렇지만 사실을 가지고 얘길 해야지, 땅이 어머니니 추장의 권위를 받았느니 하는 소리는 신물이 나. 이제 그런 소린 집어치우고 실제 문제를 토론합시다."

"내 땅에서 내가 할 일을 누가 하라 마라 하는 거요"라고 투훌훌조테는 대꾸했다.

언쟁이 이어지자 하워드는 자신의 힘을 과시할 작정으로 예언자를 유치장에 가두어버렸다. 그러고는 조셉에게 윌로와 계곡에서 라프와이 주거지역으로 옮기는 데 30일을 주겠다고 딱 부러지게 통고했다. 조셉은 항의했다.

"우리 부족은 지금까지 백인들과 친구로 지내왔소. 그렇게 서두를 일이 뭐 있소. 30일 안으로는 도저히 움직일 수 없소. 가축은 산지사방에 흩어져 있고 스네이크 강물은 불어서 건널 수 없습니다. 가을까지 기다려주시오. 그때면 강물도 줄어듭니다."

"단 하루라도 시간을 넘기면 군인들이 가서 당신들을 주거지역으로 몰아넣을 거야. 주거지역 밖에 있는 가축과 말은 모두 백인들의 손에 넘어갈 거고." 하워드는 거칠게 내뱉었다.

조셉은 더 이상 선택의 여지가 없다는 것을 깨달았다. 100명도 안 되는 전사들을 데리고 계곡을 지킬 수는 없는 노릇이었다. 조셉과 부추장들이 회담을 마치고 계곡에 돌아왔을 때는 벌써 미군들이 계곡 안에 들어와 진을 치고 있었다. 조셉은 부족 회의를 열어 즉시 가축을 모아들였다.

"백인은 수가 많아 겨룰 수가 없다. 우리가 사슴이라면 백인은 회색곰이다. 우리 땅은 좁고 그들의 땅은 넓다. 우리는 위대한 정령이 만물을 만든 그대로 놓아두지만 백인들은 그렇지 않다. 그들은 강이나 산이라도 마음에 들지 않으면 바꿔버린다."

긴 행군을 떠나기 전에 몇몇 전사들은 태어난 땅에서 개처럼 쫓겨나느니 맞서 싸우자고 주장했다. 감옥에서 풀려난 예언자도 외팔이에게 당한 치욕을 씻어내는 길은 피밖에 없다고 외쳤다. 그러나 조셉은 화친을 고수했다.

하워드가 정한 최종시한에 맞추기 위해 그들은 많은 가축을 계곡에 내버려두고 떠날 수밖에 없었다. 스네이크 강은 산에서 녹아내린 눈으로 소용돌이치며 흐르고 있었다. 들소 가죽으로 뗏목을 만들어 기적적으로 큰 사고 없이 부녀자와 어린애들을 건너게 했다. 그런데 강을 건너느라 정신을 팔고 있는 사이 백인들이 대기하고 있던 가축을 도둑질해갔다. 그래서 가축을 강으로 몰아 헤엄쳐 건너게 했는데 그 바람에 수많은 가축이 급류에 떠내려갔다.

낙심한 추장들은 로키 협곡에서 행군을 멈추고 회의를 열었다. 예언자와 하얀새 그리고 올로코트는 싸울 것을 주장했다. 조셉은 싸우다 죽는 것보다는 화평을 유지하며 사는 편이 더 낫다고 주장했다. 다른 추장들은 그를 겁쟁이라고 불렀지만 그는 물러서지 않았다.

협곡에서 야영하던 어느 날 밤 전사 몇이 몰래 빠져나갔다. 그들이 돌아왔을 때 네즈페르세족은 더 이상 백인을 단 한 명도 죽이지 않았다고 주장할 수 없게 되었다. 그들은 가축을 잃고 고향 땅에서 쫓겨난 것에 대한 보복으로 백인 열한 명을 살해했다.

이제 조셉도 평화를 사랑하는 다른 추장들처럼 백인들의 압력과 절망적인 부족민의 분노 사이에서 진퇴양난에 빠지게 되었다. 어쨌든 그는 부족민을 버릴 수 없었다. 훗날 조셉은 그때의 심정을 이렇게 얘기했다.

"내 목숨을 희생해서 부족민이 죽인 백인들을 다시 살릴 수 있었다면 나는 그렇게라도 했을 것이다. 젊은이들 탓도 해보고 백인들 탓도 해보았다. ……나는 할 수만 있다면 싸우지 않고 들소 지역(몬태나)으로 이끌고 갔을 것이다. 우리는 16마일 떨어진 화이트 버드 강으로 이동해 천막을 쳤다. 이튿날 막 떠나려고 가축을 끌어모으고 있는데 외팔이의 부하들이 추격해와 첫 전투가 벌어졌다."

그날이 6월 17일이었다. 절반밖에 안 되는 병력이었지만 전사들은 미군을 화이트 버드 협곡에 몰아넣고 필살의 기세로 덤벼들어 미군 3분의 1을 사살하고 나머지는 패주시켰다. 열흘 뒤 외팔이 하워드가 막강한 증원군을 끌고 뒤쫓아왔다. 네즈페르세족은 산을 타고 빠져나갔다.

연이은 군사 작전에서 조셉은 기민한 게릴라 전법으로 추격하는 미군을 따돌리고 전위대에 심각한 손실을 입히며 클리어워터 강에 이르렀다.

그들은 그곳에서 기다리고 있던 거울의 전사들과 합류했다. 네즈페르세 연합군은 이제 전사 250명, 비전투원 450명으로 불어났고 말도 거의 2천 마리나 되었다. 거기다 화이트 버드 협곡에서 미군들에게 빼앗은 여러 자루의 총과 상당량의 탄약까지 있었다.

그들의 선조들이 루이스와 클라크를 백인 문명의 선구자로 받아들인 클리어워터 강을 건넌 다음 조셉은 추장 회의를 열었다. 시냇물이 굽이도는 계곡으로 되돌아갈 수도 없고, 아무 벌도 받지 않고 라프와이로 갈 수도 없다는 것을 모르는 추장은 없었다. 그들에게 남은 길은 단 하나, 캐나다로의 탈주였다. 앉은소가 피신한 큰어머니의 나라라면 아무리 미군이라 할지라도 감히 넘어오지 못할 것이다. 롤로의 오솔길을 따라 비터루트 산맥을 가로지른다면 캐나다로 갈 수 있을 것이다.

네즈페르세 전사들은 몬태나로 사냥을 다닐 때 자주 비터루트 산맥을 넘었기 때문에 무거운 장비를 끌고 오는 하워드 부대와의 거리를 많이 벌려놓았다. 7월 25일 인디언들은 롤로 강 어귀의 골짜기를 타고 내려가다가 미군과 맞닥뜨렸다. 미군들은 고개의 좁은 길목에 통나무 바리케이드를 치는 중이었다.

조셉과 거울 그리고 하얀새는 백기를 들고 말을 타고 내려가 그 부대 지휘관 찰스 론 대위와 악수를 나누었다. 그들은 진지에 200명가량의 미군이 있는 것을 눈여겨보았다. 조셉이 먼저 말을 걸었다.

"당신이 그냥 놔둔다면 싸우지 않고 지나가겠소. 어쨌든 우리는 여길 지나갈 테지만 말이오."

론 대위는 무기를 넘겨주면 통과할 수 있다고 말했다. 하얀새는 전사들이 그렇게는 절대 하지 않을 거라고 대답했다.

하워드 장군이 서쪽에서, 기번 대령의 또 다른 대병력이 동쪽에서 접근해오는 중이라는 사실을 알고 있던 대위는 시간을 벌기로 작정했다. 그는 다음 날 다시 만나 통과절차를 상의해보자고 제의했다. 추장들은 그 말에 응했지만 이렇게 해서 네즈페르세족은 무의미한 회담을 하느라 이틀을 허비하고 말았다.

7월 28일 아침 일찍 거울이 전사들을 골짜기 기슭 위쪽 나무 사이에 배치하는 동안 조셉은 비전투원과 말 떼를 이끌고 깎아지른 협곡 기슭을 타고 산꼭대기로 기어올라 미군의 방책을 멀리 넘어갔다.

론 대위는 한참 후에야 눈치 채고 추격했지만 조셉의 후위대와 몇 번 총격을 나누다가 정면 대결의 위험을 피해 이제는 쓸모없게 된 방책으로 되돌아갔다.

외팔이의 추격을 벗어났다고 안심한 인디언들은 남쪽에 있는 낯익은 사냥터 빅홀로 발길을 돌렸다. 그곳에서 말을 쉬게 하고 들짐승을 사냥할 참이었다. 백인들이 내버려둔다면 구태여 캐나다까지 갈 필요도 없을 것이다. 그러나 그들은 절름발이One Who Limps 기번의 부대가 바짝 접근해온 줄은 미처 모르고 있었다.

8월 9일 밤 절름발이는 그 지역 자원병과 보병으로 구성된 혼성 부대를 빅홀 강가에 자리 잡은 네즈페르세족의 야영지가 내려다보이는 언덕에 배치했다. 새벽이 다가오자 자원병들은 포로를 잡아야 하는지 물었다. 기번은 남자건 여자건 인디언 포로는 필요 없다고 말했다. 밤공기가 차가워서 병사들은 위스키를 마시며 몸을 덥혔다. 동이 틀 무렵에는 고주망태가 된 자들도 있었다. 절름발이가 공격 명령을 내리자 그들은 총을 쏘며 네즈페르세족의 천막으로 돌격해 들어갔다. 열다섯 살 소년이었던 코우톨릭스는 총소리를 듣고 잠에서 깼다.

"얼떨결에 모포를 젖히고 벌떡 일어나 30피트쯤 달려나가다 손과 무릎으로 기어갔다. 팻시콘미라는 노파가 천막에서 뛰어나와 몸을 숙이고 내가 하던 대로 기어왔다. 그 할머니는 내 왼쪽까지 왔는데 총알이 가슴을 뚫었다. 나는 총알이 파고드는 소리를 들었다. '여기 있지 말고 저리 가! 나는 틀렸어'라고 말하고 할머니는 죽었다. 물론 나는 목숨을 걸고 도망쳐 덤불 속에 숨었다. 미군들은 천막이든 어디든 인디언이 보이면 마구 총을 쏘는 것 같았다. 비 오듯 쏟아지는 총알 앞에서 어린애들이 죽어 나동그라지고 어른들은 풀썩풀썩 쓰러졌다."

또 한 십대 소년인 검은독수리Black Eagle는 가족들과 자던 천막 사이로 뚫고 들어오는 총소리에 잠이 깨었다. 공포에 질린 소년은 달려가 강물 속으로 뛰어들었는데 물이 너무 차가웠다. 그는 밖으로 나와 말 떼를 빼내 언덕 위로 몰아가는 일을 돕다가 어디론가 가버렸다.

얼마 뒤 인디언들은 기습의 충격에서 벗어났다. 조셉이 비전투원들을 구해내는 사이 하얀새는 역습을 가하기 위해 전사를 배치했다.

"맞붙어 싸워! 다 쏴버려! 애들도 이자들보다는 더 잘 쏠 거다"라고 그는 고함을 질렀다.

실제로 네즈페르세족의 사격술은 기번의 부하보다 훨씬 뛰어났다. 노란늑대Yellow Wolf의 증언이다. "어지러이 뒤섞인 미군들은 넋이 나가서 갈팡질팡하며 강 건너로 도망쳤다. 마치 술 취한 것 같은 행동이었다. 진짜 술에 취해 목숨을 잃은 군인도 있었다."

미군이 대포를 쏘려 하자 전사들이 벌 떼처럼 달려들어 대포를 부숴버렸다. 한 전사가 절름발이 기번 대령을 쏘아서 '두번절름거리는자One Who Limps Twice'로 만들었다.

한 줌도 안 되는 인디언 전사들이 기번의 부하들을 통나무와 돌무더기로 만든 임시 바리케이드 뒤에 붙잡아두고 있는 동안 조셉은 천막을 걷고 탈주를 시작했다. 미군을 따돌리기 위해 그들은 어쩔 수 없이 캐나다와 정반대인 남쪽으로 방향을 바꿨다. 이 전투에서 전사들은 미군 30명을 사살하고 적어도 40명에게 중상을 입혔다. 그러나 미군들의 무자비한 새벽 기습으로 인디언도 80명이나 죽었다. 사망자 중 3분의 2 이상이 아녀자들이었는데 몸에는 총구멍이 벌집처럼 나 있으며 머리는 군홧발에 채이고 개머리판으로 얻어맞아 흉하게 으깨졌다. 노란늑대는 "온 하늘이 슬픔으로 내려앉았다. 어떤 군인들은 미치

광이처럼 행동했다"고 술회했다.

하워드가 새로 기병대를 동원해 포위망을 풀지 않았더라면 바리케이드 안에 있던 기번의 부하들은 굶주려서 거의 전멸했을 것이다. 외팔이의 기병대는 인디언들을 계속 뒤쫓았다. 조셉은 있는 힘을 다해 도망쳤다.

"엿새 후 외팔이의 기병대가 바싹 따라붙었다. 우리는 역습을 가해 말과 노새를 거의 다 빼앗았다."

사실 인디언들이 탈취한 것은 대부분 기병대의 보급품과 탄약을 실어 나르던 노새였다. 뒤에서 버둥거리며 쫓아오는 미군을 골탕 먹이며 8월 22일 인디언들은 드디어 탈기 고개를 넘어 옐로스톤 국립공원으로 들어섰다.

불과 5년 전 워싱턴 대회의는 옐로스톤 일대를 미국의 첫 국립공원으로 선포했다. 1877년 여름 자연 경관을 찬탄하던 모험심 있는 첫 미국 유람객 가운데 대전사 셔먼도 끼어 있었다. 서부 지역을 순시하고 있던 그는 불과 300명밖에 안 되는 네즈페르세 전사들이 거추장스러운 부녀자와 어린애들을 끌고 다니면서 북서부의 전 미군을 농락하는 것을 목격하고 노발대발했다.

셔먼은 인디언들이 자신의 호화로운 군영이 시야에 들어오는 옐로스톤 공원을 넘어오는 것을 알고 사방의 요새 지휘관에게 긴급 명령을 내려 이 무례한 전사들을 물샐틈없이 포위해서 섬멸하라고 호령했다.

바로 가까운 곳에는 리틀 빅혼에서 전멸당한 뒤 재편성한 제7기병대가 있었다. 연대의 명예를 세우려고 조바심치던 제7기병대는 남서쪽 옐로스톤으로 서둘러 진군해갔다.

9월 첫 주에는 네즈페르세족 정찰대와 제7기병대의 척후대가 거의 매일 맞닥뜨리게 되었다. 캐니언 강에서 소규모 충돌이 한 번 있었지만 인디언들은 신출귀몰한 기습작전으로 제7기병대의 추격을 따돌리고 북쪽 캐나다로 향했다. 그러나 이미 셔먼의 명령으로 키오 요새에서 강행군해온 곰외투 마일스가 캐나다로 넘어가는 길목을 가로막고 있다는 것을 알 도리가 없었다.

거의 매일 뒤쫓아오는 제7기병대와 전투를 벌이며 드디어 9월 23일 네즈페르세족은 키우 아일랜드 랜딩에서 미주리 강을 건넜다. 그 후 사흘 동안은 미군의 모습이 보이지 않았다.

29일 베어 포 산 근처에서 노닐고 있는 들소 몇 마리가 발견되었다. 식량과 탄약이 부족했고 말도 급속한 행군으로 몹시 지친 상태였으므로 추장들은 베어 포 산에서 숙영하기로 작정했다. 허기진 배를 들소 고기로 채운 뒤 다음 날 한 번만 더 힘껏 행군하면 캐나다 국경에 도달할 수 있을 테니까. 노란늑대도 같은 생각이었던 모양이다.

"우리는 외팔이가 뒤쫓아오려면 적어도 해가 두 번은 떠야 한다는 것을 알고 있었다. 거리를 벌리는 일은 어려울 게 없었다."

그러나 다음 날 아침 정찰을 나갔던 전사 두 명이 남쪽 방향에서 "미군들, 미군들!"이라고 고함을 지르며 달려왔다. 급히 빠져나갈 준비를 하고 있는데 이번에는 절벽 끝에 나가 있던 전사 하나가 모포를 흔들어 신호를 보냈다.

"오른쪽에 적! 곧 습격!"

곰외투 마일스의 기병대였다. 인디언 용병들이 두세 시간 전부터 뒤를 밟았던 것이었다. 미군 기병대와 함께 선두에는 30명가량의 수우족과 샤이엔 용병들이 말을 달려오고 있었다. 이들은 로빈슨 요새에서 미군에게 매수된, 미군 군복을 입고 동족에게 등을 돌려 미친말을 분노에 떨게 해서 죽음으로 몰아넣었던 젊은 전사들이었다.

우레처럼 질주해오는 600마리의 말발굽 소리가 지축을 흔들었지만 하얀새는 조금도 동요하지 않고 전사들을 천막 앞에 배치했다. 선두의 기병대가 파도처럼 밀려오자 전사들은 온 정신을 가늠쇠에 집중해 쏘기 시작했다. 순식간에 그들은 24명을 사살하고 42명에게 부상을 입혔다. 이리저리 내닫는 말과 안장에서 떨어진 기병들이 혼란스럽게 뒤얽혔다. 조셉은 죽을 각오로 맞섰다.

"우리는 아주 가까운 거리에서 싸웠다. 스무 걸음도 되지 않는 곳에서 총을 쏘았으며 백인들은 사상자를 끌고 가지도 못하고 물러났다. 우리는 죽은 미군들의 무기와 탄약을 확보해두었다. 우리 부족은 첫날에 이미 남자 18명과 여자 3명을 잃었다."

죽은 전사 가운데는 조셉의 동생인 올로코트와 불굴의 예언자 투훌훌조테도 있었다.

어둠이 내리자 인디언들은 북쪽으로 빠져나가려 했지만 곰외투가 주위를 물샐틈없이 포위하고 있어서 뜻을 이루지 못했다. 전사들은 날이 밝으면 미군이 다시 공격해오리라는 것을 알고 참호를 파고 그 속에서 밤을 지새웠다. 그러나 아침이 되자 곰외투는 공격 대신 백기를 든 전령을 보내왔다. 투항하여 부족의 목숨을 구하라는 요구였다.

조셉은 고려해보겠다는 답신을 보냈다. 눈이 날리기 시작했다. 전사들은 눈보라를 연막 삼아 캐나다로 탈주할 수 있기를 고대하고 있었다.

그날 늦게 미군 쪽에서 수우족 용병 서넛이 백기를 들고 나왔다. 조셉은 전투장을 가로질러 가서 그들을 맞았다.

"그들은 마일스 장군의 투항 권고가 진실이며 정말로 화평을 원하고 있다고 얘기했다. 그 말만 믿고 나는 마일스 장군의 막사로 걸어갔다."

곰외투는 휴전협정을 어기고 조셉을 이틀 동안 포로로 붙잡아두었다. 그리고 대포를 쏘며 공격을 개시했다. 그러나 전사들은 한발짝도 물러서지 않았으며 조셉이 포로로 잡혀 있는 한 투항하지 않겠다고 버텼다. 이틀 동안 혹심한 바람이 불어 전투장에서는 소나기 같은 눈보라가 날렸다.

사흘째 되는 날 전사들은 백인 장교 하나를 생포한 뒤 추장을 풀어주지 않으면 죽여버리겠다고 위협해서 가까스로 조셉 추장을 구해냈다. 그러나 바로 그날 외팔이 장군 하워드의 대군이 도착했다. 조셉은 촛불처럼 줄어드는 그의 부족이 막다른 골목에 몰렸다는 것을 직감했다.

곰외투가 다시 회담을 갖자고 전령을 보내자 조셉은 투항 조건을 들어보려고 나갔다. 곰외투의 투항 조건은 간단명료했다.

"나와서 무기를 버린다면 목숨을 살려주고 주거지역으로 보내주겠다."

조셉은 진지로 돌아가 마지막 부족 회의를 열었다. 거울과 하얀새는 죽을 때까지 계속 싸울 것을 고집했다. "우리는 1300마일을 악전고투하며 달려왔소. 이제 와서 그만둘 수는 없소!"

조셉은 마지못해 결정을 연기하기로 했다. 포위당한 지 나흘째 되는 날 오후 최후의 전투에서 백인 저격수의 탄환이 거울의 왼쪽 이마를 꿰뚫었다.

"닷새째 되는 날 나는 마일스 장군에게 무기를 넘겨주었다."

조셉은 그 자리에서 웅변적인 투항 연설을 했는데 그 연설은 영어로 번역된 미국 인디언 연설 중에서 가장 많이 인용되는 구절이 되었다(연설을 번역한 찰스 우드 중위는 그로부터 얼마 후 군복을 벗고 변호사가 되었으며 풍자시와 수필도 썼다. 네즈페르세족과의 접촉이 그의 일생에 큰 영향을 끼쳐 우드는 사회 정의의 열렬한 투사이자 가난한 사람들의 대변자가 되었다).

하워드 장군에게 내 말을 전해주시오. 나는 장군의 마음을 잘 알고 있고 장군이 얼마 전 약속한 것을 다 기억하고 있노라고. 나는 싸우는 데 지쳤소. 우리 부족의 추장들은 살해되었소. 거울도 죽었고 투홀홀조테도 죽었으며 노인들도 모두 죽었소. '된다, 안 된다'라고 말하는 것은 이제 젊은 사람들뿐인데 젊은이들을 이끌 사람(올로코트)마저 죽고 말았소. 날은 춥고 모포 한 장 없어 어린애들도 얼어 죽어가고 있소. 몇 사람은 언덕으로 도망쳤지만 모포도 식량도 없소. 그들이 어디에 있는지 아무도 모르오. 아마 얼어 죽었을 것이오.

얼마나 찾을 수 있을지는 모르지만 어린애들을 찾을 시간이라도 주기 바라오. 필경 그 애들도 죽은 자 가운데 누워 있을 것이오. 내 말을 듣게. 추장들이여! 나는 지쳤다. 내 마음은 병들고 슬픔에 젖어 있다. 이제 태양이 비치는 곳에서는 영원히 싸우지 않으리라.

어둠이 내리고 투항 절차가 진행되는 동안 하얀새와 끝까지 항복하기를 거부한 전사들은 서너 명씩 골짜기를 빠져나가 캐나다 국경을 향해 뛰기 시작했다. 이튿날 그들은 국경을 넘었고 사흘째 되는 날엔 멀리 말을 탄 인디언을 보았다. 다가오던 인디언 하나가 신호를 보냈다.

"당신네는 어느 부족이오?"

"네즈페르세. 당신들은?"

"수우족."

이렇게 해서 머나먼 길을 도망쳐온 네즈페르세 전사들은 드디어 앉은소의 품에 안겼다.

그러나 조셉 추장과 다른 사람들에게 자유는 없었다. 곰외투의 약속과 달리 라프와이 대신 그들은 가축처럼 캔자스 레번워스 요새로 송환되었고, 그곳의 낮은 늪지대에 전쟁포로로 감금되었다. 거기서 100여 명이 죽어나간 뒤에 다시 인디언령 불모지로 이송되었다. 모도크족과 같이 거기서도 말라리아와 화병으로 수없이 죽어갔다.

정부 관료들과 기독교 신사들은 자주 그들을 방문해 동정의 말을 베풀고 여러 기구들에 끊임없이 보고서를 썼다. 조셉은 워싱턴 방문 허락을 받고 그곳에 가서 정부의 대추장들을 만났다.

"모두가 내 친구라 하고 내가 정당한 대우를 받을 것이라고 입으로는 제대로 말하면서 내 부족민들에게 왜 아무것도 해주지 않는지 알 수 없다. 마일스 장군은 우리가 우리 땅으로 돌아갈 수 있다고 약속했다. 나는 마일스 장군을 믿었다. 그렇지 않았다면 나는 결단코 투항하지 않았을 것이다."

그러면서 정의를 위한 가슴 울리는 호소를 했다.

"나는 수많은 이야기를 들었지만 행해진 것은 아무것도 없다. 좋은 말도 되는 일이 없으면 얼마 못 간다. 말로는 죽은 내 부족민의 목숨을 보상할 수 없고 백인으로 들끓는 우리 땅을 보상하지도 못한다. ……건강하게 살지도 못하고 죽지 않게도 못한다. 우애롭게 살며 제 일을 돌볼 수 있는 집도 마련해주지 않는다. 나는 이제 아무것도 나오지 않는 말에 지쳤다. 그 모든 허울 좋은 말과 거짓 약속을 생각하면 속이 메슥거린다. ……자유롭게 태어난 사람이 우리에 갇혀 아무 데나 가고 싶은 곳에 갈 수 있는 자유를 빼앗기고 만족하기를 바란다면 강물이 거꾸로 흐르기를 바라는 것이 더 나을 것이다. ……나는 백인 추장들에게 백인들은 가고 싶은 대로 마음대로 가는 것을 뻔히 보고 있는데, 인디언들은 한곳에 머물러야 한다고 말할 권한이 있는지 물어보았다. 그들은 대답하지 못했다.

 내가 자유로운 사람이 되도록 해다오. 자유로이 다니고 자유로이 머무르고 자유로이 일하고 자유로이 교역하고 자유로이 배울 선생님을 정하고 나의 선조의 종교를 따르고 자유로이 생각하고 말하고 행동할 수 있게. 그러면 나는 모든 법에 복종하고 벌이라도 달게 받을 것이다."

 그러나 어느 누구도 그의 말에 귀를 기울이지 않았다. 그들은 조셉을 다시 인디언령으로 보냈다. 그는 1885년까지 그곳에 있었다. 그때까지 살아 있던 네즈페르세족은 287명밖에 안 되었다. 대부분이 너무 어려서 전에 누렸던 자유로운 삶을 기억하지 못하는 아이들이거나 너무 늙고 병들고 기가 꺾여 미국의 강대한 힘에 더 이상 도전할 수 없는 노인들이었다. 생존자 중 일부는 라프와이에 있는 부족의 주거지역으로 돌아가도 좋다는 허락을 받았다. 조셉 추장과 150명의 인디언은 위험스러운 인물로 간주되어, 그들이 영향을 미칠 수 있는 다른 네즈페르세족과 같은 무리에 뒤섞이게 할 수 없었다. 그들은 워싱턴 콜빌 주거지역에 있는 네스펠렘으로 이송되어 그곳에서 귀양살이를 하다 삶을 마쳤다. 1904년 9월 21일 조셉이 죽자 주재소 의사는 사망원인을 '상심'으로 보고했다.

chapter
14

샤이엔족의 엑소더스

Cheyenne Exodus

1878년—1월 10일, 미국 상원에 여성들이 투표권에 관한 청문회를 개최할 결의안 제출. 6월 4일, 영국, 터키로부터 키프로스 할양받음. 7월 12일, 황달병, 뉴올리언스에 전염되어 4500명 사망. 10월 18일, 에디슨, 전류 분류해서 가정용으로 사용하는 데 성공. 가스 주, 뉴욕 주식 시장에서 하락. 12월, 러시아 상트페테르부르크에서 대학생들이 경찰과 코사크족과 전투. 오스트리아에서 페르디난트 만리허, 연발총 발명. 데이비드 휴스, 마이크로폰 발명. 뉴욕 교향악단 창립. 길버트와 설리번, 영 제국 군함 피나포르(H.M.S Pinafore) 상연 우리는 남쪽에서 많은 고통을 당했다. 많은 사람들이 이름도 모르는 병으로 죽어갔다. 그리운 마음은 저절로 탯줄을 묻은 고향 쪽으로 향했다. 남은 사람은 손으로 꼽을 정도가 되었다. 우리가 원한 것은 몸뚱이 하나 누일 조그만 땅 한 뙈기였다. 우리는 천막을 세워두고 그냥 밤에 도망쳐나왔다. 군대가 뒤쫓아왔다. 나는 말을 타고 나가 군인들에게 싸우고 싶지 않다고 말했다. 우리가 원하는 것은 북쪽으로 가는 것뿐이었다. 우리를 내버려두었더라면 우리는 아무도 죽이려 하지 않았을 것이다. 우리에게 돌아온 응답은 무차별 사격이었다. 그 뒤 우리도 맞서 싸울 수밖에 없었지만 먼저 총부리를 들이대지 않는 사람은 죽이지 않았다. 나의 형 무딘칼은 반수가 되는 지파를 데리고 로빈슨 요새에 투항했다. ……그들은 총을 다 내주었는데 백인들은 그들을 모두 죽여버렸다.

북부 샤이엔족의 오쿰가치(작은늑대)

우리는 큰아버지의 뜻에 따라 남쪽으로 갔소. 그러나 거기는 샤이엔족이 단 한 사람도 살 수 없는 땅이었소. 그래서 다시 고향으로 돌아온 거요. 병에 걸려 멸족하느니 싸우다 죽는 것이 낫다는 생각이었소. ……당신들은 우리를 죽일 수 있겠지만 다시 돌아가게 할 수는 없을 것이오. 죽어도 가지 않겠소. 정 데려가려면 몽둥이로 머리를 박살내 시체로 끌고 가시오!

북부 샤이엔족의 타멜라파슈메(무딘칼)

내가 알기로는 샤이엔족이야말로 인디언 가운데 가장 뛰어난 부족이다.

세손가락(매켄지 대령)

　　　　　1877년 신록의 달에 미친말의 오글라라 수우족이 로빈슨
요새로 투항했을 때 겨우내 같이 지냈던 북부 샤이엔족도 행동을 같이
해 말과 무기를 내주고 군인들의 손에 목숨을 맡겼다. 샤이엔족의 유명
한 추장으로는 작은늑대, 무딘칼, 선사슴, 멧돼지Wild Fog 등이 있었다.
이들 부족은 다 합해야 1천 명 정도였다. 리틀 빅혼 전투 뒤에 다른 지
파와 떨어진 두달의 샤이엔족 350명은 키오 요새의 곰외투에게 투항했
다.

　로빈슨 요새로 들어간 샤이엔족은 작은늑대와 무딘칼이 서명했던
1868년 조약에 따라 수우족과 함께 주거지역에서 살 거라고 기대했다.
그러나 주재관들은 그들이 수우족 주거지역이나 '남부 샤이엔족에 배당
한 주거지역'에 살도록 조약에 규정되어 있다고 말했다. 그들은 북부 샤
이엔족에게 인디언령으로 이동해 친척인 남부 샤이엔족과 한곳에서 거
주할 것을 건의했다.

　"이런 말이 맘에 들 리 없었다"고 나무다리는 당시의 분위기를 전했
다.

　"우리가 원한 것은 그래도 검은언덕이 멀지 않은 이곳에 사는 것이었
다. 선사슴이라는 추장이 그곳으로 가는 게 더 낫다고 말하고 다녔지만
그의 말을 그럴듯하다고 듣는 샤이엔족은 열 명도 안 되었을 것이다.
다들 그가 백인들에게 대단한 인디언이라는 말을 듣고 싶어 저러고 다
니는구나, 했다."

　미국 정부가 북부 샤이엔족의 이주 문제를 검토하는 동안 로빈슨 요
새의 미군들은 여전히 주거지역 밖에 흩어져 살고 있는, 투항을 피할
수 없음을 받아들이지 않는 인디언들을 색출하기 위해 용병을 모았다.

　윌리엄 클라크라는 기병대 중위가 작은늑대와 몇몇 전사들에게 함께

일하자고 설득했다. 클라크는 밭에 있을 때는 흰 중절모를 썼다. 그래서 샤이엔족은 그에게 흰모자White Hat라는 이름을 붙여주었다. 곧 그들은 흰모자가 정말로 인디언을 좋아하고 그들의 생활방식, 문화, 언어, 종교, 풍습 등에 관심을 갖고 있다는 것을 알게 되었다(그는 나중에 인디언의 수화법에 관한 학술 논문을 썼다).

작은늑대는 흰모자와 로빈슨 요새에 남을 수도 있었지만 워싱턴에서 샤이엔족을 인디언령으로 이주시키라는 명령이 내려오자 부족민과 같이 갔다. 떠나기 전 앞일에 의구심을 가진 샤이엔 추장들은 크룩에게 회담을 요구했다. 크룩은 추장들을 안심시키기 위해 일단 남쪽으로 가서 인디언령을 살펴보고 살고 싶지 않으면 돌아와도 좋다고 말했다(적어도 통역자들은 크룩의 말을 그렇게 통역했다).

인디언들은 흰모자가 같이 갔으면 했지만 군 당국은 헨리 로턴 중위를 호송 책임자로 임명했다. 나무다리의 표현을 빌리면 "키다리는 좋은 사람이었다. 언제나 인디언들에게 친절히 대해주었다." 인디언들은 로턴 중위를 키다리라고 불렀다. 키다리는 노약자들을 군용 마차에 태워주고 밤이면 군용 텐트를 빌려주었으며 빵과 고기, 커피와 설탕 등이 제대로 돌아갔는지 일일이 확인했다.

그들은 도시를 피해 익숙한 사냥로를 따라 내려갔다. 평원은 많이 달라져 있었다. 철도가 겹겹이 나 있는가 하면 곳곳에 울타리가 쳐져 있었으며 못 보던 집들이 들어차 있었다. 가끔 가다 두세 마리 들소나 영양이 보이면 키다리는 사냥할 수 있도록 총을 내주기도 했다.

말이 털을 가는 달에 로빈슨 요새를 떠난 사람은 모두 972명이었다. 그중 노인 몇 명이 도중에 죽고 북쪽으로 다시 돌아간 젊은이를 뺀 937명은 1877년 8월 5일 석 달 넘는 여행 끝에 드디어 샤이엔과 아라파호 주거지역의 리노 요새에 도착했다.

리노 요새의 지휘관인 세손가락 매켄지 대령은 샤이엔족의 말과 무기를 압수했지만 이번에는 쏘아 죽이지 않고 대신 그들이 농사를 짓고 정착하게 되면 다시 내주겠다고 약속했다. 그리고 주재관 존 마일스에게 북부 샤이엔족을 인계했다.

하루 이틀 뒤 남부 샤이엔족이 북쪽에서 온 친척들을 환영하는 잔치를 열어주었다. 그러나 북쪽에서 온 인디언들은 뭔가 잘못되었다는 걸 알았다. 잔치에 내놓은 음식이라곤 허여멀건 수프뿐이었다. 이 수프가 남부 샤이엔족이 내놓을 수 있는 전부였다. 텅 빈 땅에 먹을 것이라곤 아무것도 없었다. 들짐승도, 깨끗한 물도 없었다. 식량 배급은 형편없이 부족했고 설상가상으로 여름철 더위는 살인적이었으며 모기까지 극성이었다. 공기는 먼지로 가득 차 있었다.

작은늑대는 존 마일스 주재관을 찾아가 그들은 다만 주거지역을 훑어보기 위해 왔는데, 살 만한 곳이 아니니 크룩이 약속한 대로 북쪽으로 돌아가겠다고 얘기했다. 그러자 주재관은 돌아가려면 큰아버지의 허락이 있어야 한다면서 조금만 참으면 쇠고기를 충분히 배급해줄 테니 기다리라고 달랬다. 텍사스에서 식용으로 쓸 소를 몰아온 것은 사실이었다. 그러나 텍사스에서 온 긴뿔소는 이름만 소였지, 뼈와 가죽만 남은 병든 소였다. 늦여름부터 그들은 하나둘 오한이 나고 열이 펄펄 끓으며 뼈마디가 쑤시는 병에 걸려 신음하기 시작했다. 그들은 고통 속에 야위어갔다.

"인디언들은 차례차례 죽어가고 또 죽어갔다."

작은늑대와 무딘칼이 불평을 털어놓자 매켄지 대령은 로턴 중위를 보내 북부 샤이엔족의 실태를 조사했다. 로턴의 보고다.

"이들은 기아에 허덕이고 있다. 많은 여자와 어린이들이 식량 부족으로 병들어가고 있다. 부모들은 먹을 걸 달라며 울고 보채는 아이들을 먹이기 위해 거의 굶고 있다. ……공급된 쇠고기는 질이 너무 형편없어서 돈을 주고 샀다는 생각이 안 들 정도다. 말라리아가 퍼지고 있는데 키니네가 없어 속수무책이다. 인디언들이 찾아와 성가시게 굴까 봐 군의관은 자주 사무실을 잠그고 자리를 비우고 있다."

키다리는 추장들을 불러 모아 얘기를 들었다. 무딘칼이 먼저 얘기했다. "우린 크룩 장군의 말을 듣고 이곳에 왔소. 우리에겐 이 땅이 낯섭니다. 붙박아 살 수 있는 곳, 자식들을 학교에 보낼 수 있는 곳에 정착하고 싶소."

다른 추장들은 무딘칼의 미지근한 말이 성에 차지 않아 더 강경하게 말하도록 멧돼지를 내세웠다. "이 주재소로 온 이후 단 한 번도 옥수수나 굳은 빵, 당밀, 쌀, 콩 같은 곡식은 구경도 못했소. 소금도 마찬가지요. 이스트와 비누도 이따금 나올 뿐이오. 일주일분이라고 내주는 설탕과 커피는 사흘밖에 안 갑니다. 밀가루는 질이 형편없고 검은 빛깔이오. 빵을 구워도 부풀지 않습니다. 소라고 온 것은 절름거리는 병신이고 굶어죽기 직전의 것들뿐이오."

그러자 다른 추장들도 들고일어났다. "전염병으로 죽어가는 사람이 헤아릴 수 없을 정도요. 백인들의 약을 쓰려 해도 약을 줄 의사가 없소. 차라리 사냥을 나가게 해주시오. 신선한 들소 고기를 먹으면 우린 다시 건강해질 거요."

로턴은 들소 사냥을 허락할 권한은 주재관에게 있다면서, 매켄지에게 그들의 의견을 전하겠다고 약속했다.

샤이엔족과 그들의 말을 사살한 업적으로 출세한 매켄지는 이제 자신을 방어할 길이 없는 인디언들에게 동정을 베풀 여유가 생겼다. 로턴 중위의 보고를 받고 세손가락은 셰리던 장군에게 강한 불만을 제기했다.

"본관은 인디언들이 탈선하지 않도록 잘 살펴봐야 할 임무를 담당하고 있는 바, 정부는 이들을 굶기고 있는데 이는 쌍방이 합의한 사항을 어기는 일입니다."

그러면서 그는 리노 요새의 지휘관인 존 미즈너 소령에게 주재관과 협조해 샤이엔족의 식량을 확보해주도록 권고했다.

"굶주린 인디언들이 주재관의 뜻과 달리 들소를 찾으러 뛰쳐나가려 해도 억지로 막지 마시오. 부당한 일이 조금이라도 개선될 수 있도록 군대를 배치하겠소."

혹한의 달이 다가오자 마일스 주재관은 복부 샤이엔족에게 들소 사냥을 나가라고 허락했다. 그는 이들이 돌려받은 말을 타고 북쪽으로 도망치지 않을까 염려해서 남부 샤이엔족 몇 명을 붙여 감시했다.

그러나 사냥은 형편없는 실패로 돌아갔다. 백인 사냥꾼들이 버려둔 유령 같은 뼈무더기만 남부 평원 여기저기에 쌓여 있을 뿐 도무지 사냥거리가 없었다. 그들은 잡을 게 없어 이리 몇 마리를 잡아다 그걸 뜯어먹었다. 심지어 겨울이 가기 전에 기르던 개까지 모두 잡아먹었다. 사냥하는 데 쓰라고 내준 말도 잡아먹자는 사람이 있었지만 추장들은 북쪽으로 돌아갈 경우에 대비해 말에는 손을 못 대게 했다.

그동안 세손가락과 키다리는 샤이엔족에게 식량을 확보해주기 위한 노력을 계속했다. 그러나 워싱턴에서는 아무런 응답도 오지 않았다. 새 내무장관 칼 셔츠는 설명을 요구받자 "그런 세부사항은 장관의 관할이 아니다. 그것은 인디언국 소관이다"라며 대답을 회피했다. 셔츠는 인디언국을 개혁하기 위해 임명된 사람이었다. 그는 북부 샤이엔족의 불만은 "추장들이 옛 전통을 고수해 일하려는 인디언들을 막으려 한" 데서 비롯된 것이라고 주장했다. 그는 조약의 규정에 따라 적정한 식량을 구입하기에는 예산이 충분치 않다는 것을 인정했지만 '최대한의 절약'과 '세심한 운영'으로 인디언국이 약간의 결손이 있기는 하겠지만 한 해는 버틸 수 있을 거라고 말했다(그해 워싱턴에 갔던 몇몇 인디언령 추장들은 셔츠가 인디언 문제에 대해 놀랄 정도로 무지하다는 것을 알게 되었다. 샤이엔족은 그를 마 하 이치 혼, 큰눈Big Eyes이라고 불렀는데 그렇게 큰 눈을 가진 사람이 그렇게 아는 것이 없다는 것에 놀랐다).

날씨가 따뜻해지자 늪지에는 모기가 들끓기 시작했고 다시 고열과 오한의 말라리아에 시달리게 되었다. 엎친 데 덮친 격으로 홍역까지 어린애들을 휩쓸어 산딸기가 익는 달에는 수많은 장례식이 치러졌다. 추장들은 참다못해 주재관 마일스와 담판하러 갔다.

이제 쉰 살이 넘은 작은늑대와 무딘칼은 죽는 게 두렵지 않았다. 추장들에겐 부족의 명줄인 젊은이들을 죽음에서 구해야 할 의무가 있었다. 작은늑대가 이야기했다.

"이 땅에 오고 나서 부족민들이 거의 매일 죽어가고 있소. 이 땅은 우리한테 맞는 땅이 아니오. 산이 있는 우리 고향으로 돌아가게 해주시오. 당신한테 그럴 권한이 없으면 우리 추장들이 워싱턴으로 찾아가 여기 실정이 어떤지 알리게 해주시오. 그것도 안 된다면 당신이 편지를 써서 북쪽으로 갈 수 있도록 허락을 얻어주시오."

"지금 그럴 수는 없소"라고 주재관은 대답했다. "여기서 1년만 더 머물러보시오. 그러면 무슨 일을 해줄 수 있을지 알아보겠소."

"그럴 수는 없소. 지금 떠나야 합니다. 1년이 가기 전에 우린 모두 죽

무딘칼.

작은늑대.

을 거요. 그때쯤이면 북쪽으로 가려 해도 남아 있는 사람이 없을 거요."

젊은이들도 발언했다.

"우리는 여기서 병들어 죽어가고 있습니다. 우리가 가버려도 이름을 말해줄 사람이 없을 거요."

또 다른 젊은이도 나섰다.

"어떤 위험이라도 무릅쓰고 북쪽으로 가겠소. 싸우다 죽으면 부족민들이 모두 우리 이름을 떠올리고 가슴속에 새겨줄 겁니다."

추장들은 계속 협의했지만 의견이 엇갈렸다. 선사슴과 칠면조다리 Turkey Leg 등의 추장들은 미군들이 추격해와 부족을 다 죽일 테니 그나마 주거지역에서 죽는 것이 낫다며 그대로 주저앉았다.

9월 초 작은늑대, 무딘칼, 멧돼지 그리고 왼뼈는 때가 오면 즉시 떠날 수 있도록 준비하기 위해 다른 사람들과 이삼 마일 떨어진 곳으로 이동했다. 그들은 오래 간직했던 여러 물건들을 주고 남부 샤이엔족이 아쉬울 것 없이 내주는 몇 자루의 낡은 총이나 말과 바꾸었다. 그러나 그들은 주재관을 속이려고 하지는 않았다. 풀이 마르는 달, 작은늑대는 북쪽으로 떠날 작정을 하고 마일스를 찾아가 고향으로 돌아가겠다고 알렸다.

"나는 주재소 근처에서 피 흘리는 것을 보고 싶지 않소. 군인들을 보내 내 뒤를 쫓겠다면 이곳에서 좀 벗어난 뒤에 그렇게 해주시오. 그때 당신이 싸우고자 한다면 나도 맞붙어 싸우겠소."

마일스는 이 이단적인 추장들이 실제 그런 불가능한 여행을 감행하리라고는 생각지 않았다. 군대가 앞을 가로막으리라는 것을 이들이 모를 리 없었다. 그래도 만약에 대비해 남부 샤이엔족 혼혈인 에드먼드 게리에를 작은늑대에게 보내 주의를 주었다.

"떠나면 곤경을 치르게 될 겁니다"라고 게리에는 작은늑대에게 말했다.

"말썽을 부리려고 하는 게 아니오. 우리가 바라는 것은 오로지 우리가 왔던 곳으로 돌아가는 것뿐이오."

1878년 9월 9일 밤 추장들은 짐을 꾸리라고 일렀다. 다음 날 새벽 남녀노소 297명이 천막을 버려둔 채 모래언덕을 넘어 북쪽으로 떠났다. 그들 패망한 부족 가운데 긍지 있고 굳센 용사들은 3분의 1도 안 되었다. 말이 부족해서 번갈아가며 탔다. 젊은 사람 몇이 앞장서서 말을 찾아다녔다.

그 옛날 부족민이 수천 명을 헤아렸을 때 샤이엔족은 평원 인디언족 중 가장 많은 말을 지니고 있었다. 샤이엔족은 아름다운 부족이라고 불렸지만 운명의 여신은 남쪽에서, 북쪽에서 그들에게 등을 돌렸다. 20년 동안 살육당한 샤이엔족은 들소보다 더 심각한 멸족 위기에 처했다.

사흘 내내 말에게 무자비하게 채찍질을 가하며 전력을 다해 길을 뚫고 나아갔다. 9월 13일 그들은 리노 요새에서 북쪽으로 150마일쯤 떨어진 시마론 강을 건넜다. 그리고 골짜기 네 개가 합쳐지는 곳으로 들어가 삼나무숲을 방패 삼아 자리를 잡았다. 기병대는 그곳에서 그들을 따라잡았다. 기병대장 렌들브로크 대위는 회담을 가지기 위해 우선 아라파호 안내인을 들여보냈다. 그는 모포를 가지고 샤이엔족들에게 주거지역으로 돌아가라는 신호를 보냈다. 작은늑대가 앞으로 나서자 그는 가까이 다가와 미군 추장은 전투를 원치 않지만 샤이엔족이 리노 요새로 따라 들어오지 않으면 공격할 것이라고 전했다.

"우리는 이곳에 올 때 약속받은 대로 북쪽으로 돌아가는 중이다"라고 작은늑대는 대답했다.

"먼저 방해하지만 않는다면 우리는 아무도 해치지 않고 백인의 어떤 물건에도 손대지 않고 곱게 가겠다. 그러나 군인을 도와 우리와 싸우려는 백인이 있다면 그들도 내버려두지 않겠다."

안내인이 그 말을 백인 대장에게 전하자 기병대는 협곡으로 들어가 사격을 가했다. 그러나 샤이엔족이 삼나무 숲속에 숨어 있어서 별 소용이 없었다. 그들은 하루 낮밤을 물 한 모금 안 먹이고 미군을 옴짝달싹 못하게 묶어놓았다. 다음 날 아침 미군들이 퇴각하도록 남겨두고 샤이엔족은 몇 명씩 북쪽으로 빠져나갔다.

이제 싸움은 캔자스에서 네브래스카로 들어가는 달리기 경주가 되었다. 월러스, 헤이스, 돗지, 릴리, 커니 등 사방의 요새에서 기병대가 몰려들었고 보병들은 세 개의 선로를 따라 시마론과 플래트를 오가는 기차를 타고 와서 샤이엔족이 지나가는 길목을 차단했다. 샤이엔족은 신속히 탈주하기 위해 백인 농장의 말을 훔쳐 지친 말과 바꿔 탔다. 그들은 싸움을 피하려 했지만 목장주와 카우보이, 농민들, 심지어 소도시의 장사꾼들까지 추격전에 가담했다. 미군 1만 명, 민간인 3천 명이 사방에서 달려들어 샤이엔족을 줄기차게 괴롭혔다. 전사들의 수는 줄어들고 뒤처진 노약자와 어린아이들은 미군들의 손에 넘어갔다. 9월의 마지막 2주 동안 미군들은 다섯 번이나 따라잡았으나 그때마다 샤이엔족은 용케 빠져나갔다. 미군들이 마차나 바퀴 달린 대포를 사용할 수 없도록 거칠고 가파른 길을 택했지만 미군 부대는 산지사방에 깔려 있어서 한 부대의 추격을 벗어나면 곧 다른 부대가 대신 쫓아오는 판이었다.

잎이 떨어지는 달(10월) 초순에, 그들은 유니온 퍼시픽 철도를 횡단하고 플래트 강을 건너 낯익은 네브래스카의 모래언덕에 들어섰다. 크룩은 길을 차단하기 위해 부대를 파견하면서 "이자들을 잡기란 놀란 까마귀 떼를 잡는 것만큼이나 어렵군"이라고 인정했다.

이제 아침에는 노란 잎에 서리가 내렸다. 인디언령의 길고 무더운 여름 뒤에 상쾌한 대기는 강장제와 같았다. 6주간 탈주가 계속되다 보니 옷과 모포는 누더기가 되었고 끼니는 근근이 풀칠할 것밖에 없었고 말도 턱없이 부족해 반수가 교대로 타고 달리고 해야 했다.

플래트 강을 건넌 뒤 어느 날 밤 추장들은 인원을 점검해보았다. 34명이 실종된 것으로 나타났다. 전투 도중에 흩어지거나 다른 길로 간 사람도 있었지만 백인들의 총에 맞아 죽은 사람이 대부분이었다. 아이들은 먹을 것을 달라고 칭얼댔으며, 잠도 부족했고, 노인들은 기력이 빠져 있었다. 더 이상 발걸음을 뗄 수 없는 사람도 있었다. 더군다나 곧 추위가 닥쳐오는 계절이었다.

이렇게 되자 무딘칼은 붉은구름의 주재소로 가서 음식과 피난처를 구하자고 제의했다. 샤이엔족은 붉은구름이 파우더 강 지역을 지키려고 싸울 때 여러 번 도와준 적이 있었다. 이번에는 그가 샤이엔족을 도울 차례였다.

작은늑대는 그의 이야기에 코웃음을 쳤다. 그러면서 고향인 텅 강으로 가서 들소를 사냥하며 샤이엔족답게 살겠다고 했다. 문제는 좋게 해결되었다. 텅 강으로 갈 사람은 작은늑대를 따라가고, 도망 다니는 데 지친 사람들은 무딘칼을 따라 붉은구름의 주재소로 가기로 했다.

다음 날 남자 53명, 여자 43명, 어린애 38명이 작은늑대를 따라 텅 강을 향해 곧장 북쪽으로 떠나갔다. 무딘칼와 함께 남은 사람은 두세 명의 전사와 노인과 어린아이 그리고 부상자를 포함해 150명 정도였다. 얼마간 신중히 생각하다가 멧돼지와 왼뼈도 아름다운 부족의 마지막 씨앗인 어린애들과 함께 지내기 위해 남았다.

10월 23일 무딘칼 일행이 로빈슨 요새까지 두 밤을 남겨놓고 사방이 훤한 들판을 가고 있는데 눈보라가 휘몰아쳐왔다. 물에 젖은 무거운 눈송이가 눈을 뜰 수 없게 만들었고 말 위에 하얗게 쏟아져 내려 자연히 발걸음이 더뎌졌다. 그때 몰아치는 눈보라 가운데로 홀연 유령처럼 기병대가 나타나 샤이엔족을 포위했다. 존슨 대위가 이끄는 미군이었다. 무딘칼은 대위와 마상 회담을 가졌다.

"말썽을 일으키진 않을 거요. 우리는 식량과 잠자리를 얻어보려고 붉은구름에게 가는 길이오."

대위는 붉은구름과 점박이꼬리가 멀리 북쪽 다코타로 이주했으며 이제 네브래스카에는 주거지역이 없다고 알려주었다. 하지만 로빈슨 요새는 아직 폐쇄되지 않았으니 요새로 인도해주겠다고 제의했다.

붉은구름이 없는 로빈슨 요새에는 갈 마음이 내키지 않았지만 어둠이 내리자 얼음 같은 눈보라가 살을 에었다. 추위와 주림에 지친 부족민을 생각해 무딘칼은 결국 요새로 가기로 결정했다.

어둠이 내리자 기병대는 샛강 가에 천막을 치고 숙영하는 한편 샤이엔족 주위에 경계병 몇 명을 배치했다. 추장들은 다음 날 미군들이 어떻게 다룰지 알 수 없어 급히 회의를 가졌다. 그들은 부서지거나 낡은 총은 내주더라도 새 총은 분해해두기로 했다. 그날 밤 인디언들은 총을 분해해 총신은 여자들의 옷 속에 감추고, 스프링과 자물쇠, 핀, 탄창과 다른 작은 부속품은 한데 묶어 장식품처럼 목걸이나 모카신에 매달았다.

다음 날 아침 대위는 어김없이 무기를 압수했다. 전사들이 부서진 소총과 권총, 활과 화살을 쌓아놓자 그는 병사들이 기념품으로 가져가도록 놔두었다.

10월 25일 로빈슨 요새에 도착해 미군 75명이 들어갈 수 있는 통나무 막사를 배당받았다. 150명의 샤이엔족이 들어가기에는 비좁았지만 그 래도 지붕이 있는 잠자리가 생겨서 다행이었다. 군인들은 모포와 음식과 약품을 주었으며 막사를 지키는 보초들은 호의와 감탄의 표정을 지으며 인디언들을 지켜보았다.

무딘칼은 매일 요새 지휘관 칼턴 소령을 찾아가 언제 붉은구름의 새 주재소로 갈 수 있느냐고 물었다. 칼턴은 워싱턴에서 지시가 올 때까지는 기다려야 한다고 말했다. 샤이엔족에 대해 동정심을 가지고 있다는 것을 보여주기 위해 칼턴 소령은 교대로 전사 몇 명에게 총과 말을 빌려주어 사냥을 나가게 해주었다. 들짐승도 거의 없었고 그 많던 인디언들의 천막도 다 없어져 요새 주위의 들판은 적막이 감돌았지만 샤이엔족은 한 번에 하루뿐이라 해도 두려움 없이 거닐 수 있는 자유를 만끽했다.

늑대가 무리를 지어 달리는 달(12월) 초순, 인디언들에게 잘 대해주었던 칼렙 칼턴 소령이 전출을 가고 헨리 웨셀스 대위가 새 지휘관으로 부임했다. 미군들은 그를 나는화란인The Flying Dutchman이라고 불렀다. 그는 언제나 요새 주위를 돌진하듯 쏘다니면서, 수용된 막사로 불쑥불쑥 들어오는 인디언을 수상쩍은 눈초리로 구석구석 살펴보곤 했다. 백인들이 12월이라고 부르는 달에 드디어 다코타에서 그들을 타이르기 위해 불러들인 붉은구름과 이야기를 나누게 되었다.

붉은구름은 안쓰럽게 말했다.

"당신들을 보니 마음이 쓰리오. 우리는 죽어간 당신네 부족과 함께 수많은 피를 흘렸소. 그래서 더 마음이 아픕니다. 그러나 우리가 지금 할게 뭐가 있소. 큰아버지는 전능하고 그의 부족은 온 땅을 가득 채우고 있소. 우리는 그가 말하는 대로 해야 합니다. 그에게 당신들이 우리와 함께 살게 해달라고 빌었소. 그렇게 해주기를 바랄 뿐입니다. 우리가 가진 것은 다 나누어 쓰겠소. 그러나 큰아버지의 지시를 그대로 따라야 한다는 것을 명심하시오. 우리는 당신을 도울 길이 없소. 눈은 언덕에 가득 쌓이고 말은 야위었소. 들짐승도 거의 없소. 당신들은 저항할 수 없소. 우리도 마찬가지요. 당신의 오랜 친구 말을 잘 듣고 큰아버지 말에 불평 말고 따르시오."

붉은구름도 세월이 흘러 늙고 조심스러워졌다. 무딘칼은 붉은구름이 다코타 주거지역에서 포로가 되었다는 소문을 들었다. 샤이엔 추장은 일어나 그의 오랜 수우족 형제의 주름진 얼굴을 처연하게 쳐다보았다.

"우리는 당신을 친구로 알고 있으니 당신 말을 믿을 수 있소. 당신네 땅에서 같이 살도록 청해주니 감사할 따름이오. 큰아버지가 허락해주었으면 좋겠습니다. 우리가 원하는 것은 그냥 평화롭게 사는 것이오. 나는 누구와도 전쟁을 할 생각이 없습니다. 이제 노인이 되어 내가 싸우던 시절은 지나갔소. 우리는 큰아버지의 뜻에 고개를 숙이고 멀리 남쪽으로 갔소. 가보니 샤이엔족은 도저히 살 수 없다는 것을 알았소. 질병이 퍼져 집집마다 줄초상이 났소. 조약의 약속은 지켜지지 않았고 식량은 부족했소. 질병으로 쇠약해지지 않은 사람들도 굶주림으로 야위어갔소. 그곳에 머문다는 것은 우리 모두 죽는다는 말이나 마찬가지였소. 큰아버지에게 청원해보려 했지만 아무도 귀를 기울여주지 않았소. 병으로 죽느니, 싸우다 죽더라도 고향으로 가는 것이 낫겠다 싶었소. 그래서 길을 떠났소. 나머지는 당신도 알 겁니다."

무딘칼은 웨셀스에게 큰아버지에게 전할 말을 했다.

"큰아버지에게 무딘칼 부족은 태어난 이곳 북쪽 땅에서 목숨을 다할 수 있기만을 바란다고 전해주시오. 전쟁은 더 이상 없기를 바란다고도 말해주시오. 남쪽에서는 살 수가 없소. 거기는 들짐승이 없소. 이곳에서는 식량이 부족하면 사냥하면 됩니다. 여기에 있게 해주면 아무도 해치지 않을 거라고 말해주시오. 만약 큰아버지가 우리를 돌려보내려 한다면 우리의 칼로 서로를 도륙해버릴 거라고 하시오."

웨셀스는 그 말을 큰아버지에게 전하겠다고 약속했다.

1879년 1월 3일, 한 달도 안 되어 국방부에서 웨셀스 대위에게 통고가 왔다. 셰리던 장군과 큰눈 셔츠는 무딘칼의 샤이엔족에 대해 단안을 내렸다. "그들이 떠나온 곳으로 돌려보내지 않으면 인디언 주거지역 제도는 모두 흔들릴 것이다"라고 셰리던은 말했다.

셔츠도 같은 의견이었다.

"이 인디언들은 남쪽 주거지역으로 돌려보내야 한다."

국방부의 방식대로 겨울 날씨와 상관없이 그 조치는 즉각 시행되어야 했다. 눈이 천막 안으로 휘몰아치는 달(1월), 혹독한 추위와 눈보라가 사정없이 몰아치는 계절이었다. 무딘칼은 웨셀스에게 항의했다. "큰아버지는 우리가 죽기를 바라는 거요? 그렇다면 바로 여기서 죽겠소. 절대 돌아가지 않을 거요!"

웨셀스는 샤이엔족이 마음을 바꾸도록 닷새를 주겠다고 대답했다. 그동안 막사에 포로로 가둔 채 음식도 주지 않고 난로에 불을 피울 화목도 주지 않을 것이다.

닷새 동안 샤이엔족은 막사 안에서 떨며 지냈다. 눈은 거의 매일 밤 내렸다. 인디언들은 먹을 물이 없어서 창문 선반에 쌓인 눈을 긁어먹고 전에 먹다 남은 음식 찌꺼기와 뼈다귀를 씹으며 배고픔을 달랬다. 막사 안 서리의 냉기가 손과 얼굴에 파고들었다.

1월 9일 웨셀스는 무딘칼과 다른 추장들을 소환했다. 무딘칼은 참석을 거절했지만 멧돼지와 까마귀, 왼뼈는 그들을 데리러 온 병사들과 함께 갔다. 이삼 분 뒤에 왼뼈가 손목에 수갑이 차인 채 달려나왔다. 병사들이 몰려들었지만 그는 재갈이 물리기 전에 막사에 있는 사람들에게 그동안 일어난 일을 소리쳐 알렸다. 멧돼지가 샤이엔족은 다시는 남쪽으로 가지 않을 거라고 하자 웨셀스 대위는 그에게 수갑을 채우라고 지시했다. 멧돼지는 도망가기 위해 병사들을 죽이려고 대들었다가 치도곤을 당했다.

잠시 후에 웨셀스가 막사 바깥에 와서 창문에다 대고 소리 질렀다.

"더 이상 고통 받지 않게 어린애와 여자들을 내보내!"

그러나 인디언들의 대답은 한결같았다.

"남쪽으로 가느니 모두 여기서 죽겠소."

웨셀스가 가버리자 군인들은 막사 문에 쇠줄을 친친 감고 쇠막대로 빗장을 질렀다. 밤이 되었지만 눈 위에 비치는 달빛으로 밖은 대낮같이 환했다. 두건 달린 외투를 입고 왔다 갔다 하는 여섯 보초의 총검에도 달빛이 반짝였다.

전사 하나가 차디찬 난로를 밀어내고 마룻바닥의 판자를 들어냈다. 마루 밑 마른 땅에 첫날 감추어둔 총신 다섯 개가 나타났다. 총신에다 장식품으로 달고 있던 방아쇠와 공이, 탄창 등을 결합해 완전한 소총과 권총을 다시 만들어냈다. 젊은 전사들이 얼굴에 분장을 하고 가장 아끼던 옷을 입는 동안 여자들은 빨리 뛰어내릴 수 있도록 창문마다 그 밑에 안장과 짐꾸러미를 쌓아 놓았다. 가장 총을 잘 쏘는 사수 다섯이 배당된 창문에 자리 잡고 밖에서 서성거리는 보초를 겨냥했다.

밤 9시 45분 첫 총성이 울리자 샤이엔족은 창틀을 밀어내고 막사에서 일제히 쏟아져나왔다. 그들은 죽거나 부상당한 보초들의 총을 움켜쥐고 요새 경계 너머의 벼랑 쪽으로 달려갔다. 그들이 도망친 지 10분쯤 되어 미군들이 속옷 차림으로 말을 타고 달려나왔다. 전사들이 재빨리 방어 태세를 취하는 동안 여자와 아이들은 시내를 건넜다. 인디언들은 몇 자루 안 되는 총을 한 발 쏘고 몸을 숨겼다가 다시 한 발 쏘고 몸을 숨기곤 했다. 그러나 점점 불어난 미군이 부챗살처럼 퍼져 인디언들을 둘러쌌고, 그들이 움직일 때마다 빗발 같은 사격을 가했다. 첫 전투에서 반 이상의 전사가 죽음을 당했다. 군인들은 흩어진 어린애들과 여자들을 뒤쫓아가 항복할 틈도 안 주고 죽여버렸다. 죽은 여자들 가운데 무딘칼의 딸도 있었다.

아침이 되었다. 미군들은 부상자 23명을 포함해 포로 65명을 로빈슨 요새로 끌고 갔다. 대부분 아녀자들이었다. 도망친 인디언은 38명밖에 안 되었다. 그중 32명은 4개 중대의 기병과 곡사포 중대에 쫓기며 언덕을 넘어 북쪽으로 향했다. 여섯 명은 요새에서 불과 이삼 마일 떨어진 바위틈에 숨어 있었다. 그들은 무딘칼과 그의 아내, 아들과 며느리, 손자와 붉은새Red Bird라는 어린아이였다.

며칠 후 기병대는 해트 크리크라는 절벽을 끼고 도는 들소 수렁에서 도망친 32명을 따라잡았다. 수렁 가까이 돌진하자 기병대는 인디언들의 응사가 없을 때까지 총알을 쏟아부었다. 9명이 살아남았는데 대부분 아녀자였다.

1월의 마지막 며칠 동안 무딘칼 가족은 밤에만 걸어서 붉은구름이 있는 파인 릿지로 갔다. 결국 그들은 붉은구름의 주거지역에서 포로가 되었다.

한편 작은늑대 일행은 로스트 촉체리라는 니오브라라 강 지류의 얼어붙은 둑에 구덩이를 파고 봄까지 숨어 지냈다. 눈이 아린 달, 날씨가 풀리자 그들은 텅 강을 향해 북상하다가 박스 엘더 크리크에서 키오 요새의 미군 정찰병으로 일하고 있는 두달과 다섯 명의 북부 샤이엔족과 마주쳤다. 두달은 흰모자 클라크가 작은늑대를 찾고 있다고 알려주었다.

작은늑대는 그의 오랜 친구를 만나보고 싶었다. 그들은 샤이엔 마을에서 반 마일 떨어진 곳에서 만났다. 흰모자는 그들 간의 우정을 보이기 위해 무기를 휴대하지 않았다. 클라크 중위는 샤이엔족을 그들의 친척이 투항해 살고 있는 키오 요새로 데려오라는 지시를 받았다고 말했다. 화평의 조건은 총과 말. 키오 요새로 갈 때까지는 말을 가지고 갈 수 있지만 총은 지금 내놓아야 한다.

작은늑대는 이제까지 겪은 고통을 이야기했다.

"당신과 붉은구름 주재소에서 작별한 이후 우리는 남쪽으로 가서 말 못할 고생을 겪었소. ……나의 형제 무딘칼은 우리 지파의 반수를 데리고 로빈슨 요새 근처에서 투항했소. 당신이 아직 거기서 그를 찾고 있다고 생각했던 거요. 무딘칼은 총을 넘겨주었지만 백인들은 그들 모두를 죽였다오. 나는 지금 평원에 나와 있고 여기서는 총이 필요하오. 키오 요새로 가면 총과 말을 다 당신에게 내놓겠소. 당신은 우리와 싸우기 전에 대화를 하자고 한 단 한 사람의 백인이오. 그렇게 오랫동안 가슴을 고동치게 했던 바람이 이제 자는 듯하오."

흰모자의 부하들이 자기 부족민을 죽이지 않으리라는 것을 확신하고 난 후 작은늑대는 총과 활을 내주었다. 키오 요새에서 대부분의 젊은 전사들은 미군의 정찰병으로 고용되었다. 그때까지 작은늑대를 따라다녔던 나무다리의 후일담이다.

"말이 정찰병이지, 별 할 일이 없어 훈련하고 통나무를 잘라내는 일만

했다. 키오 요새에 있는 동안 어느덧 위스키를 마시게 되었다. ……나는 정찰병으로 일해서 받는 봉급을 몽땅 위스키 마시는 데 써버렸다."

샤이엔족은 권태와 절망감에 못 이겨 위스키를 마셨다. 위스키는 백인 장사꾼들을 살찌게 해주었지만 샤이엔족에게 그나마 남아 있던 최후의 지도자까지 꺾어버렸다. 위스키가 작은늑대를 망친 것이다.

로빈슨 요새에 포로로 잡혀 있던 과부와 고아들 그리고 남은 전사들은 워싱턴 관료제도의 지체로 여러 달 미뤄지다가 파인 릿지의 붉은구름 주재소로 옮겨져 무딘칼과 합쳤다. 다시 몇 달 기다린 뒤 키오 요새의 샤이엔족에게 텅 강 주거지역이 주어지고, 파인 릿지에서 몇 사람으로 줄어든 무딘칼 일행은 그제야 부족과 함께 지낼 수 있게 되었다. 그러나 때는 너무 늦었다. 샤이엔족으로부터 모든 힘을 앗아간 후였으니. 샌드 크리크 학살 이래 운명은 이 아름다운 부족을 망쳐놓았다. 부족의 씨는 바람과 함께 흩어졌다. 남쪽에서 떠나기 전 어느 전사는 이렇게 말했다.

"모든 위험을 무릅쓰고 북쪽으로 간다. 싸우다 죽더라도 우리 이름은 부족민들 가슴속 깊이 남아 있을 것이다."

그러나 얼마 안 있어 그들을 기억하거나 이름을 불러줄 사람도 없게 될 것이다. 이제 그 아름다운 부족은 사라져버렸으니.

chapter

15

선곰, 사람이 되다

Standing Bear Becomes a Person

1879년―1월 11일, 영-줄루 전쟁, 남아프리카에서 시작. 2월 17일, 러시아 상트페테르
부르크에서 니힐리스트들, 알렉산더 황제 암살 시도. 10월 21일, 에디슨, 첫
형광등 전시. 헨리 조지의 《진보와 빈곤》 발간. 헨리크 입센의 〈인형의
집〉 첫 상연.

당신들은 나를 동부에서 이곳으로 몰아냈다. 나는 2천 년 넘게 이곳에서 살아왔다. 내 친구들이여, 당신들이 나를 이 땅에서 쫓아낸다면 나는 견딜 수 없을 것이다. 나는 이 땅에서 죽고 싶다. 나는 여기서 늙고 싶다. ……나는 큰아버지에게 땅 한 뙈기도 주고 싶지 않았다. 큰아버지가 100만 달러를 준다 해도 이 땅을 내주지 않을 것이다. ……사람들은 가축을 도살할 때 먼저 말을 몰아 우리에 넣고 죽여버린다. 우리의 경우도 그랬다. 자식들도 다 죽어 대가 끊어졌다. 내 동생은 살해되었다.

—

풍카족의 선곰

미군들이 마을로 쳐들어와서 말 떼를 몰듯 우리를 니오브라라 강 건너편으로 끌고 가서 계속 등을 떠밀어 플래트 강까지 밀어붙였다. 나는 "가야 한다면 가겠다. 그러나 군인들은 끼어들지 않게 해다오. 여자들은 군인들을 무서워한다"고 말했다. 말한 대로 나는 따뜻한땅(인디언령)으로 갔다. 가서 보니 그 땅은 몹쓸 땅이었고 우리 부족은 하나씩 줄지어 죽어갔다. "어떤 사람이 우리를 가엾게 여기겠는가?"라고 우리는 한탄했다. 가축들도 쓰러져 죽어갔다. 날씨도 아주 무더웠다. "이곳은 정말 병든 땅이다. 우리는 모두 여기서 죽을 것이다. 큰아버지가 우리를 다시 고향으로 보내줬으면 좋겠다"라는 것이 우리 모두의 희망이다. 벌써 100명이 죽었다.

—

풍카족의 흰독수리

1804년에 미주리 강의 오른쪽 니오브라라 강어귀에서 루이스와 클라크는 풍카라고 불리는 우호적인 인디언을 만났다. 당시 부족의 수가 이삼백 명밖에 되지 않았는데 이들은 천연두라는 막강한 전염병에도 간신히 살아남은 생존자들이었다. 반세기 뒤 이 강건한 부족은 1천 명으로 늘어났다. 이들은 백인들에게 우호적이고 교역에도 열심이었다. 대부분의 평원 인디언과 달리 퐁카족은 옥수수를 기르고 야채를 가꿨다. 부유하고 말도 많았기 때문에 북쪽의 수우족 습격자들과 자주 싸움을 벌여야 했다.

1858년 정부가 서부 지역에 사는 인디언 부족의 경계를 정할 때 퐁카족은 미국 정부가 그들의 인명과 재산을 보호해주고 니오브라라 강 지역에 영구 거주를 보장한다는 약속을 받고 일부 지역을 양도했다. 그러나 10년 뒤 조약 담당자들이 수우족과 협상을 벌이면서 워싱턴 관료들의 실수로 퐁카족 땅이 1868년의 조약에서 수우족에게 배당된 지역으로 편입되었다. 퐁카족이 워싱턴에 거듭 항의했지만 아무런 조치도 취해지지 않았다. 수우족의 괄괄한 젊은이들은 지금 자신들의 땅이라고 주장하는 곳에서 퐁카족을 쫓아내겠다고 위협하며 그 대신 말을 바치라고 요구해왔다.

퐁카족 피터르 클레어는 당시의 일을 이렇게 말했다. "조약을 맺은 뒤 7년 동안 퐁카족은 뉴잉글랜드의 필그림들이 그랬듯이 한 손에 호미를 들고 다른 손에는 총을 들고 농사를 지어야 했다."

미 의회는 드디어 미국이 퐁카족을 보호해주기로 한 조약의 의무를 인정했다. 그러나 땅을 돌려주는 대신 수우족의 약탈과 살인에 대한 보상금으로 적은 돈만 지불했다. 그리고 나서 커스터의 패배 뒤 1876년 의회는 인디언령으로 송환시킬 북부 인디언족에 퐁카족도 포함시켰다. 퐁카족이 커스터의 패배와 아무 관련이 없다는 것은 어린아이도 아는 일이었고, 그들은 단 한 번도 백인과 전쟁을 벌인 적 없었다. 하지만 워싱턴 관리가 "부족의 동의를 얻어 퐁카족을 인디언령으로 이주시키고 그곳에 집을 제공해주기 위해" 2만 5000달러의 예산을 배정하도록 일을 꾸몄다. '부족의 동의를 얻어서'라는 구절은 백인들이 퐁카 지역에 거주하는 것을 금한 조약처럼 편리하게 눈감고 넘어갔다. 10년 동안 이주민은 퐁카족 땅을 파먹어 들어갔다. 그들은 평원에서 가장 품질이 뛰어난 옥수수를 산출해내는 비옥한 충적토의 밭에 눈독을 들였다.

처음 퐁카족이 그들의 이주가 임박했다는 소식을 들은 것은 1877년 1월 초 인디언 시찰관 에드워드 켐블을 통해서였다.

"한 백인이 크리스마스 뒤에 갑자기 우리를 만나러 왔다"고 추장 흰독수리는 회고했다. "우리는 그가 방문한다는 소식을 전혀 듣지 못했다. 그는 갑자기 나타나 부족들을 모두 교회에 모이게 하고 방문 목적을 말했다."

흰독수리의 술회다.

"워싱턴의 큰아버지가 당신들이 이주해야 한다고 하셔서 내가 온 것이오."

"친구여, 당신의 말은 너무 급작스럽습니다. 큰아버지는 우리와 처리할 일이 있으면 모든 부족에게 이야기합니다. 그런데 갑자기 이러니 영문을 모르겠소."

"큰아버지는 당신들이 가야 한다고 말씀하시오."

"나의 친구여, 당신이 큰아버지에게 편지를 보내보기 바랍니다. 이 말이 진정이라면 큰아버지가 우리를 불러줬으면 좋겠소. 그것이 사실이고 내가 제대로 말을 전달받은 것이라면 그 말이 사실이라고 인정하겠소."

그는 전보를 쳤고 그것은 곧 큰아버지에게 닿았다. "큰아버지는 당신네 부족 추장 열 명이 가서 땅을 살펴보라고 말씀하셨소. 그런 다음 워싱턴에 가게 될 겁니다. 따뜻한땅(인디언령)을 가보고 좋은 땅이 있으면 큰아버지에게 말하시오. 또 나쁜 땅에 대해서도 말하면 됩니다."

그래서 우리는 따뜻한땅으로 갔다. 기차역으로 가서 오세이지족의 땅을 지나고 바위투성이 땅도 지났다. 다음 날 아침 카우족 땅이 나왔고 캔자스 주거지역을 지나자 아칸소 시가 나타났다. 그렇게 두 부족의 땅을 방문해서 바위투성이 땅도 보고 무릎까지도 자라지 않는 나무를 보면서 백인 도시까지 온 것이다. 우리는 두 번이나 병에 걸렸다. 그 땅에 사는 사람들도 보고 돌과 바위도 보았는데 이들 두 부족은 어떻게 살아갈까 의아한 생각이 들었다.

다음 날 아침 켐블은 "시카스카 강에 가봅시다"라고 제의했다.

그래서 내가 대꾸했다. "나의 친구여, 여러 곳을 보고 오다가 병도 걸렸소. 그러니 이제는 그만 돌아다니고 큰아버지를 보러 가고 싶소. 큰아버지에게 데려다 주시오. 이 두 부족은 가난하고 병들어 있소. 땅도 형편없는 곳이오. 이만큼 봤으면 됐습니다."

"아니요. 인디언령의 다른 땅도 봅시다."

"제발 큰아버지를 만나게 해주시오. 좋건 나쁘건 우리가 본 것을 큰아버지에게 말할 수 있다고 하지 않았소."

"싫소. 당신을 데려다주고 싶지 않소. 당신이 여기서 한 곳을 택한다면 만나게 해주겠지만 그게 아니라면 못 데려다줍니다."

"큰아버지를 만나게 해주지 않겠다면 내 고향집으로 데려다주시오."

"싫소." 그는 거절했다. "당신이 무슨 말을 하든 큰아버지에게 데려다 주지 않겠소. 큰아버지는 당신 땅으로 다시 보내줘야 한다고 하지 않았소."

나는 반문했다. "도대체 어쩌란 말이오. 큰아버지에게 데려다주려 하지도 않고 내 땅으로 도로 보내주려고도 않으니. 당신은 큰아버지가 나를 불렀다고 했는데 지금 보니 그것도 아니오. 당신은 사실대로 똑바로 말하지 않았소."

"그래요. 당신 집까지 데려다주지 않겠소. 가려면 걸어서 가시오."

"그 말을 들으니 처량합니다. 이 땅의 지리도 모르니."

우리는 죽고 싶었다. 울고 싶은 기분이었지만 사내라 그럴 수도 없었다. 그 말을 하고 나서 백인은 기분 나쁜 표정으로 위층으로 올라가버렸다. 우리는 둘러앉아 상의했다.

"이 사람은 이렇게도 저렇게도 못한다고 한다. 큰아버지가 시킨 것은 아닐 것이다"라고 말하고 통역을 보내 "집으로 보내주지 않으려면 이 지역은 초면이니 백인들에게 내보일 증서를 해달라"라고 부탁했다. 그러나 통역은 돌아와서 "그가 통행증을 못 주겠다, 만들어주고 싶지 않다"고 한다고 알렸다. 우리는 다시 그를 보내 "우리가 집으로 갈 수 있도록 큰아버지가 주기로 되어 있는 돈을 일부 내달라"고 했더니 그가 돌아와 켐블이 "돈을 내주고 싶지 않다"고 했다고 전했다.

멀고 먼 인디언령에서 옴짝달싹 못하게 된 흰독수리, 선곰, 큰사슴과 나머지 퐁카족 추장들은 걸어서 고향으로 출발했다. 물오리가 돌아와 숨는 달이어서 눈이 캔자스 평원과 네브래스카 평원을 뒤덮었다. 수중에 있는 돈이라곤 다 합해 봐야 몇 달러밖에 안 되었으므로 그들은 모포 한 장과 신고 있는 모카신만으로 500마일 이상의 거리를 무작정 걸었다. 도중에 잠시 멈추어 쉬며 음식을 얻어먹었던 그들의 오랜 친구인 오토족과 오마하족의 도움이 없었더라면 늙은 추장 몇은 얼어 죽었을 것이다. 40일 만에 이들은 고향에 돌아왔다. 켐블은 이미 돌아와 있었다. 흰독수리의 이야기이다.

> "이주할 준비를 하시오" 하고 그가 말했다.
> 우리는 그럴 마음이 일지 않았다. "지금 돌아와 피곤하오. 모두 떠나기 싫어합니다"라고 내가 대꾸했다.
> "안 됩니다. 큰아버지가 당신들이 곧 떠나기를 바라고 계시오. 당신들은 인디언령으로 이주해야 합니다"라고 그가 말했다.

그러나 추장들이 한데 뭉쳐 정부는 조약의 의무를 지키라고 결연히 주장했다. 켐블은 워싱턴으로 돌아가 인디언 문제 담당관에게 보고했다. 인디언 문제 담당관은 그 문제를 내무장관인 서츠에게 보고하고 서츠는 대전사인 서먼에게 넘겼다. 서먼은 군대를 동원해 강제로 퐁카족을 이주시키도록 권고했고 큰눈 서츠는 그에 동의했다.

4월 켐블이 니오브라라에 다시 와서 군대를 들먹거리며 위협해 퐁카족 170명을 인디언령으로 출발시켰다. 추장들은 아무도 따라가려 하지 않았다. 선곰은 거세게 항의하는 바람에 체포되어 랜들 요새로 이송되었다.

"그들은 나를 꽁꽁 묶어 요새로 실어갔다"고 그는 말했다.

이삼 일 뒤 정부는 나머지 4분의 3의 퐁카족을 이주시키기 위해 새 주재관 E. A. 하워드를 파견했다. 선곰은 석방되었다.

흰독수리와 선곰을 비롯한 추장들은 정부가 그들을 이주시킬 권리는 없다고 계속 주장했다. 하워드는 자신은 정부의 결정과 아무 관련이 없고 다만 그들과 같이 새로운 고향으로 가기 위해 파견되어 왔을 뿐이라고 대답했다. 4월 15일, 네 시간의 회담 뒤에 하워드는 최종 답변을 요구했다. "평화적으로 가겠소, 아니면 강제로 끌려가겠소?"

추장들은 입을 다물고 아무 말도 하지 않았다. 그들이 처소로 돌아가기 전에 한 젊은이가 급히 달려왔다. "미군들이 마을로 쳐들어왔다." 이제 더 이상의 회담은 열리지 않을 것이다. 그들은 고향 땅을 떠나 인디언령으로 가야 할 것이다. "군인들이 돌진해 들어와 우리에게 총검을 겨눴다. 아이들은 소리 지르며 울어댔다"고 선곰은 말했다.

퐁카족은 1877년 5월 21일 그들의 땅을 떠났다. "군인들이 와서 말떼를 몰듯 니오브라라 강을 건너게 했고 계속 등을 떠밀어 플래트 강까지 밀어붙였다"라고 흰독수리는 말했다. 출발하던 날 아침 심한 폭풍우가 몰아쳐 니오브라라 강물이 갑자기 불어났다. 말을 타고 건너던 미군들이 강물에 휩쓸려 떠내려갔다. 퐁카족은 물속에 뛰어들어 이들을 구해냈다.

다음 날 한 아이가 죽어서 초원에 장사를 지내주려고 행군을 멈추어야 했다. 5월 23일 들 한가운데에서 두 시간 동안 뇌우가 내려 모든 사람들이 물에 젖은 생쥐 꼴이 되었다. 그날 또다시 한 아이가 죽어나가고 밤 사이에 여럿이 병들었다. 그다음 날 다리가 떠내려가버려 불어난 냇물을 맨몸으로 건너야 했다. 날씨는 추워졌다. 5월 26일은 하루 종일 비가 내렸다. 땔나무는 아무 데도 없었다.

5월 27일 입을 게 없는 대부분의 퐁카족이 병에 걸렸다. 그다음 날 밤 뇌우와 심한 비로 길이 진창이 되어 행군이 거의 불가능했다. 이제 거의 매일 소나기가 내리는 더운 날씨가 시작되는 달이었다.

6월 6일 초원의꽃이 죽었다. 선곰은 네브래스카 밀퍼드의 묘지에서 딸에게 기독교식 장례를 치러주었다. 50일간의 여행이 계속되는 동안 하워드는 꼬박꼬박 일기를 적었는데 이날의 장례식을 자랑스럽게 묘사하고 있다.

"밀퍼드 시의 숙녀들이 장례 준비를 거들었고 가장 세련된 문명사회에서 행해지는 예식에 맞게 여자아이의 시체를 꾸며주었다. ……선곰은 장례식을 베풀어준 백인들에게 감격해서 인디언의 생활을 버리고 백인을 따르고 싶다고 얘기했다."

그날 밤 회오리바람이 몰아쳐 천막이 찢어지고 마차마저 뒤집어졌으며 사람들이 몇 백 피트나 날려가는 바람에 여러 명이 심하게 다쳤다. 다음 날 또 한 아이가 죽었다.

6월 14일이 되어 오토족의 주거지역에 닿았다. 오토족은 퐁카족을 불쌍히 여겨 말 열 마리를 주었다. 그들은 3일 동안 넘실거리는 물이 잦아들기를 기다렸다. 병든 사람이 늘어났다. 그날 작은버드나무Little Cottonwood가 죽었는데 어른으로선 첫 희생자였다. 하워드는 관을 만들어 캔자스 블루워터 근처에서 기독교식 장례를 치러주었다. 6월 24일 전염병이 나돌아 하워드는 캔자스 맨해튼에서 의사 하나를 고용해 퐁카족을 돌보게 했다. 다음 날 행군 도중에 여자 둘이 죽었다. 그들에게도 기독교 장례식을 치러주었다.

이제 한여름이 되었다. 들소추장Buffalo Chief의 아이가 죽어 캔자스 벌링턴에서 기독교 장례식을 치렀다. 들소길Buffalo Track이라는 전사가 미쳐서, 추장이 부족을 이 지경으로 만들었다고 욕을 해대며 흰독수리를 죽이려 들었다. 하워드는 들소길을 추방해 오마하 주거지역으로 보냈다. 인디언들은 그런 벌을 받은 들소길을 오히려 부러워했다.

여름의 뙤약볕과 파리들이 달려들어 일주일을 더 괴롭혔다. 두 달 가까이 지난 7월 9일이 되어서야 퐁카족은 비에 흠씬 젖은 채로 목적지인 쾨퍼족 주거지역에 도착했다. 먼저 와 있던 퐁카족은 눈 뜨고 못 볼 정도로 비참하게 살고 있었다. 하워드까지도 정신이 번쩍 들어 보고서를 썼을 정도다.

"저의 의견으로는 노스다코타의 기후에서 살던 퐁카족을 이렇게 더운 인디언령으로 옮긴 것은 실책이 될 것입니다. 여기에 잠시 있다가 말라리아에 걸리게 되면 수많은 퐁카족이 죽어갈 것입니다."

하워드의 불길한 예언은 정확하게 들어맞았다. 모도크족, 네즈페르세족, 북부 샤이엔족처럼 퐁카족은 숨 돌릴 새 없이 죽어갔다. 인디언령에서 보낸 첫해 말에 거의 4분의 1이 쓰러져 장사를 지냈다.

이듬해 봄 워싱턴 당국은 퐁카족에게 아칸소 서쪽 강둑에 새 주거지역을 내주기로 결정했다. 그러나 예산 배정이 안 되어 150마일을 걸어가야 했다. 몇 주 동안 새 주재관이 오지 않아 식량이나 약품을 받을 수도 없었다. 흰독수리는 이렇게 증언하고 있다.

"그 땅은 쾨퍼 주거지역보다는 괜찮았지만 여름에 다시 전염병이 돌기 시작했다. 우리는 마치 짓밟히는 풀처럼 쓰러졌다. 또 추위가 닥쳐왔을 때는 얼마나 많이 죽어갔던지!"

죽은 사람 가운데 선곰의 장남도 끼어 있었다. 선곰의 독백이다.

"다 죽고 아들 하나밖에 남지 않았는데 그마저 병이 들었다. 그놈은 죽기 전에 내게 한 가지 청을 했다. 자기가 죽거든 니오브라라 강 스위프트 러닝 워터The Swift Running Water 옆에 있는 조상의 묘소에 묻어달라는 것이었다. 나는 그렇게 해주겠다고 약속했다. 그래서 아들이 죽자 시신을 상자에 넣어 마차에 싣고 북쪽으로 고향을 향해 떠났다."

선곰의 친척 66명이 상여꾼이 되어 비루먹은 말 두 마리가 끄는 낡은 마차 뒤를 따라갔다. 1879년 눈이 녹는 달(1월)이었다(공교롭게도 이때 북

선곰, 사람이 되다
479

쪽 멀리 로빈슨 요새에서는 무딘칼이 이끄는 샤이엔족이 자유를 위한 최후의 항전을 필사적으로 벌이고 있었다). 선곰에게는 고향으로 가는 두 번째 겨울 여행이었다. 그들 일행은 백인 정착촌과 군인들을 피해 멀리 우회하며 오솔길을 따라가다 군대가 그들을 발견하기 전 중간 지점인 오마하 주거지역에 닿았다.

선곰의 이탈을 워싱턴에서 묵과할 리 없었다. 큰눈 셔츠는 여러 번 선곰 일행을 인디언령으로 되돌려 보내려고 시도했다. 드디어 3월에 그는 국방부에 지체 없이 탈주자들을 잡아 인디언령으로 보내도록 요청했다. 5월 별셋 크룩은 오마하 주거지역으로 군대를 파견해 선곰 일행을 체포해 오마하 요새에 감금하고 인디언령으로 보낼 절차를 기다렸다.

10년이 넘도록 크룩은 인디언들과의 회담에서 허울 좋은 약속을 남발해가며 끝없이 싸웠다. 크룩도 처음에는 마지못해 인디언의 용기를 인정하는 정도였으나 1877년의 투항 이래 그의 오랜 적에 대해 점차 존경과 동정을 품게 되었다. 그는 이삼 주 전 로빈슨 요새에서 샤이엔족이 학살당했다는 것을 알고 격노했다.

"예전 자신들이 살던 주거지역으로 돌아가려는 특정 지파에 대한 전혀 불필요한 힘의 행사"라고 그는 공식 보고서에서 잘라 말했다.

크룩은 오마하 요새의 유치장에서 퐁카족의 가련한 형편을 보고 무척 놀랐다. 선곰이 북쪽으로 돌아오게 된 연유를 털어놓으며 어쩔 수 없는 상황을 담담하게 받아들이는 태도를 보고 그는 강한 인상을 받았다. "나는 하느님이 우리 부족을 이 세상에 살도록 내보냈다고 생각했소. 그러나 잘못 생각한 것이었소. 하느님의 뜻은 이 땅을 백인들에게 내주려는 것이었고 우리는 죽어야 하는 거였소. 그게 좋을지도 모르겠소."

자신이 보고 들은 것에 감동받은 크룩은 선곰에게 퐁카족을 인디언령으로 보내지 않게 최선을 다하겠다고 약속했다. 이번에는 자신의 약속을 지키기 위해 직접 행동을 취했다. 그는 오마하 신문 편집자인 토머스 헨리 티블스를 찾아가 언론의 힘을 동원했다.

크룩이 퐁카족을 송환하라는 지시를 손안에 틀어쥐고 보류하는 동안 티블스는 퐁카족의 참상을 신문에 내고 전신을 통해 미국 전역에 퍼뜨렸다. 오마하 교회는 셔츠 내무장관에게 퐁카족을 석방시키라는 탄원서를 보냈지만 아무런 응답도 오지 않았다. 오마하의 젊은 변호사 존 웹스터는 그들을 돕기 위해 자원했고 유니온 퍼시픽 철도의 앤드루 파플턴 변호사도 뜻을 같이했다.

변호사들은 퐁카족의 재판이 이루어지도록 신속히 일을 진행시켜야 했다. 이들을 남쪽으로 송환하라는 지시가 언제 내려올지 모르기 때문이었다. 그들은 엘머 던디 판사의 동조를 얻는 데 전력을 기울였다. 그는 문학과 말, 사냥 그리고 법의 엄정한 집행을 삶의 네 가지 주요 관심사로 여기며 살아가는 소박한 개척민 출신이었다. 곰 사냥을 나가 있는 그 판사를 불러오느라 퐁카족의 지원자들은 여러 시간을 초조하게 기다렸다.

던디 판사는 크룩의 암묵적인 동의를 얻어 장군에게 출두영장을 발부하고 퐁카족과 함께 출두시켜, 그가 무슨 권한으로 그들을 포로로 잡아두고 있는지 증언하라고 요구했다. 크룩은 영장에 복종해 워싱턴에서 내려온 군의 훈령을 제시했고, 지방 검사는 인디언들이 "미국 법의 의도로 볼 때 사람이 아니"라는 이유로 그들의 법정 출두 권리를 부인했다.

1879년 4월 18일 이렇게 해서 지금은 사람들의 뇌리에서 거의 사라진 '선곰 대 크룩'의 민권 재판이 벌어졌다. 웹스터와 파플턴 두 변호사는 인디언도 여느 백인과 마찬가지로 '사람이므로' 헌법에 보장된 자유권을 누릴 수 있다고 논박했다. 검사가 선곰과 그의 부족은 미국 정부가 인디언 부족에 대해 정한 법의 규제를 받는다고 논고하자, 변호사는 선곰이나 어떤 인디언이라도 미국 시민과 마찬가지로 미국 법의 보호를 받을 권리가 있다고 응수했다. 재판의 클라이맥스는 선곰이 그의 부족을 변호한 최후진술이었다.

"나는 지금 군인들에게 잡혀 있소. 북쪽의 고향 땅을 바라보면서도 가지 못하는 신세요. 나는 내 몸과 내 부족을 구하고 싶소. 나의 형제들이여, 우리 부족은 길길이 타오르는 초원의 불 앞에 서 있는 듯하오. 나는 아이들을 데리고 달려나가 목숨을 구해줘야 합니다. 우리 부족이 물이 넘쳐흐르는 강둑에 서 있다면 하늘을 날아서라도 더 높은 곳으로 데려가야 할 것입니다. 형제들이여, 전능하신 하느님이 나를 내려다보고, 내가 어떤 사람인지 알아보고, 내 말을 듣고 계십니다. 제발 선한 영혼을 보내 당신들 마음을 움직여서 나를 돕게 해주시기 바랍니다. 속임수로 땅을 빼앗긴 백인이 있어 땅을 도로 찾으려고 애쓴다면 아무도 그 사람을 욕하지 않을 겁니다. 나를 보시오. 나를 불쌍히 여겨 우리 어린애들과 부녀자들의 생명을 구하도록 해주시오. 여러분, 대항할 수 없는 힘이 몰려들어 나를 땅에 눕히려 들고 있습니다. 나는 도움이 필요합니다. 이것으로 할 말은 다했소."

던디 판사는 인신보호법Habeas Corpus act의 정신으로 볼 때 인디언도 '사람'이고 이주의 권리는 백인과 마찬가지로 인디언이 타고날 때부터 지닌 고유한 권리이며 평화 시에는 민간이건 군이건 그 어떤 권한으로도 인디언의 동의 없이 인디언을 송환하거나 그의 의사에 반해 특정 주거지역에 유폐시킬 수 없다고 판결했다.

"내 동정심을 그토록 거세게 휘젓는 사건을 듣거나 재판한 것은 처음이었다"라고 던디 판사는 술회했다.

"퐁카족은 모든 인디언 가운데 가장 유순하고 우호적인 인디언이다. ……그들을 강제로 인디언령에 송환해 억류해둘 수 있다면 군 지휘관 마음대로 링컨이나 레번워스, 제퍼슨 등 어느 형무소에든 집어넣지 못할 이유가 없을 것이다. 그러한 독단적인 권력이 이 나라에 존재한다고 생각할 수 없다."

던디 판사가 선곰과 퐁카족을 석방한다고 판결하자 방청객 모두가 기립하여 환호성을 울렸다. 그 자리에 있던 한 기자에 의하면 "법정에서는 전혀 들어본 적 없는 환호성"이었다. 제일 먼저 축하의 손을 내민 사람은 크룩이었다.

검사는 던디 판사의 판결문(인권에 관한 뛰어난 글)을 검토해본 다음에 상고를 포기했다. 정부는 니오브라라 강어귀의 주인 없는 땅 수백 에이커를 떼어주었다. 그렇게 선곰 지파는 고향을 되찾았다.

인디언령에 남아 있던 퐁카족 530명은 그 놀라운 소식을 전해듣고 저마다 고향으로 돌아가 친척과 같이 살 준비를 하기 시작했다. 그러나 인디언국은 그런 움직임에 동조적이지 않았다. 인디언국은 주재관들을 통해 퐁카족이 돌아갈 수 있는지, 돌아간다면 그 시기가 언제일지 결정할 수 있는 것은 워싱턴 대회의뿐이라고 통고했다. 소위 인디언 링이라 할 만한 정략가와 관료들은 던디 판사의 판결을 주거지역 제도에 대한 강력한 위협으로 받아들였다. 퐁카족을 자유로운 백인 시민들처럼 풀어주는 일은 주거지역에 갇혀 있는 수천 명의 인디언들에게 형편없는 음식과 모조 모포, 독주를 파는 소수의 장사꾼(소위 사업가들)들을 위태롭게 할 뿐만 아니라 군·정 주거지역 복합체를 완전히 무너지게 할 선례가 될 것이다. 셔츠는 연례보고서에서 퐁카족들이 '심한 고초'를 당하

선곰. 퐁카족 추장.

고 있다는 사실은 인정했지만 그들을 고향 땅으로 돌려보내는 것엔 반대 의견을 분명히 했다. 그렇게 되면 다른 인디언들도 들썩거릴 것이고 결국 주거지역 제도는 와해될 것이다.

풍카족 주재소의 주재관 윌리엄 화이트먼은 선곰 일파를 '풍카족의 배반자'라고 몰아붙이고, 거창한 용어를 동원해 그동안 주거지역 개발용 물자와 도구를 구입하는 데 상당 금액을 지출했다는 글을 썼다. 그는 풍카족에 팽배해 있는 불만이나 고향으로 돌아가겠다는 끊임없는 청원, 큰뱀과의 반목 같은 것은 한 줄도 비치지 않았다.

선곰의 동생 큰뱀Big Snake은 손바닥이 엉덩이만 하고 어깨가 들소처럼 딱 벌어진 거인이었다. 대개 거인들이 그러하듯 큰뱀도 말수가 적고 태도가 점잖은 사람이었다. 풍카족은 그를 중재자라고 불렀다. 그러나 그는 흰독수리나 다른 우두머리 추장들이 주재관인 화이트먼에게 협박당하는 것을 보고 자신이 나서기로 마음먹었다. 어쨌거나 그도 부족들이 자유를 얻게 해준 선곰의 동생이었다.

큰뱀은 새로운 법을 시험해보기로 작정하고 주거지역을 떠나 형에게 가는 것을 허락해달라고 요청했다. 주재관 화이트먼은 그 요청을 거절했다. 큰뱀이 다음에 한 일은 주거지역을 떠나지 않고 30명의 풍카족을 데리고 샤이엔 지역으로 100마일 정도 가보는 것이었다. 인디언도 사람이며 그의 의사에 반해 어떤 주거지역에도 가두어둘 수 없다고 한 법을 점잖게 시험해본 것이었다.

화이트먼의 반응은 권위를 위협당한 뿌리 깊은 관료의 태도였다. 1879년 5월 21일, 그는 인디언 문제 담당관에게 큰뱀 일행이 샤이엔 주거지역으로 탈주했다고 보고하고 "풍카족이 최근 네브래스카 지방법원이 선곰의 사건에 내린 풍기문란한 판결의 영향에서 벗어나 잠잠해질 때까지" 그들을 체포해 리노 요새에 억류하도록 요청했다. 셔츠는 체포에 동의하기는 했지만 법정에서의 또 다른 반발을 우려해 셔먼에게 '탈주자'인 큰뱀 일행을 가능한 한 신속하고 조용히 주거지역으로 귀환시키도록 요청했다.

셔먼은 5월 22일 언제나처럼 무지르듯이 셰리던 장군에게 전보를 쳤다.

"존경하는 내무장관께서 인디언령의 리노 요새에 억류되어 있는 퐁카족을 퐁카족 주재소로 송환하도록 요청했소." 그러고는 던디 판사의 판결에 대한 정면 도전이 될 법한 일이라고 셰리던이 우려할 것을 예상해서 "인신보호법에 따라 네브래스카의 퐁카족을 석방한 것은 특별한 경우로 다른 부족에는 적용되지 않는다"라고 선언했다.

미국의 사법부가 법을 해석하는 데 고심한 것에 비하면 대전사 셔먼이 그 법을 무시하는 일은 손바닥 뒤집듯이 쉬웠다.

형의 승리를 가져온 법에 대한 큰뱀의 첫 번째 도전은 실패로 돌아갔고 다시는 그러한 시도를 할 기회도 없어졌다. 옥수수 수염이 나는 달에 퐁카족 주재소로 끌려온 큰뱀은 주재관의 증오의 표적이 되었다. 화이트먼 주재관은 워싱턴에 큰뱀이 "다른 인디언의 사기를 저하시키고 있으며 항시 말도 안 하고 침울하게 있습니다"라고 보고했다.

그는 또 큰뱀이 자신을 죽이겠다고 거듭 위협했다고 비난하며, 큰뱀이 돌아온 이후로 퐁카족은 자신에게 전혀 말을 걸지 않는다고 불평했다. 주재관은 격노해서 "큰뱀을 잡아다 죽을 때까지 리노 요새에 유폐시키도록" 해달라고 인디언 문제 담당관에게 호소했다.

그리고 10월 25일 드디어 화이트먼은 셔먼으로부터 큰뱀을 체포해서 주재소 유치장에 감금해도 좋다는 허락을 얻어냈다. 화이트먼은 그를 체포하기 위해 1개 분대 병력을 요청했다. 닷새 후 스탠턴 메이슨 중위가 화이트먼의 요청에 따라 병력 13명을 데리고 주재소에 도착했다. 화이트먼은 일을 맡고 미리 돈을 받은 퐁카족에게 다음 날 사무실로 나오라고 공고하겠다고 메이슨에게 알렸다. 큰뱀도 그때 함께 올 테니 집무실에 들어오자마자 메이슨이 체포하면 된다.

10월 31일 정오쯤 큰뱀이 주재소 사무실로 걸어 들어오자 주재관은 의자를 권했다. 메이슨 중위와 여덟 명의 미군이 둘러싸 체포한다고 통고했다. 큰뱀이 체포당하는 이유가 무엇이냐고 묻자 주재관은 자기 목숨을 위협했기 때문이라고 대꾸했다. 큰뱀은 침착히 그런 사실을 부인했다. 교역 상인 서번의 말로는, 그러고 나서 큰뱀은 일어나서 모포를 벗어던져 무기가 없는 것을 보여주었다. 마침 그 자리에 있었던 털곰 Hairy Bear의 목격담이다.

"중위가 큰뱀에게 일어나 따라오라고 하자 큰뱀은 앉은 채 자기가 무슨 일을 했는지 말해달라고 요구했다. 그가 아무도 죽인 적이 없고 말도 훔친 적이 없다고 말하자 장교는 주재관과 말을 나눈 뒤 그가 두 사람을 죽이려 했고 그건 아주 비열한 짓이라고 우겼다. 큰뱀은 그 말을 부인했다. 따라가면 다 알게 될 거라고 주재관이 거들었다. 큰뱀은 아무것도 잘못한 게 없으니 차라리 이 자리에서 죽고 싶다고 말했다. 그래서 내가 큰뱀에게 다가가 장교를 가리키며 이 사람은 아무 일도 아닌 걸 가지고 체포하지는 않을 테니 따라가보는 것이 좋겠다고, 아마 아무 일 없이 돌아올 거라고 달랬다. 아내와 아이들이 있지 않느냐고, 처자식을 생각해서 죽는 일이 있어서는 안 될 거라고 달랬다. 그러자 큰뱀은 벌떡 일어나 따라가고 싶지 않다고, 죽이려면 당장 여기서 죽이면 된다고 내게 말했다. 큰뱀은 아주 침착했다. 중위는 따라가지 않으면 무슨 일이 일어날지 모른다, 더 이상 말하는 것은 소용없다, 당신을 체포하러 왔으니 데리고 가야겠다며 말을 끝냈다. 그는 나가서 한 병사가 가지고 있던 수갑을 받아들고 들어왔다. 그와 병사 하나가 큰뱀에게 수갑을 채우려 했지만 그는 둘 다 떠밀어버렸다. 중위의 지시로 네 명이 달려들었지만 큰뱀은 그들도 밀어냈다. 군복 소매에 줄이 쳐져 있는 한 병사가 가세했지만 큰뱀은 그들 모두를 밀어냈다. 그들은 여러 번 큰뱀을 잡으려고 시도했다. 큰뱀이 자리에 앉으려 하자 여섯 명이 한꺼번에 달려들어 그를 붙잡았다. 그가 일어나서 한꺼번에 그들을 밀쳐냈는데 그 옆에 서 있던 한 병사가 총으로 그의 얼굴을 치고 또 다른 병사는 총대로 머리를 내리쳤다. 그는 벽 쪽으로 쓰러졌다가 다시 똑바로 일어섰다. 피가 얼굴에 흘러내렸다. 나는 총이 겨누어지는 걸 보니 겁도 나고, 그가 죽는 것은 보고 싶지도 않아 몸을 돌렸다. 그때 총이 발사되었고 큰뱀은 마루에 넘어져 그 자리에서 죽었다."

내무부에서는 선곰의 동생으로 성질 고약한 큰뱀이 사고로 총을 맞았다는 성명을 발표했다. 선곰의 재판 뒤 인디언의 처우에 민감한 관심을 보이게 된 언론은 의회에 조사를 요구했다. 그러나 군·정 주거지역 복합체가 워싱턴의 친숙한 분위기 속에서 움직인 조사에선 아무 결과도 나오지 않았다.

인디언령의 퐁카족은 쓰라린 교훈을 배웠다. 백인의 법은 환상이었다. 그 법은 그들에게 적용되는 것이 아니었다. 샤이엔족과 마찬가지로 멸족되어가는 퐁카족은 두 파로 갈리게 되었다. 북쪽에서 자유로운 생활을 영위하려는 선곰의 지파와 인디언령에서 포로로서 가냘픈 삶을 이어가는 흰독수리의 지파로.

chapter
16

유트족도 가라!
"The Utes Must Go"

미군은 수우족을 정복했다. 그러니 그들을 심하게 다뤄도 된다. 그러나 우리 유트족은 백인들을 방해한 적이 없다. 그러니 우리가 당신네 방식에 익숙해질 때까지 기다려줘야 한다.

유트족 추장 우레이(화살)

나는 이것을 아주 잘못된 일이라고, 인디언 문제 담당관이 그런 지시를 내리는 것은 잘못된 일이라고 장교에게 항의했다. 우리는 형제이기 때문에 싸우는 일이 있어서는 안 된다고 얘기했다. 그러나 장교는 그런 건 아무 상관이 없다고, 미국인들은 한 어머니에게서 태어났더라도 싸운다고 말했다.

화이트 강 유트족의 니카아가트(잭)

유트족은 로키 산맥에 사는 산악 부족이었다. 한 세대 동안 그들은 백인들이 메뚜기 떼처럼 콜로라도 지역으로 파고 들어오는 것을 보았다. 백인들은 그들의 오랜 적인 샤이엔족을 콜로라도 평원에서 몰아냈다. 몇몇 유트족 전사들은 백인과 나바호족의 전쟁에서 올가미 킷 카슨에 가세하기도 했다. 그 당시 유트족은 백인을 동맹자라고 여겼다. 그들은 덴버로 가서 상점의 번지르르한 물건들을 들소 가죽과 교환했다. 해마다 동부에서 오는 이방인들이 급격히 늘어나 유트족의 산에서 노랗고 하얀 금속을 파냈다.

1863년 콜로라도령 주지사 존 에번스는 산 후안 산의 코네호로 유트족의 화살The Arrow 우레이와 아홉 명의 추장을 만나러 갔다. 그때 로키 산맥 분수령Continental Divide 동쪽의 모든 콜로라도 지역은 백인에게 넘기고 분수령의 서쪽 땅은 유트족에게 남겨놓는 조약이 체결되었다. 유트족은 1만 달러에 달하는 물품과 1만 달러어치의 식량을 10년 동안 해마다 분배받고 그 지역 전체에 대한 광산권을 양도하기로 동의했으며 광산을 파내러 오는 미국 시민은 어느 누구도 괴롭히지 않겠다고 약속했다.

5년 뒤 콜로라도의 백인들은 유트족에게 너무 많은 땅을 지니고 있게 했다고 생각하게 되었다. 유트족이 자신들이 사는 도시나 탄광촌 등 아무 데나 돌아다니며 정착민의 가축들을 훔치는 골칫거리라고 불만을 늘어놓았다. 그들은 정치적 압력을 넣어 경계선을 분명히 그은 인디언 주거지역을 정해놓고 그 안에서만 살게 하라고 인디언국을 설득했다. 그러나 진짜 속셈은 더 많은 유트족의 땅이었다. 1868년 초 인디언국은 우레이, 니카아가트(잭)와 다른 여덟 명의 추장을 워싱턴으로 초청했다. 올가미 카슨이 친구이자 고문으로 함께 갔다. 인디언들은 좋은 호텔, 맛있는 음식, 그리고 담배와 사탕과 훈장 등의 대접을 받았다.

회담이 시작되자 관리들이 일곱 지파를 대표해 모든 책임을 질 추장을 뽑으라고 요구해 우레이가 만장일치로 선출되었다. 그는 아파치와 운콤파그레 유트족의 혼혈로 얼굴이 둥글고 눈이 날카로운 잘생긴 인디언이었다. 그는 영어와 스페인어를 자신이 아는 두 가지 인디언 말만큼 유창하게 구사했다. 정치가들이 공세를 펴자 우레이는 머리를 써서 유트족의 처지를 신문기자들에게 공표했다.

"인디언이 미국 정부와 조약을 맺는 것은 화살에 꿰인 들소가 사냥꾼과 조약을 맺는 것과 같다. 들소가 할 수 있는 것은 드러누워 항복하는 길밖에 없다."

정부 관리들은 경계선에 선명한 색깔이 칠해진 지도와 번지르르한 말로도 우레이를 속여 넘길 수 없었다. 그는 콜로라도 서쪽의 한 주먹도 안 되는 귀퉁이 땅을 받아들이라는 제안을 거부하고 원래 부족이 주장했던 것보다는 작지만 콜로라도 정치가들이 내주려던 것보다는 훨씬 넓은 서쪽 산록의 삼림과 목초지 1600만 에이커를 달라고 버텼다. 결국 두 곳에 주재소를 세우기로 했다. 한 곳은 운콤파그레와 남부 지파의 로스 피노스 주재소이고, 또 한 곳은 북부 지파의 화이트 강 주재소였다.

우레이는 또 새 조약에 광부와 이주민들이 유트 주거지역에 접근하지 못하도록 하는 보호 조항을 넣어달라고 요구했다. 이 조약에 의하면 권한 없는 백인은 유트족에 배당된 지역을 "통과하거나 정착하거나 주거할" 수 없게 되어 있다. 이러한 보호 조항에도 불구하고 광부들은 계속 침범해 들어왔다. 뉴잉글랜드 양키인 프레드릭 피트킨은 과감히 산 후안 산으로 들어간 후 은광을 경영해 순식간에 한몫을 잡았다. 1872년 피트킨은 부유한 광산업자들과 함께 유트족 주거지역의 4분의 1에 이르는 산 후안 지역을 콜로라도령에 편입시키려고 일을 꾸몄다. 그들의 압력에 굴복해 인디언국은 땅을 할양받기 위한 특별 협상 대표로 펠릭스 브루노트를 파견했다.

1873년 9월 로스 피노스 주재소에서 브루노트 대표단은 우레이와 7개 지파 추장을 만났다. 브루노트는 큰아버지의 요청으로 유트족의 주거지역 땅 일부를 양도하는 문제에 대해 대화를 하고 싶다고 말문을 텄다. 자신은 그 땅을 원하지도 않으며 그들에게 무엇을 하도록 지시하기 위해서가 아니라 그 문제에 관한 그들의 의견을 듣고 싶어 왔다고 말했다.

"때로는 지금 당장 편치 않은 일을 하는 것이 훨씬 나은 법이오"라고

우레이.

브루노트는 충고했다. "후손에게 최상이라고 여긴다면 말이오."

추장들은 땅을 내준다면 후손들에게 무슨 혜택이 있느냐고 물었다. 브루노트는 정부가 상당한 금액을 배정해놓아 유트족은 매년 할양된 토지의 금액에서 나오는 이자를 받게 될 것이라고 설명했다.

우레이가 이의를 제기했다.

"이자는 좋지 않소. 그보다는 그 돈을 은행에 넣어두고 싶소."

그러고 나서 그는 미국 정부가 유트족 주거지역을 침범하고 있는 백인들을 퇴거시키겠다는 약속을 지키지 않았다고 불만을 제기했다.

브루노트는 정부가 광부들을 몰아내려고 하면 전쟁이 일어날 텐데, 그러면 유트족은 아무 보상도 받지 못하고 땅을 잃게 될 것이라고 솔직히 털어놓았다. "이 산을 건지려면 최상의 방책은 산을 팔아 해마다 수입이 들어오게 하는 것이오."

"광부들은 정부 같은 것은 신경도 안 쓰고 법도 상관없어요"라고 우레이도 인정했다. "그 사람들은 정부가 멀리 떨어져 있어서 조약을 맺으러 온 사람들이 떠나면 자신들이 원하는 대로 될 것이라고 합니다."

"산을 팔 경우를 생각해봅시다." 브루노트가 말을 이었다. "팔고 나서 거기에 금이 없으면 당신들에게는 득이 될 것이오. 유트족은 보상을 받고 백인들은 떠나버릴 거니까. 그런데 금광이 있다면 말썽이 생겨도 막을 수 없습니다. 광부들을 쫓아낼 수가 없어요."

우레이가 반문했다. "왜 막을 수 없다는 거요? 미국 정부는 우리와 합의한 사항을 지킬 만한 힘이 없다는 말입니까?"

"나는 그 사람들을 막고 싶지만 우레이도 그게 어려운 일이라는 것을 알고 있지 않소"라고 브루노트는 넘겨짚었다.

우레이는 산은 팔 수 있지만 그 주위의 훌륭한 사냥터는 절대 안 된다고 잘라 말했다. "백인들은 금을 캐서 나가면 됩니다. 집을 짓게 하고 싶지는 않소."

브루노트는 그럴 수 없다고 고개를 저었다. 일단 광부들이 와서 금광을 캐면 유트족 지역에서 떠나게 할 방도가 없다. "큰아버지에게 광부들을 내보내도록 요청해보겠지만 수많은 사람들이 내버려두라고 말릴 겁니다. 내 말을 들어줄 수도 있고 안 들어줄 수도 있소."

7일간의 토의 끝에 추장들은 400만 에이커의 보고에 대한 대가로 1년에 2만 5000달러를 받기로 동의했다. 우레이는 "유트족의 대추장으로 남아 미국과 화평을 유지해주는" 대가로 10년 동안 해마다 1천 달러씩 받기로 했다. 이렇게 해서 우레이도 기득권층의 일원이 되었다.

들짐승과 딸기, 나무열매가 풍부한 삼림 지대와 거대한 목초지에 살던 유트족은 주재관들이 내주는 식량 없이도 생존할 수 있는 자립적인 부족이었다. 1875년 로스 피노스의 본드 주재관은 유트족의 인구 조사 요구를 받고 이렇게 대답했다.

"수를 셀 수가 없다. 차라리 날아다니는 벌 떼를 세는 게 나을 것이다. 이들은 자신들이 사냥하는 사슴처럼 온 땅을 돌아다닌다."

화이트 강의 댄포스 주재관은 900명 정도의 유트족이 주재소를 본부로 사용하고 있지만 그들을 주재소 근처의 골짜기에 정착하게 만들 수는 없었다고 인정했다. 두 곳의 주재소에 적은 수의 소 떼를 놓아두고 두세 이랑에 옥수수와 감자, 순무를 심어 주재관들의 비위를 맞추기는 했지만 실제로 그런 것들은 전혀 필요치 않았다.

유트족이 누리던 주거지역의 자유가 종말을 고하기 시작한 것은 1878년 봄 네이선 미커가 새 주재관으로 부임하면서였다. 미커는 시인, 소설가, 신문 통신원, 협동농업 부락의 조직자 등 다양한 경력의 소유자였다. 그러나 하는 일마다 실패했고 이번에는 돈이 필요해서 주재관 일자리를 구한 것이었다. 하지만 그는 우월한 인종의 일원으로서 유트족을 깨우치고 개조시키는 것을 자신의 숭고한 새 임무로 삼고 선교사적인 열정으로 일을 벌이기 시작했다. 그의 결심은 인디언들을 야만의 상태에서 목축의 단계를 거쳐 결국에는 "개화되고 과학적이며 종교적인 단계"로 끌어올린다는 것이었다. 미커는 이 모든 일을 5년 내지 10년, 늦어도 20년 안에 해낼 수 있다고 자신했다.

거드름이 몸에 밴, 농담도 모르는 이 주재관은 유트족이 소중히 간직해온 모든 것을 체계적으로 파괴하고, 자기가 하나님의 영상에 따라 만들어졌듯이 유트족을 자신의 영상에 맞게 개조하기로 결심했다. 그는 우선 밭을 일구고 화이트 강 하류에서 15마일 떨어진, 농사짓기 적당한 목초지로 주재소를 옮겼다. 미커는 여기에 유트족의 협동농업 마을을 세울 계획이었다. 그러나 그는 유트족이 오래전부터 그 지역을 사냥터와 말 목장으로 사용해왔다는 사실을 허수로이 여기고 있었다. 더군다나 주재소 건물이 들어설 장소는 유트족이 내기 경마를 즐기던 유서 깊은 경마장이었다.

미커가 보기에 퀸켄트(더글러스)가 화이트 강의 추장들 가운데 가장 호감이 가는 사람이었다. 그는 예순 살 정도의 얌파 유트족이었는데 늘 어뜨린 구레나룻에선 새치가 나고 있었지만 머리카락은 아직 검었다. 더글러스는 유트족 중에서도 100마리 이상의 말을 가진 부자였는데 그의 젊은 추종자들은 대부분 니카아가트(잭)에게로 돌아섰다.

우레이처럼 잭은 아파치 혼혈이었다. 소년이었을 때 그는 모르몬 가족과 살면서 영어를 몇 마디 배웠다. 수우족 전쟁 때는 크룩 장군의 정찰병으로 일하기도 했다. 그는 언제나 1868년에 우레이와 워싱턴에 갔

니카아가트(잭).
1874년경에 찍은 단체 사진에서.

을 때 큰아버지에게 받은 은성 훈장을 달고 다녔다.

잭 일행은 미커가 주재소를 옮기는 기간에 들소 사냥을 하느라고 나가 있었다. 그들이 원래의 주재소로 돌아와보니 모든 것이 사라지고 없었다. 그들은 그곳에 천막을 쳤다. 이삼 일 뒤에 미커가 와서 잭에게 새 장소로 옮기라고 지시했다.

"나는 그에게 이전 주재소 자리는 조약으로 정해진 곳이고 새 자리에 대해 언급한 어떤 법이나 조약도 아는 바 없다고 말했다"고 잭은 회고했다. "그러자 주재관은 우리가 모두 강 하류 지역으로 옮기는 것이 좋겠다고, 설사 좋지 않더라도 그래야 한다고, 그 때문에 군대가 주둔해 있는 것이라고 몰아세웠다." 미커는 젖소를 갖게 해주겠다고 잭을 회유했지만 잭은 유트족은 젖소고 우유고 필요 없다고 대답했다.

컬러로Colorow는 육십대의 무아치 유트족으로 서열 3위 정도 되는 추장이었다. 1868년 조약을 맺고 이삼 년 뒤에 컬러로 지파는 덴버 근방의 조그만 임시 주거지역에서 살았다. 그들은 마음이 내키면 덴버로 가서 식사도 하고 영화관에도 가고 백인들을 위해 광대 짓도 하며 거리낌없이 돌아다녔다. 1875년에 그들의 주거지역은 폐쇄되었다. 컬러로는 무아치족을 화이트 강 지역으로 옮겨 잭의 지파와 합류했다. 그들은 덴버라는 도시의 흥미진진한 재미를 아쉬워했지만 화이트 강 지역에서 마음껏 사냥을 즐겼다. 무아치 지파는 미커의 농경사회에는 흥미가 없어 두세 포대의 밀가루나 커피, 설탕이 필요할 때나 주재소에 들렀다.

카날라(존슨)는 마술사로 우레이의 처남이자, 경마장의 주인이었다. 존슨은 덴버에서 구한 실크해트(중절모)를 즐겨 썼다. 미커는 유트족을 야만에서 끌어내는 일을 도와줄 적임자로 존슨을 점찍었다.

십자군적인 정열에 넘치는 주재관은 아내 알빌라와 딸 조시까지 주재소로 데려왔으며 관개수로를 만들 측량기사를 포함해 벌목꾼, 목수, 다리 건축가, 석수장이 등 백인 노동자 일곱 명을 고용했다. 이들은 새 농업 천국을 건설하고 유트족에게 기술을 가르쳐줄 교사들이었다.

미커는 인디언들이 자기를 '아버지 미커'라고 불러주길 바랐다(야만 상태의 이들을 그는 애들로 보았다). 그러나 불쾌하게도 인디언들은 그를 '닉'으로 불렀다.

1879년 봄까지 몇 채의 주재소 건물이 올라가고 있었고, 땅 40에이커를 밭으로 일구었다. 대부분의 일이 임금을 받는 백인 노동자의 손으로 이루어졌지만 관개수로를 파는 데는 인디언 30명도 동원되었다. 미커는 인디언들이 자신들의 협동농장 공동체를 세우기 위해 일을 하는 것인데 왜 돈을 달라고 하는지 이해할 수 없었다. 그러나 결국 한발 물러나 임금을 주기로 했다. 미커의 자금이 떨어지기 전까지는 인디언들도 일을 잘했다. 그러나 돈이 떨어지자 사냥을 하거나 경마를 하러 가버렸다. 미커는 인디언 문제 담당관에게 불평을 늘어놓았다.

"이 인디언들은 필요한 것이 거의 없어서 문명인의 관습을 받아들이려 하질 않아요. 문명의 이기가 노력해서 얻을 만한 가치가 있다고 여기지 않으니까요. ……대다수가 백인의 생활방식을 무관심하게 보거나 아예 무시하지요." 그는 이런 야만적인 상태를 교정해주기 위해 몇 가지 조치를 제안했다. 먼저 이리저리 떠돌아다니거나 사냥을 못 하게, 밭을 갈 말 몇 마리 외에 타고 다니는 말을 모두 몰수해서 주재소에 눌러앉히고, 그때도 일하지 않는 자에게는 식량을 배급해주지 않을 것이다. 그는 콜로라도 상원의원 헨리 텔러에게도 편지를 썼다.

"일하지 않는 인디언에게는 굶어죽지 않을 정도로 식량 배급을 줄일 계획입니다."

미커와 유트족의 관계가 완전히 파경에 이른 것은 인디언에 대한 계획과 관찰 기록을 신문지상에 발표하려는 미커의 끊을 수 없는 욕망 때문이었다. 그해 봄 미커는 인디언들이 노동의 즐거움과 재화의 가치를 얼마나 모르고 있는가 보여주기 위해 한 유트족 여자와의 가상假想 회견기를 썼다. 이 가짜 회견기에서 인디언 주거지역은 미국 정부의 땅으로 유트족이 사용하도록 배당했을 뿐이라고 인디언 여자에게 이야기하는 대목이 나온다. "이 땅을 사용하여 일하지 않는다면 멀리 있는 백인들이 들어와 당신네들은 모든 것을 잃게 됩니다."

이 짧은 회견기는 먼저 〈그릴리 트리뷴〉지에 실렸다.

덴버의 편집자이자 정치가로 인디언, 특히 유트족을 경멸했던 윌리엄 비커스는 이 기사를 보고 손뼉을 쳤다. 그는 1873년 유트족으로부터 산 후안 산을 빼앗는 데 앞장섰던 부유한 광산업자 프레드릭 피트킨의 비서였다. 피트킨은 콜로라도 주가 1876년에 령Territory에서 주State로 승격되었을 때 자신의 금력을 이용해 콜로라도 주지사가 되었다. 1877년 수우족 전쟁이 끝난 뒤 피트킨과 비커스는 광대하고 값진 유트족의 땅을 한 푼 안 내고 차지하기 위해 모든 유트족을 인디언령으로 보내는 운동을 시작했다.

비커스는 신문에 실린 네이선 미커의 글을 유트족을 콜로라도에서 몰아내는 좋은 구실로 삼아 〈덴버 트리뷴〉지에 그에 관한 글을 썼다.

유트족은 사실상 공산주의자들이다. 정부는 그들을 입히고 먹여주는 걸 부끄러워해야 한다. 자꾸 그렇게 부추기니까 게을러빠지고 재물을 멋대로 낭비하는 것이다. 아버지 같은, 그러나 천치 같은 인디언국의 자비에 빌붙어 이 기생충들은 점점 나태해진다. 심지어 정상적인 경로로 식량 배급을 타지 않고 때와 장소를 가리지 않고 보급품이 보이기만 하면 달라고 떼를 쓴다. 이들을 인디언령으로 보내면 지금 드는 경비의 절반으로도 충분할 것이다.

화이트 강 주재소의 고명한 주재관인 존경하는 미커 씨는 예전엔 인디언들의 충실한 친구이자 열렬한 찬양자였다. 그분은 인디언들을 관대하게 대하고 참을성 있게 설득하고 남다른 본보기를 보이면 좋은 길로 이끌 수 있다는 신념을 가지고 부임했다. 하지만 그의 노력은 수포로 돌아갔으며 드디어 어쩔 수 없이 '진짜 좋은 인디언은 죽은 인디언뿐'이라는 서부 개척의 진리를 인정해야 했다.

비커스가 쓴 '유트족도 가라!'는 제목의 기사는 콜로라도 각지의 신문에 실렸다. 1879년 늦여름이 되자 개척기의 콜로라도에 들끓던 백인 웅변가들은 대중집회에서 연설할 때마다 '유트족도 가라!'는 구호를 외쳐 박수갈채와 환호를 받았다.

유트족도 '닉' 미커가 글로써 자신들의 등을 치고 있다는 것을 알았다. 무엇보다도 격분한 것은 주거지역 땅이 그들 것이 아니라고 말했다는 사실이었다. 그들은 공식적으로 항의했다. 미커는 자신이 한 말을 되풀이하면서 그것은 정부의 땅이고 자신은 정부의 대리인이기 때문에 주거지역 어느 곳이든 마음대로 경작할 권리가 있다고 덧붙였다.

한편 윌리엄 비커스는 인디언들이 저지른 범죄와 잔학상에 대한 이야기를 날조함으로써 캠페인을 더욱 가열시켰다. 그는 심지어 전례 없이 가뭄이 심했던 해에 일어난 수많은 산불까지도 유트족의 방화 탓으로 몰아붙였다. 7월 5일 비커스는 피트킨 주지사의 서명이 담긴 전보를 인디언국에 보냈다.

화이트 강 유트족 일파가 주거지역을 떠나 삼림을 파괴하고 있다는 보고가 날마다 올라오고 있습니다. 이미 수백만 달러의 재목을 불태우고 정착민과 광부들에게 위협을 가하고 있습니다. ……인디언들이 콜로라도의 삼림을 조직적으로 파괴하는 것은 잘못된 일입니다. 이 야만족들이 이곳의 뛰어난 삼림에 더 이상 손을 못 대도록 인디언령으로 송환해야 합니다.

인디언 문제 담당관은 주지사에게 곧 조치를 취하겠다는 답신을 보내고 미커에게는 유트족을 주거지역에서 떠나지 못하게 하라는 지시를 내렸다. 미커는 추장들을 당장 불러들이라고 했지만, 추장들은 이미 주지사의 날조된 비난과 그들을 인디언령으로 추방하려는 노림수를 알고 회의를 열어 격앙된 말들을 주고받고 있었다. 주거지역 북쪽 베어 강에서 보급품 상점을 하는 펙이라는 백인 친구가 덴버의 한 신문에 난 기사를 읽고 니카아가트에게 전해주었던 것이다.

신문 보도에 따르면 유트족이 베어 강 유역에 불을 지르고 유트족의 주재관이었던 제임스 톰슨의 집을 태워버렸다는 것이다. 그 설명을 듣고 잭은 아주 심란해졌다. 잭이 피트킨 주지사에게 해명하기 위해 덴버로 가겠다고 나서자 펙도 따라나섰다. 그들은 가는 길에 톰슨의 집을 지나갔다.

"우리는 그곳을 지나갔는데 집이 불에 타기는커녕 멀쩡하게 서 있었다"고 잭은 뒤에 말했다.

적지 않은 어려움을 겪은 끝에 잭은 겨우 주지사 집무실에 들어갈 수 있었다. "주지사는 우리에 대해 신문에 많은 말이 났더라면서 화이트 강 지역 사정이 어떠냐고 물었다. 나도 말이 많이 나돈다고, 그래서 덴버에 왔다고, 일이 왜 그렇게 되었는지 모르겠다고 말했다. 그가 '여기 당신 주재관에게 온 편지가 있다'고 해서, 주재관은 글을 쓸 수 있으니까 편지를 썼지만 나는 글을 못 써서 주지사를 직접 만나 답변하려고 왔다고 말했다. 그러고 나서 그 편지에 씌어 있는 것을 믿지 않기 바란다고 내 뜻을 밝혔다. 주지사는 톰슨의 집이 불에 탄 것이 사실이 아닌가 반문했다. 나는 내 눈으로 직접 그 집을 보았는데 불에 타지 않았다고 대답했다. 그리고 주지사에게 주재관 이야기를 하고, 다른 주재관을 보내달라고 워싱턴에 건의해달라고 말했더니 그는 다음 날 편지를 쓰겠다고 약속했다."

물론 피트킨은 미커 대신 다른 사람을 추천할 뜻이 없었다. 주지사가 보기에는 모든 것이 제대로 굴러가고 있었다. 미커와 유트족이 내놓을 마지막 패만 기다리면 된다. 그러면 "유트족은 가라"로 낙찰될 것이다.

인디언 문제 담당관에게 보내는 월례보고서에서 미커는 경찰대를 만들 계획을 올렸다. "이들은 아주 침울한 상태에 있다"고 덧붙였지만 바로 이삼 일 전에 그는 직접 유트족이 더욱 호전적으로 변할 수밖에 없는 조처를 내렸다. 미커가 피트킨 주지사의 '유트족도 가라'는 계획에 동조했다는 직접적인 증거는 없지만 그가 취한 조치는 거의 모두 인디언들의 반감을 부채질하려는 의도로 보였다.

미커가 유트족이 가는 것을 원하지 않았을지 모르지만 그들의 말을 없애버리고 싶어한 것은 확실했다. 어수선했던 9월 초 미커 주재관은 백인 인부 프라이스를 시켜 말을 먹이는 유트족의 목초지를 갈아엎게 했다. 젊은이 몇 명이 말 먹일 풀이 필요한데 왜 다른 곳을 개간하지 않느냐고 즉각 항의했다. 퀸켄트가 목초지 서쪽에도 땅이 있으니 그걸 개간하라고 제의했지만 미커는 꼭 그 목초지를 개간해야 한다고 고집을 부렸다. 유트족이 젊은이 몇에게 총을 들려 보내 땅을 갈아엎는 프라이스에게 그만두라고 엄포를 놓자 프라이스는 미커에게 가서 위협당한 사실을 알렸다. 미커는 일을 마저 끝내라면서 그를 다시 보냈다. 이번에는 프라이스의 머리 너머로 위협사격을 가하자 그는 매어둔 말고삐를 풀고 꽁무니가 빠져라 도망쳤다. 격분한 미커는 인디언국에 보고서를 올렸다.

"이자들은 못된 무리의 인디언들입니다. 오랫동안 무상 배급을 하는 바람에 길이 잘못 들어서 자기네가 모든 사람의 상전이라고 생각하고 있습니다."

그날 오후 카날라(존슨)라는 마술사가 주재소 사무소로 미커를 찾아왔다. 그는 미커에게 갈아엎는 목초지가 말을 먹일 자기 땅이라고 항의했다. 그러나 미커는 그의 말을 막았다. "문제는 이거야, 존슨. 당신은 말을 너무 많이 갖고 있어. 그 말을 좀 죽여야 해."

카날라는 잠시 동안 믿을 수 없다는 듯이 미커를 쳐다보았다. 그리고 갑자기 그 백인의 어깨를 잡고 현관으로 밀고 나와 난간에서 떠밀어버렸다. 그러고는 말없이 뚜벅뚜벅 걸어나갔다.

카날라는 그 일에 대해 이렇게 설명했다.

"나는 주재관에게 다른 사람을 시켜 내 땅을 갈아엎는 것은 안 된다고 말했다. 그러자 그는 내가 언제나 말썽만 부려 교도소에 갈 거라며 험한 말을 했고, 나도 그의 어깨를 잡고 그런 말 안 하는 좋은 주재관이 새로 왔으면 좋겠다, 당신은 떠나는 것이 낫겠다고 했다. 그것 말고는 손찌검을 한 일이 없다. 그냥 어깨를 잡았을 뿐이다. 그러고는 집으로 왔다. 나는 화를 내지 않았다."

흥분한 미커는 조치를 취하기 전에 니카아가트(잭)를 집무실로 불렀다. 잭의 얘기다.

"미커는 존슨이 자신을 함부로 대했다고 울분을 터뜨렸다. 나는 사소한 문제이니 덮어두는 것이 좋겠다고 하면서 그의 분을 누그러뜨리려 했다. 미커는 사소해도 좋다고, 마음속에 새겨두고 떠들어댈 거라고 했다. 나는 아무것도 아닌 일에 계속 그렇게 법석을 떠는 것은 아주 잘못된 일이라고 말했다. 미커는 자기는 나이가 들어서 보복할 힘도 없는데 젊은 사람이 그런 식으로 자기 몸에 손을 댈 수 있냐고, 존슨이 자기를 함부로 대했으니 그에게 더 이상 말하지 않고 이제는 담당관에게 군대를 파견하라고 해서 유트족을 쫓아버리겠다고 소리를 질렀다. 그것은 아주 나쁜 일이라고 하자 그는 어쨌든 이 땅은 유트족 땅이 아니라고 우겼다. 나는 이 땅은 유트족 땅이라고, 유트족 땅이기 때문에 미국 정부가 주재소를 내고 있는 것이 아니냐고 말해줬다. 그러고 나서 당신과 존슨 사이의 일은 아주 사소한 문제이니 더 이상 문제 삼지 말고 그냥 넘어가는 것이 좋겠다고 말했다."

미커는 다음 날 하루 종일 그와 유트족의 관계가 악화되어가는 것을 곱씹어보다가 드디어 따끔한 맛을 보여주기로 결심했다. 그는 곧 피트킨 주지사와 인디언국에 군대 보호를 요청하는 전보를 쳤다.

저는 유트족 추장인 카날라의 습격을 받아 제 집에서 강제로 끌려나가 심한 부상을 당했습니다. 처음부터 그자가 모든 말썽을 일으켰다는 것이 드러났습니다. ……그자의 아들은 경작자에게 총질까지 했습니다. 경작에 대한 반대 행위가 널리 퍼져 경작이 중단되었을 뿐 아니라 저와 가족 그리고 고용인들의 생명도 위협받고 있습니다. 급히 보호를 요청합니다. 피트킨 주지사에게도 포프 장군과 상의하도록 요청했습니다.

그 다음 주에 내무부와 국방부의 거대한 기구가 천천히 움직이기 시작했다. 9월 15일 기병대를 화이트 강으로 출동시켰다는 전갈이 왔다. 주재관은 "최근의 소요를 일으킨 주모자들"을 체포할 권한을 받았다. 국방부는 프레드 스틸 요새의 지휘관 토머스 선버그 소령에게 "충분한 병력을 이끌고 화이트 강 유트족 주재소로 이동하라"는 명령을 보냈다. 선버그가 사슴 사냥을 나가 있어서 지시가 뒤늦게 전달되었다. 9월 21일 그는 200명의 기병대를 이끌고 화이트 강 주재소까지 150마일의 행군을 시작했다.

9월 25일쯤 기병대는 주재소까지 중간 거리 정도 되는 퍼티피케이션 강가에 이르렀다. 선버그는 미커에게 전령을 보내 나흘이면 주재소에 닿을 것이라고 전하고 그곳의 상황을 알려달라고 요청했다. 이날 컬러로와 니카아가트(잭)도 미군들의 행군 사실을 알았다. 유트족 추장들은 의례적인 가을철 사냥을 하러 밀크 강 쪽으로 이동 중이었다. 잭은 북쪽으로 말을 타고 나가 베어 강에서 미군을 만났다.

"어찌된 영문이오? 왜 출동한 거요? 우리는 미군과 싸우고 싶지 않소. 우리는 같은 아버지 자식들 아니오?"

선버그는 인디언들이 삼림을 불태우고 톰슨의 집에 불을 질렀으니 주재소로 출동하라는 전보 지시를 받았다고 얘기했다. 잭은 "그것은 거짓이오. 유트족은 삼림이나 통나무집을 전혀 태운 적이 없소"라고 해명하면서 "나는 니카아가트요. 나는 좋은 사람이오. 부대를 여기에 머무르게 하고 같이 주재소로 갑시다"라고 청했다.

선버그는 주재소로 가라는 지시를 받았으므로 주재관인 미커로부터 부대를 멈추라는 전갈이 오지 않는 한 화이트 강까지 이동해야 한다고 대답했다.

잭은 거듭 유트족은 싸움을 원치 않으며, 군대가 인디언 주거지역으로 들어와선 안 된다고 말했다. 그러고는 '닉' 미커에게 군대를 화이트 강에 진주시키면 안 좋은 일이 일어날 거라고 경고하기 위해 급히 주재소로 돌아갔다.

미커의 사무실로 가는 도중 잭은 퀸켄트(더글러스)를 만나러 갔다. 그들은 서로 견제하는 추장들이었지만 부족이 위험에 빠진 만큼 지도자들이 갈라져서는 안 되는 때였다. 유트족 젊은이들 간에는 백인들이 그들을 인디언령으로 보낸다는 소문이 흉흉하게 나돌고, 수갑과 족쇄와 올가미를 한 마차 싣고 온 군인들이 못된 유트족의 목을 매달거나 포로로 잡아갈 거라고 미커가 장담했다는 말도 떠돌았다. 군인들이 그들을 강제로 끌고 간다면 그들은 죽을 때까지 싸울 것이고 추장들도 그들을 말릴 수 없을 것이다. 더글러스는 그런 일에 끼고 싶지 않다고 말했다. 잭이 떠나자 그는 미국기를 깃대봉에 끼워 자신의 천막 위에 올려놓았다(그는 샤이엔족의 검은주전자가 1864년에 샌드 크리크에서 미국기를 내건 사실을 듣지 못했는지 모른다).

"나는 주재관에게 미군들이 주재소까지 오지 못하도록 어떤 조처를 취해주기 바란다고 했지만 미커는 자신과 아무 관계없는 일이니 상관하고 싶지 않다고 딱 잘라 말했다"고 잭은 회상했다. "그래서 나는 당신과 내가 같이 군인들이 주둔하고 있는 곳으로 가서 만나보자고 요청했다. 그러자 주재관은 내가 그를 줄곧 괴롭혀왔다면서 같이 가지 않겠다고 대답했다. 그러더니 일어나서 다른 방으로 들어가 문을 닫고 잠가버렸다. 그것이 내가 그를 본 마지막이었다."

원켄트(더글러스).

그날 늦게 미커는 생각을 바꿔 잭의 충고를 듣기로 했다. 그는 선버그 소령에게 사람을 보내 부대를 멈추고 다섯 명의 호위병과 함께 주재소를 방문해달라고 요청했다. "인디언들은 군대의 출동을 진짜 선전포고로 생각하는 듯하오"라고 그는 썼다.

다음 날인 9월 28일 그 편지가 드디어 크리크의 선버그 진영에 전달되었을 때 컬러로도 때맞춰 그곳에 가서 소령에게 더 이상 다가오면 안 된다고 설득했다. "나는 선버그에게 왜 군대를 끌고 왔는지, 전쟁을 할 이유가 어디에 있는지 모르겠다고 말했다."

그때 부대는 화이트 강 주재소에서 35마일밖에 떨어져 있지 않았다.

미커의 전언을 들은 선버그는 컬러로에게 부대를 유트족 주거지역의 경계인 밀크 강으로 이동해 주둔시키겠다고 말했다. 그리고 나서 그는 다섯 명의 부하를 데리고 미커와 상의하기 위해 주재소로 갈 생각이었다.

컬러로가 선버그의 진영을 떠난 뒤에 선버그는 장교들과 회의를 하다가 계획을 바꾸기로 마음먹었다. 주거지역 외곽에 주둔하는 대신 콜 크리크 협곡 사이를 뚫고 지나가기로 한 것이다. 이것은 군사적인 필요성 때문이라고 선버그는 설명했다. 컬러로와 잭의 마을이 바로 그 밑에 있기 때문이다. 미군이 밀크 강에 주둔할 때 유트족이 협곡을 막으면 그들은 미군들이 주재소로 가는 길을 차단할 수 있을 것이다. 그러나 협곡의 남쪽 하단부와 강 사이엔 이삼 마일 정도의 들판밖에 없다.

29일 아침 9시쯤 컬러로가 마을에 돌아왔을 때 부족민들은 미군들이 접근해오는 것에 대해 대단히 흥분한 상태였다. "나는 몇 사람이 미군이 주둔한 길 쪽으로 몰려가는 것을 보았다. 나도 그들이 모여 있는 곳으로 뒤따라갔다." 그곳에서 그는 잭과 60여 명의 전사들을 만났다. 잭

컬러로.
윌리엄 잭슨이 찍은 사진으로 추정됨.

이 미커와 만난 일이 별 성사가 없었다고 전하자, 컬러로가 선버그 소령은 부대를 밀크 강에 주둔시키겠다고 약속했다고 알렸다.

"내가 잭에게 젊은 전사들이 전투 시위를 하지 않도록 잘 단속하는 것이 좋겠다고 말했더니, 잭은 그러면 지나다니는 길에서 비켜나 있자고 했다. 그때까지 미군이 보이지 않기에 우리는 길에서 좀 떨어진 곳으로 물러났다. 잭은 미군들이 주거지역의 경계인 밀크 강에 오면 그들을 만나러 가겠다고 말했다."

그러나 컬러로나 잭은 선버그 부대가 이미 밀크 강을 지났다는 사실을 몰랐다. 선버그는 그곳에서 말에게 물을 먹인 뒤 호송대를 붙여 군수 차량을 협곡의 도로로 보내고 나서 기병대를 데리고 지름길을 택해 높은 산봉우리를 넘었다. 운명의 장난인지, 이렇게 해서 그들은 유트족과 정면으로 만나게 되었다.

정찰을 나간 젊은 전사가 질주해오더니 "미군들은 어제 멈춰 있겠다고 약속했던 곳에 머무르지 않고 계속 접근하고 있습니다"라고 잭에게 알렸다. 걱정이 된 잭은 길이 내려다보이는 언덕으로 몇 명의 전사들을 이끌고 올라갔다. 이삼 분도 안 되어 미군 보급마차가 실에 꿴 듯 쑥덤불 사이로 구불구불한 길을 따라 협곡 쪽으로 나오는 것이 보였다. 잭의 회고담이다.

"나는 전사 이삼십 명을 데리고 언덕에 서 있었다. 갑자기 내 앞에 미군 삼사십 명이 나타났다. 그들은 나를 보자마자 숲 사이로 흩어졌다. 나는 1년 전 크룩 장군을 따라 수우족과의 전투에 참가해보아서 미군들의 그 행동이 전투를 의미한다는 것을 알았다. 그래서 나도 전사들에게 벌려 서라고 했다."

기병대의 전위대를 지휘하는 장교는 새뮤얼 체리 중위였다. 체리는 기병을 산개시킨 뒤 선버그 소령이 올 때까지 기다렸다. 이윽고 선버그가 말을 타고 이삼 야드 앞으로 나와 언덕에서 지켜보고 있던 인디언들에게 모자를 흔들었다. 몇 명이 답례로 모자를 흔들어주었다.

잭은 사오 분 동안 미군들이 회담을 청해오기를 기다렸다. 그러나 미군들도 유트족이 먼저 움직이기를 기다리는지 자리를 지키고 있었다. 기다리다 못해 잭은 전사 하나를 데리고 나갔다. 체리 중위도 말에서 내려 유트족을 향해 걷기 시작했다. 몇 걸음을 걸은 뒤에 그는 모자를 흔들었다. 그때 총성 한 발이 침묵을 깨뜨렸다.

"아직 서로 좀 거리가 떨어져 있었는데 총알 한 발이 발사되었다. 어느 편에서 먼저 시작했는지 모르지만 순식간에 치열한 총격전이 벌어졌다. 싸움은 둑 터진 물이 되었다. 나는 부하들에게 '사격 중지, 대화를 하려는 거다'라고 외쳤지만 부하들은 오히려 내가 싸움을 북돋우는 것으로 알았던 모양이다."

싸움은 점점 더 치열해져 차량 부대에까지 퍼져나갔다. 주재소에 있던 퀸켄트는 전투가 벌어지고 있다는 소식을 듣고 곧 '닉' 미커의 사무실로 가서 미군들이 주거지역 안으로 쳐들어왔다고 알렸다. 더글러스는 틀림없이 유트족 전사들이 미군에 대항해 싸울 것이라는 걸 알고 있었다. 미커는 분쟁 날 일은 없다며, 더글러스에게 다음 날 아침에 미군을 만나러 같이 가보자고 청했다.

오후가 되면서 화이트 강 지역의 모든 유트족이 밀크 강 지역의 지파와 미군이 싸우고 있다는 사실을 알게 되었다. 십여 명의 인디언들은 총을 들고 주재소로 달려가 닥치는 대로 백인 일꾼들을 살해했다. 그들은 날이 저물기 전까지 네이선 미커와 모든 백인 남자를 죽이고 백인 여자 세 명을 포로로 잡아 피세안스 지류의 옛 유트족 마을 쪽으로 도망쳤다. 끌려가는 도중에 세 명의 여자는 강간을 당했다.

밀크 강에서 300명의 유트족 전사들이 미군 200명을 포위한 가운데 전투는 거의 일주일이나 계속되었다. 선버그 소령은 첫 총격전에서 사살되었다. 전투가 끝났을 때 미군 전사자는 12명이었고 부상자는 43명이었다. 유트족도 주거지역이 미군들에게 점령당하고 인디언령으로 잡혀가지 않기 위해 필사적인 저항을 하다가 37명이 죽었다.

150마일쯤 떨어진 남쪽 로스 피노스 주재소에서 전투 소식을 들은 우레이는 낙심천만이었다. 10월 2일 그는 추장의 권위와 주거지역을 구하기 위해 전사들에게 전령을 보내 전투를 중지하라고 명령했다.

> 화이트 강 주재소의 추장과 원로 그리고 주민들에게:
> 더 이상 일이 악화된다면 쌍방 간 재앙으로 끝나게 될 것이므로 말
> 도둑이나 무뢰한들에게서 자신의 생명과 재산을 보호하려는 목적
> 외에 무고한 사람을 해치는 일이 없도록, 백인들에 대한 모든 적대
> 적인 행위를 그치도록 요구하고 명령하는 바이다.

우레이의 명령과 기병대의 증원군이 도착하면서 전투는 끝났다. 하지만 유트족을 재앙에서 구하기에는 이미 때가 늦었다. 피트킨 지사와 윌리엄 비커스는 콜로라도 전역에 인디언들의 잔학 행위를 홍수 넘치듯 퍼뜨렸다. 대부분 화이트 강에서 일어난 일은 전혀 모르고 평화롭게 일상생활을 해나가던 로스 피노스의 아무 죄 없는 운콤파그레족을 겨냥한 것이었다. 비커스는 "붉은 악마들을 쓸어버리라"고 콜로라도의 백인 주민들을 선동하고 도시나 시골 마을 할 것 없이 민병대를 조직하도록 고무했다. 많은 신문기자들이 이 흥미진진한 '인디언 전쟁'을 취재하

러 오자 피트킨 주지사는 특별성명을 발표했다.

"나는 이 일이 결국 콜로라도의 모든 약탈을 끝내는 결과가 될 거라고 생각합니다. 앞으로 백인과 인디언이 화평하게 살기란 불가능합니다. 이번 공격은 도발 같은 것도 없었습니다. 이제 백인들은 인디언들이 적당히 모여 있으면 이 주州 어느 곳에서든 공격받게 될 것이라는 사실을 깨닫고 있습니다. 나의 견해는 정부가 이들을 이주시키기 위해 나서지 않는다면 누구라도 이들을 반드시 뿌리 뽑아야 한다는 것입니다. 나는 주민들을 보호하기 위해 24시간 내에 2만 5000명을 모을 수 있습니다. 우리 주는 인디언 문제를 주의 비용으로 해결할 용의가 있습니다. 광부와 이주민들에게 개방될 1200만 에이커의 땅에서 나올 이득은 그 모든 비용을 상쇄하고도 남을 것입니다."

화이트 강 유트족은 세 명의 여자 포로를 내주었다. 원인을 규명하고 책임을 따져 벌을 내릴 조사위원회가 구성되었다. 밀크 강의 전투는 사실과 달리 매복전으로 규정되고, 화이트 강 주재소 사건은 학살로 판정되었다. 잭과 컬러로 그리고 그 추종자들은 정당한 싸움에 참여한 전사였다는 이유로 형벌에서 제외되었다. 더글러스와 주재소 주민들은 살인자의 판결을 받았지만 네이선 미커와 그가 고용한 일꾼들을 죽이려고 총을 쏜 유트족이 누구인지 확인해줄 사람이 없었다.

더글러스는 처음 총소리를 들었을 때 자기는 주재소 창고 방에 있었다고 증언했다. "나는 창고 방을 떠나 밖으로 조금 나와 보았다. 그리고 내가 있던 곳에서 곧장 집으로 갔다. 내가 집에 닿았을 때 친구들이 어떤 지경에 빠지게 되었는지 생각하자 울음이 나왔다."

그러나 아빌라 미커가 비밀 청문회에서 더글러스가 자신과의 성교를 강요했다고 증언했기 때문에 예순 살 난 추장은 레번워스 감옥에 수감

되었다. 그는 어떤 범죄로 기소되거나 재판받지 않았다. 강간에 대한 공식 기소는 미커 부인에게는 당혹스러운 일이 되었을 것이다. 성기능이 정지될 그런 나이에, 그런 행위에 인디언이 관련되어 있다는 사실은 그 혐의를 더욱 혐오스럽게 만들었다.

인디언들이 받게 될 개별적인 형벌은 광산업자나 정치가들의 관심사가 아니었다. 전체 유트족 7개 부족에게 벌을 내려 1200만 에이커의 땅에서 그들을 몰아내어 댐을 만들고 삼림을 베어 넘겨 한몫 잡는 것만이 초미의 관심사였다.

1880년 인디언국이 부족 일을 상의하기 위해 우레이를 워싱턴으로 불렀을 때 그는 신장염으로 거의 죽어가고 있었다. 그는 유타의 새 주거지역으로 옮겨 가기로 함으로써 "유트족도 가라"고 했던 큰눈 셔츠의 결정에 굴복했다. 우레이는 1881년 8월 군대의 감시하에 죽었다. 부족이 콜로라도에서 유타로 350마일의 행군을 떠나기 전이었다. 소수의 남부 유트족에게 허용된 남서부의 손바닥만 한 땅 한쪽 외에는 콜로라도에서 인디언의 자취는 말끔히 지워졌다. 샤이엔과 아라파호, 카이오와와 코만치, 히카리야와 유트족이 속속들이 알고 있던 모든 산과 평야에 그들은 이제 지명으로만 남아 있을 따름이다.

아파치 추장의 최후

The Last of the Apache Chiefs

1880년—6월 1일, 미국 인구 5015만 5783명.

1881년—3월 4일, 제임스 가필드, 대통령 취임. 3월 13일, 러시아의 니힐리스트들, 알
렉산더 황제 암살. 7월 2일, 가필드, 암살자에게 총격당해 9월 19일 사망. 체스터 아서,
대통령 취임.

1882년—4월 3일, 제시 제임스, 미주리 세인트 조셉에서 총격 받고 사망. 9월 4일, 에
디슨, 뉴욕 센트럴 스테이션에 처음 상업용 전등 설치. 마크 트웨인, 《허클배
리 핀》 발간.

1883년—3월 24일, 뉴욕과 시카고에 전화 개통. 11월 3일, 미 대법원, 인디언은 태어
날 때부터 이방인이고 부속물이라고 판결. 로버트 스티븐슨, 《보물섬》 발간.

1884년—1월, 러시아, 농노제의 마지막 유물인 인두세 폐지. 3월 13일, 수단에서 하르
툼 공성siege of khartoum 시작.

1885년—1월 26일, 하르툼, 마디족에게 함락, 찰스 고든 총독 피살. 3월 4일, 그로버
클리브랜드, 남북전쟁 뒤 첫 민주당 대통령 당선.

1886년—5월 1일, 여덟 시간 노동 요구로 총파업 미 전역으로 확산. 5월 4일, 무정부
주의자들, 시카고 헤이마켓 스퀘어의 경찰서에 폭탄을 던져 7명 사망, 60명
부상. 10월 28일, 자유의 여신상, 베들로 섬에 세워짐. 12월 8일, 미 노동연
합 창설.

나는 먹을 것도 많고 잠도 잘 자는 아주 흡족한 상태에서 부족을 돌보며 가족과 평화롭게 살고 있었다. 나는 그 나쁜 이야기가 제일 먼저 어디서부터 나왔는지 모른다. 그곳에서 나와 부족민은 잘 지내고 있었고 나는 남에게 누가 될 행동을 하지 않았다. 나는 말을 죽이지 않았고 인디언이건 미국인이건 아무도 죽이지 않았다. 나는 우리를 맡고 있던 사람들이 어떻게 되었는지 모르겠다. 그들은 그렇지 않다는 것을 잘 알고 있으면서도, 내가 나쁘고 그것도 아주 최고로 못된 놈이라고 말했다. 그러나 내가 무슨 짓을 했단 말인가. 크룩 장군이 하라고 한 것만 하고 그의 충고를 따르려 애쓰며 내 가족과 나무 그늘 아래서 평화롭게 살고 있었다. 나를 체포하라고 지시한 사람이 누구인지 알고 싶다. 나는 빛과 어둠 그리고 하느님과 태양에게 가족과 조용히 살게 해달라고 기도했다. 사람들이 왜 나를 나쁘게만 말하는지 그 이유를 모르겠다. 걸핏하면 나는 교수형에 처해야 마땅하다는 이야기가 신문에 나고 있다. 제발 그러지 좀 말아달라. 사람이 잘하려 할 때 그런 이야기를 신문에 내서는 안 된다. 이제 남아 있는 부족민도 거의 없다. 우리가 다소 나쁜 짓을 하긴 했지만 이젠 다 지워버리고 더 이상 왈가왈부 않기 바란다. 정말 남아 있는 사람도 거의 없다.

고야슬레이(제로니모)

1874년 코치스가 죽은 뒤 그의 맏아들인 타자가 치리카우아족의 추장이 되었고 태글리토(톰 제퍼즈)는 아파치 패스 주거지역의 주재관으로 계속 일했다. 아버지와 달리 타자는 치리카우아족 모두의 지속적인 충성을 얻지 못했다. 두세 달도 안 되어 이 아파치족은 여러 파로 갈라졌다. 타자와 제퍼즈의 노력에도 불구하고 코치스가 엄금했던 습격이 다시 시작되었다. 치리카우아 주거지역이 멕시코와 인접해 있었기 때문에 애리조나와 멕시코에 출몰하는 아파치 습격대의 중간역이자 도피처가 되었다. 땅에 굶주린 이주민과 광부 그리고 정치가들은 모든 치리카우아족을 다른 지역으로 보내라고 요구하는 일에 시간을 아끼지 않았다.

1875년까지는 미국 정부의 인디언 정책이 인디언령이나 넓은 지역에 여러 부족을 함께 수용하는 것으로 바뀌고 있었다. 애리조나 동부에 250만 에이커의 땅이 있는 화이트 산은 남서부의 여러 아파치족 주거지역을 합한 것보다 컸다. 화이트 산 주거지역의 주재소는 산 카를로스에 있었는데 아파치족 일곱 지파를 관리하는 행정중심지 역할을 했다. 치리카우아 지역의 분쟁에 대한 보고가 자주 올라오자 워싱턴의 관리들은 이것을 치리카우아족을 산 카를로스로 옮길 좋은 빌미로 삼았다.

산 카를로스 강과 힐러 강의 합류 지점에 위치한 주재소는 아무도 근무를 원하지 않는 험지였다. 한 미군 장교는 그곳을 이렇게 묘사하고 있다.

"강변의 저지대는 30피트 정도나 되는 자갈밭이고 주재소의 황갈색 흙벽돌 건물이 여기저기 점찍은 듯 박혀 있다. 냇가에는 이파리가 거의 달리지 않은 앙상한 사시나무가 풀기 없이 흩어져 있다. 비가 하도 오지 않아서 조금이라도 오면 대단하게 여겨질 정도다. 메마르고 뜨거운 바람이 먼지와 모래를 몰아와 들판에는 식물이라고는 씨도 찾아볼 수 없다. 여름이면 찌는 듯해서 그늘에서도 화씨 110도(섭씨 45도)가 넘는다. 그 정도 기온만 되어도 아주 서늘한 축에 끼는 편이다. 1년 내내 파리와 각다귀, 그밖에 이름 모를 해충들이 수백만 마리씩 떼 지어 몰려든다."

당시 초소의 주재관은 존 클럼으로 그는 이삼 년 전 에스키민진의 아라파호족을 그랜트 기지에서 구해내어 힐러 강의 관개가 잘된 땅에서 자족할 수 있도록 도와주었다. 그는 고집스럽게 자신의 의사를 밀고 나가 미군을 광대한 화이트 산 주거지역에서 철수시키고 아파치 경찰을 만들어 스스로 치안을 담당하도록 했으며, 아파치 사법 기관도 만들어 범법자들을 재판하도록 했다. 상급자들은 인디언들에게 자치를 허용하는, 상궤에 어긋나는 클럼의 방식에 의아해했지만 어쨌든 산 카를로스의 화평을 이끌었으므로 대놓고 할 말도 없었다.

1876년 5월 3일, 클럼은 인디언 문제 담당관으로부터 치리카우아 주거지역으로 가서 제퍼즈 대신 주재관을 맡고 치리카우아족을 산 카를로스로 이주시키라는 전문을 받았다. 클럼은 이 달갑지 않은 임무를 수행할 열의가 나지 않았다. 자유를 사랑하는 치리카우아족이 화이트 산 주거지역의 규제된 생활에 적응할 수 있을까 의심스러웠던 것이다. 그러나 클럼이 인디언 경찰을 데리고 아파치 패스로 가서 치리카우아족에게 정부의 강제이주 명령을 전달하자 의외로 타자와 제퍼즈는 협조적이었다.

"화평을 유지하기 위해 고향 땅을 떠나 화이트 산으로 가야 한다면 그렇게 하겠다."

아버지 코치스와 마찬가지로 타자도 평화를 원했던 것이다. 그러나 타자를 따라 산 카를로스로 간 치리카우아족은 반밖에 안 되었다. 미군이 남아 있는 반항자들을 몰아내기 위해 폐기된 주거지역으로 쳐들어가자 그들은 대부분 국경을 넘어 멕시코로 도망쳤다. 그중에는 마흔여섯 살 먹은 베돈코헤 아파치도 있었다. 그는 젊어서는 망가스 콜로라도 밑에서, 나이 들어서는 코치스 밑에서 싸운 역전의 용사로 지금은 자신을 치리카우아족으로 여기는 고야슬레이! 백인들은 그를 제로니모라

제로니모.
1886년 A. 프랭크 랜들 사진.

불렀다.

자발적으로 산 카를로스로 간 치리카우아족은 다른 아파치 지파처럼 클럼에게 호감을 보이진 않았지만 그렇다고 말썽을 부리지도 않았다. 1876년 늦여름 인디언국이 스물두 명의 아파치를 동부로 초청하는 일을 허락하자, 클럼은 타자에게도 함께 가자고 권유했다. 그러나 불행히도 워싱턴 방문길에 타자가 갑자기 폐렴으로 죽어서 미 의회 묘소에 묻혔다. 클럼이 산 카를로스로 돌아오자 타자의 동생 나이치가 대거리를 했다.

"당신은 내 형의 목숨을 빼앗았소. 형은 건강하고 튼튼한 사람이었소. 그런데 당신 혼자 돌아와 형이 죽었다고 말하고 있소. 모를 일이오. 아마도 당신이 잘 돌보지 않았을 거요. 백인의 악령이 달라붙어 죽게 내버려둔 겁니다. 내 가슴은 아주 아픕니다."

클럼은 에스키민진에게 타자가 죽어 매장된 사실을 잘 설명해달라고 했지만 나이치와 치리카우아족의 의혹은 쉽게 가시지 않았다. 이제 그들에게 충고해줄 제퍼즈도 없었기 때문에 그들은 존 클럼이나 다른 백인의 말을 얼마나 믿어야 할지 가늠할 수 없었다.

1876년에서 1877년에 이르는 겨울 동안 멕시코로 넘어간 친척들이 때때로 몰래 주거지역에 와서 그곳 소식을 전해주었다. 제로니모가 이끄는 아파치 약탈대는 옛날부터 숙적인 멕시코인들을 여러 차례 습격해 상당한 소와 말을 비축해두었다. 그해 봄 제로니모는 약탈한 가축들을 뉴멕시코로 몰고 가서 백인 농장주에게 팔고 총과 모자, 구두, 위스키 등을 사왔다. 그들은 빅토리오가 추장으로 있는 밈브르족 주거지역인 오호 칼리엔테 주재소 근처 으슥한 곳에 자리를 잡았다.

1877년 3월 워싱턴 당국은 클럼에게 아파치 경찰대를 동원해 밈브르족을 산 카를로스로 이주시키고 그 근방에 있는 제로니모와 '탈주자' 치리카우아족을 모두 체포하라는 지시를 내렸다. 훗날 제로니모는 이 사건에 대해 다음과 같이 회고했다.

"2개 정찰 중대가 산 카를로스에서 파견되었다. 그들은 나와 빅토리오에게 읍으로 오라고 전갈을 보냈다. 그들이 우리에게 뭘 원하는지 말하지 않았지만 전달자가 우호적인 태도를 보였기 때문에 빅토리오와 나는 장교들이 회담을 하자는 줄로 알고 말을 타고 달려갔다. 읍에 도착하자 군인들 여럿이 우리를 둘러싸고 무기를 빼앗은 다음, 군사재판을 받아야 한다면서 본부로 데려갔다. 그들은 두세 가지만 물어본 뒤 빅토리오는 석방하고 나를 감옥으로 끌고 가 쇠고랑을 채웠다. 내가 무엇 때문에 이러느냐고 묻자 보초가 아파치 패스 주거지역을 벗어났기 때문이라고 대꾸했다.

나는 아파치 패스의 미군들에게 속했던 적도 없고, 그들에게 내가 갈 곳을 물어봤어야 한다고도 생각지 않는다. 나는 산 카를로스로 이송되어 넉 달 동안 포로로 잡혀 있었다. 그때 나는 재판정에 나가지 않았지만 재판이 열렸던 것 같다. 내가 재판을 받았다는 이야기를 들었고 어쨌든 석방되었다."

석방된 빅토리오도 편하지 않았다. 1877년 봄 그와 대부분의 웜스프링스 아파치족은 산 카를로스로 이주해야 했다. 클럼은 추장인 빅토리오에게 오호 칼리엔테에서보다 많은 권한을 부여해서 환심을 사려고 했다. 한동안은 평화로운 아파치 마을이 화이트 산 주거지역에 별 탈 없이 세워질 것처럼 보였다.

그러나 갑자기 미군 1개 중대가 힐러 강(토머스 요새)으로 들이닥쳤다.

나이치와 그의 아내.

군 당국은 이 지역의 "가장 반항적인 인디언들 거의 모두"가 산 카를로스에 수용되었기 때문에 부득이 취한 예방조치라고 발표했다.

클럼은 격노해서 인디언 문제 담당관에게 전보를 쳤다. 군대를 철수시키고 대신 아파치 경찰대를 더 증강해달라는 내용이었다. 워싱턴의 신문들은 클럼의 대담한 요구를 공표했다. 그 이야기는 국방부의 부아를 돋웠다. 애리조나와 뉴멕시코의 군납업자들은 군인들이 모두 철수하고 좋은 돈벌이를 놓칠까 봐 두려워한 나머지, 인디언 전쟁이 시작된 뒤로 군인 수천 명을 동원해도 정복하지 못한 아파치족을 혼자 당해낼 수 있다고 자만하는, 어디서 솟아났는지도 모를 스물여섯 살 난 벼락치기 주재관의 '뻔뻔스럽고 건방진' 태도를 비난했다.

군대가 철수를 거부하자 클럼은 사표를 던졌다. 클럼은 아파치족을 동정했지만 붉은수염(톰 제퍼즈)과는 달랐다. 그는 자신을 아파치로 생각하거나 아파치가 될 생각은 없었다. 그는 비참한 종말을 맞을 때까지 저항하는 추장들의 태도를 이해할 수 없었다. 클럼에게는 고유한 전통을 잃느니 차라리 죽음을 택하는 추장들이 영웅적인 인물로 보이지 않았다. 그의 눈에는 제로니모나 빅토리오, 나나, 로코, 나이치 같은 전사들이 너무 반동적이어서 백인의 길을 따를 수 없는 범법자나 도둑, 살인자나 술주정꾼으로밖에 보이지 않았다. 그래서 클럼은 아파치족을 떠났던 것이다. 그는 애리조나의 툼스톤으로 가서 개혁 신문인 〈에피타프〉를 창간했다.

그해 여름이 다 가기도 전에 산 카를로스의 형편은 엉망이 되어갔다. 인디언들이 수백 명이나 늘어났지만 식량의 추가 공급은 너무 느렸다. 설상가상으로 새로 온 주재관은 식량을 각 지파에게 나눠주는 대신 인디언 모두를 주재소까지 나오게 했다. 어떤 사람은 20마일이나 걸어와야 하는 곤욕을 치렀다. 노약자와 어린애도 예외는 아니었다. 나오지 않으면 식량 배급을 받지 못했다. 거기다가 백인 광부들이 주거지역 북동쪽 가장자리를 잠식해 들어와서 떠날 생각을 하지 않았다. 클럼이 세워놓은 아파치 경찰 제도도 무너지기 시작했다.

살기가 어려워지자 9월 2일 밤 빅토리오는 웜스프링스 지파를 이끌고 다시 오호 칼리엔테로 도망쳤다. 아파치 경찰대가 뒤를 추격해 웜스프링스 지파가 우리에서 빼간 말과 노새를 되찾기는 했지만 그들이 가는 걸 막지는 않았다. 도중에 농장주나 군인들과 여러 번 싸움을 벌이면서 빅토리오는 오호 칼리엔테에 도착했다. 1년 동안 군은 그의 지파가 윈게이트 요새의 미군들 감시 아래 그곳에 머물도록 해주었지만, 1878년 늦게 그들을 다시 산 카를로스로 보내라는 지시가 내려왔다.

빅토리오는 장교들에게 자신이 태어난 곳에서 살게 해달라고 애걸했지만 그럴 수 없다는 것을 알고는 "아녀자들은 마차에 태워 데려갈 수 있어도 남자들은 가지 않을 것이오"라고 소리쳤다.

빅토리오와 80명의 전사들은 밈브르 산으로 도망쳐 가족과 떨어져 혹심한 겨울을 보냈다. 1878년 2월 빅토리오는 오호 칼리엔테의 초소로 들어가 미군이 가족들을 산 카를로스에서 돌아오게 해준다면 투항하겠다고 제의했다. 몇 주가 지난 뒤 군은 웜스프링스 아파치족이 뉴멕시코의 툴라로사에서 메스칼레로족과 같이 사는 타협안을 냈다. 빅토리오는 그것을 받아들였지만 이로써 그의 지파는 2년 동안 세 번이나 주거지를 바꿔야 했다.

그로부터 약 1년 후인 1879년 말, 도둑과 살인자라는 케케묵은 죄명을 들추어내 집행관이 주거지역으로 빅토리오를 체포하러 왔다. 빅토리오는 탈출하면서 이제는 주거지역에 살면서 백인들의 자비에 자신을 맡기는 일은 두 번 다시 하지 않겠다고 결심했다. 그는 자기가 죽음의 표적이 되었으며, 스페인 사람들이 들어온 이래 멕시코에서 그랬던 것처럼 백인들과 대항해 싸우지 않는 한 모든 아파치족은 멸망하리라는 것을 확실히 깨달았다.

빅토리오는 미국에 대한 영원한 전쟁을 선포하고 멕시코에 요새를 정한 다음 전사들을 모으기 시작했다. 그해 말경 빅토리오를 따르는 전사는 메스칼레로족과 치리카우아족을 합해 200명가량이었다. 그들은 멕시코 농장을 습격해서 말과 필수품을 확보한 후 과감히 뉴멕시코와 텍사스까지 쳐들어갔다. 전사들은 닥치는 대로 백인 정착민들을 살해했으며 추격해오는 기병대를 매복과 기습으로 교묘히 따돌리고 국경을 넘어 도망치곤 했다.

전투가 계속될수록 빅토리오의 증오심은 더욱 깊어갔다. 그는 포로들을 고문하고 사지를 절단하는 무자비한 살인자가 되었다. 자연히 그를 미친 사람으로 여기고 떠나가는 전사들도 생겨났다. 그의 목에는 3천 달러의 현상금까지 붙었다. 드디어 미군과 멕시코군은 그를 색출하기 위해 합동작전을 개시했다.

1880년 10월 14일 멕시코의 대군이 빅토리오의 무리를 치와와와 엘파소 사이의 트레 카스티요 언덕으로 몰아넣고 이 잡듯이 죽였다. 멕시코 군인들은 빅토리오를 포함해 아파치 전사 78명을 죽이고 68명의 여자와 어린애들을 생포했다. 용케 살아남은 전사는 30명 정도였다.

포위망을 뚫고 나간 전사 가운데는 일흔 살 생일이 지난 밈브르파의 노전사가 있었다. 그의 이름은 나나였다. 나나는 일생에 걸쳐 스페인 말을 하는 백인들 그리고 영어를 사용하는 백인들과 싸웠다. 나나로서

빅토리오.

는 저항을 계속한다는 게 당연한 일이었다. 그는 또다시 게릴라전을 수행할 전사를 모았다. 그가 불러낼 수 있는 전사들은 아무 할 일 없이 주거지역에 갇혀 있던 수백 명의 젊은이들이었다.

1881년 여름, 상처투성이에다 쭈글쭈글한 이 조그만 체구의 아파치는 얼마 안 되는 전사를 이끌고 리오그란데 강을 건넜다. 그들은 한 달이 채 못 되는 기간 동안 여덟 번이나 전투를 하고 말 200마리를 포획하는 등 눈부신 전과를 올렸다. 미군은 이들을 소탕하기 위해 기병대 1천명을 동원했지만 이들은 다시 멕시코로 도망쳤다. 나나의 습격은 화이트 산 근처에서 일어난 일이 아닌데도 주거지역에 사는 아파치들 사이에서는 나나의 용감무쌍한 활약이 화제가 되었고 이에 따라 수백 명의 미군이 주거지역을 방비하는 사태까지 벌어졌다.

9월에 마을 근처에서 기병대가 시위를 벌여 치리카우아족을 놀라게 했다. 미군이 '적대적인' 추장들을 체포할 거라는 소문이 자자했다. 9월 어느 날 밤늦게 제로니모와 주, 나이치가 이끄는 70명 정도의 치리카우아족이 주거지역을 빠져나와 남쪽 아파치족의 전설적인 요새, 멕시코의 시에라 마드레 산으로 달려갔다.

6개월 뒤인 1882년 4월, 훌륭한 무기와 장비를 갖춘 치리카우아족이 화이트 산에 다시 나타났다. 그들은 아파치족을 해방시켜 멕시코로 데려갈 작정이었다. 그야말로 대담무쌍한 계획이었다. 그들은 로코 추장의 마을로 질주해 들어가 주거지역에 남아 있는 아파치족을 설득해 치리카우아족과 웝스프링스 아파치 대부분을 데리고 남하했다.

조지 퍼시스 대령의 6개 기병 중대가 신속하게 그들을 추격했다(퍼시스는 매부리코가 전사한 전투에서 살아남았다). 헐스 슈 협곡에서 퍼시스는 도망가는 아파치족을 따라잡았지만 인디언들은 뛰어난 지연 작전으로 주력 부대가 멕시코로 넘어갈 동안 기병대를 묶어놓았다. 그러나 전혀 예기치 않게 불운의 재앙이 터졌다. 멕시코 보병 연대가 우연히 아파치 부대와 부딪혀 앞서 말을 달려오던 부녀자와 어린애들 대부분을 무참히 도륙한 것이었다.

살아남은 전사들 가운데는 로코, 나이치, 차토, 제로니모 등이 있었다. 쓰라린 상처를 입고 병력도 고갈되자 그들은 늙은 나나의 게릴라 부대와 합류했다. 그들 모두에게 이제 처절한 생존의 싸움만 남아 있었다.

화이트 산에서 충돌이 일어날 때마다 미군 병력은 늘어갔다. 토머스 요새, 아파치 요새, 보위 요새 등 어디에나 군인들이 벌 떼처럼 들끓었다. 미군이 늘어갈수록 아파치족의 불안도 커졌으며 멕시코로 도망가는 사람도 늘어났다. 아파치족의 탈주로 연변에 있는 농장들도 빈번히 습격을 당했다.

사태가 악화되자 군부는 회색늑대 조지 크룩 장군을 다시 불러들였다. 그는 10년 전 수우족과 샤이엔족을 소탕하기 위해 애리조나를 떠나 북쪽으로 갈 때와는 전혀 다른 사람이 되어 있었다. 그는 선곰의 재판 때 인디언도 사람이라는 것을 배웠다. 그런 사고방식을 그의 동료 장교들은 받아들일 수 없었다.

1882년 9월 4일 크룩은 휘플 배럭스에서 애리조나 총사령관직을 떠맡고 곧장 화이트 산 주거지역으로 갔다. 그는 산 카를로스와 아파치 요새에서 아파치족과 회의를 가졌다. 그는 아파치족을 일일이 찾아다니며 직접 얘기를 들었다.

"나는 아파치 지파 모두의 가슴에 우리 국민에 대한 불신이 깔려 있다는 것을 알았다"라고 그는 보고했다. "그들의 입을 여는 것은 아주 힘들었지만 의혹을 해소해주자 그들은 나와 터놓고 대화를 나눴다. ……그들은 어느 누구의 그 어떤 말도 믿을 수 없게 되었다고 말했다. 무기를 모두 빼앗기고 주거지역에 주둔해 있는 군대의 공격을 받아 자기 땅에서 쫓겨나느니 차라리 싸우다 죽는 것이 더 사내답다는 생각을 하게 된다고 말했다."

크룩은 주거지역 아파치가 "불만을 가질 이유가 충분할 뿐만 아니라 화평을 유지하기 위해 놀랄 만한 인내심을 보여주고 있다"고 믿었다.

미국 정부가 "인디언들의 생존을 위해 지출한 물품과 식량 배급을 악질적인 주재관과 사기꾼 같은 교역 상인들이" 약탈해갔다는 것이 크룩의 조사에 의해 밝혀졌다. 더군다나 백인들은 고의로 아파치족을 도발해 격한 행동을 저지르도록 조장하고 있다는 많은 증거가 드러났다. 그렇게 되면 인디언을 몰아내라는 캠페인이 벌어질 것이고 그 넓은 땅은 자연히 백인의 수중에 떨어질 것이었다.

크룩은 주거지역에서 무단 거주자와 광부 등 백인들의 즉각 철수를 명하는 한편 개혁을 소신껏 밀고 나가기 위해 인디언국의 전폭적인 지원을 요청했다. 각 지파는 산 카를로스나 아파치 요새에 모여 살지 않고 주거지역 어느 곳에서든 자유로이 집을 짓고 농사를 지을 수 있게 한다. 건초 납품 계약은 백인 대신 아파치족과 한다. 아파치족이 길러서 먹고 남은 옥수수와 야채는 모두 군이 현금으로 구입한다. 존 클럼 때처럼 자치제를 실시해 경찰대를 다시 만들고 재판소를 운영한다. 크룩은 그들이 자율적으로 잘해나가면 군인들이 주거지역에 들어오지 못하게 하겠다고 약속했다.

처음에는 아파치족도 회의적이었다. 그 옛날 코치스를 집요하게 추격하고 인디언들을 가혹하게 다루던 회색늑대를 잊을 수 없었던 것이다. 그러나 곧 크룩의 말이 진심이라는 것을 알게 되었다. 식량 보급품은 충분히 나왔고 주재관과 교역 상인들은 더 이상 속이지 않았으며 그들을 괴롭히던 군인들도 없어졌다. 크룩은 가축 우리를 세우고 옥수수와 콩을 기를 더 좋은 땅을 찾아보도록 그들을 격려했다. 적어도 주거 지역 내에 머무는 한 아파치족은 자유로웠다.

그러나 멕시코에서 정말로 자유롭게 지내는 그들의 친척들이 생각난 젊은이들이 두세 명씩 남쪽으로 빠져나가고 그중 몇 명은 흥미진진한 모험 이야기를 가지고 돌아오기도 했다.

크룩은 멕시코에 도망가 있는 치리카우아와 웜스프링스족의 처리에도 심혈을 기울였다. 그들이 국경을 넘어 다시 습격해오는 것은 시간 문제였다. 미국 정부는 최근 멕시코 정부와 서로의 군대가 적대적인 인디언을 추격하기 위해 국경을 넘는 것을 허용하는 협정에 서명했다. 그는 이 협정을 이용할 준비를 했다. 그것으로 그들을 소탕하라는 애리조나와 뉴멕시코 주민들의 압박에서 벗어날 생각이었다. 크룩의 말이다.

"국경 지방 신문이 인디언에 관해 온갖 과장된 말과 거짓된 소문을 퍼뜨리고 있다. 이런 엉터리 기사에는 인디언 측의 해명이라곤 거의 없는데도 품위 있는 다른 큰 지방 신문에 그대로 실리는 일이 비일비재하다. 이런 경로로 대다수 사람들은 이 문제에 대해 잘못된 생각을 갖게 된다. 자연히 충돌이 일어나면 대중의 시선은 인디언에게만 쏠린다. 부당한 짓을 해서 격한 행동을 저지르게 충동질한 백인들은 아무 탈이 없는 반면, 인디언들이 저지른 죄와 잔인한 행위만이 일방적으로 비난을 받는 것이다. 인디언들보다 이 사실을 더 잘 아는 사람은 없다. 그러므로 백인들은 마음대로 약탈하게 하면서 인디언만 벌주는 정부를 옳지 않게 여기는 게 잘못은 아니다."

아파치족과 또다시 게릴라전을 수행한다는 것은 크룩에게 끔찍한 일이었다. 그는 울퉁불퉁한 바위투성이 땅에서 인디언들을 정복한다는 것이 실질적으로 불가능하다는 것을 잘 알고 있었다. "모든 이해관계를 놓고 저울질해보아도 이들과 싸울 여지가 없다"고 솔직히 인정했다. "우리는 한 국민으로서 질책받을 만한 일을 너무 많이 했다. 따라서 이들을 공정하게 대우하고 백인의 침입으로부터 보호하여 마음을 풀어주는 것이 마땅하다."

그는 제로니모를 비롯한 게릴라 추장들을 싸움이 아닌 대화로 설득할 수 있다고 믿었다. 그러기 위해 최적의 장소는 아파치족이 은거하고 있는 멕시코의 요새일 것이다. 그곳이라면 이곳만 노리며 땅을 차지할 기회를 잡으려고 인디언 전쟁을 획책하거나 신문에 근거 없는 낭설을 퍼뜨리는 백인의 손길이 미치지 못할 것이다.

크룩은 멕시코로 넘어갈 빌미가 될 만한 습격 사건이 일어나기를 기다리면서 조용히 '원정대'를 모았다. 그 부대는 가려 뽑은 미군 병사와 통역을 합한 50명에다 한때 멕시코에서 이리저리 습격대에 가담했던 주거지역 인디언까지 200여 명 되는 아파치 청년들로 이루어졌다. 1883년 초 그는 이 병력 일부를 새로 놓은 남부 태평양 철도에 태워 애리조나에서 국경 500마일 이내로 이동시켰다. 3월 21일 세 명의 소추장 차토, 치와와, 보니토가 툼스톤 근처의 한 광산촌을 습격했다. 크룩은 그 소식을 듣고 멕시코로 넘어갈 준비를 했지만 척후대가 몇 주 동안 헤매고 다녀도 멕시코의 시에라 마드레 산에 있는 치리카우아족의 기지를 찾을 수 없었다.

검푸른 녹음이 드는 계절(5월)에 제로니모는 멕시코 농장을 습격해 가축을 약탈했다. 멕시코군이 뒤를 추격했지만 제로니모는 매복해 있다가 그들에게 심각한 손실을 입히고 아무 일 없이 도망쳤다. 그러나 그들이 은거지로 돌아왔을 때 뜻밖의 사태가 기다리고 있었다. 회색늑대가 은거지를 점거하고 부녀자와 어린애들을 몽땅 포로로 붙든 것이다.

그들과 같이 말을 달려오던 제로니모의 사촌 제이슨 베치네즈는 제로니모가 나이 든 전사 두 명에게 휴전기를 들려 보내서 회색늑대가 온 까닭을 알아보려 했다고 말했다. "두 사람은 제로니모가 서 있던 곳으로 돌아오지 않고 반쯤 산으로 올라와 우리에게 내려오라고 했다. 전사들은 산기슭으로 내려가 크룩 장군의 막사가 있는 곳으로 갔다. 긴 추장 회의 끝에 우리는 모두 장군에게 투항했다."

제로니모는 세 차례에 걸친 오랜 회담 끝에 크룩과 합의에 도달했다. 제로니모는 자신이 언제나 평화를 원했지만 산 카를로스의 못된 백인들로부터 부당한 대우를 받았다고 얘기했다. 크룩은 아마도 사실일 거라고 동감을 표시하고 주거지역으로 돌아간다면 정당한 대우를 받게 해주겠다고 약속했다. 그러나 앞으로는 농사를 짓고 가축을 길러 생계를 꾸려나가야 한다는 다짐을 주었다. 그리고 한마디 덧붙였다.

"나는 그대의 무기를 빼앗지 않겠다. 그대를 두려워하지 않으니까."

제로니모는 크룩의 단도직입적인 태도에 호감이 갔지만 크룩이 하루 이틀 내에 애리조나로 출발해야 한다고 하자 정말로 자기를 믿는지 시험해보고 싶은 마음이 생겼다. 그는 부족들을 모두 모으는 데 여러 달이 걸릴 거라고 말했다. "나는 치리카우아족의 남자, 여자, 아이 할 것 없이 마지막 한 사람을 모을 때까지 여기에 남아 있겠소"라고 그는 주장했다. 차토도 함께 남아 부족민 모두를 산 카를로스로 데려갈 때까지 옆에서 거들 것이다.

44.

놀랍게도 크룩은 이 제안을 받아들였다. 5월 30일 크룩 부대는 북쪽으로 떠났다. 251명의 아녀자와 123명의 전사들이 따라갔다. 로코, 망가스(망가스 콜로라도의 아들), 치와와, 보니토 그리고 늙고 주름진 나나까지, 제로니모와 차토를 뺀 모든 전투추장이 끼어 있었다.

그로부터 여덟 달이 지나갔다. 이번에는 크룩이 놀랄 차례였다. 약속대로 제로니모와 차토가 1884년 2월 국경을 넘어 산 카를로스로 호위를 받으며 들어왔다. "제로니모는 멕시코인들에게 훔친 말 떼를 몰고 오는 실수를 저질렀다"고 베치네즈는 말했다. "부족민에게 양식을 공급해주는 일이라고 생각하는 그에게 그런 행동은 전혀 이상한 일이 아니었다. 당국자들이 끼어들어 말 떼를 풀어주도록 했다."

정직한 회색늑대는 말 떼를 판 1762달러 50센트의 수입금을 주인을 찾아 돌려주도록 멕시코 정부에 전달했다.

1년이 넘도록 뉴멕시코와 애리조나의 인디언들은 '어떤 잔학 행위나 약탈'도 저지르지 않았다. 제로니모를 비롯한 아파치 추장은 농장을 만드는 데 열중했으며 크룩은 주재관들이 필수품을 제대로 내주고 있는지 세심히 감독했다.

그러나 주거지역과 군 초소 밖에서는 크룩이 아파치족에 대해 너무 안이한 생각을 하고 있다는 비판이 일었다. "인디언에 대한 과장되고 거짓된 온갖 말"을 퍼뜨렸다고 크룩이 비난했던 신문들은 이제 그에게 화살을 돌렸다. 심지어 몇몇 사람은 크룩이 멕시코에서 제로니모에게 항복했으며 목숨을 건지려고 모종의 거래를 했다는 소문까지 퍼뜨렸다. 그들은 제로니모를 더할 수 없는 악마로 만들어 잔인한 이야기를 숱하게 꾸며댔고 정부가 제로니모의 목을 매달지 않으려면 자경단원에게 맡기라고 요구했다. 치리카우아족의 공식 통역인 미키 프리가 신문에 난 기사를 제로니모에게 알려주자 그는 "바른 일을 하려고 할 때 그런 이야기를 신문에 내서는 안 된다"고 대꾸했다.

옥수수를 심는 계절(1885년 봄)이 지나자 치리카우아족은 불만에 찼다. 남자들은 식량을 타내는 것 이외에는 할 일이 없어 노름과 술에 빠지고 싸움질을 일삼았다. 주거지역 내에서는 술 마시는 것이 금지되어 있었지만 수확해둔 옥수수가 많이 있었으므로 얼마든지 티스윈 주를 만들 수 있었다. 술을 마시는 것은 얼마 남지 않은 즐거움 중의 하나였다.

5월 17일 밤 제로니모와 망가스, 치와 그리고 늙은 나나는 티스윈 주를 마시고 취한 상태에서 멕시코로 가기로 작정했다. 그들은 차토에게도 함께 가자고 권했지만 술을 마시지 않은 차토는 그들과 함께가길 거부했다. 그는 그 일로 제로니모와 주먹다짐까지 벌였다. 제로니모를 따라나선 사람은 부녀자와 어린애를 합쳐 92명, 사내아이 8명, 성인 남자가 34명이었다. 그들은 산 카를로스를 떠나면서 전선을 잘라놓는 것을 잊지 않았다.

모든 것이 원만하게 돌아가고 있는 상황에서 이렇게 갑자기 탈주를 했으니 백인이나 아파치족 간에 갖가지 억측이 나돌 수밖에 없었다. 티스윈 주에 만취해서 그랬을 거라고도 하고 아니면 치리카우아족에 대한 좋지 않은 소문이 돌아서 체포당할까 두려워서 그랬다는 말도 있었다.

"전에 산 카를로스로 송환되었을 때 쇠사슬에 묶인 적이 있어서 몇몇 추장들은 다시는 그런 일을 안 당하겠다는 각오였다"고 베치네즈는 설명했다.

제로니모의 후일담을 들어보면 탈주 이유가 분명해진다.

"내가 떠나기 얼마 전에 와디스케이라는 인디언이 나와 이야기를 나누면서 '그자들이 당신을 체포하려고 하고 있어요'라고 말했지만 나는 잘못한 일이 없어서 한 귀로 흘려버렸다. 그런데 망가스의 아내 우에라가 백인들이 나를 잡아 망가스와 함께 감옥에 집어넣을 것이라고 말했다. 나는 미군과 아파치 용병 그리고 차토와 미키 프리로부터 미국인들이 나를 체포해 목을 매달 것이라는 사실을 알아냈다. 그래서 나는 떠났다."

제로니모 무리가 도망쳤다는 사실은 거친 소문의 신호탄이 되었다. 신문은 '아파치족 탈주!'라는 제하의 특종을 머릿기사로 다루었다. '제로니모'라는 이름은 피를 부르는 단어가 되었다. 투산 링(패거리)의 군수품 납품업자들은 전쟁으로 이득을 볼 기회를 잡고 살인적인 아파치족으로부터 무방비한 백인 시민을 보호하기 위해 군대를 출동시키라고 아우성쳤다. 어쨌든 제로니모는 백인들과의 접촉을 피하며 필사적으로 도망쳤다. 그가 바라는 것은 다만 부족민을 한시바삐 국경 너머 시에라 마드레 산으로 도피시키는 것이었다. 이틀 낮밤을 치리카우아족은 쉴 새 없이 달렸다. 도중에 마음이 변한 치와와는 지파를 빼내 주거지 역 쪽으로 돌아섰다. 그러나 추격하던 기병대가 그를 따라잡아 전투를 피할 수 없게 되었다. 그는 피비린내 나는 약탈을 감행하면서 멕시코로 넘어갔다. 치와와라는 이름을 아는 애리조나 사람들은 거의 없었기 때문에 그가 감행한 습격은 모두 제로니모 탓으로 돌아갔다.

한편 크룩은 투산의 납품업자들과 그들의 친구인 워싱턴의 정상배들이 거세게 요구하는 대규모 군사 작전을 피하려고 애썼다. 그가 알기로 개인적인 협상만이 30여 명의 아파치 전사를 다룰 수 있는 유일한 방법이었다. 백인 주민들을 위해 각 초소에서 두세 명 정도의 기병대원을 차출했지만 그는 그 반항적인 치리카우아족을 찾아내기 위해 자신이 신임하는 아파치 용병들을 이용했다. 차토와 코치스의 아들 알치스가 자원했다.

가을이 다가오자 크룩이 다시 한 번 국경을 넘어갈 일이 생겼다. 워싱턴에서 내려온 지시는 간단명료했다.

"도망자들을 죽여라, 아니면 무조건 항복을 받아라."

치리카우아족이 시에라 마드레 산에 도착했을 때는 멕시코군이 이미 산을 점거한 채 기다리고 있었다. 그들을 죽이려는 멕시코군과 그들을 포로로 잡아두려는 미군 사이에서 제로니모는 차토와 알치스의 말을 들어보기로 마음먹었다.

1886년 3월 25일, 드디어 멕시코 북부 지방을 유랑하던 적대적인 아파치 추장들과 크룩은 국경 남쪽 이삼 마일 지점인 카뇬 드 로스 엠부도스에서 만났다. 3일 동안 속을 털어놓고 회담한 뒤 치리카우아족은 투항에 동의했다. 크룩은 그들이 멀고 먼 동쪽 플로리다에 포로로 이송되리라고 솔직하게 털어놓았다.

제로니모 일행은 2년의 수감 생활 뒤에는 주거지역으로 되돌아올 수 있도록 약속해달라고 요구했다. 크룩은 곰곰이 생각해보았다. 아파치 추장의 제안은 타당해 보였다. 그런 조건으로라도 투항시키는 것이 낫다고 워싱턴을 설득할 수 있을 거라고 판단한 크룩은 그 제안을 받아들였다. "나를 당신에게 넘깁니다." 제로니모가 말했다. "마음대로 하시오. 한때 나는 바람처럼 떠돌아다녔소. 이제 당신에게 투항합니다. 이게 다요."

알치스는 회의 끝 무렵에 크룩에게 실수를 저지른 치리카우아 형제들에 대해 자비를 베풀어주기를 간청했다.

"이 사람들은 이제 모두 좋은 친구들이 되었습니다. 나는 이들이 투항해서 기쁩니다. 모두 같은 부족민이고 모두 나와 한 가족이니 말이오. 사슴을 죽일 때 그 모든 부분이 한 몸이듯 치리카우아족도 그와 똑같소. ……이제 우리는 산속에서 숨어 지내지 않고 넓은 길을 나다니며 미국인과 같은 시냇물을 마시고 싶소. ……위험이나 불안 없이 살았으면 좋겠소. ……내가 투항한 치리카우아족을 위해 말할 수 있다는 것이 아주 기쁘오. 나는 당신에게 거짓말을 한 적 없고 당신도 내게 거짓말을 하지 않았으므로 이 치리카우아 인디언들이 정말로 바른 일을 하고 평화로이 살기를 원한다고 말할 수 있습니다. 이 사람들이 그렇게 하지 않는다면 내가 거짓말을 한 것이 되니 그때는 더 이상 나를 믿지 않아도 좋습니다. 당신이 먼저 보위 요새로 갈 것이니 오늘 여기서 말한 것을 당신의 호주머니에 모두 담아가기 바랍니다."

크룩은 치리카우아족이 그의 정찰대와 함께 보위 요새로 들어올 것으로 알고 곧 전보를 쳐서 치리카우아 추장들에게 제시한 조건을 국방부에 보고했다. 그러나 실망스럽게도 즉각 내려온 답변은 "2년 동안 수감한 뒤 주거지역으로 돌려보낸다는 조건으로는 적대자들의 투항을 받아들일 수 없다"는 것이었다. 회색늑대는 또 한 번 지킬 수 없는 약속을 한 셈이 되었다. 더욱 치명적이었던 것은 다음 날 보위 요새 이삼 마일까지 왔던 제로니모와 나이치가 부족을 이끌고 다시 멕시코로 돌아가고 있다는 소식이었다. 투산 링의 교역 상인 한 사람이 그들에게 위스키를 잔뜩 먹이고, 주거지역으로 돌아가면 애리조나의 백인 주민들이 당신네 목을 매달 게 뻔하다는 둥 한참 거짓말을 늘어놓았던 것이다. 베치네즈의 말로는 나이치가 술에 취해 공중에 대고 총을 쏘았다는 것이다.

"제로니모는 군인들과 싸움이 일어난 줄 알았다. 그와 나이치는 30명 정도의 추종자들을 데리고 우르르 도망쳤다."

그보다 더 큰 이유가 있었던 것 같다. 뒷날 제로니모가 한 얘기다.

"나는 배신이 두려웠소. 그런 의혹이 생겨서 발길을 돌렸던 거요." 나이치는 뒤에 "나는 생판 모르는 곳으로 끌려갈 생각을 하니 겁이 났습니다"라고 크룩에게 털어놓았다.

"끌려간 사람은 다 죽을 거 아니오. 그렇게 속으로 생각하고 있었소. 그러다가 서로 이야기를 하면서 술에 취했소. 위스키는 많이 있었고 술이 들어가는 때라서 맘껏 마셨소."

제로니모가 다시 도망갔다는 보고를 받은 국방부는 크룩이 일을 부주의하게 처리한 데다 허락하지도 않은 투항 조건에 동의했으며 인디언들에게 너무 관대한 태도를 보였다고 질책했다. 크룩은 그 즉시 사임했으며 승진을 하고 싶어 안달하는 곰외투 넬슨 마일스 준장이 신임 애리조나 사령관이 되었다.

곰외투는 1886년 4월 12일 취임했다. 그는 국방부의 전적인 지원하에 신속하게 미군 5천 명을 투입했다. 이 병력은 미군 전투 병력의 3분의 1에 이르는 숫자였다. 여기에 500명의 아파치 정찰병과 수천 명의 비정규 민병까지 동원했다. 그는 또 애리조나와 뉴멕시코로 특보를 전하기 위해 값비싼 사진 제판 제도와 기동대를 만들었다. 이 엄청난 병력이 정복하려는 것은 제로니모와 24명의 전사들이었다. 거기다 그들은 여름 내내 수천 명의 멕시코 군인들에게 계속 추격당하는 처지였다.

쫓기던 제로니모의 부대는 결국 시에라 마드레 산의 협곡 은거지에서 포위당했다. 그들을 찾아낸 사람은 주먹코 찰스 게이트우드 중위와 두 명의 아파치 정찰병 마틴과 카이이타였다. 제로니모는 총을 내려놓고 주먹코와 악수를 나눈 뒤 미국에서 일이 어떻게 돌아가고 있는지, 치리카우아족은 어떻게 지내는지 물었다. 투항한 치리카우아족은 이미 플로리다로 송환되었다고 게이트우드가 대답했다. 제로니모가 마일스 장군에게 투항하면 그 또한 플로리다로 보내질 것이다.

제로니모는 곰외투가 어떤 사람이냐고 물었다. 그 사람의 목소리는 거친가, 아니면 듣기 좋은가? 잔인한가, 친절한가? 말할 때 상대방의 눈을 쳐다보는가, 아니면 땅을 내려다보는가? 약속을 잘 지키는 사람인가? 그러고는 장교에게 충고를 구했다.

"우리는 당신의 충고를 바라오. 자신을 백인이라 생각지 말고 우리 중의 하나라고 쳐보시오. 오늘 내 이야기를 듣고 이런 상황에서 당신은 아파치족으로서 어떻게 하면 좋겠다고 말해주겠소?"

"나라면 마일스 장군을 믿고 그의 말에 따를 것이오"라고 그는 대답했다.

그렇게 제로니모는 마지막으로 투항했다. 제로니모의 악행을 과장한 야단스러운 신문기사를 모두 그대로 믿은 워싱턴의 큰아버지 그로버 클리블랜드는 그를 교수형에 처할 생각이었다. 그러나 사정을 더 잘 알고 있는 사람들의 권고가 먹혀들어 제로니모를 비롯한 생존자들은 플로리다의 마리온 요새에 수감되었다. 제로니모의 친구들인 '적대적인' 아파치족은 자신들이 태어난 높고 건조한 땅과 다른 덥고 습기찬 땅에서 하나하나 죽어갔다. 100명도 넘는 이들이 결핵이라 진단된 병으로 죽었다. 거기다 미국 정부는 인디언 아이들을 모두 부모의 품에서 떼어내 펜실베이니아의 칼라일에 있는 인디언 학교로 보냈다. 50명이 넘는 아이들이 그곳에서 죽었다.

적대적인 아파치족뿐만 아니라 크룩을 위해 일했던 정찰병을 포함해 '우호적인' 아파치족까지 플로리다로 이송되었다. 제로니모의 은거지를 발견하는 데 게이트우드 중위에게 협력했던 인디언 정찰병 마틴과 카이이타도 그들에게 약속된 말 열 마리를 받기는커녕 플로리다로 송환되어 수감되었고, 주거지역을 떠나지 말라고 제로니모를 설득하고 그를 찾는 데 앞장섰던 차토도 갑자기 농장에서 쫓겨나 플로리다로 직행했다. 차토는 자신에게 할당된 땅도 가축도 모두 잃었다. 그의 아이들 둘은 칼라일에 보내져 거기서 죽었다. 치리카우아족은 멸족되어야 할 운명이었다. 그들은 너무 결사적으로 싸워 백인의 반감을 샀던 것이다.

그러나 그들뿐만이 아니었다. 산 카를로스의 힐러 농장에서 농사를 지어 경제적으로 자립했던 아라바이파족 추장 에스키민진도 '아파치 꼬마'로 알려진 무법자와 연락을 취했다는 죄목으로 체포되었다. 그와 아라바이파 생존자 40명은 치리카우아족과 같이 플로리다 감옥에 수감되었다. 후일 이 귀양객들은 앨라배마의 마운트 버넌 배럭스로 옮겨졌다.

조지 크룩이나 존 클럼, 휴 스콧 같은 얼마 안 되는 백인 친구들의 노력이 없었더라면 아라바이파족은 모빌 강가의 초소에서 열병에 걸려 땅속에 파묻혔을 것이다. 그 백인 친구들은 곰외투나 국방부의 반대에 맞서 에스키민진과 아라바이파족이 산 카를로스로 돌아오는 데 힘을 써주었다.

하지만 애리조나 시민들은 제로니모의 치리카우아족만큼은 들어오지 못하게 했다. 카이오와족과 코만치족은 아파치족의 숙적이었지만 휴 스콧 중위에게 치리카우아족의 곤란한 사정을 듣고 오클라호마에 있는 자신들의 주거지역 일부를 내주었다.

1894년 제로니모는 다른 생존자들과 함께 실 요새에 이감되어 1909

년 포로의 몸으로 죽었다. 그는 실 요새 근처의 아파치 묘역에 묻혔다. 전설에 의하면 매장된 지 얼마 안 돼 그의 유해는 몰래 남서쪽으로 옮겨졌다고 한다. 그는 아마도 모골론 산이나 치리카우아 산 아니면 멕시코의 시에라 마드레 산 깊은 곳에 묻혀 있을 것이다. 제로니모는 아파치 최후의 추장이었다.

들소가 온다

Ha ti wa-ka i̱ tā-ra-ha ha̱_ rē̱ ra
kū-ra ra wa-kū̠-e̱ ru̱ tā-_ ra-ha̠ ṟē̱ ra tā-
ra-ha̠ rē̱ ra tā-ra-ha̠_ rē̱ ra tā-ra-ha a̱ rē̱ ra
ra ū̠-ra wē̱ ri-ku sa tā-ra-ha ha̱_ rē̱ ra tā̱-
ra-ha̠ rē̱ ra tā̱-ra-ha̠_ rē̱ ra tā̱-ra-ha a̱ rē̱ ra

출처: 미 인종학 소장국

여보게, 저게 들소 소리 아닌가?

아하, 들소가 오는구나.

올 듯 말 듯 가슴 태우더니

그예 오는구나.

야! 들소가 온다.

chapter
18

망령의춤
Dance of the Ghosts

1887년—2월 4일, 미 의회, 철도 규제를 위한 각 주 사이의 통상위원회 설치. 6월 21
　　　　일, 영국 빅토리아 여왕 즉위 50주년 축하. 7월 2~4일, 남북 참전 병사들, 게
　　　　티즈버그에서 재회.

1888년—5월 14일, 브라질 노예제 폐지. 11월 6일, 그로버 클리블랜드가 벤저민 해리
　　　　슨보다 총 유권자 투표에서 더 많은 표를 획득했지만 선거인단의 투표에서
　　　　해리슨이 대통령에 당선됨.

1889년—3월 4일, 벤저민 해리슨, 대통령에 취임. 3월 23일, 해리슨 대통령, 오클라호
　　　　마(전 인디언령)를 백인 이주민에게 개방. 3월 31일, 파리의 에펠탑 완공. 5월
　　　　31일, 존스타운 홍수로 5천 명 익사. 11월 2~11일, 남북 다코타, 몬태나와 워
　　　　싱턴, 미 합중국의 주로 승격.

1890년—1월 25일, 넬리 블라이, 72일 6시간 11분 만에 세계일주. 6월 1일, 미국 인구
　　　　6262만 2250명에 육박. 7월 3~10일, 아이다호와 와이오밍, 미 합중국의 43번
　　　　째와 44번째 주가 됨.

만약 누가 무언가를 잃어버려 되돌아가 조심스럽게 찾는다면 그는 그것을 발견할 것이다. 인디언이 과거에 그들에게 약속한 것을 달라고 요구할 때도 그렇다. 나는 인디언이 짐승 같은 대우를 받아야 한다고 생각지 않는다. 그것이 내가 이런 감정을 가지고 성장한 이유다. ……내 고향은 악명이 나버렸지만 원래는 좋은 땅이었다. 나는 이따금씩 주저앉아 악명이 나게 한 사람이 누구인지 물어보곤 한다.

———

타탕카 요탕카(앉은소)

여기 이 땅은 우리에게는 지상에서 가장 소중한 보물이다. 사람들은 땅을 차지하고 살며 땅이 있어야 부유해진다. 그러므로 우리 인디언은 이 땅을 지켜야 한다.

———

흰우레

인디언은 모두 춤춰야 한다. 언제 어디서나 계속 춤을 춰야 한다. 내년 봄이 오면 위대한 정령이 오시리라. 온갖 짐승들을 데리고 오시리라. 들짐승은 어디서나 가득 뛰놀고 죽은 인디언은 모두 다시 살아나 젊은 사람같이 튼튼해지리라. 늙은 사람은 젊어지고 눈먼 사람은 눈을 뜨며 좋은 시절을 맞이하리라. 위대한 정령이 이 길로 오실 때 인디언은 백인들에게서 벗어나 높이 산으로 오르리. 백인은 인디언을 해칠 수 없구나. 인디언이 높은 곳에 오르고 나면 큰 홍수가 나리라. 모든 백인들은 물에 빠져 죽는구나. 물은 흘러가고 지상엔 인디언과 짐승들만 남으리니. 마슬사는 계속해 춤추라고 신탁을 내리며 화창한 날이 열리리라. 춤추지 않고 내 말을 믿지 않는 인디언들에게 화 있을진저. 점점 왜소해져 한 자 크기로 줄어들리라. 왜소한 자들이여, 나무로 변해 불에 탈지니라.

———

워보카, 파이우트족의 메시아

1876년과 1877년에 걸친 전쟁에서 미군에 패한 테톤 수우족은 파우더 강 유역과 검은언덕을 모두 잃었다. 정부가 그다음에 취한 조치는 대수우 주거지역Great Sioux Reservation의 서쪽 경계선을 서경 104도에서 103도로 옮긴 것이었다. 이는 검은언덕과 인접한 50마일의 땅뙈기와 샤이엔 강 지류의 비옥한 삼각주를 빼앗기 위한 조치였다. 1877년 수우족은 네브래스카에서 쫓겨나, 경계를 정한 백인 측량 기사들이 쓸모없다고 판단한 미주리 강 유역 모루 모양의 불모지로 이주했다. 면적은 서경 103도와 미주리 강 사이의 약 3만 5000평방마일이었다.

　　테톤족을 아예 인디언령으로 옮기자는 관리도 있었고 미주리 강을 따라가며 주재소를 설치하자는 의견도 있었지만 붉은구름과 점박이꼬리의 거센 항의에 부딪쳐 결국 타협이 이루어졌다. 붉은구름의 오글라라족은 주거지역 남서부 한 귀퉁이에 있는 파인 릿지의 와지 아한한에 정착했다. 오글라라의 여러 지파는 북쪽 화이트 강 지류를 따라 옐로 메디신, 포큐파인 테일, 운디드니에 영구 마을을 세웠다. 점박이꼬리의 브룰레족은 파인 릿지 동쪽 화이트 강 유역에 정착했다. 주재소는 로즈버드였다. 그밖에 다른 수우족을 위해 로어 브룰레, 크로우 크리크, 샤이엔 강과 스탠딩 록에 주재소 네 군데가 신설되었다. 이 주재소들은 이후 거의 1세기 동안 남아 있을 테지만 대수우 주거지역의 땅은 대부분 백인들의 수중에 들어가게 될 것이다.

　　테톤족이 새 마을에 정착하는 동안 북유럽의 거대한 이민의 파도가 다코타 동쪽으로 밀려들어 대수우 주거지역의 미주리 강 경계선에서 넘실대고 있었다. 서쪽으로 돌진하는 철도는 미주리의 비스마르크에서 주거지역 때문에 길이 막혔다. 몬태나와 북서쪽으로 가려는 이주자들은 주거지역을 통과할 수 있는 길을 내라고 아우성쳤다. 값싼 땅을 이 주민들에게 고가로 팔려는 부동산 투기꾼들은 대수우 주거지역을 해체 시키려고 날뛰었다.

예전 같았으면 이런 사기꾼들을 막아낼 수우족이었지만 이젠 무기도 말도 없었고 먹고 입을 여유마저 없는 형편이었다. 남아 있는 위대한 전투추장이라면 캐나다로 망명한 앉은소밖에 없었다. 3천 명에 이르는 앉은소의 훙크파파족은 무기와 말을 가지고 자유롭게 살고 있었다. 언 젠가는 그들이 돌아오리라.

멕시코에서 자유로이 떠돌아다니던 제로니모와 마찬가지로, 캐나다 에서 버티고 있는 앉은소는 미국 정부로서는 골칫거리이며 위험한 전 복의 상징일 수밖에 없었다. 군부는 당연히 이 훙크파파족 추장을 손아 귀에 넣으려고 안간힘을 썼다. 드디어 1877년 9월 미 국방부는 캐나다 정부와 협의해 영국령 캐나다 기마경찰대의 호위 아래 앨프리드 테리 장군이 이끄는 특별위원회를 국경 너머 월시 요새로 보냈다. 테리는 앉 은소 지파가 무기와 말을 내놓고 스탠딩 록의 훙크파파 주재소로 돌아 온다면 모든 행위를 사면하겠다고 할 계획이었다.

그러나 앉은소는 만나려 하지 않았다. "미국 사람들과는 이야기해야 소용없어. 모두가 거짓말쟁이야. 그들이 말하는 건 어떤 것도 믿을 게 못 돼"라고 캐나다 기마 경찰대장인 제임스 매클레오드에게 말했다. 그 러나 앉은소가 캐나다에서 나가기를 바라는 매클레오드가 열심히 설득 한 결과, 10월 17일 회담을 하러 월시 요새로 나오게 되었다. 테리가 앉 은소에게 협조를 구했다.

"당신네 지파만 유일하게 투항하지 않았소. 우리는 모든 국민들과 평 화롭게 살기를 원하는 큰아버지의 말씀을 전하기 위해 수백 마일을 왔소. 백인, 인디언 할 것 없이 너무 많은 피를 흘렸소. 이젠 유혈을 그쳐 야 할 때요."

"우리가 무슨 일을 했다는 말인가? 우리는 아무 일도 하지 않았어. 살 육과 약탈을 하게 만든 것은 우리가 아니라 당신 쪽 사람들이야. 우리 는 갈 데가 없어서 이 나라에서 피난처를 찾았소. 당신이 뭐하러 온 건 지 나는 잘 알고 있어. ……당신은 여기 거짓말을 하러 온 거야. 이 큰 어머니 집에. 그런 말은 듣고 싶지 않소. 두 번 다시 그런 말 말고 당신 이 나를 쫓아내고 차지한 땅으로 돌아가시오. 나는 이 나라 사람들과 살려고 여기 왔으니, 여기서 살겠어."

앉은소는 같이 지내는 샌티파와 양크톤파를 포함해 여러 사람에게 발 언하도록 했다. 그들도 같은 의견이었다. 그러고 나서 그는 이런 회담 에서 전례 없는 일이지만, 한 여인을 데려다 발언을 시켰다. 그 여자의 이름은 한번말하는사람The One Who Speaks Once이었다. 여자에게 발언 권을 준 것은 테리에 대한 고의적인 모욕 행위였다고 인디언들은 나중 에 털어놓았다.

"나는 당신네 나라에 있었어요. 거기서 아이들을 기르고 싶었지만 당 신네는 그럴 만한 여유조차 주지 않았어요. 아이들을 마음 놓고 기르고 평화롭게 살고 싶어 이 나라에 왔어요. 당신에게 말할 건 이게 다예요. 당신이 온 곳으로 돌아가세요. 나는 여기서 이 사람들과 애를 기르면서 함께 살 겁니다."

테리는 더 이상 간청해보았자 아무 소용없다는 것을 깨달았다. 그가 마지막으로 기대한 것은 매클레오드의 설득이었다. 매클레오드는 홍크 파파족에 대한 캐나다 정부의 입장을 설명했다. 그는 앉은소에게 여왕 의 정부가 그를 캐나다에 피신한 미국 인디언으로 간주해 영국 인디언으로서 권리를 주장할 수 있다고 생각지 않는다고 말했다.

"여왕의 정부에 당신이 기대할 것은 아무것도 없소. 온순하게 처신한다면 보호해주기는 하겠지만. 얼마 안 가 당신이 유일하게 기대고 있는 들소의 공급원은 끊어질 거요. 적대적인 의도를 갖고 국경을 넘어선 안 됩니다. 그렇게 되면 미국인들뿐 아니라 캐나다 기마경찰대와 영국 정부도 당신들의 적이 될 겁니다."

그러나 매클레오드의 어떤 말도 앉은소의 결심을 바꿀 수는 없었다. 그는 큰어머니의 나라에 남아 있을 것이다.

이튿날 테리 준장은 미국으로 돌아갔다. 그리고 국방부에 보고서를 썼다. "국경 인근의 심히 적대적인 대규모 인디언들의 존재가 주거지역의 평화에 지속적인 위협이 되고 있습니다."

앉은소는 캐나다에 4년 동안 머물렀다. 영국 정부가 좀 더 협조적이었다면 그들은 아마 사스카체완 평원에서 일생을 보냈을 것이다. 그러나 여왕의 정부는 처음부터 그를 분쟁을 일으킬 귀찮은 존재이자, 접대비가 비싸게 드는 불청객으로 여겼다. 그를 경계하기 위해 기마경찰대를 증원해야 했기 때문이다. 앉은소는 가끔 캐나다 의회에서도 농담거리가 되었다.

존 맥도널드 경: 앉은소가 어떻게 국경을 넘어왔는지 모르겠군.

매켄지 경: 일어나서 왔겠지.

존 맥도널드 경: 그럼 앉은소가 아니지!

이런 식으로 농담이 오갔을 뿐 식량이건 옷이건 일절 도움을 주지 않았다. 추운 겨울에 인디언들은 잠자리가 부족했고 모포가 없어 고생했다. 들짐승도 줄어들어 식량뿐 아니라 옷과 천막을 만들 가죽도 부족했다. 고향과 부족민에 대한 향수는 노인들보다 젊은이들이 더했다. 한 오글라라 지파의 젊은이는 이렇게 얘기하고 있다.

"우리는 행복하게 지냈던 옛 시절을 그리워하며 향수에 젖어들었다."

여러 계절이 지나가자 몇몇 굶주리고 추레해진 가족들이 국경을 넘어 남쪽으로 빠져나가 다코타의 수우족 주재소에 투항했다.

앉은소는 자립할 수 있도록 주거지역을 내달라고 캐나다 사람들에게 간청했지만 영국 신민이 아니어서 자격이 없다는 말만 돌아올 뿐이었다. 1880년 겨울은 유난히 추운 날씨 때문에 말이 많이 얼어 죽었다. 봄이 되자 더 많은 유랑민들이 걸어서 남쪽으로 떠났다. 심지어 쓸개와 까마귀왕 같은 가장 충성스러운 부관들까지 떠나갔다.

드디어 1881년 7월 19일 앉은소와 마지막까지 남았던 훙크파파족 186명이 국경을 넘어 부퍼드 요새로 말을 달렸다. 노추장은 넝마가 된 사라사 천의 옷과 해진 각반에 더러운 모포를 두르고 있었다. 윈체스터 총을 미군 지휘관에게 넘길 때의 표정은 늙고 찌들어 보였다. 군부는 그를 사면해주겠다는 약속을 깨고 스탠딩 록의 훙크파파족 주재소로 보내는 대신 랜들 요새에 포로로 억류했다.

앉은소가 돌아온 사실은 점박이꼬리가 암살된 사건으로 잠시 뒷전에 가려졌다. 암살자는 백인이 아니라 같은 부족민 까마귀개Crow Dog였다. 까마귀개는 아무런 예고 없이 그 유명한 브룰레 추장이 말을 타고 로즈버드 주거지역의 오솔길을 지나가는데 총격을 가했다. 백인 관리들은 그 살인 사건을 치정痴情 문제로 얼버무리려고 했으나 죽은 추장의 친구들은 주재관의 명령에 고분고분 따르는 약한 자에게 추장의 권한을 넘겨주려는 음모라고 주장했다. 붉은구름은 점박이꼬리가 부족들의 처지를 개선하기 위한 주장을 했기 때문에 비겁한 암살자를 고용해 죽인 것이라고 믿었다.

"인디언이 암살했다고 해서 인디언들만 욕하고 있다. 그런데 누가 그 암살자를 부추겼는가?"

암살 사건에 대한 분노가 가라앉자 이번에는 랜들 요새의 앉은소에게 관심이 집중되었다. 각지에서 수우족 추장들이 경의를 표하기 위해 몰려들었고 신문기자들도 회견을 원했다. 그는 패배를 당해 잊혀졌으리라 생각했지만 유명 인사가 되었다.

1882년 대수우 주거지역을 여러 조각으로 나누어 그중 절반을 매수한다는 새로운 정부 계획이 발표되자 각 지파의 추장들이 앉은소의 충고를 들으러 왔다. 그는 절대로 팔지 말라고 충고했다. 수우족은 더 이상 팔 땅도 거의 없었다. 1882년 수우족은 인디언들의 땅을 협상해서 빼앗는 일에 이력이 난, 뉴턴 에드먼즈가 이끄는 대표단에게 1만 4000 평방마일의 땅을 거의 다 잃게 되었다. 대표들은 그 지방 변호사인 피터 섀넌과 새 내무장관의 형제인 제임스 텔러였다. 그들과 함께 온 '특별 통역원'은 작은까마귀 시절부터 수우족의 선교사였던 새뮤얼 힌먼이었다. 힌먼이 볼 때 인디언에게 필요한 것은 땅은 줄이고 기독교를 더 많이 받아들이는 것이었다.

힌먼의 대표단은 이곳저곳 돌아다니면서 주거지역을 6개 주재소로 나누겠다는 계획을 추장들에게 내놓았다. 그러면 수우족 지파들이 각 지역을 영구히 소유하게 될 거라고 말했다. "주거지역을 나눈 뒤에 큰아버지는 2만 5000마리의 암소와 1천 마리의 수소를 주실 것이다"라고 힌먼은 붉은구름에게 말했다. 그러나 그 가축을 받기 위해서는 대표단이 내놓은 서류에 서명해야 했다. 수우족 추장들은 아무도 읽을 줄 아는 사람이 없어서 그 서명으로 암소와 수소를 받고 1만 4000평방마일의 땅을 내줘야 한다는 사실을 몰랐다.

힌먼은 그 어떤 것에도 서명을 꺼리는 이들은 감언이설로 달래면서 한편으로 위협하는 전술을 썼다. 많은 서명을 받기 위해 일곱 살짜리 아이까지도 얼러서 서명을 하게 했다(조약상엔 성인 인디언 남자만 서명하게 되어 있었다). 파인 릿지 주거지역에 있는 운드드니 크리크 유역의 한 회합에서 힌먼은 서명을 하지 않으면 식량과 연금을 받지 못할 뿐 아니라 인디언령으로 보내버릴 거라고 위협했다.

나이 든 인디언들은 지금까지 서류 같은 것에 '펜을 대기만' 하면 틀림없이 땅이 줄어든 것으로 볼 때 힌먼이 그들의 주거지역을 훔치려 한다는 것을 알았다. 파인 릿지의 소추장 노랑머리Yellow Hair도 처음에는 적극 반대했지만 힌먼의 협박을 받고 어쩔 수 없이 서명했다. 서명 의식이 끝나고 대표단이 떠난 뒤 노랑머리는 조롱하듯이 주재관인 밸런타인 맥길리커디 박사에게 흙 한 줌을 선물로 건넸다.

"이제 우리 땅을 거의 다 내주었소. 이 흙 한 줌도 당신네 것이니 마저 가져가시오."

1883년 초 에드먼즈와 힌먼은 수우족의 서명철을 들고 워싱턴으로 의기양양하게 개선해 대수우 주거지역의 절반에 가까운 땅을 미국에 양도하는 법안을 의회에 상정했다. 그러나 다행히 수우족도 워싱턴에 백인 친구들이 있었다. 그들은 법안 내용을 문제 삼고 모든 서명이 합법적으로 이루어졌다고 하더라도 수우족 성인 남자 4분의 3의 서명을 받아내지 못했다는 점을 지적했다.

헨리 도즈 상원의원을 대표로 한 조사단이 서명이 적법하게 이루어졌는지 파악하기 위해 다코타로 파견되었다. 현지조사를 통해 힌먼 일당이 인디언들을 속였다는 게 드러났다.

도즈는 붉은구름에게 흰먼이 정직한 사람이라고 생각하느냐고 물었다. "흰먼 씨는 당신같이 다 큰 어른도 속이는 사람이오"라고 붉은구름은 대답했다.

"그 사람한테 많은 말을 듣고도 내게 와서 다시 묻고 있지 않소?"

붉은개Red Dog는 흰먼이 암소와 수소를 준다고 했지만 그 대신 수우족이 땅을 내놓아야 한다는 말은 전혀 하지 않았다고 증언했다. 생채기Little Wound는 "지금 있는 주거지역으로 보면 인디언들이 자기 땅이라고 말할 수 있는 것이 없으니 큰아버지와 대회의에서 주거지역을 나누는 게 좋겠다고 생각한다고 흰먼 씨가 말해서 우리가 서명한 거요"라고 있는 그대로 말했다.

"남은 땅은 큰아버지가 가질 거라는 말은 입 밖에 내지 않았소?" 도즈가 물었다.

"아닙니다. 그런 말은 전혀 하지 않았습니다."

흰우레White Thunder는 자기가 서명한 문서는 불한당 같은 문서라고 말했다. 불한당이 무슨 말이냐고 도즈가 묻자 그는 이렇게 대꾸했다.

"땅을 헐값으로 빼앗으려 드는 게 불한당이지 뭐요?"

"그럼 돈을 더 주면 기꺼이 내주겠다는 말인가?"

"아니요. 그럴 순 없소. 우리에게 땅은 이 세상에서 가장 소중한 거요. 사람들은 땅에 발을 디디고 그 땅으로 잘살게 됩니다. 인디언은 땅을 지켜야 합니다."

앉은소는 대표단이 방문하기 직전 랜들 요새에서 석방되어 훙크파파 주재소인 스탠딩 록에 와 있었다. 8월 22일 대표단이 그곳에 왔을 때 앉은소는 회의에 참석하기 위해 그랜드 강가에 배정된 마을에서 주재소 본부로 왔다. 도즈는 일부러 가장 유명한 수우족 추장의 존재를 무시하고 뛰는영양Running Antelope이나 블랙푸트족의 추장인 그래스의 아들 존 그래스 같은 젊은 추장들에게 먼저 증언을 요청했다.

마지막으로 도즈는 통역에게 "앉은소에게 할 말이 있는지 물어보라"고 말했다.

"물론 청한다면 말할 것이오"라고 앉은소는 대답했다. "당신이 원하는 사람만 무슨 말이든 할 수 있는 모양이구려."

"대신 말해줄 사람을 내세워도 됩니다. 말하고 싶은 사람이나, 여기 인디언들이 발언해주기를 바라는 사람은 누구든 말할 수 있소. 나는 무슨 말이든 들을 의향이 있소."

"그렇게 말하다니 당신은 내가 누구인지 아시오?"

"당신이 앉은소라는 건 압니다. 당신이 할 말이 있다면 기꺼이 듣겠소."

"내가 앉은소라는 것을 안다고 했는데, 내가 어떤 지위인지 아시오?"

"당신이나 이 주재소의 다른 인디언이 무슨 차이가 있는지 모르겠소."

"나는 위대한 정령의 뜻에 따라 여기에 있고 그의 뜻에 따라 추장이 되었소. 내 심장은 붉고 순하오. 내 곁을 지나는 것은 모두 내게 혀를 내미니 내 심장이 순하다는 걸 압니다. 그런데 당신들은 우리와 대화를 나누겠다고 와서는 내가 누군지 모른다고 얘기하는군. 위대한 정령께서 누군가를 이 땅의 추장으로 뽑았다면 그게 바로 나라는 것을 알려주고 싶구려."

"당신이 오늘 어떤 자격으로 왔든 간에 할 말이 있다면 듣겠소. 그렇지 않으면 회의를 끝내겠소."

"그렇다면 좋소." 앉은소가 대꾸했다. "당신들은 꼭 술을 마신 사람처

럼 행동했소. 내가 여기 온 건 당신들에게 충고하기 위해서요." 앉은소
가 팔을 휘저어 보이자 회의장에 있던 인디언들이 모두 일어나 그의 뒤
를 따랐다.

백인 대표들에게는 수우족이 앉은소같이 강력한 지도자를 중심으로
모여 있다는 사실보다 더 곤란한 일은 없었다. 이런 사태는 '인디언적
인' 모든 것을 송두리째 뿌리 뽑고 백인으로 개조시키려는 정부의 인
디언 정책을 아주 위험한 상태로 몰고 갈 것이다. 바로 그들의 눈앞에
서 2분도 채 안 되는 시간에 앉은소는 그들의 정책을 뒤집을 수 있는 막
강한 능력을 과시하지 않았는가!

그날 오후 훙크파파 추장들은 앉은소와 이야기를 나눴다. 추장들은
노추장에 대한 충성심이 조금도 변하지 않았음을 맹세했지만 대표단의
심사를 거슬러선 안 된다고 조언했다. 이번에 온 대표단은 지난해에 왔
던 땅도둑과 다르다, 그들은 인디언들이 땅을 지키도록 도우려고 왔지,
땅을 빼앗으러 온 것이 아니라고 일러주었다.

앉은소는 믿을 수 없는 게 백인들이라는 생각은 변함없었지만 자기
가 실수했다면 사과하겠다고 약속했다. 그는 회담을 다시 갖자고 전갈
을 보냈다.

"당신의 심기를 불편하게 한 내 행동을 사과하러 왔소. 내 부족이 회
의장을 떠나게 한 말을 취소하겠소. 내가 떠난 것에 대해서도 사과하겠
소. ……이제 내 마음속에 있는 모든 것을 똑바로 털어놓겠소. 저 위에
계시는 위대한 정령이 내 말을 듣고 계시므로 나는 있는 그대로 말하기
위해 최선을 다하겠소. 누군가 내 기원을 듣고 그것을 이루도록 도와주
기를 바라는 바이오."

그러고 나서 그는 수없이 깨진 정부의 약속을 열거하며 일생 동안 자

신이 겪은 수우족의 부족사를 돌이켜보았다. 그럼에도 그는 백인들의 방식을 따르겠다고 약속했고, 그 약속을 지키려 애썼다고 말했다.

"만약 누가 무언가를 잃어버려 되돌아가 조심스레 찾는다면 그는 그것을 발견할 것이오. 인디언이 과거 그들에게 약속한 것을 달라고 요구할 때도 그러합니다. 나는 인디언이 짐승 같은 대우를 받아야 한다고 생각지 않소. ……큰아버지는 과거에 내게 가졌던 반감을 다 용서하고 내던졌다고, 앞으로는 그런 감정을 갖지 않겠다는 말을 전해왔소. 나역시 그 약속을 받아들였소. 그는 내게 백인의 길에서 벗어나지 말라고 말했고 나 역시 그러지 않겠다고 대답했소. 나는 그 길을 따르기 위해 최선을 다하고 있소. 내 고향은 평판이 나빠졌지만 원래는 좋은 곳이었소. 나는 이따금씩 주저앉아 오명을 씌운 사람이 누구인지 생각해보곤 하오."

앉은소는 계속해서 인디언들의 처지를 설명했다. 인디언은 백인들이 가진 것을 아무것도 가지고 있지 않다, 백인처럼 살려면 도구와 가축, 마차가 있어야 한다. "그게 바로 백인들이 살림을 꾸려나가는 방식이니까."

대표들은 앉은소의 사과를 너그럽게 받아들이고 그의 말에 귀를 기울이는 대신 즉각 그에게 공격을 퍼부었다. 존 로건 상원의원은 전날 회의를 깨버리고 대표들에게 술 취했다고 욕했던 사실을 들먹였다.

"당신은 추종자도 없고 권위도 없는 사람이니 대추장이 아니라는 걸말해주고 싶소. 당신은 정부의 용인 아래 살고 있는 주거지역 인디언일뿐이오. 당신을 먹이고 입히는 것은 정부이고 당신의 자식들은 정부가 교육을 시키고 있소. 당신이 뭐든 조금이라도 가지고 있고, 존재하고 있는 것은 모두 정부 덕분이오. 정부가 아니었으면 당신은 지금쯤 산중에서 덜덜 떨며 굶주리고 있을 거요. 내가 이런 말을 하는 것은 당신이 미국 정부의 국민이나 그 대표들을 모욕할 처지가 아니라는 것을 알리기 위해서요. 정부는 당신이 농부가 되도록 가르치고 교화시켜 '백인같이 만들려고' 하고 있는 거요."

수우족을 더 빨리 백인처럼 만들기 위해 인디언국은 제임스 맥래플린을 스탠딩 록의 주재관으로 임명했다. 흰머리White Hair 맥래플린은 인디언 부대의 퇴역 군인으로 샌티족 혼혈 여자와 결혼한 사람이었다. 그는 수우족의 문화를 뒤엎고 백인의 문명을 이식시킬 적임자로 기대를 모았다. 그는 훙크파파족의 일은 쓸개와, 블랙푸트족의 일은 존 그래스와 상의해 처리했다. 흰머리의 저의는 앉은소를 뒷전에 밀어놓고 부족들에게 그들의 늙은 영웅이 더 이상 스탠딩 록의 수우족을 이끌거나 도와줄 아무런 권한도 없다는 것을 보여주려는 것이었다.

그러나 그 어떤 것도 앉은소의 인기를 무너뜨릴 수는 없었다. 주거지역을 찾는 사람들은 인디언이건 백인이건 모두 앉은소를 만나고 싶어 했다. 1883년 여름 북태평양 철도의 대륙 횡단 선로에 마지막 못을 박는 것을 기념하는 식장에서 행사 책임을 맡은 한 관리는 큰아버지나 그 외 유명 인사들에 대한 환영 연설을 인디언 추장에게 맡길 계획을 세웠다. 준공식에 초대된 인디언 추장은 앉은소밖에 없었다. 앉은소 말고는 다른 어떤 인디언도 생각할 수 없었던 것이다.

9월 8일 앉은소와 통역을 맡은 젊은 미군 장교가 비스마르크 역에 도착했다. 그들은 사열대의 맨 앞자리에서 말을 타고 가 연단에 앉았다. 앉은소가 소개되자 그는 수우족 말로 연설을 시작했다. 연설을 듣고 있던 통역 장교는 얼굴이 새파래졌다. 앉은소는 미리 준비한 유려한 환영사를 완전히 무시했다.

"나는 백인 모두를 미워한다. 너희들은 다 도둑놈이고 거짓말쟁이다. 네놈들은 우리 땅을 빼앗아갔고 우리를 내쫓았다……."

통역 장교만 자기 말을 알아들으리라는 것을 알고 그는 말을 멈추고 찬사의 박수를 기다렸다. 박수가 터지자 그는 절을 하고 미소를 지으며 몇 마디 더 모욕적인 말을 덧붙였다. 드디어 당황한 통역 장교가 그 자리에 섰다. 그가 잘 알려진 인디언 비유를 덧붙여 짤막하게 우호적인 말로 얼버무리자 청중들은 일제히 일어나 앉은소에게 기립박수를 보냈다. 인기 있는 이 훙크파파족 추장은 세인트폴에서 열린 다른 철도 기념식에도 초대되었다.

다음 해 여름 내무장관은 앉은소의 열다섯 개 미국 도시 순회를 허락했다. 그의 등장은 선풍적인 인기를 끌었으므로 흥행업자 윌리엄 코디(들소 빌)는 그 유명한 추장을 '와일드 웨스트 쇼'에 출연시키려고 교섭을 서둘렀다. 인디언국은 처음에는 좀 망설였지만 주재관 맥래플린은 앉은소가 주거지역에 없어야 마음이 편했으므로 두말없이 그를 내보냈다. 스탠딩 록에서 앉은소는 인디언 저항의 변함없는 상징이었고, 맥래플린이 박멸하려고 하는 인디언 문화의 영원한 수호자였다.

이렇게 해서 1885년 여름 앉은소는 들소 빌의 와일드 웨스트 쇼단과 함께 미국과 캐나다를 순회하며 공연을 갖게 되었다. 그는 엄청난 군중을 모았다. 가끔 "커스터의 살인자!"라는 야유와 고함이 터져나오기도 했지만 쇼가 끝나면 바로 그 백인들이 동전을 던져주고 그의 서명이 들어 있는 사진을 사갔다. 앉은소는 어딜 가나 졸졸 따라다니는 남루하고 굶주린 백인 아이들에게 자기가 번 돈을 거의 다 나누어주었다. 그는 백인들이 어째서 가난한 동족을 버려두는지 이해할 수 없었다. 그래서 쇼단의 스타인 애니 오클리에게 이렇게 말한 적도 있다.

"백인들은 뭐든 다 만들어내면서도 그걸 어떻게 나눠야 하는지는 전혀 모르는군."

순회공연이 끝나자 그는 코디로부터 희고 커다란 솜브레로와 흥행마를 선물로 받고 스탠딩 록으로 돌아왔다. 그 말은 앉아 있다가 총알이 발사될 때마다 한 발을 들어올리도록 훈련된 말이었다.

1887년에도 코디는 유럽으로 순회공연을 가자고 청했지만 앉은소는 거절했다.

"난 여기 있어야 하네. 우리 땅을 빼앗는다는 얘기가 사방에 나돌고 있어."

다음 해에 워싱턴에서 온 대표단은 대수우 주거지역을 여섯 개의 소주거지역으로 나누고 900만 에이커를 이주자에게 개방하자고 제의했다. 개방되는 땅에 대해서는 1에이커당 50센트를 주겠다고 말했다. 앉은소는 즉시 나서서 쓸개와 존 그래스에게 그런 사기 같은 흥정에 응하지 말라고 일렀다. 그들에겐 더 이상 여분의 땅이 없다. 대표단은 한 달을 머물며 스탠딩 록 인디언들에게 앉은소가 그들을 잘못된 방향으로 이끌고 있으며 땅을 양도하는 일은 그들에게 이익이 되며 어쨌거나 서명을 하지 않더라도 땅을 잃게 될 것이라고 설득했다. 그러나 스탠딩 록에서 22명만이 서명했을 뿐이다. 크로우 크리크와 로어 브룰레 주재소에서도 규정된 4분의 3의 서명을 받아내지 못하자 대표단은 파인 릿지와 로즈버드에서는 시도해보지도 않고 워싱턴으로 돌아갔다. 그들은 정부에 1868년의 조약을 무시하고 인디언의 동의 없이 땅을 빼앗자고 건의했다.

1888년엔 미국 정부가 아직 조약을 폐기할 준비가 되어 있지 않았지만, 그다음 해엔 정부가 먼저 나서서 그런 조처를 취하기 위해 움직였다. 정치가들은 인디언들에게 팔지 않으면 빼앗길 것이라는 두려움을 심어주어 땅을 팔지 않을 수 없게 만드는 방법을 썼다. 이렇게 되면 정부가 조약을 건드리지 않아도 될 것이다.

인디언들이 조지 크룩 장군을 신뢰하고 있다는 것을 아는 워싱턴 관리들은 수우족이 자발적으로 그들의 주거지역을 나누는 데 동의하지 않는다면 모든 것을 잃을 것이라고 먼저 크룩을 설득했다. 크룩은 새 대표단의 단장을 맡기로 하고 인디언에게 전에 제시했던 1에이커당 50센트 대신 1달러 50센트를 제시하겠다는 허락을 받아냈다.

1889년 5월 크룩은 정치인인 오하이오의 찰스 포스터와 미주리의 윌리엄 워너를 대동하고 대수우 주거지역으로 떠났다. 필요한 서명을 받아낼 결의를 단단히 한 이 3성 장군은 시카고에서 자신의 푸른 군복 대신 주름진 회색 플란넬 옷을 입고 옛 적을 만났다. 그는 먼저 브룰레족부터 상대하기로 했다. 점박이꼬리가 암살된 후 브룰레족은 분열되어 있었다. 그들은 서명을 저지하기 위해 연합전선을 펼 수 없을 것이다.

속빈뿔곰Hollow Horn Bear은 이곳저곳 돌아다니지 말고 여섯 지역 주재소의 추장들을 모두 모아 회담을 열라고 주장했다. 그리고 "당신은 여기서 모든 것을 확실하게 처리해놓고 다른 주재소에 가서 우리가 서명했다고 말할 작정 아니오"라며 그를 비난했다.

크룩은 "지금 봄이어서 여러분이 모두 한곳에 모이게 되면 농작물을 돌보지 못하기 때문에" 큰아버지가 각 주재소의 인디언들과 협의하도록 지시했다고 대답했다.

높은매High Hawk도 협조하지 않았다. "당신이 측량한 땅은 손바닥만 한 터요. 나는 내 자식들이 자식을 낳고 손자도 낳아 이 땅 어느 곳에나 퍼져 살기를 바라는데 당신은 내가 내 '도구'를 잘라 더 이상 자식을 갖지 않기를 바라는 거요."

노랑머리도 "당신들에게 땅을 내주고 그 땅을 되돌려 받은 적이 전혀 없소. 그러므로 이번에는 이 땅을 포기하기 전에 신중하게 생각해야겠소"라고 말했다.

크룩은 "동부에 있는 백인들은 새와 같다"고 그들을 설득했다. "그들은 해마다 알을 까는데 동부에는 자리가 없어서 다른 곳으로 가야 합니다. 당신들이 지난 몇 년 동안 보아왔듯이 그들은 서쪽으로 옵니다. 그들은 계속 오고 있으며 이 땅을 다 덮을 때까지 몰려올 것이오. 당신들은 그들을 막을 도리가 없소. ……모든 일은 워싱턴에서 다수결로 결정되는데, 이 사람들이 서부로 와서 인디언들이 사용하지 않는 넓은 땅을 보고 '우리는 그 땅이 필요하오'라면서 자꾸 달라고 하는 겁니다."

아흐레 동안 옥신각신한 끝에 대다수의 브룰레족이 서명했다. 제일 먼저 서명한 인디언은 점박이꼬리를 암살한 까마귀개였다.

6월 크룩은 파인 릿지에서 붉은구름의 오글라라족을 상대했다. 붉은구름은 말 탄 전사 수백 명을 데리고 회의장을 둘러싸며 힘을 과시했다. 붉은구름과 충성스러운 부하들이 꿋꿋하게 버텼지만 대표단은 약 반수가량의 서명을 받아냈다. 나머지 필요한 서명을 보충하느라 소수 부족의 작은 주재소인 로어 브룰레, 크로우 크리크 그리고 샤이엔 강을 거쳐 7월 27일 드디어 스탠딩 록에 도착했다. 결판은 여기서 나게 되어 있었다. 훙크파파족과 블랙푸트 수우족 대다수가 서명을 거절한다면 모든 일이 수포로 돌아간다.

앉은소는 첫 회의에 참석해서 시종일관 침묵을 지켰다. 그는 그 자리에 있는 것만으로 요지부동의 철벽이었다. 크룩의 회고담이다.

"인디언들은 주의를 기울여 들었지만 전혀 찬성의 기미를 보이지 않았다. 이미 마음을 정하고 단순한 호기심에서 회의가 어떻게 진행되는지 지켜보는 듯한 태도였다."

존 그래스가 스탠딩 록의 수우족 대표로서 말했다.

"땅이 많았을 때는 당신들이 제시하는 어떤 가격에든 넘겨주었을 테지만 이제 우리가 처분할 수 있는 땅은 얼마 안 되는데 당신들은 나머지 땅마저 사려고 하고 있소. 땅을 팔려는 것은 우리가 아닙니다. 땅을 팔라고 우리 뒤를 쫓아다니는 것은 큰아버지입니다. 그러니 우리로서는 이 땅에 제시된 가격이 흡족하다고 생각할 수 없습니다. 이 가격으로는 팔 수 없어요."

앉은소와 그의 추종자들은 물론 어떤 가격에도 팔 생각이 없었다. 흰 우레가 6년 전 도즈에게 얘기했듯이 그들의 땅은 "이 세상에서 가장 소중한 것"이었다.

며칠을 끌어도 결판이 나지 않자 크룩은 전체 회의에서는 서명을 받아낼 수 없다는 것을 깨달았다. 그는 맥래플린 주재관을 끌어들여 인디언 개개인을 설득하는 각개격파 작전으로 나갔다. 앉은소는 전혀 굴하지 않았다. 미국 정부가 땅을 차지하려고 조약을 깨야 하는 곤혹스러움을 덜어주기 위해 인디언들이 땅을 팔아야 할 이유가 어디 있는가?

맥래플린은 비밀리에 존 그래스와 회담을 가졌다. "나는 그와 끈질기게 이야기를 나누었고 그는 드디어 비준 찬성 발언을 하고 비준이 되도록 힘쓰겠다고 약속했다"고 맥래플린은 뒤에 말했다. "우리는 그가 이전의 입장에서 점잖게 물러나 다른 추장들의 적극적인 지지를 얻어 이 문제를 해결할 수 있도록 연설문을 함께 작성했다."

맥래플린은 앉은소에게 알리지 않고 8월 3일 추장들과 대표단의 최종 회담을 주선했다. 회의장 밖에 인디언 경찰을 4열 횡대로 늘어 세워서 앉은소와 그의 열렬한 지지자들이 끼어드는 것을 막으려 했지만 앉은소는 경찰의 저지망을 뚫고 회의장에 들어섰다. 존 그래스는 앉은소가 들어오기 전에 이미 맥래플린이 도와서 작성한 연설문을 낭독했다. 앉은소가 처음으로 입을 열었다.

"반대하지 않는다면 내가 말을 좀 해야겠소. 아무도 우리에게 회의를 연다고 말한 사람이 없소. 우리는 그냥 여기에 왔소."

크룩은 맥래플린을 쳐다보았다.

"앉은소가 회의를 열 거라는 사실을 알았나?"

"알았습니다. 모두 알고 있는 사실입니다."

그 순간 존 그래스와 다른 추장들이 조약에 서명하려고 앞으로 나갔다. 모든 게 끝났다. 대수우 주거지역은 조그만 섬들로 쪼개졌다. 곧 주위에 백인들의 물결이 홍수처럼 일게 되리라. 자리를 뜨려는 앉은소를 붙잡고 한 기자가 땅을 넘겨주는 소감이 어떠냐고 물었다. 앉은소는 버럭 소리를 질렀다.

"인디언? 인디언이라곤 이제 나 하나밖에 없어!"

1890년 풀이 마르는 달(10월 9일), 그러니까 수우족의 땅이 조각난 지 1년쯤 지나서 샤이엔 강 주재소의 한 미네콘주족 인디언이 앉은소를 찾아왔다. 그의 이름은 차는곰Kicking Bear으로, 망령의춤Ghost Dance 교敎를 창시한 파이우트족 출신 메시아인 워보카의 소식을 갖고 왔다. 차는곰과 그의 처남인 짤막소Short Bull는 메시아를 찾아 샤이닝 산 Shining Mountain을 넘어 긴 여행을 하고 돌아온 참이었다. 그들의 순례에 대한 소문을 들은 앉은소가 망령의춤에 대해 알고 싶어서 차는곰을 부른 것이다.

차는곰은 앉은소에게 어떻게 한 목소리가 지상에 다시 돌아와 살게 될 인디언들의 망령을 만나고 오라고 명령했는지 이야기해주었다.

"어느 날 나는 처남 짤막소와 같은 마을 사람 아홉 명과 함께 여행길에 올랐습니다. 철마를 타고 멀리 해지는 쪽을 향해 철도가 끝나는 곳까지 갔지요. 거기서 두 명의 인디언을 만났는데 생전 처음 보는 사람인데도 형제처럼 반기며 고기와 빵을 주고 말까지 빌려줬습니다. 말을 타고 나흘을 가니 네바다 주 피라미드 호숫가의 생선먹는사람들(파이우트족)의 마을에 닿았습니다.

생선먹는인디언들이 그리스도가 재림했다고 얘기하더군요. 그리스도가 틀림없이 우리를 그곳으로 오라고 불렀어요. 그건 미리 정해져 있던 것입니다. 메시아를 보기 위해 워커 호수의 주재소까지 또 여행을 했습니다. (언어가 달라) 말이 안 통하는 인디언 수백 명이 함께 호숫가에서 이틀을 꼬박 기다렸습니다. 메시아를 보려고 여러 주거지역에서 온 인디언들이었습니다.

사흘째 되는 날 해가 지기 직전에 드디어 그리스도가 나타났습니다. 인디언들은 그를 보기 위해 환하게 불을 피웠습니다. 나는 늘 예수는 선교사들처럼 백인이라고 생각해왔는데 이 사람은 꼭 인디언처럼 보이더군요. 그가 일어나 설교를 시작했습니다. '내가 여러분을 불렀노라. 여러분을 보게 되니 기쁘도다. 잠시 뒤에 여러분의 죽은 친척들 얘기를 해주겠노라. 내 자식들이여, 내가 하는 말을 잘 들어라. 나는 어떻게 춤을 추는지 가르쳐주리라. 춤을 추어라. 춤이 끝나면 얘기하리라.' 그러더니 춤을 추기 시작했습니다. 모든 사람이 함께 춤을 추자 그리스도는 노래를 불러주었습니다. 밤늦게까지 그렇게 망령의춤을 추니 메시아가 이제 됐다면서 쉬라고 했습니다.

워보카. 파이우트족 메시아.

차는곰.
데이비드 F. 배리 사진.

뿔막소. 수우족 추장.
데이비드 F. 배리 사진.

존 그래스.
데이비드 F. 배리 사진.

다음 날 아침 우리는 메시아를 아주 가까이서 보았습니다. 선교사들이 얘기했던 대로 십자가에 매달릴 때의 상처가 있나 자세히 살펴보았지요. 과연 얼굴과 팔뚝에 상처가 있었는데 모카신을 신고 있어서 발은 보지 못했습니다. 그는 하루 종일 설교했습니다.

　'태초에 하느님이 이 땅을 만들었다. 그리고 인간을 가르치라고 그리스도를 세상에 보냈는데 백인이 못되게 굴어 몸에 상처를 입고 하늘나라로 올라갔다. 이제 예수는 인디언으로 이 세상에 돌아왔다. 나는 만물을 새롭게 거듭나게 해주리라. 다음 해 봄이 오면 풀은 무릎까지 높이 자라고 땅은 백인들을 모두 파묻을 새로운 흙으로 덮이리라. 새 땅에는 향기로운 풀과 나무가 우거지고 맑은 물이 흐르리라. 수많은 들소와 야생마가 돌아오리라. 새로운 땅이 옛 땅을 뒤덮는 동안 망령의춤을 춘 인디언들은 하늘로 올라가 있구나. 이 새로운 땅에 죽은 사람들의 망령이 다시 살아 돌아오고 인디언들만이 이 땅에 살게 되리라.'

　워커 호수에서 이삼 일 동안 우리는 망령의춤을 배운 뒤 돌아오기 위해 말을 탔습니다. 말을 타고 올 때 메시아는 우리 머리 위 하늘을 날며 새로운 춤에 맞춰 노래를 가르쳐주었습니다. 철도역에 오자 그는 돌아가서 부족민들에게 우리가 배운 것을 가르쳐주라고 말하고 떠났습니다. 그다음 해 겨울이 지나면 그가 우리 아버지의 망령을 부활시켜 만나게 해주실 것입니다.

　다코타로 돌아온 뒤 저는 샤이엔 강가에서 망령의춤을 가르치고, 제 처남 짤막소는 로즈버드에서, 다른 사람들은 파인 릿지에서 가르쳐왔습니다. 큰발의 미네콘주 지파는 긴머리, 별셋, 곰외투와 싸우느라 남편과 친척을 잃은 여자들이 대부분이었지요. 그들은 죽은 전사들이 돌아오기를 바라며 기절해 쓰러질 때까지 춤을 추었습니다."

앉은소는 메시아의 망령의춤에 대해 차는새가 말하는 것을 전부 들었다. 그는 죽은 사람이 다시 살아나 돌아올 수 있다고는 믿지 않았다. 그러나 메시아에 대한 말을 들은 부족민들은 망령의춤을 안 추면 메시아가 부활했을 때 그들을 사라지게 내버려둘지도 모른다고 두려워했다. 앉은소는 망령의춤을 추는 데 반대할 마음이 없었지만 여러 주거지역 주재관들이 춤을 금지하고 있다는 것을 들어 알고 있었다. 그는 군인들이 몰려와 부족민을 놀라게 하고 총을 겨누게 하고 싶지는 않았다. 차는곰은 인디언들이 마술 표시가 그려진 망령의 셔츠Ghost Shirts라는 메시아의 신성한 옷을 입으면 아무도 그들을 해치지 못한다고 장담했다. 미군의 총알은 망령의 셔츠를 뚫을 수 없다는 것이었다.

그 신흥 종교가 좀 미심쩍기는 했지만 앉은소는 차는곰을 불러 부족민들에게 망령의춤을 가르치게 했다. 낙엽이 지는 달, 망령의춤은 수우족 주거지역뿐 아니라 다코타에서 애리조나까지, 인디언령부터 네바다에 이르기까지 서부의 인디언 전역에 초원의 불길처럼 번졌다. 불안해진 인디언 시찰관이나 군 장교들은 이 춤이 의미하는 바가 무엇인지 주의 깊게 지켜보았다. 초가을이 되자 망령의춤을 금지시키라는 공문이 내려왔다.

"문명의 문턱에 들어선 사람들에게 이보다 더 유해한 종교 체계는 없다"고 흰머리 맥래플린은 말했다. 그는 가톨릭을 믿었지만 다른 주재관들처럼 망령의춤이 기독교와 다름없다는 것을 알아차리지 못했다. 의식이 다르다는 것 말고는 이 새로운 종교 교리는 기독교와 똑같았다.

"아무도 해치거나 해롭게 해서는 안 된다. 싸우지 말라. 언제나 옳은 일은 행하라" 하고 구세주는 명했다. 비폭력과 박애를 설교하는 이 교리는 인디언에게 춤추고 노래하는 것 외에 어떤 행동도 요구하지 않았다. 구세주가 새 세상을 열어준다는 것이었다.

인디언들이 계속해서 춤을 추자 주재관들은 놀라서 군인들을 불러들였다.

차는곰이 스탠딩 록에 와서 망령의춤을 가르친 지 일주일 뒤 흰머리 맥래플린은 그를 주거지역에서 내보내기 위해 십여 명의 인디언 경찰을 파견했다. 차는곰의 성스러운 광휘에 눌린 경찰은 앉은소에게 흰머리의 지시를 알렸지만 앉은소는 아무런 조치도 취하지 않았다. 10월 16일 맥래플린은 경찰을 증원해 차는곰을 주거지역에서 내보냈다.

다음 날 맥래플린은 '해로운 종교 체계'를 뒤에서 조종하는 인물은 앉은소라고 인디언국에 보고하고 그를 체포해 군 형무소에 수감할 것을 요청했다. 인디언 담당관은 국방장관과 협의를 가졌지만, 이런 조처는 소요를 막기보다는 확대시키리라는 우려 때문에 받아들여지지 않았다.

11월 중순이 되자 망령의춤이 완전히 수우족 지역을 휩쓸어 거의 모든 활동이 중단되었다. 아이들은 학교에 오지 않았고 상점은 텅 비었고 아무도 농사일을 하지 않았다. 놀란 주재관 맥래플린은 워싱턴에 전보를 쳤다.

"인디언들은 눈 속에서 춤을 추는데 거칠기가 이루 말할 수 없고 꼭 미친 것 같습니다. ……지금 당장 보호 대책이 필요합니다. 잠잠해질 때까지 추장들을 체포해 군 초소에 감금해야 합니다. 사태가 급박합니다. 즉각 조치를 내려주십시오."

짤막소는 신도들을 이끌고 화이트 강을 따라 배드랜드로 갔다. 이삼일 새에 신도는 3천 명 이상으로 불어났다. 겨울 날씨에도 불구하고 그들은 망령의 셔츠를 입고 새벽부터 밤까지 춤을 추었다. 짤막소는 신도들에게 미군들이 의식을 막으려고 와도 두려워하지 말라고 가르쳤다.

"미군의 말은 땅속으로 가라앉을 것이다. 말 탄 자들은 말에서 떨어져 땅속에 묻힐 것이다."

샤이엔 강의 큰발Big Foot 지파는 600명으로 늘어났다. 그들 대부분이 과부들이었다. 주재관이 간섭하려 하자 큰발은 그들을 이끌고 주거지역을 떠나 디프 크리크의 신성한 장소를 찾아갔다.

11월 20일 인디언국은 망령의춤을 추는 자들 가운데 '소요의 주동자'들 리스트를 제출하라고 지시했다. 시카고의 사령부에 있던 곰외투 마일스는 리스트에서 앉은소의 이름을 보고 그가 소요의 주동자라고 단정했다.

마일스는 군인들을 동원하면 말썽이 날 것을 알고 있었다. 그는 앉은소를 조용히 처리할 궁리를 꾸몄다. 그는 앉은소가 신뢰하는 두세 명의 백인 가운데 들소 빌 코디를 불렀다. 빌 코디는 앉은소를 설득해 마일스와 회담하도록 시카고로 데려가기 위해 스탠딩 록으로 갔다. 자신이 맡은 일이 앉은소를 형무소로 보내는 일이 될 거라는 것을 코디가 알았는지는 불분명하다. 그러나 맥래플린은 체포에 실패하면 앉은소의 분노를 자아낼 것이 두려워, 코디가 앉은소를 만나지 못하게 했다.

그동안 이미 파인 릿지에 군대가 주둔해 인디언과 군 사이에 긴장이 일기 시작했다. 이 난처한 상황에 대한 해결책을 논의하기 위해 전 주재관인 밸런타인 맥길리커디 박사가 파견되었다.

"춤을 계속 추도록 놔두어야 한다"고 그는 조언했다.

"군대가 들어와 인디언들에게 공포감을 조성했다. 제7강림절에 신도들이 구세주의 재림 승천을 위한 옷을 준비한다고 해서 그들을 막으려고 군대를 동원하진 않는다. 인디언들이라고 그런 권리를 가져선 안 될 이유가 어디 있는가. 군대가 계속 주둔하면 분쟁이 일어날 것이 확실하다."

그러나 그의 견해는 받아들여지지 않았다. 12월 12일 예이츠 요새 지휘관 윌리엄 드럼 중령은 마일스 장군으로부터 "앉은소의 신병을 확보하라. 그러한 목적을 수행하기 위해 인디언 주재관(맥래플린)과 최대한 협조하라"는 지시를 받았다.

1890년 12월 15일 새벽 인디언 경찰 43명이 앉은소의 통나무 오두막을 둘러쌌다. 3마일 떨어진 곳에서 기병 대대가 증원군으로 대기했다. 지휘자인 인디언 경찰 경위 소대가리Bull Head가 오두막으로 들어갔을 때 앉은소는 마루 위에서 잠들어 있었다.

노추장은 잠시 깨자 믿을 수 없다는 듯 소대가리를 쳐다보았다.

"여긴 무슨 일인가?"

"당신은 내 포로요. 주재소로 가야 합니다."

앉은소는 하품을 하며 일어나 앉았다.

"좋네, 옷을 입게 해주게. 내 가지."

그는 경찰에게 안장을 놓아달라고 부탁했다.

소대가리가 앉은소와 함께 오두막에서 나오자 망령의 셔츠를 입은 수많은 인디언이 모여 있었다. 그들의 수는 경찰보다 4배 정도 많았다. 신도인 곰잡이Catch the Bear가 소대가리에게 다가섰다.

"추장님을 데려가려는 생각 같은데 그렇게는 안 될걸."

"이리 오시오, 다른 사람 말 듣지 말고"라고 소대가리가 앉은소에게 가만히 말했다.

노추장이 버티자 소대가리와 붉은도끼Red Tomahawk가 말이 있는 쪽으로 그의 등을 억지로 떠밀었다.

그 순간 곰잡이가 재빨리 모포를 젖히고 소총을 꺼냈다. 총알은 소대가리의 옆구리를 뚫고 지나갔다. 소대가리가 쓰러지면서 그에게 방아쇠를 당겼다. 총알은 빗나가 앉은소를 맞혔다. 동시에 인디언 경찰 붉은도끼의 총알이 앉은소의 머리를 관통했다.

총성이 나자 코디가 선물한 늙은 홍행마가 재주를 부리기 시작했다. 말은 똑바로 앉아 한 발을 들어올렸다. 거기 있는 사람들에게는 그 말이 망령의춤을 추고 있는 것처럼 보였다. 그러다 말이 동작을 그치고 어디론가 가버리자 총격전이 재개되었다. 대기하고 있던 백인 기병대가 도착해서야 인디언 경찰은 전멸을 면할 수 있었다.

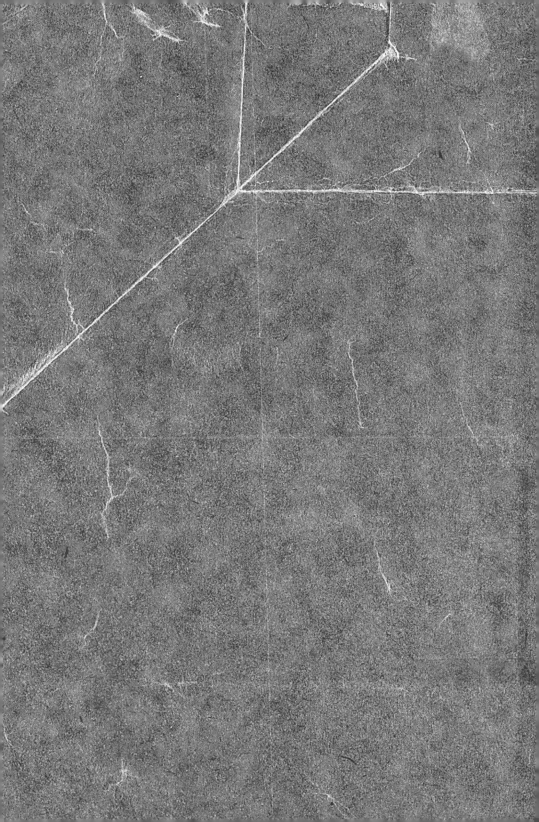

chapter
19

윤디드니
Wounded Knee

땅 위에 희망은 없었다. 하느님은 우리를 잊은 듯 보였다. 누군가는 하느님의 아들을 보았다고 말했지만 다른 사람들은 보지 못했다. 그분이 오셨다면 전에 하신 것처럼 훌륭한 일을 하셨을 것이다. 우리는 그분도, 그분이 하신 일도 보지 못해 의심스러웠다. 사람들은 아무것도 몰랐지만 개의치 않았다. 그들은 희망을 낚아채기 위해 미친 사람처럼 소리 지르며 그분에게 자비를 구했다. 그들은 그분이 했다고 들은 약속에 매달렸다.

백인들은 놀라 군인들을 불렀다. 우리는 목숨을 구걸했다. 백인들은 우리가 그들의 목숨을 원하는 것으로 생각했다. 군인들이 쳐들어온다는 소문은 들었지만 두렵지는 않았다. 우리는 그들에게 곤경을 말하고 도와주기를 바랐다. 한 백인은 군인들이 우리를 죽일 것이라고 말했다. 우리는 그 말을 믿지 않았지만 몇 사람은 놀라 배드랜드로 도망갔다.

붉은구름

망령의춤에 대한 믿음이 없었다면 수우족은 앉은소가 암살당한 슬픔과 노여움 때문에 폭동을 일으켰을 것이다. 다음 해 풀이 돋아나면 백인은 멸망하고 죽은 친척들이 돌아오리라는 믿음이 너무 컸기에 그들은 보복하지 않았다.

지도자를 잃은 훙크파파족은 수백 명씩 무리를 지어 망령의춤을 출 수 있는 곳으로 피신했고 일부는 마지막 대추장 붉은구름이 있는 파인릿지로 향했다. 사슴이 뿔을 가는 달(12월 17일)에 도망가던 훙크파파족 100여 명은 큰발이 추장으로 있는 체리 크리크 근처의 미네콘주족 마을에 들렀다. 바로 그날 국방부는 큰발을 체포하라는 명령을 내렸다. 그는 '소요의 주동자' 리스트에 올라 있었다.

큰발은 앉은소가 피살되었다는 얘기를 듣고 부족민을 데리고 파인 릿지로 출발했다. 그는 붉은구름이 보호해주기를 바랐다. 여행 도중 큰발은 폐렴에 걸려 각혈을 시작했다. 그래서 마차에 누워 가야 했다.

12월 28일 그들이 포큐파인 크리크에 다다랐을 때 백인 기병대가 다가왔다. 큰발은 즉시 마차에 백기를 내걸게 했다. 오후 2시경 그는 모포를 젖히고 몸을 일으켜 제7기병대의 새뮤얼 휫사이드 소령에게 인사를 건넸다. 모포는 폐에서 흘러나오는 피로 물들어 있었다. 그가 쉰 목소리로 몇 마디 하자 붉은 핏방울이 코에서 떨어져 심한 추위 속에 얼어붙었다.

소령이 큰발에게 운디드니 샛강 가에 있는 기병대 기지까지 연행하라는 상부의 명령이 떨어졌다고 하자, 추장은 부족의 안전을 위해 같은 방향의 파인 릿지로 가는 중이라고 설명했다. 휫사이드 소령은 혼혈 정찰병인 존 샹그로에게 큰발 일행의 무기와 말을 빼앗도록 지시했다. 샹그로는 "그렇게 하면 전투가 벌어져 여기 있는 아녀자들은 다 죽고 남자들은 도망갈 것입니다"라고 대답했다.

소령은 상부의 지시라고 고집을 피웠지만, 샹그로가 먼저 기지로 데리고 가서 말과 총을 내놓게 하자고 설득해서 운디드니의 기지로 가기로 했다.

소령은 추장이 병든 것을 보고 구급 마차를 갖고 오라고 지시했다. 스프링이 없는 마차보다 구급 마차가 훨씬 더 편하고 따뜻할 것 같았기 때문이다. 추장을 구급 마차에 옮겨 실은 후 두 기병 부대가 앞장서고 구급 마차와 차량이 그 뒤를 따랐다. 인디언들을 가운데 꽉 조여 밀어넣고 또 다른 두 기병 부대와 기관총 두 정이 뒤를 받치게 하고 운디드니로 행군해갔다.

그들이 마지막 고개를 기어올라 운디드니라고 부르는 샛강 창크페 오피 와크팔라를 향해 비탈길을 내려가는 동안 주위는 황혼에 싸인 채 어두워지고 있었다. 겨울철의 스산한 황혼과 저물어가는 빛 속에 떠도는 조그만 수정 같은 얼음 덩어리가 음울한 풍경에 초자연적인 신비감을 더해주었다. 이 얼어붙은 냇가 은밀한 어딘가에 미친말의 심장이 묻혀 있으리라. 인디언들은 미친말의 영혼이 다음 해 봄 새싹이 돋을 때를 고대하고 있다고 믿었다.

운디드니의 기지에 도착하자 미군들은 인디언의 숫자를 점검했다. 남자가 120명, 아이들과 여자들이 합해서 230명이었다. 어둠이 짙어지자 휫사이드 소령은 포로들의 무장해제를 다음 날 아침으로 미뤘다. 그는 군 막사 남쪽에 천막 칠 곳을 마련하고 식량을 배급했다. 천막 덮개가 부족해 여러 장의 텐트를 내주었다. 휫사이드는 큰발의 천막에 난로를 설치하고 군의관을 보내 병든 추장을 돌보도록 했다. 포로가 도망하지 못하도록 수우족 천막 주위에 두 기병 부대를 배치하고 언덕에 기관총 두 정을 설치해놓았다. 사정거리가 2마일 이상 되는 기관총의 총신은 인디언들의 처소를 한 방에 날려버릴 수 있는 방향으로 겨누어져 있었다.

그날 밤늦게 나머지 제7기병 연대가 동쪽에서 도착했다. 커스터의 옛 연대는 이제 제임스 퍼시스 대령이 지휘하고 있었다. 퍼시스는 유니온 퍼시픽 철도를 이용해 미네콘주족을 오마하의 군 형무소로 호송하라는 새로운 지시를 받은 상태였다. 퍼시스는 기관총 두 정을 더 설치하고 부하 장교들과 위스키를 마시며 큰발의 체포를 자축했다.

큰발은 천막 안에 누워 있었다. 그는 너무 아파서 잠을 이룰 수도 없었고 숨도 제대로 쉬지 못했다. 인디언들은 영험한 망령의 셔츠를 입고 새 메시아의 예언을 굳게 믿었지만, 그들을 둘러싼 기병대에 대한 두려움을 좀처럼 떨쳐버리지 못했다. 그중 여러 전사들은 14년 전 모일란, 바넘, 월러스, 갓프리, 엣절리 등이 속해 있던 제7기병대를 전멸시킨 리틀빅혼 전투에 참가했다. 아직도 이 미군들의 가슴속에는 복수심이 들끓고 있을지 모를 일이었다.

다음 날 아침의 광경을 와수마자라는 전사는 이렇게 기록하고 있다.

"나팔이 울리자 말을 탄 미군들이 천막 주위를 둘러쌌다. 회의가 있으니 모두 가운데로 모이라는 것이었다. 회의 뒤에는 파인 릿지로 옮길 거라고 했다. 큰발은 겨우 부축을 받으며 나와 자기 천막 앞에 앉았고 나이 든 사람들은 가운데 있는 추장 옆에 몰려앉았다."

미군들이 아침 식사라며 건빵을 나눠주고 나자 퍼시스는 인디언들의 무장을 해제하라고 명령했다.

"무기를 내놓으라고 해서 모두 총을 내놓자 그것을 한가운데 쌓아놓았다"고 흰창White Lance은 말했다. 퍼시스는 총이 몇 자루 되지 않자 천막을 뒤지게 했다.

"병사들이 곧장 천막으로 들어가 짐 꾸러미를 들고 나와서 찢어보았다. 도끼와 칼, 천막을 받치는 장대까지 들고 나와 총 옆에 쌓아놓았다"고 개추장Dog Chief은 말했다.

퍼시스는 그래도 성이 차지 않는지 모포를 벗기고 전사들의 몸을 수색해보라고 명령했다. 인디언들의 얼굴에 분노의 빛이 떠올랐지만 마술사인 노랑새Yellow Bird만이 대놓고 항의했다. 그는 망령의춤을 몇 걸음 추면서 수우족 말로 노래를 불렀다.

죽어 가는 큰발.
운디드니 전장에서 찍은 사진.

총알은 그대를 맞히지 못하리
초원은 넓어
총알은 그대를 비껴가리

미군들이 그렇게 뒤졌는데도 소총 두 자루밖에 더 나오지 않았다. 하나는 신형 윈체스터였는데 검은이리Black Coyote라는 젊은 전사의 것이었다. 검은이리는 총을 머리 위로 치켜들며 자기가 비싼 돈을 주고 산 것이므로 자기 것이라고 소리쳤다. 몇 년 뒤 와수마자는 검은이리가 귀머거리였다고 얘기했다.

"그냥 내버려두었다면 그는 총을 내려놓았을 것이다. 그는 그때까지도 태연했다. 그는 아무에게도 총을 겨누지 않았다. 병사들이 달려들어 그가 내려놓으려는 총을 붙잡았다. 그들이 그를 돌려세운 뒤에 총성이 울렸다. 아주 큰 소리였다. 누가 맞았는지 모르지만 그 뒤에 큰 충돌이 일어났다."

"천막을 찢는 소리 같았다"고 거친깃Rough Feather은 말했다. 적을두려워하는자Afraid of the Enemy는 "번개가 부딪치는 소리 같았다"고 기술했다.

솔개Turning Hawk에 의하면 검은이리는 "미친 자였고 질이 나쁜 젊은이였으며 실제로 별 볼 일 없는 자"였다. 그는 검은이리가 총을 쏘자 미군이 즉각 응사해 무차별 학살이 시작되었다고 말했다.

사격이 시작되자 총소리는 귀를 멀게 할 정도였고 하늘은 화약 연기로 가득 찼다. 언 땅 위에 네 활개를 벌리고 숨 넘어가는 사람들 중에는 큰발도 있었다. 총소리가 잠시 뜸해졌다. 얼마 안 되는 인디언과 미군들이 칼과 몽둥이와 권총을 돌려 잡고 격투를 벌였다. 무기가 없는 인디언들이 도망치기 시작했다. 그때 언덕 위에 도사리고 있던 기관총 네 정이 불을 뿜었다. 미친듯이 쏟아지는 유탄이 인디언들의 천막을 찢고 남녀노소 가리지 않고 벌집을 만들었다.

루이스족제비곰Louise Weasel Bear이라는 인디언 처녀의 증언이다.

"우리는 도망치려고 했다. 그런데 그들은 우리가 들소라도 되는 것처럼 무조건 쏘아댔다. 나는 백인 중에도 좋은 사람들이 있다는 것을 알고 있었지만 미군들은 비열했다. 아녀자에게 총을 쏘다니! 인디언 전사라면 백인 아이들에게 그런 짓을 하지 않았을 것이다."

하킥타윈이라는 처녀는 당시 상황을 이렇게 묘사했다.

"나는 거기서 빠져나와 도망치는 인디언 뒤를 쫓아갔다. 골짜기를 지날 때 우리 할아버지와 할머니 그리고 남동생이 죽었다. 나는 오른쪽 엉덩이와 손목을 맞아서 더 이상 걸을 수 없었다. 엎어져 있는데 조그만 계집애가 내가 있는 모포 속으로 기어 들어왔다. 그때 미군들이 달려와 나를 끌어 올렸다."

광란의 학살이 끝났을 때 큰발과 그의 부족민 반수 이상이 죽거나 중상을 입었다. 153명이 죽은 것으로 알려졌지만 많은 부상자들이 도망가다가 죽었으므로 사망자는 엄청나게 불어났다. 최종 집계를 보면 인디언 350명 중에서 거의 300명이 목숨을 잃었다. 미군은 25명이 죽고 39명이 부상을 입었는데 대부분 동료 미군의 총알이나 기관총의 유탄을 맞은 사람들이었다.

부상당한 군인들을 파인 릿지 주재소로 출발시키고 나서 일부 미군들은 운디드니의 학살 현장으로 갔다. 그들은 아직 살아 있는 인디언들을 끌어모아 마차에 실었다. 눈보라가 몰아치기 시작해서 죽은 인디언들은 그냥 내버려두었다(눈보라가 그친 뒤 시체를 파묻으려고 운디드니로 찾아갔을 때는 큰발을 비롯한 죽은 인디언들이 추위에 얼어붙어 기괴한 모습을 하고 있었다). 부상당한 인디언(남자 4명, 아녀자 47명)을 실은 마차는 어두워진 뒤에야 파인 릿지에 도착했다. 모든 막사는 군인들로 가득 차 있어서 인디언들은 혹한 속에서 포장 없는 마차 위에 웅크린 채 떨어야 했다. 드디어 한 장교가 성공회 예배당의 의자를 끌어내고 거친 마루 위에 건초를 깔았다.

　1890년 크리스마스가 지난 지 나흘째 되는 날이었다. 찢기고 피 흘리는 부상자들이 촛불 켜진 예배당에 옮겨졌을 때 아직 의식을 잃지 않은 인디언들은 서까래에 장식한 크리스마스트리를 볼 수 있었다.

　설교단 뒤의 합창대석 위에는 엉성한 글씨로 쓴 현수막이 걸려 있었다.

　　땅에는 평화, 사람에겐 자비를.

　그 당시 나는 얼마나 많은 것이 끝장났는지 모르고 있었다. 이제 나이 들어 높은 언덕에 올라 돌아보니 학살당한 여인네들과 아이들의 시체가 굽이도는 계곡을 따라 겹겹이 쌓이고 여기저기 흩어져 있는 게 보인다. 나는 또 한 가지, 그 피 묻은 눈보라 속에 죽어 묻혀 있는 걸 본다. 한 민족의 꿈이 거기 죽어 있다. 그건 아름다운 꿈이었다. 이젠 사람 사이의 연줄은 끊어지고 흩어져버렸다. 더 이상 중심이라곤 없고 신선한 나무는 말라죽었다.

　　　　　　　　　　　　　　　　　　　　　　- 검은사슴

"백인은 헤아릴 수 없이 수많은 약속을 했다. 그러나 지킨 것은 단 하나다.
우리 땅을 먹는다고 약속했고, 우리의 땅을 먹었다."
E.S. 커티스 사진.

땅은 영원하리

Wi-ča-hča - la kiŋ he - ya

pe   lo ma - ka kiŋ le - če - la te - haŋ yuŋ - ke - lo e - ha

pe - lo   e - haŋ - ke - čoŋ wi - ča - ya - ka   pe - lo

출처: 미 인종학 소장국

노인들이

말했지

영원한 것은

이 땅뿐이라고.

자네

말 잘했네.

자네 말이 지당하이.

서부 개척사를 뒤집으면 인디언 멸망사가 나타난다

어린 시절 디 브라운은 인디언 친구와 서부 영화를 보러 간 적이 있다. 역마차를 둘러싸고 아귀처럼 달려드는 인디언들, 이때 홀연히 나팔 소리와 함께 먼지를 일으키며 기병대가 나타난다. '좋은' 기병대는 '나쁜' 인디언을 여지없이 무찌르며 신나는 추격전을 벌인다. 관객은 손뼉을 치며 환호한다. 그런데 이 인디언 소년도 덩달아 박수를 치는 것이었다. 브라운은 의아해서 물어보았다.

"인디언이 죽는데 뭐가 좋아 박수를 치니?"

"진짜 인디언은 저렇지 않아, 저건 그냥 배우야."

이 한마디를 브라운은 결코 잊지 못했다. 영화나 책에 나오는 인디언은 백인이 꾸며낸 가짜였던 것이다.

황금과 땅을 찾아 서부로 몰려드는 백인들에겐 인디언이야말로 그들의 욕심을 채우는 데 장애물밖에 되지 않았다. 그래서 인디언들은 '사람을 죽여 머리가죽을 벗기는 야만인이며 삼림 속을 달리는 늑대이니 잡아죽여야 하는 것'으로 비하卑下되어야 했던 것이다.

'인디언 레저베이션'을 '인디언 보호구역'으로 알고 있는 사람이 많다. 그러나 사실은 이와 다르다. 인디언은 오래전부터 아메리카 대륙의 주인이었다. 백인들은 광활한 평원과 삼림을 빼앗고 이들을 늪지대나 풀이 자라지 않는 불모지에 몰아넣었다.

이것이 레저베이션이다. 인디언들은 여기서 차례차례 병들어 죽어갔으며 도망치다 붙잡히면 무조건 사살당했다. 레저베이션은 인디언의 생존을 위해 만든 보호구역이라기보다는 멸족을 촉진시킨 '유폐지역'이었다.

미국인들이 흔히 내세우는 개척 정신, 즉 프런티어 정신이라는 것도 그 이면에는 어두운 그림자가 드리워져 있다. 프런티어 정신은 백인 입장에서는 모험과 용기 그리고 인내를 의미하는 진취적인 이념이었지만, 당하는 인디언의 입장에서는 땅과 목숨을 빼앗아가는 파괴적이고 탐욕적인 정신이었다.

서부 개척사는 어떻게 보면 땅뺏기 놀이의 역사다. 감언이설로 회유하고 금전으로 매수하고 사기와 협박으로 도장을 찍게 만들고 총칼로 수많은 부족을 짓밟으면서까지 땅을 빼앗은 강점強占의 역사!

서부 개척사를 뒤집으면 인디언 멸망사가 나타난다. 이 비극의 역사를 디 브라운은 정확한 자료에 입각하여 증언한다.

이 책은 유신시대 전제정권의 발호가 극에 달하던 1970년대 말에 처음 모습을 드러냈다. 가파른 생존을 이어가던 암흑의 터널 가운데에서 땅속으로 잦아드는 인디언의 잔명殘命은 처연한 핏빛으로 비쳐 들었다. 미국의 호도된 실상을 적나라하게 드러내는 이 글이 미국인들에게도 충격적이었다면 미국에 맹목적이었던 우리에게는 경악과 자괴가 뒤섞인 이중적인 충격으로 다가오지 않을 수 없었던 것이다.

특히 미국인들이 들소 가죽만을 위해 들소를 몰살시키는 행위는 인디언들에게 분노를 넘어 이해가 되지 않는 일이었다. 인간과 동물, 즉 생명에 대한 백인들의 무도한 약탈과 파괴는 오늘날 인류 최대의 문제가 되어 있는 환경 파괴가 어디에서 유래하고 있는가를 상기시킨다.

마지막 작업을 마치고 이제 허심탄회하게 이 책을 많은 새로운 사람의 품으로 떠나보낼 수 있게 되었다. 기왕의 끈끈한 독자들은 물론 자라나는 신세대의 뜨거운 시선에 가 닿기를 기대한다. 무엇보다 이 책이 인디언에 대한 수많은 허구 중의 하나라도 깨준다면 역자로서 그보다 더한 보람은 없을 것이다.

2011년 2월
최준석

나를 운디드니에 묻어주오

ⓒ 디 브라운 2024

초 판 1쇄 발행 2011년 2월 25일
초 판 4쇄 발행 2011년 6월 13일
개정판 1쇄 발행 2024년 6월 20일

지은이 디 브라운
옮긴이 최준석
펴낸이 이상훈
인문사회 최진우 김지하
마케팅 김한성 조재성 박신영 김효진 김애린 오민정

펴낸곳 (주)한겨레엔 www.hanibook.co.kr
등록 2006년 1월 4일 제313-2006-00003호
주소 서울시 마포구 창전로 70(신수동) 화수목빌딩 5층
전화 02-6383-1602~3 **팩스** 02-6383-1610
대표메일 book@hanien.co.kr

* 값은 표지에 있습니다.
* 파본이나 잘못된 책은 서점에서 교환하여 드립니다.

ISBN 979-11-7213-059-6 03840